El último Don

Título original: *The Last Don*
Traducción: María Antonia Menini
1.ª edición: enero, 2014

© Mario Puzo, 1996
© Ediciones B, S. A., 2014
  para el sello B de Bolsillo
  Consell de Cent, 425-427 - 08009 Barcelona (España)
  www.edicionesb.com

Printed in Spain
ISBN: 978-84-9872-902-3
Depósito legal: B. 25.874-2013

Impreso por EGEDSA

Mario Puzo

El último Don

*A
Virginia Altman
y
Domenick Cleri*

PRÓLOGO

QUOGUE, 1965

El Domingo de Ramos, un año después de la gran guerra contra los Santadio, Don Domenico Clericuzio celebró el bautismo de dos bebés de su propia sangre y tomó la decisión más trascendental de su vida. Invitó a los jefes de las «familias» más importantes de Norteamérica y también a Alfred Gronevelt, propietario del hotel Xanadu de Las Vegas, y a David Redfellow, creador de un vasto imperio de la droga en Estados Unidos.

Ahora Don Clericuzio, jefe de la más poderosa familia mafiosa de Norteamérica, tenía previsto abandonar ese poder, al menos oficialmente. Ya era hora de cambiar de estrategia porque el poder visible era demasiado peligroso, aunque el abandono del poder también resultaba peligroso en sí mismo. Tendría que hacerlo con la máxima benevolencia, con buena voluntad personal y en las condiciones que él mismo pusiera.

Quogue tenía una superficie de ocho hectáreas y estaba cercada por un muro de ladrillo rojo de tres metros de altura, protegido a su vez por una alambrada de espino y unos sensores electrónicos. Además de la mansión principal, la finca albergaba las residencias de sus tres hijos y veinte casitas para empleados de confianza de la familia.

Antes de la llegada de los invitados, el Don y sus hijos tomaron asiento alrededor de una blanca mesa de hierro forjado, en el jardín de plantas trepadoras de la parte posterior de la mansión. Giorgio, el mayor, tenía veintisiete años, era muy taciturno y poseía una inteligencia un tanto especial y un rostro impenetrable. El Don informó a Giorgio de que tendría que matricularse en la Escuela de Estudios Empresariales de Wharton. Allí aprendería todas las triquiñuelas necesarias para robar dinero sin rebasar el ámbito de la legalidad.

Giorgio no discutió con su padre, no merecía la pena, eran demasiado parecidos. Era un joven de elevada estatura y cuerpo tan desgarbado como el de un caballero inglés, que él adornaba con trajes confeccionados a la medida y un bigotito sobre el labio superior. Asintió con la cabeza en gesto de obediencia.

El Don se dirigió después a su sobrino Joseph de Lena, llamado Pippi. El Don amaba a Pippi tanto como a sus hijos, pues además de los vínculos de sangre (Pippi era hijo de su difunta hermana), el joven era el gran general que había conquistado a los salvajes Santadio.

—Te irás a vivir permanentemente a Las Vegas —le dijo—. Cuidarás de nuestros intereses en el hotel Xanadu. Ahora que nuestra familia se está retirando de las operaciones, aquí no habrá demasiado trabajo. No obstante seguirás siendo el Martillo de la familia. —Vio que Pippi no parecía muy contento y comprendió que tendría que darle alguna explicación—. Tu mujer, Nalene, no puede vivir en el ambiente de la familia, no puede vivir en el Enclave del Bronx. Es muy diferente. Ellos no la aceptan. Tienes que construir tu vida lejos de nosotros.

Eso era cierto, aunque el Don tuviera otro motivo. Pippi era el gran héroe de la familia Clericuzio, y si seguía ocupando su puesto de «alcalde» del Enclave del Bronx acabaría siendo demasiado poderoso para los hijos del Don cuando éste muriera.

—Serás mi *bruglione* en el Oeste —le dijo a Pippi—. Te harás muy rico, aunque hay trabajo muy importante que hacer.

El Don se volvió hacia Vincent, su hijo menor, de veinticinco años. Era el más bajito de los tres, pero más sólido que una puerta de acero. Parco en palabras y con un corazón sensible. Había aprendido a cocinar todos los clásicos platos campesinos italianos en el regazo de su madre, y era el que más amargamente había llorado la prematura muerte de ésta. El Don lo miró sonriendo.

—Estoy a punto de decidir tu destino y de encaminarte por la verdadera senda —le dijo—. Inaugurarás el mejor restaurante de Nueva York. No repares en gastos. Quiero que les enseñes a los franceses en qué consiste la auténtica comida.

Pippi y los otros hijos se rieron, y hasta Vincent sonrió.

—Asistirás durante un año a la mejor escuela de cocina de Europa —añadió el Don.

Vincent soltó un gruñido, a pesar de que estaba contento.

—¿Y qué me van a enseñar a mí?

El Don le miró con severidad.

—Tu repostería deja mucho que desear —dijo—. Pero tu principal propósito consistirá en aprender la gestión económica de este tipo de negocio. Quién sabe, puede que algún día llegues a ser propietario de una cadena de restaurantes. Giorgio te dará el dinero.

El Don se dirigió finalmente a Petie, su segundo hijo, el más alegre de los tres. Era un afable muchacho de apenas veintiséis años, pero el Don sabía que era la encarnación de un típico Clericuzio siciliano.

—Petie —le dijo—, ahora que Pippi se va al Oeste, tú serás el alcalde del Enclave del Bronx y te encargarás de proporcionar todos los soldados a la familia. Pero además te he comprado una empresa inmobiliaria muy grande. Rehabilitarás los rascacielos de Nueva York, construirás cuarteles para la policía estatal y pavimentarás las calles de la ciudad. El negocio está asegurado, pero yo confío en que lo conviertas en una gran empresa. Tus soldados podrán tener puestos de trabajo legales, y tú ganarás mucho dinero. Primero trabajarás como aprendiz a las órdenes del propietario. Pero recuerda que tu principal misión será proporcionar soldados a la familia y ostentar el mando.

El Don se dirigió a Giorgio.

—Giorgio —le dijo—, tú serás mi sucesor. Tú y Vinnie ya no intervendréis en esa inevitable parte de las actividades de la familia que suponen un riesgo, salvo en los casos en que ello sea estrictamente necesario. Tenemos que mirar hacia delante. Tus hijos, mis hijos y los pequeños Dante y Croccifixio jamás deberán crecer en este mundo. Somos ricos y ya no tenemos que arriesgar nuestras vidas para ganarnos el pan de cada día. Ahora nuestra familia sólo prestará asesoría financiera a las demás familias. Les ofreceremos apoyo político y mediaremos en sus disputas. Pero para poder hacerlo necesitaremos cartas con las que jugar. Necesitaremos un ejército. Deberemos proteger el dinero de todos. A cambio, ellos nos permitirán participar en las ganancias. —El Don hizo una pausa—. Dentro de veinte o treinta años nos perderemos en el mundo legal y disfrutaremos de nuestra riqueza sin temor. Esos niños que hoy bautizamos nunca tendrán que cometer nuestros pecados y correr nuestros riesgos.

—Entonces, ¿por qué conservar el Enclave del Bronx? —preguntó Giorgio.

—Algún día seremos santos —le contestó el Don—, pero no mártires.

Una hora después, Don Clericuzio se encontraba en la terraza de su residencia contemplando la fiesta de abajo.

La enorme extensión de césped estaba sembrada de mesas de jardín bajo unos parasoles verdes y rectangulares a cuyo alrededor se sentaban doscientos invitados, muchos de ellos soldados del Enclave del Bronx. Los bautizos solían ser unos acontecimientos muy alegres pero los de aquel día parecían un poco apagados.

La victoria sobre los Santadio les había costado muy cara a los Clericuzio pues el Don había perdido a Silvio, el más querido de sus hijos, y su hija Rose Marie había perdido a su marido.

Ahora el Don estaba contemplando a los invitados que se apretujaban alrededor de una serie de mesas alargadas, sobre las que se habían dispuesto jarras de cristal llenas de vino tinto, relucientes soperas blancas, bandejas con pastas de todas clases, fuentes con tajadas de carne de todo tipo, lonchas de queso de distintas variedades y panes recién hechos de toda suerte de tamaños y formas. La suave música de la pequeña orquesta situada al fondo serenó su espíritu.

En el centro mismo de la zona ocupada por las mesas de jardín vio los dos cochecitos de bebé con sus mantas azules. Qué valientes habían sido los dos niños al no hacer la menor mueca en el momento de ser rociados con el agua bendita. A su lado estaban las dos madres, Rose Marie y Nalene, la mujer de Pippi. Desde la terraza, el Don distinguía los rostros de los dos niños, Dante Clericuzio y Croccifixio de Lena, no marcados todavía por la vida. Él debería cuidar de que aquellas dos criaturas jamás tuvieran que sufrir para ganarse el sustento. Si lo conseguía, los niños formarían parte de la sociedad normal. Era curioso, pensó, que ninguno de los hombres presentes en la fiesta les rindiera homenaje.

Vio a Vincent, con su habitual expresión malhumorada y su rostro más duro que el granito, dando de comer a unos chiquillos desde un carrito de perritos calientes que había construido para la fiesta. Se parecía a los que había en las calles de Nueva York, pero era más grande y tenía una sombrilla más vistosa, y además Vincent repartía comida de mejor calidad. El joven llevaba un mandil blanco impecablemente limpio, y aderezaba los perritos calientes con col amarga y mostaza, cebollas rojas y salsa picante. Vincent era el más sensible de sus hijos, a pesar de su aspecto adusto.

En la cancha de bochas vio a Petie jugando con Pippi de Lena, Virginio Ballazzo y Alfred Gronevelt. Petie tenía la mala costumbre de gastar bromas pesadas, cosa que él no se cansaba de reprocharle, pues siempre le había parecido una diversión peligrosa. En aquellos momentos Petie estaba desbaratando el juego con sus payasadas, a propósito de una bocha que había volado en pedazos tras el primer golpe.

Virginio Ballazzo era el segundo comandante del Don, un alto ejecutivo de la familia Clericuzio, un hombre de talante jovial que ahora estaba simulando perseguir a Petie, quien fingía correr para escapar de él. Al Don le hizo gracia la escena. Sabía que su hijo Petie era un asesino nato, y que el juguetón Virginio Ballazzo también se había ganado cierta fama por méritos propios, aunque ninguno de los dos podía competir con su sobrino Pippi.

El Don se percató de cómo miraban a su sobrino las invitadas, excepto las dos madres, Rose Marie y Nalene. Pippi era un hombre extraordinariamente apuesto, tan alto como el propio Don, con un fuerte y vigoroso cuerpo y un rostro brutalmente atractivo. También lo miraban muchos hombres, algunos de ellos soldados de su Enclave del Bronx. Observaban su aire autoritario y la elasticidad de su cuerpo en acción. Conocían su leyenda, sabían que era el Martillo, el mejor de los «hombres cualificados».

David Redfellow, un joven de rostro sonrosado, el más poderoso traficante de drogas de Norteamérica, estaba pellizcando en ese momento las mejillas de los dos niños en sus cochecitos. Alfred Gronevelt, todavía con chaqueta y corbata, participaba con visible incomodidad en aquel extraño juego. Gronevelt tenía la misma edad que el Don, casi sesenta años.

Aquel día Don Clericuzio cambiaría todas sus vidas, esperaba que para mejor.

Giorgio salió a la terraza para convocarle a la primera reunión del día. Los diez jefes de la Mafia se estaban dirigiendo en ese momento al estudio de la casa. Giorgio ya les había informado de la propuesta del Don. El bautizo era una excelente tapadera para la reunión, pero ellos no tenían ningún auténtico vínculo social con los Clericuzio y querían marcharse cuanto antes.

El estudio de los Clericuzio era una estancia sin ventanas, decorada con pesados muebles y un minibar. Los diez hombres se sentaron con semblante sombrío alrededor de la gran mesa de reuniones de mármol oscuro. Uno a uno fueron saludando a Don Clericuzio y aguardaron en actitud expectante lo que éste les iba a decir.

Don Clericuzio mandó llamar a sus dos hijos menores, Vincent y Petie, a su segundo comandante, Ballazzo, y a Pippi de Lena para que también se incorporaran a la reunión. Giorgio, frío y sarcástico, hizo un breve comentario inicial.

Don Clericuzio estudió los rostros de los hombres que tenía delante, los hombres más poderosos de la ilegal sociedad destinada a aportar soluciones a las verdaderas necesidades de la gente.

—Mi hijo Giorgio ya os ha comunicado cómo funcionará todo —dijo—. Mi proposición es la siguiente. Me retiro de todos mis negocios, a excepción del juego. Cedo mis actividades de Nueva York a mi viejo amigo Virginio Ballazzo. Él formará su propia familia y no dependerá de los Clericuzio. En el resto del país, cedo todos mis intereses en los sindicatos, el transporte, el alcohol, el tabaco y las drogas a vuestras familias. Todo mi acceso a la ley estará a vuestra disposición. A cambio pido que me permitáis gestionar vuestras ganancias. Estarán bien guardadas y a vuestra disposición. No tendréis que preocuparos por la posibilidad de que el Gobierno localice el dinero. Sólo pido por ello un cinco por ciento de comisión.

Para los diez hombres era el trato soñado, y se alegraron de que los Clericuzio hubieran decidido retirarse en lugar de seguir controlando o destruyendo sus imperios.

Vincent rodeó la mesa para servir vino a todos los presentes, y los hombres levantaron sus copas y brindaron por el retiro del Don.

Después de la ceremoniosa despedida de los jefes de la Mafia, Petie escoltó a David Redfellow al estudio, donde se sentó en un sillón de cuero delante del Don, y Vincent le sirvió una copa de vino. El Don tenía contraída una gran deuda de gratitud con David Redfellow por haberle demostrado que las autoridades legales se podían sobornar con droga.

—David —dijo Don Clericuzio—, te vas a retirar del negocio de la droga. Tengo cosas mejores para ti.

David Redfellow no protestó.

—¿Por qué ahora? —le preguntó al Don.

—El Gobierno está dedicando demasiado tiempo y esfuerzo al negocio —dijo el Don—. Tendrías que pasarte el resto de la vida con el corazón en un puño. Mi hijo Petie y sus soldados te han servido como guardaespaldas, pero eso ya no puedo permitirlo. Los colombianos son demasiado salvajes, demasiado temerarios y violentos. Que se queden ellos con el negocio de la droga. Tú te retirarás a Europa. Ya me encargaré yo de organizarte la protección allí. Podrías comprar un banco en Italia y vivir en Roma. Haremos muy buenos negocios allí.

—Estupendo —dijo David Redfellow—. No hablo italiano y no sé nada de negocios bancarios.

—Aprenderás las dos cosas —dijo Don Clericuzio—, y vivirás muy feliz en Roma. También puedes quedarte aquí si quieres, pero en tal caso no contarás con mi apoyo, y Petie ya no te protegerá la vida. Elige lo que prefieras.

—¿Quién se hará cargo de mi negocio? —preguntó Redfellow—. ¿Recibiré una compensación?

—Los colombianos se harán cargo de tu negocio —contestó el Don—. Es inevitable, así es el curso de la historia. Pero el Gobierno les hará la vida imposible. Bueno, ¿sí o no?

Redfellow lo pensó un momento y soltó una carcajada.

—Dígame cómo tengo que empezar.

—Giorgio te acompañará a Roma y te presentará a mi gente de allí —contestó el Don—, y él será tu asesor a lo largo de los años.

Redfellow se distinguía de todo el mundo no sólo por el cabello largo sino también porque lucía una sortija de brillantes y una chaqueta de dril con unos pantalones vaqueros impecablemente planchados. Por sus venas corría sangre escandinava. Era rubio, de ojos azul claro, y siempre mostraba un semblante risueño y hacía gala de un fino sentido del humor.

El Don lo abrazó.

—Gracias por escuchar mi consejo. Seguiremos siendo socios en Europa, y puedes estar seguro de que la vida te será muy grata.

Cuando David Redfellow se hubo retirado, el Don envió a Giorgio en busca de Alfred Gronevelt. En su calidad de propietario del hotel Xanadu de Las Vegas, Gronevelt había estado bajo la protección de la ya desaparecida familia Santadio.

—Señor Gronevelt —le dijo el Don—, seguirá usted regentando el hotel bajo mi protección. No debe abrigar ningún temor ni por usted ni por su propiedad. Conservará el cincuenta y uno por ciento del hotel y yo seré propietario del cuarenta y nueve restante, antes en manos de los Santadio, y estaré representado por la misma identidad jurídica. ¿Está usted de acuerdo?

Gronevelt era un hombre de gran dignidad y prestancia física, a pesar de su edad.

—Si me quedo —dijo cautelosamente—, tengo que dirigir el hotel con la misma autoridad. En caso contrario prefiero venderle mi porcentaje.

—¿Vender una mina de oro? —preguntó el Don con incredulidad—. No, no. No tema. Por encima de todo, yo soy un hombre de negocios. Si los Santadio hubieran sido más moderados, jamás hubieran ocurrido todas esas cosas tan terribles. Ahora ellos ya no existen. Pero usted y yo somos hombres razonables. Mis delegados ocuparán los puestos de los Santadio. Y Joseph de Lena, Pippi, recibirá la debida consideración. Será mi *bruglione* en el Oeste, con un sueldo de cien mil dólares al año, pagado por su hotel en la forma que usted estime conveniente. Si tuviera cualquier problema con alguien, acuda a él. En este negocio siempre surgen problemas.

Gronevelt, un hombre alto y delgado, parecía muy tranquilo.

—¿Por qué me dispensa este trato de favor? Usted tiene otras opciones más rentables.

—Porque es usted un genio en lo que hace —contestó Don Domenico—. Todo el mundo en Las Vegas lo dice. Y para demostrarle mi aprecio, le daré algo a cambio.

Gronevelt sonrió al oír sus palabras.

—Ya me ha dado suficiente. Mi hotel. ¿Qué otra cosa puede ser más importante?

El Don lo miró con benevolencia pues aunque siempre era un hombre muy serio, se complacía en sorprender a la gente con su poder.

—Puede usted sugerir el próximo nombramiento para la Comisión del Juego de Nevada —dijo el Don—. Hay una vacante.

Por una vez en su vida, Gronevelt pareció sorprendido e incluso impresionado, pero sobre todo contento pues veía un futuro para su hotel con el que jamás había soñado.

—Si usted es capaz de hacer eso —dijo—, todos nos haremos muy ricos en los próximos años.

—Ya está hecho —dijo el Don—. Ahora ya puede ir a divertirse.

—Regresaré a Las Vegas —dijo Gronevelt—. No considero prudente que todo el mundo sepa que estoy aquí como invitado.

El Don asintió con la cabeza.

—Petie, manda que alguien acompañe en coche al señor Gronevelt a Nueva York.

Aparte del Don y sus hijos, ahora sólo quedaban en la estancia Pippi de Lena y Virginio Ballazzo. Todos estaban ligeramente aturdidos. No tenían ni idea de los planes del Don. Sólo Giorgio había sido informado.

Ballazzo era muy joven para ser un *bruglione*, ya que sólo le llevaba unos cuantos años a Pippi. Controlaba los sindicatos, el transporte de los grandes centros de la confección y algunas drogas. Don Domenico le dijo que a partir de aquel momento tendría que hacer sus negocios independientemente de los Clericuzio. Sólo tendría que pagar un tributo del diez por ciento. Por lo demás, controlaría totalmente sus actividades.

Virginio Ballazzo se sintió abrumado por tanta generosidad. Generalmente era un hombre exuberante que solía manifestar su gratitud o sus quejas con vehemencia, pero ahora su gratitud era tan grande que lo único que pudo hacer fue abrazar al Don.

—De este diez por ciento reservaré la mitad para tu vejez o una posible desgracia —le dijo el Don—. Y ahora perdóname, pero la gente cambia y tiene mala memoria y el agradecimiento por los pasados gestos de generosidad se desvanece. Permíteme recordarte la necesidad de que seas cuidadoso con las cuentas. —El Don hizo una breve pausa—. Al fin y al cabo yo no soy un representante del fisco y no puedo cobrarte esos tremendos intereses y multas que ellos imponen.

Ballazzo lo comprendió. El castigo de Don Domenico era siempre rápido y seguro. Ni siquiera se enviaba un aviso. Y el castigo era siempre la muerte. A fin de cuentas, ¿de qué otra forma se podía tratar a un enemigo?

Don Clericuzio despidió a Ballazzo, pero cuando acompañó a Pippi a la puerta se detuvo un instante, lo atrajo hacia sí y le susurró al oído:

—Recuerda, tú y yo tenemos un secreto. Debes guardarlo para siempre. Yo jamás te di la orden.

En el jardín de la mansión, Rose Marie Clericuzio estaba esperando para hablar con Pippi de Lena. Era una viuda muy joven y guapa, pero el negro no le sentaba muy bien. El luto por su esposo y su hermano había borrado la natural viveza tan necesaria en una persona con un aspecto apagado como el suyo. Sus grandes ojos castaños eran demasiado oscuros y su piel aceitunada demasiado cetrina. Sólo su hijo Dante, recién bautizado, con sus lacitos azules, aportaba una nota de color mientras descansaba en sus brazos. A lo largo de todo aquel día se había mantenido curiosamente apartada de su padre Don Clericuzio y de sus tres hermanos Giorgio, Vincent y Petie. Pero ahora estaba esperando para enfrentarse con Pippi de Lena.

Ambos eran primos, Pippi le llevaba diez años, y en su adolescencia ella había estado locamente enamorada de él, pero Pippi siempre se había mostrado paternal y había procurado por todos los medios quitársela de encima. A pesar de ser famoso por la debilidad de su carne, el joven había sido lo suficientemente prudente como para no caer en semejante tentación, con la hija de su Don.

—Hola, Pippi —le dijo—. Felicidades.

Pippi sonrió con un encanto que confirió un especial atractivo a los rudos rasgos de su rostro. Se inclinó para besar la frente del niño, observando con asombro que para ser tan pequeño tenía mucho pelo, y que aún conservaba el leve perfume del incienso de la iglesia.

—Dante Clericuzio, un nombre precioso —dijo.

No era un comentario tan inocente como parecía. Rose había recuperado su apellido de soltera para sí y para su hijo huérfano. El Don había utilizado una lógica aplastante para convencerla, pero aun así ella sentía un cierto remordimiento.

Ese remordimiento la indujo a preguntar:

—¿Cómo convenciste a tu mujer de que aceptara un nombre tan religioso?

Pippi la miró sonriendo.

—Mi mujer me quiere y desea complacerme.

Y era cierto, pensó Rose Marie. La mujer de Pippi le quería porque no lo conocía, al menos no como ella lo había conocido y amado en otros tiempos.

—Le has puesto a tu hijo el nombre de Croccifixio —dijo—. Hubieras podido complacer a tu mujer poniéndole un nombre americano.

—Le he puesto el nombre de tu abuelo para complacer a tu padre —dijo Pippi.

—Tal como todos debemos hacer —dijo Rose Marie. Su sonrisa enmascaró la amargura que sentía, pues tal como eran sus rasgos la sonrisa se dibujaba con toda naturalidad en su rostro, confiriéndole una dulzura capaz de suavizar la dureza de cualquier cosa que dijera. Hizo una pausa y añadió con cierta reticencia—: Gracias por salvarme la vida.

Pippi la miró momentáneamente desconcertado y sorprendido. Después le dijo en un leve susurro mientras le rodeaba los hombros con su brazo:

—Jamás corriste el menor peligro. Créeme, no pienses en estas cosas. Olvídalo todo. Tenemos unas vidas muy felices por delante. Procura olvidar el pasado.

Rose Marie se inclinó para besar al niño, pero en realidad lo hizo para ocultar su rostro a los ojos de Pippi.

—Lo comprendo todo —dijo, sabiendo que Pippi les repetiría aquella conversación a su padre y a sus hermanos—. Ya me he reconciliado con él.

Deseaba que los miembros de su familia supieran que todavía los quería y se alegraba de que su hijo hubiera sido recibido en el seno de la familia, ya santificado por el agua bendita, y se hubiera salvado del fuego eterno del infierno.

En aquel momento Virginio Ballazzo se acercó a ellos y los acompañó al centro del césped. Don Domenico Clericuzio salió de la mansión seguido por sus tres hijos.

La familia Clericuzio, hombres de esmoquin, mujeres con modelos de fiesta y niños vestidos de raso, formó un semicírculo para el fotógrafo. Los invitados aplaudieron y les felicitaron a gritos, y el momento quedó inmortalizado: un momento de paz, de victoria y de amor.

Más tarde ampliaron y enmarcaron la fotografía para colgarla en el estudio del Don, al lado de la última imagen de su hijo Silvio, muerto en la guerra contra los Santadio.

El Don contempló el resto de la fiesta desde la terraza de su dormitorio.

Rose Marie pasó por delante de los jugadores de bochas empujando el cochecito de su hijo, y Nalene, la mujer de Pippi, alta, esbelta y elegante, se acercó a ella llevando en brazos a su hijo Croc-cifixio. Nalene colocó al niño en el mismo cochecito de Dante, y ambas mujeres miraron amorosamente a sus retoños.

El Don experimentó una oleada de felicidad al pensar que aquellos dos niños crecerían protegidos y seguros, y jamás cono-cerían el precio que se había tenido que pagar por su feliz destino.

Después el Don observó cómo Petie deslizaba un biberón de leche en el cochecito y todo el mundo se reía mientras los dos be-bés se lo disputaban. Rose Marie levantó a su hijo Dante del co-checito, y el Don la recordó tal como era unos años atrás. El Don lanzó un suspiro. No hay nada más hermoso que una mujer ena-morada, ni nada tan doloroso como contemplarla cuando se queda viuda, pensó con tristeza.

Rose Marie, la hija a la que tanto había amado, era un ser ra-diante y lleno de alegría. Pero Rose Marie había cambiado. La pér-dida de su hermano y de su marido había sido demasiado grande. Sin embargo, según la experiencia del Don, los verdaderos amantes siempre volvían a amar, y las viudas se cansaban de llevar luto. Y ahora Rose Marie tenía un hijo al que querer.

El Don repasó su vida y se felicitó por haberla llevado a buen término. Cierto que había tomado unas decisiones monstruosas para alcanzar el poder y la riqueza, pero apenas se arrepentía de ellas. Todo había sido necesario y acertado. Que otros hombres lloraran sus pecados, Don Clericuzio los aceptaba y depositaba sus esperanzas en el Dios en cuyo perdón confiaba.

Ahora Pippi estaba jugando a las bochas con tres soldados del Enclave del Bronx, propietarios de unas prósperas tiendas del En-clave que, a pesar de llevarle varios años, sentían un temor reve-rencial ante su presencia. Con su habitual buen humor y habilidad, Pippi seguía siendo el centro de la atención de todo el mundo. Era una leyenda, había jugado a las bochas contra los Santadio.

Pippi lanzó un grito de júbilo cuando su bola chocó contra la contraria y la desvió de la bola del blanco. Pippi era todo un hom-bre, pensó el Don. Un fiel soldado, un compañero cordial. Fuerte y rápido, astuto y reservado.

Su querido amigo Virginio Ballazzo, el único que podía rivali-zar en habilidad con Pippi, se acercó a la cancha. Ballazzo arrojó la bola con efecto y se oyeron unos entusiastas vítores cuando dio en el blanco. Ballazzo levantó la mano hacia la terraza en gesto de triunfo, y el Don aplaudió. Se enorgullecía de que semejantes hombres florecieran y prosperaran bajo su mando, como había sucedido con todos los hombres reunidos en Quogue aquel Domingo de Ramos, y que su previsión los protegiera en los difíciles años que se avecinaban.

Lo que el Don no podía prever eran las semillas del mal que anidaban en unas mentes humanas todavía no formadas.

LIBRO I

HOLLYWOOD / LAS VEGAS, 1990

1

La roja mata de cabello de Boz Skannet brillaba bajo el sol amarillo limón de la primavera californiana, y su cuerpo musculoso y de carnes prietas vibraba ante la inminencia de la gran batalla. Todo su ser se encendía de emoción al pensar que su hazaña sería contemplada por más de mil millones de personas de todo el mundo.

Boz guardaba en la cinturilla elástica de sus pantalones de tenis una pequeña pistola oculta por la chaqueta con cremallera que le llegaba hasta la entrepierna. Una chaqueta blanca estampada con un dibujo de rojos relámpagos verticales. Un pañuelo rojo a topos azules le ceñía la frente y le sujetaba el cabello.

En la mano derecha sostenía una enorme botella plateada de agua de Evian. Boz Skannet encajaba perfectamente con el mundo del espectáculo en el que estaba a punto de entrar.

Aquel mundo era una inmensa multitud congregada delante del Dorothy Chandler Pavilion de Los Ángeles, una multitud que aguardaba la llegada de los astros cinematográficos para asistir a la ceremonia de entrega de los premios de la Academia. El público se apretujaba en un tribuna especialmente levantada para la ocasión, y la calle propiamente dicha estaba llena de cámaras de televisión y de reporteros que enviarían las imágenes del esperado acontecimiento a todo el mundo. Aquella noche la gente vería a las grandes estrellas del cine en carne y hueso, despojadas de sus míticas pieles artificiales, sometidas a los triunfos y fracasos de la vida real.

Unos guardias de seguridad uniformados, con unas relucientes porras de color marrón impecablemente guardadas en sus fundas, habían formado un cordón para mantener a raya al público.

Boz Skannet no estaba preocupado por su presencia. Él era

más alto, más rápido y más fuerte que ellos, y además contaba con el factor sorpresa. Le inspiraban más recelo los reporteros y cámaras de televisión que marcaban intrépidamente el territorio en su afán por cerrar el paso a las celebridades; aunque estarían más interesados en grabar que en prevenir.

Una limusina de color blanco se acercó a la entrada del Pavilion, y Boz Skannet vio a Athena Aquitane, «la mujer más bella del mundo». Mientras ésta descendía del vehículo, la multitud se apretujó contra las barreras, llamándola a gritos por su nombre. Las cámaras la rodearon y transmitieron su belleza a los más apartados rincones de la Tierra. Ella saludó con la mano.

Boz saltó por encima de la valla de la tribuna, corrió en zigzag a través de las barreras de la circulación y vio la consabida escena de las camisas marrones de los guardias de seguridad convergiendo en un punto. No estaban situados en el ángulo adecuado. Se deslizó por delante de ellos con la misma facilidad con que años atrás se deslizaba por delante de los defensas en el campo de fútbol, y llegó justo en el preciso instante. Athena estaba hablando por el micrófono, con la cabeza ladeada para mostrar su perfil más favorable a las cámaras. Tres hombres permanecían de pie a su lado. Skannet se aseguró de que la cámara lo estuviera enfocando, y entonces arrojó el líquido de la botella contra el rostro de Athena.

—¡Ahí va un poco de ácido, perra! —le gritó. Después miró directamente a la cámara con semblante sereno, majestuoso y tranquilo—. Se lo tiene merecido —añadió.

Inmediatamente se vio envuelto por una marea de hombres con camisas marrones y las porras en ristre y cayó de rodillas al suelo.

Athena Aquitane le había visto la cara en el último momento, había oído su grito al girar la cabeza y el líquido le había alcanzado la mejilla y la oreja.

Mil millones de personas lo vieron todo en la pantalla del televisor. El encantador rostro de Athena, el líquido plateado sobre su mejilla, el sobresalto, el horror y la señal de reconocimiento al ver a su agresor; una mirada tan auténticamente aterrorizada que por un segundo destruyó toda su soberana belleza.

Mil millones de personas de todo el mundo vieron que la policía se llevaba a Boz Skannet a rastras. Boz Skannet parecía una estrella de cine cuando levantó las manos esposadas saludando con el signo de la victoria antes de desplomarse en el suelo a consecuencia del golpe seco y devastador que un enfurecido oficial de la policía le propinó en los riñones al descubrir la pistola que guardaba en la cinturilla del pantalón.

Athena Aquitane, todavía aturdida por la impresión, se secó automáticamente el líquido de la mejilla con la mano. No sentía el más mínimo escozor. Las gotas de líquido de su mano empezaron a disolverse. La gente se arremolinó a su alrededor para protegerla y sacarla de allí.

Ella se soltó y dijo tranquilamente:

—Sólo es agua. —Se lamió las gotas de la mano para asegurarse de que efectivamente así era. Después trató de sonreír—. Típico de mi marido —añadió.

Haciendo gala del extraordinario valor que la había convertido en una leyenda, Athena entró rápidamente en el Dorothy Chandler Pavilion. Cuando ganó el Oscar a la mejor actriz, el público, puesto en pie, le tributó una interminable salva de aplausos.

En la refrigerada suite del último piso del hotel casino Xanadu de Las Vegas se estaba muriendo el propietario del establecimiento, un hombre de ochenta y cinco años, pero aquel día primaveral creyó escuchar el rumor —que provenía de dieciséis pisos más abajo— de una bolita de marfil pasando a través de las casillas rojas y negras de las ruedas de la ruleta, el distante oleaje de los jugadores dirigiendo roncas súplicas a los dados del cubilete, y el zumbido de millares de máquinas tragaperras devorando plateadas monedas.

Alfred Gronevelt era todo lo feliz que podía ser un hombre en la hora de la muerte. Se había pasado casi noventa años ganándose ilegalmente la vida como proxeneta aficionado, jugador, cómplice de asesinatos, sobornador de políticos y severo pero bondadoso amo y señor del hotel casino Xanadu. Por temor a ser traicionado, jamás en su vida había amado plenamente a nadie, aunque había sido generoso con mucha gente. No se arrepentía de nada. Ahora sólo aspiraba a disfrutar de los pequeños placeres que aún le quedaban en la vida, como por ejemplo su recorrido de aquella tarde por todo el casino.

Croccifixio *Cross* de Lena, su mano derecha durante los últimos cinco años, entró en el dormitorio y le preguntó:

—¿Preparado, Alfred?

Gronevelt lo miró, sonriente, y asintió con la cabeza.

Cross lo sentó en la silla de ruedas, la enfermera lo cubrió con unas mantas y un sirviente se situó detrás de la silla para empujarla. La enfermera le entregó a Cross una cajita de píldoras y abrió la puerta del último piso. Ella se quedaría allí. Gronevelt no podía soportar su presencia durante sus excursiones vespertinas.

La silla de ruedas se deslizó suavemente por el verde césped artificial del jardín de la última planta del edificio y entró en el ascensor ultrarrápido especial que bajaba al casino situado dieciséis pisos más abajo.

Desde su silla, con la espalda muy erguida, Gronevelt miró a derecha e izquierda. Era su mayor placer, contemplar a los hombres y mujeres que batallaban contra él, sabiendo que la ventaja siempre estaba de su parte. La silla de ruedas efectuó un pausado recorrido por la zona del *blackjack* y la ruleta, el foso del bacará y la jungla de las mesas de *craps*. Los jugadores apenas prestaban atención al anciano de la silla de ruedas, a sus ojos siempre alerta o a la absorta sonrisa de su esquelético rostro. Los jugadores en silla de ruedas eran un espectáculo habitual en Las Vegas. Creían que el destino estaba en deuda con ellos por su mala suerte.

La silla entró finalmente en la cafetería restaurante. El sirviente los acompañó a su reservado y se retiró a otra mesa, donde esperaría la señal para marcharse.

A través de la pared de cristal, Gronevelt veía la enorme piscina, el agua azul calentada por el ardiente sol de Nevada y toda una serie de mujeres jóvenes con sus hijos pequeños, constelando la superficie como si fueran juguetes multicolores. Experimentó una fugaz oleada de placer al pensar que todo aquello era obra suya.

—Come algo, Alfred —le dijo Cross de Lena.

Gronevelt lo miró sonriente. Le gustaba el físico de Cross. Su apostura atraía tanto a hombres como a mujeres y era una de las pocas personas en quienes Gronevelt casi se había atrevido a confiar a lo largo de su vida.

—Me encanta este negocio —dijo Gronevelt—. Cross, tú heredarás mi participación en el hotel y sé que tendrás que habértelas con nuestros socios de Nueva York, pero nunca dejes el Xanadu.

Cross le dio al viejo una palmada en la mano, toda cartílago bajo la piel.

—Nunca lo dejaré —dijo.

Gronevelt sintió que la luz del sol le penetraba en la sangre a través de la pared de cristal.

—Cross —dijo—, te lo he enseñado todo. Hemos hecho cosas muy duras, francamente duras. Nunca mires hacia atrás. Tú sabes que los porcentajes funcionan de distintas maneras. Procura hacer todas las buenas obras que puedas, eso también es rentable. No te estoy hablando del amor ni del odio. Son cuotas de porcentajes muy perjudiciales.

Tomaron café juntos. Gronevelt sólo comió un pastelillo de hojaldre. Cross se bebió un zumo de naranja para acompañar el café.

—Otra cosa —añadió Gronevelt—. Nunca le cedas una villa a nadie que no reporta a la casa unas ganancias de un millón de dólares. Nunca lo olvides. Las villas son una leyenda. Son muy importantes.

Cross le dio a Gronevelt una palmada en la mano y después se la cubrió con la suya. Su afecto era sincero. En cierto modo amaba a Gronevelt más que a su padre.

—No te preocupes —dijo—. Las villas son sagradas. ¿Alguna otra cosa?

Gronevelt tenía los ojos empañados. Las cataratas habían apagado su fuego de antaño.

—Ten cuidado —dijo—. Ten siempre mucho cuidado.

—Lo tendré —dijo Cross. Después, para distraer la atención del anciano de su inminente muerte, añadió—: ¿Cuándo me vas a contar la gran guerra contra los Santadio? Tú trabajaste con ellos. Nadie habla jamás de eso.

Gronevelt lanzó un suspiro de viejo, casi un murmullo sin apenas emoción.

—Sé que ya no queda mucho tiempo —dijo—, pero todavía no te lo puedo contar. Pregúntaselo a tu padre.

—Se lo he preguntado a Pippi —dijo Cross—, pero no quiere hablar. Ningún Clericuzio quiere decir nada. Incluso traté de sonsacarle algo a tía Rose Marie pero no hubo manera, y eso que me quiere mucho a pesar del odio que siente por mi padre. Otro misterio.

—El pasado es pasado —dijo Gronevelt—. Nunca vuelvas atrás, ni para buscar pretextos ni para buscar justificaciones o felicidad. Eres lo que eres y el mundo es lo que es.

De vuelta en la última planta, la enfermera le dio a Gronevelt su baño vespertino y le tomó las constantes vitales. Al verla fruncir el ceño, Gronevelt le dijo:

—Es sólo una cuestión de porcentajes.

Aquella noche el anciano tuvo un sueño muy agitado, y al rayar el alba le pidió a la enfermera que lo llevara a la terraza. La enfermera lo sentó en la enorme silla y lo cubrió con unas mantas. Después se acomodó a su lado y le tomó la mano para controlarle el pulso. Cuando fue a retirar la mano, Gronevelt se la retuvo. Ella se lo permitió, y ambos contemplaron la salida del sol sobre el desierto.

La roja bola del sol convirtió el color negro azulado del aire en anaranjado oscuro. Gronevelt vio las pistas de tenis, el campo de golf, la piscina y las siete villas fulgurando como el palacio de Versalles, todas con las banderas del hotel Xanadu ondeando al viento, el verde campo con sus palomas blancas y, más allá, el desierto de arena interminable.

«Yo he creado todo eso —pensó Gronevelt—. Construí templos del placer en un erial y me forjé una vida feliz, de la nada. He procurado ser todo lo bueno que se puede ser en este mundo. ¿Debo ser juzgado?» Regresó con la mente a su infancia, cuando él y sus compañeros, filósofos de catorce años, hablaban de Dios y de los valores morales, como solían hacer los chicos por aquel entonces.

«Si pudierais ganar un millón de dólares apretando un botón y matando a un millón de chinos —dijo su amigo, mirándoles con aire de triunfo, como si les hubiera planteado un gran enigma moral de imposible solución—, ¿lo haríais?»

Tras un prolongado debate, todos llegaron a la conclusión de que no. Todos menos Gronevelt.

Ahora pensó que no se había equivocado, no por los éxitos de su vida sino porque aquel gran enigma ni siquiera se podía plantear. Ya no era un dilema. Sólo se podía plantear de una manera: «¿Pulsaríais un botón para matar a un millón de chinos (¿y por qué chinos, por cierto?) por mil dólares?» Ésa era ahora la cuestión.

La luz del sol estaba tiñendo la tierra de carmesí, y Gronevelt apretó la mano de la enfermera para no perder el equilibrio. Miraba directamente al sol porque sus cataratas eran como un escudo. Pensó medio adormilado en ciertas mujeres a las que había conocido y amado, y en ciertas acciones que había emprendido. Pensó también en los hombres a los que había tenido que derrotar sin piedad y en la clemencia que a veces había mostrado. Cross era como un hijo para él. Le compadecía y compadecía a todos los Santadio y los Clericuzio, y se alegraba de poder dejar todo aquello. Al fin y al cabo, ¿era mejor vivir una existencia feliz o una existencia conforme a los valores morales? ¿Y tenía uno que ser chino para poder decidirlo?

Esta última confusión destrozó por entero su mente. La enfermera notó que la mano del anciano se iba enfriando poco a poco y que los músculos se contraían. Se inclinó hacia delante para controlar las constantes vitales. No cabía duda de que ya se había ido.

Cross de Lena, el heredero y sucesor, organizó el solemne funeral. Tendrían que comunicar la noticia e invitar a todas las celebridades de Las Vegas, los grandes jugadores, las amigas de Gronevelt y el personal del hotel. Alfred Gronevelt había sido el genio indiscutible del juego en Las Vegas.

Había aportado fondos para la construcción de iglesias de todas las creencias pues, tal como a menudo decía, «la gente que cree en la religión y el juego se merece una recompensa por su fe». Había prohibido la construcción de barriadas humildes, pero había levantado magníficos hospitales y escuelas. Siempre aseguraba que lo hacía en su propio interés. Despreciaba Atlantic City, donde bajo los auspicios del Estado se embolsaban todo el dinero y no hacían nada para mejorar la infraestructura social.

Gronevelt había abierto el camino, convenciendo al público de que el juego no era un sórdido vicio sino una fuente de diversión para la clase media, tan normal como el golf o el béisbol. Había convertido el juego en una industria respetable en Estados Unidos. Todo Las Vegas querría rendirle homenaje.

Cross apartó a un lado sus emociones personales. Experimentaba una profunda sensación de pérdida pues durante toda su vida se había sentido unido al difunto por un sincero vínculo de afecto. Y ahora era propietario del cincuenta por ciento del hotel Xanadu, valorado en más de quinientos millones de dólares.

Sabía que su vida tendría que cambiar. Al ser tan rico y poderoso correría más peligro. El hecho de ser socio de Don Clericuzio y su familia en una gigantesca empresa haría que sus relaciones con ellos fueran más delicadas.

La primera llamada que hizo Cross fue a Quogue, donde habló con Giorgio, quien le dio ciertas instrucciones. Le dijo que nadie de la familia asistiría al entierro a excepción de Pippi. Por otra parte, Dante saldría en el primer vuelo para completar la misión que ya habían discutido anteriormente pero no asistiría al funeral. No hizo la menor mención al hecho de que ahora Cross fuera el propietario de la mitad del hotel.

Encontró un mensaje de su hermana Claudia, pero le contestó la centralita cuando llamó. Otro mensaje era de Ernest Vail. Le caía bien Vail y tenía anotada una deuda de cincuenta mil dólares en sus marcadores, pero Vail tendría que esperar hasta después del entierro.

Había otro mensaje de su padre Pippi, que había sido amigo de toda la vida de Gronevelt, y cuyo consejo necesitaba para encauzar su vida en el futuro. ¿Cuál sería la reacción de su padre ante su nueva situación y su recién adquirida riqueza? Sería un problema tan peliagudo como el de los Clericuzio, los cuales tendrían que adaptarse al hecho de que su *bruglione* del Oeste se hubiera convertido de pronto en un personaje rico y poderoso por derecho propio.

Cross no dudaba de que el Don sería justo con él, y daba casi por sentado que su padre lo apoyaría. Pero ¿cómo reaccionarían los hijos del Don, Giorgio, Vincent y Petie, y su nieto Dante? Él y Dante eran enemigos desde el día en que los habían bautizado juntos en la capilla privada del Don, y tal circunstancia se había convertido en una broma habitual dentro de la familia.

Ahora Dante viajaría a Las Vegas para cargarse a Big Tim, el Buscavidas. Cross estaba un poco disgustado porque sentía un perverso cariño por Big Tim, pero su destino lo había decidido el Don en persona. Cross estaba preocupado por la forma en que Dante cumpliría su misión.

El funeral de Alfred Gronevelt fue el más impresionante que jamás se había visto en Las Vegas, un auténtico tributo a su genio. Su cuerpo yacía con gran pompa en la iglesia protestante construida con su dinero y en la que el arquitecto había combinado la grandeza de las catedrales europeas con los pardos muros inclinados propios de la cultura nativa norteamericana. Haciendo gala del célebre sentido práctico de Las Vegas, el templo disponía de un aparcamiento decorado con elementos nativos norteamericanos en lugar de temas religiosos europeos.

El coro que cantó las alabanzas del Señor y encomendó a Gronevelt a la misericordia divina pertenecía a la universidad, de la que éste había financiado tres cátedras de Letras.

Centenares de universitarios que se habían licenciado gracias a las becas fundadas por Gronevelt lloraban sinceramente su muerte. Entre los asistentes figuraban muchos jugadores que habían perdido verdaderas fortunas en favor del hotel y que ahora parecían alegrarse en cierto modo de haber triunfado al final sobre Gronevelt. Muchas mujeres solas, algunas de ellas de mediana edad, lloraban en silencio. También había representantes de las iglesias católicas y de la sinagoga judía, que él había contribuido a construir.

Cerrar el casino hubiera sido una medida totalmente contraria a todo aquello en lo que Gronevelt creía, pero asistieron los directores y los crupieres que no trabajaban en el turno de día. Incluso hicieron acto de presencia algunos de los beneficiarios de las villas, a quienes Cross y Pippi hicieron objeto de especiales muestras de respeto.

Walter Wavven, el gobernador del estado de Nevada, asistió al funeral escoltado por el alcalde. El Strip fue acordonado para que la larga procesión de limusinas negras y asistentes a pie, encabezada por el plateado coche fúnebre, pudiera acompañar los restos mortales hasta el cementerio y Alfred Gronevelt pudiera inspeccionar por última vez el mundo que él había creado.

Aquella noche los visitantes de Las Vegas le rindieron el tributo que él más hubiera apreciado. Jugaron con un frenesí que estableció un nuevo récord de ganancias para la casa, salvo la Nochevieja, por supuesto. En señal de respeto, el dinero fue enterrado junto al cadáver.

Al término de aquella jornada, Cross de Lena se preparó para iniciar su nueva vida.

Aquella noche, sola en su casa de la playa de la Colonia Malibú, Athena Aquitane trató de tomar una decisión. La brisa del océano que penetraba a través de la puerta abierta le provocó un estremecimiento mientras permanecía sentada en el sofá, pensando.

Es difícil imaginar cómo era en su infancia una estrella de cine mundialmente famosa. Es difícil imaginar el proceso de transformación hasta convertirse en mujer. El carisma de las estrellas del cine es tan poderoso que parece como si sus imágenes adultas de héroes o beldades sin par hubiera brotado de golpe de la cabeza de Zeus. Ellos nunca mojaban la cama, nunca habían padecido acné, nunca habían tenido una cara inicialmente fea, nunca habían sufrido la timidez de los adolescentes poco agraciados, nunca se masturbaban, nunca habían suplicado amor y nunca habían estado a merced del destino. Ahora era por tanto muy difícil, incluso para Athena Aquitane, recordar a semejante persona.

Athena se consideraba una de las criaturas más afortunadas que jamás hubieran nacido en este mundo. Lo había tenido todo sin el menor esfuerzo. Tenía un padre maravilloso y una madre que había sabido reconocer y cultivar sus cualidades. Aunque sus padres adoraban su belleza física, habían hecho todo lo posible por educar su mente. Su padre la instruyó en la práctica de los deportes, y su madre en la literatura y el arte. No recordaba ni una sola ocasión de su infancia en que se hubiera sentido desdichada, hasta los diecisiete años, cuando se enamoró.

Se enamoró de Boz Skannet, que le llevaba cuatro años y era una estrella del fútbol regional en el centro universitario donde estudiaba. La familia de Boz era propietaria del banco más importante de Tejas. Boz era casi tan guapo como Athena, y además era divertido y encantador y estaba loco por ella. Sus cuerpos perfectos se atraían como imanes, las terminaciones nerviosas experimentaban descargas de alta tensión y la carne era toda seda y miel. Entraron en un cielo especial y se casaron para asegurarse la felicidad eterna.

Athena quedó embarazada a los pocos meses, pero gracias a la exquisita perfección de su cuerpo engordó muy poco, nunca sufrió mareos y le encantaba la idea de tener un hijo. Siguió por tanto yendo a clase, estudiando arte dramático y jugando al golf y al tenis. Boz la ganaba al tenis, pero ella lo derrotaba sin el menor esfuerzo en el golf.

Boz empezó a trabajar en el banco de su padre. Tras el nacimiento del bebé, una niña a la que puso el nombre de Bethany, Athena siguió yendo a clase pues Boz tenía dinero más que suficiente para pagarle una niñera y una criada. El matrimonio aumentó el ansia de saber de Athena, que leía vorazmente todo tipo de libros y muy especialmente obras de teatro. Le encantaba Pirandello, Strindberg la ponía muy triste y Tennessee Williams la hacía llorar. Rebosaba de vitalidad y su inteligencia enmarcaba su físico, confiriéndole una dignidad que raras veces acompaña a la belleza. No era de extrañar que muchos hombres tanto jóvenes como ancianos se enamoraran de ella. Los amigos de Boz Skannet le envidiaban su suerte.

Boz Skannet comentaba en broma que su mujer era como un Rolls que tuviera que dejar aparcado todas las noches en la calle. Era lo bastante inteligente como para comprender que su mujer estaba destinada a cosas más grandes, y estaba convencido de que era extraordinaria. También veía con toda claridad que estaba destinado a perderla, como había perdido sus propios sueños. Aunque no había podido demostrar su valor en una guerra, sabía que era valiente y que poseía encanto y buena presencia, pero ningún talento en especial. Tampoco le interesaba amasar una gran fortuna.

Estaba celoso de las cualidades de Athena y de la certeza que ésta tenía del lugar que ocupaba en el mundo.

Boz Skannet decidió por tanto ir al encuentro de su destino. Empezó a beber y a seducir a las esposas de sus compañeros, y puso en marcha unas transacciones un tanto sospechosas en el banco de su padre. Estaba tan orgulloso de su astucia como puede estarlo cualquier hombre que acaba de adquirir una nueva habilidad, y la utilizaba para disimular el creciente odio que sentía por su mujer. ¿Acaso no era heroico odiar a un ser tan hermoso y perfecto como Athena?

Boz Skannet gozaba de una salud de hierro a pesar de las juergas que se corría. Se aferraba a ella con ansia. Hacía ejercicio en el gimnasio y tomaba lecciones de boxeo. Le encantaba el carácter eminentemente físico del cuadrilátero, donde podía descargar el puño contra un rostro humano, la habilidad de pasar de un golpe corto a un gancho, y el estoicismo con que los púgiles recibían el castigo. Le encantaba la caza y el hecho de matar a las piezas. Disfrutaba seduciendo a las mujeres ingenuas y le encantaba la esquemática simplicidad de los idilios amorosos. Con su recién descubierta astucia, buscó un medio para salir de la situación. Él y Athena tendrían más hijos. Cuatro, cinco, seis. Eso los volvería a unir e impediría que ella se le pudiera escapar. Pero para entonces Athena ya había adivinado sus intenciones y le dijo que no. Y le dijo algo más:

—Si quieres hijos, tenlos con las otras mujeres con quienes follas.

Era la primera vez que utilizaba un lenguaje tan vulgar. Boz no se sorprendió de que estuviera al corriente de sus infidelidades pues no se había tomado la molestia de ocultarlas. En realidad su astucia consistía en eso. Sería él quien la rechazara a ella, no ella quien lo abandonara a él.

Athena veía lo que le estaba ocurriendo a Boz, pero era demasiado joven y se hallaba demasiado ocupada con su propia vida como para prestarle la necesaria atención. Sólo cuando Boz empezó a maltratarla descubrió, a sus veinte años, la acerada fuerza de su carácter y su incapacidad para soportar la estupidez.

Boz Skannet empezó a entregarse a los juegos de ingenio que suelen utilizar los hombres que odian a las mujeres, y Athena llegó a pensar que se estaba volviendo loco.

Siempre recogía la ropa en la lavandería al volver a casa del trabajo pues solía decir: «Cariño, tu tiempo vale más que el mío. Tú tienes tus clases especiales de música y teatro, además del trabajo de la tesis.» Se lo decía pensando que la naturalidad de su tono de voz impediría que ella detectara su resentido reproche.

Un día Boz regresó a casa con los brazos cargados de vestidos mientras ella se estaba bañando. Contempló su dorado cabello, su blanca piel y sus redondos pechos y nalgas cubiertos de jabonosa espuma.

—¿Te gustaría que arrojara toda esta mierda aquí dentro de la bañera, contigo? —le dijo con voz pastosa.

Pero en lugar de hacerlo, colgó los vestidos en el armario, la ayudó a salir de la bañera y la secó con unas suaves toallas de color de rosa. Después hizo el amor con ella. Unas cuantas semanas más tarde se repitió la escena, pero esa vez arrojó la ropa al agua.

Una noche, durante la cena, la amenazó con romper todos los platos, pero no lo hizo. Una semana más tarde destrozó todo lo que había en la cocina. Después siempre pedía perdón e intentaba hacer el amor. Pero ahora Athena lo rechazaba y dormían en habitaciones separadas.

Otra noche, durante la cena, Boz levantó el puño y le dijo:

—Tienes una cara demasiado perfecta. Si te rompiera la nariz, a lo mejor tendría más personalidad, como la de Marlon Brando.

Athena corrió a la cocina y él fue tras ella. Estaba tan asustada que cogió un cuchillo. Boz se echó a reír y le dijo:

—Eso es justo lo que no puedes hacer. —Y estaba en lo cierto. Le arrebató el cuchillo sin ninguna dificultad—. Sólo era una broma. Tu único defecto es que no tienes sentido del humor.

A sus veinte años, Athena hubiera podido recurrir a sus padres y pedirles ayuda, pero no lo hizo ni tampoco les contó nada a sus amigos. En lugar de eso reflexionó cuidadosamente sobre lo que iba a hacer y confió en su inteligencia. Comprendió que jamás terminaría sus estudios universitarios porque la situación era demasiado peligrosa. Sabía que las autoridades no podrían protegerla. Consideró brevemente la posibilidad de emprender una campaña para conseguir que Boz la amara de nuevo y volviera a ser el mismo de antes, pero la aversión física que le inspiraba era tan grande que ni siquiera podía soportar la idea de que la tocara, y sabía que jamás podría ofrecerle una simulación convincente del amor por más que recurriera a sus dotes teatrales.

Al final Boz hizo algo que la obligó a tomar una determinación precipitada y le hizo comprender la necesidad de marcharse, a pesar de que no tuvo nada que ver con ella sino con Bethany.

Boz tenía por costumbre jugar con su hija de un año, lanzándola al aire y haciendo como que no podía atraparla, aunque en el último momento siempre alargaba el brazo. Pero una vez la dejó caer sobre el sofá, al parecer por accidente. Al final, un día dejó caer deliberadamente a la niña al suelo. Athena soltó un grito horrorizado y se apresuró a cogerla en brazos para consolarla. Permaneció despierta toda la noche sentada al lado de la cuna de la niña para asegurarse de que no le había ocurrido nada. Bethany tenía un enorme chichón en la cabeza. Boz pidió perdón, con los ojos llenos de lágrimas, y prometió no volver a gastar nunca más aquellas bromas, pero Athena ya había tomado una decisión y adoptó las disposiciones necesarias.

Al día siguiente canceló su cuenta corriente y su libreta de ahorros. Después hizo unos complicados planes de viaje para que nadie pudiera seguir sus movimientos. Dos días más tarde, cuando Boz regresó a casa del trabajo, ella y la niña habían desaparecido.

Seis meses más tarde Athena apareció en Los Ángeles sin la niña e inició su carrera. Encontró sin dificultad un agente de nivel medio y empezó a trabajar en pequeñas compañías teatrales. Tras interpretar el papel principal de una obra en el Mark Taper Forum, consiguió algunos papeles secundarios en películas de serie B y finalmente fue elegida para un papel protagonista en una película de serie A. En su siguiente película se convirtió en una estrella cotizada, y Bobz Skannet entró de nuevo en su vida.

Se pasó tres años dándole dinero para quitárselo de encima, pero no le sorprendió lo que hizo en la Academia. Una de sus viejas triquiñuelas. Aquello sólo había sido una broma... pero la próxima vez, la botella estaría llena de ácido.

—Se ha armado un gran revuelo en los estudios —le dijo Molly Flanders a Claudia de Lena aquella mañana—. Ha surgido un problema con Athena Aquitane. Debido a la agresión que ha sufrido durante la ceremonia de entrega de premios de la Academia, temen que no pueda seguir trabajando en la película, y Bantz quiere que vayas a los estudios. Quieren que hables con Athena.

Claudia había acudido al despacho de Molly en compañía de Ernest Vail.

—La llamaré en cuanto terminemos aquí —dijo Claudia—. Estoy segura de que no habla en serio.

Molly era una abogada del mundo del espectáculo, y en aquella ciudad donde tanto abundaban las personas temibles era también el letrado más temido de la industria del cine. Le encantaba batirse en las salas de justicia y casi siempre ganaba los pleitos porque era una extraordinaria actriz y se conocía los entresijos de la ley mejor que nadie.

Antes de introducirse como abogada en el mundo del espectáculo había sido defensora de oficio del estado de California y había salvado a veinte asesinos de morir en la cámara de gas. Algunos de sus clientes, acusados de homicidio, habían sido condenados simplemente a unos pocos años de cárcel. Pero al final los nervios la traicionaron y decidió ejercer como abogada en el mundo del espectáculo. Solía decir que este mundo era menos sangriento y tenía unos delincuentes más divertidos.

Ahora representaba los intereses de directores cinematográficos de serie A, cotizados actores y célebres guionistas. Al día siguiente de la ceremonia de entrega de premios de la Academia, Claudia de Lena, una de sus clientas preferidas, se había presentado en su despacho. La acompañaba su coguionista de aquellos momentos, un escritor en otro tiempo famoso llamado Ernest Vail.

Claudia de Lena era íntima amiga suya desde hacía mucho tiempo, aunque una de sus peores clientas. Así pues, cuando Claudia le pidió que asumiera la defensa de los intereses de Ernest de Vail, había aceptado, aunque ahora se arrepentía. Vail le había planteado un problema que ni siquiera ella podría resolver. Además era un hombre por el que no sentía la menor simpatía, cosa que no le ocurría ni siquiera con sus clientes asesinos. Esto hizo que se sintiera un poco culpable al darle la mala noticia.

—Ernest —le dijo—, he revisado todos los contratos y son absolutamente legales. De nada servirá que sigas presentando querellas contra los Estudios LoddStone. La única manera de recuperar los derechos es que la palmes antes de que expire el *copyright*. Eso quiere decir dentro de los próximos cinco años.

Diez años atrás, Ernest Vail había sido el más célebre novelista de Estados Unidos, aclamado por la crítica y leído por un gran número de lectores. La industria cinematográfica había explotado un personaje de una de sus novelas. Los Estudios LoddStone habían comprado los derechos y habían rodado una película de gran éxito. Una segunda y una tercera parte también habían cosechado unos enormes beneficios. Los estudios tenían en proyecto cuatro películas más. Pero por desgracia para Ernest Vail, en su primer contrato había cedido a los estudios todos los derechos de los personajes y el título de la obra en todos los planetas del universo y en todas las modalidades de entretenimiento descubiertas y por descubrir. Era el típico contrato de los novelistas que aún no saben manejarse en el mundillo del cine. Ernest Vail era un hombre de expresión perennemente amargada, y no le faltaban motivos para ello. La crítica seguía aclamando sus libros, pero el público ya no los leía. Por si fuera poco, a pesar de su talento había destruido su vida. Su mujer lo había abandonado, llevándose a sus tres hijos. Con el único de sus libros que había triunfado en versión cinematográfica se había apuntado un buen tanto inicial, pero los estudios ganarían centenares de millones de dólares a lo largo de los años.

—Explícame por qué —dijo Vail.

—Los contratos están redactados a toda prueba —contestó Molly Flanders—. Los estudios son propietarios de tus personajes. Sólo hay un resquicio. La legislación del estado relativa al *copyright* establece que cuando uno muere, todos los derechos de sus obras revierten en los herederos.

Vail sonrió por primera vez.

—La redención —dijo.

—¿De cuánto dinero estamos hablando? —preguntó Claudia de Lena.

—Cuando el trato es justo —contestó Molly—, del cinco por ciento de los beneficios brutos. Supongamos que rueden otras cinco películas y que no son un desastre total. Beneficios mundiales, mil millones de dólares. Por consiguiente, estamos hablando de unos treinta o cuarenta millones de dólares. —Molly hizo una breve pausa y esbozó una sarcástica sonrisa—. Si te murieras, yo podría negociar un trato mucho mejor para tus herederos. Les podríamos poner una pistola en la sien.

—Llama a la gente de LoddStone —dijo Vail—. Quiero una reunión. Les convenceré de que si no me dan la parte que me corresponde me mato.

—No te creerán —dijo Molly Flanders.

—Pues entonces lo haré —replicó Vail.

—Procura ser razonable —le dijo Claudia de Lena—. Sólo tienes cincuenta y seis años, Ernest. Eres demasiado joven para morir por dinero. Por una causa, por el bien de tu país o por amor, vale, pero no por dinero.

—Tengo que velar por los intereses de mi mujer y mis hijos —dijo Vail.

—De tu ex mujer —puntualizó Molly Flanders—. Te has vuelto a casar dos veces desde entonces, hombre de Dios.

—Me refiero a mi verdadera mujer —dijo Vail—. La madre de mis hijos.

Molly comprendía por qué nadie le tenía simpatía en Hollywood.

—Los estudios no te van a dar lo que les pides —le dijo—. Saben que no te vas a matar y no se dejarán engañar por las artimañas de un escritor. Si fueras una estrella cotizada puede que sí, o un director de serie A, pero jamás un escritor. Eres una pura mierda en este sector. Lo siento, Claudia.

—Ernest lo sabe y yo también lo sé —dijo Claudia de Lena—. Si todo el mundo en esta ciudad no se muriera de miedo ante una hoja de papel en blanco, se librarían totalmente de nosotros. ¿Pero de verdad no puedes hacer nada?

Molly lanzó un suspiro y llamó a Eli Marrion. Tenía la suficiente influencia como para que la pusieran en contacto directo con Bobby Bantz, el presidente de los Estudios LoddStone.

Más tarde, Claudia y Vail tomaron una copa juntos en el Polo Lounge.

—Qué mujer tan enorme es esa Molly —comentó Vail en tono pensativo—. Las mujeres gordas son más fáciles de seducir, y mucho más agradables en la cama que las menudas. ¿Nunca has reparado en ello?

Claudia se preguntó, y no era la primera vez, por qué razón

apreciaba tanto a Vail. Poca gente le tenía aprecio, pero a ella le habían gustado mucho sus novelas y le seguían gustando.

—Eres un mierda —le dijo.

—Me refiero a que las mujeres gordas son más dulces —dijo Vail—. Te llevan el desayuno a la cama y tienen muchos detalles contigo. Detalles femeninos.

Claudia se encogió de hombros.

—Las mujeres gordas tienen muy buen corazón —prosiguió Vail—. Una me llevó a casa una noche después de una fiesta y la pobre no sabía qué hacer conmigo. Miró a su alrededor en el dormitorio, como hacía mi madre en la cocina cuando no había nada para comer y trataba de encontrar algún medio de improvisar una comida. Se preguntaba cómo demonios lo podríamos pasar bien con las pocas cosas que teníamos.

Tomaron pausadamente sus consumiciones y, como siempre, Claudia se conmovió al verlo tan desvalido.

—Tú ya sabes cómo nos conocimos Molly y yo —dijo—. Ella estaba defendiendo a un tipo que había asesinado a su novia y necesitaba un buen diálogo para que él pudiera utilizarlo en el juicio. Yo escribí la escena como si fuera el guión de una película, y su cliente consiguió una condena por homicidio. Creo que escribí el diálogo y el argumento de otros tres casos antes de que lo dejáramos.

—Aborrezco Hollywood —dijo Vail.

—Aborreces Hollywood porque los Estudios LoddStone te han estafado con tu libro —dijo Claudia.

—No sólo por eso —puntualizó Vail—. Parezco una de esas antiguas civilizaciones como la de los aztecas, los imperios chinos o los indios americanos que fueron destruidos por un pueblo dotado de una tecnología mucho más sofisticada. Soy un verdadero escritor, escribo novelas que se dirigen a la mente, y esta clase de escritura pertenece a una tecnología muy anticuada. Yo no puedo competir con las películas. Las películas tienen cámaras y decorados, tienen música y rostros estupendos. ¿Cómo puede un escritor evocar todo eso con simples palabras? Y además las películas han reducido las dimensiones del campo de batalla. No tienen que conquistar el cerebro sino sólo el corazón.

—¡Una mierda! ¿Es que yo no soy una escritora? —dijo Claudia—. ¿Un guionista no es un escritor? Eso lo dices porque a ti no se te dan bien los guiones.

Vail le dio una palmada en el hombro.

—No te estoy menospreciando —le dijo—. Ni siquiera menosprecio la cinematografía como forma artística. Estoy dando simplemente una definición.

—Tienes suerte de que me gusten tus libros —dijo Claudia—. No me extraña que aquí nadie te tenga simpatía.

—No, no —dijo Vail, esbozando una afable sonrisa—. No es que no me tengan simpatía. Me desprecian, simplemente. Pero cuando muera y mis herederos recuperen los derechos de mis personajes, me respetarán.

—No hablas en serio —dijo Claudia.

—Claro que hablo en serio. La perspectiva es muy tentadora. El suicidio. ¿Crees que es políticamente incorrecto en estos momentos?

—¡Mierda! —exclamó Claudia, rodeando con su brazo el cuello de Vail—. El combate acaba de empezar. Si puedo hablar con Athena y conseguir que siga en la película, estoy segura de que me escucharán cuando les pida la parte que te corresponde. ¿De acuerdo?

Vail la miró sonriendo.

—No hay prisa. Tardaré por lo menos seis meses en buscar el medio de acabar conmigo. Odio la violencia.

Claudia tuvo la repentina sensación de que Vail hablaba en serio y sintió pánico ante su posible muerte. No lo amaba, aunque por un tiempo fueron amantes. Ni siquiera le tenía cariño. Le dolía pensar que los hermosos libros que había escrito tuvieran para él menos importancia que el dinero, y que su arte fuera derrotado por un enemigo tan despreciable como el dinero.

—Si las cosas se ponen feas —le dijo, presa del pánico—, iremos a Las Vegas a ver a mi hermano Cross. Él te aprecia. Hará algo.

Ernest Vail soltó una carcajada.

—No me aprecia tanto como para eso.

—Tiene buen corazón. Conozco a mi hermano.

—No, no lo conoces —dijo Vail.

Athena regresó a casa desde el Dorothy Chandler Pavilion la noche de la entrega de los premios de la Academia y se fue directamente a la cama sin celebrarlo. Se pasó horas y horas dando vueltas sin poder dormir. Todos los músculos de su cuerpo estaban en tensión, y todas las células de su mente se encontraban en estado de alerta. No permitiré que lo vuelva a hacer, pensó. Otra vez, no. No volveré a vivir sumida en el terror.

Se preparó una taza de té e intentó tomar un sorbo, pero al percibir el leve temblor de su mano perdió la paciencia y salió a la terraza para contemplar el oscuro cielo nocturno. Permaneció varias horas allí aunque no consiguió calmar los aterrorizados latidos de su corazón.

Se puso unos pantalones cortos blancos y unas zapatillas de tenis, y cuando el rojo sol empezó a asomar por el horizonte echó a correr. Corrió cada vez más rápido por la playa, procurando no apartarse de la dura arena mojada y seguir la línea costera mientras el agua fría le mojaba los pies. Tenía que aclararse las ideas. No podía permitir que Boz la derrotara. Había luchado mucho, y durante mucho tiempo. Y él la mataría, de eso no le cabía la menor duda. Pero primero jugaría con ella, la atormentaría y al final la desfiguraría, pensando que de esta manera la podría recuperar. Sintió la furia golpeando en su garganta como si fuera un tambor, y después el azote del frío viento rociándole el rostro con el agua del océano. No, se juró de nuevo. ¡No!

Pensó en los estudios. Estarían desesperados y la amenazarían, pero no estaban preocupados por ella sino por el dinero. Pensó en su amiga Claudia y en la gran oportunidad que la película podía suponer para ella. Se entristeció y pensó en todos los demás, pero no podía permitirse el lujo de la compasión. Boz estaba loco, y las personas que no estaban locas intentarían razonar con él. Boz era lo bastante listo como para hacerles creer que podían ganar, pero ella sabía que no. No correría el riesgo. No podía permitirse el lujo de correr aquel riesgo.

Cuando llegó a las grandes rocas negras que marcaban el final de la playa norte estaba completamente exhausta. Se sentó, tratando de calmar los violentos latidos de su corazón. Levantó los ojos al oír el graznido de las gaviotas que descendían casi en picado y parecían deslizarse sobre el agua. Se le llenaron los ojos de lágrimas pero se sobrepuso con determinación y se tragó el nudo que se le había hecho en la garganta. Por primera vez en mucho tiempo pensó que ojalá sus padres no estuvieran tan lejos. Se sentía en parte como una niña desamparada y deseaba desesperadamente correr a casa en busca de seguridad, de alguien que la rodeara con sus brazos y arreglarlo todo. Después sonrió para sus adentros y recordó, con la boca torcida en una mueca de amargura, los tiempos en que lo creía realmente posible. Ahora todo el mundo la amaba, la admiraba y la adoraba... pero en realidad se sentía más vacía y solitaria de lo que se hubiera podido sentir cualquier ser humano. A veces, cuando se cruzaba por la calle con alguna mujer acompañada de su marido y sus hijos, una mujer de esas que vivían una existencia normal, sentía un anhelo casi insoportable. ¡Ya basta!, se dijo. Piénsalo bien. De ti depende. Traza un plan y ponlo en práctica. No es sólo tu vida la que depende de ti...

Ya era media mañana cuando regresó a casa, y lo hizo con la cabeza bien alta y los ojos mirando fijamente hacia delante. Sabía lo que tenía que hacer.

Boz Skannet permaneció detenido toda la noche. Cuando lo pusieron en libertad, su abogado convocó una rueda de prensa. Skannet declaró a los periodistas que estaba casado con Athena Aquitane, aunque llevaba diez años sin verla, y que lo que había hecho era simplemente una broma. El líquido era sólo agua. Predijo que Athena no presentaría ninguna denuncia contra él, insinuando que conocía un terrible secreto sobre ella. En eso tuvo razón. No se presentó ninguna denuncia.

Aquel día Athena Aquitane comunicó a los Estudios LoddStone, que en aquellos momentos estaban rodando una de las películas más caras de toda la historia del cine, su intención de no seguir trabajando con ellos. Temía por su vida, después de la agresión que había sufrido.

La película, una epopeya histórica titulada *Mesalina*, no se podría terminar sin ella. Los cincuenta millones de dólares ya invertidos se perderían totalmente. La decisión significaba también que ningún estudio importante se atrevería jamás a incluir a Athena Aquitane en una película.

Los Estudios LoddStone hicieron público un comunicado explicando que la estrella sufría una grave crisis nerviosa, pero que en cuestión de un mes se recuperaría y se podría reanudar el rodaje.

2

Los Estudios LoddStone eran la fábrica de películas más poderosa de Hollywood, pero la negativa de Athena Aquitane a reanudar el trabajo significaba una traición muy costosa. Parecía un poco extraño que una simple actriz de talento pudiera descargar un golpe tan devastador, pero *Mesalina* era la «locomotora» de la temporada navideña de los estudios, la gran superproducción que arrastraría en pos de sí todas las restantes producciones de los estudios durante el largo y crudo período invernal.

Aquel domingo se iba a celebrar la fiesta benéfica anual del Festival de la Fraternidad en la residencia de Beverly Hills de Eli Marrion, principal accionista y presidente de los Estudios Lodd-Stone.

La lujosa mansión de Eli Marrion, al fondo de los cañones que se elevaban por encima de Beverly Hills, era un impresionante edificio de veinte estancias cuya principal originalidad era el hecho de no tener más que un solo dormitorio. A Eli Marrion no le gustaba que nadie durmiera en su casa. Había bungalows para invitados, por supuesto, dos pistas de tenis y una enorme piscina. Seis de las estancias estaban dedicadas a su importante colección de pintura.

Quinientas destacadas personalidades de Hollywood habían sido invitadas a la fiesta benéfica, a mil dólares por persona. En el jardín había unas carpas para las mesas del bufé y para la pista de baile, una orquesta y varios bares. Pero el acceso a la casa propiamente dicha estaba prohibido. Se habían instalado unos sanitarios portátiles en unas carpas de ingenioso diseño y alegres colores.

La mansión, las pistas de tenis, la piscina y los bungalows de invitados estaban acordonados y vigilados por guardias de seguridad. El ámbito de la fiesta se limitaba al jardín. Ninguno de los invitados se lo tomó a mal pues Eli Marrion era un personaje demasiado encumbrado como para que alguien pudiera ofenderse.

Sin embargo, mientras los invitados se divertían en el jardín, bailaban y se contaban chismes durante las tres horas de rigor, Eli Marrion permaneció encerrado en la enorme sala de reuniones de la mansión con un grupo de personas más interesadas en la terminación del rodaje de la película *Mesalina* que en la fiesta.

Eli Marrion dominaba la escena. Tenía ochenta años, pero tan bien disimulados que no aparentaba más de sesenta. Su cabello gris estaba pulcramente cortado y teñido de plata, su traje oscuro le ensanchaba los hombros, añadía carne a sus huesos y aislaba sus piernas, delgadas como palillos. Unos zapatos color caoba lo anclaban al suelo. La camisa blanca estaba atravesada verticalmente por una corbata rosa que confería un poco de arrebol a la grisácea palidez de su rostro. Su dominio en los Estudios LoddStone sólo era absoluto cuando él quería que lo fuera pues algunas veces consideraba más prudente permitir que los simples mortales ejercieran libremente su voluntad.

La negativa de Athena Aquitane a terminar la película en curso era un problema lo bastante grave como para exigir la intervención de Marrion. *Mesalina*, una producción de cien millones de dólares, la «locomotora» de los estudios, con los derechos extranjeros ya vendidos para cubrir los costes, vídeo, televisión y cable incluidos, era un inmenso tesoro que estaba a punto de hundirse como un viejo galeón español de imposible rescate.

Había además el problema de Athena. A sus treinta años, la actriz era una fulgurante estrella que ya tenía firmado otro contrato con los Estudios LoddStone para una nueva superproducción. Un verdadero talento de valor incalculable. Marrion adoraba el talento.

Pero el talento era tan peligroso como la dinamita y había que controlarlo. Y eso se hacía con amor, con las formas más abyectas de adulación, inundando a las estrellas de bienes terrenales, convirtiéndose uno en su padre, su madre, su hermano, su hermana e incluso su amante. Ningún sacrificio era demasiado grande, pero llegaba un momento en que uno no podía ser débil y tenía incluso que ser despiadado.

Y ahora varias personas se habían reunido en aquella estancia para obligar a Eli Marrion a actuar. Bobby Bantz, Skippy Deere, Melo Stuart y Dita Tommey.

Eli Marrion, sentado entre ellos en aquella conocida sala de reuniones en cuyas paredes colgaban cuadros valorados en veinte millones de dólares —aparte el medio millón que debían de costar las mesas, sillas y alfombras, copas y jarras de cristal—, sintió que los huesos se le desintegraban por dentro. Cada día se asombraba más de lo difícil que resultaba presentarse ante el mundo como la todopoderosa figura que aparentaba ser.

Las mañanas ya no eran placenteras; afeitarse, hacerse el nudo de la corbata o abrocharse los botones de la camisa constituían unas tareas fatigosas. Y lo más peligroso era la debilidad mental, que se manifestaba en forma de compasión hacia las personas menos poderosas que él. Ahora utilizaba más que antes a Bobby Bantz y le había otorgado más poder. A fin de cuentas, Bobby tenía treinta años menos que él y era su mejor y más leal amigo desde hacía mucho tiempo.

Bantz era el presidente y máximo ejecutivo de los estudios. Durante más de treinta años había sido el esbirro de Eli Marrion, y en el transcurso de aquel largo período de tiempo habían estado tan estrechamente unidos como un padre y un hijo. Eran tal para cual. Eli Marrion, pasados los setenta, se había vuelto demasiado tierno y sentimental como para hacer las cosas que no había más remedio que hacer.

Era Bantz quien se encargaba de asumir los cortes artísticos sugeridos por los directores cinematográficos para hacerlos aceptables al público. Era él quien discutía los porcentajes de los directores, actores y guionistas y quien los obligaba a presentar querellas para cobrar lo acordado o conformarse con menos. Era él quien negociaba los contratos más difíciles con los grandes actores, y sobre todo con los guionistas.

Bantz se negaba incluso a hacerles la habitual adulación a los guionistas. Cierto que en principio era muy necesario un guión, pero Bantz creía que lo más decisivo eran los actores del reparto. El «Star Power» lo llamaban, el poder de las estrellas. Los directores eran importantes porque lo podían dejar a uno en pelotas, y la desbordante energía de los productores, que no les andaban a la zaga en lo tocante al dinero, era absolutamente necesaria para poner en marcha las películas.

Pero ¿qué decir de los guionistas? Lo único que tenían que hacer era trazar el esquema inicial sobre una hoja de papel. Después se contrataba a otras doce personas para que lo desarrollaran. El productor daba forma a la trama, y el director se inventaba el negocio (a veces una película totalmente distinta), y las estrellas hacían inspiradas aportaciones a los diálogos. Finalmente intervenía el equipo creativo de los estudios, que en unos largos memorándums cuidadosamente elaborados hacía sugerencias a los guionistas, insinuaba ideas y confeccionaba listas de «deseos». Bantz había visto muchas películas que una vez terminadas no contenían ni una sola palabra o un solo diálogo de los guiones iniciales de los destacados guionistas cinematográficos que habían cobrado un millón de dólares por ellos. Cierto que Eli sentía una debilidad especial por los guionistas, pero ello se debía tan sólo a que éstos eran muy fáciles de engañar en los contratos.

Marrion y Bantz habían viajado juntos por todo el mundo, vendiendo películas en los festivales cinematográficos y los mercados de Londres, París, Cannes, Tokio y Singapur. Habían decidido el destino de jóvenes artistas, y juntos habían gobernado un imperio como emperador y vasallo principal.

Eli Marrion y Bobby Bantz estaban de acuerdo en que el Talento, con mayúsculas, es decir, los que escribían, interpretaban y dirigían películas, eran las personas más ingratas del mundo. Oh, cómo cambiaban cuando alcanzaban la fama aquellos puros y prometedores artistas, tan cautivadores y agradecidos por las oportunidades que les ofrecían, tan complacientes cuando luchaban por abrirse camino. Las industriosas abejas que elaboraban la miel se convertían en enfurecidas avispas. Era lógico que Marrion y Bantz tuvieran en nómina a veinte abogados para que los atraparan en sus redes.

¿Por qué sería que siempre les causaban tantos problemas? ¿Por qué eran tan desdichados? La gente que iba en pos del dinero más que del arte tenía sin duda unas carreras más largas, vivía unas existencias más placenteras y era más valiosa desde el punto de vista social que los artistas que se esforzaban en mostrar la chispa divina que encerraban los seres humanos. Lástima que no se pudiera hacer una película sobre todo aquello. El dinero era más curativo que el arte y el amor, pero el público jamás se tragaría eso.

Bobby Bantz los había reunido a todos, apartándolos de la fiesta que se estaba celebrando en el jardín de la mansión. Entre ellos, el único talento era la directora de *Mesalina*, una mujer llamada Dita Tommey, clasificada como de serie A y conocida como la mejor directora para actrices, lo cual en Hollywood ya no significaba lesbiana sino feminista. El hecho de que además fuera lesbiana no tenía la menor importancia para los hombres que en aquellos momentos se encontraban reunidos en aquella sala. Dita Tommey realizaba películas sin rebasar jamás el presupuesto, sus películas ganaban dinero y sus relaciones con las mujeres causaban muchos menos problemas en una película que las relaciones amorosas de un director con sus actrices. Las amantes lesbianas de las mujeres famosas eran muy dóciles.

Eli Marrion se sentó en la cabecera de la mesa de reuniones y dejó que Bobby Bantz llevara el peso de la discusión.

—Dita —dijo Bantz—, a ver si nos explicas exactamente en qué situación estamos con la película y qué piensas tú que se podría hacer para resolverla, porque es que yo ni siquiera entiendo el problema.

Dita Tommey era bajita y muy fuerte, y siempre iba directamente al grano.

—Athena está muerta de miedo —dijo—. No volverá al trabajo a menos que a vosotros, los genios, se os ocurra algo que pueda borrar su pánico. Si no vuelve vais a perder cincuenta millones de dólares. La película no se puede terminar sin ella. —Hizo una breve pausa—. La semana pasada he estado rodando exteriores, así que, en eso os he ahorrado dinero.

—¡Maldita película! —dijo Bantz—. Nunca fui partidario de hacerla.

Su comentario provocó la reacción de algunos de los presentes en la estancia.

—No fastidies, Bobby —intervino Skippy Deere.

—Eso es un disparate —terció Melo Stuart, el agente de Athena Aquitane.

En realidad todos habían apoyado con entusiasmo el proyecto de *Mesalina*, que había sido una de las películas de toda la historia del cine que más fácilmente había obtenido luz verde.

Mesalina narraba desde una perspectiva feminista la historia del Imperio romano bajo el emperador Claudio. Las crónicas, escritas por hombres, presentaban a la emperatriz Mesalina como una cortesana corrupta y asesina que una noche se había entregado a una orgía sexual con toda la población de Roma. En cambio en la película, que recreaba su vida casi dos mil años después, la emperatriz era una heroína trágica, al modo de una Antígona o una Medea. Una mujer que con las únicas armas que tenía a su disposición intentaba cambiar un mundo en el que los hombres eran tan dominantes que trataban como esclavas a las representantes del sexo femenino, la mitad de la raza humana.

La idea era sensacional. Sexo a granel y a todo color y un tema muy popular y de la máxima trascendencia, pero se necesitaba un paquete perfecto para que todo resultara creíble. Primero, Claudia de Lena escribió un ingenioso guión con una sólida línea argumental. La elección como directora de Dita Tommey fue pragmática y políticamente correcta. Athena Aquitane estaba espléndida en el papel de Mesalina y dominaba por completo la película. La belleza de su cuerpo y de su rostro, la sensualidad e inteligencia del personaje y su excelente actuación hacían que todo resultara verosímil. Y por encima de todo, la actriz era una de las tres estrellas femeninas más cotizadas del mundo. Claudia de Lena, con su extraordinario talento, le había escrito incluso una escena en la que Mesalina, seducida por las prodigiosas noticias que circulaban sobre los cristianos, salvaba a muchos futuros mártires de una muerte segura en el anfiteatro. Al leer la escena, Dita Tommey le había dicho a Claudia: «No te pases, todo tiene un límite.» «No en el cine», había contestando Claudia sonriendo.

—Tenemos que interrumpir el rodaje de la película hasta que consigamos que Athena vuelva al trabajo —dijo Skippy Deere—. Eso nos costará cien mil dólares diarios. Llevamos gastados cincuenta millones. Ya estamos a medio camino, no podemos eliminar a Athena ni usar una doble, así que si ella no vuelve suspenderemos el rodaje y se acabó la película.

—No podemos hacerlo —dijo Bantz—. La póliza del seguro no cubre la posibilidad de que un actor se niegue a trabajar. Si la soltamos desde un avión, la compañía pagará. Melo, a ti te corresponde convencerla de que vuelva. Eres el responsable.

—Yo soy su agente —contestó Melo Stuart—, pero mi influencia sobre una mujer como ella es muy escasa. Os voy a decir una cosa, está sinceramente asustada. Eso no es un simple arrebato temperamental. Tiene miedo, pero sus razones tendrá porque es una mujer inteligente. Se trata de una situación muy peligrosa y delicada.

—Si torpedea una película de cien millones de dólares —dijo Bobby Bantz—, jamás podrá volver a trabajar en el cine. ¿Se lo has dicho?

—Lo sabe —contestó Melo Stuart.

—¿Quién es la persona más apropiada para hacerla entrar en razón? —preguntó Bobby—. Skippy, tú lo has intentado infructuosamente. Y tú también, Melo. Sé que tú también has hecho todo lo posible, Dita. Hasta yo lo he intentado.

—Tú no cuentas, Bobby —le dijo Dita Tommey—. Te detesta.

—Lo sé, a mucha gente no le gusta mi estilo, pero me obedece —replicó secamente Bantz.

—Bobby —dijo Tommey con la mayor delicadeza posible—, los talentos de la industria no te tienen simpatía, pero es que Athena no te aprecia personalmente.

—Yo le di el papel que la convirtió en estrella —dijo Bantz.

—Ella ya nació estrella —replicó Melo Stuart en tono pausado—. Tuviste suerte de encontrarla.

—Dita, tú eres su amiga —dijo Bantz—. Tienes que conseguir que vuelva al trabajo.

—Athena no es mi amiga —replicó Dita Tommey—. Es una compañera que me respeta porque intenté conquistarla, sin éxito, pero supe retirarme con elegancia. A diferencia de lo que tú hiciste, Bobby. Te pasaste años intentándolo.

—Dita, ¿quién coño es ella para no follar con nosotros? —dijo Bantz sin levantar la voz—. Eli, tienes que imponer la ley.

Todas las miradas convergieron en aquel anciano que parecía escucharlo todo con aire aburrido. Eli Marrion estaba tan delgado que cierto actor había comentado en broma que hubiera tenido que llevar una goma de borrar en la cabeza como si fuera un lápiz, pero el símil era más malévolo que adecuado. Marrion tenía una cabeza relativamente grande, una ancha cara de gorila propia de un hombre mucho más grueso que él, una nariz grande y una boca carnosa, pese a lo cual su semblante resultaba curiosamente benévolo, amable en cierto modo e incluso hermoso, en opinión de algunos. Sin embargo, los ojos lo delataban. Eran de un gris frío e irradiaban inteligencia y una feroz concentración que atemorizaba a la mayoría de la gente. Tal vez por esta razón él insistía en que todo el mundo lo llamara por su nombre de pila.

Marrion habló sin la menor emoción en la voz.

—Si Athena no os ha hecho caso a ninguno de vosotros, tampoco me lo hará a mí. Mi autoridad no le causará la menor impresión. Por eso resulta tan desconcertante que se haya asustado tanto por el absurdo ataque de un insensato. ¿No podríamos salir de ésta soltando un poco de dinero?

—Lo intentaremos —contestó Bantz—, pero eso no influirá en Athena. No se fía de él.

—Hemos recurrido al uso de la fuerza —explicó Skippy Deere—. He pedido a unos amigos del Departamento de Policía que ejerzan presión sobre él, pero es un tipo muy duro. Su familia tiene dinero e influencia política, y además el tío está loco.

—¿Cuánto dinero van a perder exactamente los estudios si no se termina la película? —preguntó Melo Stuart.

No convenía que Melo Stuart conociera la cuantía de los daños pues ello le hubiera otorgado un poder excesivo, dado que era el agente de Athena.

Marrion señaló con la cabeza a Bobby Bantz, sin responder a la pregunta.

Bobby Bantz contestó a regañadientes.

—El dinero realmente gastado son cincuenta millones. Bueno, podemos permitirnos el lujo de perder cincuenta millones, pero tenemos que devolver el dinero de las ventas en el extranjero y de los vídeos, y no habrá locomotora para Navidad. Eso nos podría costar otros... —hizo una pausa, sin atreverse a revelar la cifra— y si a todo ello añadimos además los beneficios que perderemos... mierda, doscientos millones de dólares. Nos tendrás que dar un respiro en muchos proyectos, Melo.

Melo Stuart sonrió, pensando que tendría que subir el precio de Athena.

—Pero en dinero realmente gastado sólo habéis perdido cincuenta millones —dijo.

—Melo —preguntó Marrion sin atisbo alguno de dulzura en la voz—, ¿cuánto nos costará conseguir que tu cliente vuelva al trabajo?

Todos comprendieron lo que había ocurrido. Marrion había decidido actuar como si aquello fuera simplemente una estafa.

Melo Stuart captó el mensaje. «¿Por cuánto nos va a salir el atraco?» Le pareció una ofensa a su dignidad, pero no tenía la menor intención de comportarse con arrogancia, y mucho menos con Marrion. De haber sido Bantz, hubiera dado rienda suelta a su justa cólera.

Stuart era un hombre muy poderoso en el mundillo cinematográfico. No tenía por qué lamerle el trasero a Marrion. Controlaba una cuadra de cinco directores de clase A, no altamente cotizados pero sí muy valiosos, dos actores muy cotizados y una actriz también muy cotizada, Athena, lo cual significaba que contaba con tres personas que podían garantizarle luz verde para cualquier película. Aun así no era prudente hacer enfadar a Marrion. Stuart había alcanzado el poder precisamente porque había sabido evitar semejantes peligros. No cabía duda de que la situación se prestaba a un buen atraco, pero mejor no hacerlo. Era uno de aquellos insólitos momentos en que la honradez podía resultar más rentable.

La mejor cualidad de Melo Suart era la sinceridad. Creía sinceramente en lo que vendía y había creído en el talento de Athena diez años atrás, cuando era una desconocida. Ahora seguía creyendo en ella. Pero ¿y si pudiera hacerla cambiar de idea y llevarla de nuevo ante las cámaras? Era evidente que algo se tendría que pagar a cambio, y no se podía descartar en absoluto tal posibilidad.

—No se trata de dinero —contestó Melo Stuart con vehemencia, conmovido por su propia sinceridad—. Aunque le ofrecierais un millón más, Athena no volvería. Tenéis que resolver el problema de este presunto marido tanto tiempo ausente.

Se hizo un profundo silencio. Todos se pusieron en guardia. Se había mencionado una suma de dinero. ¿Sería una brecha inicial?

—Ella no aceptará dinero —dijo Skippy Deere.

Dita Tommey se encogió de hombros. No se creía ni una sola palabra de lo que estaba diciendo Stuart, pero el dinero no saldría de su bolsillo. Bantz se limitó a mirar con rabia mal contenida a Stuart, quien seguía mirando fríamente a Marrion.

Marrion había interpretado correctamente el comentario de Stuart. Athena no regresaría por dinero. Los actores de talento nunca actuaban movidos por semejantes consideraciones. Decidió dar por terminada la reunión.

—Melo —dijo—, explícale cuidadosamente a tu clienta que si no regresa dentro de un mes, los estudios abandonarán la película y asumirán las pérdidas. A continuación interpondremos una querella y perderá todo lo que tiene. Y que no olvide que después jamás podrá volver a trabajar para los más importantes estudios norteamericanos. —Mirando con una sonrisa a los hombres reunidos en torno a la mesa, añadió—: Qué demonios, sólo son cincuenta millones.

Todos comprendieron que hablaba en serio. Había perdido la paciencia. Dita Tommey se llevó un gran susto porque consideraba aquella película la más importante que había dirigido en su vida. Era algo así como su bebé. Si triunfaba, se convertiría en una directora de máxima cotización. Bastaría su visto bueno para que se diera luz verde a cualquier proyecto.

—Que Claudia de Lena hable con ella —apuntó, presa del pánico—. Es una de sus mejores amigas.

Los hombres presentes en la estancia se sorprendieron de que Dita Tommey incluyera a una guionista en una discusión de tan alto nivel y de que una gran estrella como Athena pudiera aceptar el consejo de una simple guionista como Claudia de Lena, por muy buena que ésta fuera.

—No sé qué es peor —dijo despectivamente Bantz—, que una estrella folle con alguien por debajo de su categoría o que sea amiga de una guionista.

Al oír sus palabras, Marrion volvió a perder la paciencia.

—Bobby, todo eso no viene al caso en una discusión de negocios. Que Claudia hable con ella, pero resolvamos este asunto de la manera que sea. Tenemos otras películas que hacer.

Sin embargo, al día siguiente, los Estudios LoddStone recibieron un cheque por valor de cinco millones de dólares. Lo enviaba Athena Aquitane. Devolvía el anticipo que había cobrado por *Mesalina*.

Ahora el asunto estaba en manos de los abogados.

En sólo veinte años, Andrew Pollard había convertido la empresa Pacific Ocean Security en la agencia de seguridad más prestigiosa de la Costa Oeste. Había empezado en una suite de hotel y ahora era propietario de un edificio de cuatro plantas en Santa Mónica, con un cuartel general integrado por más de cincuenta personas en nómina, quinientos investigadores y guardias con contratos de colaboradores independientes, más una reserva flotante que trabajaba para él durante una buena parte del año.

La Pacific Ocean Security prestaba sus servicios a los muy ricos y famosos. Protegía con personal armado y dispositivos electrónicos las residencias de los magnates cinematográficos. Proporcionaba guardaespaldas a los actores y los productores. Facilitaba personal uniformado para controlar a la multitud en los grandes acontecimientos de masas tales como la ceremonia de entrega de Premios de la Academia, y efectuaba tareas de investigación en asuntos delicados como por ejemplo la prestación de servicios de contraespionaje para evitar la acción de posibles chantajistas.

Andrew Pollard se había hecho célebre porque era muy riguroso con los detalles. Instalaba en los terrenos de las casas de sus acaudalados clientes letreros de «Respuesta armada», que se encendían de noche con una roja explosión de luz, y colocaba patrullas en los barrios de las mansiones amuralladas. Elegía cuidadosamente a los miembros del personal y pagaba sueldos lo bastante altos como para que éstos vivieran permanentemente preocupados por la posibilidad de ser despedidos. Podía permitirse el lujo de ser generoso. Sus clientes eran las personas más ricas del país y pagaban conforme a sus ingresos. Era también lo bastante listo como para trabajar en estrecha colaboración con el Departamento de Policía de Los Ángeles, y era colega profesional del legendario detective Jim Losey, el cual era casi un dios para los soldados rasos. Pero por encima de todo, contaba con el respaldo de la familia Clericuzio.

Quince años atrás, cuando aún era un joven oficial de policía un poco descuidado, había caído en las redes de la Unidad de Asuntos Internos del Departamento de Policía de Nueva York. Fue un pequeño soborno casi imposible de evitar, aunque se mantuvo firme y se negó a facilitar información sobre sus superiores implicados. Los subalternos de la familia Clericuzio tomaron debida nota e inmediatamente pusieron en marcha toda una serie de actuaciones judiciales para que se ofreciera un trato a Andrew Pollard: abandonar el Departamento de Policía de Nueva York a cambio de evitar la sanción.

Pollard emigró a Los Ángeles con su mujer y su hijo, y la familia le facilitó dinero para que montara su empresa, la Ocean Pacific Security. Más tarde la familia dio instrucciones en el sentido de que los clientes de Pollard no deberían ser molestados, ni sus casas robadas, ni su gente secuestrada, ni sus joyas robadas y, en caso de que se robara algo por error, fuera devuelto inmediatamente. Por eso los llamativos letreros de la «Respuesta armada» también exhibían el nombre de la agencia de vigilancia.

El éxito de Andrew Pollard fue casi milagroso pues las mansiones que tenía bajo su protección jamás sufrían el menor percance. Sus guardaespaldas estaban casi tan bien preparados como los hombres del FBI, razón por la cual su empresa jamás había sido denunciada por delitos cometidos por sus propios empleados, acoso sexual o abusos deshonestos a niños, cosas todas ellas bastante frecuentes en el sector de la seguridad. Se había dado algún caso aislado de intento de chantaje y algunos guardias habían vendido secretos íntimos a la prensa sensacionalista, pero eran cosas inevitables. En conjunto, Andrew Pollard dirigía un negocio limpio y eficiente.

Su empresa tenía acceso informático a información confidencial sobre personas de todos los estratos sociales, y era lógico que cuando la familia Clericuzio necesitara algunos datos, él se los proporcionase. Pollard se ganaba muy bien la vida y estaba muy agradecido a la familia. Siempre que se le presentaba algún trabajo que no podía encomendar a sus guardias, podía recurrir a la ayuda de los métodos violentos del *bruglione* del Oeste.

Había unos cuantos astutos depredadores para quienes la ciudad de Los Ángeles y Hollywood eran algo así como una selva paradisíaca, rebosante de víctimas. Había ejecutivos cinematográficos atrapados en las redes de los chantajistas, homosexuales encerrados en los armarios de los actores cinematográficos, directores sadomasoquistas y productores pedófilos, todos ellos temerosos de que sus secretos salieran a la luz. Andrew Pollard era famoso por la delicadeza y discreción con que resolvía semejantes asuntos, y era capaz de negociar los mínimos honorarios posibles y garantizar que no habría un segundo intento.

Al día siguiente de la entrega de los premios de la Academia, Bobby Bantz llamó a Andrew Pollard a su despacho.

—Quiero toda la información que puedas conseguir sobre este tal Boz Skannet —le dijo—. Quiero todos los antecedentes de Athena Aquitane. Para ser una gran estrella, sabemos muy poco sobre su vida. Quiero también que llegues a un acuerdo con Skannet. Necesitamos a Athena en la película durante un período de dos a tres meses, así que llega con él a un acuerdo para que se vaya lo más lejos posible. Ofrécele veinte mil dólares al mes, pero en caso necesario puedes llegar hasta cien.

—¿Y después podrá hacer lo que quiera? —preguntó Andrew Pollard en un susurro.

—Después ya será cosa de las autoridades —contestó Bantz—. Tienes que andarte con mucho cuidado, Andrew. El tipo tiene una familia muy poderosa. La industria cinematográfica no puede ser acusada de utilizar tácticas incorrectas, eso podría hundir la película y causar un daño irreparable a los estudios. Así que procura llegar a un trato. Además utilizaremos tu empresa para la seguridad personal de Athena.

—¿Y si el tipo no acepta el trato? —preguntó Pollard.

—En tal caso tendrás que protegerla día y noche —contestó Bantz—. Hasta que se termine la película.

—Podría utilizar ciertos métodos un poco expeditivos —dijo Pollard—. Siempre dentro de los límites de la legalidad, por supuesto. No estoy insinuando nada.

—Está demasiado bien relacionado —dijo Bantz—. Las autoridades policiales desconfían de él. Ni siquiera Jim Losey, que es tan amigo de Skippy Deere, se atrevería a utilizar la fuerza. Aparte de las relaciones públicas, los estudios podrían ser denunciados y se les podrían exigir enormes sumas de dinero. Tampoco estoy diciendo que le trates como a una delicada florecilla, pero...

Andrew Pollard captó el mensaje. Un poquito de fuerza para pegarle un susto, pero después se le tendría que pagar lo que quisiera.

—Necesitaré contratos —dijo.

Bantz sacó un sobre del cajón de su escritorio.

—Deberá firmar tres copias, y dentro hay un cheque por valor de cincuenta mil dólares como anticipo. Los espacios de las cifras del contrato están en blanco, puedes rellenarlos cuando lleguéis a un acuerdo.

Mientras Pollard se retiraba, Bantz le dijo a su espalda:

—Tus hombres no fueron demasiado eficaces durante la ceremonia de entrega de premios de la Academia. Debían de estar durmiendo de pie.

Andrew Pollard no se ofendió. El comentario era muy típico de Bantz.

—Eran unos simples guardias de control de multitudes —contestó—. No te preocupes, colocaré a mis mejores hombres alrededor de la señorita Aquitane.

En cuestión de veinticuatro horas, los ordenadores de la Pacific Ocean Security ya habían averiguado todo lo que se podía saber sobre Boz Skannet. Tenía treinta y cuatro años, se había graduado en la Universidad de Tejas, donde había sido medio de ataque del Conference All Star, y más tarde había jugado una temporada en un equipo de fútbol profesional. Su padre era propietario de un banco de mediano tamaño en Houston, pero lo más importante era que su tío dirigía la maquinaria política del Partido Demócrata en Tejas, y era amigo personal del presidente. Todo ello aderezado con un montón de dinero.

Boz Skannet era en sí mismo una pieza de mucho cuidado. Como vicepresidente del banco de su padre, había estado a punto de ser procesado por un chanchullo relacionado con una concesión petrolífera. Había sido detenido seis veces por agresión. En una de ellas propinó tal paliza a dos oficiales de policía que éstos tuvieron que ser hospitalizados. No hubo juicio porque pagó una elevada suma en concepto de daños y perjuicios. Hubo también una denuncia por acoso sexual que se resolvió en los tribunales. Antes de todo eso se había casado a los veintiún años con Athena, y al año siguiente había tenido con ella una hija a la que bautizaron con el nombre de Bethany. A los veinte años, su mujer había desaparecido junto con su hija.

Todo ello permitió a Andrew Pollard hacerse una composición de lugar. Boz era un chico malo. Un chico que le había guardado rencor a su mujer durante diez años, que se había enfrentado con unos policías armados y había sido lo bastante duro como para mandarlos al hospital. Las posibilidades de intimidar a semejante individuo eran nulas. Le pagaría el dinero, le haría firmar el contrato y procuraría retirarse cuanto antes del asunto.

Pollard llamó a Jim Losey, que estaba trabajando en el caso de Skannet por cuenta del Departamento de Policía de Los Ángeles. Pollard sentía por él un temor reverencial. Losey era el policía que él hubiera deseado ser. Ambos mantenían relaciones profesionales, y Losey recibía todas las Navidades un buen regalo de la Pacific Ocean Security. Ahora Pollard quería información confidencial, quería saber todo lo que Losey había averiguado sobre el caso.

—Jim —le dijo—, ¿me podrías enviar información sobre Boz Skannet? Necesito su dirección en Los Ángeles y me gustaría saber algo más acerca de él.

—Pues claro —contestó Jim—. Pero se han retirado las denuncias contra él. ¿Por qué estás tú metido en eso?

—Un trabajo de protección —contestó Pollard—. ¿Hasta qué punto es peligroso ese tipo?

—Está más loco que una cabra —contestó Jim Losey—. Diles

a los de tu equipo de guardaespaldas que empiecen a disparar si se acerca.

—Tú me detendrías —dijo Pollard riéndose—. Eso es contrario a la ley.

—Pues sí —dijo Losey—, no tendría más remedio que hacerlo. Menuda faena.

Boz Skannet se alojaba en un modesto hotel de la Ocean Avenue de Santa Mónica, lo cual preocupaba mucho a Andrew Pollard pues el hotel estaba a sólo quince minutos en coche de la casa de Athena, en la Colonia Malibú. Pollard dispuso que un equipo de cuatro hombres vigilara la casa de la actriz y colocó dos hombres en el hotel de Skannet. Después concertó una cita con Skannet para aquella tarde.

Acudió al hotel en compañía de tres de los hombres más altos y fornidos de la casa. Con un tipo como Skannet nunca se sabía lo que podía ocurrir.

Skannet les franqueó la entrada a su suite y los recibió con una cordial sonrisa en los labios, pero no les ofreció ningún refresco. Curiosamente, vestía chaqueta con camisa y corbata, tal vez para demostrar que seguía siendo un banquero. Pollard se presentó y presentó a sus tres guardaespaldas, y éstos le mostraron sus carnets de la Ocean Pacific Security.

—Son muy fuertes, desde luego —les dijo Skannet sonriendo—. Pero apuesto cien dólares a que en una pelea imparcial haría picadillo a cualquiera de ustedes.

Los tres guardaespaldas, que estaban muy bien entrenados, esbozaron unas leves sonrisas de aceptación, pero Pollard se ofendió deliberadamente. Una indignación calculada.

—Hemos venido aquí para hablar de negocios, señor Skannet —le dijo—, no para aguantar amenazas. Los Estudios LoddStone están dispuestos a pagarle ahora mismo cincuenta mil dólares y veinte mil al mes durante ocho meses. Lo único que tendrá usted que hacer es abandonar Los Ángeles.

Pollard sacó los contratos de su cartera de documentos junto con un gran cheque de color blanco y verde.

Skannet los estudió.

—Un contrato muy sencillo —dijo—. Ni siquiera necesito un abogado. Pero el dinero también es muy sencillo. Yo estaba pensando más bien en cien mil para empezar y cincuenta mil al mes.

—Demasiado —dijo Pollard—. Tenemos una orden judicial de restricción contra usted. Si se acerca a una manzana de distancia de la casa de Athena, irá a la cárcel. Tenemos montado un servicio de seguridad las veinticuatro horas del día. Y tengo unos servicios de vigilancia que seguirán todos sus movimientos. Comprenda pues que este dinero que le ofrezco es un regalo para usted.

—Hubiera tenido que venir antes a California —dijo Skannet—. Las calles están alfombradas de oro. ¿Por qué me ofrecen dinero?

—Los estudios quieren tranquilizar a la señorita Aquitane —contestó Pollard.

—Ya veo que es una gran estrella —dijo Boz Skannet en tono pensativo—. Bueno, siempre fue un poco especial. Y pensar que yo solía follarla cinco veces al día... —Miró con una sonrisa a los tres guardaespaldas—. Y además era inteligente.

Pollard lo estudió con curiosidad. Era tan apuesto como el rudo modelo de los anuncios de los cigarrillos Marlboro, pero su piel estaba enrojecida por el sol y las borracheras, y su cuerpo tenía una configuración un poco más pesada. Hablaba con aquel encantador deje sureño tan peligroso y atractivo a la vez. Muchas mujeres se enamoraban de hombres como él. En Nueva York había unos cuantos policías con la misma pinta, y siempre acababan comportándose como sinvergüenzas. Les encomendabas unos casos de asesinato, y al cabo de una semana ya estaban consolando a las viudas. Bien mirado, Jim Losey era un policía como ellos. Pollard jamás había tenido tanta suerte.

—Vamos a hablar de negocios —dijo Pollard.

Quería que Skannet firmara el contrato y aceptara el cheque en presencia de testigos. Más tarde, en caso necesario, cabía la posibilidad de que los estudios consiguieran presentar una denuncia por extorsión.

Boz Skannet se sentó junto a la mesa.

—¿Tiene una pluma? —preguntó.

Pollard sacó una pluma de su cartera de documentos y anotó la suma de veinte mil dólares al mes. Al verlo, Skannet comentó alegremente:

—O sea que hubiera podido conseguir más. —Después firmó los tres documentos—. ¿Cuándo tengo que marcharme de Los Ángeles?

—Esta misma noche —contestó Pollard—. Lo acompañaré al aeropuerto.

—No, gracias —dijo Skannet—. Creo que me iré en coche a Las Vegas y me jugaré el dinero de este cheque.

—Lo estaré vigilando —añadió Pollard, pensando que había llegado el momento de ejercer un poco de fuerza—. Se lo advierto, como se atreva a volver a Los Ángeles, lo mando detener por extorsión.

La sonrosada cara de Skannet se iluminó con una radiante sonrisa de regocijo.

—Me encantará —dijo—. Seré tan famoso como Athena.

Aquella noche, el equipo de vigilancia comunicó que Boz Skannet se había marchado, pero sólo para trasladarse al Beverly Hills Hotel, y que había depositado el cheque de cincuenta mil dólares en una cuenta que tenía en el Bank of America. Todo ello le hizo comprender unas cuantas cosas a Pollard: que Skannet tenía influencia porque se había ido al Beverly Hills Hotel, y que le importaba una mierda el trato que había concertado. Pollard le comunicó lo ocurrido a Bobby Bantz y pidió instrucciones. Bantz le dijo que mantuviera la boca cerrada. Le habían mostrado el contrato a Athena para tranquilizarla y convencerla de que regresara al trabajo. Lo que no le dijo a Pollard fue que ella se les había reído en la cara.

—Puedes bloquear el cheque —dijo Pollard.

—No —replicó Bantz—, es mejor que lo cobre y denunciarle por estafa, extorsión o lo que sea. No quiero que Athena sepa que aún está en la ciudad.

—Reforzaré las medidas de vigilancia a su alrededor —dijo Pollard—, pero si el tío está loco y realmente quiere hacerle daño, no servirá de nada.

—Es un farsante —dijo Bantz—. No hizo nada la primera vez, ¿por qué iba a hacer algo ahora?

—Yo te diré por qué —contestó Pollard—. Hemos entrado en su habitación. ¿Y sabes lo que hemos descubierto? Un frasco de auténtico ácido.

—¡Mierda! —exclamó Bantz—. ¿Y no podrías informar a la policía, a Jim Losey?

—La tenencia de ácido no es un delito —contestó Pollard—. El allanamiento sí lo es. Skannet me puede meter en la cárcel.

—Tú nunca me has dicho nada —dijo Bantz—. Jamás mantuvimos esta conversación. Y olvídate de lo que sabes.

—Por supuesto, señor Bantz —dijo Pollard—. Ni siquiera te pasaré factura por la información.

—Muchas gracias —replicó Bantz en tono sarcástico—. Sigue en contacto.

Skippy Deere, en su calidad de productor de la película, informó a Claudia de la situación y le dio las debidas instrucciones.

—Tienes que besarle el culo a Athena —dijo Skippy Deere—. Tienes que llorar y arrastrarte por el suelo, te tiene que dar un ataque de nervios. Tienes que recordarle todo lo que has hecho por ella como íntima y auténtica amiga suya que eres y como profesional. Tienes que conseguir que Athena vuelva a la película.

Claudia estaba acostumbrada a Skipper.

—¿Y por qué yo? —preguntó fríamente—. Tú eres el productor, Dita es la directora, Bantz es el presidente de LoddStone. Será mejor que el culo se lo beséis vosotros. Tenéis más práctica que yo.

—Porque fue un proyecto tuyo desde el principio —contestó Skippy Deere—. Tú escribiste expresamente el guión original y te pusiste en contacto conmigo y con Athena. Si fracasa el proyecto, tu nombre quedará permanentemente asociado con el fracaso.

Cuando Deere se fue y ella se quedó sola en su despacho, Claudia comprendió que el productor tenía razón. Desesperada, pensó en su hermano Cross, el único que podía ayudarla a resolver el problema de Boz. Aborrecía la idea de abusar de su amistad con Athena y temía que ésta la rechazara, pero Cross jamás lo haría. Nunca lo había hecho.

Llamó al hotel Xanadu de Las Vegas, pero le dijeron que Cross se había ido unos días a Quogue. La información trajo de nuevo a su memoria todos los recuerdos de su infancia que siempre trataba de olvidar. Jamás llamaría a su hermano a Quogue. Jamás volvería a tener ningún contacto voluntario con los Clericuzio. No quería volver a recordar su infancia, no quería pensar ni en su padre ni en ninguno de los Clericuzio.

LIBRO II

LOS CLERICUZIO Y PIPPI DE LENA

3

La leyenda de violencia de la familia Clericuzio había nacido en Sicilia cien años atrás. Allí los Clericuzio habían librado una guerra de veinte años con otra familia rival por la propiedad de un bosque. Tras haber sobrevivido a ochenta y cinco años de contienda el patriarca del clan enemigo, Don Pietro Forlenza, yacía en su lecho de muerte víctima de un ataque que, a juicio del médico, lo llevaría a la tumba en cuestión de una semana. Un miembro de los Clericuzio entró en el dormitorio y lo mató a puñaladas, proclamando a gritos que el viejo no se merecía una muerte apacible.

Don Domenico Clericuzio solía contar la historia de aquel asesinato para demostrar el carácter absurdo de los antiguos métodos y subrayar que la violencia indiscriminada era pura bravuconería. La violencia era un arma demasiado valiosa como para despreciarla; su propósito siempre tenía que ser importante.

Él tenía pruebas que avalaban semejante afirmación pues la violencia había sido la causa de la destrucción de la familia Clericuzio en Sicilia. Cuando Mussolini y los fascistas alcanzaron el poder absoluto en Italia, comprendieron la necesidad de acabar con la Mafia. Lo hicieron suspendiendo todas las garantías constitucionales y recurriendo al uso de las fuerzas armadas. La Mafia desapareció al precio del encarcelamiento o el exilio de miles de inocentes junto con los mafiosos.

Sólo el clan Clericuzio tuvo el valor de plantar cara a los decretos fascistas por medio de la violencia. Asesinaron al prefecto fascista local y atacaron las guarniciones fascistas. Una de las cosas que más enfureció a las autoridades fue el hecho de que, durante un discurso de Mussolini en Palermo, le robaran al dictador su preciado bombín y su paraguas importados de Inglaterra. Fue precisamente esta broma propia de campesinos y el desprecio de que habían hecho gala al convertir a Mussolini en el hazmerreír de Sicilia lo que finalmente provocó su ruina. Se organizó una impresionante concentración de fuerzas armadas en la provincia. Quinientos miembros de la familia Clericuzio resultaron muertos en el transcurso de la acción. Otros quinientos fueron condenados al exilio en las áridas islas mediterráneas que se utilizaban como colonias penales. Sólo el núcleo de los Clericuzio sobrevivió. La familia envió al joven Domenico Clericuzio a Norteamérica donde, haciendo honor a su estirpe, Don Domenico construyó su propio imperio, demostrando ser más astuto y prudente que sus antepasados de Sicilia, aunque no menos cruel. Sin embargo, él siempre recordaba que un Estado sin ley era el mayor enemigo. Por eso amaba tanto Estados Unidos.

Ya en sus comienzos le habían dado a conocer la célebre máxima de la justicia norteamericana, según la cual era preferible dejar en libertad a cien culpables que castigar a un inocente. La belleza de aquel concepto lo dejó casi aturdido, e inmediatamente se convirtió en un ferviente patriota. Estados Unidos era su país. Jamás lo abandonaría.

Basándose en aquella idea, Don Domenico construyó el imperio Clericuzio de Norteamérica con unos fundamentos más sólidos que los del clan de Sicilia. Se aseguró la amistad de todas las instituciones políticas y judiciales mediante grandes donaciones en efectivo. No confió tan sólo en una o dos fuentes de ingresos sino que diversificó sus negocios en la mejor tradición empresarial norteamericana. Se introdujo en el sector de la construcción, en el de la recogida de basuras y en las distintas modalidades de transporte. Sin embargo, su mayor fuente de ingresos en efectivo eran los juegos de azar, la niña de sus ojos, en contraste con los ingresos derivados del tráfico de droga, del que desconfiaba pese a ser el más rentable. De ahí que en sus últimos años el Don sólo permitiera a los miembros de la familia Clericuzio dedicarse al negocio del juego. Los demás pagaban a los Clericuzio un impuesto de un cinco por ciento.

Así pues, al cabo de veinticinco años los planes y los sueños del Don se estaban haciendo realidad. El juego era ahora una actividad respetable y, por encima de todo, cada vez más legal. Se habían creado incluso toda una serie de loterías estatales mediante las cuales el Gobierno estafaba a los ciudadanos. Los premios se extendían a lo largo de veinticinco años, lo cual significaba de hecho que el Estado jamás pagaba el dinero sino tan sólo los intereses de la suma retenida, y además la gravaba con impuestos. Menuda faena. Don Domenico conocía los detalles porque su familia era propietaria de una de las empresas que llevaban la gestión de las loterías de distintos Estados a cambio de unos elevados porcentajes sobre las ventas.

Pero el Don soñaba con el día en que se legalizaran las apuestas deportivas en todo el territorio de Estados Unidos, cosa que en aquellos momentos sólo era legal en Nevada. Lo sabía por la cuota que cobraba sobre las apuestas ilegales. Sólo los beneficios derivados de los partidos de fútbol de la Super Bowl, en caso de que se legalizaran las apuestas, ascenderían a mil millones de dólares en un día. La World Series, con sus siete partidos, reportaría unos beneficios análogos. El fútbol, el hóckey y el béisbol universitarios serían fuentes de cuantiosos ingresos. Las complicadas y tentadoras apuestas sobre los distintos acontecimientos deportivos se convertirían en auténticas minas de oro. El Don sabía que él no viviría para ver aquel glorioso día, pero sería un mundo extraordinario para sus hijos. Los Clericuzio serían como los príncipes del Renacimiento. Se convertirían en protectores de las artes, asesores, miembros del Gobierno y personajes respetables en los libros de historia. Un largo manto de oro cubriría sus orígenes. Todos sus descendientes, sus seguidores y sus verdaderos amigos estarían seguros para siempre. El Don se imaginaba una sociedad civilizada, un mundo en el que aquel frondoso árbol acogería bajo su sombra a toda la humanidad y la alimentaría con sus frutos. Pero en las raíces del gigantesco árbol estaría la inmortal serpiente pitón de los Clericuzio, buscando el sustento en un manantial que jamás se podría agotar.

Si la familia Clericuzio era la Santa Madre Iglesia para los muchos imperios de la Mafia esparcidos por todo el territorio de Estados Unidos, el jefe de la familia, Don Domenico Clericuzio, era el Papa, admirado no sólo por su inteligencia sino también por su fuerza.

Don Domenico Clericuzio era también venerado por el severo código moral que había impuesto a su familia. Todos los hombres, mujeres y niños eran plenamente responsables de sus actos, cualesquiera que fueran las tensiones, el remordimiento o la dureza de las circunstancias. Los actos definían al hombre; las palabras eran un pedo al viento. Desdeñaba todas las ciencias sociales y toda la psicología. Era un ferviente católico y creía en la expiación de los pecados en este mundo y en el perdón en el otro. Todas las deudas se tenían que pagar, y él era muy severo en los juicios que emitía en este mundo.

También lo era en la cuestión de la lealtad. Primero, las criaturas de su sangre; segundo, su Dios (¿acaso no tenía una capilla particular en su casa?), y tercero, su obligación con todos los súbditos del territorio de la familia Clericuzio.

En cuanto a la sociedad y el Gobierno, a pesar de su patriotismo, ambas cosas jamás figuraban en la ecuación. Don Clericuzio había nacido en Sicilia, donde la sociedad y el Gobierno eran el enemigo. Su concepto del libre albedrío estaba muy claro. Uno podía optar por ser un esclavo y ganarse el pan de cada día sin dignidad ni esperanza o ganarse el pan como un hombre que inspiraba respeto. Tu familia era tu sociedad, el castigo te lo imponía tu Dios, y tus seguidores te protegían. Tenías un deber para con los que estaban en la Tierra: darles el pan con que alimentarse, encargarte de que el mundo los respetara y ser el escudo que los protegiera del castigo de otros hombres.

El Don no había construido su imperio para que algún día sus hijos y sus nietos se confundieran con la masa de la humanidad desvalida. Había construido y seguía construyendo poder para que el nombre y la fortuna de la familia perdurara tanto como la Iglesia. ¿Qué mejor propósito podía tener un hombre en la vida que el de ganarse el pan de cada día en este mundo y comparecer después en el otro ante un Dios misericordioso? En cuanto al prójimo y a las imperfectas estructuras de la sociedad, que se fueran al carajo.

Don Domenico había elevado a su familia a las más altas cumbres del poder. Lo había hecho con la crueldad de un Borgia y la sutileza de un Maquiavelo, combinadas con la ayuda de la sólida experiencia empresarial americana.

Al final, tal como el Don había previsto, los Clericuzio alcanzaron unas cimas tan altas que ya no tuvieron necesidad de participar en las habituales actividades delictivas, salvo en circunstancias extremas. Las demás familias de la Mafia actuaban principalmente como *bruglioni* ejecutivos o barones y acudían a los Clericuzio con el sombrero en la mano siempre que tenían algún problema. En italiano la palabra *bruglione* rima con «barón», pero en dialecto siciliano un *bruglione* es un chapucero que nunca hace nada a derechas. El ingenio de Don Domenico, espoleado por las incesantes demandas de ayuda de los barones, cambió la palabra «barón» por la de *bruglione*. Los Clericuzio concertaban las paces, los sacaban de la cárcel, ocultaban sus ganancias ilegales en Europa, les facilitaban medios seguros de introducir droga en Estados Unidos y utilizaban su influencia con jueces y representantes del Gobierno, tanto a nivel estatal como federal. Por regla general no era necesario prestarles ayuda en sus relaciones con los ayuntamientos. Si un barón local ni siquiera era capaz de influir en la ciudad donde vivía, no valía un pimiento.

El genio económico de Giorgio Clericuzio, el hijo mayor de Don Clericuzio, había consolidado el poder de la familia. Cual si fuera una lavadora divina, lavaba los inmensos chorros de dinero negro que la civilización moderna vomitaba de sus entrañas. Era Giorgio el que siempre trataba de suavizar la furia de su padre y, por encima de todo, intentaba por todos los medios proteger a la familia Clericuzio de la curiosidad pública. La existencia de la familia, incluso para las autoridades, era algo así como un ovni. De vez en cuando se hablaba de que alguno de sus miembros había sido visto en algún lugar, corrían rumores y se contaban historias de horror y de generosidad. Había algunas referencias en las fichas del FBI y de la policía, pero nunca aparecían reportajes en la prensa, ni siquiera en las publicaciones que se complacían en divulgar las hazañas de otras familias de la Mafia que, por negligencia o exceso de orgullo, habían sufrido desgracias irreparables.

Y no es que la familia Clericuzio fuera un tigre sin dientes. Los dos hermanos menores de Giorgio, Vincent y Petie, a pesar de no ser tan inteligentes como él, eran casi tan crueles como el Don y contaban con todo un ejército de esbirros que vivían en un enclave del Bronx que siempre había sido italiano. Aquella zona de unas cuarenta manzanas cuadradas de superficie hubiera podido utilizarse en una película de la vieja Italia. Entre su población no había judíos ortodoxos, negros, asiáticos ni elementos hippies, y ningún representante de esas etnias era propietario de un establecimiento comercial. No había ni un solo restaurante chino. Los Clericuzio eran dueños de todos los inmuebles de la zona o bien los controlaban. Cierto que algunos retoños de familias italianas exhibían largas melenas y actuaban como guitarristas de conjuntos de *rock and roll*, pero cuando ocurría tal cosa, los jóvenes eran enviados a casa de otros parientes en California. Cada año llegaban de Sicilia nuevas remesas de emigrantes cuidadosamente seleccionados. El Enclave del Bronx, rodeado por unas zonas cuyo índice de delincuencia era el más alto del mundo, era un insólito remanso de paz.

Pippi de Lena había ascendido de «alcalde» del Enclave del Bronx a barón o *bruglione* de la zona de Las Vegas por cuenta de la familia Clericuzio aunque seguía estando bajo el mando de los Clericuzio, que todavía necesitaban sus cualidades especiales.

Pippi era la quintaesencia de lo que se llamaba un *qualificato*, es decir, un hombre cualificado. A la temprana edad de diecisiete años había conseguido su primer «fiambre». Su hazaña había sido tanto más meritoria por cuanto la había llevado a cabo por medio del estrangulamiento, en un país donde los jóvenes imberbes desdeñaban orgullosamente el uso de la cuerda. Por si fuera poco, era físicamente muy fuerte, tenía una buena estatura y una temible corpulencia. Como es natural, era experto en armas de fuego y explosivos. Por lo demás era un hombre encantador y amante de la vida, que se ganaba sin esfuerzo la simpatía de los hombres y el aprecio de las mujeres por su galantería a medio camino entre la rusticidad siciliana y la cinematográfica sofisticación norteamericana. A pesar de que se tomaba su trabajo muy en serio, creía que la vida era para disfrutarla.

También tenía sus debilidades. Bebía más de la cuenta, era muy aficionado al juego y le gustaban demasiado las mujeres. No era tan despiadado como hubiera deseado el feroz Don, tal vez porque gozaba demasiado con la compañía de la gente. Sin embargo, todas estas debilidades contribuían en cierto modo a convertirle en un arma aún más poderosa. Era un hombre que utilizaba sus vicios para sacar el veneno que llevaba en el cuerpo más que para saturarlo.

Había prosperado en su carrera por ser el sobrino del Don, lo cual fue muy importante cuando decidió romper la tradición familiar.

Nadie puede vivir su vida sin cometer errores. A los veintiocho años, Pippi de Lena se casó por amor y, para agravar su equivocación, eligió por esposa a una mujer totalmente inadecuada para un hombre cualificado.

Se llamaba Nalene Jessup y era una corista del espectáculo del hotel Xanadu de Las Vegas. Pippi siempre señalaba con orgullo que no era una de esas chicas que se exhibían en primera fila con las tetas y el culo al aire sino una auténtica bailarina. Según los criterios imperantes en Las Vegas, Nalene era además una intelectual. Sentía afición por los libros, se interesaba por la política y, dado que sus raíces se hundían en una cultura especialmente blanca, anglosajona y protestante de Sacramento, California, sus principios eran muy anticuados.

Ambos esposos eran completamente dispares. Pippi carecía de intereses intelectuales y raras veces leía, escuchaba música o iba al cine o al teatro. Pippi tenía cara de toro y Nalene, de flor. Pippi era extrovertido, derramaba encanto a manos llenas y siempre era el alma de todas las fiestas, a pesar de lo cual rezumaba peligro. Nalene tenía un carácter tan dulce que ninguna bailarina o compañera del espectáculo había conseguido jamás pelearse con ella, cosa que hacían muy a menudo, simplemente para pasar el rato.

Lo único que Pippi y Nalene tenían en común era la afición al baile. Pippi de Lena, el temido Martillo de los Clericuzio, era un auténtico *idiot savant* cuando salía a la pista de baile. Ésa era la poesía que él no podía leer, la galantería medieval de los caballeros andantes, la ternura y el exquisito refinamiento del sexo, la única ocasión en que aspiraba a algo que no acababa de comprender.

En el caso de Nalene, el baile le permitía vislumbrar los más recónditos rincones del alma de Pippi. Cuando ambos bailaban juntos horas y horas antes de hacer el amor, sus relaciones se convertían en algo etéreo, en una auténtica comunicación entre almas gemelas. Pippi le hablaba cuando bailaban solos en su apartamento o bien en las pistas de baile de los distintos hoteles de Las Vegas.

Era un buen conversador y siempre tenía cosas interesantes que contar. Sabía expresar su adoración de una forma extremadamente halagadora e ingeniosa. Depositaba a sus pies su presencia abrumadoramente masculina y sabía escuchar. Se mostraba orgulloso e interesado cuando ella le hablaba de libros, de teatro, del deber demócrata de elevar el nivel de vida de los pobres, de los derechos de los negros, de la liberación de Sudáfrica y de la obligación de dar de comer a los hambrientos del Tercer Mundo. Pippi se entusiasmaba ante aquellos sentimientos tan exóticos para él.

El hecho de que se compenetraran sexualmente y de que se atrajeran precisamente por ser tan distintos el uno del otro contribuía a favorecer la relación. También contribuía el hecho de que

Pippi hubiera comprendido la verdadera naturaleza de Nalene, aunque ella no hubiera comprendido cómo era el verdadero Pippi. Ella sólo veía a un hombre que la adoraba, la inundaba de regalos y escuchaba sus sueños.

Se casaron una semana después de haberse conocido. Nalene tenía sólo dieciocho años y carecía de experiencia. Pippi tenía veintiocho y estaba sinceramente enamorado de ella. Él también había sido educado en el respeto de unos principios anticuados, aunque vistos desde una perspectiva distinta, y ambos deseaban fundar una familia. Nalene era huérfana y Pippi se mostraba reacio a incluir a los Clericuzio en su recién descubierto éxtasis. Sabía además que éstos no aprobarían su elección, así que sería mejor presentarles los hechos consumados e ir suavizando poco a poco la situación. Se casaron en una «capilla» de Las Vegas.

Pero en eso Pippi cometió otro error de juicio. Don Clericuzio aprobó que Pippi se hubiera casado. Tal como a menudo decía, «El principal deber de un hombre es ganarse la vida», ¿pero con qué propósito si no tenía mujer e hijos? El Don se tomó a mal que no lo hubieran consultado y que la boda no se hubiera celebrado dentro del marco de la familia Clericuzio. A fin de cuentas, por las venas de Pippi corría la sangre de los Clericuzio.

El Don comentó en tono malhumorado:

—Que bailen todo lo que quieran y se vayan al carajo.

Pero a pesar de todo les envió costosos regalos de boda. La escritura de una casa de Las Vegas, la propiedad de una agencia de cobros que en aquellos momentos reportaba unos fabulosos ingresos de cien mil dólares al año, y un ascenso. Pippi de Lena seguiría sirviendo a la familia Clericuzio como uno de los *bruglioni* del Oeste más estrechamente unidos a ella, pero tendría prohibida la entrada en el Enclave del Bronx porque, ¿cómo hubiera podido semejante esposa vivir en armonía con los creyentes? Era tan forastera para ellos como los musulmanes, los negros, los judíos y los asiáticos, que también tenían prohibida la entrada en aquella zona. Por consiguiente, aunque siguiera siendo el Martillo de los Clericuzio y uno de los barones locales, Pippi perdió cierta influencia en el palacio de Quogue. Su carrera sólo se salvó gracias a que había sido un gran héroe en la guerra contra los Santadio.

El padrino de la discreta ceremonia civil de la boda fue Alfred Gronevelt, el propietario del hotel Xanadu. Éste ofreció después una pequeña cena con baile, en la que el novio y la novia estuvieron toda la noche bailando. En los años sucesivos, Gronevelt y Pippi de Lena desarrollaron una íntima y leal amistad.

El matrimonio duró justo lo suficiente como para producir dos hijos: un niño y una niña. El mayor, Croccifixio, al que siempre llamaban Cross, era a los diez años el vivo retrato de su madre, con un cuerpo de elegantes proporciones y un rostro de belleza casi afeminada. Sin embargo poseía la fuerza física y la extraordinaria coordinación de movimientos de su padre. La menor, Claudia, era a sus nueve años la imagen de su padre, y sus toscas facciones sólo se salvaban de la fealdad gracias a la frescura y la inocencia de la infancia, aunque carecía de las cualidades de su progenitor. En cambio tenía la misma afición que su madre a los libros, la música y el teatro, y poseía su misma gentileza de espíritu. Era lógico que Cross y Pippi estuvieran muy unidos el uno al otro y que Claudia estuviera más unida a su madre Nalene.

En los once años que duró el matrimonio antes de que la familia De Lena se separara, las cosas fueron muy bien. Pippi se afianzó en su papel de *bruglione* y recaudador del hotel Xanadu, pero seguía actuando como Martillo de los Clericuzio. Se hizo muy rico y llevaba un buen tren de vida, pero no hacía alarde de riqueza, cumpliendo las órdenes del Don. Bebía, jugaba, bailaba con su mujer, jugaba con los niños y procuraba prepararlos para su entrada en la edad adulta.

Pippi había aprendido a lo largo de su azarosa vida a mirar hacia el futuro. Ésa era una de las razones de su éxito. Muy pronto supo ver al Cross hombre, más allá del Cross niño. Quería que aquel hombre fuera su aliado. O quizá quería tener a su lado por lo menos a un ser humano en quien poder confiar plenamente.

Así pues decidió entrenar a Cross, le enseñó todos los trucos del juego y solía llevarlo a cenar con Gronevelt para que averiguara de sus labios todas las distintas maneras en que se podía estafar a un casino. Gronevelt siempre empezaba diciendo: «Millones de hombres permanecen despiertos cada noche tratando de inventarse algún medio de engañar a mi casino.»

Pippi se llevaba a Cross de caza y le enseñaba a desollar y a destripar a los animales, a identificar el olor de la sangre y a teñirse las manos de rojo con ella. Lo obligó a tomar clases de boxeo para que aprendiera a sentir dolor y le enseñó el uso y el cuidado de las armas de fuego, pero se abstuvo de enseñarle el método del estrangulamiento pues éste había sido a fin de cuentas un simple capricho suyo y ya no resultaba muy útil en los tiempos modernos. Por otra parte no hubiera sido posible explicar a la madre del chico la presencia de la cuerda.

La familia Clericuzio era propietaria de un enorme pabellón de caza en las montañas de Nevada, y Pippi lo utilizaba para sus vacaciones familiares. Allí se llevaba a los niños de caza mientras Nalene se quedaba en casa leyendo libros en la caldeada atmósfera del pabellón. En sus salidas, Cross cobraba sin dificultad lobos, venados e incluso pumas y jabalíes, lo cual significaba que era valiente. Tenía aptitudes para el manejo de las armas de fuego, era siempre muy cuidadoso con ellas, se mostraba sereno ante el peligro y nunca se echaba atrás cuando sus manos llegaban a las sanguinolentas entrañas y los viscosos intestinos. Jamás hacía remilgos cuando cortaba miembros y cabezas y preparaba las piezas.

Claudia no tenía sus mismas virtudes. Pegaba un brinco al oír un disparo y vomitaba cuando desollaban un venado. Al cabo de unas cuantas salidas, la niña se negó a abandonar el pabellón y decidió quedarse con su madre, leyendo libros o paseando por la orilla de un riachuelo cercano. Se negó incluso a ir de pesca pues no soportaba clavar el duro anzuelo de acero en el tierno cuerpo de una lombriz.

Pippi se concentraba en su hijo. Instruyó al chico en las normas básicas de conducta. No mostrar enojo ante un desaire, no revelar nada acerca de uno mismo. Ganarse el respeto de los demás, no con palabras sino con obras. Respetar a los miembros de la familia carnal. El juego era una diversión, no una forma de ganarse la vida. Amar al padre, a la madre y a la hermana, pero guardarse de amar a otra mujer que no fuera la esposa. La esposa era la mujer que daba a luz a los hijos de uno. En cuanto ocurría tal cosa, uno tenía que entregarse en cuerpo y alma a ganar para ellos el pan de cada día.

Cross era un alumno tan aventajado que a su padre se le caía la baba. A Pippi le encantaba que Cross se pareciera a Nalene, que tuviera su mismo donaire y fuera una copia exacta de su persona, pero sin las cualidades intelectuales que en aquellos momentos ya estaban destruyendo su matrimonio.

Pippi jamás había creído en el sueño del Don. Según él, todos los hijos más pequeños acabarían desapareciendo en la sociedad legal, y ni siquiera creía que ése fuera el camino más deseable. Reconocía el genio del viejo, pero aquello no era más que la faceta romántica del Don. A fin de cuentas, todos los padres querían que sus hijos trabajaran con ellos y fueran como ellos. La sangre era la sangre y eso no cambiaba jamás.

En eso Pippi tuvo razón. A pesar de los planes de Don Clericuzio, su nieto Dante era el que más tenazmente se oponía a sus proyectos. Dante había resultado ser una reencarnación de sus antepasados sicilianos, sediento de poder, obstinado y siempre dispuesto a quebrantar las leyes humanas y divinas.

Cuando Cross tenía siete años y Claudia cinco, el niño, agresivo por naturaleza, adquirió la costumbre de golpear a su hermana en la barriga, incluso en presencia de su padre. Claudia pedía ayuda y Pippi, en su calidad de progenitor, resolvía el problema de distintas maneras. Podía ordenarle a Cross que se detuviera y, en caso de que no lo hiciera, agarrarlo por el pescuezo y levantarlo en vilo, cosa que solía hacer muy a menudo. O podía ordenarle a Claudia que se defendiera. O arrojar a Cross contra la pared, cosa que había hecho en una o dos ocasiones. Pero aquella noche en particular, quizá porque acababa de cenar y estaba un poco adormilado o más probablemente porque Nalene siempre protestaba cuando utilizaba la fuerza física con los niños, Pippi encendió pausadamente un cigarro y le dijo a Cross:

—Cada vez que pegues a tu hermana, le daré un dólar.

Mientras Cross seguía pegando a su hermana, Pippi derramó una lluvia de billetes de un dólar sobre la extasiada Claudia. Al final, Cross se detuvo, desalentado.

Pippi inundaba a su mujer de regalos, como haría un amo con su esclava. Eran sobornos para disimular su esclavitud. Los regalos eran muy costosos: anillos de brillantes, abrigos de pieles, viajes a Europa. Le compró una casa de vacaciones en Sacramento porque ella aborrecía Las Vegas. La vez que le regaló un Bentley, se puso un uniforme de chófer para entregárselo. Poco antes del final de su matrimonio le regaló una sortija antigua que había pertenecido a los Borgia. Sólo le restringía el uso de las tarjetas de crédito y quería que pagara con la asignación que él le entregaba para gastos domésticos. Pippi jamás utilizaba tarjetas.

En otros aspectos era muy liberal. Nalene gozaba de una total libertad física. Pippi no era un celoso marido italiano. Aunque no viajaba al extranjero más que por asuntos de negocios, permitía que Nalene viajara con sus amigas, consciente de lo mucho que significaban para ella los museos de Londres, el ballet de París y las representaciones de ópera de Italia.

A veces Nalene se extrañaba de que Pippi fuera tan poco celoso, pero con el paso de los años comprendió que ningún hombre de su círculo se hubiera atrevido a hacerle la corte.

Sobre su matrimonio, Don Clericuzio había comentado en tono sarcástico: «¿Pero es que se creen que se van a pasar toda la vida bailando?»

La realidad demostró que no. Nalene no era una bailarina lo bastante buena como para llegar a la cumbre pues tenía unas piernas demasiado largas. Además era demasiado seria para llegar a ser una chica de alterne. Todo ello la había inducido a conformarse con el matrimonio. Durante los primeros cuatro años había sido muy feliz. Cuidaba de sus hijos, asistía a clase en la Universidad de Las Vegas y leía vorazmente todo lo que caía en sus manos.

Pero Pippi no mostraba el menor interés por la destrucción del medio ambiente, le importaban un bledo los problemas de los quejumbrosos negros que ni siquiera sabían robar sin que los atraparan, y en cuanto a los nativos norteamericanos, quienesquiera que éstos fueran, por él se podían ir a freír espárragos. Las conversaciones sobre libros o música rebasaban totalmente su horizonte. La exigencia de Nalene de que no pegara a los niños lo desconcertaba. Los niños eran como animalitos. ¿Cómo podía uno obligarlos a comportarse de una manera civilizada sin golpearlos contra la pared? Por otra parte, él siempre cuidaba de no hacerles daño.

Al cumplirse el cuarto aniversario de su boda, Pippi se buscó amantes. Una en Las Vegas, otra en Los Ángeles y otra más en Nueva York. Nalene contraatacó sacándose el título de profesora.

Lo intentaron por todos los medios. Amaban a sus hijos y llevaban una existencia muy placentera. Nalene se pasaba largas horas con los niños, enseñándoles a leer, a cantar y a bailar. Cuando llegó el divorcio, la familia se dividió en dos bandos: Pippi con Cross, y Nalene con Claudia. El matrimonio sólo se mantenía gracias al buen humor de Pippi. Su vitalidad y su exuberancia animal suavizaban en cierto modo las desavenencias entre marido y mujer. Los niños amaban a su madre y admiraban a su padre. A la madre porque era dulce y cariñosa, bella y rebosante de afecto. Al padre porque era fuerte.

Los dos progenitores eran unos maestros excelentes. Los niños aprendieron de su madre las cualidades sociales, las buenas maneras, el baile, la forma de vestirse y de cuidarse. Su padre les enseñó a desenvolverse en el mundo, a protegerse de los daños físicos, a jugar en el casino y a ejercitar el cuerpo por medio de la práctica del deporte. Los niños jamás le reprochaban que fuera tan duro con ellos, sobre todo porque sabían que lo hacía sólo como disciplina. Nunca se enojaban con él cuando los castigaba, y jamás le guardaban rencor.

Cross era valiente aunque podía doblegarse. En cambio Claudia no tenía el valor físico de su hermano, pero era obstinada. Podía permitirse aquel lujo porque jamás le faltaba el dinero.

Con el paso de los años, Nalene observó ciertas cosas, al principio insignificantes. Cuando enseñaba a los niños a jugar a las cartas —el póker, el *blackjack*, el *gin*—, Pippi marcaba las cartas, les quitaba todo el dinero de sus asignaciones, y al final les permitía disfrutar de una racha de buena suerte para que pudieran irse a dormir rebosantes de alegría por su victoria. Lo más curioso era que Claudia mostraba mucha más afición al juego que Cross. Después Pippi les demostraba de qué manera los había engañado. Nalene se enfadaba porque le parecía que jugaba con sus vidas, tal como jugaba con la suya. Pippi le explicó que todo aquello formaba parte de su educación. Ella le replicó que aquello no era educación sino corrupción. Pippi quería prepararlos para las realidades de la vida y ella los quería preparar para la belleza de la vida.

Pippi siempre llevaba demasiado dinero en la cartera, lo cual era una circunstancia tan sospechosa a los ojos de una esposa como a los de un inspector de Hacienda. Cierto que Pippi tenía un próspero negocio, la Agencia de Cobros, pero su tren de vida era demasiado alto para una empresa tan pequeña.

Cuando la familia se iba de vacaciones al Este y se movía en los círculos sociales de los Clericuzio, a Nalene no le pasaba inadvertido el respeto con que todos trataban a su esposo. Observaba la cautela con que le hablaban, el trato deferente que le dispensaban y las largas reuniones privadas que mantenían con él.

Y había más cosas. Pippi solía viajar por asuntos de negocios por lo menos una vez al mes, pero ella nunca estaba al corriente de los detalles de sus viajes y él jamás se los comentaba. Pippi tenía licencia de armas, lo cual era lógico tratándose de un hombre cuyo negocio consistía en cobrar elevadas sumas de dinero, pero Pippi era muy precavido. Nalene y los niños jamás habían tenido acceso al arma, y él guardaba las balas en cajas aparte, cerradas.

Con el paso de los años se fueron haciendo más frecuentes los viajes de Pippi, y Nalene permanecía cada vez más tiempo en casa con los niños. Los dos esposos se fueron distanciando sexualmente y, dado que Pippi era más tierno y comprensivo que ella a este respecto, la indiferencia se hizo cada vez mayor.

Es imposible que a lo largo de varios años un hombre pueda ocultar su verdadero carácter a una persona cercana a él. Nalene se dio cuenta de que Pippi era un hombre entregado por entero a sus apetitos y que era violento por naturaleza, aunque nunca con ella. Se dio cuenta también de que era reservado, por más que fingiera ser abierto, y que a pesar de su amabilidad era muy peligroso.

Por otra parte tenía unas pequeñas manías personales que a veces resultaban atractivas. Por ejemplo, quería que los demás disfrutaran con las mismas cosas que él. Una vez invitaron a un matrimonio a cenar en un restaurante italiano. La pareja no era muy aficionada a la comida italiana y apenas comió. Al darse cuenta, Pippi no pudo terminar la cena.

A veces comentaba sus actividades en la Agencia de Cobros. Casi todos los hoteles más importantes de Las Vegas eran clientes suyos, y él se dedicaba a cobrar las deudas de juego de los clientes morosos que se negaban a pagar. Le aseguraba a Nalene que jamás utilizaba la fuerza sino tan sólo las dotes de persuasión. El hecho de que la gente pagara sus deudas era una cuestión de honor. Todo el mundo era responsable de sus actos y le atacaba los nervios que unos hombres acaudalados tuvieran el descaro de no cumplir con sus obligaciones. Médicos, abogados, directores de empresa aceptaban los amables servicios del hotel y después se negaban a cumplir su parte del trato. Cobrarles las deudas no resultaba demasiado difícil. Se trataba de acudir a sus despachos y armarles un cirio para que sus clientes y compañeros se enteraran. Jamás había que proferir una amenaza, simplemente llamarles gorrones y jugadores degenerados que olvidaban sus profesiones para revolcarse en el vicio.

Los propietarios de pequeñas empresas eran más duros de pelar, unos tipos de tres al cuarto que trataban de saldar la deuda a razón de un centavo por cada dólar. Después estaban los listillos que entregaban cheques sin fondos y decían que había habido un error, uno de los trucos más habituales. Entregaban un cheque por valor de diez mil dólares cuando en la cuenta sólo tenían ocho mil. Pero Pippi tenía acceso a la información bancaria, de modo que ingresaba los dos mil que faltaban en la cuenta del tipo y después cobraba los diez mil. Pippi se tronchaba de risa cuando le contaba esas jugadas a Nalene.

Lo más importante de su trabajo, le explicaba Pippi a su mujer, era convencer al tipo no sólo de que pagara su deuda sino también de que siguiera jugando. Hasta un jugador sin blanca tenía su valor. El tipo trabajaba. Y ganaba dinero. Lo único que se tenía que hacer era aplazar el pago de la deuda, instarle a seguir jugando sin crédito en el casino e ir saldando la cuenta cada vez que ganaba.

Una noche Pippi le contó a Nalene una historia que a él le parecía graciosísima. Un día estaba trabajando en el despacho de su Agencia de Cobros situada en una pequeña galería comercial. De repente oyó un tiroteo en la calle. Salió justo en el momento en que dos hombres encapuchados y con armas huían de una joyería cercana. Sin pensarlo dos veces, sacó su arma y abrió fuego contra ellos. Los hombres subieron a un vehículo que los estaba esperando y escaparon. A los pocos minutos llegó la policía, y tras interrogar a todo el mundo se lo llevó detenido. Sabían perfectamente que tenía licencia de armas, pero había cometido un delito de «actuación temeraria», simplemente por disparar. Alfred Gronevelt fue a la comisaría y pagó la fianza.

«¿Por qué demonios lo hice? —se preguntó Pippi—. Alfred ha dicho que fue el cazador que llevo dentro. Pero nunca lo entenderé. ¿Yo, disparando contra unos ladrones? ¿Yo, protegiendo a la sociedad? Y encima van y me encierran. Me encierran a mí.»

Sin embargo, aquellas pequeñas revelaciones de su carácter eran en cierto modo una hábil estratagema destinada a que ella pudiera vislumbrar en parte su carácter sin penetrar en el verdadero secreto. Lo que finalmente indujo a Nalene a pedir el divorcio fue la detención de Pippi de Lena por asesinato...

Danny Fuberta era propietario de una agencia de viajes de Nueva York que había adquirido sus ganancias trabajando de usurero bajo la protección de la ya extinta familia Santadio, pero con lo que mejor se ganaba la vida era como organizador de viajes a Las Vegas.

Un organizador de viajes firmaba un contrato exclusivo con un hotel de Las Vegas para transportar hasta sus garras a jugadores de vacaciones. Danny Fuberta fletaba cada mes un jet 747 y trasladaba a unos doscientos clientes al hotel Xanadu. El precio fijo de mil dólares incluía el viaje de ida y vuelta de Nueva York a Las Vegas, comida y bebidas alcohólicas gratis a bordo del aparato, y comida, bebida y habitación gratis en el hotel. Danny Fuberta siempre tenía una larga lista de espera para esos viajes, y siempre elegía cuidadosamente a sus clientes. Tenían que ser personas con trabajos bien remunerados, aunque no necesariamente legales, jugar en el casino un mínimo de cuatro horas diarias, y a ser posible concertar un crédito en la ventanilla de caja del hotel Xanadu.

Uno de los mayores beneficios de Fuberta era su amistad con artistas de la estafa, atracadores de bancos, traficantes de droga, contrabandistas de tabaco, comerciantes ilegales del sector de la confección y otros representantes de la mala vida, que obtenían saneados ingresos en las cloacas de Nueva York.

Por cada aparato con doscientos clientes de vacaciones para el hotel Xanadu, Danny Fuberta cobraba unos honorarios fijos de 20.000 dólares. A veces, cuando los clientes del Xanadu sufrían elevadas pérdidas, recibía una gratificación extraordinaria. Todo ello, añadido a la tarifa inicial del paquete, le permitía disponer de unos fabulosos ingresos mensuales. Por desgracia para él, Danny Fuberta también tenía una debilidad especial por el juego y llegó un momento en que sus deudas superaron sus ingresos.

Danny Fuberta era un hombre ingenioso y muy pronto se le ocurrió una manera de conseguir solvencia. Uno de sus deberes como organizador de viajes consistía en garantizar el crédito que el casino concedía al cliente.

Fuberta reclutó a una competente banda de atracadores a mano armada y elaboró con ellos un plan (frustrado en veinticuatro horas por Gronevelt) para robarle un millón de dólares al hotel Xanadu.

Facilitó a los cuatro hombres de la banda una documentación falsa de propietarios de comercios del sector de la confección con elevadas clasificaciones crediticias, entresacando detalles de las fichas de clientes de su agencia. Basándose en esta documentación, les garantizó un límite de crédito de doscientos mil dólares. Después los colocó en uno de sus viajes.

«Todo fue muy fácil», comentó Gronevelt más tarde.

Durante su estancia de dos días, Fuberta y su banda acumularon elevadas sumas en servicio de habitaciones, invitaron a las guapas coristas a cenar y mandaron anotar en su cuenta numerosos obsequios de la tienda de regalos, pero eso fue lo de menos. Sacaron fichas negras del casino y firmaron los marcadores.

Después se dividieron en dos equipos. Un equipo apostaba contra los dados y el otro a favor. De esa manera sólo podían perder el porcentaje o empatar. Parecía que estuvieran jugando como locos, pero en realidad no hacían nada. Armaban el mayor revuelo posible y procuraban representar su papel con gran convicción, pidiendo dados con voz suplicante, torciendo el gesto cuando perdían y lanzando grandes vítores cuando ganaban. Al final de la jornada le entregaban las fichas a Fuberta para que las cobrara y firmaban marcadores para sacar más fichas de la caja. Cuando dos días más tarde terminó la comedia, el sindicato de estafadores había ganado ochocientos mil dólares y había gastado otros veinte mil en chucherías, pero tenían un millon de dólares anotado en los marcadores de la caja.

Danny Fuberta, en su calidad de genio magistral, se quedó con cuatrocientos mil, y los cuatro atracadores se mostraron satisfechos con el resto, sobre todo cuando Fuberta les prometió una segunda excursión. ¿Qué mejor que un largo fin de semana en un hotel de lujo con comida y bebida gratis, chicas guapas a granel y cien mil dólares de propina? Aquello era mucho mejor que atracar un banco, donde te jugabas el pellejo.

Gronevelt descubrió la estafa al día siguiente. Los informes diarios revelaron unas cifras de marcadores muy altas incluso para los clientes de Fuberta. Las ganancias de la mesa, es decir, el dinero que quedaba después de toda una noche de juego, eran excesivamente bajas en comparación con el dinero apostado. Gronevelt pidió que le pasaran la película filmada por la cámara oculta. No tuvo que mirar más de diez minutos para darse cuenta de lo que había ocurrido y saber que el millón de dólares de los marcadores era pura fachada, y que las identidades de los clientes eran falsas.

Reaccionó con impaciencia. Había sufrido incontables estafas a lo largo de los años, pero aquélla le parecía especialmente estúpida, y además apreciaba sinceramente a Danny Fuberta, el hombre que tantos dólares le había hecho ganar al Xanadu. Ya sabía lo que diría Fuberta, que era una víctima inocente y que a él también lo habían engañado con la documentación falsa. Gronevelt se mostró muy enojado por la incompetencia del personal de su casino. El director de la mesa de *craps* hubiera tenido que darse cuenta, y el cajero hubiera tenido que detectar de inmediato las apuestas cruzadas. El truco no era demasiado ingenioso, pero la gente bajaba la guardia cuando las cosas iban bien. Las Vegas no era una excepción. Sintiéndolo mucho, tendría que despedir al jefe de la mesa de *craps* y al cajero, o por lo menos enviarlos de nuevo a hacer girar la rueda de la ruleta. Pero había algo que no podía pasar por alto: tendría que traspasarle todo el asunto de Danny Fuberta a los Clericuzio.

Primero mandó llamar a Pippi de Lena al hotel y le mostró los documentos y la filmación de la cámara oculta. Pippi conocía a Fuberta, pero no a los otros cuatro, así que Gronevelt mandó sacar unas instantáneas de varias tiras de película aisladas y se las entregó.

Pippi sacudió la cabeza.

—¿Cómo es posible que Danny pensara que saldría bien librado de ésta? Le creía un estafador más listo.

—Es un jugador —dijo Gronevelt—. Ésos siempre creen que sus cartas son ganadoras. —Hizo una pausa—. Danny te convencerá de que no está metido en eso, pero recuerda que él tuvo que garantizar los créditos. Dirá que se fió de su documentación. Un organizador de viajes tiene que garantizar que los jugadores son lo que dicen ser. Seguro que lo sabía.

Pippi sonrió y le dio una palmada en la espalda.

—No te preocupes, no me convencerá.

Soltaron una carcajada. No importaba que Danny Fuberta fuera culpable o inocente. Los errores se pagaban.

Al día siguiente, Pippi se trasladó a Nueva York, para exponer el caso a la familia Clericuzio en Quogue.

Tras cruzar toda una serie de puertas vigiladas, subió por una larga calzada asfaltada que discurría a través de una cuesta de hierba, protegida por una valla con alambrada de púas y dispositivos electrónicos de seguridad. Había un guardia en la puerta de la mansión, y eso que estaban en tiempo de paz.

Lo recibió Giorgio y cruzó con él la mansión para salir al jardín de la parte de atrás. Había tomateras y pepinos, lechugas e incluso melones, todos ello rodeado por higueras de grandes hojas. Al Don le importaban un bledo las flores y las plantas.

La familia estaba sentada alrededor de una mesa redonda de

madera, tomando un almuerzo temprano. El Don, rebosante de salud a pesar de sus casi setenta años, aspiraba visiblemente satisfecho el aire del jardín, perfumado por la fragancia de los higos. Estaba dando de comer a su nieto Dante, un niño de diez años muy guapo, aunque también muy mandón pese a tener la misma edad que Cross. Pippi siempre reprimía el deseo de propinarle un tortazo. El Don se derretía en presencia de su nieto, le limpiaba la boca y le susurraba palabras de cariño. Vincent y Petie parecían un poco enfurruñados. La reunión no podría empezar hasta que el niño terminara de comer y su madre Rose Marie se lo llevara. Don Domenico le miró con una radiante sonrisa de complacencia mientras el niño se retiraba. Después se volvió hacia Pippi.

—Ah, *Martello* mío —le dijo—. ¿Qué piensas de este bribón de Fuberta? Le damos un medio de vida y él se vuelve codicioso a nuestra costa.

—Si paga lo que debe —terció Giorgio en tono apaciguador—, aún podrá seguir ganando dinero para nosotros.

Era el único motivo válido para una petición de clemencia.

—La suma no es pequeña que digamos —dijo el Don—. Tenemos que recuperarla. ¿Tú qué opinas?

Pippi se encogió de hombros.

—Puedo intentarlo, desde luego. Pero esa gente no es de la que ahorra para los tiempos de penuria.

En ese momento intervino Vincent, que odiaba las charlas intrascendentes.

—Vamos a ver las fotos —dijo.

Pippi sacó las fotografías, y Vincent y Petie estudiaron a los cuatro atracadores.

—Petie y yo los conocemos —dijo Vincent.

—Muy bien —aprobó Pippi—. Pues en tal caso vosotros podéis ponerles las peras a cuarto a esos cuatro tíos. ¿Qué queréis que haga yo con Fuberta?

—Nos han despreciado —dijo el Don—. ¿Quiénes se han creído que somos? ¿Unos pobres desgraciados que tenemos que recurrir a la policía? Vincent, Petie y tú, Pippi. Quiero recuperar el dinero y que se castigue a esos *mascalzoni*.

Los tres lo comprendieron. Pippi ostentaría el mando. Los cinco hombres habían sido condenados a muerte.

El Don se levantó para dar su habitual paseo por el jardín.

Giorgio lanzó un suspiro.

—El viejo es demasiado duro para los tiempos que vivimos. No merece la pena correr tanto peligro por una cosa así.

—No si Vinnie y Petie se encargan de arreglarles las cuentas a los cuatro chorizos —dijo Pippi—. ¿Estás de acuerdo, Vince?

—Giorgio —dijo Vincent—, tendrás que hablar con el viejo. Esos cuatro no tendrán la pasta. Tenemos que hacer una cosa. Les dejamos salir a ganar dinero, nos pagan lo que nos deben y quedan libres. Si los enterramos, no cobramos.

Vincent imponía la ley, pero era realista y jamás permitía que su sed de venganza lo obligara a descartar soluciones más prácticas.

—De acuerdo, convenceré a papá —dijo Giorgio—. Han sido unos simples colaboradores. Pero el viejo no querrá soltar a Fuberta.

—Los demás organizadores de viajes tienen que captar el mensaje —dijo Pippi.

—Primo Pippi —dijo Giorgio sonriendo—, ¿qué recompensa esperas por eso?

Pippi no soportaba que Giorgio lo llamara «primo». Vincent y Petie lo llamaban cariñosamente «primo», pero Giorgio sólo utilizaba esa palabra en las negociaciones.

—Fuberta es cosa mía —contestó Pippi—. Vosotros me regalasteis la Agencia de Cobros y mi sueldo me lo paga el Xanadu. Pero recuperar el dinero es difícil, así que tendría que cobrar un porcentaje. También Vince y Petie, si cobran algo de esos cuatro.

—Me parece justo —dijo Giorgio—, pero eso no es como cobrar las deudas de los clientes. No puedes esperar un cincuenta por ciento.

—No, no —dijo Pippi—, bastará con que me dejéis mojar el pico.

Los tres se rieron ante aquel modismo siciliano.

—No seas tacaño, Giorgio —dijo Petie—. No querrás exprimirnos a Vincent y a mí.

Petie dirigía ahora el Enclave del Bronx, era el jefe de los que cuidaban de hacer cumplir las órdenes y siempre defendía la idea de que los de abajo tenían que cobrar más dinero. Pensaba repartirse su parte con sus hombres.

—Sois muy ambiciosos —dijo Giorgio sonriendo—, pero le aconsejaré al viejo un veinte por ciento.

Pippi sabía que sería un diez o un quince por ciento. Giorgio siempre hacía lo mismo.

—¿Y si hiciéramos un fondo común? —le dijo Vince a Pippi.

Quería decir que los tres se repartirían el dinero que cobraran, con independencia de quién lo pagara. Lo había dicho en gesto de amistad. Había muchas más posibilidades de cobrar dinero de unos vivos que de unos muertos. Vincent conocía el valor de Pippi.

—Pues claro, Vince —contestó Pippi—. Te lo agradecería mucho.

Hacia el fondo del jardín vio a Dante paseando de la mano del Don y oyó que Giorgio decía:

—¿No os parece asombroso lo bien que se llevan Dante y mi padre? Mi padre jamás fue tan cariñoso conmigo. Se pasan el rato hablando en voz baja. Bueno, el viejo es tan listo que el chiquillo aprenderá.

Pippi observó que el niño tenía el rostro levantado hacia el Don. Ambos se miraban como si compartieran un terrible secreto capaz de otorgarles el dominio sobre el cielo y la tierra. Más adelante Pippi siempre creería que aquella visión le había echado el mal de ojo y había sido el desencadenante de su desgracia.

A lo largo de los años, Pippi de Lena se había ganado una bien merecida fama de excelente organizador. No era un matón violento sino un técnico hábil. Se basaba en la estrategia psicológica para llevar a la práctica un trabajo. Con Danny Fuberta se le planteaban tres problemas. En primer lugar tenía que recuperar el dinero. En segundo lugar tenía que coordinar cuidadosamente sus acciones con Vincent y Petie Clericuzio. Eso fue muy fácil. (Vincent y Petie eran muy eficientes en su trabajo. En un par de días localizaron a los matones, los obligaron a confesar y se mostraron de acuerdo con la recompensa.) Y en tercer lugar tenía que liquidar a Danny Fuberta.

Le fue muy fácil tropezarse casualmente con Fuberta, echar mano de todo su encanto e insistir en que aceptara su invitación a almorzar en un restaurante chino del East Side. Fuberta sabía que Pippi era un cobrador del Xanadu pues ambos habían mantenido inevitables tratos de negocios a lo largo de los años, pero Pippi parecía tan contento de haberse tropezado casualmente con él en Nueva York que Fuberta no pudo declinar la invitación.

Pippi lo hizo todo con mucha delicadeza. Esperó a que hubieran pedido los platos y entonces le dijo:

—Gronevelt me ha hablado de la estafa. Tú sabes que eres responsable del crédito que se concedió a aquellos tipos.

Danny Fuberta juró que era inocente, y Pippi le miró con una radiante sonrisa en los labios y le dio unas amistosas palmadas en la espalda.

—Vamos, Danny —le dijo—. Gronevelt tiene las cintas, y tus cuatro compinches ya han cantado. Estás metido en un lío muy gordo, pero yo lo podré arreglar si devuelves el dinero. A lo mejor, incluso te podré seguir manteniendo en el negocio de los viajes organizados.

Para demostrar su afirmación, sacó las fotografías de los cuatro atracadores.

—Ésos son tus muchachos —dijo—. Y en estos momentos ya están cantando y echándote toda la mierda encima. Nos han contado lo del reparto. En fin, si me devuelves tus cuatrocientos mil, asunto arreglado.

—Es cierto que conozco a esos chicos —dijo Danny Fuberta—, pero son muy duros y no creo que canten así, por las buenas.

—Los están interrogando los Clericuzio —dijo Pippi.

—¡Mierda! —exclamó Danny—. No sabía que fueran propietarios del hotel.

—Pues ahora ya lo sabes —dijo Pippi—. Si no recuperan el dinero, te verás metido en un buen lío.

—Quiero irme de aquí —dijo Fuberta.

—No, hombre, no —dijo Pippi—. Quédate, el pato de Pekín está muy bueno. Mira, eso lo podemos arreglar. No es muy difícil. Ya sabemos que todo el mundo intenta estafar alguna vez, ¿verdad? Tú devuélvenos el dinero y no se hable más del asunto.

—No tengo ni un céntimo —contestó Fuberta.

Por primera vez, Pippi dio muestras de una cierta irritación.

—Hay que demostrar un poco de buena voluntad —dijo—. Danos cien mil, y los trescientos mil restantes nos los cobraremos de tus marcadores.

Fuberta lo pensó un momento mientras masticaba un pastelillo de harina frita.

—Os podría pagar cincuenta mil.

—Me parece bien, me parece muy bien —dijo Pippi—. El resto lo puedes pagar no cobrando la comisión que te pagan por el traslado de los clientes al hotel. ¿Te parece un trato justo?

—Creo que sí —contestó Fuberta.

—Y ahora deja ya de preocuparte y disfruta de la comida —dijo Pippi. Colocó un trozo de pato en una tortita con un poco de salsa oscura y dulce y se lo ofreció a Fuberta—. Está exquisito, Danny. Come. Después hablaremos de negocios.

Tomaron un helado de chocolate como postre y acordaron que Pippi cobraría los cincuenta mil dólares en la agencia de viajes de Fuberta, después de la hora de cierre. Pippi tomó la cuenta y pagó en efectivo.

—Danny —dijo—, ¿te fijas qué cantidad de cacao llevan los helados de chocolate de los restaurantes chinos? Son los mejores. ¿Sabes lo que pienso? El primer restaurante chino de Estados Unidos debió de equivocarse en la receta, y los que vinieron después se limitaron a copiarla. Delicioso. Un helado de chocolate delicioso, de verdad.

Sin embargo, Danny Fuberta era un hombre que se había pasado cuarenta y ocho años de su vida cometiendo estafas y había aprendido a interpretar los signos. Tras despedirse de Pippi, desapareció en la clandestinidad y envió un mensaje diciendo que había emprendido un viaje para reunir el dinero que le debía al hotel Xanadu. Pippi no se sorprendió. Danny Fuberta estaba echando mano de la táctica habitual en tales casos. Se había escondido para poder negociar con seguridad, lo cual significaba que no tenía dinero y que no habría ninguna gratificación a menos que Vincent y Petie cobraran la mitad que les correspondía.

Pippi pidió que unos hombres del Enclave del Bronx efectuaran batidas por toda la ciudad e hizo correr la voz de que Danny Fuberta era buscado por los Clericuzio. Al cabo de una semana, Pippi empezó a ponerse nervioso. Hubiera tenido que comprender que la exigencia del pago de la deuda alertaría a Fuberta, y que Danny sabía de sobra que cincuenta mil dólares no serían suficiente, aun en el caso de que los hubiera tenido.

A la primera ocasión que tuvo, Pippi decidió actuar con más audacia de lo que hubiera aconsejado la prudencia.

Danny Fuberta apareció en un pequeño restaurante del Upper West Side. El propietario, un soldado de los Clericuzio, efectuó una rápida llamada. Pippi llegó justo en el momento en que Danny estaba saliendo del restaurante y se llevó una sorpresa al verle sacar un arma. Danny era un estafador pero no tenía pericia en el manejo de las armas de fuego. Así que cuando disparó, erró el tiro. Pippi le metió cinco balas en el cuerpo.

El incidente fue desafortunado por varios motivos. Primero, hubo testigos presenciales. Segundo, un coche patrulla de la policía llegó antes de que Pippi pudiera escapar. Tercero, Pippi no estaba preparado para un tiroteo y sólo quería charlar con Danny en un lugar seguro. Cuarto, aunque en el juicio se podría alegar defensa propia, algunos testigos dijeron que Pippi había disparado primero, con lo cual quedaba confirmado una vez más el viejo axioma de que uno corría más peligro con la ley cuando era inocente que cuando era culpable. Además, el arma de Pippi llevaba silenciador, dada su última charla amistosa con Danny Fuberta.

Por suerte, Pippi reaccionó perfectamente ante la desastrosa llegada del coche patrulla. No intentó abrirse camino a tiros sino que siguió las pautas establecidas. Los Clericuzio tenían un mandato muy severo: no disparar jamás contra un representante de la ley. Pippi no lo hizo. Arrojó el arma al suelo y la empujó con el pie. Aceptó con docilidad la detención y negó rotundamente cualquier relación con el muerto que yacía a pocos metros en la acera.

Tanto estas contingencias como la forma de afrontarlas estaban claramente previstas. Al fin y al cabo, por mucho cuidado que uno tuviera siempre había que contar con la malevolencia del destino. En aquellos momentos, Pippi tenía la sensación de estar ahogándose en un océano de mala suerte, pero tenía que tranquilizarse porque estaba seguro de que la familia Clericuzio lo remolcaría hasta la orilla.

Primero se elegían a unos abogados de campanillas que conseguían sacarlo a uno de la cárcel bajo fianza. Después había unos jueces y fiscales a los que se podía convencer para que fueran acérrimos defensores de la imparcialidad, unos testigos a quienes les podía fallar la memoria y unos miembros americanos del jurado tan ferozmente independientes que, a poco estímulo que recibieran, se negaban a emitir un veredicto de culpabilidad, para de este modo frustrar los propósitos de la autoridad. Un soldado de la familia Clericuzio no tenía por qué comportarse con la violencia de un perro rabioso para salir de las dificultades.

Pero por primera vez en su dilatado servicio a la familia, Pippi de Lena tuvo que comparecer como encausado en un juicio. La habitual estrategia legal consistiría en la presencia en la sala de la mujer y los hijos del acusado, para que los miembros del jurado supieran que de su decisión dependería la felicidad de una familia inocente. Doce hombres y mujeres de probada honradez tendrían que endurecer sus corazones. La «duda razonable» era una bendición de Dios para un miembro del jurado atormentado por la compasión.

Durante el juicio, los oficiales de policía declararon no haber visto a Pippi con el arma en la mano ni empujarla después con el pie. Tres de los testigos presenciales no pudieron identificar al acusado, y otros dos se mostraron tan desafiantes en su identificación, que su certeza les granjeó la antipatía del jurado y del juez. El soldado de los Clericuzio, propietario del restaurante, declaró que había seguido a Danny Fuberta a la calle porque éste no había pagado la cuenta, que había sido testigo del tiroteo y que estaba seguro de que el hombre que había disparado no era el acusado Pippi de Lena.

Pippi llevaba guantes en el momento del tiroteo y por eso no había huellas dactilares en el arma. Unos médicos aportados por la defensa declararon que Pippi de Lena sufría unos misteriosos e incurables salpullidos cutáneos intermitentes, y que ellos le habían recomendado el uso de guantes.

Para mayor seguridad, había sido sobornado un miembro del jurado. A fin de cuentas, Pippi era un alto ejecutivo de la familia. Sin embargo, no fue necesaria semejante precaución final. Pippi fue absuelto y declarado inocente a los ojos de la ley.

Pero no a los de su mujer Nalene de Lena. Seis meses después del juicio, Nalene le comunicó a Pippi su deseo de divorciarse.

Los que viven sometidos a un alto nivel de tensión tienen que pagar un precio. Se desgastan distintas partes del cuerpo. La comida y la bebida excesivas destrozan el hígado y el corazón. El sueño es una evasión culpable, la mente no responde a la belleza y no se entrega a la confianza. Tanto Pippi como Nalene sufrían todas estas consecuencias. Ella no soportaba a su marido en la cama y él no podía disfrutar de la compañía de una persona que no compartía sus aficiones. Nalene no podía disimular el horror que le producía el hecho de saber que Pippi era un asesino, y él experimentaba un enorme alivio por el hecho de no tener que ocultarle a Nalene su verdadera personalidad.

—Pues muy bien —le dijo Pippi a su mujer—, nos divorciaremos. Pero yo no quiero perder a mis hijos.

—Ahora ya sé quién eres —replicó Nalene—. No quiero volver a verte, y no permitiré que mis hijos vivan contigo.

Pippi se quedó sorprendido. Nalene jamás se había mostrado tan enérgica y decidida. Le extrañó que se atreviera a hablarle en semejante tono precisamente a él, Pippi de Lena. Pero las mujeres siempre eran un poco temerarias. Consideró su propia situación. No estaba preparado para educar a unos niños. Cross tenía once años y Claudia diez, y él no tenía más remedio que reconocer que estaban más encariñados con su madre que con él.

Quería ser justo con su mujer. A fin de cuentas le había dado lo que él quería, una familia, unos hijos y el sólido fundamento que todo hombre necesita. ¿Quién sabía lo que hubiera sido de él de no haber sido por ella?

—Vamos a discutirlo tranquilamente y a separarnos sin rencor —dijo, echando mano de su encanto—. Al fin y al cabo hemos vivido doce años muy agradables. Hemos tenido momentos felices. Y tenemos dos hijos maravillosos, gracias a ti. —Nuevamente sorprendido por la severa expresión con que ella le estaba mirando, Pippi hizo una pausa—. Vamos, Nalene, he sido un buen padre y mis hijos me quieren. Te ayudaré en cualquier cosa que quieras hacer. Como es natural, podrás quedarte con la casa de Las Vegas. Y te puedo conseguir una de las tiendas del Xanadu. Vestidos, joyas, antigüedades. Ganarás doscientos mil dólares al año. Y podremos compartir la custodia de los niños.

—Aborrezco Las Vegas —contestó Nalene—. Siempre la he aborrecido. Tengo un título de profesora y un trabajo en Sacramento. Ya he matriculado a los niños en una escuela de allí.

Presa del asombro, Pippi comprendió en aquel momento que Nalene era una contrincante peligrosa. El concepto le era totalmente ajeno. En su sistema de coordenadas, las mujeres nunca eran peligrosas. Una esposa, una amante, una tía, la esposa de un amigo e incluso Rose Marie, la hija del Don, jamás podían ser peligrosas. Pippi siempre había vivido en un mundo en el que las mujeres no podían ser enemigas. De repente sintió la misma cólera y el mismo caudal de energía que podían inspirarle los hombres.

—No pienso ir a Sacramento a ver a mis hijos —replicó. Siempre se ponía furioso cuando alguien rechazaba su encanto y su amistad. Cualquier hombre que se negara a ser amable con Pippi de Lena se exponía a que le ocurriera una desgracia. En cuanto decidía enfrentarse con alguien, Pippi llevaba su decisión hasta las últimas consecuencias. También le sorprendía que su mujer ya hubiera trazado planes—. Has dicho que ya sabes quién soy —añadió—. Pues ten mucho cuidado. Puedes irte a Sacramento y puedes irte a la mierda, ¿comprendes? Pero sólo te llevarás a uno de los niños. El otro se quedará conmigo.

Al ver su expresión de asombro, Nalene estuvo casi a punto de reírsele en la cara.

—¿Tienes un abogado? —le preguntó Pippi—. ¿Quieres llevarme ante la justicia?

De pronto soltó unas histéricas carcajadas, como si estuviera a punto de perder el juicio.

Resultaba un poco extraño ver a un hombre que durante doce años había suplicado amor y mendigado de su carne, y que había sido su protección contra las crueldades del mundo, convertido en una peligrosa bestia amenazadora. Fue entonces cuando Nalene comprendió finalmente por qué otros hombres lo trataban con tanto respeto y por qué le tenían tanto miedo. Ahora su temible encanto había perdido toda su cautivadora cordialidad. Pero, curiosamente, Nalene estaba más dolida que asustada. Le sorprendía que su amor por ella se hubiera esfumado tan fácilmente. A fin de cuentas, durante doce años se habían acunado tiernamente el uno al otro, se habían reído juntos, habían bailado juntos y habían cuidado juntos de sus hijos. De repente se había esfumado, como por arte de magia, la gratitud de Pippi por todos los regalos que ella le había ofrecido.

—Me importa un bledo lo que decidas —le dijo fríamente Pippi—. Me importa un bledo lo que decida un juez. Sé razonable y yo seré razonable. Si eres intransigente, te quedarás sin nada.

Por primera vez, Nalene tuvo miedo de todas las cosas que amaba: del poderoso cuerpo de Pippi, de sus grandes manos de sólidos huesos, de las irregulares y toscas facciones de su rostro que algunas personas consideraban feas pero que a ella siempre le habían parecido la quinta esencia de la virilidad. A lo largo de todo su matrimonio, Pippi había sido más cortesano que esposo, jamás le había levantado la voz, jamás había hecho la menor broma a su costa, jamás la había regañado cuando acumulaba facturas. Y era cierto que había sido un buen padre y que sólo se había mostrado duro con los niños en las ocasiones en que éstos no le habían tenido el debido respeto a su madre.

Nalene experimentaba una extraña sensación de debilidad, pero las facciones del rostro de Pippi se le antojaban más definidas que nunca, como si estuvieran enmarcadas por sombras. Sus mejillas eran más mofletudas que al principio, la ligera hendidura de su barbilla parecía que estuviera llena de una minúscula mancha de masilla negra. Sus pobladas cejas tenían algunos pelos blancos, pero el cabello que le cubría el poderoso cráneo era negro como el azabache y cada mechón, tan áspero como la crin de un caballo. Sus ojos, habitualmente risueños, eran ahora de un implacable y apagado color canela.

—Pensaba que me querías —dijo—. ¿Cómo puedes tener el valor de asustarme de esta manera?

Y rompió a llorar.

Pippi se conmovió.

—Hazme caso a mí —le dijo—. No le hagas caso a tu abogado. Si me llevas a juicio y yo lo pierdo todo, te aseguro que no conseguirás llevarte a los dos niños. Nalene, no me obligues a ser duro contigo. No quiero serlo. Comprendo que ya no quieras seguir viviendo conmigo. Siempre pensé que había tenido mucha suerte, conservándote tanto tiempo a mi lado. Quiero que seas feliz. Conseguirás mucho más de mí que de cualquier juez. Pero me estoy haciendo mayor y no quiero vivir sin familia.

Por una de las pocas veces en su vida, Nalene no pudo resistir la tentación de mostrarse maliciosa.

—Tienes a los Clericuzio —le dijo.

—Es cierto —dijo Pippi—. Convendría que no lo olvidaras. Pero lo más importante es que no quiero estar solo en mi vejez.

—Millones de hombres lo están —replicó Nalene—. Y también de mujeres.

—Porque no han podido evitarlo —dijo Pippi—. Otros han decidido por ellos. Otras personas les han prohibido existir, pero yo no permito que nadie me haga eso a mí.

—¿Les prohíbes existir? —preguntó Nalene en tono despectivo.

—Exactamente —contestó Pippi, mirándola con una sonrisa—. Tienes mucha razón.

—Podrás visitarlos siempre que quieras —dijo Nalene—. Pero mis hijos tienen que vivir conmigo.

Pippi se volvió de espaldas y le dijo en voz baja:

—Haz lo que quieras.

—Espera —le dijo Nalene. Cuando Pippi se volvió a mirarla, Nalene vio en su rostro una furia tan terriblemente desalmada que no tuvo más remedio que decirle en un susurro—: Si uno de ellos quiere ir contigo, adelante.

Pippi experimentó un repentino alborozo, como si el problema ya estuviera resuelto.

—Estupendo —dijo—. El tuyo me podrá visitar en Las Vegas y el mío podrá visitarte a ti en Sacramento. Me parece perfecto. Vamos a arreglarlo esta misma noche.

Nalene hizo un último esfuerzo.

—Cuarenta años no son muchos —dijo—, puedes fundar otra familia.

Pippi sacudió la cabeza.

—Eso nunca —dijo—. Tú eres la única mujer que me ha hechizado. Me casé tarde y sé que jamás volveré a casarme. Tienes suerte de que yo sea lo bastante inteligente como para comprender que no puedo retenerte y lo bastante inteligente como para saber que no puedo volver a empezar.

—Es cierto —dijo Nalene—. Nunca podrías conseguir que volviera a quererte.

—Pero podría matarte —dijo Pippi sonriendo, como si fuera una broma.

Ella le miró a los ojos y supo que hablaba en serio. Se dio cuenta de que aquélla era la fuente de su poder: el hecho de saber que cuando profería una amenaza, los demás le creían. Hizo acopio de sus últimas reservas de valentía.

—Recuerda que si los dos quieren quedarse conmigo, tú se lo tienes que permitir.

—Quieren a su padre —replicó Pippi—. Uno de ellos se quedará aquí con su viejo.

Aquella noche, después de cenar, con la casa helada por el aire acondicionado porque fuera el calor del desierto no se podía resistir, Cross, de once años, y Claudia, de diez, fueron informados de la situación. Ninguno de los dos pareció sorprenderse. Cross, tan guapo como su madre, ya poseía la dureza interior y la cautela de su padre, y era, como él, absolutamente intrépido. Respondió inmediatamente.

—Me quedo con mamá —dijo.

Claudia tenía miedo de elegir, y con astucia infantil anunció:

—Y yo me quedo con Cross.

Pippi se sorprendió. Cross estaba más unido a él que a Nalene. Era el que lo acompañaba en sus excursiones de caza. Al niño le gustaba jugar con él a las cartas, al golf y a la pelota. Cross no mostraba el menor interés por la obsesión de su madre con los libros y la música. Era Cross quien bajaba con él a la Agencia de Cobros para hacerle compañía cuando algún sábado se le acumulaba el trabajo en la oficina y tenía que ponerse al día. Estaba convencido de que conseguiría la custodia de Cross. Era lo que esperaba.

Le hizo gracia la taimada respuesta de Claudia. La niña era lista. Pero Claudia se parecía demasiado a él, y él no quería ver todos los días aquella jeta tan parecida a la suya. Era lógico que Claudia quisiera ir con su madre. A Claudia le gustaban las mismas cosas que a Nalene. ¿Qué coño hubiera hecho él con Claudia?

Pippi estudió a sus dos hijos. Estaba orgulloso de ellos. Sabían que su madre era el más débil de sus dos progenitores, y se ponían de su parte. Comprendió que Nalene, con su instinto teatral, se había preparado debidamente para la ocasión. Iba severamente vestida con jersey y pantalones negros y llevaba el cabello rubio recogido con una cinta negra para que le enmarcara suavemente el pálido y conmovedor rostro ovalado. Por su parte, Pippi era consciente del devastador efecto que su brutal aspecto físico debía de causar en los niños.

Volvió a echar mano de su encanto.

—Yo sólo pido que uno de vosotros me haga compañía —dijo—. Os podréis ver el uno al otro todo lo que queráis. ¿Verdad, Nalene? Vosotros no querréis que yo viva solo aquí, en Las Vegas.

Los dos niños lo miraron con seriedad. Pippi miró a Nalene.

—Tenéis que colaborar —dijo—. Tenéis que elegir.

Después pensó enfurecido, ¿y a mí qué mierda me importa esto?

—Prometiste que si los dos querían irse conmigo, podrían hacerlo —dijo Nalene.

—Vamos a discutirlo —replicó Pippi.

Sus sentimientos no estaban heridos. Sabía que sus hijos le querían, pero querían más a su madre. Le parecía lógico, aunque eso no significaba que hubieran hecho la mejor elección.

—No tenemos nada que discutir —contestó despectivamente Nalene—. Me lo prometiste.

Pippi no se dio cuenta de la terrible impresión que estaba causando en sus tres interlocutores. No comprendió lo fría que se había vuelto su mirada. Pensó que dominaba su voz cuando habló, le pareció que su tono de voz era razonable.

—Tenéis que elegir. Os prometo que si no da resultado podréis hacer lo que queráis. Pero tenéis que darme una oportunidad.

Nalene sacudió la cabeza.

—Eres ridículo —dijo—. Iremos a juicio.

En aquel momento, Pippi decidió lo que iba a hacer.

—No importa. Haz lo que quieras. Pero piénsalo bien. Piensa en nuestra vida en común. Piensa en quién eres tú y en quién soy yo. Te suplico que seas razonable, que pienses en el futuro de todos nosotros. Cross es como yo, y Claudia es como tú. Cross estaría mejor conmigo, y Claudia estaría mejor contigo. Y así tiene que ser. —Hizo una breve pausa—. ¿No te basta con saber que te quieren más que a mí, que a ti te echarán más de menos que a mí...?

Dejó la frase en el aire. No quería que los niños comprendieran lo que estaba diciendo.

Pero Nalene sí lo comprendió. Presa del terror, alargó el brazo y atrajo a Claudia hacia sí. En aquel momento, Claudia miró a su hermano con expresión suplicante y le dijo:

—Cross...

Cross poseía una impasible belleza facial. Su cuerpo se movía con una gracia extraordinaria. De repente se situó al lado de su padre.

—Me quedo contigo, papá —dijo.

Pippi tomó su mano con gratitud.

Nalene rompió a llorar.

—Cross, venme a ver a menudo, todas las veces que quieras. Tendrás una habitación reservada para ti en Sacramento. Nadie más la utilizará.

Al final se había producido la traición.

Pippi estuvo casi a punto de pegar un brinco de alegría. Era un alivio para su alma no tener que hacer lo que por un instante había decidido hacer.

—Tenemos que celebrarlo —dijo—. Aunque nos divorciemos, seremos dos familias felices en lugar de una sola familia feliz. Y lo seremos siempre. —Los demás lo miraron con la cara muy seria—. Bueno, por lo menos lo intentaremos, ya lo creo —añadió.

Pasados los primeros dos años, Claudia dejó de visitar a su padre y a su hermano en Las Vegas. Cross iba todos los años a Sacramento para visitar a Nalene y a Claudia, pero después de cumplir los quince años, las visitas se redujeron a las vacaciones de Navidad.

Los dos progenitores eran como dos polos opuestos. Claudia y su madre eran cada vez más parecidas. La niña lo pasaba bien en la escuela, era muy aficionada a los libros, el teatro y las películas, y gozaba profundamente del amor de su madre. Por su parte, Nalene veía en Claudia la vitalidad y el encanto de su padre, y amaba la fealdad de su rostro, aunque carente por completo de la brutalidad que caracterizaba el de su padre. Eran muy felices juntas.

Al terminar sus estudios universitarios, Claudia se fue a Los Ángeles para abrirse camino en la industria del cine. Nalene lamentó que se fuera, a pesar del agradable círculo de amistades que tenía en Sacramento y de su satisfactorio trabajo como subdirectora de uno de los institutos de enseñanza media de la ciudad.

Cross y su padre Pippi también eran muy felices, aunque de una manera muy distinta. Pippi sopesaba la situación. Cross era un deportista excepcional, aunque un estudiante más bien mediocre. Y a pesar de ser muy apuesto, no sentía demasiado interés por las mujeres.

Cross se lo pasaba muy bien con su padre. Por muy desagradable que hubiera sido la decisión, estaba claro que había sido la más acertada. De hecho eran dos familias felices, aunque no vivían juntos. Pippi resultó ser tan buen padre para Cross como buena madre había sido Nalene para Claudia, y convirtió a Cross en un hombre a su imagen y semejanza.

A Cross le encantaba el funcionamiento del hotel Xanadu, la manipulación de los clientes y la lucha contra los artistas de la estafa. Sentía un moderado apetito por las chicas de los espectáculos, pero Pippi pensaba que no tenía que comparar las aficiones de su hijo con las suyas. Al final Pippi tomó la decisión de incorporar a Cross a la familia. Creía en las palabras que a menudo repetía el Don: «Lo más importante en la vida es ganarse el pan.»

Pippi convirtió a Cross en socio suyo de la Agencia de Cobros. Lo llevaba al hotel Xanadu a cenar con Gronevelt y se las ingeniaba de mil maneras para que Gronevelt se interesara por el bienestar de su hijo. Convirtió a Cross en uno de los cuatro jugadores de sus partidos de golf con importantes jugadores del Xanadu, emparejándolo siempre con los del equipo contrario. A los diecisiete años, Cross tenía esa virtud especial del jugador marrullero de golf que siempre se crece en el hoyo en el que las apuestas son más altas. Cross y su compañero de equipo solían ganar. Pippi aceptaba las derrotas con espíritu deportivo, pues aunque le costaran dinero, le servían para granjearse el aprecio de su hijo.

Viajaba con Cross a Nueva York para asistir a los acontecimientos sociales de la familia Clericuzio, durante las vacaciones, y sobre todo el día de la fiesta nacional del Cuatro de Julio, que la familia Clericuzio celebraba con gran fervor patriótico. También lo llevaba a bodas y entierros. A fin de cuentas Cross era un primo hermano de la familia, y por sus venas corría la sangre de Don Clericuzio.

Cuando Pippi efectuaba su incursión semanal por las mesas del Xanadu para ganarse su comisión de ocho mil dólares semanales con la ayuda de su banquero especial, Cross se sentaba a observar. Pippi le había enseñado los porcentajes de todas las modalidades de juego. Le había enseñado también el manejo de los fondos destinados al juego, a no jugar jamás cuando estuviera indispuesto, a no jugar más de dos horas diarias, a no jugar más de tres días a la semana, a no hacer jamás elevadas apuestas cuando tuviera una mala racha, y a jugar con moderado entusiasmo cuando tuviera una buena racha.

A Pippi le parecía natural que un padre mostrara a su hijo las fealdades del mundo real. En su calidad de socio de menor antigüedad de la Agencia de Cobros, convenía que Cross adquiriera tales conocimientos. A veces los cobros no eran tan inocuos como Pippi le había dicho a Nalene.

En algunos de los cobros más difíciles, Cross no había dado la menor muestra de aversión. Era todavía demasiado joven y guapo como para inspirar temor, pero su cuerpo parecía lo bastante fuerte como para cumplir cualquier orden que Pippi pudiera darle.

Al final, para poner a prueba a su hijo, Pippi le encomendó un caso especialmente duro en el que no se podría utilizar la fuerza sino tan sólo la persuasión. El hecho de que Pippi enviara a Cross ya era de por sí una señal de buena voluntad hacia el deudor, y significaba que no se le apremiaría para que pagara con urgencia. El deudor, un pequeño *bruglione* mafioso del extremo norte de California, debía cien mil dólares al Xanadu. No era un asunto lo bastante importante como para echar mano del nombre de los Clericuzio y convenía resolverlo a un nivel inferior, con guante de terciopelo más que con puño de hierro.

Cross pilló al barón de la Mafia en un mal momento. El hombre, apellidado Falco, escuchó sus explicaciones, y después sacó inesperadamente una pistola y se la acercó a la garganta.

—Una palabra más y te atravieso las amígdalas —dijo Falco. Para su gran sorpresa, Cross no se atemorizó.

—Dejémoslo en cincuenta mil —dijo—. No querrás matarme por cincuenta mil cochinos dólares, ¿verdad? A mi padre no le haría mucha gracia.

—¿Y quién es tu padre? —preguntó Falco sin dejar de apuntarle con el arma.

—Pippi de Lena —contestó Cross—, y lo malo es que será él quien me pegue un tiro por haberte rebajado la deuda a cincuenta de los grandes.

Falco soltó una carcajada y se guardó la pistola.

—De acuerdo, diles que les pagaré la próxima vez que vaya a Las Vegas.

—Llámame cuando llegues —le dijo Cross—. Te daré tu habitual entrada gratuita de cliente de la casa.

Falco, que había reconocido el nombre de Pippi, vio en el rostro de Cross algo que lo indujo a no cumplir su propósito. También le llamaron la atención la valentía, la frialdad de su reacción y el pequeño comentario jocoso. Todo aquello le hacía sospechar que la muerte del joven sería vengada por sus amigos. A pesar del éxito, el incidente indujo a Cross a ir armado y a llevar guardaespaldas en sus futuras operaciones de cobro.

Pippi quiso celebrar el valor de su hijo yéndose con él de vacaciones al Xanadu. Gronevelt puso a su disposición dos espléndidas suites y le entregó a Cross una bolsa de fichas negras.

Por aquel entonces Gronevelt tenía ochenta años y el cabello completamente blanco, pero su estatura era impresionante y su cuerpo seguía conservando el vigor y la flexibilidad de antaño. Además tenía ciertas dotes pedagógicas y se complacía en instruir a Cross. En el momento de entregarle la bolsa de fichas negras, le dijo:

—Como no puedes ganar, las recuperaré. Y ahora, escúchame bien. Mi hotel tiene otras distracciones. Un espléndido campo de golf. Vienen jugadores del Japón sólo para poder usarlo. Tenemos restaurantes de alta cocina y maravillosos espectáculos de chicas en nuestro teatro, con los astros más grandes del cine y de la canción. Tenemos pistas de tenis y piscinas. Una excursión especial en avión que sobrevuela el Gran Cañón del Colorado. Todo gratis. Así que no hay excusa para que pierdas los cinco mil dólares que llevas en esta bolsa. No pierdas la cabeza.

Durante los tres días de vacaciones, Cross siguió el consejo de Gronevelt. Cada mañana jugaba al golf con Gronevelt, su padre y los mejores clientes del hotel. Las apuestas eran siempre considerables, pero nunca escandalosas. Gronevelt observó con visible complacencia que Cross jugaba mejor que nunca cuando las apuestas llegaban al máximo.

—Nervios de acero, nervios de acero —le dijo a Pippi con admiración.

—Desde muy pequeño —contestó Pippi, asintiendo con la cabeza.

Pero lo que más le gustaba a Gronevelt del chico era su sentido común, su inteligencia y su capacidad para hacer lo más apropiado sin necesidad de que nadie se lo dijera. La última mañana de las vacaciones, el acaudalado cliente que jugaba con ellos estaba de muy mal humor, y con razón. Era un jugador experto y empedernido, un rico propietario de una cadena de establecimientos porno que la víspera había perdido casi quinientos mil dólares. Pero lo que más le fastidiaba no era el dinero en sí sino el hecho de haber perdido el control en medio de una racha de mala suerte, y haber tratado de remontarla. El típico error del jugador novato.

Aquella mañana, cuando Gronevelt propuso una moderada apuesta de cincuenta dólares por hoyo, el hombre contestó en tono despectivo:

—Alfred, con lo que te me llevaste anoche, te podrías permitir jugar mil dólares por hoyo.

Alfred se ofendió. Su partido de golf a primera hora de la mañana era un acontecimiento social. El hecho de relacionarlo con el negocio del hotel era una grosería. Pero con su habitual elegancia replicó:

—Faltaría más. Te cederé incluso a Pippi como compañero. Yo jugaré con Cross.

Jugaron. El magnate del porno lanzó muy bien. Pippi también. Y Gronevelt también. El único que falló fue Cross. Jugó el peor partido de golf de su vida. Golpeó mal la pelota, la hizo caer en los *bunkers*, la lanzó al pequeño estanque (construido en el desierto de Nevada con gran dificultad y a un coste muy alto) y se derrumbó por completo cuando hizo un *putt*. El magnate del porno ganó cinco mil dólares, e insistió, con el orgullo recuperado, en compartir el desayuno con ellos.

—Lo siento, le he decepcionado, señor Gronevelt.

—Algún día —dijo Gronevelt mirándole con cara muy seria—, con el permiso de tu padre, tendrás que venir a trabajar para mí.

A lo largo de los años, Cross había estado observando muy de cerca las relaciones entre su padre y Gronevelt. Ambos eran muy amigos, cenaban juntos una vez a la semana, y Pippi siempre sometía de un modo muy visible todas las cuestiones a la consideración de Gronevelt, cosa que no hacía ni siquiera con los Clericuzio. Gronevelt, por su parte, no parecía temer a Pippi, pero ponía a su disposición todos los privilegios del Xanadu, excepto el disfrute de una villa. Además, el joven había observado que su padre ganaba ocho mil dólares semanales en el hotel. No tardó en establecer una conexión. Los Clericuzio y Alfred Gronevelt eran socios del hotel Xanadu.

Cross se dio cuenta de que Gronevelt mostraba un especial interés por él y le hacía objeto de especiales muestras de consideración. Prueba de ello había sido el regalo de las fichas negras durante sus tres días de vacaciones, además de otros muchos detalles. Cross disfrutaba de entrada gratuita para él y sus amigos en el Xanadu. Cuando el joven terminó sus estudios secundarios, Gronevelt le regaló un descapotable de una línea de automóviles barata, y cuando cumplió los diecisiete, lo empezó a presentar a las chicas del espectáculo con visibles muestras de afecto para que éstas le tuvieran respeto. Cross ya sabía desde hacía mucho tiempo que, a pesar de su edad, Gronevelt invitaba a menudo a alguna mujer a cenar a su suite del último piso del hotel. A juzgar por los chismes que contaban las chicas, el viejo era un partido fabuloso. Nunca había mantenido unas relaciones amorosas serias con ninguna mujer, pero era tan extraordinariamente generoso con sus regalos que las chicas sentían en su presencia una especie de temor reverencial. Cualquier mujer que disfrutara de su favor durante un mes, se hacía rica.

Una vez —en el transcurso de una de aquellas charlas entre profesor y alumno en que Gronevelt le explicaba los entresijos de la dirección de un gran hotel casino como el Xanadu—, Cross se atrevió a hacerle una pregunta sobre las mujeres dentro del contexto de las relaciones con los empleados.

Gronevelt lo miró sonriendo.

—Yo dejo las relaciones con las coristas al director de espectáculos. A las otras las trato exactamente igual que si fueran hombres. Pero si me pides un consejo sobre la vida amorosa, te diré lo siguiente. En la mayoría de los casos, un hombre inteligente y razonable no tiene nada que temer de las mujeres, pero debes guardarte de dos cosas. La primera y más peligrosa: una damisela en apuros. La segunda: una mujer más ambiciosa que tú. No vayas a pensar que soy un hombre insensible, podría hacerle la misma reflexión a una mujer, pero eso no viene a cuento ahora. Yo he tenido suerte porque he amado el Xanadu más que cualquier otra cosa de este mundo, aunque debo decirte que lamento no tener ningún hijo.

—Parece que vive usted una existencia perfecta —dijo Cross.

—¿Tú crees? —replicó Gronevelt—. Pero he pagado un precio.

En la mansión de Quogue, Cross provocó una gran conmoción entre las mujeres de la familia Clericuzio. A los veinte años, el joven estaba en la plenitud de su virilidad, era apuesto, fuerte, distinguido y sorprendentemente galante para su edad. Algunos miembros de la familia hicieron algunos comentarios no del todo exentos de campesina malicia siciliana en el sentido de que gracias a Dios que se parecía a su madre y no a su padre.

El Domingo de Pascua, mientras más de cien parientes celebraban la Resurrección, su primo Dante proporcionó a Cross la última pieza que le faltaba del rompecabezas sobre su padre.

En el vasto jardín cerrado de la mansión de la familia, Cross vio a una hermosa muchacha rodeada por un grupo de jóvenes. Observó además que su padre, antes de acercarse al bufé para tomar un plato de salchichas a la parrilla, se detenía para hacer un amable comentario a los muchachos que acompañaban a la chica, y que ésta se apartaba visiblemente de él. Por regla general, las mujeres apreciaban a Pippi y se sentían atraídas por su fealdad, su buen humor y su simpatía.

Dante también había observado la escena.

—Preciosa chica —dijo sonriendo—. Vamos a saludarla.

Hizo las presentaciones.

—Lila —dijo—, te presento a mi primo Cross.

Lila tenía su misma edad, pero aún no estaba plenamente desarrollada como mujer y conservaba la belleza ligeramente imperfecta de la adolescencia. Tenía el cabello del color de la miel, y su piel resplandecía como si estuviera iluminada por una luz interior, pero su boca era demasiado vulnerable, como si aún no estuviera totalmente formada. Llevaba un jersey blanco de lana de angora que confería un tono dorado a su piel. Cross se enamoró de ella en ese momento, pero cuando intentó decirle algo, ella no le hizo caso y buscó refugio en un grupo de mujeres maduras sentadas alrededor de otra mesa.

Cross le comentó tímidamente a Dante:

—Me parece que no le ha gustado la pinta que tengo.

Dante lo miró con una maliciosa sonrisa en los labios.

Dante se había convertido en un interesante joven de enorme vitalidad, recias facciones y mirada penetrante. Tenía el típico cabello negro de los Clericuzio, recogido bajo un curioso gorro de estilo renacentista. Era tan bajito que no debía de medir más de metro y cincuenta y algo, aunque tenía una gran seguridad en sí mismo, quizá porque era el preferido del viejo Don. La malicia lo acompañaba dondequiera que fuera. Ahora le dijo a Cross:

—Se llama Anacosta de apellido.

Cross recordaba el apellido. Un año atrás la familia Anacosta había sufrido una gran tragedia. El cabeza de familia y su hijo mayor habían muerto tiroteados en una habitación de hotel de Miami.

Dante miró a Cross, esperando su reacción. Cross mantuvo el semblante impasible.

—¿Y qué? —replicó.

—Tú trabajas para tu padre, ¿no? —le preguntó Dante.

—Pues claro —contestó Cross.

—¿Y pretendes salir con Lila? Tú no estás bien de la cabeza —dijo Dante riéndose.

Cross comprendió que la situación era peligrosa y guardó silencio.

—¿Acaso no sabes a qué se dedica tu padre? —prosiguió diciendo Dante.

—Cobra dinero —dijo Cross.

Dante sacudió la cabeza.

—No es posible que no lo sepas. Tu papi liquida gente por cuenta de la familia. Es el Martillo número uno.

Cross tuvo la sensación de que todos los misterios de su vida se desvelaban de golpe. De repente todo estuvo muy claro. La aversión de su madre hacia su padre, el respeto de que era objeto Pippi por parte de sus amigos y de la familia Clericuzio, las misteriosas desapariciones de su padre durante varias semanas seguidas, el arma que éste siempre llevaba consigo, los pequeños comentarios jocosos cuyo significado él no captaba. Recordó el juicio por asesinato de su padre, borrado de sus recuerdos infantiles de una forma muy curiosa, y la noche en que su padre tomó su mano entre las suyas. De pronto se sintió invadido por un repentino sentimiento de afecto y experimentó el deseo de proteger a su padre, ahora que estaba tan desnudo y vulnerable.

Pero en medio de todo aquel torbellino sintió una terrible cólera contra Dante por haberse atrevido a decirle la verdad.

—Pues no, no lo sé —contestó—. Y tú tampoco lo sabes. Nadie lo sabe. —«Y además te vas a la mierda, hijo de puta», estuvo a punto de añadir, pero se limitó a mirar con una afectuosa sonrisa a Dante y le preguntó—: ¿De dónde coño has sacado esa mierda de gorro?

Virginio Ballazzo estaba organizando el juego de la caza del huevo de Pascua con toda la gracia de un payaso nato. Reunió en torno a sí a los niños, hermosas flores disfrazadas de Pascua, con los delicados rostros pintados en forma de pétalos, la piel parecida a una cáscara de huevo, los gorros adornados con cintas de color de rosa, y las mejillas arreboladas por la emoción. Les entregó a cada uno un cesto de paja, les dio un cariñoso beso y les gritó:

—¡Ya!

Los niños se dispersaron en todas direcciones.

Virginio Ballazzo estaba hecho un brazo de mar, con su traje confeccionado en Londres, sus zapatos comprados en Italia, su camisa hecha en Francia y su cabello cortado en un Michelangelo de Manhattan. La vida había sido benévola con Virginio, y lo había bendecido con una hija casi tan guapa como aquellos niños.

Lucille, llamada Ceil, tenía dieciocho años y aquel día estaba actuando como ayudante de su padre. Mientras repartía los cestos entre los niños, los hombres presentes en la fiesta silbaron por lo bajo, admirando su belleza. Vestía pantalones cortos y una blusa blanca con el cuello desabrochado. Su piel era morena, con un fondo color crema. Llevaba el cabello negro recogido alrededor de la cabeza a modo de corona y parecía una reina forjada por la salud, la juventud y la auténtica felicidad que muchas veces no es más que una simple consecuencia del buen humor.

Por el rabillo del ojo, la joven vio a Cross y a Dante discutiendo y se dio cuenta de que Cross acababa de recibir un duro golpe, pues tenía la boca torcida en una mueca de desagrado.

Con el último cesto colgado del brazo, se acercó al lugar donde se encontraban Cross y Dante.

—¿Quién de vosotros quiere ir a la caza de huevos? —les preguntó, alargando el cesto hacia ellos con una sonrisa rebosante de buen humor.

Los dos jóvenes la miraron con aturdida admiración. Jamás habían visto un ser tan bello y tan lleno de vida. La luz de las últimas horas de la mañana le doraba la piel, y sus ojos centelleaban de felicidad. La blusa blanca parecía hincharse tentadoramente a pesar de su virginal pureza, y sus redondos muslos eran tan blancos como la leche.

Justo en aquel momento, una de las niñas se puso a gritar. Todos se volvieron a mirarla. Acababa de encontrar un huevo tan grande como una bola de jugar a los bolos, pintado en vivos colores rojos y azules. La niña intentaba colocarlo en su cesto, con el sombrero de paja torcido sobre la cabeza y los ojos enormemente abiertos de asombro y determinación, pero el huevo se rompió y de su interior escapó volando un pajarillo. Entonces la niña lanzó un grito de decepción.

Petie cruzó corriendo el jardín y la tomó en brazos para consolarla. Había sido una de sus habituales bromas pesadas, y todos le estaban riendo la gracia.

La niña se encasquetó cuidadosamente el sombrero.

—Me has engañado —le gritó con su frágil vocecita, soltándole una bofetada.

Los invitados se partieron de risa mientras la niña escapaba corriendo de Petie y éste le pedía perdón con voz suplicante. Después Petie la volvió a tomar en brazos y le ofreció una joya en forma de huevo de Pascua, colgada de una cadena de oro. La niña la cogió y le estampó un beso en la mejilla.

Ceil tomó a Cross de la mano y lo acompañó a la pista de tenis, a unos cien metros de la mansión. Cuando llegaron, para poder disfrutar de un poco de intimidad, se sentaron en la cabaña de tres paredes cuyo lado abierto miraba hacia la parte contraria al jardín donde se estaba celebrando la fiesta.

Dante los vio alejarse, con un profundo sentimiento de humillación. Sabía muy bien que Cross era más guapo que él y se sentía despreciado, aunque por otra parte se enorgullecía de tener un primo tan atractivo. Para su asombro descubrió que aún sostenía el cesto en la mano, y encogiéndose de hombros se incorporó a la caza de huevos. En el interior de la cabaña de la pista de tenis, Ceil cogió el rostro de Cross entre sus manos y le dio un beso en la boca. Fueron unos besos muy tiernos. Sin embargo, cuando él trató de introducir la mano en su blusa, ella lo apartó.

—Quería besarte desde que teníamos diez años —le dijo con una radiante sonrisa en los labios—. Y hoy me ha parecido un día ideal.

Excitado por sus besos, Cross se limitó a preguntarle:

—¿Por qué?

—Porque tienes una belleza perfecta —contestó Ceil—. Nada es incorrecto en un día como éste. —La joven entrelazó sus dedos con los suyos—. ¿No te parece que tenemos unas familias maravillosas? —dijo—. ¿Por qué te quedaste a vivir con tu padre?

—Las cosas salieron así —contestó Cross.

—Y te acabas de pelear con Dante, ¿verdad? —le preguntó Ceil—. Es un pelmazo.

—Dante no es mal chico —dijo Cross—. Estábamos bromeando. Le gusta gastar bromas pesadas, como a mi tío Petie.

—Dante es muy bruto —dijo Ceil, sujetando las manos de Cross y sin dejar de besarle—. Mi padre gana un montón de dinero, va a comprar una casa en Kentucky y un Rolls Royce 1920. Ahora ya tiene tres coches antiguos y piensa comprar caballos en Kentucky. Qué estupendo, ¿verdad? ¿Por qué no vienes mañana a ver los coches? A ti siempre te ha gustado la comida de mi madre.

—Mañana tengo que regresar a Las Vegas —contestó Cross—. Ahora trabajo en el Xanadu.

Ceil tiró de su mano.

—Odio Las Vegas —dijo—. Es una ciudad repugnante.

—Pues a mí me parece fabulosa —replicó Cross sonriendo—. ¿Cómo puedes odiarla si nunca has estado allí?

—Porque allí la gente derrocha el dinero que tanto le ha costado ganar —contestó Ceil con toda la indignación propia de una joven juiciosa—. Gracias a Dios que mi padre no juega. Y no digamos nada de todas aquellas coristas tan vulgares.

Cross soltó una carcajada.

—De eso yo no sé nada —dijo—. Yo sólo me ocupo del campo de golf. Nunca he visto el interior del casino.

Ceil comprendió que le estaba tomando el pelo, pero, aun así, le preguntó:

—¿Si te invito a visitarme en mi *college* irás a verme?

—Pues claro —contestó Cross.

En aquel juego era más experto que ella, y su ingenuidad, su manera de cogerle las manos y su ignorancia sobre su padre y los verdaderos propósitos de la familia, le inspiraban una profunda ternura. Se dio cuenta de que Ceil sólo estaba haciendo una pequeña prueba experimental, impulsada por la belleza de aquel día de primavera y la jubilosa explosión de feminidad de su cuerpo. Sus dulces y castos besos le llegaron al alma.

—Será mejor que volvamos a la fiesta —dijo.

Juntos regresaron a los festejos del jardín cogidos de la mano. Virginio, el padre de Ceil, fue el primero en verlos. Juntó el índice de una mano con el de la otra y les dijo jovialmente:

—Vergüenza, vergüenza.

Después los abrazó. Fue un día que Cross siempre recordaría no sólo por la inocencia de todos aquellos niños vestidos de blanco purísimo para anunciar la Resurrección, sino también porque fue la vez en que finalmente pudo averiguar quién era su padre.

Cuando Pippi y Cross regresaron a Las Vegas, las cosas ya habían cambiado entre uno y otro. Pippi debió de comprender que el secreto ya se había desvelado e hizo objeto a su hijo de toda suerte de atenciones y muestras de afecto. Cross se sorprendió levemente de que no hubieran cambiado sus sentimientos hacia su padre y de que le siguiera queriendo como antes. No podía imaginar una vida sin su padre, sin la familia Clericuzio, sin Gronevelt y sin el hotel Xanadu. Aquélla era la vida que él tenía que llevar, y no le desagradaba. Pero sentía dentro de sí una cierta impaciencia. Tenía que dar otro paso.

LIBRO III

CLAUDIA DE LENA
ATHENA AQUITANE

4

Claudia de Lena salió de su apartamento de Pacific Palisades para dirigirse a la casa de Athena en Malibú, preguntándose qué podría decir para convencer a Athena de que volviera a trabajar en *Mesalina*.

Para ella aquel asunto era tan importante como para los estudios. *Mesalina* era su primer guión auténticamente original, pues sus anteriores trabajos habían sido adaptaciones de novelas, refritos o variaciones de otros guiones o colaboraciones.

Además era la coproductora de *Mesalina*, lo cual le confería un poder del que jamás había disfrutado hasta entonces, aparte del porcentaje bruto sobre los beneficios. Empezaría a ganar dinero de verdad. Y a partir de allí podría dar el salto a productora-guionista. Posiblemente era la única persona al oeste del Mississippi que no aspiraba a dirigir, pues eso obligaba a una crueldad en las relaciones humanas que ella no estaba dispuesta a tolerar.

Sus relaciones con Athena eran de auténtica amistad, no las típicas relaciones de colaboración profesional que acostumbraban a darse entre los compañeros de trabajo de la industria del cine. Estaba segura de que Athena sabía lo mucho que significaba aquella película para su carrera. Athena era inteligente y por eso ella no acertaba a comprender por qué razón le tenía tanto miedo a Boz Skannet, tratándose de una persona que jamás le había tenido miedo a nada ni a nadie. Bueno, una cosa sí conseguiría por lo menos, averiguar exactamente la causa del temor de Athena. Entonces podría ayudarla. Además tenía que impedir que Athena arruinara su propia carrera. A fin de cuentas, ¿quién mejor que ella conocía los enredos y las trampas del mundillo cinematográfico?

Claudia de Lena soñaba con una vida de escritora en Nueva York. No se desanimó cuando a los dieciocho años, una veintena de editores le rechazaron su primera novela. En lugar de eso decidió trasladarse a Los Ángeles para probar suerte con los guiones cinematográficos.

Gracias a su ingenio, su agudeza y su talento, no tardó en encontrar amigos en Los Ángeles, donde se matriculó en un curso de escritura de guiones cinematográficos en la Universidad de California, y conoció a un joven cuyo padre era un famoso cirujano plástico. El chico estaba hechizado por su cuerpo y su inteligencia, y muy pronto se hicieron amantes. Cuando la situación de compañeros de cama se convirtió en una «relación seria», el chico decidió llevarla a cenar a su casa. Su padre, el cirujano plástico, se mostró encantado con ella. Después de la cena, el cirujano tomó su rostro entre sus manos.

—Es injusto que una chica como tú no sea tan bonita como tendría que ser —le dijo—. No te ofendas, es una desgracia muy natural. Y ése es mi trabajo. Yo lo puedo arreglar si tú me lo permites.

Claudia no se sintió ofendida pero se indignó.

—¿Y a santo de qué tengo yo que ser bonita? ¿A mí eso de qué me sirve? —añadió sonriendo—. Soy lo bastante bonita para su hijo.

—Tanto mejor —dijo el cirujano—. Cuando yo termine contigo serás muy superior a él. Eres una chica encantadora e inteligente, pero la belleza es poder. ¿De veras quieres pasarte el resto de tu vida ahí parada mientras los hombres se dirigen en tropel hacia las mujeres guapas que no poseen ni una décima parte de la inteligencia que tú tienes? En cambio tú te quedas aquí plantada como una tonta porque tienes una nariz demasiado ancha y una barbilla como la de un matón de la Mafia. —El cirujano le dio una cariñosa palmada en la mejilla y añadió—: No será muy difícil. Tienes unos ojos preciosos y una boca muy bonita, y una figura tan perfecta como la de una estrella de cine.

Claudia se apartó de él con un respingo. Sabía que se parecía a su padre. Lo del matón de la Mafia le había tocado la fibra sensible.

—No importa —dijo—. De todos modos, no podría pagarle los honorarios.

—Otra cosa —añadió el cirujano—. Conozco el mundillo cinematográfico. He prolongado las carreras de muchos actores y actrices. Cuando algún día te presentes en unos estudios con el guión de una película, tu aspecto físico desempeñará un importante papel. Puede que te parezca injusto porque tienes talento. Pero así es el mundo del cine. Considéralo una decisión profesional, no una cuestión de hombres y mujeres. Aunque en el fondo se trata de eso, claro. —Vio que Claudia seguía dudando—. Lo haré gratis —añadió—. Lo haré por ti y por mi hijo. Aunque me temo que cuando seas tan guapa como yo imagino, mi hijo perderá a su novia.

Claudia siempre había sido consciente de su fealdad. Recordó la preferencia que siempre había mostrado su padre por Cross. De haber sido agraciada, ¿hubiera sido distinto su destino? Por primera vez miró detenidamente al cirujano. Era un hombre apuesto y sus ojos la miraban con dulzura, como si comprendiera todo lo que ella estaba sintiendo en aquellos momentos.

—De acuerdo —dijo riéndose—. Quiero que me transforme como a la Cenicienta.

El cirujano no tuvo que llegar tan lejos. Le afinó la nariz, le redondeó la barbilla y le practicó una dermoabrasión. Cuando Claudia regresó al mundo era una orgullosa mujer de nariz perfecta y llamativa presencia, quizá no bonita pero sí extremadamente atractiva.

Las consecuencias profesionales fueron extraordinarias. A pesar de su juventud, Claudia consiguió una entrevista con Melo Stuart, que se convirtió en su agente. Enseguida le ofrecieron pequeñas adaptaciones de guiones y la invitaron a fiestas donde tuvo oportunidad de conocer a productores, directores y actores. Todos estaban encantados con ella. En cinco años se convirtió en una guionista de clase A para películas de clase A. Las consecuencias en su vida personal también fueron extraordinarias. El cirujano no se equivocó. Su hijo no pudo estar a la altura de las circunstancias. Claudia hizo toda una serie de conquistas sexuales (algunas de ellas, auténticas sumisiones), capaces de enorgullecer a cualquier estrella cinematográfica.

A Claudia le entusiasmaba el mundillo del cine, donde trabajaba con otros guionistas, discutía con los productores y engatusaba a los directores, enseñando a unos cómo ahorrar dinero escribiendo el guión de determinada manera y mostrando a otros cómo transformar un guión en una película de máximo nivel artístico. Los actores y las actrices le inspiraban una especie de temor reverencial por su capacidad para identificarse con sus palabras y conseguir que sonaran mejor y resultaran más conmovedoras. Le encantaba la magia de los platós que la mayoría de la gente encontraba aburridos, disfrutaba con la camaradería de los equipos de rodaje y no tenía el menor reparo en acostarse con gente situada «por debajo de su categoría». Se emocionaba con todo el proceso de presentación de una película y con el seguimiento de su éxito o fracaso. El cine era para ella una de las más excelsas manifestaciones artísticas, y siempre que le pedían que hiciera una adaptación se imaginaba a sí misma en el papel de maga, y no introducía cambios por el simple afán de figurar en los créditos de la película sino por la emoción de sentirse creadora. A los veinticinco años había ganado fama de ser amiga de numerosos astros y estrellas del cine. Athena Aquitane era su amiga más íntima.

Lo que más la sorprendía de sí misma era su efervescente sexualidad. Irse a la cama con un hombre que le gustara era para ella tan natural como cualquier acto de amistad. Jamás lo hacía por interés pues era demasiado inteligente como para eso, y a veces comentaba en broma que los actores se acostaban con ella para que los incluyera en su siguiente guión.

Su primera aventura la tuvo con el cirujano que la operó, quien resultó ser mucho más experto y encantador que su hijo. Satisfecho tal vez de su obra, el cirujano quiso instalarla en un apartamento y entregarle una asignación semanal, no sólo por el sexo sino también para disfrutar de su compañía.

Claudia rechazó el ofrecimiento y le replicó en tono burlón:

—Yo creía que no me ibas a cobrar nada.

—Ya me has pagado los honorarios —dijo el cirujano—. Pero confío en que nos podamos seguir viendo de vez en cuando.

—Por supuesto que sí —dijo Claudia.

Lo que más la sorprendía era su capacidad para hacer el amor con tantos hombres de edades, tipos y aspectos tan distintos y para gozar de todos ellos con la misma intensidad. Era como una aspirante a gastrónoma que explorara toda suerte de extraños platos. A veces se complacía en dar consejos a los actores y guionistas en ciernes, pero no era ése el papel que más le gustaba interpretar. Ella quería aprender. Y los hombres maduros le parecían mucho más interesantes.

Un día memorable tuvo una aventura de una noche con el gran Eli Marrion en persona. Lo pasó bien, pero la experiencia no fue totalmente satisfactoria.

Se conocieron en una fiesta de los Estudios LoddStone, y Marrion se sintió inmediatamente atraído por ella porque no parecía en modo alguno intimidada por su presencia e incluso se permitió el lujo de hacer unos agudos comentarios despectivos sobre la más reciente superproducción de los estudios. Además la había oído rechazar las insinuaciones amorosas de Bobby Bantz con un ingenioso comentario que había tenido el mérito de no herir sus sentimientos. En los últimos años, Eli Marrion había abandonado el sexo porque era casi impotente y le parecía más un esfuerzo que una diversión. Cuando invitó a Claudia a acompañarle al bungalow de los Estudios LoddStone, en el hotel Beverly Hills, pensó que ella había aceptado por su poder. No podía imaginar que quisiera hacerlo por simple curiosidad sexual. ¿Qué tal sería acostarse con un viejo tan poderoso? Eso por sí solo no hubiera sido suficiente, pero es que además Marrion le resultaba atractivo a pesar de su edad. Su cara de gorila solía suavizarse cuando sonreía, como efectivamente ocurrió cuando le dijo que todo el mundo lo llamaba Eli, incluidos sus nietos. Su inteligencia y su encanto natural la intrigaban poderosamente, porque había oído decir que era un hombre despiadado. Sería interesante.

En el dormitorio del apartamento inferior del bungalow del Hotel Beverly Hills, Claudia observó divertida que Marrion era un hombre muy tímido. Dejando a un lado cualquier recato, lo ayudó a desnudarse, luego se desnudó ella mientras él doblaba su ropa y la colocaba sobre un sillón tapizado, le dio un abrazo y después se tendió con él bajo los cobertores. Marrion trató de bromear:

—Cuando el rey Salomón se estaba muriendo —dijo—, le metieron unas vírgenes en la cama para que entrara en calor.

—Pues entonces me parece que yo no te voy a ser muy útil —replicó Claudia.

Lo besó y lo acarició. Los labios de Marrion estaban agradablemente cálidos. La sequedad y la cérea consistencia de su piel también tenían su encanto. Se asombró al ver su delgadez cuando él se desnudó y se quitó los zapatos, y se sorprendió de que un traje de tres mil dólares fuera capaz de realzar hasta aquel extremo la imagen de un hombre poderoso. Pero la pequeñez de su cuerpo en comparación con su enorme cabeza también resultaba atractiva. Claudia no se desconcertó. Al cabo de diez minutos de besos y caricias (el gran Marrion besaba con la inocencia de un niño), ambos se dieron cuenta de que él era completamente impotente. «Ésta es la última vez que me acuesto con una mujer», pensó Marrion. Lanzó un suspiro y se relajó mientras ella lo acunaba en sus brazos.

—Bueno, Eli —dijo Claudia—. Ahora te voy a decir con todo detalle por qué tu película es un desastre desde el punto de vista económico y artístico. —Sin dejar de acariciarlo, hizo un perspicaz análisis del guión, el director y los actores—. No es que sea sólo una mala película —explicó—. Es que no se puede ver. Porque le falta argumento, y por tanto lo único que hay es un maldito director que te ofrece una sucesión de planos de lo que él considera que es un argumento. Y los actores se limitan a hacer su numerito porque saben que es una bobada.

Eli Marrion la escuchó con una benévola sonrisa en los labios. Se sentía muy a gusto. Se daba cuenta de que una parte esencial de su vida acababa de recibir el tiro de gracia. El hecho de que jamás volviera a hacerle el amor a una mujer o de intentarlo tan siquiera no era humillante. Sabía que Claudia no comentaría lo ocurrido aquella noche, y en caso de que lo hiciera, ¿qué más le daría a él? Seguía conservando el poder terrenal. Mientras viviera, podría cambiar el destino de miles de personas. Y ahora le interesaba el análisis que ella estaba haciendo de la película.

—Tú no lo entiendes —le dijo—. La existencia de una película depende de mí, pero yo no puedo hacerla. Tienes mucha razón, jamás volveré a contratar a ese director. El dinero no lo pierden las lumbreras sino yo. Pero las lumbreras tienen que asumir su parte de responsabilidad. Lo que a mí me interesa es si una película ganará dinero o no. El hecho de que sea una obra de arte no es más que una afortunada circunstancia.

Mientras conversaban, Eli Marrion se levantó de la cama y empezó a vestirse. A Claudia le fastidiaba que los hombres se vistieran, porque una vez vestidos resultaba mucho más difícil hablar con ellos. Por extraño que pareciera, Marrion le parecía infinitamente más atractivo desnudo que vestido, con aquellas piernas de palillo, aquel huesudo cuerpo y aquella enorme cabeza que tan afectuosos sentimientos de ternura despertaban en ella. Curiosamente, su fláccido miembro era más grande que el de la mayoría de los hombres en similar estado. Tomó nota mental para preguntárselo a su cirujano. ¿Aumentaba de tamaño un miembro a medida que perdía sus funciones?

Observó que Marrion tenía que hacer un esfuerzo para abrocharse la camisa y ponerse los gemelos. Saltó de la cama para echarle una mano.

Eli Marrion estudió su desnudez. Su cuerpo era mucho mejor que los de muchas estrellas con quienes se había acostado, pero aun así no experimentó el más mínimo temblor de emoción mental, y las células de su cuerpo no reaccionaron a su belleza. Eso no le entristeció.

Claudia lo ayudó a ponerse los pantalones, abrocharse la camisa y colocarse los gemelos, le arregló la torcida corbata de color rojo oscuro y le alisó el cabello gris con los dedos. Marrion se puso la chaqueta y permaneció de pie, consciente de haber recuperado su poder visible.

—Me lo he pasado muy bien —le dijo Claudia, besándole afectuosamente.

Marrion se la quedó mirando como si fuera una especie de contrincante. Después esbozó aquella célebre sonrisa suya que borraba la fealdad de sus rasgos. Pensó que Claudia era auténticamente inocente y tenía buen corazón, y creyó que todo ello se debía a que todavía era muy joven. Lamentó que el mundo en el que vivía la tuviera que cambiar.

—Bueno, por lo menos te puedo dar de comer —le dijo, tomando el teléfono para llamar al servicio de habitaciones.

Claudia estaba muerta de hambre. Se zampó en un santiamén el plato de sopa, la ración de pato con verduras y una copa enorme de helado de fresa. Marrion comió muy poco pero se bebió una parte muy considerable de la botella de vino. Hablaron de películas y de libros, y Claudia descubrió para su sorpresa que Marrion era un lector mucho más empedernido que ella.

—Me hubiera gustado ser escritor —dijo Marrion—. Me encanta escribir, y los libros son para mí una gran fuente de placer. Pero ¿sabes una cosa? Raras veces he conocido a un escritor que me haya gustado personalmente, por mucho que me gusten sus libros. Ernest Vail, por ejemplo. Escribe unos libros preciosos, pero en la vida real es un pelmazo insoportable. ¿Cómo es posible?

—Porque los escritores no son sus libros —contestó Claudia—. Sus libros son la destilación de lo mejor que hay en ellos. Son como una tonelada de roca que hay que triturar para obtener un pequeño diamante, si es eso lo que se hace para obtener un diamante.

—¿Conoces a Ernest Vail? —preguntó Marrion—. Claudia le

agradeció que se lo preguntara sin el menor asomo de ironía. Debía de estar al corriente de sus relaciones con Vail—. Me encantan sus obras, pero no lo soporto personalmente. Y además se siente absurdamente agraviado por los estudios.

Claudia le dio una palmada en la mano, una familiaridad permisible tras haberle visto desnudo.

—Todos los talentos se sienten agraviados por los estudios —le dijo—. No es nada de tipo personal. Y tú no eres precisamente una perita en dulce en tus relaciones de negocios. A lo mejor yo soy la única guionista de la ciudad que te aprecia sinceramente.

Se echaron a reír.

Antes de separarse, Eli Marrion le dijo a Claudia:

—Siempre que tengas algún problema, llámame, por favor.

Sus palabras significaban que no deseaba proseguir sus relaciones personales con ella.

Claudia lo comprendió.

—Nunca me aprovecharé de este ofrecimiento —dijo—. Si tú tienes un problema con algún guión puedes llamarme. Los consejos son gratis, pero si tengo que escribir algo me tendrás que pagar la tarifa que yo cobro.

Se lo dijo para darle a entender que desde un punto de vista profesional él la necesitaría más a ella que ella a él. Lo cual no era cierto, por supuesto, pero el hecho de decírselo le otorgaba más confianza en su propia valía. Se separaron como buenos amigos.

El tráfico en la autopista de la Costa del Pacífico era muy lento. Claudia miró a su izquierda, vio el centelleante océano y se sorprendió de que hubiera tan poca gente en la playa. Qué distinto era todo aquello de Long Island, donde ella había vivido cuando era más joven. Por encima de su cabeza vio los aparatos de vuelo sin motor, deslizándose por encima de las líneas de alta tensión hacia la playa. A su derecha vio a un grupo de gente alrededor de una unidad de sonido y unas enormes cámaras. Alguien estaba rodando una película. Cuánto le gustaba la autopista de la Costa del Pacífico, y cuánto la odiaba Ernest Vail. Decía que circular por aquella autopista era como tomar un transbordador hacia el infierno.

Claudia de Lena había conocido a Ernest Vail la vez en que lo contrataron para que trabajara en el guión cinematográfico de su novela de más éxito. Siempre le habían gustado sus libros. Sus frases eran tan hermosas que encajaban unas con otras como notas musicales. Era un autor que conocía la vida y las tragedias personales. La originalidad de su ingenio le gustaba tanto como los cuentos de hadas de su infancia. Así pues, se alegró mucho de conocerle. Sin embargo la realidad de Ernest Vail era otra cosa completamente distinta.

Vail tenía por aquel entonces cincuenta y tantos años. Su aspecto físico carecía por completo de la belleza de su prosa. Era bajito y gordo y tenía una pequeña calva que no se molestaba en disimular. Es posible que comprendiera y amara a los personajes de sus libros, pero ignoraba todos los refinamientos de la vida cotidiana. Y ése era quizás uno de sus mayores encantos, su inocencia infantil. Sólo cuando empezó a conocerlo mejor, Claudia descubrió que bajo aquella inocencia se ocultaba una insólita inteligencia de la que ella podría disfrutar a manos llenas. Su ingenio era como el de un niño que lo es de manera inconsciente, y su personalidad se caracterizaba por un frágil egotismo infantil.

En uno de aquellos desayunos, que en el mundillo del cine se llamaban «desayunos de poder», en el Polo Lounge del Hotel Beverly Hills, Claudia, Bobby Bantz y Skippy Deere tuvieron oportunidad de conocer finalmente a Ernest Vail. Claudia se asombró de la discrepancia entre los libros de Vail y su aspecto físico, pero sobre todo se asombró de su estupidez.

Durante aquel desayuno, Ernest Vail dio la impresión de ser el hombre más feliz del mundo. Sus novelas le habían granjeado el aplauso de la crítica y unas elevadas aunque no excesivas ganancias. De repente su último libro se había convertido en un gran éxito de ventas, y los Estudios LoddStone iban a hacer la versión cinematográfica. Vail había escrito el guión, y ahora Bobby Bantz y Skippy Deere le estaban diciendo que era maravilloso. Para asombro de Claudia, Ernest Vail se estaba tragando sus elogios como una estrella aspirante durante una audición. ¿Qué demonios pensaba Vail que estaba haciendo ella en aquella reunión? Pero lo que más la consternó fue el hecho de que aquellos hombres fueran el mismo Bantz y el mismo Deere, que la víspera le habían dicho que el guión era una pura mierda. No con intención de ser crueles, y ni siquiera en tono peyorativo. Una «pura mierda» era simplemente algo que no funcionaba.

Claudia no se sorprendió de la vulgaridad del aspecto de Vail, porque a fin de cuentas también ella había sido vulgar hasta que su belleza floreció de repente gracias al bisturí de un cirujano. Se sintió incluso ligeramente cautivada por su credulidad y entusiasmo.

—Ernest —le dijo Bantz—, le vamos a pedir a Claudia que te eche una mano. Es una técnica extraordinaria, la mejor del sector, y va a convertir el guión en una película fabulosa. Ya estoy aspirando el perfume del éxito, y recuerda que tú percibirás el diez por ciento de los beneficios netos.

Claudia se dio cuenta de que Ernest Vail se había tragado el anzuelo. El pobre desgraciado ni siquiera sabía que el diez por ciento de los beneficios netos era el diez por ciento de nada.

Vail pareció agradecer sinceramente el ofrecimiento de ayuda.

—Seguro que me enseñará muchas cosas. Escribir guiones es mucho más divertido que escribir libros, pero es una novedad para mí —contestó.

Skippy Deere le dijo en tono tranquilizador:

—Ernest, tú tienes una habilidad natural. Eso te puede reportar un montón de trabajo. Y te puedes hacer rico sólo con esa película, sobre todo si es un éxito, y más aún si gana un premio de la Academia.

Claudia estudió a los hombres. Dos pícaros y un tonto, un terceto nada insólito en Hollywood, pero tampoco ella era muy lista al principio. ¿Acaso Skippy Deere no la había jodido en sentido literal y figurado? Sin embargo no podía por menos que admirar a Skippy. Parecía totalmente sincero.

Claudia sabía que el proyecto estaba tropezando con graves dificultades y que el incomparable Benny Sly ya estaba trabajando a su espalda para convertir al héroe intelectual de Vail en una caricatura a medio camino entre James Bond, Sherlock Holmes y Casanova. Del libro de Vail no quedarían más que los huesos.

Sólo por compasión accedió Claudia a cenar aquella noche con Ernest Vail para organizar su colaboración en el guión cinematográfico. Uno de los requisitos de la colaboración consistía en evitar cualquier relación de tipo romántico, cosa que ella consiguió presentándose a las sesiones de trabajo de la manera menos atractiva posible. Los idilios siempre la distraían cuando trabajaba.

Para su sorpresa, los dos meses que pasaron trabajando juntos dieron lugar a una amistad duradera. El mismo día en que los apartaron del proyecto se fueron juntos a Las Vegas. A Claudia siempre le había gustado el juego, y Vail tenía el mismo vicio. En Las Vegas lo presentó a su hermano Cross, y se sorprendió de que congeniaran tan bien ya desde el principio. No tenían nada en común que justificara su amistad. Ernest era un intelectual que no sentía el menor interés por los deportes, y menos aún por el golf. Cross llevaba años sin leer un libro. Le preguntó a Ernest cuál era la causa.

—Él sabe escuchar, y a mí me gusta hablar —contestó Ernest.

A Claudia no le pareció una explicación convincente.

Se lo preguntó a Cross, que era un gran misterio para ella a pesar de ser su hermano. Cross lo pensó antes de contestar. Al final, le dijo:

—No hace falta que lo vigiles, no busca nada.

En cuanto Cross lo hubo dicho, comprendió que era cierto. Fue una revelación sorprendente para ella. Para su desgracia, Ernest Vail era un hombre sin trastienda.

Sus relaciones con Ernest Vail fueron distintas. A pesar de ser un famoso novelista, no tenía el menor poder en Hollywood. Tampoco se desenvolvía bien en sociedad, y más bien despertaba antipatías. Los artículos que publicaba en las revistas se referían a delicadas cuestiones nacionales y eran siempre políticamente incorrectos, pero por una curiosa ironía tenían el arte de provocar las iras de todos los sectores. Se burlaba del sistema democrático norteamericano. Cuando escribía sobre el feminismo, afirmaba que las mujeres siempre estarían sometidas a los hombres hasta que fueran físicamente iguales a ellos, y aconsejaba a las feministas que organizaran grupos de adiestramiento paramilitar. A propósito de los problemas raciales, había escrito un ensayo sobre el lenguaje en el que insistía en que los negros se llamaran «personas de color» ya que el término «negro» solía utilizarse en sentido peyorativo, «negros pensamientos», «más negro que la boca de un lobo», «trabajar como un negro», señalando que el término siempre tenía una connotación negativa, salvo en la frase «un sencillo vestidito negro».

Pero después provocaba la airada reacción de todo el mundo al proponer que todas las razas mediterráneas se designaran con la expresión de «personas de color», incluyendo a los italianos, los españoles y los griegos, por supuesto.

Al hablar de las clases sociales decía que los ricos tenían que ser crueles y actuar a la defensiva, y que los pobres tenían que convertirse en delincuentes para poder luchar contra las leyes que promulgaban los ricos para proteger su dinero. Y afirmaba que el estado de bienestar era un soborno necesario para evitar la revolución de los pobres. Sobre la religión decía que se hubiera tenido que recetar como si fuera un medicamento.

Por desgracia nadie acababa de entender si hablaba en serio o en broma. Semejantes excentricidades no figuraban jamás en sus novelas, por lo que la lectura de sus obras no ofrecía ninguna clave.

Su colaboración con Claudia en el guión cinematográfico de la novela estableció los fundamentos de una íntima amistad. Vail era un alumno aplicado, tenía con ella toda clase de atenciones. Claudia, por su parte, apreciaba sus comentarios un tanto amargos y la seriedad con la que analizaba la situación social. Le llamaba la atención el desinterés que le inspiraba el dinero en la práctica y su preocupación por él en sentido abstracto, y también su ingenuidad a propósito de los resortes del poder en el mundo y especialmente en Hollywood. Se llevaba tan bien con él que incluso le pidió que leyera su novela. Al día siguiente se sintió halagada al verle llegar a los estudios con toda una serie de notas a raíz de su lectura.

Al final la novela se publicó gracias a su éxito como guionista cinematográfica y a la influencia de su agente Melo Stuart. Algunas críticas fueron ligeramente favorables, y otras se tomaron la obra a broma por el simple hecho de que su autora fuera una guionista. Pese a todo, Claudia le tenía un gran cariño a su libro. La novela apenas se vendió, y nadie se interesó por los derechos cinematográficos. Pero se había publicado. Claudia le dedicó un ejemplar a Ernest Vail: «Al más grande novelista norteamericano vivo.» No sirvió de nada.

—Eres una chica de suerte —le dijo Ernest—. No eres una novelista sino una guionista de cine. Nunca serás novelista.

Después, sin la menor malicia y sin ánimo de burlarse de ella, Vail se pasó los treinta minutos siguientes intentando desnudar la novela para demostrarle que era una estupidez sin estructura y sin la menor profundidad en la caracterización de los personajes, y que incluso los diálogos, que eran su punto fuerte, eran horribles y tenían un ingenio absolutamente gratuito. Fue un brutal asesinato pero cometido con una lógica tan aplastante que Claudia no tuvo más remedio que reconocer la verdad.

Vail terminó con un comentario que él consideró benévolo.

—Es un libro estupendo para una chica de dieciocho años —dijo—. Todos los defectos que he mencionado se pueden arreglar con la experiencia, con el simple hecho de hacerse mayor. Pero hay algo que jamás se podrá arreglar: te falta lenguaje.

Al oír estas palabras, Claudia, que ya se había derrumbado, se sintió ofendida. Algunos críticos habían alabado el lirismo de su obra.

—En eso te equivocas —replicó—. He intentado escribir unas frases perfectas. Y lo que más admiro en tus libros es la poesía del lenguaje.

Por primera vez, Ernest la miró sonriendo.

—Gracias —le dijo—. Yo jamás he pretendido ser poético. Mi lenguaje surge de la emoción de los personajes. En cambio, la poesía de tu libro es un pegote. Y resulta completamente falsa.

Claudia estalló en sollozos.

—Pero ¿quién eres tú? —dijo—. ¿Cómo puedes decir algo tan tremendamente destructivo? ¿Cómo puedes hacer unas afirmaciones tan tajantes?

Ernest la miró, divertido.

—Mira, podrías escribir libros y morirte de hambre aunque te los publicaran. Pero ¿por qué hacerlo, siendo una genial guionista cinematográfica? En cuanto a las afirmaciones tajantes, te diré que son lo único, sobre lo cual estoy totalmente convencido. A menos que esté equivocado, claro.

—No estás equivocado, pero eres un sádico insufrible.

Ernest la miró con recelo.

—Tienes buenas cualidades —le dijo—. Tienes muy buen oído para los diálogos cinematográficos y eres experta en el desarrollo de las líneas argumentales. Entiendes de verdad lo que es una película. ¿Por qué quieres ser herrero en vez de mecánico de automóviles? Tú perteneces al cine, no eres una novelista.

—Ni siquiera te das cuenta de la gravedad de tus insultos —dijo Claudia, mirándole con asombro.

—Pues claro que me doy cuenta —replicó Vail—. Pero lo hago por tu bien.

—No puedo creer que seas la misma persona que ha escrito tus libros —dijo Claudia con malicia—. Nadie podría creer que los hayas escrito tú.

Ernest soltó una alegre carcajada.

—Es cierto —dijo—. ¿No te parece maravilloso?

Vail mantuvo durante la siguiente semana una actitud muy circunspecta mientras seguía colaborando con Claudia en la adaptación del guión. Pensaba que la amistad ya había terminado. Al final Claudia le dijo:

—Ernest, no pongas esta cara tan seria. Te he perdonado. Incluso creo que tienes razón. ¿Pero por qué tuviste que ser tan duro conmigo? Llegué a pensar que estabas montando uno de esos números machistas a que tan aficionados sois los hombres. Pensé que pretendías humillarme para después llevarme a la cama. Pero sé que eres demasiado ingenuo para eso. Siempre hay que administrar las medicinas con un poco de azúcar.

Ernest se encogió de hombros.

—Es lo único bueno que tengo —dijo—. Si no soy sincero en estas cosas, no soy nada. Además fui duro porque te aprecio sinceramente. No sabes lo poco que abundan las personas como tú.

—¿Por mi talento, por mi ingenio o por mi belleza? —preguntó Claudia sonriendo.

—No, no —contestó Ernest, haciendo un gesto de rechazo con la mano—. Porque tienes la suerte de ser una persona feliz. Ninguna tragedia podrá hundirte jamás. Y eso no es muy frecuente.

Claudia lo pensó.

—¿Sabes una cosa? —dijo—. Eso que me has dicho es algo ofensivo. ¿Significa acaso que soy profundamente estúpida? —Hizo una breve pausa—. La tristeza se considera un sentimiento más elevado.

—Es cierto —dijo Ernest Vail—. El hecho de que yo sea una persona triste, ¿significa que soy más sensible que tú?

Se echaron a reír. De pronto ella lo abrazó.

—Gracias por ser sincero —le dijo.

—No presumas demasiado —dijo Ernest—. Como decía siempre mi madre, «La vida es una caja de granadas de mano, y uno nunca sabe cuál de ellas lo enviará al otro barrio».

—Pero bueno —dijo Claudia riéndose—, ¿es que siempre tienes que ponerte trágico? Nunca serás un guionista de cine, y esta frase lo demuestra.

—Pero es más verdadera —dijo Ernest.

Antes de que finalizara la colaboración, Claudia se lo llevó a la cama. Le tenía tanto aprecio que deseaba verlo desnudo para poder conversar en serio e intercambiarse confidencias.

Ernest Vail era un amante más entusiasta que experto, y también más agradecido que la mayoría de los hombres. Pero por encima de todo le encantaba hablar después del sexo, y su desnudez no le impedía soltar sus habituales sermones e inclementes opiniones. A Claudia le encantó verlo desnudo. Sin la ropa, parecía poseer la agilidad e impetuosidad de un mono, y además tenía el pecho cubierto de enmarañado vello, que también le cubría en manchas dispersas parte de la espalda. Con la misma voracidad de un mono, agarró su cuerpo desnudo como si arrancara una fruta madura de la rama de un árbol. Su apetito le hizo gracia porque ella siempre disfrutaba de la inherente comedia del sexo. Además le encantaba que fuera mundialmente famoso y que ella lo hubiera visto con la cara muy seria en la televisión y le hubiera parecido un poco pedante, hablando muy engolado sobre temas de literatura y sobre el lamentable estado moral del mundo mientras sostenía en la mano una pipa que raras veces fumaba, enfundado en una profesoral chaqueta de *tweed* con coderas de cuero. Pero Vail resultaba mucho más divertido en la cama que en la televisión, y carecía de la arrogancia propia de un actor.

Jamás se habló de verdadero amor ni de «relaciones». A Claudia no le hacía falta, y Vail sólo entendía el término en sentido literario. Ambos aceptaban la diferencia de treinta años y el hecho de que él no fuera precisamente un buen partido, dejando aparte su fama. No tenían nada en común salvo la literatura, tal vez la peor base que pudiera existir para fundar un matrimonio, a juicio de los dos.

Pero a Claudia le encantaba hablar con él de cine. Ernest insistía en que las películas no eran una forma de arte sino una regresión a las prehistóricas pinturas rupestres descubiertas en las cuevas. Las películas carecían de lenguaje, y puesto que el avance de la especie humana dependía del lenguaje y el cine no lo utilizaba, se trataba simplemente de un arte menor de carácter regresivo.

—O sea que la pintura no es un arte —dijo Claudia—, Bach y Beethoven no son arte, Miguel Ángel no es arte. Todo eso que estás diciendo es un puro disparate.

De pronto Claudia se dio cuenta de que Vail le estaba tomando el pelo. Disfrutaba provocándola aunque siempre lo hacía después del sexo, por si acaso.

Para cuando los despidieron de su trabajo en el guión ya se habían convertido en íntimos amigos. Cuando Ernest regresó a Nueva York le regaló a Claudia una pequeña sortija asimétrica, con cuatro piedras de distinto color. No parecía muy cara pero era una valiosa pieza antigua que a él le había llevado mucho tiempo encontrar. A partir de entonces, Claudia la lució siempre, y la joya se convirtió en su amuleto.

Sin embargo, después de que él se fuera, terminó la relación sexual entre los dos. En el caso de que Vail regresara alguna vez a Los Ángeles, Claudia ya estaría plenamente entregada a otra aventura. Ernest reconocía que las relaciones entre ambos habían sido más de amistad que de pasión.

El regalo de despedida que Claudia le ofreció a Vail fue un exhaustivo repaso de todos los procedimientos habituales en Hollywood. Le explicó que el guion que ellos habían escrito lo estaba volviendo a escribir el gran Benny Sly, el legendario guionista que incluso había recibido una mención para un premio especial de la Academia en la modalidad de adaptaciones. Y le dijo que Benny Sly era un especialista en convertir argumentos poco comerciales en superproducciones de cien millones de dólares de presupuesto. Estaba segura de que Benny convertiría el libro en una película que Ernest aborrecería, pero que sin duda le permitiría ganar un montón de dólares.

—Me parece muy bien —dijo Ernest, encogiéndose de hombros—. Ganaré un diez por ciento de los beneficios netos. Me haré rico.

Claudia lo miró, horrorizada.

—¿Netos? —le preguntó—. ¿Es que eres como aquellos que se dejaban estafar comprando dinero de la Confederación? Jamás verás un centavo, por mucha pasta que gane la película. Los Estudios LoddStone son unos genios en el arte de escamotear el dinero. Mira, yo tenía que cobrar un porcentaje sobre los beneficios netos de cinco películas que ganaron un montón, y jamás vi un solo centavo. Tú tampoco lo verás.

Ernest volvió a encogerse de hombros. No pareció que le importara, lo que hizo que su comportamiento en los años que siguieron resultara aún más desconcertante.

Su siguiente aventura le hizo recordar a Claudia el comentario de Ernest acerca de que la vida era una caja de granadas de mano. Por primera vez, a pesar de su inteligencia, se enamoró con cierta reserva de un amante que le resultaba por completo inadecuado. Un joven y «genial» director.

A continuación se enamoró intensamente y sin la menor reserva de un hombre del que casi todas las mujeres del mundo se hubieran enamorado. También inadecuado.

La inicial oleada de orgullo que le produjo el hecho de ser capaz de atraer a unos machos de tal categoría pronto quedó apagada por el trato que ellos le dispensaron.

El director, una especie de antipático hurón que sólo le llevaba unos cuantos años de edad, había rodado tres extraordinarias películas con gran éxito de público y de crítica. Todos los estudios lo cortejaban. La LoddStone había firmado con él un contrato para tres películas y le había encomendado a ella la adaptación del guión que él pensaba filmar.

Una de las mejores cualidades del genial director era su capacidad para saber exactamente lo que quería. Al principio adoptó con ella una actitud paternalista por su condición de mujer y guionista, cosas ambas consideradas inferiores en la estructura de poder de Hollywood. Pero enseguida se pelearon.

El director le pidió a Claudia que escribiera una escena que en realidad no encajaba con el argumento. Por su parte, Claudia se dio cuenta de que la llamativa escena sólo sería un pretexto para el lucimiento del director.

—No puedo escribir esta escena —le dijo—. Sobra en el argumento. Es sólo cámara y acción.

—En eso consiste el cine —replicó fríamente el director—. Hazla tal como la discutimos.

—No quiero que ninguno de los dos perdamos el tiempo —dijo Claudia—. Escríbela tú con tu mierda de cámara.

El director no se molestó ni siquiera en enfadarse.

—Estás despedida —le dijo—. Largo de esta película —añadió, dando una palmada.

Pero Bobby Bantz y Skippy Deere los obligaron a hacer las paces, lo cual sólo fue posible porque la obstinación de Claudia intrigaba al director. La película fue un éxito y Claudia tuvo que reconocer que ello fue debido más al talento del director como cineasta que al suyo como guionista. Estaba claro que no había logrado captar la visión del director. Se fueron a la cama casi por casualidad, pero él la decepcionó. Se negó a desnudarse y le hizo el amor sin quitarse la camisa. Pese a ello, Claudia seguía soñando con hacer grandes películas con él. Formarían uno de los más grandes equipos de director-guionista de toda la historia del cine. Estaba dispuesta a ser la parte subordinada y a poner su talento a la disposición del director. Juntos crearían grandes obras de arte y se convertirían en una pareja legendaria. La relación duró un mes, hasta que Claudia terminó de escribir su guión especial para *Mesalina* y se lo mostró. Él lo apartó a un lado, después de leerlo.

—Una idiotez feminista con muchas tetas y culos —dijo—. Eres una chica inteligente, pero no me interesa perder un año de mi vida con esto.

—Es sólo el primer borrador.

—No sabes lo que me fastidian las personas que se aprovechan de una relación personal para hacer una película —dijo el director.

En aquel momento, Claudia dejó de quererle por completo. Estaba indignada.

—No necesito follar contigo para hacer una película —le dijo.

—Por supuesto que no —replicó el director—. Tienes talento y te has ganado la fama de ser uno de los mejores culos de la industria cinematográfica.

Claudia se quedó horrorizada. Nunca hacía comentarios con nadie sobre sus parejas sexuales. Y no le gustó el tono de su voz, como si insinuara que las mujeres eran en cierto modo unas desvergonzadas por hacer lo mismo que los hombres.

—No cabe duda de que tienes talento —le contestó—, pero un hombre que folla con la camisa puesta tiene una fama mucho peor. Por lo menos yo nunca he follado prometiéndole a alguien una prueba cinematográfica.

El desafortunado final de la relación la indujo a pensar en Dita Tommey como directora. Llegó a la conclusión de que sólo una mujer plasmaría debidamente su guión en la pantalla.

Qué se le va a hacer, pensó. El muy hijo de puta nunca se desnudaba del todo y no le gustaba hablar después del sexo. Era un auténtico genio cinematográfico, pero le faltaba lenguaje. A pesar de ser un genio, carecía del menor interés como hombre, excepto cuando hablaba de cine.

Ahora Claudia se estaba acercando a la gran curva de la autopista de la Costa del Pacífico, desde la que el océano parecía un gran espejo en el que se reflejaban las rocas que ella tenía a su izquierda. Era su rincón del mundo preferido, la belleza de la naturaleza en todo su esplendor. Faltaban sólo diez minutos para llegar a la Colonia Malibú dónde vivía Athena. Claudia trató de formular su alegato en favor de la película y del regreso de Athena. Recordó que, en distintos momentos de sus vidas, ambas habían tenido el mismo amante, y experimentó una oleada de orgullo al pensar que el mismo hombre que había amado a Athena también la había amado a ella.

El sol había alcanzado su momento de máximo fulgor y estaba convirtiendo las olas del Pacífico en gigantescos diamantes. Claudia frenó de golpe. Le pareció que uno de los aparatos de vuelo sin motor estaba descendiendo por delante de su vehículo. Vio a la ocupante, una chica con casco, botas y una blusa desabrochada que dejaba al descubierto uno de su pechos, saludando tímidamente con la mano mientras bajaba hacia la playa. ¿Por qué se lo permitían, por qué no aparecía la policía? Sacudió la cabeza y pisó el acelerador. El tráfico era cada vez más fluido y la autopista, que se había desviado bruscamente, ya no le permitía ver el mar. Pero tras recorrer un kilómetro volvió a aparecer. Era como el verdadero amor, pensó sonriendo. En su vida, el verdadero amor siempre desaparecía.

La vez en que se enamoró de verdad, la experiencia le resultó dolorosa pero aleccionadora. En realidad ella no tuvo la culpa porque el hombre era nada menos que Steve Stallings, un cotizado actor cinematográfico e ídolo de las mujeres de todo el mundo. Tenía una belleza tremendamente viril, un auténtico encanto y una inagotable energía avivada mediante un prudente consumo de cocaína. Por si fuera poco, poseía además un gran talento como actor. Y por encima de todo era un donjuán. Follaba con todo lo que se le ponía por delante. Tanto si rodaba exteriores en África como si los rodaba en una pequeña localidad del Oeste americano, en Bombay, Singapur, Tokio, Londres, Roma o París, se acostaba con todas las chicas que podía. Y lo hacía con el mismo espíritu de un caballero que repartiera limosna entre los pobres, como un acto de caridad cristiana. Jamás se hablaba de relaciones, de la misma manera que jamás se invita a un mendigo al banquete de un benefactor. Se sentía tan a gusto con ella que la aventura duró veintisiete días.

Para Claudia fueron unos veintisiete días humillantes, a pesar del placer. Con la ayuda de la cocaína, Steve Stallings era un amante irresistible y se sentía casi más a gusto desnudo que la propia Claudia. Ello se debía en parte a las perfectas proporciones de su cuerpo.

Claudia lo sorprendía a menudo mirándose en el espejo como una mujer que se arregla el sombrero.

Claudia sabía muy bien que ella no era más que uno de los caballos de su cuadra. Cuando tenían una cita, él siempre la llamaba para decirle que llegaría con una hora de retraso, y después se presentaba seis horas más tarde. Algunas veces anulaba directamente la cita. Ella no era más que su refugio de una noche. Además, cuando hacían el amor, siempre insistía en que ella también consumiera cocaína, cosa que le resultaba divertida, pero le dejaba el cerebro tan hecho polvo que después se pasaba varios días sin poder trabajar, y dudaba de lo que escribía. Se daba cuenta de que se estaba convirtiendo en lo que más aborrecía en el mundo, en una mujer cuya vida depende de los caprichos de un hombre.

La humillaba el hecho de ser la cuarta o la quinta de la lista, aunque no le echaba la culpa a él, se la echaba a sí misma. Al fin y al cabo a aquellas alturas de su carrera, Steve Stallings hubiera podido tener en sus brazos prácticamente a cualquier mujer de Estados Unidos que hubiera querido, pero la había elegido a ella. Steve Stallings se haría viejo, perdería en parte su apostura y su fama y tendría que consumir cada vez más cocaína. Era lógico que quisiera aprovechar al máximo su juventud. Ella estaba enamorada y, por una de las pocas veces en su vida, se sentía terriblemente desdichada.

Así que cuando al llegar el vigesimoséptimo día Steve la llamó para decirle que se retrasaría una hora, ella le contestó:

—No te molestes, Steve. Dejo tu cuadra.

Tras una breve pausa, él le dijo, apenas sorprendido:

—Espero que sigamos siendo amigos. Me encanta tu compañía.

—Pues claro —contestó Claudia, colgando.

Por primera vez en su vida no quiso conservar la amistad al término de una relación. Lo que en realidad la molestaba era su estupidez. Estaba claro que todo el comportamiento de Steve había sido una estratagema para obligarla a marcharse, pero ella había tardado demasiado en captar la insinuación. Y eso era humillante. ¿Cómo era posible que hubiera sido tan tonta? Lloró mucho, pero al cabo de una semana se dio cuenta de que no echaba de menos para nada estar enamorada. Su tiempo era suyo y podía trabajar. Era un placer volver a escribir con la cabeza libre de cocaína y de verdadero amor.

Cuando su genial director y amante rechazó su guión, Claudia se pasó seis meses trabajando sin descanso en una nueva versión.

Claudia de Lena convirtió el guión original de *Mesalina* en una ingeniosa propaganda feminista. Sin embargo, después de haberse pasado cinco años trabajando en la industria del cine, sabía que todos los mensajes tenían que aderezarse con otros ingredientes, como por ejemplo la codicia, el sexo, el asesinato y la fe en la humanidad. Y sabía que tenía que escribir grandes papeles no sólo para Athena Aquitane sino también, por lo menos, para otras tres intérpretes femeninas de papeles secundarios. Los buenos papeles femeninos eran tan escasos que el guión atraería a las mejores estrellas del momento. Otro papel totalmente imprescindible era el del malo de la película, despiadado, encantador, guapo e ingenioso. Aquí no tuvo más remedio que acordarse de su padre.

Al principio Claudia hubiera querido ponerse en contacto con alguna destacada productora independiente, pero casi todos los jefes de los estudios que podían dar luz verde a un proyecto eran varones. Les encantaría el guión, pero temerían que la película, cuya producción y dirección estaba en manos de mujeres, se convirtiera en una propaganda feminista demasiado descarada, y exigirían la presencia de un hombre en algún puesto clave. Claudia ya había decidido encomendar la dirección a Dita Tommey.

Estaba segura de que Tommey aceptaría porque la película contaría con un elevado presupuesto, y en caso de que alcanzara el éxito, la elevaría automáticamente a la categoría de directora «cotizada». Incluso en el caso de que fracasara, serviría para aumentar su fama. Para un director, muchas veces una película de elevado presupuesto que fallara, le daba más prestigio que el éxito de una película de bajo presupuesto.

Otra razón era que Dita Tommey sólo amaba a las mujeres, y aquella película le permitiría tener acceso a cuatro bellas y famosas actrices.

A Claudia también le interesaba Tommey porque ambas habían trabajado juntas en un película años atrás y la experiencia había sido muy satisfactoria. Dita era una persona muy sincera, ingeniosa e inteligente. No era uno de esos directores «asesinos de guionistas» que exigían la intervención de algún amigo suyo para que revisara el guión y compartiera el mérito. Tampoco se empeñaba en figurar como colaboradora en el guión a no ser que hubiera tenido efectivamente un papel significativo en su desarrollo, y no acosaba sexualmente a nadie, como hacían algunos directores e intérpretes. Aunque en realidad la expresión de «acoso sexual» no podía utilizarse en sentido estricto en el mundillo cinematográfico, donde la venta del *sex appeal* formaba parte del trato.

Claudia envió el guión a Skippy un viernes, porque sabía que él sólo leía cuidadosamente los guiones los fines de semana, porque a pesar de sus traiciones era el mejor productor de la ciudad, y porque jamás podía cortar definitivamente una antigua relación. Dio resultado. El domingo por la mañana Skippy la llamó. Quería almorzar con ella ese mismo día.

Claudia metió el ordenador en su Mercedes, se vistió con ropa de trabajo —una camisa masculina de algodón y unos tejanos desteñidos— y se calzó unos mocasines. Después se recogió el cabello con un pañuelo rojo.

Enfiló la Ocean Avenue de Santa Mónica. Al llegar al Palisades Park que separaba la Ocean Avenue de la autopista de la Costa del Pacífico, vio a los hombres y mujeres sin techo de Santa Mónica reunidos para su almuerzo dominical. Los asistentes sociales voluntarios les servían todos los domingos comida y bebida al aire libre en las mesas y bancos de madera del parque. Claudia siempre seguía aquel camino para verlos y para no olvidar la existencia de aquel otro mundo en el que la gente no tenía Mercedes ni piscinas y no efectuaba sus compras en Rodeo Drive. En los primeros años acostumbraba a ofrecerse como voluntaria para servir a los indigentes en el parque, pero ahora se limitaba a enviar un cheque a la iglesia que les daba de comer. El hecho de pasar de un mundo a otro le resultaba demasiado doloroso y apagaba su deseo de triunfar. No podía evitar el mirar a aquellos hombres que, a pesar de ir tan mal vestidos y de tener las vidas completamente rotas, conservaban una curiosa dignidad. Vivir sin esperanza le parecía una hazaña extraordinaria, y sin embargo era una simple cuestión de dinero, de aquel dinero que ella ganaba tan fácilmente y en tanta cantidad escribiendo guiones de cine. El dinero que ella ganaba en medio año era mucho más del que veían aquellos hombres a lo largo de todas sus vidas.

Al llegar a la mansión de Skippy Deere en los cañones de Beverly Hills, el ama de llaves la acompañó a la piscina, rodeada de alegres casetas pintadas de amarillo y azul. Skippy estaba sentado en una tumbona acolchada. A su lado tenía una mesita de mármol con un teléfono y un montón de guiones. Llevaba puestas las gafas de montura roja que sólo utilizaba en casa para leer. En su mano sostenía un vaso largo empañado por la fría agua de Evian que contenía.

Al verla se levantó para abrazarla.

—Claudia —le dijo—, tenemos que hablar enseguida de negocios.

Claudia estudió su voz. Por regla general podía adivinar su reacción ante los guiones que le presentaba a través de su tono de voz. Un elogio cuidadosamente modulado significaba un rotundo «no». Una voz jubilosa y entusiasta de inequívoca admiración iba seguida casi siempre de la enumeración de por lo menos tres razones por las que un guión no se podía adquirir: otros estudios estaban haciendo algo sobre el mismo tema, no se podría reunir un reparto adecuado, los estudios no querían abordar aquel tema. Pero en aquella ocasión, la voz de Skippy era la del hombre de negocios decidido que no quería dejar escapar una buena oportunidad. Enseguida empezó a hablar de dinero y de controles. Todo aquello significaba «sí».

—Eso podría ser una gran película —le dijo—, una película realmente grande. En realidad no puede ser pequeña. Sé lo que estás haciendo, eres una chica inteligente, pero yo tengo que vender un análisis sobre el sexo. No me será difícil venderles el feminismo a las actrices. Podremos conseguir a un primerísimo actor si suavizas un poco el personaje y le concedes algunas cualidades de buen chico. Sé que quieres ser productora asociada de esta película, pero aquí mando yo. Tú podrás expresar tus opiniones, estoy abierto al diálogo.

—Quiero elegir al director —dijo Claudia.

—Tú, los estudios y los actores —dijo Skippy riéndose.

—No venderé a no ser que se acepte mi propuesta —aseguró Claudia.

—De acuerdo —dijo Skippy—. Pues entonces diles a los estudios a quién quieres como director, después échate para atrás y se llevarán tal susto que te darán su aprobación. —Skippy hizo una pausa—. ¿En quién has pensado?

—En Dita Tommey.

—Estupendo. Una elección muy inteligente —dijo Skippy—. A las actrices les encanta, y a los estudios también. Nunca rebasa el presupuesto y no chupa del bote. Pero tú y yo elaboraremos el reparto antes de llamarla.

—¿A quién ofrecerás el guión? —preguntó Claudia.

—A los Estudios LoddStone —contestó Skippy—. Suelen estar de acuerdo conmigo, así que no tendremos que luchar demasiado por el reparto y los directores. Has escrito un guión perfecto, Claudia. Ingenioso, emocionante, con unos puntos de vista muy acertados sobre los comienzos del feminismo, y eso es un tema candente hoy en día. Y en cuanto al sexo, tú justificas a Mesalina y a todas las mujeres. Hablaré con Melo y Molly Flanders sobre tus condiciones, y ella se pondrá en contacto con el departamento de Asuntos Comerciales de LoddStone.

—Eres un hijo de puta —dijo Claudia—. ¿Ya has hablado con LoddStone?

—Anoche —contestó Skippy sonriendo—. Les mostré el guión y me dieron luz verde siempre y cuando pueda organizarlo todo. Pero escúchame bien, Claudia, no me vengas con mierdas. Sé que te has metido a Athena en el bolsillo y que por eso eres tan dura. —El productor hizo una pausa—. Así se lo dije a los de LoddStone. Y ahora ya podemos ponernos a trabajar.

Fue el comienzo del gran proyecto. Ahora Claudia no podía permitir que todo quedara en agua de borrajas.

Claudia se estaba acercando al semáforo, donde tendría que girar a la izquierda para enfilar la calle que conducía a la colonia. Por vez primera experimentó una sensación de pánico. Athena era tan obstinada como todas las estrellas, y no habría forma de hacerla cambiar de idea. No importaba. Si Athena se negara a volver al trabajo, ella volaría a Las Vegas y pediría ayuda a su hermano Cross. Él nunca la había dejado en la estacada, ni cuando eran pequeños, ni cuando ella se fue a vivir con su madre, ni cuando murió su madre.

Claudia recordaba las grandes fiestas en la mansión de los Clericuzio en Quogue. Un escenario como el de un cuento de hadas de los hermanos Grimm, una mansión cercada por altos muros, donde ella y Cross jugaban entre las higueras. Una vez había dos grupos de niños de entre ocho y doce años. El grupo contrario estaba encabezado por Dante Clericuzio, el nieto del viejo Don, quien lo observaba todo, asomado a una de las ventanas del piso de arriba como si fuera un dragón.

Dante, que era un niño muy violento y aficionado a las peleas, siempre quería mandar y era el único que se atrevía a desafiar en combate físico a su primo Cross, el hermano de Claudia. Dante había arrojado a Claudia al suelo y le estaba pegando para someterla a su voluntad, cuando de pronto apareció Cross. Los dos niños se enzarzaron en una pelea. Lo que más llamó la atención de Claudia fue la confianza de Cross ante la violencia de Dante. Cross ganó la pelea sin ninguna dificultad.

Por eso Claudia no acertaba a comprender la elección de su madre. ¿Cómo era posible que le tuviera tan poco cariño a su hijo? Cross valía muchísimo. Y lo había demostrado decidiendo quedarse a vivir con su padre. A Claudia no le cabía la menor duda de que su hermano hubiera preferido irse con su madre y con ella.

En los años que siguieron a la ruptura, la familia conservó una relación un tanto especial. Claudia se enteró a través de las conversaciones y de los gestos de las personas que la rodeaban de que Cross había alcanzado en cierto modo la misma categoría de su padre. Pero el afecto entre ella y su hermano se mantuvo inmutable a pesar de las grandes diferencias que los separaban. Ella se fue a vivir con su madre a Sacramento y Cross se quedó con su padre en Las Vegas, pero los dos hermanos se siguieron visitando el uno al otro hasta que Claudia se fue a cursar estudios universitarios a Los Ángeles. A partir de aquel momento, Claudia fue consciente del abismo que los separaba. Descubrió que Cross formaba parte de la familia Clericuzio, mientras que ella no.

Dos años después de su traslado a Los Ángeles, cuando contaba veintiún años, a su madre Nalene le diagnosticaron un cáncer. Cross, que trabajaba con Gronevelt en el Xanadu tras haberse ganado a pulso su ingreso en la familia Clericuzio, se trasladó a Sacramento para pasar las últimas dos semanas con su madre y su hermana. Desde la separación de la familia, fue la primera vez que los tres volvieron a vivir juntos. Nalene había prohibido a Pippi que la visitara.

El cáncer le había afectado la vista, y Claudia le leía constantemente revistas, periódicos y libros. Cross se encargaba de hacer la compra. A veces tenía que volar por la tarde a Las Vegas para resolver algún asunto del hotel, pero siempre regresaba a Sacramento por la noche.

Cross y Claudia se turnaban durante la noche para tomar la mano de su madre y hacerle compañía. A pesar de los fuertes medicamentos que le administraban, Nalene apretaba constantemente sus manos. A veces, sufría alucinaciones y pensaba que sus dos hijos todavía eran pequeños. Una terrible noche se echó a llorar y le pidió a Cross que la perdonara por lo que le había hecho. Cross la tuvo que estrechar en sus brazos y asegurarle que todo había sido para bien.

Durante las largas noches en que su madre dormía profundamente bajo el efecto de los sedantes, Cross y Claudia se contaron el uno al otro los detalles de sus vidas.

Cross le explicó a su hermana que había vendido la Agencia de Cobros y que había abandonado la familia Clericuzio, a pesar de que ésta había utilizado su influencia para conseguirle trabajo en el hotel Xanadu. Hizo una velada alusión a su poder y le dijo que siempre sería bienvenida en el hotel y disfrutaría de entrada gratuita en el casino y de habitación, comida y bebida gratis. Claudia le preguntó cómo era posible que pudiera hacer tal cosa, y él le contestó con cierto orgullo:

—Tengo el bastón de mando.

A Claudia aquel orgullo la pareció cómico y un poco triste.

Claudia sintió aparentemente la muerte de su madre mucho más que Cross, pero la experiencia sirvió para unirlos de nuevo y hacerles recuperar la intimidad de la infancia. A lo largo de los años, Claudia había visitado Las Vegas a menudo, había conocido a Gronevelt, había observado la estrecha relación de su hermano con el viejo y se había dado cuenta de que su hermano ejercía cierto poder, pero jamás lo relacionaba con la familia Clericuzio. Puesto que había cortado todos los vínculos con la familia y jamás asistía a entierros, bodas ni bautizos, Claudia ignoraba que Cross seguía formando parte de la estructura social de la familia. Cross jamás se lo comentaba. Y ella raras veces veía a su padre, el cual, por cierto, no sentía el menor interés por verla.

El acontecimiento más importante de Las Vegas era la Nochevieja, cuando la ciudad se llenaba de gente de todos los rincones del país, pero Cross siempre tenía una suite a disposición de su hermana. Claudia no era una gran jugadora, pero una Nochevieja se dejó arrastrar por el juego. Iba acompañada de un aspirante a actor y quería impresionarlo. Perdió el control y firmó por valor de cincuenta mil dólares en los «marcadores». Cross bajó a su suite con los marcadores en la mano y la miró con una cara muy especial. Claudia la reconoció al instante en cuanto habló su hermano. Era la cara de su padre.

—Claudia —dijo Cross—, te creía más lista que yo. ¿Qué coño es esto?

Claudia lo miró con cierta timidez. Cross siempre le había aconsejado que nunca hiciera apuestas elevadas, que jamás aumentara las apuestas cuando perdiera, y que no pasara más de dos o tres horas diarias jugando. Le explicó que la prolongación del tiempo de juego era la peor trampa que pudiera existir. Pero ella había desoído todos sus consejos...

—Cross, concédeme un par de semanas y te lo pagaré todo —le dijo.

La reacción de su hermano la sorprendió.

—Te mataría antes de permitirte pagar todos estos marcadores. —Cross rompió muy despacio las hojas de papel y se las guardó en el bolsillo. Después añadió—: Te invité porque me apetecía verte, no para quedarme con tu dinero. Métetelo bien en la cabeza, no puedes ganar. Es algo que no tiene nada que ver con la suerte. Dos más dos son cuatro.

—De acuerdo, de acuerdo —dijo Claudia.

—No me importa tener que romper estos marcadores, pero me molesta que seas tan tonta —dijo Cross.

No volvieron a hablar del asunto, pero Claudia se preguntó: «¿Tanto poder tiene Cross? ¿Aprobaría Gronevelt lo que había hecho Cross, o ni tan siquiera llegaría a enterarse?»

Hubo otros incidentes parecidos, pero el más impresionante fue el de Loretta Lang.

Loretta Lang era una cantante y bailarina del espectáculo de revista del Xanadu. Tenía tanto entusiasmo y vitalidad que a Claudia le encantó su actuación. Cross las presentó después del espectáculo.

Loretta Lang poseía una personalidad tan atractiva en el escenario como fuera de él, pero Claudia observó que Cross no parecía muy contento y que más bien daba la impresión de sentirse un poco molesto ante la vitalidad de la artista.

En su siguiente visita, Claudia se hizo acompañar por Melo Stuart para pasar con él una velada en Las Vegas y ver el espectáculo. Melo le siguió la corriente, sin esperar gran cosa. Asistió al espectáculo con interés y después le dijo a Claudia:

—Esta chica es una auténtica bomba, no por su manera de cantar y bailar sino porque es una cómica nata. Una mujer así vale su peso en oro.

Cuando acudió al camerino para saludarla, Melo la miró con semblante risueño y le dijo:

—Me ha encantado tu actuación, Loretta. Me ha gustado muchísimo, ¿comprendes? ¿Podrías ir a Los Ángeles la semana que viene? Me encargaré de que te hagan una filmación para enseñársela a un amigo mío de unos estudios. Pero primero tendrás que firmar un contrato con mi agencia. Antes de empezar a ganar dinero tengo que trabajar mucho. Así es el negocio, pero recuerda que me encantas.

Loretta le arrojó los brazos al cuello. Claudia comprendió que su entusiasmo no era simple comedia. Se fijó una fecha y los tres cenaron juntos para celebrarlo antes de que Melo tomara su vuelo de primera hora de la mañana para regresar a Los Ángeles.

Durante la cena, Loretta confesó que ya tenía firmado un hermético contrato con una agencia especializada en espectáculos de salas de fiestas. Un contrato de tres años de duración. Melo le aseguró que todo se podría arreglar.

Pero no se pudo. La agencia de Loretta reafirmó su intención de seguir controlando su carrera a lo largo de los tres años siguientes. Loretta estaba desesperada y acudió a Claudia en demanda de ayuda, rogándole, para su gran sorpresa, que hablara con su hermano Cross.

—Pero ¿qué puede hacer Cross? —replicó Claudia.

—Tiene mucha influencia en la ciudad —contestó Loretta—. Él puede conseguirme un trato más favorable. Por favor.

Cuando Claudia subió a la suite del último piso del hotel y le planteó el problema a Cross, su hermano sacudió la cabeza y la miró con hastío.

—Pero ¿a ti qué más te da? —le dijo Claudia—. Sólo te pido que digas unas cuantas palabritas a quien corresponda.

—Eres tonta —dijo Cross—. He visto a montones de mujeres como ella. Se aprovechan de amistades como tú para llegar a la cima, y después si te he visto no me acuerdo.

—¿Y qué? —replicó Claudia—. Tiene auténtico talento, y eso podría cambiar toda su vida.

Cross volvió a sacudir la cabeza.

—No me pidas que haga eso —le dijo.

—¿Por qué no? —preguntó Claudia.

Estaba acostumbrada a pedir favores para otras personas, era algo que formaba parte del mundillo cinematográfico.

—Porque cuando tomo cartas en algún asunto tengo que salirme con la mía —contestó Cross.

—No te pido que consigas tu propósito sino que hagas todo lo que puedas —dijo Claudia—. Entonces podré llamar a Loretta y decirle que por lo menos lo hemos intentado.

—Ya veo que eres una tonta irrecuperable —dijo Cross, soltando una carcajada—. Bueno, dile a Loretta y a los de su agencia que vengan a verme mañana. A las diez en punto. Y será mejor que tú también estés presente.

A la mañana siguiente Claudia tuvo ocasión de conocer al agente de Loretta. Se llamaba Tolly Nevans y vestía el habitual atuendo informal de Las Vegas, con ciertas modificaciones apropiadas a la seriedad de la ocasión. Es decir, *blazer* azul con camisa blanca sin cuello y pantalones de tela gruesa de color azul.

—Es un placer volver a verle, Cross —dijo Tolly Nevans.

—¿Nos conocemos? —preguntó Cross.

Jamás negociaba personalmente los detalles comerciales del espectáculo de revista del hotel.

—Nos conocimos hace tiempo —contestó Tolly con voz melosa—. Cuando Loretta empezó a trabajar en el Xanadu.

Claudia observó la diferencia que había entre los agentes de Los Ángeles que representaban los intereses de los grandes astros del cine y Tolly Nevans, que representaba a las pequeñas figuras del mundo de las salas de fiestas. Tolly parecía un poco más nervioso, y su aspecto físico no era tan impresionante. Le faltaba toda la confianza de que hacía gala Melo Stuart.

Loretta le dio a Cross un ligero beso en la mejilla, pero no le dijo nada. De hecho parecía insólitamente apagada. A su lado, Claudia percibió su tensión.

Cross iba vestido con atuendo de jugar al golf. Pantalones blancos, camiseta blanca, zapatillas deportivas también blancas, y una gorra de béisbol azul en la cabeza. Les ofreció algo de beber del mueble bar, pero todos declinaron la invitación.

—Vamos a resolver este asunto —dijo en tono pausado—. ¿Loretta?

—Tolly quiere seguir cobrando el veinte por ciento de todo lo que yo gane —dijo Loretta con voz trémula—. Eso incluye cualquier trabajo de cine que yo pueda hacer. Pero como es natural, la agencia de Los Ángeles quiere el porcentaje completo de cualquier trabajo cinematográfico que me consiga. Yo no puedo pagar dos porcentajes. Y además Tolly quiere ser el que tome las decisiones sobre todo lo que yo haga. La agencia de Los Ángeles no está de acuerdo, y yo tampoco.

Tolly se encogió de hombros.

—Tenemos un contrato. Sólo exigimos que lo cumpla.

—Pero entonces mi agente cinematográfico no me contratará —dijo Loretta.

—La cosa está clarísima —dijo Cross—. Loretta, págales la rescisión del contrato.

—Loretta es una gran artista —dijo Tolly—, y nosotros ganamos mucho dinero con ella. Siempre la hemos promocionado y siempre hemos creído en su talento. Hemos invertido en ella un montón de pasta. No podemos prescindir de ella ahora que empieza a resultar rentable.

—Compra la rescisión del contrato, Loretta —repitió Cross.

—No puedo pagar dos porcentajes —replicó Loretta, casi gimoteando—. Es demasiado cruel.

Claudia procuró reprimir una sonrisa, pero Cross no reprimió la suya. Tolly parecía muy ofendido.

—Claudia —dijo finalmente Cross—, ve a ponerte la ropa de golf. Quiero que hagas nueve lanzamientos conmigo. Me reuniré contigo abajo junto a la caja cuando termine aquí.

A Claudia le había parecido un poco raro que Cross se hubiera vestido de una manera tan informal para la reunión, como si no se la tomara muy en serio. Su comportamiento la había ofendido, y sabía que también había ofendido a Loretta. En cambio Tolly estaba más tranquilo. Cross no le había propuesto ningún compromiso.

—Me quedo —dijo Claudia—, quiero ver a Salomón en acción.

Cross jamás podía enfadarse con su hermana. Soltó una carcajada y ella lo miró sonriendo. Después Cross se volvió hacia Tolly:

—Veo que usted no se dobla, y creo que tiene razón. ¿Qué le parecería un porcentaje sobre sus ganancias durante un año? Pero tendrá que ceder el control, de otro modo no dará resultado.

—¡Yo no quiero dárselo! —estalló Loretta, enojada.

—No es eso lo que yo quiero —dijo Tolly—. El porcentaje me parece bien, pero ¿qué ocurre si nos sale un contrato estupendo para ti y tú estás comprometida para hacer una película? Perderíamos dinero.

Cross lanzó un suspiro y dijo casi con tristeza:

—Tolly, quiero que rescinda el contrato con esta chica. Es una petición. Ustedes hacen mucho negocio con nuestro hotel. Hágame este favor.

Por primera vez, Tolly pareció alarmado y dijo casi en tono suplicante:

—Me encantaría poder hacerle este favor, Cross, pero tengo que discutirlo con mis socios de la agencia. —Hizo una breve pausa—. A lo mejor podré arreglar la rescisión del contrato.

—No —dijo Cross—. Le estoy pidiendo un favor. Nada de rescisiones. Y quiero su respuesta ahora mismo para poder irme a disfrutar de mi partido de golf. —Tras una pausa añadió—: Dígame sí o no.

Claudia se impresionó ante la brusquedad de sus palabras. Cross no hablaba en tono amenazador ni intimidante. Más bien parecía que quisiera dejarlo correr, como si hubiera perdido interés por el asunto. En cambio Tolly estaba trastornado.

Su respuesta fue sorprendente:

—Pero esto es injusto —dijo.

Miró con expresión de reproche a Loretta, y ésta bajó los ojos.

Cross volvió a encasquetarse la gorra de béisbol en la cabeza, como si se dispusiera a marcharse.

—Es sólo una petición —dijo—. No me puede decir que no. De usted depende.

—No, no —dijo Tolly—. Lo que ocurre es que yo no sabía que tuviera usted tanto interés y que fueran ustedes tan buenos amigos.

De pronto Claudia observó un cambio asombroso en su hermano. Cross se inclinó hacia delante y le dio a Tolly un afectuoso abrazo. Una cordial sonrisa iluminó su rostro. «Qué guapo es el muy hijo de puta», pensó.

—Jamás lo olvidaré, Tolly —dijo Cross en tono de profunda gratitud—. Mire, le doy carta blanca aquí en el Xanadu para cualquier nuevo artista que quiera usted promocionar, de tercera fila como mínimo. Incluso mandaré organizar una noche especial con todos los nuevos artistas que usted traiga, y esa noche quiero que usted y sus socios cenen conmigo en el hotel. Llámeme cuando quiera. Daré orden de que me pasen la llamada. Directamente. ¿De acuerdo?

Claudia comprendió dos cosas. Cross había exhibido deliberadamente su poder, y había tenido buen cuidado de recompensar hasta cierto punto a Tolly sólo cuando éste ya se había doblegado, no antes. Tolly disfrutaría de su noche especial y se empaparía de poder, pero sólo por una noche.

Claudia comprendió también que Cross había exhibido su poder para demostrarle el amor que le tenía y la fuerza material de dicho amor. Y vio en los rasgos de su rostro la belleza que ella siempre le había envidiado desde la infancia, el frunce de los sensuales labios, la perfección de la nariz y los ojos almendrados, petrificándose lentamente, como si estuvieran adquiriendo la consistencia del mármol de las estatuas antiguas.

Claudia abandonó la autopista de la Costa del Pacífico y siguió adelante hasta llegar a la entrada de la Colonia Malibú. Le encantaba la colonia, con sus casas en primera línea de la playa, el océano brillando delante de ellas, y a lo lejos el reflejo de las montañas en el agua. Aparcó su automóvil delante de la casa de Athena.

Boz Skannet estaba tomando el sol en la playa pública situada al sur de la valla de la Colonia Malibú. La sencilla valla de tela metálica penetraba unos diez metros en el agua, pero era sólo una barrera nominal. Si uno se adentraba lo suficiente en el agua la podía rodear a nado.

Boz estaba explorando el terreno con vistas a su siguiente ataque contra Athena. Aquel día sólo haría una incursión de prueba, y por eso se había dirigido a la playa pública con camiseta y pantalones de tenis sobre el traje de baño. En la bolsa de playa, que en realidad era una bolsa de tenis, guardaba el frasco de ácido envuelto en unas toallas.

Desde el lugar que había elegido en la playa podía observar la casa de Athena a través de la valla de tela metálica. Vio a dos guardias de seguridad en la playa. Iban armados. Si la parte posterior de la casa estaba cubierta, la delantera también lo estaría. No le hubiera importado hacer daño a los guardias, pero no quería dar la impresión de ser un loco de esos que mataban a un montón de gente sin motivo. Ello hubiera quitado cualquier mérito a la exclusiva y justificada destrucción de Athena.

Boz Skannet se quitó los pantalones y la camiseta, extendió la toalla y contempló la arena y la sábana intensamente azul del océano Pacífico al fondo. El calor del sol lo adormeció. Pensó en Athena.

En la universidad, durante la conferencia de un profesor sobre los ensayos de Emerson, había oído citar la frase, «La belleza es su propia excusa». No sabía si había sido por Emerson o por la Belleza, pero el caso es que había pensado en Athena.

No era frecuente encontrar reunidas en una persona la belleza física y las cualidades morales e intelectuales. Por eso había pensado en Thena. Cuando era niña, todo el mundo la llamaba Thena.

La había querido tanto en su adolescencia que había vivido inmerso en un sueño de dicha infinita, en el que ella también lo quería. No podía creer que la vida pudiera ser tan dulce. Poco a poco, la podredumbre lo fue estropeando todo.

¿Cómo se atrevía Athena a ser tan perfecta? ¿Cómo se atrevía a exigir tanto amor? ¿Cómo se atrevía a despertar amor en tanta gente? ¿Es que no sabía lo peligroso que era eso?

Boz se examinó a sí mismo. ¿Por qué su amor se había trocado en odio? En realidad la respuesta era muy sencilla: porque sabía que no podría poseerla hasta el final de sus vidas, y que un día la tendría que perder.

Un día ella se acostaría con otros hombres y desaparecería de su paraíso. Y jamás volvería a pensar en él.

Sintió que el calor del sol abandonaba su rostro y abrió los ojos. Junto a él se encontraba un tipo corpulento muy bien vestido, sosteniendo una silla plegable. Boz lo reconoció. Era Jim Losey, el investigador que lo había interrogado después de que él arrojara el agua al rostro de Thena.

Boz lo miró, con los párpados entornados.

—Qué casualidad que los dos hayamos venido a nadar a la misma playa. ¿Qué coño quiere?

Losey desplegó la silla y se sentó.

—Mi ex mujer me regaló esta silla. Tenía que interrogar y detener a tantos surfistas, dijo, que sería mejor que estuviera cómodo. —El investigador miró a Skannet casi con simpatía—. Sólo quería hacerle unas cuantas preguntas. Una, ¿qué está usted haciendo tan cerca de la casa de la señorita Aquitane? Está incumpliendo la orden del juez.

—Estoy en una playa pública, hay una valla entre nosotros, y voy en traje de baño. ¿Es que realmente tengo pinta de estar acosándola?

Losey esbozó una sonrisa comprensiva.

—Bueno, mire —dijo—, si yo estuviera casado con esa tía, tampoco podría apartarme de ella. ¿Qué tal si le echo un vistazo a su bolsa de playa?

Boz estrechó la bolsa contra su pecho.

—Ni hablar —contestó—. A no ser que tenga usted una orden judicial.

—No me obligue a detenerle —dijo Losey dirigiéndole una amistosa sonrisa—. O a pegarle una soberana paliza y quitarle la bolsa a la fuerza.

Sus palabras fueron una provocación. Boz se levantó y alargó el brazo para ofrecerle la bolsa, pero inmediatamente lo retiró.

—Intente quitármela —dijo.

Jim Losey se desconcertó. Qué él recordara, jamás en su vida se había tropezado con alguien que fuera más fuerte que él. En cualquier otra situación hubiera sacado la porra o el revólver y hubiera hecho papilla a su adversario. Tal vez su indecisión se debió a la arena que tenía bajo sus pies, o quizás a la increíble intrepidez de Skannet.

Boz lo miraba con una sonrisa en los labios.

—Me tendrá que pegar un tiro —le dijo—. Soy más fuerte que usted, a pesar de su estatura. Y si me pega un tiro, no podrá alegar defensa propia.

Losey admiró su perspicacia. En una pelea física, la cuestión hubiera podido ser dudosa. No había razón para sacar un arma.

—Muy bien —dijo, doblando la silla y haciendo ademán de retirarse. De pronto se volvió y le dijo con admiración—. Es usted un tipo muy duro de pelar. Usted gana. Pero no me dé motivos para que alegue defensa propia. Ya ha visto que no he medido la distancia que le separa de la casa. A lo mejor ha rebasado usted el límite de la orden judicial...

Boz soltó una carcajada.

—No se preocupe, no le daré ningún motivo.

Vio cómo Jim Losey abandonaba la playa, subía a su automóvil y se alejaba de allí. Guardó la toalla en la bolsa y regresó a su vehículo. Colocó la bolsa en el maletero, sacó del llavero la llave del coche y la ocultó bajo el asiento anterior. Después regresó a la playa para rodear la valla a nado.

5

Athena Aquitane había alcanzado la cima del estrellato siguiendo el camino tradicional, que la gente raras veces aprecia. Había dedicado muchos años a su preparación, asistiendo a clase de actuación, danza, movimiento y educación vocal, y leyendo sin descanso obras de teatro, cosas todas ellas fundamentales en el arte de la interpretación. Como es natural, había hecho también las inevitables rondas de visitas a los agentes, directores de reparto, productores y directores más o menos libidinosos, y había soportado el acoso sexual de los ejecutivos y los jefes de los estudios, que casi siempre eran unos carcamales.

El primer año se ganó la vida haciendo anuncios, actuando como modelo y trabajando como azafata muy ligerita de ropa en distintos salones del automóvil. Pero eso sólo fue el primer año. Después sus dotes interpretativas empezaron a dar fruto. Tuvo varios amantes que la inundaron de joyas y dinero, e incluso hubo algunos que le propusieron casarse. Las relaciones solían ser breves y siempre terminaban amistosamente.

Nada de todo aquello le pareció doloroso o humillante, ni siquiera la vez en que el comprador de un Rolls Royce pensó que ella estaba incluida en el precio del coche. Ella lo rechazó, comentando en broma que su precio era el mismo que el del coche. Le gustaban los hombres y disfrutaba del sexo, pero sólo como diversión y recompensa de actividades más serias. Los hombres no constituían una parte importante de su mundo.

El trabajo de actriz era para ella la Vida, con letras mayúsculas. El secreto conocimiento de sí misma era importante. Los peligros del mundo eran importantes. Su trabajo de actriz, sin embargo, era lo primero. No aquellos pequeños papeles cinematográficos que sólo le permitían cubrir gastos, sino los grandes papeles de las grandes obras que ponían en escena los grupos teatrales locales, y por último las obras del Mark Taper Forum, que finalmente la catapultaron a los grandes papeles del cine.

Su verdadera vida eran los papeles que le encomendaban. Sólo se sentía auténticamente viva cuando los interpretaba y los incorporaba a su existencia ordinaria de todos los días. Sus aventuras amorosas eran simples diversiones, algo así como jugar al tenis o al golf, cenar con los amigos o consumir sustancias que la ayudaban a soñar.

Su verdadera vida se desarrollaba en aquel teatro que parecía una catedral, cuando se maquillaba o añadía una nota de color a su atuendo mientras su rostro se contraía con las emociones y sentimientos que se arremolinaban en su cabeza, y cuando se enfrentaba finalmente con la profunda oscuridad del patio de butacas, donde le parecía ver el rostro de Dios, y se entregaba por entero a su destino. En el escenario lloraba, se enamoraba, gritaba de angustia, suplicaba perdón por sus secretos pecados, y a veces experimentaba el gozo redentor de la felicidad recobrada.

Ansiaba la fama y el éxito para poder olvidar su pasado y ahogar los recuerdos de Boz Skannet, de la hija que habían tenido y de la traición de su belleza, la cual se había comportado con ella como una bondadosa pero ligeramente taimada hada madrina.

Como todo artista, quería que el mundo la amara. Sabía que era guapa (¿cómo no saberlo si el mundo se lo decía constantemente?), pero también sabía que era inteligente. Por eso había creído en sí misma desde el principio, pero lo que sinceramente no pudo creer al principio fue que tuviera los ingredientes indispensables de los auténticos genios. La energía desbordante y la concentración, y también la curiosidad.

Athena Aquitane utilizó la energía para convertirse en una experta en todo. La interpretación y la música eran sus verdaderos amores, y para poder concentrarse en ellos se convirtió en experta en todo lo demás. Aprendió a arreglar un coche, se transformó en una estupenda cocinera y se entregó a la práctica de todos los deportes femeninos: golf, tenis, baloncesto y natación. Todos ellos a nivel casi profesional. Estudió las distintas modalidades de hacer el amor tanto en la literatura como en la vida, consciente de la importancia que ello tenía en su profesión.

Pero tenía un defecto: no soportaba infligir dolor a ningún ser humano, y puesto que en la vida tal cosa era inevitable se sentía una mujer desdichada. Pese a ello había sabido tomar decisiones muy duras para abrirse camino en el mundo. Utilizaba su poder como estrella cotizada, y a veces su frialdad era tan grande como su belleza. Los hombres poderosos le suplicaban que actuara en sus películas y le pedían de rodillas meterse en su cama. Ejercía su influencia e incluso exigía el derecho de elegir a los directores y coprotagonistas. Podía cometer pequeños delitos sin castigo, escandalizar a la gente y desafiar casi todas las normas morales, porque en realidad nadie sabía quién era. Tan misteriosa e inescrutable como todos los astros cotizados, resultaba imposible establecer en ella una clara distinción entre su verdadera vida y las existencias que vivía en la pantalla.

Todas esas cosas y el amor que el mundo le profesaba no le bastaban. Conocía su fealdad interior. Había una persona que no la quería, y el hecho de saberlo era para ella un motivo de sufrimiento. Era la personificación de la actriz que se desespera cuando es objeto de cien críticas positivas y de una sola muy negativa.

Cuando ya llevaba cinco años en Los Ángeles, Athena Aquitane consiguió su primer papel estelar en una película e hizo la mayor conquista de su vida.

Como todos los grandes astros del cine, Steven Stallings tenía derecho de veto sobre el papel protagonista femenino de todas sus películas. Vio a Athena en una obra del Mark Taper Forum e intuyó inmediatamente su talento. Pero fue su belleza lo que más le llamó la atención y lo que en realidad lo indujo a elegirla como coprotagonista de su siguiente película.

Athena se llevó una tremenda sorpresa y se sintió profundamente halagada. Sabía que aquélla era su gran oportunidad, y al principio no supo por qué razón la habían elegido. Su agente Melo Stuart se lo explicó.

Ambos se encontraban en el despacho de Melo, una estancia maravillosamente decorada con objetos orientales, alfombras tejidas con hilo de oro y cómodo mobiliario, todo bañado por una suave luz artificial pues las cortinas estaban corridas para impedir la entrada de la luz. Melo prefería hablar de negocios en su despacho, tomando un té inglés y comiendo unos pequeños emparedados en lugar de salir a almorzar fuera. Sólo almorzaba en un restaurante con sus clientes más famosos.

—Te mereces esta oportunidad —le dijo a Athena—. Eres una gran actriz pero llevas muy pocos años en esta ciudad, y a pesar de tu inteligencia aún estás un poco verde. No te ofendas, pero eso es lo que ha ocurrido. —El agente hizo una breve pausa—. Por regla general no tengo por costumbre explicar esas cosas porque no suele ser necesario.

—Pero a mí me las explicas porque todavía estoy muy verde, ¿no? —dijo Athena sonriendo.

—No exactamente verde —dijo Melo—. Pero estás tan concentrada en tu arte que algunas veces parece que no te das cuenta de las complejidades de la industria del cine.

Athena le miró con aire divertido.

—Bueno, pues cuéntame cómo he conseguido este papel.

—Me llamó el agente de Stallings —dijo Melo—. Al parecer Stallings te vio en la obra del Taper y tu actuación lo dejó boquiabierto de asombro. Quiere que te contraten para la película. Después me llamó el productor para negociar las condiciones y llegamos a un acuerdo. Emolumentos netos, doscientos mil dólares sin porcentajes, eso vendrá más adelante, y sin compromisos para futuras películas. Son unas condiciones realmente extraordinarias.

—Gracias —dijo Athena.

—No debería decírtelo —añadió Melo—, pero Steven tiene la costumbre de enamorarse locamente de sus coprotagonistas. Con toda sinceridad, pero es un galán muy ardiente.

Athena lo interrumpió.

—Melo, no entres en detalles.

—Tengo que hacerlo —dijo Melo.

El agente la miró con afecto. Él, que normalmente era tan inexpugnable, se había enamorado de Athena ya desde el principio, pero como ella jamás había coqueteado con él, había captado la insinuación y no le había revelado sus sentimientos. Al fin y al cabo ella era una propiedad muy valiosa, capaz de reportarle muchos millones de dólares en el futuro.

—¿Qué pretendes decirme? ¿Que debo arrojarme en sus brazos en cuanto estemos solos? —preguntó secamente Athena—. ¿No basta mi gran talento?

—Por supuesto que no —contestó Melo—. En absoluto. Una gran actriz es una gran actriz, pase lo que pase. ¿Pero sabes cómo se convierte una actriz en una gran estrella de cine? Llega un día en que tiene que conseguir el gran papel, justo en el momento adecuado. Y éste es tu gran papel. No puedes permitirte el lujo de dejarlo escapar. ¿Y qué tiene de malo enamorarse de Steven Stallings? Cien millones de mujeres de todo el mundo se enamoran de él, ¿por qué no tú? Tendrías que sentirte halagada.

—Y me siento —dijo fríamente Athena—, ¿pero y si resulta que no lo puedo soportar? ¿Qué ocurrirá entonces?

Melo se metió otro emparedado en la boca.

—¿Y por qué no ibas a soportarlo? Es un hombre simpatiquísimo, te lo juro. Por lo menos coquetea con él hasta que se hayan rodado los suficientes metros de película como para que no te puedan echar.

—¿Y si lo hago tan bien que no quieren prescindir de mí? —replicó Athena.

Melo lanzó un suspiro.

—Si he de serte sincero, Steven no tendrá tanta paciencia. Como a los tres días no te enamores de él, te echarán de la película.

—Eso se llama acoso sexual —dijo Athena riéndose.

—No puede haber acoso sexual en la industria cinematográfica —dijo Melo—. De una manera o de otra pones tu trasero a la venta por el simple hecho de entrar en ella.

—Me refería a la forma en que tendré que enamorarme de él —dijo Athena—. ¿El hecho de follar directamente no es bastante para Steven?

—Él puede follar todo lo que le dé la gana —contestó Melo—, pero si está enamorado de ti querrá que le correspondas con amor. Hasta que termine el rodaje. —Melo volvió a suspirar—. Entonces los dos os desenamoraréis porque estaréis demasiado ocupados trabajando. —Hizo una breve pausa—. No será un insulto a tu dignidad —dijo—. Un astro como Steven manifiesta su interés. El objeto de su interés, que eres tú, puede reaccionar favorablemente o bien mostrar escaso interés por su interés. Steven te enviará flores el primer día. El segundo día, después del ensayo, te invitará a cenar para estudiar el guión. No habrá ninguna obligación, pero como es natural serás excluida de la película si no vas. Con toda la liquidación íntegra, eso sí te lo podré garantizar...

—Melo, ¿no crees que soy lo bastante buena actriz como para conseguirlo sin necesidad de vender mi cuerpo? —preguntó Athena en tono de fingido reproche.

—Por supuesto que sí —contestó Melo—. Eres joven, sólo tienes veinticinco años. Puedes esperar dos o tres años, e incluso cuatro o cinco. Tengo una confianza absoluta en tu talento, pero dale una oportunidad. Todo el mundo quiere a Steven.

Ocurrió exactamente lo que Melo había vaticinado. Athena recibió un ramo de flores el primer día. El segundo ensayaron con todos los actores del reparto. Era una comedia dramática en la que la risa terminaba en llanto, una de las cosas más difíciles de hacer. Athena se quedó asombrada ante la habilidad de Steven Stallings. Éste leyó su papel sin ninguna inflexión especial en la voz y sin la menor intención de impresionar a sus oyentes, pero aun así las frases cobraron vida, y de entre todas las variaciones posibles él siempre elegía la más acertada. Al llegar a una determinada escena, ambos la interpretaron de doce maneras distintas, y en todas ellas se compenetraron a la perfección y se siguieron el uno al otro como bailarines. Al terminar, Steven dijo en voz baja:

—Bien, muy bien.

Después la miró con una respetuosa sonrisa puramente profesional.

Al término de la jornada, Steven echó finalmente mano de su encanto.

—Creo que ésta va a ser una gran película gracias a ti —dijo—. ¿Qué te parece si nos reunimos esta noche para estudiar bien el guión? —Hizo una pausa antes de añadir, con una cautivadora y juvenil sonrisa en los labios—: Lo hemos hecho francamente bien.

—Gracias —dijo Athena—. ¿Cuándo y dónde?

Steven la miró inmediatamente con una cortés y burlona expresión de horror.

—Oh, no —dijo—. Elige tú.

En aquel momento Athena decidió aceptar el papel e interpretarlo como una auténtica profesional. Él era el superastro de la pantalla, y ella la novata. Todas las opciones eran de Steven, y ella estaba obligada a elegir lo que él quisiera. En sus oídos resonaron las palabras de Melo: «Puedes esperar dos o tres años, e incluso cuatro o cinco.» Pero no podía esperar.

—¿Te importaría ir a mi casa? —le dijo—. Haré una cena sencilla para que podamos trabajar mientras comemos. ¿A las siete? —preguntó tras una pausa.

Athena era una perfeccionista y se preparó mental y físicamente para la recíproca seducción. La cena sería ligera para que no influyera en su trabajo ni en su actuación sexual. A pesar de que raras veces bebía, compró una botella de vino blanco. La comida tendría que dejar bien claras sus habilidades culinarias, pero la podría preparar mientras trabajaran.

Ropa. Sabía que la seducción tendría que parecer accidental y no premeditada, pero las prendas tampoco deberían ser una señal de rechazo. Como actor que era, Steven trataría de interpretar todos los signos.

Se puso unos desteñidos tejanos que le realzaban las nalgas, cuyo color azul moteado de manchas blancas parecía una alegre invitación. Sin cinturón. Encima una blusa de seda blanca con adornos de frunces que, aunque no dejaba al descubierto la hendedura de los pechos, permitía adivinar el lechoso color que los cubría. Se adornó los lóbulos de las orejas con unos pequeños pendientes de color verde, a tono con sus ojos. Pero el conjunto resultaba excesivamente serio y estirado. Dejaba espacio para la duda. De pronto se le ocurrió una idea genial. Se pintó las uñas de los pies de escarlata y lo recibió descalza.

Steven Stallings llegó con una botella de vino tinto, no del mejor aunque muy bueno. También iba vestido con ropa de trabajo. Holgados pantalones de pana marrón, camisa azul de tela gruesa de algodón, y unas zapatillas deportivas de color blanco. El negro cabello peinado sin demasiado esmero. Llevaba bajo el brazo el guión, entre cuyas páginas asomaban tímidamente varias hojitas amarillas de notas. Lo único que lo delataba era el delicado perfume de la colonia.

Comieron sin cumplidos en la mesa de la cocina. Steven felicitó con toda justicia a Athena por la comida, y mientras la saboreaban hojearon sus guiones, comparando las notas e introduciendo modificaciones en el diálogo para que la interpretación resultara más convincente.

Después de la cena pasaron al salón e interpretaron varias escenas del guión, que ya habían marcado como especialmente complicadas, pero estaban un poco cohibidos y ello repercutía inevitablemente en su trabajo.

Athena observó que Steven Stallings estaba representando perfectamente su papel. Se mostraba profesional y respetuoso. Sólo sus ojos traicionaban la sincera admiración que sentía ante su belleza, su talento de actriz y su dominio de la materia. Al final le preguntó si estaba demasiado cansada para interpretar la trascendental escena de amor del guión.

Para entonces ya habían digerido perfectamente la cena y se habían hecho tan amigos como los personajes del guión. Durante la interpretación de la escena, Steven la besó suavemente en los labios, pero se abstuvo de meterle mano. Después del primer beso la miró profunda y sinceramente a los ojos y le dijo en un emocionado susurro:

—Estaba deseando hacerlo desde la primera vez que te vi.

Athena le sostuvo la mirada. Después bajó los ojos, atrajo suavemente su cabeza hacia sí y le dio un casto beso. La señal necesaria. Ambos se sorprendieron de la sinceridad de la apasionada reacción de Steven, lo cual significaba, pensó Athena, que sus dotes de actriz eran superiores a las suyas de actor. Sin embargo Steven se mostró extremadamente experto. Mientras la desnudaba, sus manos le acariciaron la piel, sus dedos la tantearon y su lengua le cosquilleó el interior de los muslos, provocando la respuesta de su cuerpo. No es tan terrible, pensó Athena. Steven era muy guapo, y las clásicas proporciones de su rostro arreboladas por la pasión poseían una realidad que no hubiera podido reproducirse en una película. Es más, en una película todo aquello hubiera quedado reducido a simple lascivia. Cuando Steven hacía el amor en la pantalla, todo era mucho más espiritual.

Athena estaba interpretando ahora el papel de una mujer dominada por una loca pasión física. Ambos se encontraban en perfecta sincronía, y en un cegador instante alcanzaron un orgasmo simultáneo. Exhaustos sobre las sábanas, se preguntaron qué tal hubiera resultado aquella escena en una película y llegaron a la conclusión de que no hubiera sido lo bastante buena para una toma. No hubiera conseguido subrayar debidamente las características del argumento ni hubiera expresado adecuadamente su fuerza. Le faltaba la tierna emoción interior del verdadero amor e incluso de la auténtica lujuria. Tendrían que repetir la toma.

Steven Stallings se enamoró, como siempre le solía ocurrir. A pesar de que en cierto modo había sido víctima de una violación profesional, Athena se alegraba de que todo hubiera salido tan bien. No se había producido una auténtica coacción más que en la cuestión de la libertad personal, pero se hubiera podido argüir, en cualquier caso, que la supresión de la voluntad personal, razonablemente ejercida, era necesaria para la supervivencia humana.

Steven Stallings estaba satisfecho porque en el rodaje de su nueva película ya lo tenía todo perfectamente organizado. Contaba con una buena compañera de trabajo. Las relaciones entre ambos serían muy placenteras, y él no tendría que andar buscando sexo por ahí. Por si fuera poco, jamás a lo largo de toda su dilatada experiencia había mantenido relaciones con una mujer tan bella e inteligente como Athena, ni tan buena en la cama, ni tan locamente enamorada de él, cosa que a lo mejor más adelante sería un problema, claro.

Lo que ocurrió a continuación sirvió para consolidar su amor. Ambos se levantaron de un salto de la cama diciendo:

—Volvamos al trabajo.

Cogieron los guiones y, desnudos, perfeccionaron sus lecturas.

La única nota discordante que se produjo, a juicio de Athena, fue cuando Steven se puso los calzoncillos. Eran unos calzoncillos de color rosa festoneado, especialmente diseñados para moldear las curvas de sus nalgas, aquellas nalgas que eran una fuente de éxtasis para todas sus admiradoras. Otra nota extraña fue el orgullo con el que él le explicó que había utilizado un preservativo fabricado por una empresa en la que él tenía una participación, a lo que añadió que se los hacían especialmente para él. Jamás se hubiera podido adivinar que llevaba puesto un preservativo. Eran absolutamente seguros. Después Steven le preguntó qué nombre resultaría más idóneo para comercializarlos. ¿Excalibur o Rey Arturo? A él le gustaba más Rey Arturo. Athena reflexionó un instante.

Después preguntó con fingida seriedad:

—¿No sería mejor un nombre políticamente más correcto?

—Tienes razón —dijo Steven—. Su fabricación resulta tan cara que los tendremos que vender a los dos sexos. Nuestro lema comercial será, «El condón de los Astros». ¿Qué tal te suena Star Condoms?

Tanto la película como las relaciones amorosas de los protagonistas cosecharon un éxito enorme. Athena consiguió subir el primer peldaño de la escalera que la conduciría al estrellato, y cada una de las películas que protagonizó a lo largo de los cinco años siguientes sirvió para consolidar su éxito.

La relación entre ambos, como casi todas las de los astros del cine, constituyó un éxito, aunque naturalmente efímero. Se amaban con la ayuda del guión, pero con el humor y la frialdad que exigían la fama de Steven y la ambición de Athena. Ninguno de ellos podía permitirse el lujo de estar más enamorado que el otro y semejante igualdad amorosa equivalía a la muerte de la pasión. Estaba además la cuestión geográfica. Las relaciones terminaron cuando terminó la película. Athena se fue a rodar unos exteriores a la India, y Steven se fue a Italia. Se llamaban por teléfono, se enviaban felicitaciones y regalos navideños e incluso se fueron a pasar un paradisíaco fin de semana en Hawai. El hecho de trabajar juntos en una película era algo así como ser unos caballeros de la Tabla Redonda, y la búsqueda de la fama y la fortuna era semejante a la del Santo Grial. Cada cual tenía que hacerlo a su manera.

Se llegó a hablar incluso de una posible boda, pero tal cosa no hubiera sido posible. Athena disfrutaba intensamente de las relaciones, pero siempre veía su lado cómico. Por mucho que se empeñara en aparentar —como profesional de la interpretación que era— que estaba más enamorada de Steven que él de ella, le resultaba casi imposible reprimir la risa. Steven era un amante tan sincero, perfecto, ardiente y sensible que a veces ella tenía la sensación de estar viendo una de sus películas.

Podía gozar de su belleza física, pero no admirarla sin descanso. Su constante consumo de drogas y alcohol era tan comedido que ni siquiera se podía censurar. La cocaína era para él una especie de medicamento, y el alcohol acrecentaba su encanto. El éxito no lo había convertido en un ser testarudo ni caprichoso.

Así pues, Athena se llevó una sorpresa enorme cuando Steven le propuso el matrimonio. Sabía que él follaba con cualquier cosa que se movía, tanto cuando rodaba exteriores como cuando estaba en Hollywood, e incluso la vez que se le fue de las manos el problema de la droga y tuvo que ingresar en una clínica para someterse a un tratamiento de desintoxicación. No era la clase de hombre que Athena hubiera deseado convertir en una parte semipermanente de su vida.

Steven no se ofendió por su negativa. Había sido una momentánea debilidad, fruto de un consumo de cocaína superior al habitual. Casi lanzó un suspiro de alivio.

A lo largo de los cinco años siguientes, Athena ascendió a la cima del estrellato, y Steven empezó a desvanecerse. Seguía siendo un ídolo para sus admiradores, sobre todo para las mujeres, pero no había tenido suerte o no había sabido elegir bien sus papeles. La droga y el alcohol lo habían hecho más descuidado en su trabajo. A través de Melo Stuart le pidió a Athena el papel de protagonista masculino principal de *Mesalina*. Ahora era ella quien tenía la sartén por el mango pues gozaba de la prerrogativa de elegir a su pareja de reparto. Athena le dijo que sí por una especie de perverso sentido de la gratitud, y porque él era ideal para el papel. Pero con la condición de que no iba a acostarse con ella.

En el transcurso de aquellos cinco años, Athena había mantenido algunas cortas relaciones, una de ellas con el joven productor Kevin Marrion, el hijo único de Eli Marrion.

Kevin Marrion tenía su misma edad pero ya era un veterano de la industria cinematográfica. Había producido su primera película importante a los veintiún años con un éxito extraordinario, lo cual le convenció de que era un genio. Desde entonces había producido tres fracasos, y el único que confiaba en él era su padre.

Kevin Marrion era extraordinariamente apuesto, lo cual no tenía nada de extraño pues la primera esposa de Eli Marrion había sido una de las grandes bellezas del sector. Por desgracia sus rasgos se endurecían ante las cámaras, y todas las pruebas cinematográficas a que se había sometido habían sido un fracaso. Su futuro artístico estaba pues en la producción.

Athena lo había conocido porque el joven se había empeñado en ofrecerle el principal papel de su nueva película. Sus palabras la dejaron estupefacta y horrorizada a la vez. Kevin hablaba con la peculiar inocencia de las personas muy serias.

—Es el mejor guión que he leído en mi vida —le dijo—. Debo decirle con toda sinceridad que yo he participado en la adaptación. Usted es la única actriz que se merece este papel, Athena. Podría elegir a cualquier actriz del sector, pero quiero que lo haga usted —añadió, mirándola con la cara muy seria para convencerla de su sinceridad.

Athena escuchó fascinada el relato que él le hizo del guión. Era la historia de una mendiga que vivía en la calle, y a quien el hallazgo de un niño abandonado en un contenedor de la basura le cambia la vida. La protagonista acababa convirtiéndose en líder de los sin techo de Estados Unidos. La mitad de la película se la pasaba empujando un carrito de la compra que contenía todas sus pertenencias. Tras sobrevivir al alcohol, las drogas, el hambre, la violación y un intento de las autoridades de arrebatarle al niño, proseguía su lucha y llegaba a presentarse candidata a la presidencia de Estados Unidos en una lista independiente. Pero no ganaba, y en eso estribaba la gracia del guión.

La reacción de Athena fue más bien de horror. El guión le hubiera exigido convertirse en una andrajosa y miserable mendiga en un deprimente ambiente de pobreza. Desde el punto de vista visual hubiera sido un desastre. El sentimentalismo era burdo, y la estructura dramática, pura estupidez. El guión era un lío en el que no había nada aprovechable.

—Si usted acepta el papel, me moriré de felicidad —dijo Kevin.

«¿Soy yo la que está loca o este tío es un chiflado?», se preguntó Athena. Pero Kevin era un poderoso productor, estaba claro que hablaba en serio y que sin lugar a dudas era un hombre capaz de hacer cosas. Miró angustiada a Melo Stuart y éste le dirigió una sonrisa de aliento, pero ella se había quedado sin habla.

—Maravilloso. Una idea maravillosa —dijo Melo—. Un tema clásico. Ascenso y caída. Caída y ascenso. El núcleo esencial del drama. Pero usted ya sabe lo importante que es para Athena elegir producciones adecuadas, después de haber conseguido abrirse camino en su profesión. Leeremos el guión y volveremos a ponernos en contacto con usted.

—Por supuesto —dijo Kevin, entregándoles a cada uno un ejemplar—. Estoy seguro de que les encantará.

Melo acompañó a Athena a un pequeño restaurante tailandés de Melrose. Pidieron los platos y empezaron a hojear el guión.

—Primero me mato —dijo Athena—. Este Kevin es un tarado.

—Sigues sin comprender lo que es la industria cinematográfica —dijo Melo—. Kevin es inteligente. Lo que ocurre es que hace algo para lo que no está preparado. He visto cosas peores.

—¿Dónde? ¿Cuándo? —preguntó Athena.

—Así de repente, no lo recuerdo —contestó Melo—. Eres una estrella lo suficientemente importante como para decir que no, pero no lo bastante como para crearte enemigos innecesarios.

—Eli Marrion es demasiado listo como para apoyar a su hijo en este proyecto —dijo Athena—. Estoy segura de que sabe muy bien que el guión es un disparate.

—Pues claro —dijo Melo—. Incluso comenta en broma que tiene un hijo que hace películas comerciales que siempre fracasan, y una hija que hace películas serias que pierden dinero. Pero Eli está obligado a hacer felices a sus hijos, nosotros no. Podemos decir que no, pero hay una pega. La LoddStone ha adquirido los derechos de una gran novela en la que hay un fabuloso papel para ti. Si rechazas el ofrecimiento de Kevin puede que no consigas el otro papel.

Athena se encogió de hombros.

—Esta vez esperaré.

—¿Por qué no aceptas los dos papeles? Puedes poner como condición hacer primero la versión cinematográfica de la novela. Después ya encontraremos la manera de salirnos de la película de Kevin.

—¿Y eso no nos va a crear enemigos? —preguntó Athena sonriendo.

—La primera película alcanzará un éxito tan extraordinario que ya no importará. Entonces podrás permitirte el lujo de crearte enemigos.

—¿Estás seguro de que después podré salirme de la película de Kevin? —preguntó Athena.

—Si no lo conseguimos, te dejo que me despidas —contestó Melo.

Ya había hecho un trato con Eli Marrion, que no podía decirle directamente que no a su hijo y prefería evitar el desastre, convirtiendo a Melo y Athena en los malos de la película, cosa que a Melo no le importaba. Una parte de la misión de cualquier agente cinematográfico consistía en ser el malo de la película.

Todo salió a pedir de boca. El papel protagonista de la versión cinematográfica de la novela convirtió a Athena en una estrella de primera magnitud, pero por desgracia la indujo a pasar por un período de celibato.

Durante la comedia de la fase preliminar de la producción de la película de Kevin, que jamás se podría hacer, estaba previsto que Kevin Marrion se enamorara de Athena. Para ser un productor, Kevin era un joven relativamente ingenuo, lo cual le indujo a perseguir a Athena con descarado ardor. Su entusiasmo y su conciencia social eran su mayor encanto. Una noche, en un momento de debilidad mezclada con el remordimiento que sentía por su traición, Athena se lo llevó a la cama. La experiencia fue muy placentera, y Kevin insistió en casarse con ella.

Entre tanto, Athena y Melo habían convencido a Claudia de Lena de que hiciera una adaptación del guión. La hizo en clave cómica, y Kevin la despidió. El joven estaba tan furioso que no había quien lo aguantara.

Aquellas relaciones amorosas le fueron muy útiles a Athena. Encajaban perfectamente con su horario de trabajo, y el entusiasmo de Kevin resultaba muy agradable en la cama. Por otra parte era muy halagadora su insistencia en casarse con ella, incluso sin acuerdo económico previo, teniendo en cuenta que algún día heredaría los Estudios LoddStone.

Una noche, después de oírle hablar sin descanso de las películas que iban a hacer juntos, sintió un impulso repentino. «Como tenga que escuchar a este tío un minuto más, me mato.» Y tal como suelen hacer las personas amables cuando pierden la paciencia, llegó hasta el fondo. Aunque sabía que más tarde se arrepentiría de lo que había hecho, lo soltó todo de golpe. Le dijo a Kevin que no sólo no se casaría con él sino que ya no volvería a acostarse con él y tampoco actuaría en su película.

Kevin la miró estupefacto.

—Tenemos un contrato —le dijo—, y te obligaremos a cumplirlo. Me estás traicionando en todos los frentes.

—Lo sé —dijo Athena—. Habla con Melo.

Se avergonzaba de sí misma. Estaba claro que Kevin tenía razón, pero lo más curioso era que el joven estuviera más preocupado por la película que por su amor.

Después de aquella relación, y una vez consolidada su carrera cinematográfica, Athena perdió el interés por los hombres y se abstuvo de cualquier relación con ellos. Tenía otras cosas más importantes que hacer, cosas en las que el amor de los hombres no intervenía para nada.

Athena Aquitane y Claudia de Lena se hicieron íntimas amigas porque Claudia buscaba con mucha insistencia la amistad de las mujeres que le gustaban. Había conocido a Athena durante la adaptación del guión de una de las primeras películas que ésta había interpretado cuando todavía no era una gran estrella.

Athena se empeñó en ayudarla en su tarea, cosa que normalmente solía ser un calvario para un guionista, pero la actriz resultó ser una colaboradora inteligente y extraordinariamente útil. Sus aportaciones a los personajes y al argumento eran siempre acertadas y casi siempre desinteresadas, porque sabía que cuanto mejores fueran los personajes que la rodeaban, tantas más posibilidades se le ofrecerían de bordar su propio papel.

Solían trabajar en la casa de Athena en Malibú, y allí fue donde ambas descubrieron las muchas aficiones que tenían en común. Eran unas excelentes deportistas: buenas nadadoras, magníficas jugadoras de golf y estupendas tenistas. Hacían pareja en partidos de dobles y derrotaban a casi todos sus contrincantes varones en las pistas de Malibú. Cuando finalizó el rodaje de la película siguieron siendo amigas. Claudia le contó a Athena toda su vida, pero Athena no le contó nada de la suya a Claudia. La amistad se había establecido sobre este fundamento. Claudia lo sabía, pero no le importaba. Ésta le comentó a su amiga sus relaciones con Steven Stallings. Athena se rió de buena gana, compararon notas y estuvieron de acuerdo en que se lo habían pasado muy bien en la cama con Steve, un hombre inteligente, un actor maravilloso y un auténtico encanto.

—Era casi tan guapo como tú —dijo Claudia, que siempre admiraba generosamente la belleza de los demás.

Athena fingió no haberla oído. Solía hacerlo cuando alguien mencionaba su belleza.

—¿Pero es mejor intérprete que yo? —preguntó en tono burlón.

—No, qué va, tú eres una gran actriz —contestó Claudia. Después, para espolear a su amiga y conseguir que ésta le revelara algo más sobre su vida, añadió—: Pero es una persona mucho más feliz que tú.

—¿De verdad? —dijo Athena—. Es posible, pero algún día será mucho más desdichado de lo que yo haya sido en mi vida.

—Sí —convino Claudia—. La cocaína y el alcohol acabarán con él. No envejecerá bien. Pero es inteligente y es posible que se adapte.

—No quisiera convertirme jamás en lo que será él —dijo Athena—, y no me convertiré.

—Tú eres mi heroína —dijo Claudia—, pero no podrás frenar el proceso de envejecimiento. Sé que no bebes, que no te emborrachas y que ni siquiera follas demasiado con los hombres, pero tus secretos podrán contigo.

Athena soltó una carcajada.

—Mis secretos serán mi salvación —dijo—. Y además son tan insignificantes que ni siquiera merece la pena contarlos. Los astros del cine necesitamos un poco de misterio.

Todos los sábados por la mañana, cuando no tenían que trabajar, las dos amigas iban a comprar juntas a Rodeo Drive. Claudia admiraba la habilidad de Athena para disfrazarse de tal forma que no la pudieran reconocer ni sus admiradores ni los dependientes de las tiendas. Se ponía una peluca negra y unas prendas holgadas que disimulaban su figura y se cambiaba el maquillaje para que la mandíbula pareciera más ancha y los labios más carnosos, pero lo más curioso era su capacidad para modificar los rasgos de su rostro. Se ponía unas lentillas de contacto que cambiaban sus brillantes ojos verdes en unos vulgares ojos color avellana, y hablaba arrastrando las palabras con suave cadencia sureña.

Cuando Athena compraba algo siempre lo cargaba en la tarjeta de Claudia, y cuando más tarde se iban a almorzar juntas, le pagaba el importe con un cheque. Era maravilloso poder relajarse en un restaurante como si fueran unas perfectas desconocidas, pues tal como Claudia solía decir en broma, nadie reconocía jamás a una guionista.

Dos veces al mes Claudia pasaba un fin de semana entero en la casa de Athena en la playa de Malibú para poder practicar la natación y el tenis. Claudia le hizo leer a Athena el segundo borrador de *Mesalina*, y Athena le pidió el papel de la protagonista, como si ella no fuera una estrella de primera magnitud y Claudia no tuviera que implorar su participación.

Claudia abrigaba por tanto una cierta esperanza de éxito cuando llegó a Malibú para convencer a Athena de que regresara a su trabajo en la película.

Al fin y al cabo Athena no sólo arruinaría su propia carrera sino que también dañaría la de Claudia.

Lo primero que hizo tambalear su confianza fue el fuerte dispositivo de seguridad que rodeaba la casa de Athena, pese a la presencia de los guardias a la entrada de la Colonia Malibú.

Dos hombres vestidos con el uniforme de la Pacific Ocean Security vigilaban la entrada de la casa. Otros dos guardias patrullaban por el enorme jardín del interior.

La menuda ama de llaves sudamericana la acompañó a la Sala Océano, desde donde Claudia pudo ver a otros dos guardias en la playa del exterior. Todos ellos llevaban porra y armas de fuego enfundadas.

Athena saludó a Claudia con un afectuoso abrazo.

—Te echaré de menos —le dijo—. Dentro de una semana me voy.

—Pero ¿por qué eres tan loca? —preguntó Claudia—. Vas a permitir que este machista chiflado estropee toda tu vida, y la mía. No puedo creer que seas tan cobarde. Mira, esta noche me quedo contigo y mañana nos sacaremos la licencia de armas y empezaremos a entrenarnos. En un par de días nos convertiremos en tiradoras de precisión.

Athena se echó a reír y le dio otro abrazo.

—Te sale la sangre de la Mafia —le dijo.

Claudia le había hablado de los Clericuzio y de su padre.

Las dos amigas se prepararon unas copas y se sentaron en unas butacas, desde las cuales podían contemplar el cuadro de las aguas verdeazuladas del inmenso océano, enmarcadas por el ventanal.

—No me harás cambiar de idea, y yo no soy una cobarde —dijo Athena—. Ahora te revelaré el secreto que tanto querías conocer, y si quieres puedes contárselo a la gente de los estudios. Puede que entonces lo comprendáis.

Entonces le contó a Claudia toda la historia de su matrimonio. Del sadismo y la crueldad de Boz Skannet, de las deliberadas humillaciones a que la sometía y de su huida.

Con su astucia de guionista, Claudia comprendió que en el relato de Athena faltaba algo, y que su amiga había omitido deliberadamente ciertos elementos importantes.

—¿Qué pasó con la niña? —preguntó Claudia.

Los rasgos del rostro de Athena se transformaron en la máscara de una estrella de cine.

—Ahora mismo no te puedo decir nada más. En realidad, lo de que tengo una hija es un secreto entre tú y yo. Eso es lo único que no debes decirles a la gente de los estudios. Confío en ti.

Claudia sabía que no podía insistir en el tema.

—¿Pero por qué quieres dejar la película? —preguntó—. Estarás muy bien protegida. Después podrás desaparecer.

—No —dijo Athena—. Los estudios sólo me protegerán mientras dure el rodaje de la película, aunque tampoco servirá de nada. Conozco a Boz. Nada será capaz de detenerlo. Si me quedara, de todos modos jamás podría terminar la película.

Justo en aquel momento vieron a un hombre en traje de baño que se acercaba a la casa desde el agua. Los dos guardias de seguridad le cerraron el paso. Uno de los guardias hizo sonar un silbato, y los dos guardias del jardín salieron corriendo. Al ver que eran cuatro contra uno, el hombre del traje de baño hizo ademán de retirarse.

Athena se levantó, visiblemente alterada.

—Es Boz —le dijo a Claudia en un susurro—. Lo hace simplemente para asustarme. Ahora no venía en serio a por mí.

Salió a la terraza y miró a los cinco hombres. Claudia la siguió.

Boz Skannet, con el bronceado rostro enrojecido por el sol, levantó el rostro hacia ellas y entornó los ojos. Su cuerpo en traje de baño parecía un arma letal.

—Hola, Athena —dijo sonriendo—, ¿por qué no me invitas a un trago?

Athena le dedicó una radiante sonrisa.

—Lo haría si tuviera veneno. Has incumplido la orden judicial, te podría enviar a la cárcel.

—Qué va, no lo harás —dijo Boz—. Estamos demasiado unidos, tenemos demasiados secretos en común.

La sonrisa de su rostro no podía ocultar la violencia de su carácter. A Claudia le recordó a los hombres que solían asistir a las fiestas de los Clericuzio en Quogue.

—Ha rodeado a nado la valla de la playa pública —explicó uno de los guardias—. Debe de tener un coche allí. Podríamos conseguir que lo encerraran.

—No —dijo Athena—. Acompáñenlo a su coche. Y díganle a la agencia que quiero otros cuatro guardias más alrededor de casa.

Boz mantenía todavía el rostro levantado hacia ella, y su cuerpo parecía una gigantesca estatua plantada en la arena.

—Hasta luego, Athena —dijo.

Después, los guardias se lo llevaron.

—Es tremendo —dijo Claudia—. A lo mejor tienes razón. Tendríamos que disparar cañones para detenerle.

—Te llamaré antes de mi «fuga» —dijo Athena, con entonación teatral—. Podríamos cenar juntas por última vez.

Claudia estaba casi al borde de las lágrimas. Boz la había asustado en serio, y le había recordado a su padre.

—Voy a Las Vegas a ver a mi hermano Cross. Es muy listo y conoce a mucha gente. Estoy segura de que él nos ayudará. No te vayas hasta que yo vuelva.

—¿Pero por qué va a ayudarme tu hermano? —preguntó Athena—. ¿Y cómo? ¿Es que pertenece a la Mafia?

—Por supuesto que no —contestó Claudia, indignada—. Te va

a ayudar porque me quiere mucho. —Lo dijo con sincero orgullo en la voz—. Y yo soy la única persona a la que quiere de verdad, aparte de nuestro padre.

Athena la miró, con el ceño fruncido.

—Tu hermano me parece un poco misterioso. Eres muy ingenua para ser una mujer que trabaja en la industria del cine. Y por cierto, ¿cómo es posible que folles con tantos hombres? No eres una actriz, y tampoco creo que seas una furcia.

—Eso no es ningún secreto —contestó Claudia—. ¿Por qué follan los hombres con tantas mujeres? —dijo antes de abrazar a Athena—. Me voy a Las Vegas —añadió—. No te muevas hasta que yo vuelva.

Aquella noche Athena se sentó en la terraza y contempló el oscuro océano bajo el cielo sin luna. Repasó sus planes y pensó con afecto en Claudia. Tenía gracia que no se diera cuenta de lo que era su hermano, pero el amor es ciego.

Cuando Claudia se reunió aquella tarde con Skippy Deere y le contó la historia de Athena, permanecieron sentados un buen rato en silencio.

Después Skippy dijo:

—Ha omitido algunos detalles. Fui a ver a Boz Skannet para ofrecerle dinero. Rechazó el ofrecimiento y me advirtió que si intentaba hacerle alguna jugarreta facilitaría a la prensa una información que nos destruiría a todos. Contaría cómo se deshizo Athena de su hija.

Claudia se enfureció.

—Eso no es verdad —dijo—. Cualquiera que conozca a Athena sabe que ella hubiera sido incapaz de hacer tal cosa.

—Cierto —dijo Skippy—. Pero nosotros no conocíamos a Athena cuando tenía veinte años.

—¡Vete tú también a la mierda! —dijo Claudia—. Me voy a Las Vegas a ver a mi hermano Cross. Tiene más cerebro y más cojones que cualquiera de vosotros. Él lo arreglará todo.

—No creo que sea capaz de pegarle un susto a Boz Skannet —dijo Deere—. Nosotros ya lo hemos intentado de varias maneras.

Pero ahora veía otra oportunidad.

Sabía ciertas cosas sobre Cross. Cross estaba tratando de introducirse en la industria cinematográfica. Había invertido dinero en seis películas suyas y había perdido una considerable suma, por consiguiente no era tan listo como decía su hermana. Corrían rumores de que Cross tenía «conexiones» y cierta influencia dentro de la Mafia, pero mucha gente tenía conexiones con la Mafia, pensó Deere, y no por eso era peligrosa. Dudaba mucho que Cross pudiera echarles una mano en el asunto de Boz Skannet, pero un productor siempre escuchaba, un productor era un especialista en apuestas arriesgadas. Y además siempre podría atrapar a Cross para que invirtiera dinero en otra película. Siempre era útil contar con pequeños inversores que no controlaran el proceso y la financiación de la película.

Tras una pausa, Skippy Deere le dijo a Claudia:

—Iré contigo.

Claudia de Lena apreciaba a Skippy Deere a pesar de que una vez le había estafado medio millón de dólares. Lo apreciaba por sus defectos, y por la diversidad de sus corrupciones y porque siempre era una compañía muy agradable, cosas todas ellas indispensables en un productor.

Años atrás habían trabajado juntos en una película y se habían hecho muy amigos. Ya entonces Deere era uno de los productores más prósperos y originales de Hollywood. Una vez en un plató, el protagonista de una película se había jactado de haberse acostado con la mujer de Deere y éste, que lo estaba escuchando todo desde un saliente del plató situado tres pisos más arriba, había saltado y aterrizado sobre la cabeza del actor, rompiéndole el hombro en su caída, y no contento con eso le había machacado la nariz de un derechazo.

Claudia evocó otro recuerdo. Los dos estaban paseando por Rodeo Drive. De pronto ella vio una blusa en un escaparate. Era la blusa más bonita que había visto en su vida, blanca y con unas rayas casi invisibles de un verde tan delicado que las hubiera podido pintar el mismísimo Monet. La tienda era uno de aquellos establecimientos en los que se tenía que pedir hora por adelantado para poder comprar, como si el propietario fuera un médico famoso. No importaba. Skippy Deere era amigo personal del propietario, como lo era también de los presidentes de los estudios, los directores de grandes empresas y los gobernantes de todos los países del hemisferio occidental.

Una vez en el interior del establecimiento, el dependiente les dijo que la blusa costaba quinientos dólares. Claudia se echó hacia atrás y se acercó las manos al pecho.

—¿Quinientos dólares por una blusa? —dijo—. No me haga reír.

El dependiente se echó a su vez hacia atrás, sorprendido por el descaro de Claudia.

—Es un tejido precioso —dijo—, hecho a mano... Y las rayas verdes son de un tono que no encontrará en ningún otro tejido del mundo. Es un precio muy razonable.

Skippy Deere esbozó una sonrisa.

—No la compres, Claudia —dijo—. ¿Sabes cuánto te costará lavarla? Por lo menos treinta dólares. Cada vez que te la pongas, treinta dólares. Y tendrás que cuidarla como a un bebé. Nada de manchas de comida y nada de fumar. Si la quemas y le haces un agujerito, adiós quinientos dólares.

Claudia miró sonriendo al dependiente.

—Dígame una cosa —le dijo—. ¿Me hará un regalo si compro la blusa?

El dependiente, un hombre elegantemente vestido, le dijo con lágrimas en los ojos:

—Le ruego que se vaya.

Salieron de la tienda.

—¿Desde cuándo el dependiente de una tienda puede echar a un cliente? —preguntó Claudia entre risas.

—Estamos en Rodeo Drive —contestó Skippy—. Da gracias de que te hayan dejado entrar.

Al día siguiente, cuando Claudia acudió a su trabajo en los estudios encontró una caja de regalo sobre la mesa de su despacho. Dentro había doce blusas como la del escaparate, y una nota de Skippy Deere: «Exclusivamente para la ceremonia de los Oscar.»

Claudia sabía que el dependiente de la tienda y Skippy Deere tenían mucho cuento. Más tarde vio las mismas rayas verdes en un vestido de mujer y en un pañuelo especial de cien dólares, de esos que usaban los jugadores de tenis para sujetarse el cabello.

La película en la que estaba trabajando con Deere era una estúpida historia de amor con tan pocas posibilidades de ganar un premio de la Academia como las que tenía Deere de que lo nombraran presidente del Tribunal Supremo. Pero aun así se emocionó.

Finalmente, llegó un día en que la película en la que ambos habían trabajado recaudó unos mágicos ingresos brutos de cien millones de dólares, y Claudia pensó que se iba a hacer rica. Skippy Deere la invitó a cenar para celebrarlo.

—Es mi día de suerte —dijo rebosante de buen humor—. La película ha superado los cien millones de dólares de recaudación, la secretaria de Bobby Bantz me la ha chupado de puta madre y mi ex mujer se mató anoche en un accidente de tráfico.

En la cena estaban presentes otros dos productores que hicieron una mueca de desagrado al oír sus palabras. Claudia pensó que hablaba en broma, pero entonces Deere les dijo a los dos productores:

—Veo que se os ha puesto la cara amarilla de envidia. Me ahorro cien mil dólares al año en pensiones, y mis dos hijos heredarán la finca que yo le cedí a mi mujer en el acuerdo de divorcio, de modo que ya no tendré que mantenerlos.

De repente Claudia se sintió deprimida, y entonces Deere le dijo:

—Lo que ocurre es que soy sincero. Es lo que pensaría cualquier hombre pero jamás se atrevería a decir en voz alta.

Skippy Deere había tenido que pagar un elevado peaje para entrar en la industria cinematográfica. Era hijo de un carpintero y ayudaba a su padre en los trabajos que éste hacía en las casas de las estrellas cinematográficas de Hollywood. En una de esas situaciones que probablemente sólo podían darse en Hollywood, se convirtió en amante de una estrella madura, la cual antes de deshacerse de él le consiguió un empleo de aprendiz en la empresa de su agente. Allí tuvo que trabajar muy duro y aprendió a dominar su ardiente naturaleza, pero sobre todo a mimar a los profesionales de talento, a implorar la colaboración de los nuevos y solicitados directores, a halagar a los jóvenes astros y a hacerse amigo y mentor de los arrogantes guionistas. Se burlaba de su propio comportamiento, citando a un gran cardenal del Renacimiento que había defendido la causa del papa Borgia ante el rey de Francia. Cuando el rey se bajó los calzones y dejó al descubierto sus posaderas para defecar en su presencia y manifestar de este modo el desprecio que sentía por el Papa, el cardenal exclamó, acercándose presuroso para besarlas:

—¡Oh, es el culo de un ángel!

Pero Deere dominaba la maquinaria indispensable y había aprendido el arte de la negociación, que él resumía con una frase:

«Hay que pedirlo todo.» Adquirió cultura y desarrolló un infalible ojo clínico para las novelas susceptibles de convertirse en grandes películas. Era un extraordinario descubridor de actores. Supervisaba todos los detalles de la producción y estudiaba los distintos modos de rebajar el presupuesto de una película. Se convirtió en un próspero productor capaz de llevar a la pantalla un cincuenta por ciento del guión y un setenta por ciento del presupuesto.

Ello se debía en parte a su afición a la lectura y a sus dotes de guionista. No hubiera podido escribir un guión en una hoja de papel en blanco, pero sabía tachar escenas, revisar diálogos y crear pequeñas situaciones de plató que a veces resultaban muy brillantes, aunque casi nunca fueran necesarias en el argumento que se narraba. De lo que más se enorgullecía, pues ello constituía un factor decisivo en el éxito económico de sus películas, era de su habilidad para inventarse finales felices en los que se exaltaba el bien sobre el mal, y en caso de que tal cosa no encajara en el relato, la dulzura de la derrota. Su obra maestra había sido el final de una película en la que se abordaba el tema de la destrucción de Nueva York por una bomba atómica. En el final que él se inventó, todos los personajes se convertían en seres humanos mucho mejores de lo que eran antes de la explosión y se entregaban por entero a amar al prójimo, incluso al tipo que había arrojado la bomba. Tuvo que contratar a cinco guionistas adicionales para conseguir su propósito.

Todo ello le hubiera servido de muy poco como productor de no haber sido un genio de las finanzas. Era capaz de conseguir inversiones como por arte de magia. A los ricos se les caía la baba por su empresa y por las bellas mujeres que él siempre llevaba colgadas del brazo. Los astros y los directores apreciaban la sinceridad y el ardor con los que sabía disfrutar de los placeres de la vida. Sabía cómo sacarles dinero a los estudios para el desarrollo de proyectos, y había descubierto que era posible conseguir luz verde de algunos directores de estudios mediante cuantiosos sobornos. Sus listas de «Tarjetas navideñas» y «Regalos navideños» eran larguísimas, y en ellas figuraban astros de la pantalla, críticos de periódicos y revistas e incluso altos representantes de la ley. A todos los llamaba «queridos amigos», y cuando dejaban de serle útiles los borraba de su lista de regalos, pero jamás de su lista de tarjetas.

Una de las claves del éxito de un productor era poseer alguna propiedad. Podía ser una oscura novela que no hubiera tenido éxito pero de la que se podía hablar con los representantes de los estudios. Deere se aseguraba los derechos sobre las novelas con opciones de cinco años, a quinientos dólares por año, o elegía un guión cinematográfico y colaboraba con el guionista en su adaptación hasta convertirlo en algo que pudiera interesar a los estudios. Se trataba de un trabajo muy duro porque los guionistas eran personas tremendamente frágiles. En su léxico, el calificativo de frágiles servía para designar a una gente que para él era una pelmaza. El término resultaba especialmente útil en el caso de las estrellas.

Una de sus relaciones más fructíferas y placenteras la había desarrollado con Claudia de Lena. La chica le gustaba de verdad y él tenía interés en enseñarle los trucos del oficio. Llevaban tres meses trabajando juntos en un guión. Salían a cenar juntos, jugaban al golf juntos (Skippy se llevó una sorpresa la vez que Claudia lo derrotó), asistían juntos a las carreras de caballos de Santa Anita, y nadaban en la piscina de Skippy mientras las secretarias en traje de baño escribían al dictado. Claudia se lo llevó incluso a Las Vegas para pasar un fin de semana en el hotel Xanadu y presentarle a su hermano Cross. A veces, cuando les era más cómodo, se acostaban juntos.

La película cosechó un gran éxito comercial y Claudia pensó que ganaría un montón de dinero extra pues estaba previsto que cobrara bajo mano un porcentaje adicional del porcentaje de Skippy Deere, y sabía que Skippy siempre estaba situado «río arriba», utilizando la expresión que éste solía emplear para referirse a los porcentajes netos. Lo que Claudia no sabía era que Skippy tenía dos porcentajes distintos, uno bruto y otro neto, y que las condiciones de la cantidad adicional que ella debería percibir se referían al porcentaje neto de Skippy Deere. Pese a que la película obtuvo unos beneficios de más de cien millones de dólares, el porcentaje quedó reducido a nada. El sistema de contabilidad de los estudios, el porcentaje de Deere sobre los beneficios brutos y el coste de la película se comían todos los beneficios netos.

Claudia interpuso una querella, y Skippy Deere se avino a entregarle una pequeña suma para conservar su amistad. Cuando Claudia le reprochó su proceder, Deere le contestó:

—Eso no tiene nada que ver con nuestra relación personal, eso es cosa de nuestros abogados.

Skippy solía decir: «Antes yo era muy humano, después me casé.»

Y lo había hecho por auténtico amor. Se justificaba diciendo que entonces era muy joven y se había casado con una actriz porque ya entonces su ojo clínico le había permitido adivinar su talento. En eso no se equivocaba, pero su esposa Christi no poseía la mágica cualidad cinematográfica capaz de convertirla en una estrella. A lo máximo que pudo llegar fue a papeles de tercera categoría.

Pero Skippy Deere la quería de verdad. En cuanto alcanzó el poder en la industria cinematográfica hizo todo lo posible por convertir a Christi en una estrella. Recurrió a otros productores, a directores y a jefes de estudio para conseguirle importantes papeles. Y en algunas películas le consiguió papeles de actriz secundaria. Sin embargo, con el paso de los años sus actuaciones se hicieron cada vez más escasas. Tenían dos hijos, pero Christi se sentía cada vez más desdichada, lo cual obligaba a Skippy a dedicarle una considerable parte de su jornada laboral.

Como todos los productores de éxito, Skippy Deere estaba terriblemente ocupado. Viajaba por todo el mundo, supervisando sus películas, buscando financiación y desarrollando proyectos. Su frecuente contacto con bellas y encantadoras mujeres y su necesidad de compañía lo inducían a menudo a mantener románticos idilios a los que se entregaba con ardiente pasión, pese a que seguía amando a su mujer.

Un día, una chica del departamento de Desarrollo le pasó un guión que a su juicio sería ideal para Christi, pues incluía un infalible papel estelar que le vendría como anillo al dedo. Se trataba de una tenebrosa película en la que una mujer asesinaba a su marido por el amor de un joven poeta, y después tenía que huir del dolor de sus hijos y de las sospechas de la familia de su esposo. Al final se producía la redención. A pesar de que era un engendro totalmente inverosímil, podía dar resultado.

Skippy Deere tenía dos problemas: primero convencer a unos estudios de que hicieran la película, y después convencerlos de que contrataran a Christi para el papel de protagonista.

Recurrió a todas sus amistades y aceptó cobrar un porcentaje bajo mano. Convenció a un cotizado actor para que interpretara un papel que en realidad era más bien secundario, y consiguió que Dita Tommey dirigiera la película. Todo fue como un sueño. Christi interpretó su papel a la perfección y Skippy produjo la película a la perfección, lo cual significaba que el noventa por ciento del presupuesto fue a parar efectivamente a la pantalla.

Durante todo aquel período, Skippy jamás le fue infiel a su

mujer, salvo una noche que pasó en Londres para organizar la distribución, aunque sólo cayó porque la inglesa estaba tan sumamente delgada que le intrigó la logística de la situación.

Dio resultado. La película alcanzó un gran éxito comercial, Skippy ganó más dinero con el porcentaje bajo mano del que hubiera ganado con un contrato legal, y Christi ganó el premio de la Academia a la mejor actriz.

Y allí, le dijo Skippy Deere a Claudia, hubiera tenido que terminar la película de su vida, con un «Fueron felices y comieron perdices». Pero su mujer había descubierto lo que era el amor propio y había adquirido conciencia de su auténtica valía. Y prueba de ello fue que se convirtió en una «actriz motorizada», de esas que recibían los guiones en casa por medio de mensajeros, y los estudios empezaron a ofrecerle papeles de bellas y mágicas personalidades del celuloide. Skippy Deere le aconsejó que buscara algo más apropiado para su personalidad, y le advirtió que su siguiente película tendría una importancia trascendental. Skippy jamás se había preocupado por la posibilidad de que ella le fuera infiel, e incluso le reconocía el derecho a pasarlo bien durante el rodaje de exteriores. Pero en los meses que siguieron a la entrega del Oscar, convertida en la reina de la ciudad, invitada a todas las fiestas, citada en todas las columnas de prensa dedicadas al mundo del espectáculo y cortejada por jóvenes actores ansiosos de papeles, la feminidad de Christi estalló con toda su fuerza y empezó a exhibirse sin el menor recato con actores quince años más jóvenes que ella. La prensa del corazón tomó debidamente nota de ello, y las reporteras feministas aclamaron su conducta.

Skippy Deere se lo tomó muy bien. Lo comprendía todo. Al fin y al cabo, ¿por qué follaba él con chicas jóvenes? ¿Por qué negarle a su esposa el mismo placer? Pero por otra parte, ¿por qué tenía él que seguir haciendo tantos esfuerzos para promover la carrera de Christi? Sobre todo después de que ella hubiera tenido el atrevimiento de pedirle un papel para uno de sus jóvenes amantes. Entonces dejó de buscarle papeles y de hacer campaña por ella entre otros productores, directores y jefes de estudios. Éstos, que eran hombres maduros como él y se sentían colectivamente ultrajados, en viril solidaridad con él dejaron de prestar a su mujer la atención especial que hasta entonces le habían dispensado.

Christi hizo otras dos películas como protagonista principal, pero ambas fracasaron porque los papeles no eran adecuados para ella. De este modo fue gastando el crédito profesional que el premio de la Academia le había otorgado. En tres años descendió de nuevo a los papeles de tercera categoría.

Para entonces ya se había enamorado de un joven aspirante a productor que se parecía mucho a su marido, aunque no tenía capital. Christi pidió el divorcio y consiguió un acuerdo fabuloso y una pensión anual de quinientos mil dólares. Sus abogados no llegaron a descubrir el patrimonio de Skippy en Europa, razón por la cual ambos se separaron amistosamente. Y ahora, siete años después, ella había muerto en un accidente de tráfico. Seguía figurando en la lista de tarjetas navideñas de Skippy, pero también figuraba en su famosa lista de «La vida es demasiado corta», lo cual significaba que ya no le pensaba devolver las llamadas telefónicas.

Así pues, Claudia de Lena sentía por Skippy un afecto un tanto especial. Por su descarada forma de mostrar su verdadero yo, por vivir su vida de una manera tan visiblemente egoísta, por su capacidad de mirarla a los ojos y llamarla amiga sin importarle que ella supiera que él jamás haría por ella el menor acto de auténtica amistad. Porque era alegre, apasionado e hipócrita. Y además, por su habilidad para convencer a la gente y porque era el único hombre capaz de igualar el ingenio de Cross. Tomaron el primer vuelo para Las Vegas.

LIBRO IV

CROSS DE LENA / LOS CLERICUZIO

6

Cuando Cross cumplió veintiún años, Pippi de Lena empezó a impacientarse en su afán por conseguir que el muchacho siguiera su destino. Lo más importante en la existencia de un hombre, a juicio de todo el mundo, era que se ganara la vida. Un hombre tenía que ganarse el pan, buscarse un techo bajo el que cobijarse, comprarse ropa y alimentar a sus hijos. Para poder hacerlo sin innecesarios sufrimientos, un hombre tenía que ejercer cierto poder. Por consiguiente estaba tan claro como el agua que Cross tendría que ocupar un lugar en la familia Clericuzio. Para ello era de todo punto necesario que el chico se cargara a alguien.

Cross gozaba de buena fama dentro de la familia. La respuesta que le había dado a Dante al decirle éste que Pippi era un Martillo había sido citada a menudo por Don Domenico, el cual saboreaba las palabras casi con arrobamiento. «Yo no lo sé. Tú tampoco lo sabes. Nadie lo sabe. ¿De dónde coño has sacado ese maldito gorro?» ¡Qué respuesta!, exclamaba el Don, extasiado. Un chico tan joven y ya tan discreto e ingenioso, qué gran honor para su padre. Tenemos que darle una oportunidad a este chico. Pippi había sido debidamente informado y sabía que había llegado el momento.

Empezó a preparar a Cross. Le encargó varios cobros difíciles que exigían el uso de la fuerza. Repasó con él la antigua historia de la familia y le explicó de qué manera se llevaban a cabo las operaciones. Nada de fantasías, le dijo. Pero si tenías que hacer alguna fantasía, primero era planificarla con todo detalle. Delimitabas una pequeña zona geográfica y pillabas al objetivo en aquella zona. Primero vigilancia, después coche y hombre de ataque, después bloqueo de coches por si hubiera algún perseguidor, y finalmente pase temporal a la clandestinidad para que no te pudieran interrogar enseguida. Muy sencillo. Los trabajos de fantasía exigían fantasía. Podías inventarte lo que te diera la gana pero tenías que arroparlo con una sólida planificación. Las fantasías sólo se utilizaban cuando no había más remedio.

Incluso le enseñó algunas palabras en clave. Una «comunión» era la desaparición del cuerpo de la víctima. Un trabajo de fantasía. Una «confirmación» era el hallazgo del cuerpo. Un trabajo sencillo.

Pippi le facilitó a Cross una información completa sobre la familia Clericuzio. Le describió su ascenso al poder tras su encarnizada guerra con la familia Santadio. No reveló el papel que él había desempeñado en aquella guerra y no entró en demasiados detalles. En lugar de ello elogió la actuación de Giorgio, Vincent y Petie. Pero por encima de todo, elogió a Don Domenico por su previsión y su crueldad.

Los Clericuzio habían tejido muchas redes, pero la más vasta de todas ellas era la de los juegos de azar, incluidas todas las modalidades de juego de casino y de juego ilegal de Estados Unidos. Ejercían una sutil influencia en los casinos nativos americanos y una influencia más acusada en las apuestas deportivas, que eran legales en Nevada e ilegales en el resto del país. La familia era propietaria de fábricas de máquinas tragaperras, tenía intereses en las fábricas de dados y naipes, en las empresas proveedoras de vajillas y cuberterías, y en todas las lavanderías que prestaban sus servicios a los hoteles-casinos. El juego era la joya más fulgurante de su imperio y habían organizado una gran campaña de promoción en favor de la legalización del juego en todos los estados de la Unión, sobre todo de las apuestas deportivas, que según los estudios realizados eran las que mayores ganancias les reportarían.

La legalización del juego en todo el territorio de Estados Unidos por medio de una ley de ámbito federal se había convertido en el Santo Grial de la Familia Clericuzio. Si conseguían su objetivo controlarían no sólo los casinos y las loterías sino también las apuestas deportivas: fútbol, béisbol, baloncesto y todos los demás deportes. Éstos eran sagrados en Estados Unidos y las apuestas, una vez legalizadas, se convertirían también en algo sagrado. Los beneficios serían enormes.

Giorgio, cuya empresa gestionaba algunas loterías estatales, había hecho un cálculo aproximado de las cifras. En la Super Bowl se apostaba en todo el territorio de Estados Unidos un mínimo de dos mil millones de dólares, casi todos ellos de carácter ilegal. En las apuestas deportivas legales de Nevada se superaban ya los cincuenta millones. La Serie Mundial de béisbol profesional totalizaba otros mil millones de dólares, según los partidos que se jugaran. El baloncesto reportaba unas cantidades muy inferiores, pero muchos partidos decisivos reportaban otros mil millones, y eso sin contar las apuestas diarias durante la temporada.

En cuanto se legalizara el juego, los ingresos se podrían duplicar e incluso triplicar fácilmente por medio de loterías especiales y combinaciones de apuestas excepto en la Super Bowl, en la que se multiplicarían por diez e incluso se podrían llegar a obtener unos beneficios netos diarios de mil millones de dólares. El total podría alcanzar los cien mil millones de dólares, y lo mejor de todo sería que en ello no intervendría para nada la productividad y que los únicos gastos corresponderían a la comercialización y la administración. Menudo negocio para la familia Clericuzio, unos beneficios de por lo menos cinco mil millones de dólares anuales…

La familia Clericuzio tenía la suficiente experiencia, las conexiones políticas y la fuerza física necesarias para poder controlar una buena parte del mercado. Giorgio tenía unos gráficos en los que se mostraban los complicados premios que se podrían establecer en torno a los grandes acontecimientos deportivos. El juego sería un poderoso imán que atraería el dinero de la impresionante mina de oro del pueblo norteamericano.

El juego era por tanto una actividad de bajo riesgo y con un enorme potencial de desarrollo. Para alcanzar el objetivo de la legalización del juego no se repararía en gastos, e incluso se había considerado la posibilidad de correr mayores riesgos.

Pero la familia también se enriquecía con los ingresos derivados del tráfico de droga, aunque sólo a un nivel muy alto pues era una actividad excesivamente arriesgada. Controlaba la marcha del negocio en Europa, facilitaba protección política e intervención judicial y blanqueaba el dinero. Su posición en el tráfico de droga era legalmente inexpugnable y muy rentable. Colocaba el dinero negro en una cadena de bancos europeos y en unos cuantos de Estados Unidos. Y pasaba por encima de la estructura legal.

A pesar de todo, le advirtió Pippi a su hijo, algunas veces se tenía que correr algún riesgo y utilizar mano dura. En tales ocasiones la familia actuaba con la máxima discreción y con una crueldad que garantizaba resultados definitivos. Y era entonces cuando tenías que ganarte la buena vida que llevabas, era entonces cuando verdaderamente te ganabas el pan de cada día.

Poco después de haber cumplido los veintiún años, Cross fue puesto finalmente a prueba.

Uno de los más preciados activos políticos de la familia Clericuzio era el gobernador del estado de Nevada, un tal Walter Wavven. Tenía cincuenta y tantos años, era alto y desgarbado y llevaba siempre un sombrero vaquero, pero iba vestido con impecables trajes confeccionados a la medida. Wavven era un hombre extraordinariamente apuesto, y a pesar de su condición de casado mostraba un insaciable apetito por el otro sexo. Disfrutaba también con los placeres de la buena mesa y la bebida, le encantaban las apuestas deportivas y era un entusiasta jugador de casino. Sin embargo respetaba demasiado la opinión pública como para exhibir tales rasgos o exponerse a las seducciones románticas. De ahí que utilizara a Alfred Gronevelt y el hotel Xanadu para satisfacer sus apetitos, preservando al mismo tiempo su imagen personal y política de hombre temeroso de Dios y acérrimo defensor de los tradicionales valores de la familia.

Gronevelt había captado muy pronto las dotes especiales de Wavven y le había proporcionado la base económica necesaria para subir los peldaños de la escala política. En cuanto se convirtió en gobernador de Nevada, Wavven manifestó su deseo de disfrutar de un fin de semana de descanso y Gronevelt le ofreció una de sus preciadas villas.

Las villas habían sido la mejor idea de Gronevelt.

Gronevelt había llegado a Las Vegas cuando la ciudad no era más que un lugar de juego de los vaqueros del Oeste. Inmediatamente había empezado a estudiar el juego y a los jugadores, como un gran científico hubiera podido estudiar un insecto muy importante en la cadena de la evolución de las especies. El único misterio que jamás se podría resolver era el del porqué los hombres inmensamente ricos perdían el tiempo jugando para ganar un dinero que no necesitaban. Gronevelt llegó a la conclusión de que lo hacían para disimular otros vicios o porque necesitaban conquistar el destino, pero por encima de todo para exhibir su superioridad ante sus congéneres. Por consiguiente, se dijo, cuando juegan se les tiene que tratar como si fueran dioses y dejarles jugar como a los dioses, o como a los reyes de Francia en Versalles.

Gronevelt invirtió cien millones de dólares en la construcción de siete lujosas villas y un casino parecido a un joyero en los terrenos del hotel Xanadu. (Con su habitual previsión, había comprado mucho más terreno del que necesitaba el Xanadu.) Las villas eran unos pequeños palacios, en cada uno de los cuales podían dormir seis parejas, no en simples suites sino en seis apartamentos distintos. El mobiliario era lujosísimo, y había alfombras anudadas a mano, suelos de mármol, cuartos de baño con grifería de oro y ricas colgaduras en las paredes. Los comedores y las cocinas eran atendidos por el personal de servicio del hotel. Los más modernos equipos audiovisuales convertían las salas de estar en auténticos cines, y los muebles bar albergaban los mejores vinos y licores y una caja de ilegales puros habanos. Cada villa disponía de una piscina al aire libre y de un *jacuzzi*. Todo gratis para el jugador.

En la zona especial de seguridad en la que se levantaban las villas había un pequeño casino ovalado llamado «la Perla», donde los grandes jugadores podían jugar en privado y en el que la apuesta mínima de bacará subía a mil dólares. Las fichas de ese casino también eran distintas. La ficha negra de cien dólares era la más baja. La ficha de quinientos dólares era blanca, con un adorno de hilo de oro; la de mil dólares era azul, con franjas doradas, y la de diez mil dólares era una pieza de diseño exclusivo, un brillante auténtico, incrustado en el centro de la superficie de oro. Como una atención especial a las damas, la rueda de la ruleta cambiaba las fichas de cien dólares por fichas de cinco dólares.

Era asombroso ver de qué forma los hombres y mujeres inmensamente ricos picaban aquel anzuelo. Gronevelt calculaba que todos aquellos extravagantes clientes que gozaban de servicios gratuitos le costaban al hotel cincuenta mil dólares semanales. Pero tales gastos se cancelaban en las declaraciones de la renta. Además, los precios de todas las partidas estaban inflados. Las cuentas (Gronevelt llevaba una contabilidad aparte) demostraban que cada villa reportaba unos beneficios de un millón de dólares semanales. Los lujosos restaurantes que servían a los clientes de las villas y a otros clientes importantes del hotel también obtenían beneficios gracias a las cancelaciones. En el apartado de gastos, una cena para cuatro costaba más de mil dólares, pero puesto que los clientes no pagaban, la suma se cancelaba y se incluía en la partida de gastos de la empresa. Y puesto que la cena no le costaba al hotel más de cien dólares, incluyendo los gastos de personal, también se obtenía un beneficio.

Las siete villas eran para Gronevelt algo así como unas coronas que él colocaba sobre las cabezas de los jugadores que arriesgaban mucho dinero o le reportaban al hotel unas ganancias de más de un millón de dólares durante sus dos o tres días de estancia. Daba igual que ganaran o perdieran, lo importante era que jugaran dicha cantidad y que fueran diligentes en el pago de las deudas anotadas en los marcadores, so pena de que los enviaran inmediatamente a una de las suites del hotel propiamente dicho, que pese a ser muy lujosas no podían compararse en modo alguno con las villas.

Pero había algo más. Las villas eran el lugar donde destacados hombres públicos podían llevar a sus amantes o sus amigos homosexuales y entregarse al juego en un completo anonimato. Por extraño que pudiera parecer, había muchos titanes de los negocios, hombres valorados en cientos de millones de dólares, que a pesar de tener esposas y amantes se sentían muy solos y ansiaban la compañía de mujeres simpáticas y despreocupadas. Gronevelt les proporcionaba las beldades que necesitaban.

El gobernador Walter Wavven era uno de aquellos hombres, y la única excepción a la regla de Gronevelt sobre los beneficios de un millón de dólares. Jugaba cantidades muy moderadas, que además procedían de una bolsa que el propio Gronevelt le facilitaba en privado, y cuando sus marcadores superaban cierta cantidad, la suma quedaba retenida para su pago a través de futuras ganancias.

Wavven acudía al hotel para relajarse, jugar al golf en el campo del Xanadu, tomar unas copas y cortejar a las beldades que le facilitaba Gronevelt.

Gronevelt jugaba a muy largo plazo con el gobernador. En veinte años jamás le había pedido directamente un favor, sólo la posibilidad de exponer sus argumentos en defensa de unas medidas legales capaces de mejorar el negocio de los casinos de Las Vegas. La mayoría de las veces se imponían sus criterios, y en las ocasiones en que no era así, el gobernador le facilitaba una detallada explicación de las realidades políticas que habían impedido el triunfo de sus puntos de vista. Pero en cualquier caso, el gobernador le prestaba un importante servicio, presentándole a los influyentes jueces y políticos capaces de doblegarse a cambio de crecidas sumas de dinero.

En lo más hondo de su corazón y en contra de todas las probabilidades, Gronevelt abrigaba la secreta esperanza de que el gobernador Walter Wavven llegara a convertirse algún día en presidente de Estados Unidos. Entonces las recompensas serían enormes.

Pero el destino frustra a veces los planes de los más astutos, tal como Gronevelt sabía muy bien. Los más insignificantes mortales podían convertirse en la causa de un desastre para los poderosos. En aquel caso en concreto, la causa fue un chico de veinticinco años que se convirtió en amante de la hija mayor del gobernador, una encantadora muchacha de dieciocho.

El gobernador estaba casado con una guapa e inteligente mujer cuyos puntos de vista políticos eran más liberales que los suyos, a pesar de que ambos funcionaban muy bien en equipo. Tenían tres hijos, y su familia era un importante factor político para el gobernador. Marcy, su hija mayor, estudiaba en la Universidad de Berkeley, que ella y su madre habían elegido en contra de los criterios del gobernador.

Libre de las rigideces de su politizado ambiente doméstico, Marcy se entusiasmó con la libertad que se respiraba en la universidad, su orientación política de izquierdas, su apertura a la nueva música y las sensaciones que ofrecía la droga. Su interés por el sexo era tan acusado como el de su padre, y era lógico que, con la ingenuidad y la tendencia natural hacia la justicia propias de los jóvenes, sus simpatías se dirigieran a los pobres, la clase obrera y las minorías oprimidas. Por si fuera poco se enamoró de la pureza del arte, y no tuvo nada de extraño que empezara a relacionarse con estudiantes que se dedicaban a la poesía y la música. Tampoco lo tuvo el hecho de que, después de unos cuantos encuentros fortuitos, se enamorara de un compañero de estudios que escribía obras de teatro, rascaba la guitarra y era más pobre que una rata.

Se llamaba Theo Tatoski, era guapo, moreno y parecía ideal para un idilio universitario. Pertenecía a una familia católica cuyos miembros trabajaban en las fábricas de automóviles de Detroit y siempre juraba, con el aliterado ingenio propio de los poetas, que antes prefería follar que colocar un guardabarros. Pese a ello trabajaba a horas para pagarse los estudios y se tomaba a sí mismo muy en serio, aunque semejante circunstancia quedaba atenuada por su innegable talento.

Marcy y Theo fueron inseparables durante dos años. Ella llevó a su novio a conocer a su familia en la residencia oficial del gobernador, y le encantó que él no se sintiera en modo alguno intimidado en presencia de su padre. Más tarde, en su dormitorio de la mansión, Theo le comentó a Marcy que su padre era el típico farsante.

Es posible que el joven hubiera detectado la condescendiente actitud de los padres de Marcy. El gobernador y su mujer se habían mostrado de lo más amable y cortés con él, afanosos por agasajar al elegido de su hija, por más que en su fuero interno deploraran aquella unión tan desacertada. La madre no estaba preocupada, porque sabía que el encanto de Theo se disiparía en cuanto su hija madurara. El padre estaba un poco nervioso pero trataba de disimularlo con una afabilidad fuera de lo común, incluso en un político. A fin de cuentas, el gobernador era un acérrimo defensor de la clase trabajadora, según su programa político, y la madre había recibido una educación liberal. El idilio con Theo serviría para ampliar los horizontes vitales de Marcy. Mientras tanto, Marcy y Theo vivían juntos y tenían previsto casarse cuando se graduaran. Theo escribiría e interpretaría sus propias obras, Marcy sería su musa y trabajaría como profesora de literatura.

Una relación estable. Los jóvenes no estaban demasiado pillados por la droga y sus relaciones sexuales no eran gran cosa. El goberbnador pensaba incluso que en el peor de los casos la boda de su hija le favorecería políticamente, pues con ello demostraría a los electores que a pesar de sus purísimos antecedentes blancos, anglosajones y protestantes, y de su cultura y riqueza, aceptaba democráticamente a un yerno de la clase obrera.

Todos se adaptaron a la vulgaridad de la situación. Los padres se hubieran conformado con que Theo no fuera tan pelmazo.

Pero los jóvenes son perversos. En su último año de estudios, Marcy se había enamorado de un compañero que era rico y para sus padres más socialmente aceptable que Theo, pero quiso conservar la amistad de éste. Le parecía emocionante hacer juegos malabares con dos amantes a la vez, sin cometer el pecado técnico del adulterio. En su ingenuidad, semejante comportamiento la hacía sentirse una persona singular.

La sorpresa se la dio Theo, que reaccionó ante la situación no como un tolerante radical de Berkeley sino como un ignorante palurdo polaco. A pesar de su bohemia poética y musical, de las enseñanzas de sus profesores feministas y de toda la atmósfera de *laissez-faire* sexual que imperaba en Berkeley, se puso terriblemente celoso.

La airada excentricidad de Theo siempre había sido uno de los rasgos más característicos de su encanto juvenil. En sus conversaciones, a menudo adoptaba la posición revolucionaria, según la cual el hecho de hacer saltar por los aires a cien personas inocentes es un precio insignificante a cambio de una futura sociedad más libre. Pero Marcy sabía que Theo jamás hubiera hecho nada semejante. Una vez regresaron a su apartamento tras dos semanas de vacaciones y se encontraron en su cama unas crías de ratón. Theo se limitó a dejar a las minúsculas criaturas en la calle sin hacerles el menor daño. A Marcy le pareció conmovedor.

Sin embargo, cuando descubrió la existencia del otro amante de Marcy, Theo la abofeteó. Después rompió a llorar y le pidió perdon. Y ella lo perdonó. Las relaciones amorosas con él le seguían gustando, en realidad más que antes, pues el hecho de que él conociera su traición aumentaba su poder. Poco a poco, Theo fue adoptando actitudes cada vez más violentas. Discutían continuamente, la vida en común ya no resultaba tan satisfactoria como antes, y al final Marcy abandonó el apartamento.

Su segundo amante desapareció. Tuvo unas cuantas aventuras, pero ella y Theo seguían siendo amigos y de vez en cuando se acostaban juntos. Marcy tenía previsto trasladarse al Este y hacer el máster en alguna universidad de la Ivy League*, y Theo se trasladó a Los Ángeles para escribir obras teatrales y buscar algún trabajo de guionista cinematográfico. Un pequeño grupo teatral tenía previsto ofrecer tres representaciones de una pequeña comedia musical escrita por él. Theo invitó a Marcy a verla.

Marcy voló a Los Ángeles. La obra era tan mala que la mitad del público abandonó la sala. Aquella noche Marcy se quedó en el apartamento de Theo para consolarlo. Jamás se pudo aclarar lo que ocurrió aquella noche. Sólo se pudo establecer que, a primeras horas de la mañana, Theo apuñaló mortalmente a Marcy, clavándole un cuchillo en cada ojo. Después se apuñaló el estómago y llamó a la policía, que llegó a tiempo para salvar su vida pero no la de Marcy.

Como era de esperar, el juicio se convirtió en un gran acontecimiento para los medios de difusión de California. Una hija del gobernador de Nevada asesinada por un poeta obrero que había sido su amante a lo largo de tres años, y al que posteriormente ella había abandonado.

La abogada de la defensa fue Molly Flanders, especializada en delitos «pasionales», para quien aquel trabajo sería su último caso penal antes de pasar a dedicarse a asuntos relacionados con el mundo del espectáculo. Su táctica fue muy clásica. Aportó varios testigos para demostrar que Marcy había tenido por lo menos seis amantes mientras seguía manteniendo relaciones con Theo, el cual estaba convencido de que se iba a casar con ella. La rica representante de la alta sociedad era una mujer muy ligera de cascos que no había tenido el menor reparo en abandonar a su sincero enamorado de la clase obrera, como consecuencia de lo cual la mente de éste había sufrido un trastorno. Flanders alegó «enajenación mental transitoria». La frase más lograda (escrita para Molly por Claudia de Lena) decía: «Nunca será responsable de lo que hizo.» Una frase que hubiera provocado la ira de Don Clericuzio.

Theo puso la debida cara de pena durante su declaración. Sus padres, fervientes católicos, consiguieron convencer a poderosos representantes del clero de California para que apoyaran su causa, y declararon que Theo había renunciado a su anterior hedonismo y había manifestado su deseo de hacerse cura. Se subrayó el hecho de que Theo hubiera intentado quitarse la vida, prueba evidente de su remordimiento y por tanto de su enajenación mental, como si ambas cosas guardaran relación entre sí. Todo ello barnizado con la retórica de Molly Flanders, quien describió en encendidos términos la gran aportación que podría hacer Theo a la sociedad si no fuera castigado por aquel acto de locura provocado por una mujer de dudosa moralidad que había roto el corazón de un pobre obrero. Una chica rica y atolondrada que ahora, por desgracia, había muerto.

A Molly Flanders le encantaban los miembros de los jurados de California. Inteligentes, lo bastante cultos como para comprender los matices de los traumas psiquiátricos y expuestos a los efectos de la cultura superior del teatro, el cine, la música y la literatura, que vibraban y se identificaban con el acusado. Cuando Molly Flanders terminaba con ellos, el resultado era infalible. Theo fue declarado inocente por enajenación mental transitoria. Inmediatamente firmó un contrato para intervenir en una miniserie basada en su vida, no como principal protagonista sino como actor secundario en un papel de cantante que interpreta sus propias composiciones a modo de hilo conductor de la historia. Fue un final plenamente satisfactorio de una tragedia moderna.

Sin embargo los efectos sobre el gobernador Walter Wavven, el padre de la chica, fueron devastadores. Alfred Gronevelt comprendió que estaba a punto de perder su inversión de veinte años, pues en la intimidad de su villa el gobernador Wavven le había anunciado su propósito de no presentarse a la reelección. ¿De qué servía el poder si cualquier basura blanca de mierda podía apuñalar mortalmente a su hija, casi cercenarle la cabeza y quedar en libertad como si tal cosa? Y lo peor de todo era el hecho de que su amada hija hubiera sido arrastrada por los periódicos y la televisión como una puta asquerosa que merecía morir.

Hay tragedias en la vida que no se pueden curar, y para el gobernador ésa fue una de ellas. Se pasaba el mayor tiempo posible en el hotel Xanadu, pero había perdido su antigua afición a las juergas. No le interesaban ni las coristas ni los dados. Se limitaba a beber y a jugar al golf, lo cual le planteaba a Gronevelt un problema muy delicado.

Se identificaba profundamente con el problema del gobernador. No se puede cultivar a un hombre durante veinte años, aunque sea por interés, sin sentir cierto afecto por él. Pero la realidad era que si el gobernador Wavven abandonaba la política, ya no sería un activo clave y carecería de potencial futuro. Era simplemente un hombre que se estaba destruyendo a golpe de borrachera. Además jugaba con tal desinterés que Gronevelt ya tenía doscientos mil dólares anotados en sus marcadores. Había llegado por tanto el momento de tener que negarle al gobernador el uso de una villa. Le ofrecería una suite de lujo en el hotel, por supuesto, pero sería un descenso de categoría. No obstante, antes de hacerlo, Gronevelt llevó a cabo un último intento de rehabilitación.

Convenció al gobernador de que se reuniera con él una mañana para jugar al golf. Para completar las dos parejas, reclutó a Pippi de Lena y a su hijo Cross. Pippi poseía un sarcástico ingenio, muy del gusto del gobernador, y Cross era un joven tan guapo y educado que los mayores siempre agradecían su compañía. Cuando finalizó el partido se fueron a almorzar a la villa del gobernador.

Wavven había adelgazado mucho y ya no cuidaba su aspecto. Llevaba una sudadera llena de manchas y un gorro de béisbol con el logotipo del Xanadu. Iba sin afeitar. Sonreía a menudo, pero no con una sonrisa de político sino más bien con una mueca de vergüenza. Gronevelt observó que tenía los dientes muy amarillos, y además estaba borracho como una cuba.

Gronevelt decidió lanzarse.

—Gobernador —le dijo—, estás decepcionando a tu familia, a tus amigos y a todo el pueblo de Nevada. No puedes seguir así.

—Por supuesto que puedo —replicó Walter Wavven—. Que se vaya a la mierda el pueblo de Nevada. ¿A quién le importa?

—A mí —contestó Gronevelt—. Yo te aprecio. Yo reuniré el dinero para que te presentes candidato al Senado en las próximas elecciones.

—¿Y por qué coño tendría que hacerlo? —preguntó el gobernador—. Eso ya no significa nada en este maldito país. Soy gobernador del gran estado de Nevada y un hijoputa asesina a mi hija y queda en libertad. Y yo tengo que aguantarlo. La gente cuenta chistes sobre mi hija muerta y reza por el asesino. ¿Sabes por qué rezo yo? Para que una bomba atómica borre de la faz de la tierra este cochino país, y muy especialmente el estado de California.

Pippi y Cross no abrieron la boca durante la conversación. Estaban ligeramente impresionados por la vehemencia del gobernador, y además se habían dado cuenta de que Gronevelt se llevaba algo entre manos.

—Tienes que olvidar todo eso —dijo Gronevelt—. No permitas que esta tragedia destruya tu vida.

Su hipocresía hubiera sido capaz de acabar con la paciencia de un santo.

El gobernador arrojó su gorro de béisbol al otro lado de la estancia y se preparó otro whisky en el mueble bar.

—No lo puedo olvidar —dijo—. Permanezco despierto por la noche y sueño con estrujar los ojos de ese hijo de zorra hasta que se le salten de las órbitas. Quiero meterle fuego, quiero cortarle las manos y las piernas. Pero quiero que viva para que yo pueda repetirlo una y otra vez.

Los miró con una sonrisa de borracho y estuvo a punto de caer al suelo mientras ellos contemplaban sus amarillentos dientes y aspiraban la fetidez de su aliento.

De repente, Wavven pareció serenarse. Su voz se fue calmando y habló casi en tono de conversación normal.

—¿No visteis cómo la apuñaló? —dijo—. Le clavó el cuchillo en los ojos. El juez ni siquiera permitió que los miembros del jurado vieran las fotografías, para no prejuzgar el caso. En cambio yo, su padre, las pude ver. Y el pequeño Theo es absuelto, queda en libertad y se va con una sonrisa en los labios. Le clavó a mi hija un cuchillo en los ojos, pero se levanta todas las mañanas y puede ver la luz del sol. Ojalá pudiera matarlos a todos, al juez, a los miembros del jurado, a los abogados y a todos los demás. —El gobernador volvió a llenarse el vaso y empezó a pasear furiosamente por la estancia, soltando una inconexa perorata de loco—. Yo no puedo andar por ahí y mentir sobre algo en lo que ya no creo. No lo puedo hacer mientras viva este pequeño hijo de puta. Lo senté a mi mesa, mi mujer y yo lo tratamos como a un ser humano, a pesar de que no nos gustaba. Le dimos un margen de confianza. Nunca le deis un margen de confianza a nadie. Lo tuvimos en casa, le ofrecimos una cama para que se acostara con nuestra hija, y entre tanto él se burlaba de nosotros. Me importa una mierda que seas el gobernador, debía de pensar, me importa una mierda que tengáis dinero. Me importa una mierda que seáis unos seres humanos honrados y civilizados. Mataré a vuestra hija cuando me dé la gana y vosotros no podréis impedirlo. Os humillaré a todos. Follaré con vuestra hija y después la mataré y os mandaré a tomar por culo y yo quedaré en libertad. —Wavven se tambaleó, y Cross corrió a sujetarlo. El gobernador miró hacia el alto techo decorado con ángeles de color de rosa y santos vestidos de blanco—. Quiero verlo muerto —dijo rompiendo en sollozos—. Quiero verlo muerto.

—Walter —dijo Gronevelt con voz pausada—, todo se arreglará, deja que pase un poco de tiempo. Preséntate candidato al Senado. Te quedan por delante los mejores años de tu vida, todavía puedes hacer muchas cosas.

Wavven se apartó de Cross y le dijo a Gronevelt:

—¿Pero es que no lo entiendes?, ya no creo en la necesidad de hacer el bien. Me está prohibido decirles a los demás lo que realmente siento, no se lo puedo decir ni siquiera a mi mujer. No puedo expresar el odio que llevo dentro. Y te diré más. Los votantes me desprecian, me consideran un pobre idiota que carece de fuerza, un hombre que permite que asesinen a su hija y no es capaz de conseguir que castiguen al culpable. ¿Quién podría confiar el bienestar del gran estado de Nevada a semejante tipo? —añadió con una sonrisa de desprecio—. Ese pequeño hijo de puta tendría más posibilidades de ser elegido que yo. —Hizo una breve pausa—. No insistas, Alfred. No voy a presentarme candidato a nada.

Gronevelt lo estudió detenidamente. Estaba captando algo que Pippi y Cross no habían captado. El intenso dolor conducía muy a menudo a la debilidad, pero Gronevelt decidió correr el riesgo.

—Walter —dijo—, ¿te presentarás candidato al Senado si ese hombre recibe su merecido? ¿Volverás a ser el de antes?

El gobernador lo miró como si no lo comprendiera. Puso los ojos ligeramente en blanco mirando a Pippi y a Cross, y después volvió a mirar a Gronevelt.

—Esperadme en mi despacho —les dijo Gronevelt a Pippi y a Cross.

Pippi y Cross se retiraron en silencio. Gronevelt y el gobernador Wavven se quedaron a solas.

—Walter —dijo Gronevelt con la cara muy seria—, tú y yo vamos a hablar muy claro por primera vez en nuestras vidas. Nos conocemos desde hace veinte años. ¿Alguna vez te he parecido indiscreto? Contesta. Nadie lo sabrá. ¿Te volverás a presentar si muere ese chico?

El gobernador se acercó al bar y se preparó otro whisky.

—Me presentaré —dijo con una sonrisa en los labios— al día siguiente de haber asistido al funeral de ese chico, para demostrar que lo perdono. A mis votantes les encantará.

Gronevelt se tranquilizó. Ya estaba hecho. Lanzando un suspiro de alivio, se permitió el lujo de decir lo que pensaba.

—Primero de todo, ve a ver a tu dentista —le dijo al gobernador—. Te tienes que limpiar esa mierda de dientes.

Pippi y Cross estaban esperando a Gronevelt en la suite de su despacho del último piso del hotel. Gronevelt los acompañó a sus habitaciones para que estuvieran más cómodos y allí les reveló el contenido de su conversación con el gobernador.

—¿Pero el gobernador se encuentra bien? —preguntó Pippi.

—El gobernador no estaba tan bebido como parecía —contestó Gronevelt—. Me transmitió un mensaje sin comprometerse directamente.

—Volaré esta noche al Este —dijo Pippi—. Eso requiere el visto bueno de los Clericuzio.

—Diles que, a mi juicio, el gobernador es un hombre capaz de llegar hasta el final —dijo Gronevelt—. Hasta lo más alto. Sería un amigo muy valioso.

—Giorgio y el Don lo comprenderán —dijo Pippi—, pero tengo que explicárselo todo y conseguir el visto bueno.

Gronevelt miró a Cross sonriendo y después se volvió hacia Pippi.

—Pippi —dijo—, me parece que ya es hora de que Cross se

incorpore a la familia. Creo que tendría que volar al Este contigo.

Sin embargo fue Giorgio quien decidió volar al Oeste, a Las Vegas, para la reunión. Quería que le informara directamente el propio Gronevelt, y éste llevaba diez años sin viajar.

Giorgio se instaló con sus guardaespaldas en una de las villas, a pesar de no ser un jugador importante. Gronevelt sabía hacer excepciones. Había negado el uso de las villas a poderosos políticos, gigantes de las finanzas, algunos de los más famosos astros de Hollywood, a las bellas mujeres con quienes se acostaba y a íntimos amigos. Incluso a Pippi de Lena. Pero le cedió una villa a Giorgio Clericuzio aunque le constaba que era un hombre de costumbres espartanas que no apreciaba demasiado los lujos extraordinarios. Todas las muestras de respeto tenían importancia y se añadían a la suma, y cualquier omisión, por pequeña que fuera, se podía recordar algún día.

Se reunieron en la villa de Giorgio. Gronevelt, Pippi y Giorgio. Gronevelt expuso la situación.

—El gobernador puede ser un activo enormemente valioso para la familia —dijo—. Si se recupera puede llegar hasta el final. Primero a senador y después a la presidencia. Si eso ocurre tendrás muchas posibilidades de conseguir la legalización de las apuestas deportivas en todo el país. Eso vale miles de millones de dólares para la familia, y esos miles de millones no serán dinero negro, serán dinero blanco. Creo que lo tenemos que hacer.

El dinero blanco era mucho más valioso que el negro, pero la mayor cualidad de Giorgio era la de no dejarse arrastrar jamás a decisiones precipitadas.

—¿Sabe el gobernador que estás con nosotros?

—No con toda seguridad —contestó Gronevelt—. Pero debe de haber oído rumores. No es tonto. Le he hecho ciertos favores que él sabe que no hubiera podido hacer por mi cuenta. Es listo. Lo único que dijo fue que volvería a presentarse a las elecciones si el chico moría. No me pidió nada. Es un gran comediante, no estaba tan borracho como parecía cuando se vino abajo. Era sincero, pero también fingía. No sabía a ciencia cierta de qué manera podría vengarse, pero tenía la vaga idea de que yo podría hacer algo. Sufre, pero está urdiendo una intriga. —Gronevelt hizo una breve pausa—. Si lo hacemos se presentará candidato al Senado y será nuestro senador.

Giorgio empezó a pasear arriba y abajo por la estancia, sorteando los pedestales de las estatuas y el *jacuzzi* cuyo mármol parecía brillar a través de la cortina que lo rodeaba.

—¿Se lo prometiste sin nuestro visto bueno? —le preguntó a Gronevelt.

—Sí —contestó Gronevelt—. Era una cuestión de persuasión. Tenía que mostrarme seguro para darle la impresión de que aún conservaba el poder y todavía podía hacer cosas, y para que él volviera a sentirse atraído por el poder.

—Me molesta esta faceta del trabajo —dijo Giorgio, lanzando un suspiro.

Pippi le miró con una sonrisa. Giorgio tenía mucho cuento. Había participado en la eliminación de la familia Santadio con una violencia que había llenado de orgullo al Don.

—Creo que en eso necesitamos la experiencia de Pippi —dijo Gronevelt—. Y creo que ya ha llegado el momento de que su hijo Cross se incorpore a la familia.

Giorgio miró a Pippi.

—¿Crees que Cross está preparado? —le preguntó.

—Lleva mucho tiempo comiendo la sopa boba —contestó Pippi—. Ya es hora de que empiece a ganarse la vida.

—¿Lo hará? —preguntó Giorgio—. Es un paso muy importante.

—Hablaré con él —dijo Pippi—. Lo hará.

Giorgio se volvió hacia Gronevelt.

—Lo hacemos por el gobernador, pero ¿qué ocurrirá si después él se olvida de nosotros? Corremos un riesgo a cambio de nada. Este hombre, que es el gobernador de Nevada, aguanta el asesinato de su hija y se queda ahí parado sin hacer nada. No tiene cojones.

—Algo ha hecho, ha venido a verme a mí —dijo Gronevelt—. Hay que comprender a la gente como el gobernador. Ha necesitado muchos cojones para hacerlo.

—¿Y cumplirá? —preguntó Giorgio.

—Lo reservaremos para las cosas importantes —contestó Gronevelt—. Llevo veinte años haciendo negocios con él. Te garantizo que cumplirá si lo manejamos bien. Es muy listo y sabe perfectamente de qué va la cosa.

—Pippi —dijo Giorgio—, eso tiene que parecer un accidente. Se armará un gran revuelo. Es necesario que el gobernador no sea objeto de ninguna insinuación por parte de sus enemigos o de la prensa y la maldita televisión.

—Sí, es muy importante que nadie lo relacione con el gobernador —dijo Gronevelt.

—A lo mejor es un primer encargo de importancia demasiado arriesgado para Cross.

—No, será perfecto para él —dijo Pippi.

Los demás no pudieron poner ninguna objeción. Pippi era el comandante en campaña. Había demostrado su valía en muchas operaciones de aquella clase y sobre todo en la gran guerra contra los Santadio. A menudo le había dicho a la familia Clericuzio: «Soy yo el que me la juego si fallo, quiero que la culpa sea mía, y de nadie más.»

Giorgio dio unas palmadas.

—Muy bien pues, que se haga. Alfred, ¿qué tal un partido de golf mañana por la mañana? Mañana por la noche viajaré a Los Ángeles por un asunto de negocios y al día siguiente regresaré al Este. Pippi, dime quién quieres que te ayude del Enclave del Bronx, y hazme saber si Cross está dentro o fuera.

Pippi comprendió que Cross jamás sería aceptado como miembro de la familia Clericuzio si se negaba a participar en aquella operación.

El golf se había convertido en una pasión para los miembros de la familia Clericuzio pertenecientes a la generación de Pippi, y el Don solía comentar en broma que era un juego propio de *bruglioni*. Aquella tarde Pippi y Cross se encontraban en el campo de golf del Xanadu. No llevaban carritos, porque Pippi quería hacer ejercicio en medio de la soledad de los *greens*.

Cerca del noveno hoyo había una pequeña arboleda con un banco debajo. Se sentaron allí.

—Yo no viviré eternamente —dijo Pippi—, y tú tienes que ganarte la vida. La Agencia de Cobros es muy rentable pero cuesta mucho de mantener. Tienes que estar estrechamente unido a la familia Clericuzio.

Pippi había preparado a Cross, le había encomendado algunas misiones de cobro muy difíciles en las que había tenido que usar la fuerza y los malos tratos, lo había expuesto a chismorreos familiares, y el chico sabía de qué iba la cosa. Pippi había esperado pacientemente que se presentara una ocasión propicia en la que el objetivo no suscitara ninguna simpatía.

—Lo comprendo —dijo Cross en voz baja.

—Ese tipo que mató a la hija del gobernador —dijo Pippi—. Un hijoputa de mierda y van y lo absuelven. Eso no está nada bien.

A Cross le hicieron gracia los métodos psicológicos utilizados por su padre.

—Y el gobernador es amigo nuestro.

—Exactamente —dijo Pippi—. Cross, puedes decir que no, recuérdalo, pero necesito que me ayudes en un trabajo que tengo que hacer.

Cross contempló los ondulados *greens*, las banderas de los hoyos absolutamente inmóviles en medio del aire del desierto, las plateadas cadenas montañosas a lo lejos y el cielo en el que se reflejaban los letreros de neón del Strip, que no se podían ver desde allí. Sabía que su vida estaba a punto de cambiar y experimentó un momentáneo temor.

—Si no me gusta, siempre me quedará el recurso de trabajar para Gronevelt —dijo, apoyando inmediatamente la mano en el hombro de su padre para darle a entender que era una broma.

Pippi lo miró sonriendo.

—Este trabajo es para Gronevelt. Ya lo has visto con el gobernador. Bueno, pues vamos a cumplir su deseo. Gronevelt necesitaba el visto bueno de Giorgio, y yo dije que tú me ayudarías.

Muy lejos del lugar donde ellos se encontraban, Cross vio a dos parejas, dos hombres y dos mujeres, junto a uno de los *greens*, brillando bajo el sol del desierto como dibujos animados.

—Tengo que cobrar mi primera pieza —le dijo a su padre.

Sabía que tenía que aceptar o vivir una existencia totalmente distinta, y le gustaba mucho la vida que llevaba. Trabajar por cuenta de su padre, pasarse el rato en el Xanadu, escuchar los consejos de Gronevelt, ver a las guapas coristas del espectáculo, disponer de dinero fácil, ejercer el poder. En cuanto lo hiciera, ya nunca más estaría sometido al destino de los hombres corrientes.

—Yo me encargaré de organizarlo todo —dijo Pippi—. Estaré contigo hasta el final. No habrá peligro. Pero el disparo lo tendrás que hacer tú.

Pippi se pasó las tres semanas siguientes adiestrando a Cross. Le explicó que estaban esperando el informe de un equipo de vigilancia sobre Theo, sus movimientos, sus costumbres, las fotografías más recientes. Además, un equipo de operaciones integrado por seis hombres del Enclave del Bronx se iba a instalar en la zona de Los Ángeles donde vivía Theo. Todo el plan de la operación se basaría en el informe del equipo de vigilancia. Después Pippi instruyó a Cross en la filosofía que presidía sus actuaciones.

—Eso es un negocio —le dijo—. Tú tomas todas las precauciones necesarias para evitar los inconvenientes. Cualquiera puede cargarse a alguien. El truco consiste en no dejarse atrapar. Ése es el pecado. Y nunca pienses en las personas implicadas. Cuando el director de la General Motors deja sin trabajo a cincuenta personas, eso es negocio. No puede evitar destrozarles la vida, tiene que hacerlo. Los cigarrillos matan a millares de personas, pero ¿qué puedes hacer tú? La gente quiere fumar y tú no puedes prohibir un negocio que genera miles de millones de dólares. Lo mismo ocurre con las armas de fuego. Todo el mundo tiene una pistola y todo el mundo mata a todo el mundo, pero es una industria de mil millones de dólares y no te puedes deshacer de ella. ¿Qué puedes hacer? La gente tiene que ganarse la vida, eso es lo primero. Constantemente. Si no lo crees, vete a vivir en medio de la mierda.

La familia Clericuzio era muy exigente, le dijo Pippi a Cross.

—Tienes que contar con su visto bueno. No puedes andar por ahí matando a la gente porque te ha escupido en el zapato. La familia tiene que estar contigo porque ellos son capaces de librarte de la cárcel.

Cross escuchó. Sólo hizo una pregunta.

—¿Giorgio quiere que parezca un accidente? ¿Cómo lo haremos?

Pippi soltó una carcajada.

—Jamás permitas que nadie te diga cómo tienes que hacer la operación. Que se vayan todos a la mierda. A mí me dicen lo máximo que se espera de mi actuación. Yo hago lo que es mejor para mí. Y lo mejor es lo más sencillo. Cuanto más sencillo, mejor. Pero si alguna vez tienes que hacer alguna fantasía, procura que sea una fantasía por todo lo alto.

En cuanto recibió los informes del equipo de vigilancia, Pippi le hizo estudiar a Cross todos los datos. Había varias fotografías de Theo y de su coche con las placas de la matrícula bien visibles. Un mapa de la carretera que recorría desde Brentwood hasta Oxnard para visitar a una novia.

—¿Pero es que aún consigue tener novia? —le preguntó Cross a su padre.

—Tú no conoces a las mujeres —le contestó Pippi—. Si les gustas, puedes mearte en su fregadero si quieres. Si no les gustas te mandarán a la mierda aunque las conviertas en la reina de Inglaterra.

Pippi voló a Los Ángeles para poner en marcha su equipo de operaciones. Regresó dos días más tarde y le dijo a Cross:

—Mañana por la noche.

Al día siguiente, padre e hijo se dirigieron por carretera desde Las Vegas a Los Ángeles, antes del amanecer para evitar el calor del desierto. Mientras lo atravesaban, Pippi le aconsejó a Cross que se relajara. Cross contempló hipnotizado la soberbia salida del sol que parecía fundir la arena del desierto en un caudaloso río de oro desde las estribaciones de la lejana cadena montañosa de la Sierra. Estaba impaciente. Quería hacer el trabajo cuanto antes.

Llegaron a una casa de la familia en Pacific Palisades, donde los seis hombres del equipo del Enclave del Bronx los estaban esperando. En la calzada de la casa había un coche robado, pintado de otro color y con matrícula falsa. En el interior de la casa se guardaban además las armas de ilocalizable origen que se tendrían que utilizar en la operación.

A Cross le sorprendió el lujo de la casa. Tenía una maravillosa vista del mar al otro lado de la autopista, una piscina y una terraza estupenda. Y seis habitaciones. Los hombres parecían conocer muy bien a Pippi, pero no fueron presentados a Cross ni éste lo fue a ellos.

Faltaban once horas para el comienzo de la operación a medianoche. Los otros hombres, sin prestar la menor atención al enorme televisor del salón, se pusieron a jugar a las cartas en la terraza. Todos iban en traje de baño. Pippi miró con una sonrisa a Cross, diciendo:

—Mierda, me olvidé de que había piscina.

—No importa —dijo Cross—. Podemos nadar en calzoncillos.

La casa estaba aislada, protegida por unos árboles muy grandes y por el seto que la rodeaba.

—También podemos ir en pelotas —dijo Pippi—. Sólo nos pueden ver los tíos de los helicópteros, pero estarán ocupados mirando a las tías que toman el sol delante de sus casas de Malibú.

Padre e hijo se pasaron unas cuantas horas nadando en la piscina y tomando el sol. Después comieron el almuerzo que preparó uno de los seis hombres del equipo, y que consistió en unos bistecs asados en la parrilla de la terraza y una ensalada de achicoria y lechuga. Los hombres bebieron vino tinto con la comida, pero Cross se tomó un agua. El joven observó que todos los hombres comían y bebían muy poco.

Después de la comida, Pippi acompañó a Cross en un recorrido de reconocimiento con el coche robado y se dirigió al restaurante y la cafetería estilo Oeste de la autopista de la Costa del Pacífico donde más tarde encontrarían a Theo. Los informes del equipo de vigilancia indicaban que los miércoles por la noche, cuando regresaba a su casa de Oxnard, Theo tenía por costumbre detenerse hacia la medianoche en el restaurante de la autopista de la Costa del Pacífico para tomarse unos huevos con jamón y un café, y que se marchaba hacia la una de la madrugada. Aquella noche un equipo de vigilancia integrado por dos hombres lo seguiría e informaría por teléfono en el momento en que se dirigiera hacia allá.

Al regresar a la casa, Pippi cambió las instrucciones que previamente habían recibido los hombres que participarían en la operación. Los seis hombres utilizarían tres vehículos. Uno de los vehículos iría en cabeza, otro cerraría la retaguardia y el tercero aparcaría en el aparcamiento del restaurante por si se producía alguna situación de emergencia.

Cross y Pippi se sentaron en la terraza, esperando la llamada telefónica. En la calzada particular había cinco coches, todos negros, brillando bajo la luz de la luna cual escarabajos. Los seis hombres del Enclave del Bronx seguían con su partida de cartas, jugando con monedas de plata, de cinco centavos, de diez y de cuarto de dólar. Finalmente, a las once y media se recibió la llamada: Theo se estaba dirigiendo desde Brentwood al restaurante. Los seis hombres ocuparon tres vehículos y se trasladaron a los puestos que tenían asignados. Pippi y Cross subieron al coche robado y esperaron quince minutos antes de salir. Cross llevaba en el bolsillo de la chaqueta una pequeña pistola del 22 que, a pesar de no tener silenciador, sólo lanzaba un leve chasquido. Pippi llevaba una Glock que hubiera producido un considerable estruendo. Desde su única detención por asesinato, se negaba a utilizar silenciador.

Pippi iba al volante. La operación se había planificado hasta el más mínimo detalle. Ningún miembro del equipo de operaciones entraría en el restaurante. Los investigadores de la policía interrogarían a los empleados respecto a los clientes. El equipo de vigilancia había informado sobre la ropa que llevaba Theo, el coche que conducía y el número de la matrícula. Tuvieron suerte de que el coche de Theo fuera un modelo barato de la marca Ford, de color rojo fuego, fácilmente identificable en una zona donde lo que más abundaba eran los Mercedes y los Porsches.

Cuando Pippi y Cross llegaron al aparcamiento del restaurante observaron que el coche de Theo ya estaba allí. Pippi aparcó a su lado. Después apagó el encendido y los faros del vehículo, y ambos permanecieron sentados en la oscuridad. Al otro lado de la autopista de la Costa del Pacífico se veía el brillo del océano surcado por unas líneas doradas que eran el reflejo de la luz de la luna. Descubrieron uno de los coches de su equipo aparcado al fondo del aparcamiento. Sabían que los otros dos se encontraban en sus puestos de la autopista, esperando el momento en que deberían acompañarlos a casa, dispuestos a cortar el paso a cualquier perseguidor y atajar cualquier problema que pudiera surgir.

Cross consultó su reloj. Eran las doce y media. Tendrían que esperar otro cuarto de hora. De repente Pippi le dio una palmada en el hombro.

—Ha salido más temprano —le dijo—. ¡Adelante!

Cross vio la figura que salía del restaurante, perfilada por la luz de la entrada. Se sorprendió de su aspecto juvenil, delgado y bajito, con una mata de pelo ensortijado coronando un pálido y enjuto rostro. Theo parecía demasiado frágil para ser un asesino.

De pronto se llevaron una sorpresa. En lugar de dirigirse a su automóvil, Theo cruzó la autopista de la Costa del Pacífico, esquivando el tráfico. En cuanto alcanzó el otro lado, echó a andar por la playa y llegó hasta la orilla, como si quisiera desafiar las olas. Permaneció de pie contemplando el océano y la amarillenta luna que ya se estaba poniendo en el lejano horizonte. Después dio media vuelta, volvió a cruzar la autopista y entró de nuevo en el aparcamiento del restaurante. Se había mojado los pies en la orilla y sus elegantes botas hacían un ruido como de chapoteo.

Cross descendió muy despacio del coche. Theo estaba muy cerca. Cross le cedió el paso y esbozó una amable sonrisa mientras Theo subía a su automóvil. En cuanto lo vio dentro, Cross sacó el arma. Theo, con la ventanilla abierta y a punto de insertar la llave en el encendido, levantó los ojos, consciente de la sombra que tenía al lado. En el momento en que Cross disparó, ambos se miraron a los ojos. Theo se quedó paralizado mientras la bala le estallaba en la cara, convertida al instante en una máscara sanguinolenta, con unos ojos enormemente abiertos. Cross abrió la portezuela y efectuó otros dos disparos contra la coronilla de Theo. La sangre le salpicó el rostro. A continuación arrojó una bolsa de droga al suelo del automóvil de Theo y cerró la portezuela. Pippi había puesto en marcha el motor del coche mientras Cross disparaba. Abrió la portezuela y Cross subió. De acuerdo con los planes, éste no había soltado la pistola. De lo contrario hubiera parecido un golpe planeado en lugar de un malogrado asunto de droga.

Pippi abandonó el aparcamiento, y el coche que los cubría salió detrás de ellos. Los dos vehículos que iban en cabeza ocuparon sus posiciones, y cinco minutos después, ya estaban todos de vuelta en la casa de la familia. A los diez minutos, Pippi y Cross subieron al automóvil de Pippi para regresar a Las Vegas. El equipo de operaciones se desharía del coche robado y de la pistola.

Cuando pasaron por delante del restaurante no vieron ninguna señal de actividad policial. Estaba claro que aún no habían descubierto el cadáver de Theo. Pippi puso la radio y escuchó los boletines de noticias. Nada.

—Perfecto —dijo—. Cuando se planean bien las cosas todo sale a la perfección.

Llegaron a Las Vegas cuando estaba a punto de salir el sol, y el desierto parecía un siniestro mar de color rojo. Cross jamás olvidaría aquel viaje a través del desierto en medio de la oscuridad y bajo una luz de la luna aparentemente infinita. De repente asomó el sol por el horizonte, y poco después las luces de neón del Strip de Las Vegas brillaron como un faro que anuncia la seguridad y el despertar de una pesadilla. Las Vegas nunca estaba a oscuras.

Justo en aquel preciso instante se descubrió el cuerpo de Theo con el rostro espectralmente pálido bajo la luz de un amanecer todavía más pálido. Las noticias subrayaban sobre todo el hecho de que Theo tuviera en su poder una cantidad de cocaína valorada en medio millón de dólares. Se trataba evidentemente de un fallido negocio de droga. El gobernador estaba a salvo.

Cross observó varias cosas en relación con los hechos: que la droga que él le había colocado a Theo no costaba más de diez mil dólares, pero que las autoridades habían elevado su precio hasta medio millón, y que el gobernador había sido elogiado por haber enviado sus condolencias a la familia de Theo. En cuestión de una semana los medios de difusión no volvieron a mencionar el asunto.

Pippi y Cross fueron llamados al Este para entrevistarse con Giorgio. Giorgio los felicitó por lo inteligentemente que habían ejecutado la operación, sin hacer la menor alusión al incumplimiento de las instrucciones, según las cuales la operación se hubiera tenido que llevar a cabo de tal forma que pareciera un accidente. Cross observó durante su visita que la familia Clericuzio lo trataba con el respeto debido al Martillo de la familia. La principal demostración de que efectivamente era así fue el hecho concreto de que le concedieran un porcentaje de los ingresos que figuraban en los libros de registro de los juegos legales e ilegales de Las Vegas. Con ello se daba a entender que ahora Cross se había convertido en un miembro oficial de la familia Clericuzio, que sería llamado a prestar servicio en ocasiones especiales y recibiría unas gratificaciones cuya cuantía dependería del riesgo que entrañara cada proyecto.

Gronevelt obtuvo también su recompensa. Tras ser elegido senador, Walter Wavven pasó un fin de semana de descanso en el Xanadu. Gronevelt le ofreció una villa y fue a felicitarle por su victoria.

El senador Wavven ya volvía a ser el mismo de antes. Jugaba y ganaba, y cenaba discretamente con las coristas del hotel. Parecía completamente recuperado. Sólo en una ocasión se refirió a su crisis recién superada.

—Alfred —le dijo a Gronevelt—, tienes un cheque en blanco conmigo.

—Nadie puede permitirse el lujo de llevar cheques en blanco en la cartera —contestó Gronevelt sonriendo—, pero te lo agradezco.

Él no quería cheques que saldaran toda la deuda del senador. Quería una larga y continuada amistad que no terminara jamás.

Durante los cinco años siguientes, Cross se convirtió en un experto en el juego y en la dirección de un hotel casino. Trabajaba como ayudante de Gronevelt, pero su principal actividad era el trabajo con su padre Pippi, no sólo en la dirección de la Agencia de Cobros, que algún día heredaría sin la menor duda, sino también como el Martillo número dos de la familia Clericuzio.

A los veinticinco años, Cross era conocido en la familia Clericuzio como el Pequeño Martillo. Él mismo se sorprendía de lo frío que era en su trabajo. Su objetivo no eran jamás personas a las que él conociera. Eran simples pedazos de carne encerrados en el interior de una piel indefensa; el esqueleto que había debajo les confería el perfil de los animales salvajes que cazaba con su padre cuando era pequeño. Temía el riesgo, pero sólo desde un punto de vista cerebral; no experimentaba la menor inquietud física. Quizás en algún momento de sosiego, cuando por ejemplo se despertaba por la mañana con un vago terror, como si hubiera sufrido una terrible pesadilla. Otras veces se sentía deprimido, por ejemplo cuando recordaba a su hermana y a su madre, las pequeñas escenas de su infancia y algunas de las visitas que les había hecho después de la separación de la familia.

Recordaba la mejilla de su madre, el calor de su carne, su piel tan suave como el raso y tan porosa que casi se podía percibir a través de ella la circulación de la sangre en el interior de las venas. Pero en sus sueños la piel se disgregaba como la ceniza, y la sangre se escapaba a través de los obscenos huecos formando cascadas escarlata.

Esto desencadenaba otros recuerdos. Cuando su madre lo besaba con sus fríos labios y lo abrazaba brevemente, casi por compromiso. Su madre nunca lo cogía de la mano como a Claudia. Las veces en que visitaba la casa materna y salía de ella casi sin resuello, con el pecho ardiendo como si lo tuviera magullado. Nunca sentía la pérdida en el presente sino en el pasado.

Cuando pensaba en su hermana Claudia, no experimentaba la misma sensación de pérdida. Existía su pasado en común, y ella seguía formando parte de su vida, aunque no lo bastante. Recordaba cómo se peleaban en invierno. Mantenían los puños en los bolsillos del abrigo y se pegaban. Un duelo inofensivo. Como debía ser, pensaba Cross, pero a veces echaba de menos a su madre y a su hermana. No obstante era feliz con su padre y con la familia Clericuzio.

Así pues, a los veinticinco años, Cross intervino en su última operación como Martillo de la familia. El objetivo era alguien a quien conocía de toda la vida.

Una amplia investigación del FBI había acabado con un considerable número de barones titulares de todo el país, algunos de ellos auténticos *bruglioni*, entre los cuales figuraba Virginio Ballazzo, jefe a la sazón de la familia más grande de los estados de la Costa Atlántica.

Virginio Ballazzo era barón de la familia Clericuzio desde hacía más de veinte años, y había sacado tajada de los asuntos de la familia. A cambio, los Clericuzio lo habían convertido en un hombre muy rico. En el momento de su caída, Ballazzo estaba valorado en más de cincuenta millones de dólares. Él y su familia vivían a lo grande. Pero ocurrió algo imprevisible. A pesar de su deuda, Virginio Ballazzo traicionó a quienes lo habían encumbrado. Quebrantó la ley de la *omertà*, el código que prohibía facilitar información a las autoridades.

Una de las acusaciones que se habían formulado contra él era la de asesinato, pero lo que lo convirtió en traidor no fue el miedo a acabar en la cárcel, pues a fin de cuentas en el estado de Nueva York no existía la pena de muerte. Y por muy larga que fuera la condena —en caso de que efectivamente lo declararan culpable—, los Clericuzio lo hubieran sacado a los diez años y se hubieran encargado de que aquellos diez años fueran de lo más cómodos para él. Él sabía muy bien lo que hubiera ocurrido. En el juicio, los testigos hubieran cometido perjurio y los miembros del jurado se hubieran podido manipular mediante sobornos. Y cuando hubiera cumplido unos cuantos años de condena, se hubiera reabierto el caso y se hubieran presentado nuevas pruebas que demostrarían su inocencia. Se conocía un célebre caso en el que los Clericuzio habían actuado de aquella manera, cuando uno de sus clientes ya llevaba cinco años en la cárcel. El hombre resultó absuelto y el Estado le pagó más de un millón de dólares en concepto de daños y perjuicios por su «indebido» encarcelamiento.

No, Ballazzo no temía ir a la cárcel. Lo que lo convirtió en traidor fue el hecho de que el Gobierno central amenazara con arrebatarle todos sus bienes terrenales en virtud de las leyes RICO aprobadas por el Congreso para luchar contra el crimen. Ballazzo no pudo soportar la idea de que él y sus hijos perdieran su principesca residencia de Nueva Jersey, el lujoso chalet de una urbanización de Florida y la granja caballar de Kentucky que había producido tres caballos perdedores en el Derby de Kentucky. Las infames leyes RICO permitían que el Gobierno se incautara de todos los bienes terrenales de las personas detenidas por conspiración delictiva. El Estado se hubiera podido quedar incluso con los bonos y las acciones, y también con los coches antiguos. El propio Don Clericuzio se puso furioso al enterarse de la aprobación de aquellas leyes, pero su único comentario fue: «Los ricos se arrepentirán; llegará un día en que detendrán a todo Wall Street con esta ley RICO.»

El hecho de que los Clericuzio le hubieran retirado la confianza a su viejo amigo Ballazzo en los últimos años no había sido fruto del azar sino de la previsión. Ballazzo se había convertido en un personaje demasiado llamativo para su gusto. El *New York Times* había publicado un reportaje sobre su colección de coches antiguos, y Virginio Ballazzo había sido fotografiado al volante de un Rolls Royce del año 1935, tocado con una divertida gorra de visera. Virginio Ballazzo había salido en la televisión durante el Derby de Kentucky con una fusta de montar en la mano, comentando la belleza de aquel deporte de reyes. Allí había sido presentado como un próspero importador de alfombras. Todo aquello era demasiado para la familia Clericuzio, que empezó a recelar de él.

Cuando Virginio Ballazzo inició sus contactos con el fiscal de distrito de Estados Unidos, fue el abogado de Ballazzo quien informó a la familia Clericuzio. El Don, que ya estaba semirretirado, le arrebató inmediatamente el mando a su hijo Giorgio. La situación exigía una mano siciliana.

Se celebró una conferencia de la familia. Don Clericuzio, sus tres hijos, Giorgio, Vincent y Petie, y Pippi de Lena. Era cierto que Ballazzo podía causar graves daños a la estructura de la familia, pero las consecuencias las sufrirían sobre todo los niveles inferiores. El traidor podía facilitar información muy valiosa, pero no pruebas legales. Giorgio señaló que en el peor de los casos siempre les quedaría el recurso de establecer su cuartel general en el extranjero, pero el Don rechazó airadamente la propuesta. ¿En qué otro lugar hubieran podido vivir sino en América? América los había hecho ricos, América era el país más poderoso del mundo y protegía a los ricos. El Don citaba a menudo el dicho: «Es preferible que cien culpables queden en libertad antes de que se castigue a un inocente.» Y después añadía: «Qué hermoso es este país.» Lo malo era que todo el mundo se ablandaba a causa de la buena vida. En Sicilia, Ballazzo jamás se hubiera atrevido a convertirse en traidor, y jamás se le hubiera ocurrido quebrantar la ley de la *omertà*. Sus propios hijos lo hubieran matado.

—Ya soy demasiado viejo para irme a vivir a otro país —dijo el Don—. No permitiré que un traidor me expulse de mi hogar.

Virginio, que en sí mismo no era más que un pequeño problema, constituía un síntoma de la infección. Había otros muchos como él. Hombres que no se regían por las viejas leyes que los habían hecho fuertes. Había un *bruglione* de la familia en Luisiana, otro en Chicago y otro en Tampa que exhibían su riqueza y mostraban su poder ante el mundo. Y después, cuando atrapaban a aquellos *cafoni*, entonces procuraban por todos los medios evitar el castigo que se habían ganado con su negligencia, quebrantando la ley de la *omertà*, traicionando a sus compañeros. Se tenía que erradicar aquella corrupción. Ésa era la postura del Don. Pero ahora escucharía a los demás. A fin de cuentas ya era viejo, y a lo mejor había otras soluciones.

Giorgio hizo un esbozo de la situación. Ballazzo estaba negociando con los abogados del Gobierno. Accedería a ir a la cárcel siempre y cuando el Gobierno le prometiera no invocar las leyes RICO y su mujer y sus hijos pudieran conservar su fortuna. Y como es natural estaba negociando también la forma de librarse de la cárcel, para lo cual tendría que declarar ante los tribunales contra las personas a las que había traicionado. Él y su mujer serían colocados en un Programa de Protección de Testigos y vivirían el resto de sus vidas bajo falsas identidades. Se someterían a unas intervenciones de cirugía plástica. Sus hijos vivirían el resto de sus vidas con una respetable comodidad. Aquél era el trato.

Cualesquiera que fueran sus defectos, Ballazzo era un padrazo, y en eso estaban todos de acuerdo. Tenía tres hijos. Un hijo estaba a punto de terminar sus estudios, su hija Ceil era propietaria de un elegante establecimiento de productos cosméticos en la Quinta Avenida, y el otro hijo trabajaba como técnico de informática en un programa espacial. Todos se merecían la suerte que habían tenido. Todos eran auténticos americanos y vivían el sueño americano.

—Pues bueno —dijo el viejo Don—, le enviaremos a Virginio un mensaje muy claro. Puede informar sobre todos los demás, puede enviarlos a todos a la cárcel o a la mierda, me da igual, pero si dice una sola palabra sobre los Clericuzio, sus hijos estarán perdidos.

—Las amenazas ya no asustan a nadie últimamente —dijo Pippi de Lena.

—La amenaza procederá directamente de mí —dijo Don Domenico—. Él me creerá. No le prometáis nada para él. Él lo entenderá.

—Jamás conseguiremos establecer contacto con él en cuanto lo coloquen en el Programa de Protección —dijo Vincent.

—Y tú, *Martello* mío, ¿qué dices a eso? —preguntó el Don, dirigiéndose a Pippi de Lena.

Pippi de Lena se encogió de hombros.

—Cuando haya declarado, aunque lo escondan bajo el Programa de Protección lo podremos localizar. Pero se armará un gran follón y habrá mucha publicidad. ¿Merece la pena? ¿Servirá para modificar la situación?

—Merecerá la pena precisamente por la publicidad y el revuelo —dijo el Don—. De esta manera enviaremos al mundo nuestro mensaje. En realidad, en caso de que se haga, tendremos que hacer *bella figura*, un buen papel.

—Podríamos simplemente dejar que los acontecimientos siguieran su curso —dijo Giorgio—. Diga lo que diga Ballazzo, jamás nos podrá hundir. Tu respuesta es una respuesta a corto plazo, papá.

El Don reflexionó un instante.

—Lo que dices es cierto. ¿Pero es que hay algo que pueda tener una respuesta a largo plazo? La vida está llena de interrogantes y de respuestas a corto plazo. ¿Y tú pones en duda que el castigo les pueda parar los pies a esos otros que serán atrapados? Puede que sí o puede que no, pero ten por seguro que a algunos se los parará. Ni el propio Dios ha podido crear un mundo sin castigo. Hablaré personalmente con el abogado de Ballazzo. Él me comprenderá. Él transmitirá el mensaje. Y Ballazzo lo creerá. —El Don hizo una breve pausa y después lanzó un suspiro—. Cuando terminen los juicios haremos el trabajo.

—¿Y su mujer? —preguntó Giorgio.

—Es una buena mujer —contestó El Don—, pero se ha vuelto demasiado americana. No podemos permitir que una desconsolada viuda proclame a los cuatro vientos su dolor y sus secretos.

Era la primera vez que intervenía Petie. Era un asesino nato.

—¿Y los hijos de Virginio?

—No si no es necesario. No somos unos monstruos —contestó Don Domenico—. Ballazzo jamás les ha hablado a sus hijos de sus negocios. Ha querido que el mundo lo considere un criador de caballos, pues dejemos que se vaya con sus caballos al carajo.

Nadie dijo nada. Al cabo de un rato, el Don añadió tristemente:

—No les hagáis daño a los pequeños. Al fin y al cabo vivimos en un país donde los hijos no vengan a sus padres.

Al día siguiente se envió un mensaje a Virginio Ballazzo a través de su abogado. El lenguaje de tales mensajes solía ser muy florido. Cuando habló con el abogado, el Don le manifestó su esperanza de que su viejo amigo Virginio Ballazzo sólo guardara inmejorables recuerdos de los Clericuzio, los cuales siempre cuidarían de los intereses de su desventurado amigo. El Don añadió que Ballazzo jamás debería temer por sus hijos en los lugares donde pudiera acechar el peligro, ni siquiera en la Quinta Avenida, pues él mismo velaría por su seguridad. Él sabía lo mucho que Ballazzo apreciaba a sus hijos; sabía que ni la cárcel ni la silla eléctrica ni todos los demonios del infierno hubieran podido atemorizar a su valiente amigo. Virginio sólo temía el espectro del daño que pudieran sufrir sus hijos.

—Dígale —le aseguró el Don al abogado— que yo personalmente, yo, Don Domenico Clericuzio, le garantizo que no sufrirán ninguna desgracia.

El abogado transmitió el mensaje palabra por palabra a su cliente, el cual contestó de la siguiente manera:

—Dígale a mi amigo, a mi queridísimo amigo que se crió con mi padre en Sicilia, que confío en sus garantías con mi mayor gratitud. Dígale que sólo guardo los mejores recuerdos de todos los Clericuzio y que mis recuerdos son tan profundos que no tengo palabras para expresarlos. Beso su mano. —Después Ballazzo miró a su abogado y se puso a cantar—: Tra la la... Será mejor que tengamos cuidado con la declaración. No podemos comprometer a mi viejo amigo...

—Sí —dijo el abogado, y así se lo comunicó más tarde al Don en su informe.

Todo se desarrolló según lo previsto. Virginio Ballazzo quebrantó la ley de la *omertà* y declaró, enviando a numerosos subordinados a la cárcel e implicando incluso a un teniente de alcalde de Nueva York, pero no hubo ni una sola palabra sobre los Clericuzio. Después los Ballazzo, marido y mujer, se perdieron en el Programa de Protección de Testigos.

La prensa y la televisión no cabían en sí de contento, la poderosa Mafia había caído. Se publicaron centenares de fotografías y en la televisión se multiplicaron los reportajes en directo en los que se mostraba el momento en que aquellos malvados eran conducidos a la cárcel. Ballazzo ocupó las páginas centrales del *Daily News*: CAE EL MÁXIMO DON DE LA MAFIA. En el reportaje se le veía con su colección de coches antiguos, sus caballos del Derby de Kentucky y su impresionante vestuario de Londres. Toda una orgía.

Cuando el Don le encomendó a Pippi la misión de localizar al matrimonio Ballazzo y castigarlo por su acción, le dijo:

—Hazlo de tal manera que tenga la misma publicidad que ellos están teniendo ahora. No queremos que se olviden de nuestro Virginio.

Pero el Martillo tardaría más de un año en cumplir el encargo.

Cross recordaba afectuosamente a Ballazzo como un hombre generoso y jovial. Él y Pippi habían comido en su casa pues la señora Ballazzo tenía fama de ser una excelente cocinera italiana, sobre todo por sus macarrones y su coliflor con ajo y hierbas aromáticas, un plato que él todavía recordaba con deleite. Había jugado en su infancia con los hijos de los Ballazzo e incluso se había enamorado de su hija Ceil cuando ambos eran adolescentes. Ella le había escrito desde la universidad después de aquel mágico domingo, pero él jamás le había contestado. Ahora, a solas con Pippi, dijo:

—No quiero participar en esta operación.

Su padre lo miró con una triste sonrisa en los labios. Después le dijo:

—Cross, son cosas que a veces ocurren, tienes que acostumbrarte. De lo contrario, no sobrevivirás.

Cross sacudió la cabeza.

—No puedo hacerlo —dijo.

Pippi lanzó un suspiro.

—De acuerdo. Les diré que voy a utilizarte en la planificación. Haré que me asignen a Dante para la operación.

Pippi puso en marcha la investigación. La familia Clericuzio, con cuantiosos sobornos, atravesó la pantalla del Programa de Protección de Testigos.

Los Ballazzo se sentían seguros con sus nuevas identidades, sus falsas partidas de nacimiento, sus nuevos números de la Seguridad Social, su certificado de matrimonio y la cirugía estética que les había modificado la cara, confiriéndoles el aspecto de unas personas diez años más jóvenes. Sin embargo sus figuras, sus gestos y sus voces los hacían más fácilmente identificables de lo que ellos pensaban.

Los viejos hábitos nunca mueren. Un sábado por la noche Virginio Ballazzo y su mujer se trasladaron en su automóvil a la pequeña localidad de Dakota del Sur, cerca de la cual habían establecido su nueva residencia, para jugar en un pequeño tugurio de mala muerte que dependía de la sección local. Durante el camino de vuelta, Pippi de Lena y Dante Clericuzio, junto con un equipo de seis hombres, los interceptaron. Dante, incumpliendo las normas del plan, no pudo resistir la tentación de darse a conocer antes de apretar el gatillo de su escopeta de caza.

No se hizo el menor intento de ocultar los cadáveres. No se robaron objetos de valor. El hecho se consideró un ajuste de cuentas y sirvió para enviar un mensaje al mundo. Un torrente de indignación inundó la prensa y la televisión, y las autoridades prometieron que se haría justicia. Se armó tal escándalo que todo el imperio Clericuzio pareció correr peligro.

Pippi se vio obligado a permanecer dos años escondido en Sicilia. Dante se convirtió en el Martillo número uno de la familia. Cross fue nombrado *bruglione* del Imperio Occidental de los Clericuzio. Se había tomado buena nota de su negativa a participar en la ejecución de los Ballazzo. Estaba claro que no tenía madera de auténtico Martillo.

Antes de su desaparición de dos años en Sicilia, Pippi celebró una última reunión y una comida de despedida con Don Clericuzio y Giorgio.

—Debo pedir disculpas por mi hijo. Cross es joven, y los jóvenes son sentimentales —dijo—. Apreciaba mucho a los Ballazzo.

—Nosotros apreciábamos a Virginio —dijo el Don—. Era el hombre que más me gustaba.

—¿Pues entonces por qué lo matamos? —preguntó Giorgio—. Nos ha causado tantos problemas que no merecía la pena.

Don Clericuzio lo miró con dureza.

—No se puede vivir sin orden. Si tienes poder lo debes utilizar por simple sentido de la justicia. Ballazzo cometió un grave delito. Pippi lo comprende, ¿no es cierto, Pippi?

—Por supuesto que sí, Don Domenico —contestó Pippi—. Pero usted y yo pertenecemos a la vieja escuela. Nuestros hijos no lo comprenden. —Hizo una breve pausa—. También quería darle las gracias por haber nombrado *bruglione* del Oeste a Cross durante mi ausencia. No le defraudará.

—Lo sé —dijo el Don—. Confío tanto en él como en ti. Es inteligente y sus escrúpulos son los propios de la juventud. El tiempo le endurecerá el corazón.

La comida la había preparado y la estaba sirviendo una de las mujeres cuyos maridos trabajaban en el Enclave del Bronx. Había olvidado llevar a la mesa el cuenco de queso parmesano rallado del Don y Pippi fue a la cocina por el rallador y el cuenco. Ralló cuidadosamente el queso y observó cómo el Don hundía su enorme cuchara de plata en el amarillento montículo, se la llevaba a la boca y después tomaba un buen trago de fuerte vino casero. Menudo apetito tiene este hombre, pensó Pippi. Más de ochenta años y todavía es capaz de decretar la muerte de un pecador y de comerse este queso tan fuerte, regado con este vino tan áspero.

—¿Está Rose Marie en casa? —preguntó con aire ausente—. Me gustaría despedirme de ella.

—Le ha dado uno de sus malditos ataques —contestó Giorgio—. Menos mal que se ha encerrado en su habitación, pues de lo contrario no nos hubiera permitido disfrutar en paz de la comida.

—Vaya —dijo Pippi—. Yo pensaba que mejoraría con el tiempo.

—Piensa demasiado —explicó el Don—. Quiere demasiado a su hijo Dante. Se niega a comprenderlo. El mundo es lo que es, y nosotros somos lo que somos.

—Pippi —dijo suavemente Giorgio—, ¿cómo valoras a Dante después de la operación Ballazzo? ¿Se puso nervioso?

Pippi se encogió de hombros sin decir nada. El Don soltó un leve gruñido y lo miró fijamente.

—Puedes hablar con franqueza —dijo el Don—. Giorgio es su tío y yo soy su abuelo. Todos somos de la misma sangre y nos está permitido juzgarnos los unos a los otros.

Pippi dejó de comer y miró directamente al Don y a Giorgio.

—Dante tiene una boca ensangrentada —contestó casi a regañadientes.

En su mundo, aquella expresión se utilizaba para describir a un hombre que iba más allá del salvajismo, una insinuación de brutalidad en el cumplimiento de un trabajo necesario, lo cual estaba terminantemente prohibido en la familia Clericuzio.

Giorgio se reclinó en su asiento.

—¡Hostia! —exclamó.

El Don le dirigió una severa mirada de reproche por la blasfemia y después le indicó a Pippi con un gesto de la mano que siguiera. No parecía demasiado sorprendido.

—Fue un buen alumno —dijo Pippi—. Tiene el temperamento y la fuerza física necesarios. Es muy rápido e inteligente, pero le gusta demasiado su trabajo. Tardó demasiado con los Ballazzo. Les habló durante diez minutos antes de pegarle un tiro a la mujer. Y después tardó otros cinco minutos en disparar contra Virginio. Eso no es de mi gusto, pero lo más grave es que nunca sabes qué peligro puedes correr porque a lo mejor todos los minutos cuentan. En otros trabajos ha sido innecesariamente cruel, es como un regreso a los viejos tiempos, cuando a algunos les parecía que colgar a un hombre de un gancho de carnicería era algo muy ingenioso. No quiero entrar en detalles.

—Lo que ocurre es que este estúpido sobrino mío es un poco bajito —dijo Giorgio, enfurecido—. Es un maldito enano. Y encima se pone unos sombreros rarísimos. ¿De dónde coño los saca?

—Del mismo sitio de donde sacan los negros los suyos —dijo jovialmente el Don—. En Sicilia, cuando yo era joven, todo el mundo llevaba unos sombreros muy raros. Cualquiera sabe por qué. ¿Pero eso qué importa? Deja ya de decir tonterías. Yo también me ponía sombreros muy raros. A lo mejor es un rasgo de la familia. Es su madre la que le mete toda clase de bobadas en la cabeza desde que era pequeño. Se hubiera tenido que volver a casar. Las viudas son como las arañas, tejen demasiado.

—Pero el chico lo hace bien —dijo Giorgio con vehemencia.

—Mucho mejor de lo que lo podría hacer Cross —señaló diplomáticamente Pippi—, pero a veces pienso que está loco como su madre. —Y añadió tras una pausa—: A veces incluso me da miedo.

El Don tomó una cucharada de queso y un sorbo de vino.

—Giorgio —dijo—, instruye a tu sobrino, repara su error. Algún día podría ser peligroso para los de la familia, pero que no sepa que la orden ha partido de mí. Es demasiado joven y yo soy demasiado viejo, no podría influir en él.

Pippi y Giorgio sabían que eso era mentira, pero también sabían que si el viejo quería ocultar su participación en el asunto tendría una buena razón para ello. En aquellos momentos oyeron unas pisadas en el piso de arriba y después a alguien bajando por la escalera. Rose Marie entró en el comedor.

Los hombres observaron consternados que estaba sufriendo uno de sus habituales ataques. Llevaba el cabello desgreñado, el maquillaje medio corrido y la ropa torcida y arrugada. Lo peor era sin embargo que tenía la boca abierta, aunque no le salían las palabras y utilizaba los movimientos del cuerpo y de las manos en lugar del lenguaje. Sus gestos eran extraordinariamente elocuentes, mucho más que las palabras. Los odiaba, quería verlos muertos, quería que sus almas ardieran en el infierno por toda la eternidad. Se hubieran tenido que atragantar con la comida, se hubieran tenido que quedar ciegos con el vino, se les hubiera tenido que caer la polla cuando se acostaran con sus mujeres. De pronto tomó el plato de Giorgio y el de Pippi y los estrelló contra el suelo.

Ahora todo esto se lo toleraban, pero la primera vez que lo hizo, años atrás, cuando sufrió el primer ataque y arrojó el plato del Don al suelo de aquella misma manera, su padre la hizo encerrar en su habitación y después la tuvo tres meses en una residencia de cuidados especiales. El Don se apresuró a cubrir el cuenco de queso con la tapadera porque Rose Marie tenía por costumbre escupir. De repente todo terminó, y Rose Marie se quedó inmóvil.

—Quería decirte adiós —le dijo a Pippi—. Espero que te mueras en Sicilia.

Pippi sintió una oleada de compasión por ella. Se levantó y la estrechó en sus brazos. Ella no opuso resistencia. Pippi la besó en la mejilla diciendo:

—Preferiría morir en Sicilia antes que regresar a casa y encontrarte en este estado.

Ella se apartó de sus brazos y subió corriendo los peldaños de la escalera.

—Muy conmovedor —dijo Giorgio casi en tono burlón—, pero es que tú no tienes que aguantarla todos los meses —añadió con una mirada socarrona pues todos sabían que Rose Marie sufría aquellos ataques no una sino varias veces al mes.

El Don parecía el que menos se alteraba con los ataques de su hija.

—Se pondrá mejor o morirá —decía—. En caso contrario la sacaré de aquí. —Y dirigiéndose a Pippi, añadió—: Ya te diré cuándo puedes regresar de Sicilia. Procura disfrutar del descanso, nos estamos haciendo viejos. Pero mantén los ojos abiertos y busca a nuevos hombres para el Enclave. Eso es muy importante. Necesitamos hombres que lleven la *omertà* en la sangre y de los que podamos estar seguros de que no nos traicionarán, no como los nacidos en este país que quieren disfrutar de la vida y no pagar nada a cambio.

Al día siguiente, mientras Pippi volaba a Sicilia, Dante fue llamado a la mansión de Quogue, donde debería pasar el fin de semana. El primer día Giorgio le permitió permanecer con Rose Marie. Era conmovedor ver lo mucho que se querían. Dante era una persona totalmente distinta con su madre. Nunca se ponía ninguno de sus extraños sombreros, salía a dar largos paseos con ella por la finca, la llevaba a cenar y la servía como un galán francés del siglo XVIII. Cuando Rose Marie estallaba en un llanto histérico, la acunaba en sus brazos y ella nunca sufría uno de sus ataques en su presencia. Se pasaban el rato hablando constantemente en voz baja y tono confidencial.

A la hora de la cena, Dante ayudaba a su madre a poner la mesa y a rallar el queso del Don y le hacía compañía en la cocina, y ella le preparaba su comida preferida de *penne* con bróculi de primero, y de cordero asado mechado con ajo y panceta de segundo.

Giorgio contemplaba con asombro la corriente de simpatía que se había establecido entre Dante y el Don. Dante se mostraba extremadamente solícito, le servía al Don las *penne* con bróculi y frotaba y sacaba ostentosamente brillo a la gran cuchara de plata que el Don utilizaba para tomar el queso parmesano rallado. Dante le decía al viejo en broma:

—Abuelo, si te salieran dientes nuevos no tendríamos que rallarte el queso. Los dentistas de ahora hacen verdaderas maravillas. Te pueden meter acero en las mandíbulas. Un auténtico milagro.

—Quiero que mis dientes mueran conmigo —contestaba el Don en el mismo tono—. Y ya soy demasiado viejo para los milagros. ¿Por qué iba Dios a perder el tiempo obrando un milagro en un viejo como yo?

Rose Marie, que aún conservaba en parte la belleza de su juventud, se había puesto guapa para su hijo y parecía alegrarse de ver a su padre y a su hijo tan bien avenidos. Incluso se le había borrado del rostro la perenne expresión de inquietud.

Giorgio también estaba contento. Se alegraba de ver feliz a su hermana. Rose Marie no lo sacaba tanto de quicio y cocinaba mejor. No lo miraba con ojos acusadores y no sufría ataques.

Cuando el Don y Rose Marie se hubieron ido a la cama, Giorgio acompañó a Dante al estudio. La estancia no tenía teléfono, televisor ni comunicación alguna con el resto de la casa. Y la puerta era muy gruesa. Estaba amueblada con dos sofás de cuero negro y unas sillas tapizadas también de cuero negro. Aún conservaba el armario del whisky y un mueble bar equipado con un frigorífico y un estante para los vasos. Sobre la mesa había una caja de puros habanos, pero la habitación no tenía ventanas y parecía una pequeña cueva.

El rostro de Dante, demasiado taimado e interesante para ser el de un joven, siempre le producía a Giorgio una cierta inquietud. En sus ojos ardía una astucia excesiva, y a Giorgio no le gustaba que fuera tan bajo.

Giorgio preparó dos tragos y encendió un puro.

—Menos mal que no te pones esos sombreros tan raros delante de tu madre —dijo—. Por cierto, ¿por qué te los pones?

—Me gustan —contestó Dante—. Lo hago para que tú, tío Petie y tío Vincent os fijéis en mí. —Hizo una pausa y después añadió con una maliciosa sonrisa en los labios—: Me hacen parecer más alto.

Era cierto que los sombreros le sentaban bien, pensó Giorgio. Enmarcaban y favorecían su rostro de hurón y conferían unidad a unas facciones extrañamente inconexas cuando no llevaba sombrero.

—No debieras ponértelos cuando haces un trabajo —dijo Giorgio—. Eso facilita demasiado la identificación.

—Los muertos no hablan —dijo Dante—. Yo mato a cualquiera que me vea en un trabajo.

—Sobrino, no me vengas con historias —dijo Giorgio—. No es una muestra de inteligencia. Es un riesgo. Y a la familia no le gusta correr riesgos. Y otra cosa. Están empezando a correr rumores de que tienes una boca ensangrentada.

Por primera vez, Dante reaccionó con violencia. De repente su rostro adquirió una expresión siniestra.

—¿Lo sabe el abuelo? —preguntó, posando el vaso—. ¿Viene eso de él?

—El Don no sabe nada —mintió Giorgio. Era un experto embustero—. Y yo no se lo diré. Eres su preferido y se disgustaría, pero te diré una cosa: nada de sombreros durante un trabajo, y límpiate la boca. Ahora eres el Martillo número uno de la familia y disfrutas demasiado con el trabajo. Eso es muy peligroso y contrario a las reglas de la familia.

Dante pareció no escucharle. Se pasó un rato pensando y después la sonrisa volvió a iluminarle el rostro.

—Eso te lo tiene que haber dicho Pippi —dijo jovialmente.

—Sí —contestó fríamente Giorgio—. Pippi es el mejor. Te pusimos con Pippi para que aprendieras cómo se hacen las cosas. ¿Y sabes por qué es el mejor? Porque tiene buen corazón. Esas cosas nunca se hacen por gusto.

Dante perdió la compostura y le dio un ataque de risa. Rodó en el sofá y finalmente se tiró al suelo. Giorgio le miró con la cara muy seria, pensando que estaba tan loco como su madre. Finalmente, Dante se levantó, tomó un buen trago de su bebida y dijo, rebosante de buen humor:

—O sea que ahora dices que no tengo buen corazón.

—Ni más ni menos —dijo Giorgio—. Eres mi sobrino, pero sé lo que eres. Mataste a dos hombres en una disputa más o menos personal sin el visto bueno de la familia. El Don no emprendió ninguna acción contra ti, ni siquiera te echó un sermón. Después te cargaste a una corista con la que llevabas un año follando. En un ataque de furia. Le diste la «comunión» para que la policía no la encontrara. Y no la encontró. Te crees un pequeñajo muy listo, pero la familia te declaró culpable aunque nunca hubieras podido ser condenado en un juicio.

Dante permaneció en silencio, no por miedo sino por astucia.

—¿Sabe el Don todas esas tonterías?

—Sí —contestó Giorgio—. Pero sigues siendo su preferido. Dijo que lo pasáramos por alto, que todavía eres muy joven, que ya aprenderás. No quiero que se entere de este asunto de la boca ensangrentada, es demasiado viejo. Eres su nieto y tu madre es su hija. Se le rompería el corazón de pena.

Dante soltó otra carcajada.

—El Don tiene corazón. Pippi de Lena tiene corazón, Cross tiene un corazón de gallina y mi madre tiene el corazón roto. Pero yo no tengo corazón, ¿verdad? ¿Y tú, tío Giorgio, tienes corazón?

—Pues claro —contestó Giorgio—. Prueba de ello es que te sigo aguantando.

—¿O sea que yo soy el único que no tiene un maldito corazón? —dijo Dante —. Quiero a mi madre y a mi abuelo, y los dos se odian mutuamente. A medida que me hago mayor, mi abuelo me quiere cada vez menos. Tú, Vinnie y Petie ni siquiera me tenéis simpatía, aunque tenemos la misma sangre. ¿Crees que no lo sé? Sin embargo yo os sigo queriendo a todos, aunque me pongáis muy por debajo de ese maldito Pippi de Lena. ¿Crees que tampoco tengo cerebro?

Giorgio se quedó pasmado ante aquel estallido de furia. Y la sinceridad de Dante lo indujo a ponerse en guardia.

—Te equivocas con respecto al Don, él te aprecia tanto como al principio. Y lo mismo se puede decir de Petie, Vincent y de mí. ¿Acaso no te hemos tratado siempre con todo el respeto propio de la familia? Cierto que el Don parece un poco distante, pero es que ya es muy viejo. En cuanto a mí, lo único que quiero es hacerte una advertencia por tu propio bien. Estás en un negocio muy peligroso, tienes que andarte con mucho tiento. No puedes dejarte dominar por las emociones personales. Eso sería un desastre.

—¿Saben Vinnie y Petie todo eso? —preguntó Dante.

—No —contestó Giorgio.

Lo cual era otra mentira. Vinnie también le había hablado de Dante. Petie no le había dicho nada porque Petie era un asesino nato. Pero también había dado muestras inequívocas de no apreciar la compañía de Dante.

—¿Alguna otra queja sobre mi trabajo? —preguntó Dante.

—No —contestó Giorgio—, y no te lo tomes demasiado a pecho. Te estoy dando un consejo como tío tuyo que soy. Pero también te lo digo desde el lugar que ocupo en la familia. No le vuelvas a dar a nadie la comunión ni la confirmación sin el visto bueno de la familia. ¿Entendido?

—De acuerdo —contestó Dante—. Pero sigo siendo el Martillo número uno, ¿verdad?

—Hasta que Pippi regrese de sus pequeñas vacaciones —contestó Giorgio—. Dependerá de tu trabajo.

—Procuraré disfrutar menos con mi trabajo, si eso es lo que queréis —dijo Dante—. ¿De acuerdo? —añadió, dándole a Giorgio una cariñosa palmada en el hombro.

—Muy bien —dijo Giorgio—. Mañana por la noche llévate a cenar fuera a tu madre. Hazle compañía. A tu abuelo le gustará.

—Lo haré —dijo Dante.

—Uno de los restaurantes de Vincent está en East Hampton —dijo Giorgio—. Podrías llevar a tu madre allí.

—¿Es que ha empeorado? —preguntó de pronto Dante.

Giorgio se encogió de hombros.

—No puede olvidar el pasado. Se aferra a unas viejas historias que ya tendría que haber olvidado. El Don siempre dice: «El mundo es lo que es, y nosotros somos lo que somos.» Es su dicho preferido. Pero ella no lo puede aceptar. —Giorgio le dio a Dante un cariñoso abrazo—. Ahora vamos a olvidar esta pequeña conversación. No sabes lo que me fastidia tener que hacer estas cosas.

Como si el Don no le hubiera dado instrucciones expresas.

Cuando Dante se fue el lunes por la mañana, Giorgio informó al Don de toda la conversación. El Don lanzó un suspiro.

—Era un chico encantador. ¿Qué habrá ocurrido?

Giorgio sólo tenía una gran virtud. Decía lo que pensaba cuando realmente quería, incluso a su padre, al mismísimo Don.

—Ha hablado demasiado con su madre. Y guarda rencor.

Ambos permanecieron un buen rato en silencio.

—Y, cuando vuelva Pippi —preguntó por fin Giorgio—, ¿qué haremos con tu nieto?

—A pesar de todo creo que Pippi tendría que retirarse —contestó el Don—. A Dante se le tiene que ofrecer la oportunidad de ser el primero, a fin de cuentas es un Clericuzio. Pippi será asesor del *bruglione* de su hijo en el Oeste. En caso necesario, siempre podrá asesorar a Dante. No hay nadie más versado que él en esas cuestiones, tal como demostró con los Santadio, pero tendría que terminar sus años en paz.

—El Martillo Emérito —musitó Giorgio en tono sarcástico, pero el Don fingió no haber entendido la broma.

—Muy pronto tendrás que asumir mis responsabilidades —le dijo a Giorgio, frunciendo el ceño—. Recuerda siempre que el principal objetivo es el de que los Clericuzio ocupen un día un lugar en la sociedad, y el de que la familia no muera jamás, por muy dura que sea la elección.

Así se despidieron, pero Pippi tardó dos años en regresar de Sicilia y el asesinato de los Ballazzo se perdió en la niebla burocrática. Una niebla fabricada por los Clericuzio.

LIBRO V

LAS VEGAS / HOLLYWOOD / QUOGUE

7

Cross de Lena recibió a su hermana Claudia y a Skippy Deere en su suite ejecutiva de la última planta del hotel Xanadu. A Deere siempre le llamaba la atención la visible disparidad entre los dos hermanos. Claudia no era exactamente bonita pero sí muy atractiva, y Cross era convencionalmente guapo y poseía un cuerpo delgado pero atlético. Claudia tan naturalmente cordial, y Cross tan rígidamente afable y distante. Había una diferencia entre la cordialidad y la afabilidad, pensaba Deere. Lo uno se llevaba en los genes, y lo otro era adquirido.

Claudia y Deere se acomodaron en el sofá, y Cross se sentó delante de ellos. Claudia le explicó a su hermano la cuestión de Boz Skannet y después se inclinó hacia delante y dijo:

—Cross, te suplico que me escuches. Eso no es sólo un asunto de negocios. Athena es mi mejor amiga, y además una de las mejores personas que he conocido en mi vida. Me ayudó cuando lo necesité. Y éste es el favor más importante que te pido en la vida. Ayuda a Athena a salir de este apuro y jamás te volveré a pedir nada. —Se volvió hacia Skippy Deere y le dijo—: Explícale a Cross el problema del dinero.

Deere siempre adoptaba una actitud ofensiva antes de pedir un favor.

—Llevo más de diez años siendo cliente de este hotel —le dijo a Cross—, ¿cómo es posible que nunca me hayáis ofrecido una de vuestras villas?

Cross soltó una carcajada.

—Siempre están ocupadas.

—Pues echa a alguien —replicó Deere.

—Ya —dijo Cross—. Cuando reciba una declaración de los beneficios de una de tus películas, y cuando te vea apostar diez billetes de los grandes en el bacará.

—Yo soy su hermana y nunca he conseguido que me ofrezcan una villa —dijo Claudia—. Déjate de tonterías, Skippy, y explica el problema del dinero.

Cuando Deere terminó, Cross repasó las notas que había tomado en un cuaderno de apuntes y dijo:

—A ver si lo entiendo. Tú y los estudios perdéis cincuenta millones de dólares en efectivo, más los doscientos millones de los beneficios previstos si esta Athena no vuelve al trabajo. Y ella no quiere volver al trabajo porque tiene mucho miedo de un ex marido llamado Boz Skannet. Vosotros lo podríais comprar, pero ella sigue empeñada en no volver al trabajo porque no cree que nadie le pueda parar los pies a su marido. ¿Eso es todo?

—Sí —contestó Deere—. Le prometimos que estaría más protegida que el presidente de Estados Unidos mientras durara el rodaje de la película. Incluso ahora seguimos vigilando a ese Skannet. Y a ella la tenemos protegida las veinticuatro horas del día, pero no quiere volver al trabajo.

—La verdad es que no veo dónde está el problema —dijo Cross.

—El chico pertenece a una poderosa familia política de Tejas —explicó Deere—, y es un tipo francamente duro de pelar. He intentado que los de la agencia de seguridad lo acojonaran...

—¿Qué agencia de seguridad tenéis? —preguntó Cross.

—La Pacific Ocean Security —contestó Deere.

—¿Y por qué has venido a hablar conmigo?

—Porque tu hermana me dijo que tú nos podrías echar una mano —contestó Deere—. La idea no fue mía.

—Claudia —dijo Cross mirando a su hermana—, ¿qué te hizo pensar que yo os podría echar una mano?

El rostro de Claudia se contrajo en una mueca de turbación.

—Te he visto resolver problemas muchas veces, Cross. Tienes una gran capacidad de persuasión y siempre se te ocurre alguna solución —contestó esbozando una ingenua sonrisa—. Además eres mi hermano mayor y confío en ti.

Cross lanzó un suspiro.

—Las mismas bobadas de siempre —dijo.

Pero Deere se dio cuenta de que ambos hermanos se profesaban un profundo afecto.

Los tres permanecieron sentados un buen rato en silencio. Al final, Deere dijo:

—Cross, hemos venido aquí como último recurso. Pero si buscas otra inversión, tenemos un proyecto estupendo.

Cross miró a Claudia y después a Deere y dijo con aire pensativo:

—Skippy, primero quiero conocer a esta Athena, y después es posible que pueda resolver todos vuestros problemas.

—Estupendo —dijo Claudia, lanzando un suspiro de alivio—. Mañana podemos tomar un vuelo los tres —añadió, abrazando a su hermano.

—De acuerdo —dijo Deere.

Ya estaba tratando de encontrar algún medio para que Cross cargara con parte de sus pérdidas en la película *Mesalina*.

Al día siguiente, los tres se trasladaron a Los Ángeles. Claudia había llamado a Athena y la había convencido para que los recibiera, y después Deere se había puesto al teléfono. La conversación lo había reafirmado en la creencia de que Athena jamás volvería a la película, y la idea lo había puesto furioso. Pero durante el vuelo se distrajo, intentando encontrar la manera de que Cross pusiera a su disposición una de sus malditas villas en su siguiente visita a Las Vegas.

La Colonia Malibú, donde vivía Athena Aquitane, era una parte de la playa situada a unos cuarenta minutos al norte de Beverly Hills y Hollywood. La colonia tenía poco más de cien chalets, cada uno de ellos valorado entre tres y seis millones de dólares, a pesar de su aspecto exterior más bien corriente y algo destartalado. Las casas estaban protegidas por una valla, y a veces tenían unas verjas muy ornamentadas.

Sólo se podía entrar en la Colonia a través de un camino particular vigilado por unos guardias de seguridad que ocupaban una espaciosa garita y que eran los encargados de controlar las barreras de acceso. El personal de seguridad comprobaba la identidad de todos los visitantes por medio del teléfono o de una lista de control. Los residentes disponían de unas pegatinas especiales para los vehículos, que se cambiaban cada semana. Cross pensó que aquellas medidas de seguridad eran un simple incordio y no resultaban demasiado eficaces.

Pero los hombres de la Pacific Ocean Security que vigilaban la casa de Athena, eso ya era otra cuestión. Iban armados y uniformados y daban la impresión de estar en muy buena forma física.

Entraron en la casa de Athena desde una acera paralela a la playa. La casa disponía de unas medidas adicionales de seguridad, controladas por la secretaria de Athena, quien les franqueó la entrada pulsando el botón del portero electrónico desde una casita de invitados adyacente. Había otros dos hombres uniformados de la Pacific Ocean, y otro junto a la puerta de la casa. Al pasar por delante de la casa de invitados, cruzaron un alargado jardín lleno de flores y limoneros que perfumaban la salobre brisa marina. Al final llegaron a la casa principal, orientada hacia el Pacífico.

Una menuda sirvienta hispanoamericana les abrió la puerta y los acompañó a través de una espaciosa cocina a una sala de estar, en la que el océano parecía filtrarse a través de unos grandes ventanales. La estancia estaba amueblada con sillones de mimbre, mesas de cristal y mullidos sofás de color verde mar. La sirvienta los condujo desde allí a una puerta acristalada que daba acceso a una larga y ancha terraza que miraba al océano, con sillas, mesas y una bicicleta estática tan reluciente como la plata. Más allá, la superficie verde azulada del océano daba la impresión de estar inclinada con respecto al cielo.

Al ver a Athena en la terraza, Cross de Lena sintió un sobresalto. Parecía mucho más guapa que en las películas, cosa insólita. Las películas no podían captar el colorido de su tez, la profundidad de sus ojos ni el matiz exacto del verde de sus iris. Su cuerpo se movía como el de una atleta, con una gracia física aparentemente espontánea. Un dorado cabello cuyo descuidado corte hubiera resultado feo en cualquier otra mujer, coronaba su espléndida belleza. Llevaba una sudadera de un azul verdoso que no ocultaba las formas de su cuerpo, como hubiera cabido esperar. Sus piernas eran muy largas en comparación con el tronco, iba descalza y no llevaba las uñas pintadas.

Pero lo que más impresionó a Cross fue la inteligente expresión del rostro, que era el mayor foco de atracción de su persona.

Athena saludó a Skippy Deere con el acostumbrado beso en la mejilla, abrazó afectuosamente a Claudia y estrechó la mano de Cross. Sus ojos eran del color del océano que tenía a su espalda.

—Claudia siempre me habla de usted —le dijo a Cross—. De su apuesto y misterioso hermano que es capaz de detener el movimiento de la Tierra cuando quiere.

Soltó una carcajada con toda naturalidad, no una carcajada de mujer asustada.

Cross experimentó una maravillosa sensación de deleite, no hay otra palabra para describirla. Su ronca voz gutural era un cautivador instrumento de música. El océano la enmarcaba, acentuando sus bien dibujados pómulos, sus generosos labios rojos y la radiante inteligencia de su cara.

Por la mente de Cross pasó fugazmente una de las breves lecciones de Gronevelt: «En este mundo el dinero te podrá proteger de todo menos de una hermosa mujer.»

Cross había conocido a muchas mujeres hermosas en Las Vegas, tantas como en Los Ángeles y Nueva York, pero en Las Vegas la belleza era una belleza aislada y sin apenas talento. Muchas de aquellas beldades habían fracasado en Hollywood. En Hollywood la belleza se aliaba con el talento, y con menos frecuencia con la genialidad artística. Ambas ciudades atraían a mujeres hermosas de todo el mundo. Finalmente, estaban las actrices que alcanzaban el rango de estrellas cotizadas.

Eran las mujeres que aparte de la belleza y el talento poseían una ingenuidad infantil combinada con una gran dosis de valentía. La singularidad de su oficio podía elevarse a la categoría de forma artística, lo cual les otorgaba una innegable dignidad. A pesar de que la belleza era algo habitual en las dos ciudades, sólo en Hollywood surgían las diosas que se convertían en objeto de la adoración de todo el mundo. Y Athena Aquitane era una de aquellas singulares diosas.

—Claudia me comentó que era usted la mujer más guapa del mundo —le dijo fríamente Cross.

—¿Y qué le comentó sobre mi cerebro? —preguntó Athena, apoyándose en la barandilla de la terraza y extendiendo una pierna hacia atrás como si estuviera haciendo un ejercicio.

Lo que en otra mujer hubiera parecido afectado, en ella resultaba perfectamente natural. Y de hecho Athena se pasó toda la entrevista haciendo ejercicios, inclinando el cuerpo hacia delante y hacia atrás o extendiendo una pierna sobre la barandilla mientras sus brazos subrayaban algunas de sus palabras.

—Thena —le dijo Claudia—, tú nunca podrías imaginar que somos hermanos, ¿verdad?

—Jamás —dijo Skippy Deere.

Athena los miró diciendo:

—Os parecéis mucho.

Cross comprendió que hablaba en serio.

—Ahora ya sabes por qué le tengo tanto cariño —le dijo Claudia a su hermano.

Athena interrumpió momentáneamente sus ejercicios y le dijo a Cross:

—Me han dicho que usted me puede ayudar, pero no veo cómo.

Cross hizo un esfuerzo por no mirarla y no contemplar el oro de su resplandeciente cabello rubio como el sol, contra el verde telón de fondo del mar.

—Se me da muy bien eso de convencer a la gente —dijo—. Si es cierto que la única razón que le impide regresar al trabajo es su marido, es muy posible que yo le convenza de que acepte un trato.

—Yo no creo que Boz sea capaz de cumplir un trato —dijo Athena—. Los estudios ya han intentado llegar a un acuerdo con él.

—Athena, eso no tiene por qué preocuparte —dijo Deere casi en un susurro—. Te lo aseguro.

Pero por una extraña razón, ni él mismo se lo creyó. Estudió atentamente a los demás. Sabía hasta qué extremo Athena era capaz de impresionar a los hombres. Las actrices eran las mujeres más seductoras del mundo cuando querían. Pero Deere no detectó el menor cambio en Cross.

—Skippy no quiere aceptar que yo deje el cine —dijo Athena—. Para él es muy importante.

—¿Y para ti no? —replicó Deere en tono irritado.

Athena le dirigió una larga y fría mirada.

—Antes sí, pero conozco a Boz. Tengo que desaparecer, tengo que iniciar una nueva vida. Me las arreglaré en cualquier sitio —añadió, mirándoles con una pícara sonrisa en los labios.

—Puedo llegar a un acuerdo con su marido —dijo Cross—, y le garantizo que él lo cumplirá.

—Athena —terció Deere en tono confiado—, en el mundillo del cine hay centenares de casos como éste, de chiflados que acosan a las estrellas. Tenemos procedimientos infalibles. No hay el menor peligro.

Athena siguió con sus ejercicios. Una pierna se elevó increíblemente por encima de su cabeza.

—Tú no conoces a Boz —le dijo—. Yo, sí.

—¿Es Boz la única razón de que usted no quiera regresar al trabajo? —preguntó Cross.

—Sí —contestó Athena—. Él me perseguirá para siempre. Usted me puede proteger hasta que termine la película, pero después, ¿qué?

—A mí nunca me han fallado los tratos —dijo Cross—. Le daré lo que pida.

Athena interrumpió sus ejercicios. Por primera vez miró a Cross directamente a los ojos.

—Yo jamás creeré en los tratos que pueda hacer Boz —dijo, volviéndose de espaldas para dar por terminada la conversación.

—Lamento haberle hecho perder el tiempo —dijo Cross.

—No lo he perdido —contestó alegremente Athena—. He hecho mis ejercicios. —Y volviendo a mirarle los ojos añadió—: Le agradezco mucho que lo haya intentado. Quiero parecer tan intrépida como en mis películas; pero en realidad estoy muerta de miedo. Claudia y Skippy siempre me están hablando de sus famosas villas —dijo, recuperando rápidamente la compostura—. Si alguna vez voy a Las Vegas, ¿permitirá que me esconda en una de ellas? —preguntó.

Su rostro estaba muy serio, pero sus ojos miraban a su alrededor con expresión risueña. Quería exhibir su poder ante Skippy y Claudia. Esperaba que Cross le contestara que sí, aunque sólo fuera por galantería.

Cross la miró sonriendo.

—Las villas suelen estar ocupadas —dijo. Tras una breve pausa, añadió con una seriedad que los dejó a todos sorprendidos—: Pero si va usted a Las Vegas, le garantizo que nadie le causará el menor daño.

—Nadie puede detener a Boz —le dijo Athena—. No le importa que lo atrapen. Cualquier cosa que haga lo hará en público para que todo el mundo lo vea.

—¿Pero por qué? —preguntó Claudia con impaciencia.

—Porque hubo un tiempo en que me amó —contestó Athena riéndose—. Y porque la vida me ha ido mejor a mí que a él. ¿No es una lástima que dos personas enamoradas puedan llegar a odiarse? —les preguntó a todos.

En aquel momento la criada hispanoamericana interrumpió la reunión, acompañando a otro hombre a la terraza.

El hombre era alto y apuesto y vestía de una forma un tanto informal y abigarrada: un traje de Armani, una camisa de Turnbull & Asser, una corbata Gucci y unos zapatos Bally. Inmediatamente musitó unas palabras de disculpa.

—La chica no me ha dicho que tenía usted visita, señorita Aquitane —dijo—. Creo que mi placa la ha asustado. —La mostró a los presentes—. Sólo he venido para que me facilite un poco de información sobre el incidente de la otra noche. Puedo esperar, o volver.

Sus modales eran corteses pero no podía disimular la arrogancia de su carácter. Miró a los otros dos hombres y dijo:

—Hola, Skippy.

Skippy Deere parecía molesto.

—No puedes hablar con ella sin la presencia de un relaciones públicas y un letrado —dijo—. Lo sabes muy bien, Jimmy.

El investigador les tendió la mano a Claudia y a Cross.

—Jim Losey —dijo.

Sabían quién era. El más famoso investigador de Los Ángeles, cuyas hazañas incluso habían servido de base para una miniserie de televisión. También había interpretado pequeños papeles en algunas películas, y figuraba en la lista de tarjetas y regalos navideños de Skippy Deere. De ahí que Deere pudiera permitirse el lujo de decirle:

—Jim, llámame más tarde y yo te concertaré una cita como es debido con la señorita Aquitane.

Losey lo miró con una cordial sonrisa en los labios.

—De acuerdo, Skippy —dijo.

—Puede que no permanezca aquí mucho tiempo —dijo Athena—. ¿Por qué no me hace las preguntas ahora, si no le importa?

Losey hubiera podido parecer un hombre afable y cortés de no haber sido por la constante mirada de recelo de sus ojos y la agilidad de su cuerpo, fruto de sus muchos años de trabajo en una brigada de investigación criminal.

—¿Delante de ellos? —preguntó.

El cuerpo de Athena ya no estaba en movimiento, y todo su encanto desapareció cuando contestó lentamente:

—Confío mucho más en ellos que en la policía.

Losey aceptó la respuesta con espíritu deportivo. Estaba acostumbrado.

—Sólo quería preguntarle por qué razón retiró la denuncia contra su marido. ¿Acaso él le hizo algún tipo de amenaza?

—No, qué va —contestó Athena en tono despectivo—. Me arrojó una botella de agua a la cara delante de mil millones de personas, gritando, «ácido». Y al día siguiente ya estaba en libertad bajo fianza.

—Bueno, bueno —dijo Losey levantando los brazos en gesto apaciguador—. Pensé que podría ayudarla.

—Jim, llámame más tarde —insistió Deere.

Aquellas palabras hicieron sonar un timbre de alarma en la mente de Cross, quien miró con expresión pensativa a Deere y evitó mirar a Losey.

—De acuerdo —dijo Losey. Vio el bolso de Athena en una silla y lo cogió—. Lo vi en Rodeo Drive —dijo—. Dos mil dólares. —Miró directamente a Athena y le preguntó con desdeñosa cortesía—: ¿Me podría usted explicar por qué razón una persona es capaz de pagar tanto dinero por algo así?

Con el rostro duro como una roca, Athena salió del marco del océano que la rodeaba.

—Su pregunta es ofensiva. Salga de aquí.

Losey inclinó la cabeza y se retiró sonriendo. Había causado el efecto que pretendía.

—Veo que en el fondo eres humana —dijo Claudia, rodeando los hombros de Athena con su brazo—. ¿Pero por qué te has ofendido tanto?

—No me he ofendido —contestó Athena—. Le he enviado un mensaje.

Al salir de la casa, los tres visitantes abandonaron Malibú y se dirigieron en su automóvil al Nate and Al's de Beverly Hills. Deere le había asegurado a Cross que era el único lugar al oeste de las Montañas Rocosas donde se podían comer unos aceptables *pastrami*, cecina y perritos calientes al estilo de Coney Island.

Durante la comida, Deere dijo en tono pensativo:

—Athena no regresará al trabajo.

—Yo lo supe desde un principio —dijo Claudia—. Lo que no entiendo es por qué se ha enfadado tanto con el investigador.

—¿Tú lo has entendido? —le preguntó Deere a Cross, riéndose.

—No —contestó Cross.

—Una de las grandes leyendas de Hollywood dice que cualquiera se puede acostar con las grandes estrellas de cine. Bueno, pues en el caso de los actores es verdad. Por eso se ven tantas chicas en los lugares donde se ruedan exteriores y en el hotel Beverly Wilshire. En el caso de las actrices no tanto... a veces, un tipo, un carpintero, un jardinero, hace algún trabajo en la casa, y con un poco de suerte a lo mejor ella se pone cachonda. Me ocurrió a mí. Pero eso no está bien visto y es perjudicial para la carrera de las actrices. A no ser que se trate de una superestrella, claro. Pero a nosotros, los viejos que llevamos el negocio, eso no nos gusta. Qué coño, ¿es que el dinero y el poder no significan nada? —Miró con una sonrisa a Claudia y a Cross—. Y ahora viene este Jim Losey, que es un tío alto y guapo que mata de verdad a los tipos duros y atrae con su personalidad a la gente que vive en un mundo de mentirijillas. Él lo sabe y lo utiliza. No le pide nada a una estrella sino que le basta con intimidarla. Por eso ha hecho ese comentario insolente, y en realidad por eso ha acudido a la casa. Ha sido un pretexto para conocer a Athena y probar suerte con ella. La pregunta ofensiva ha sido su manera de decirle que quería follar con ella. Y Athena lo ha rechazado sin contemplaciones.

—¿O sea que es la Virgen María? —dijo Cross.

—Para ser una estrella, sí —contestó Deere.

—¿Creéis que pretende estafar a los estudios y conseguir más dinero? —preguntó repentinamente Cross.

—Jamás sería capaz de hacer semejante cosa —contestó Claudia—. Es honrada a carta cabal.

—¿Tiene alguna queja y quiere resarcirse? —preguntó Cross.

—Tú no entiendes cómo es este negocio —contestó Deere—. En primer lugar, los estudios jamás se dejarían estafar. Los astros lo intentan siempre. En segundo lugar, si tuviera una queja, lo podría decir abiertamente. Es una persona muy rara, simplemente. —Deere hizo una pausa—. Odia a Bobby Bantz y no está loca por mí. Los dos llevamos años detrás de ella, pero jamás nos hemos comido un rosco.

—Lástima que no nos hayas podido echar una mano —le dijo Claudia a Cross, pero él no contestó.

Durante el trayecto desde Malibú a Beverly Hills, Cross se había dedicado a pensar. Era la oportunidad que estaba buscando. Sería muy peligroso, pero si diera resultado podría desligarse finalmente de los Clericuzio.

—Skippy —dijo—, quiero haceros una propuesta a ti y a los estudios. Compro la película ahora mismo. Os pago los cincuenta millones que habéis invertido, pongo el dinero que falta para terminarla, y permito que los estudios la distribuyan.

—¿Tienes cien millones? —le preguntaron Skippy Deere y Claudia al unísono.

—Conozco a gente que los tiene —contestó Cross.

—No podrás conseguir que Athena regrese al trabajo, y sin Athena no hay película —dijo Deere.

—Ya os he dicho que tengo muy buenas dotes para convencer —dijo Cross—. ¿Me puedes concertar una cita con Eli Marrion?

—Pues claro —respondió Deere—, pero sólo en el caso de que yo siga siendo el productor de la película.

La reunión no fue tan fácil de concertar. Hubo que convencer a los Estudios LoddStone, o lo que es lo mismo, a Eli Marrion y Bobby Bantz, de que Cross de Lena no era uno de los muchos buscavidas charlatanes de los que tanto abundaban por allí, y de que tenía el dinero y los requisitos necesarios. Cierto que era propietario de una parte del hotel Xanadu de Las Vegas, pero no se tenía constancia de que poseyera un acreditado valor económico capaz de llevar a buen puerto el acuerdo que proponía. Deere estaba dispuesto a avalarlo, pero el argumento decisivo fue la carta de crédito por valor de cincuenta millones de dólares que Cross les mostró.

Siguiendo el consejo de su hermana, Cross de Lena contrató los servicios de la abogada Molly Flanders para que se encargara de llevar las negociaciones.

Molly Flanders recibió a Cross en un despacho que parecía una cueva. Cross estaba en guardia pues sabía ciertas cosas sobre ella. En el mundo donde él siempre había vivido, jamás había conocido a ninguna mujer que ejerciera el menor poder, y Claudia le había dicho que Molly Flanders era una de las personas más poderosas de Hollywood. Los jefes de los estudios atendían sus llamadas, los agentes más destacados, como por ejemplo Melo Stuart, le pedían ayuda en los contratos más importantes, y las estrellas como Athena Aquitane la utilizaban en sus disputas con los estudios. En cierta ocasión, Flanders había logrado que se interrumpiera la producción de una famosa miniserie de televisión porque el cheque de su cliente, que era el principal protagonista, había sufrido un retraso a causa del correo.

Su aspecto físico era mucho mejor de lo que Cross esperaba. Estaba gruesa, pero tenía un cuerpo muy bien proporcionado y vestía con mucha elegancia. El rostro que acompañaba aquel cuerpo era el de una rubia y graciosa brujita de nariz aguileña, labios generosos y ardientes ojos castaños que miraban entornando los párpados con vehemente agresividad. Llevaba el cabello recogido alrededor de la cabeza en varias trenzas, y su rostro era temible hasta que sonreía.

Pero a pesar de su dureza, Molly Flanders era sensible a los hombres guapos, y Cross le gustó en cuanto lo vio. Se llevó una sorpresa porque esperaba que el hermano de Claudia fuera más bien vulgar. Por encima de su apostura, veía en él una fuerza que Claudia no tenía. Su expresión era la de alguien plenamente consciente de que el mundo no encerraba ninguna sorpresa, todo lo cual no bastaba para convencerla de la bondad de aceptar a Cross como cliente. Había oído rumores sobre ciertas conexiones, no le gustaba el mundo de Las Vegas y albergaba algunas dudas sobre el alcance de su decisión de hacer aquella apuesta tan arriesgada.

—Señor De Lena —le dijo—, permítame aclararle una cuestión. Yo represento a Athena Aquitane como abogada, no como agente. Le he explicado las consecuencias que deberá sufrir en caso de que persista en su actitud y estoy convencida de que persistirá en ella. Ahora bien, si usted llega a un acuerdo con los estudios y Athena no vuelve al trabajo, yo la representaré como abogada en caso de que usted presente una demanda contra ella.

Cross la estudió con atención. No había forma de entender a una mujer como aquélla. Tendría que poner casi todas sus cartas sobre la mesa.

—Firmaré una renuncia a emprender acciones legales contra la señorita Aquitane si compro la película —dijo—. Y tengo aquí un cheque de doscientos mil dólares si usted me acepta como cliente. Sólo para empezar. Puede presentarme una minuta por una suma superior.

—Vamos a ver si lo entiendo —dijo Molly—. Les paga usted a los estudios los cincuenta millones que han invertido. Ahora mismo. Pone el dinero que falta para terminar la película, como mínimo otros cincuenta millones. O sea que apuesta usted cien millones a que Athena volverá al trabajo. Y además cuenta con que la película será un éxito. Pero podría ser un fracaso. El riesgo es enorme.

Cross podía ser encantador cuando quería, pero intuía que el encanto no le serviría de nada con aquella mujer.

—Tengo entendido que con el dinero extranjero, el vídeo y las ventas a las televisiones, la película no puede perder dinero aunque sea un fracaso —dijo—. El único problema verdadero es el de convencer a la señorita Aquitane de que vuelva al trabajo. Y es posible que en eso nos pueda usted ayudar.

—No, no puedo —dijo Molly—, no quiero engañarle. Lo he intentado y he fracasado. Todo el mundo lo ha intentado y ha fracasado. Y Eli Marrion no bromea. Dejará el proyecto de la película, asumirá las pérdidas y después tratará de hundir a Athena. Pero yo no se lo permitiré.

Cross la miró intrigado.

—¿Y cómo lo hará?

—Marrion tiene que llevarse bien conmigo —contestó Molly—. Es un hombre muy listo. Lucharé contra él en los tribunales y haré la vida imposible a sus estudios en todos los tratos que hagan. Athena no volverá a trabajar, pero yo no dejaré que la arruinen.

—Si usted accede a representar mis intereses, podrá salvar la carrera de su clienta —dijo Cross.

Se sacó un sobre del interior de la chaqueta y se lo entregó. Ella lo abrió, lo estudió, anotó el teléfono e hizo unas cuantas llamadas para cerciorarse de que el cheque era válido. Después miró con una sonrisa a Cross.

—No quiero ofenderle, hago siempre lo mismo con los productores cinematográficos más importantes de la ciudad.

—¿Como Skippy Deere? —le preguntó Cross, echándose a reír—. He invertido dinero en seis de sus películas, cuatro de ellas han sido un éxito, pero yo no he visto ni un centavo.

—Eso es porque yo no representaba sus intereses —dijo Molly—. Antes de que lleguemos a un acuerdo tiene usted que decirme qué piensa hacer para conseguir que Athena vuelva al trabajo. —La abogada hizo una pausa—. He oído ciertos rumores sobre usted.

—Y yo los he oído sobre usted. ¿Recuerda cuando hace años era usted abogada defensora y consiguió librar a un chico de una condena por asesinato? Mató a su novia y usted consiguió la absolución, alegando enajenación mental transitoria. Menos de un año después, el chico ya estaba paseando por la calle. —Cross hizo una pausa para mostrar deliberadamente su irritación—. Entonces no se preocupó usted por la mala fama del chico.

—No ha contestado usted a mi pregunta —dijo Molly, mirándolo fríamente.

Cross llegó a la conclusión de que no estaría de más una mentira.

—Molly —dijo—. ¿Me permite que la llame Molly?

Ella asintió con la cabeza, y Cross añadió:

—Usted sabe que yo dirijo un hotel en Las Vegas. He aprendido una cosa. El dinero es mágico, y con dinero se puede superar cualquier clase de temor. Por consiguiente voy a ofrecerle a Athena el cincuenta por ciento del dinero que yo gane con la película. Si usted redacta bien el acuerdo y tenemos suerte, eso podría suponer una ganancia de treinta millones de dólares para ella. —Cross hizo una pausa de un minuto antes de añadir—: Vamos, Molly, ¿no correría usted un riesgo por treinta millones de dólares?

Molly sacudió la cabeza.

—A Athena no le interesa el dinero.

—Lo que no entiendo es por qué los estudios no le ofrecen este mismo trato —dijo Cross.

Por primera vez durante la reunión, Molly lo miró sonriendo.

—Usted no sabe realmente cómo son los estudios cinematográficos —dijo—. Si sentaran este precedente, temerían que todos los actores utilizaran el mismo truco. Pero sigamos. Creo que los estudios aceptarán su oferta porque ganarán un montón de dinero sólo con la distribución. Insistirán mucho en ello. Además exigirán un porcentaje sobre los beneficios. Pero le repito que Athena no aceptará su ofrecimiento. —Hizo una breve pausa y miró a Cross con una burlona sonrisa en los labios—. Yo creía que ustedes, los propietarios de Las Vegas, nunca jugaban.

Cross le devolvió la sonrisa.

—Todo el mundo juega. Yo lo hago cuando los porcentajes son adecuados. Y además tengo en proyecto vender el hotel y ganarme la vida en la industria del cine. —Se detuvo un minuto para que ella lo estudiara y viera su sincero deseo de formar parte de aquel mundo—. Creo que es más interesante.

—Comprendo —dijo Molly—. O sea que no es un capricho pasajero.

—Un primer intento —dijo Cross—. Si consigo introducirme, necesitaré que usted me siga ayudando.

A Molly le hizo gracia.

—Yo representaré sus intereses —dijo—, pero en cuanto a lo de seguir colaborando conmigo, veamos primero si usted pierde esos cien millones.

Cogió el teléfono y habló con alguien. Colgó y le dijo a Cross:

—Tenemos una cita con la gente de Asuntos Comerciales para

fijar las condiciones. Y dispone usted de tres días para reconsiderar su decisión.

Cross la miró, impresionado.

—Qué rapidez —dijo.

—No he sido yo sino ellos —dijo Molly—. Les está costando una fortuna mantener a flote esta película.

—Sé que no tendría que decirlo, pero la oferta que pienso hacerle a la señorita Aquitane es confidencial, entre usted y yo —dijo Cross.

—No, no tendría que decirlo —dijo Molly.

Se estrecharon la mano. En cuanto Cross se hubo ido, Molly recordó algo. ¿Por qué le había mencionado Cross de Lena aquella famosa victoria de su pasado, aquel lejano caso en que había conseguido la absolución de aquel chico? ¿Por qué se había referido a aquel caso en particular? Ella había conseguido librar de la cárcel a muchos asesinos.

Tres días después, antes de dirigirse a los estudios de la Lodd-Stone, Cross de Lena y Molly Flanders se reunieron en el despacho de esta última para que ella pudiera examinar los documentos financieros que él pensaba entregar a los representantes de la otra parte. Después, Molly se sentó al volante de su Mercedes SL 300.

Una vez superado el control de la entrada, Molly le dijo a Cross:

—Eche un vistazo al aparcamiento. Le doy un dólar por cada automóvil americano que vea.

Pasaron por delante de lustrosos vehículos de todos los colores, Mercedes, Aston Martins, BMW, Rolls-Royces. Cross vio un Cadillac y lo señaló con el dedo.

—Será de algún pobre guionista de Nueva York.

Los Estudios LoddStone ocupaban un enorme recinto en cuyo interior se levantaban varios pequeños edificios que albergaban algunas productoras independientes. El edificio principal sólo tenía diez pisos de altura y parecía un decorado cinematográfico. Conservaba todo el sabor de los años veinte, cuando fue construido, y sólo se habían hecho las reparaciones estrictamente necesarias. A Cross le recordó el Enclave del Bronx.

Los despachos del edificio de la Administración de los estudios eran pequeños y estaban atestados de papeles y muebles, a excepción de los de la décima planta, donde Eli Marrion y Bobby Bantz tenían sus suites ejecutivas. Las dos suites de despachos estaban conectadas por una enorme sala de reuniones, al fondo de la cual había un bar atendido por un camarero, y una pequeña cocina aneja. Los asientos que rodeaban la mesa eran unos cómodos sillones de color rojo oscuro. En las paredes colgaban varios pósters enmarcados de películas de la LoddStone.

Eli Marrion, Bobby Bantz y Skippy Deere, el principal consejero de los estudios, los estaban esperando con otros dos abogados. Molly le entregó al principal consejero los documentos financieros y los tres abogados de la otra parte se sentaron para examinarlos. El camarero les sirvió las consumiciones que habían pedido y se retiró. Skippy Deere hizo las presentaciones.

Como siempre, Eli Marrion insistió en que Cross lo llamara por su nombre de pila y después contó una de sus anécdotas preferidas, cosa que hacía muy a menudo para desarmar a sus oponentes en el transcurso de una negociación. Su abuelo había fundado la empresa a principios de los años veinte, dijo Eli Marrion. Quería llamarlos Estudios Lode Stone*, pero el pobre hombre todavía conservaba un fuerte acento alemán que confundió a los abogados. Era una empresa de apenas diez mil dólares, y cuando se descubrió el error consideraron que no merecía la pena cambiarle el nombre. Y ahora aquella empresa, valorada en siete mil millones de dólares, tenía un nombre que no significaba nada. Pero tal como Marrion señaló —él nunca contaba una anécdota que no sirviera para demostrar algo—, la letra impresa no tenía importancia. El logotipo que había convertido los estudios en una empresa tan poderosa era la imagen visual del imán que atraía la luz de todos los rincones del universo.

Molly expuso a continuación la oferta. Cross pagaría a los estudios los cincuenta millones de dólares que éstos habían gastado, cedería a los estudios los derechos de distribución, y mantendría a Skippy Deere como productor. Cross aportaría el dinero necesario para terminar la película. Los estudios LoddStone cobrarían además el cinco por ciento de los beneficios.

Todos la escucharon con atención. Después Bobby Bantz dijo:

—El porcentaje es ridículo, tendría que ser más alto. ¿Y cómo sabemos que vosotros y Athena no os habéis unido en una conspiración? ¿Pero esto es un atraco o qué?

Cross se quedó de piedra al oír la respuesta de Molly. Por una extraña razón había imaginado que las negociaciones serían más civilizadas de lo que solían ser en el mundo de Las Vegas.

Molly habló casi a gritos, y su rostro de bruja se encendió de furia.

—Vete a tomar por el culo, Bobby —le dijo a Bantz—. Tienes la maldita desfachatez de acusarnos de conspiración. Eso tu póliza de seguros no lo cubre, aprovechas esta reunión para salir del apuro y encima nos insultas. Si no te disculpas ahora mismo me llevo al señor De Lena y ya puedes empezar a comer mierda.

Skippy Deere se apresuró a intervenir.

—Vamos, Molly, Bobby. Aquí estamos tratando de salvar una película. Procuremos discutirlo por lo menos...

Marrion estaba observando la escena en silencio con una leve sonrisa en los labios. Sólo hablaría para decir que sí o que no.

—Creo que es una pregunta muy razonable —dijo Bobby Bantz—. ¿Qué puede ofrecerle a Athena este hombre para que vuelva que no podamos ofrecerle nosotros?

Cross permaneció sentado sin decir nada. Molly le había dicho que le dejara contestar a ella siempre que fuera posible.

—Está claro que el señor De Lena tiene algo especial que ofrecer —contestó Molly—. ¿Por qué tendría que decírtelo a ti? Si le ofreces diez millones para que te facilite esa información, lo estudiaré con él. Diez millones sería muy barato.

Hasta Bobby Bantz soltó una carcajada al oír sus palabras.

—Mis amigos creen que Cross no arriesgaría todo este dinero si no tuviera algo seguro en sus manos —explicó Skippy Deere—. Y eso los induce a sospechar un poco.

—Skippy —dijo Molly—, te he visto desembolsar un millón por una novela de la que jamás se hizo una película. ¿Qué diferencia hay entre eso y lo de ahora?

—La de que Skippy quiere que en este caso sean los estudios los que desembolsen el millón —dijo Bobby Bantz.

Todos estallaron en una carcajada. Cross no sabía qué pensar. Estaba empezando a perder la paciencia pero sabía que no tenía que parecer excesivamente interesado en llegar a un acuerdo, así que no estaría de más que diera muestras de una cierta irritación.

—Tengo un mal presentimiento —dijo en voz baja—. Si es demasiado complicado olvidemos el asunto y sanseacabó.

—Aquí estamos hablando de mucho dinero —dijo Bantz en tono enojado—. Esta película podría obtener unos ingresos brutos de quinientos millones de dólares en todo el mundo.

—Siempre y cuando consigáis convencer a Athena de que regrese al trabajo —replicó rápidamente Molly—. Os digo que he hablado con ella esta mañana. Ya se ha cortado el cabello para demostrar que habla en serio.

—Le podemos poner una peluca. Malditas actrices —dijo Bantz, mirando enfurecido a Cross como si quisiera adivinar sus intenciones. Se le acababa de ocurrir una cosa—. Si Athena no regresa al trabajo y usted pierde los cincuenta millones y no se puede terminar la película, ¿quién se queda con el metraje ya rodado?

—Yo —contestó Cross.

—Claro —dijo Bantz—, y entonces usted lo distribuye tal como está. Quizá como porno blando.

—Es una posibilidad —dijo Cross.

Molly sacudió la cabeza en dirección a Cross, advirtiéndole que no dijera nada.

—Si estáis de acuerdo con el trato —le dijo a Bantz—, se podrán negociar los detalles de los derechos extranjeros, vídeo, televisión y participación en los beneficios. Sólo hay una condición. El acuerdo tiene que ser secreto. El señor De Lena sólo quiere figurar en los créditos como coproductor.

—A mí me parece bien —dijo Skippy Deere—. Pero mi acuerdo económico con los estudios sigue en pie.

Marrion habló por primera vez.

—Eso es algo aparte —dijo, queriendo decir que no—. Cross, ¿le concede usted carta blanca a su abogada en las negociaciones?

—Sí —contestó Cross.

—Quiero que esto quede bien claro —dijo Marrion—. Debe usted saber que tenemos previsto descartar la película y asumir las pérdidas. Estamos convencidos de que Athena no volverá. No queremos inducirle a creer que ella volverá. Si aceptamos el trato y nos paga usted los cincuenta millones, nosotros no respondemos de nada. Tendría usted que demandar a Athena, y ella no tiene tanto dinero.

—Jamás la demandaría —dijo Cross—. Perdonaría y olvidaría.

—¿No tiene usted que responder ante las personas que han aportado el dinero?

Cross se encogió de hombros.

—Eso es una irresponsabilidad. Su actitud personal no puede poner en peligro el dinero que otras personas le han confiado, por el simple hecho de que sean personas ricas.

—Nunca me ha parecido una buena idea ganarme la enemistad de los ricos —dijo Cross con cara muy seria.

—Aquí tiene que haber gato encerrado —dijo Bantz sin poder disimular su exasperación.

—Me he pasado toda la vida convenciendo a la gente —dijo Cross, procurando ocultar su rostro bajo una máscara de benévola confianza—. En mi hotel de Las Vegas tengo que convencer a hombres muy listos de que se jueguen el dinero, aunque las circunstancias les sean adversas. Y lo consigo haciéndolos felices, lo cual quiere decir dándoles lo que realmente desean. Eso es lo que haré con la señorita Aquitane.

A Bantz no le gustaba la idea. Estaba seguro de que aquello era una estafa.

—Como nos enteremos de que Athena ya ha accedido a trabajar con usted, presentaremos una querella y no cumpliremos los términos de este acuerdo —dijo con firmeza.

—A largo plazo tengo intención de entrar en el negocio cinematográfico —dijo Cross—. Quiero colaborar con los Estudios LoddStone. Habrá dinero suficiente para todos.

Eli Marrion se había pasado toda la reunión tratando de calibrar a Cross. Era un hombre muy discreto, nada fanfarrón ni cuentista. La Pacific Ocean Security no había podido establecer ningún nexo con Athena y no era probable que se tratara de una conspiración. Tenían que tomar una decisión, lo cual en realidad no era tan difícil como parecían dar a entender las personas reunidas en aquella sala. Marrion se sentía tan cansado que hasta le molestaba el peso de la ropa sobre los huesos. Quería terminar de una vez.

—Puede que Athena esté algo chiflada o loca de remate. En tal caso podríamos salvarnos con el seguro —dijo Skippy Deere.

—Está más cuerda que cualquiera de los presentes en esta sala —replicó Molly Flanders—. Antes de que vosotros pudierais acabar con ella, yo conseguiría que os incapacitaran a todos por locos.

Bobby Bantz miró a Cross directamente a los ojos.

—¿Está usted dispuesto a firmar unos documentos declarando que, en el momento presente, no ha concertado ningún acuerdo con Athena Aquitane?

—Sí —contestó Cross sin disimular la antipatía que le inspiraba Bantz.

Mientras contemplaba la escena, Marrion sintió una profunda satisfacción. Por lo menos aquella parte de la reunión se estaba desarrollando según lo previsto. Bantz había conseguido afianzarse en su papel de malo. Era curioso que suscitara tanta antipatía espontánea en la gente, por más que él no tuviera la culpa. Era el papel que le había tocado jugar, pero no se podía por menos que reconocer que encajaba a la perfección con su personalidad.

—Queremos el veinte por ciento de los beneficios de la película —dijo Bantz—. La distribuiremos en el país y en el extranjero. Y seremos socios si hubiera una segunda parte.

—Bobby —dijo Skippy Deere en tono exasperado—, no podrá haber una segunda parte porque todos los protagonistas han muerto cuando termina la película.

—Pues bueno, los derechos de una parte anterior —dijo Bantz.

—Parte anterior, segunda parte, todo eso son idioteces —dijo Molly—. Lo tendréis todo, pero no percibiréis un porcentaje superior al diez por ciento. Ganaréis una fortuna con la distribución, y no correréis ningún riesgo. Lo tomáis o lo dejáis.

Eli Marrion ya no aguantaba más. Se levantó, echó los hombros hacia atrás y dijo con voz serena y mesurada:

—El doce por ciento. Trato hecho. —Hizo una pausa, mirando a Cross—. No es tanto por el dinero. Es que la película me parece estupenda y no quiero descartarla. Además tengo curiosidad por ver lo que ocurrirá. ¿Sí o no? —preguntó, dirigiéndose a Molly.

—Sí —contestó Molly Flanders, sin mirar tan siquiera a Cross para pedir su aquiescencia.

Al final Eli Marrion y Bobby Bantz se quedaron solos en la sala de reuniones. Permanecieron en silencio. A lo largo de los años habían aprendido que ciertas cosas no se podían expresar en voz alta.

—Aquí hay una cuestión moral —dijo Marrion finalmente.

—Nos hemos comprometido a mantener el acuerdo en secreto, Eli —dijo Bantz—, pero si crees que debemos hacerlo, podría efectuar una llamada.

Marrion lanzó un suspiro.

—Entonces perderíamos la película. Este Cross es nuestra única esperanza. Además, si se enterara de que la filtración procedía de ti, podría haber algún peligro.

—Sea lo que sea ese hombre, no se atreverá a tocar la LoddStone —dijo Bantz—. Lo que más me preocupa es la posibilidad de que se introduzca en el negocio.

Eli Marrion se moría de cansancio. Era demasiado viejo como para preocuparse por futuros desastres a largo plazo. El gran desastre universal estaba más cerca.

—No hagas la llamada —le dijo—. Tenemos que cumplir el acuerdo. Y, además, no sé si estaré entrando en la segunda infancia pero me encantaría ver lo que este mago se saca del sombrero.

Al finalizar la reunión, Skippy Deere regresó a su casa y efectuó una llamada a Jim Losey para pedirle que se reuniera con él. Cuando Losey acudió a verle, Skippy le hizo jurar que guardaría el secreto y le contó lo ocurrido.

—Creo que tendrías que vigilar a Cross —le dijo—. Puede que descubras algo interesante.

Pero se lo dijo sólo después de haber accedido a contratarle para un pequeño papel en una nueva película que estaba haciendo sobre unos asesinatos en serie en Santa Mónica.

Por su parte Cross de Lena regresó a Las Vegas, y en su suite de la última planta del hotel reflexionó sobre el nuevo rumbo que había tomado su vida. ¿Por qué había corrido aquel riesgo? Lo más importante eran las ganancias, no sólo económicas sino personales. Pero lo que él estaba examinando era la razón subyacente, la visión de Athena Aquitane enmarcada por las verdes aguas del océano, su cuerpo en constante movimiento, la idea de que algún día quizás ella lo conocería y amaría, no para siempre sino sólo por un instante. ¿Qué le había dicho Gronevelt? «Las mujeres nunca son más peligrosas que cuando necesitan ser salvadas por los hombres. Guárdate, guárdate mucho de las bellezas en apuros», le había aconsejado Gronevelt.

Pero él apartó aquella idea de su mente. Mientras contemplaba el Strip de Las Vegas, aquella cinta de luces de colores y las multitudes que se movían en medio de las luces como si fueran hormigas que transportaran montones de dinero para ocultarlos en algún enorme escondrijo, analizó por primera vez el problema de una forma fríamente aséptica.

Si Athena Aquitane era tan angelical como parecía, ¿por qué estaba pidiendo de hecho, ya que no de palabra, que el precio de su regreso a la película fuera que alguien matara a su marido? Eso tenía necesariamente que estar más claro que el agua para todo el mundo. La protección que le habían ofrecido los estudios mientras durara el rodaje de la película no tenía demasiado valor porque ella caminaría hacia su muerte. En cuanto finalizara la película y Athena se quedara sola, Skannet iría a por ella.

Eli Marrion, Bobby Bantz y Skippy Deere conocían el problema y sabían cuál era la respuesta, aunque nadie se atrevía a expresarla en voz alta. Para unas personas como ellos, el riesgo era demasiado elevado. Habían subido tan alto y vivían tan bien que tenían demasiadas cosas que perder. Para ellos las ganancias no eran equiparables al riesgo. Podrían asumir la pérdida de la película porque sólo sería una pequeña derrota, pero no podían permitirse el lujo de caer desde el nivel más alto de la sociedad al más bajo. Aquel riesgo sería mortal.

No se podía por menos que reconocer además que habían tomado una decisión inteligente. Ellos no eran expertos en tales menesteres y podían cometer errores. Mejor considerar los cincuenta millones de dólares como una pérdida de puntos de sus acciones en Wall Street.

Se planteaban por tanto dos problemas esenciales. El primero de ellos era la eliminación de Boz Skannet de tal forma que no afectara negativamente ni a la película ni a Athena. El segundo, más importante aún, era la obtención del visto bueno de su padre Pippi de Lena y de la familia Clericuzio, pues Cross sabía que ellos no tardarían demasiado en descubrir sus manejos.

8

Cross de Lena intercedió por la vida de Big Tim por muchas y variadas razones. En primer lugar porque cada año dejaba en la caja del Xanadu entre quinientos mil y un millón de dólares, y en segundo lugar porque en su fuero interno lo apreciaba por su amor a la vida y sus extravagantes payasadas.

Tim Snedden, llamado el Buscavidas, era el propietario de una cadena de pequeñas galerías comerciales que se extendían por todo el norte del estado de California. Era también uno de los grandes jugadores de Las Vegas, y por regla general se hospedaba en el Xanadu. Le encantaban las apuestas deportivas y tenía una suerte extraordinaria. El Buscavidas hacía elevadas apuestas. A veces se jugaba cincuenta mil dólares en el fútbol y diez mil en el béisbol. Se creía muy listo porque perdía las pequeñas apuestas pero ganaba invariablemente las grandes. Cross se dio cuenta enseguida.

El Buscavidas era muy alto y corpulento. Medía casi metro noventa y cinco y pesaba más de ciento cincuenta kilos. Su apetito corría parejo con su físico y comía todo lo que se le ponía por delante. Se jactaba de haberse sometido a un *by-pass* parcial del estómago, gracias al cual la comida pasaba directamente a través de su aparato digestivo y él nunca engordaba. Le hacía mucha gracia y lo consideraba una especie de estafa a la naturaleza. Porque el Buscavidas era un artista innato de la estafa, y de ahí le venía el apodo. En el Xanadu daba de comer a sus amigos con su invitación de cortesía y causaba unos enormes estragos en el servicio de habitaciones. Procuraba incluir en su cuenta de gastos gratuita los servicios de las prostitutas y las compras que hacía en las tiendas de regalos, y cuando perdía y llenaba la caja de marcadores, aplazaba los pagos hasta su siguiente visita al Xanadu en lugar de hacerlos efectivos dentro del plazo de un mes, como hubiera hecho un caballero del juego.

A pesar de su suerte en las apuestas deportivas, el Buscavidas era mucho menos afortunado en los juegos de casino. Era muy hábil, conocía las probabilidades y sabía hacer apuestas, pero se dejaba arrastrar por su exuberancia natural y perdía todo lo que ganaba en el deporte y mucho más. No fue por tanto por el dinero sino por motivos estratégicos a largo plazo por lo que los Clericuzio empezaron a interesarse por él.

Puesto que el objetivo último de la familia era la legalización de las apuestas deportivas en todo el territorio de Estados Unidos, cualquier escándalo de juego relacionado con los deportes podía ser perjudicial para su objetivo. Por eso se ordenó una investigación sobre la vida de Big Tim Snedden, el Buscavidas. El resultado fue tan alarmante que Pippi y Cross fueron convocados al Este para asistir a una reunión en la mansión de Quogue. Fue la primera operación de Pippi a su regreso de Sicilia.

Pippi y Cross viajaron juntos al Este. Cross temía que los Clericuzio ya se hubieran enterado de su acuerdo cinematográfico sobre la película *Mesalina* y que su padre se enojara por no haber sido consultado, pues aunque a sus cincuenta y siete años Pippi ya estaba retirado, seguía siendo *consigliere* de su hijo el *bruglione*.

Así pues, durante el vuelo Cross le reveló a su padre los pormenores de su acuerdo cinematográfico y le aseguró que seguía apreciando sus consejos, pero que no había querido comprometerlo con los Clericuzio. Le expresó también su inquietud por el hecho de que lo hubieran llamado al Este, temiendo que el Don se hubiera enterado de sus planes en Hollywood.

Pippi lo escuchó sin decir ni una sola palabra, y después lanzó un suspiro de desagrado.

—Eres todavía demasiado joven —le dijo—. No puede ser por lo de la película. El Don nunca deja sentir el peso de su mano con tanta rapidez. Siempre espera a ver lo que ocurre. Al parecer Giorgio lo dirige todo, eso es lo que piensan por lo menos Petie, Vincent y Dante. Pero se equivocan. El viejo es mucho más listo que todos nosotros, y no te preocupes por él. Siempre es muy justo en estas cosas. Preocúpate más bien por Giorgio y Dante. —Pippi hizo una breve pausa, como si no deseara hablar de los asuntos de la familia ni siquiera con su hijo—. ¿Te has dado cuenta de que los hijos de Giorgio, Vincent y Petie no saben nada sobre los negocios de la familia? El Don y Giorgio han decidido que los chicos se dediquen a actividades estrictamente legales. El Don también lo tenía previsto para Dante, pero Dante es demasiado listo, lo descubrió todo y quiso entrar. El Don no se lo pudo impedir. Piensa que todos nosotros, Giorgio, Vincent, Petie, tú, yo y Dante somos la retaguardia que está luchando para que el clan de los Clericuzio pueda alcanzar algún día la seguridad. Ése es el proyecto del Don. Es su fuerza lo que lo hace tan grande. Es posible por tanto que incluso se alegre de tu huida, pues eso es lo que él esperaba que hiciera Dante. Porque de eso se trata, ¿verdad?

—Creo que sí —contestó Cross.

No se atrevía a confesarle su terrible debilidad ni siquiera a su padre, que lo hacía por el amor de una mujer.

—Apuesta siempre a largo plazo como Gronevelt —le dijo Pippi—. Cuando llegue el momento, díselo directamente al Don y procura que la familia saque algo del acuerdo. Pero vigila a Giorgio y a Dante. A Vincent y a Petie les importará una mierda.

—¿Por qué a Giorgio y a Dante? —preguntó Cross.

—Porque Giorgio es un tipo muy ambicioso —contestó Pippi—, y porque Dante siempre te ha tenido envidia y tú eres mi hijo. Además está chiflado.

Cross se sorprendió. Era la primera vez que oía a su padre criticar a algún miembro de la familia Clericuzio.

—¿Y por qué a Vincent y a Petie les dará igual?

—Porque Vincent ya tiene sus restaurantes, y Petie su negocio de la construcción y el Enclave del Bronx. Vincent quiere disfrutar de su vejez, y a Petie le gusta la marcha. Además los dos te aprecian y me respetan. Hicimos trabajos juntos cuando éramos jóvenes.

—Papá, ¿no estás enfadado porque no te pedí el visto bueno? —preguntó Cross.

Pippi lo miró con expresión burlona.

—No me vengas ahora con tonterías —le dijo—. Tú sabías muy bien que tanto el Don como yo no lo aprobaríamos. Bueno, ¿cuándo vas a liquidar a ese Skannet?

—Todavía no lo sé —contestó Cross—. Es muy complicado. Tiene que ser una confirmación para que Athena sepa que ya no tiene que preocuparse por él. Sólo así podrá volver a la película.

—Deja que yo te lo planifique —dijo Pippi—. ¿Y si esa tal Athena no vuelve al trabajo? Entonces perderías los cincuenta millones.

—Volverá —le contestó Cross—. Ella y Claudia son íntimas amigas, y Claudia dice que volverá.

—Mi querida hija —dijo Pippi—. ¿Sigue empeñada en no verme?

—No creo —contestó Cross—, pero podrías dejarte caer por el hotel cuando ella esté allí.

—No —dijo Pippi—. Si esa Athena no vuelve a la película cuando tú hayas hecho el trabajo, tendré que organizarle una comunión, por muy estrella del cine que sea.

—No, no —dijo Cross—. Tendrías que ver a Claudia, ahora está mucho más guapa.

—Me parece muy bien —dijo Pippi—. De niña era más fea que un demonio. Como yo.

—¿Por qué no haces las paces con ella?

—No me permitió asistir al entierro de mi ex mujer, y no me aprecia. ¿Para qué? Es más, cuando yo me muera quiero que le prohíbas asistir al entierro. Era una chiquilla inaguantable.

—Tendrías que verla ahora —dijo Cross.

—Recuérdalo —dijo Pippi—. No le digas nada al Don. Esta reunión es para otra cosa.

—¿Cómo puedes estar tan seguro?

—Porque primero hubiera querido hablar conmigo para ver si me iba de la lengua —contestó Pippi.

Como era de esperar, Pippi no se equivocaba.

En la mansión, Giorgio, Don Domenico, Vincent, Petie y Dante los estaban esperando en el jardín junto a las higueras.

Antes de hablar de negocios almorzaron todos juntos, como de costumbre.

Giorgio expuso los hechos. Una investigación había revelado que el Buscavidas Snedder estaba amañando ciertos partidos universitarios en el Medio Oeste, y que probablemente defraudaba en los ingresos de las apuestas sobre los partidos de fútbol y baloncesto profesionales. Lo hacía sobornando a los directivos y a ciertos jugadores, lo cual era muy complicado y peligroso. Si se descubrían sus manejos se armaría un escándalo tan tremendo que asestaría un golpe casi mortal a los esfuerzos que estaba haciendo la familia Clericuzio en favor de la legalización de las apuestas deportivas en Estados Unidos, y al final se descubriría todo.

—La policía dedica más esfuerzos a un fraude deportivo que a un asesino en serie —dijo Giorgio—. El porqué no lo sé. ¿Qué más da quién gane o pierda? Es un delito que no hace daño a nadie más que a los corredores de apuestas, a quienes de todos modos la policía aborrece. Si el Buscavidas amañara todos los partidos del Notre Dame para que el equipo ganara siempre, todo el país estaría encantado.

—¿Pero por qué perdemos el tiempo con eso? —preguntó Pippi con impaciencia—. Manda que alguien le dé un toque de advertencia.

—Ya lo hemos intentado —dijo Vincent—, pero el tío es muy especial. No sabe lo que es el miedo. Se le ha avisado y lo sigue haciendo.

—Lo llaman Big Tim y el Buscavidas, y a él le encantan todas esas mierdas. Nunca paga las facturas, incluso se niega a liquidar las contribuciones de sus negocios, lucha contra las autoridades de California y no quiere pagar los impuestos sobre las ventas de las tiendas de sus galerías comerciales. Incluso les escatima el pago de las pensiones a su ex mujer y a sus hijos. Es un ladrón innato y no hay manera de hacerle entrar en razón.

—Cross, tú lo conoces personalmente porque juega en Las Vegas —dijo Giorgio—. ¿Qué te parece?

Cross reflexionó un instante.

—Tarda mucho en pagar las deudas de los marcadores, pero al final siempre paga. Es un jugador muy listo, no un degenerado. Es un tipo más bien antipático, pero como es muy rico tiene montones de amigos y se los lleva a Las Vegas. Aunque amañe algunos partidos y nos estafe un poco de dinero, nos es muy útil. Dejadlo correr.

Mientras lo decía, Cross vio la sonrisa de Dante y comprendió que éste sabía algo que él ignoraba.

—No lo podemos dejar correr —dijo Giorgio— porque ese Buscavidas es un maldito chiflado. Está urdiendo un descabellado plan para amañar el partido de la Super Bowl.

Don Domenico habló por primera vez y se dirigió a Cross:

—Sobrino, ¿te parece posible?

La pregunta era un cumplido, un reconocimiento por parte del Don de que Cross era un experto en la materia.

—No —contestó Cross—. No se puede sobornar a los directivos de la Super Bowl porque nadie sabe quiénes serán, y no se puede sobornar a los jugadores porque los más importantes ganan mucho dinero. Además nunca se puede amañar un partido de cualquier deporte con una seguridad del ciento por ciento. Cuando uno se dedica a amañar partidos tiene que ser capaz de amañar cincuenta o cien partidos. De esta manera no pasa nada si pierde tres o cuatro. Así que si no puedes amañar muchos, no merece la pena correr el riesgo.

—Muy bien —dijo el Don—. Pues entonces, ¿por qué ese hombre que es tan rico quiere hacer algo tan arriesgado?

—Quiere ser famoso —contestó Cross—. Para intentar amañar la Super Bowl tendría que hacer algo tan temerario que lo descubrirían con toda seguridad. Es algo tan disparatado que ni siquiera se me ocurre qué podría ser. El Buscavidas pensará que es algo muy inteligente, y es un hombre que siempre está convencido de que podrá salir de los follones en que se mete.

—Jamás he conocido a un hombre así —dijo el Don.

—Sólo se crían en América —dijo Giorgio.

—Pero eso significa que es muy peligroso para lo que nosotros queremos hacer —dijo el Don—. Por lo que me decís, es un hombre que no atiende a razones. Por tanto, no hay alternativa.

—Un momento —dijo Cross—. Ese hombre equivale a por lo menos medio millón de dólares de beneficios anuales para el casino.

—Es una cuestión de principios —dijo Vincent—. Los corredores de apuestas nos pagan dinero para que los protejamos.

—Dejadme hablar con él —dijo Cross—. A lo mejor a mí me hará caso. Todo eso no es más que una bobada. No puede amañar el partido de la Super Bowl. No merece la pena que emprendamos ninguna acción.

La mirada de su padre le hizo comprender que su comentario no era prudente.

—Ese hombre es muy peligroso —dijo el Don con enérgica determinación—. No hables con él, sobrino. Él no sabe quién eres tú en realidad. ¿Por qué darle esta ventaja? Ese hombre es peligroso porque es más estúpido que un animal y quiere chupar de todo. Y cuando lo atrapen querrá causar los mayores estragos posibles y comprometerá a todo el mundo tanto si es verdad como si no. —El Don hizo una breve pausa y miró a Dante—. Nieto —le dijo—, creo que tú tendrías que hacer el trabajo, pero deja que lo organice Pippi, él conoce el territorio.

Dante asintió con la cabeza.

Pippi sabía que estaba pisando terreno peligroso. Si le ocurría algo a Dante, él sería considerado responsable. Y otra cosa estaba clara: el Don y Giorgio estaban firmemente decididos a que Dante se convirtiera algún día en el jefe de la familia Clericuzio, aunque de momento no se fiaban de su criterio.

Dante se instaló en una suite del Xanadu. Faltaba una semana para la llegada del Buscavidas Snedden a Las Vegas, y durante esos días Pippi y Cross se dedicaron a adoctrinar a Dante.

—El Buscavidas es un gran jugador —explicó Cross— pero no lo bastante importante como para ocupar una villa. No pertenece a la categoría de los árabes y los orientales. Su cuenta de Cliente de la Casa es enorme, lo quiere todo gratis. Incluye a sus amigos en la cuenta del restaurante, pide los mejores vinos e incluso intenta colocar en la cuenta los gastos en las tiendas de regalo, y eso es algo que ni siquiera les permitimos a los de las villas. Es un artista de las reclamaciones, y los directores del juego lo tienen que vigilar constantemente. Dice que ha hecho una puesta poco antes de que el número caiga en la mesa de *craps*, intenta hacer una puesta en el bacará cuando ya ha aparecido la primera carta, y en el *blackjack* dice que quería conseguir un dieciocho cuando la siguiente carta es tres. Además tarda mucho en saldar las deudas de los marcadores, pero nos reporta medio millón de dólares al año, incluso descontando lo que defrauda en las apuestas deportivas. El tío es muy listo. Saca fichas para sus amigos y las coloca en su marcador para que pensemos que juega más de lo que realmente juega, pero todo eso son mierdas sin importancia, como las que solían hacer los tipos de los centros de la confección en los viejos tiempos. Sin embargo, cuando no tiene suerte se vuelve loco. El año pasado perdió dos millones de dólares y nosotros le ofrecimos una fiesta y le regalamos un Cadillac. Se quejó porque no era un Mercedes.

Dante se escandalizó.

—¿Saca fichas y dinero de la caja y no lo juega?

—Pues claro —contestó Cross—. Eso lo hace mucha gente. No nos importa. Nos gusta hacernos pasar por tontos. Eso les da más confianza en las mesas. Allí también nos quieren estafar.

—¿Por qué lo llaman el Buscavidas? —peguntó Dante.

—Porque se lleva cosas sin pagar —contestó Cross—. Cuando se lleva chicas a la cama, las muerde como si quisiera arrancarles un trozo de carne, y ellas se lo toleran. Es un consumado artista de la estafa.

—Estoy deseando oírle —dijo Dante con expresión soñadora.

—Nunca pudo convencer a Gronevelt de que le cediera una villa —dijo Cross—, y por tanto yo tampoco se la cedo.

Dante lo miró con dureza.

—¿Y a mí por qué no me has instalado en una villa?

—Porque eso podría costarle al hotel entre cien mil y un millón de dólares por noche —contestó Cross.

—Pero Giorgio siempre ocupa una villa —dijo Dante.

—Muy bien —dijo Cross—, le pediré permiso a Giorgio.

Ambos sabían que Giorgio se mostraría indignado ante la petición.

—Ni se te ocurra —dijo Dante.

—Cuando te cases dispondrás de una villa para tu luna de miel.

—Mi plan operativo depende del carácter de Big Tim —dijo Pippi—. Cross, tú tienes que colaborar para que podamos atrapar al tipo. Tienes que dejar que Dante saque crédito ilimitado de la caja y hacer desaparecer después sus marcadores. Al mismo tiempo se tomarán las disposiciones necesarias en Los Ángeles. Tienes que asegurarte de que el tipo venga y no anule la reserva. Ofrecerás una fiesta en su honor y le regalarás un Rolls Royce. Cuando esté aquí nos lo tendrás que presentar a Dante y a mí. Después, tu colaboración habrá terminado.

Pippi tardó más de una hora en exponer el plan con todo detalle.

—Giorgio siempre ha dicho que tú eras el mejor —dijo Dante, admirado—. Me ofendí cuando el Don te puso por encima de mí en este asunto, pero ahora veo que tenía razón.

Pippi escuchó el cumplido con la cara muy seria.

—Recuerda que eso es una comunión, no una confirmación. Tiene que parecer que se fugó. Con sus antecedentes y con las querellas que tiene pendientes resultará verosímil. Dante, no te pongas uno de tus malditos sombreros en la operación. La gente tiene una memoria muy rara, y no olvides que el Don dijo que le gustaría que el tipo nos facilitara información sobre el amaño de los partidos, aunque eso no es estrictamente necesario. Él es el jefe. Cuando ya no esté, todo el tinglado desaparecerá, así que no cometas ninguna locura.

—Me siento desgraciado sin el sombrero —dijo fríamente Dante.

Pippi se encogió de hombros.

—Otra cosa. No intentes estafar con tu crédito ilimitado. Eso viene directamente del Don, y él no quiere que el hotel pierda una fortuna con esta operación. Bastante les ha dolido el gasto del Rolls.

—No te preocupes —dijo Dante—. Mi mayor placer es el trabajo. —Hizo una breve pausa antes de añadir con una taimada sonrisa—: Espero que hagas un buen informe sobre la operación.

Cross se quedó sorprendido. Estaba claro que existía entre ellos cierta hostilidad. Le sorprendió también que Dante quisiera intimidar a su padre. Aquello podía ser desastroso, por muy nieto del Don que fuera Dante.

Sin embargo, Pippi pareció no darse cuenta.

—Eres un Clericuzio —dijo—. ¿Quién soy yo para presentar un informe sobre ti? —Después le dio a Dante una palmada en el hombro—. Tenemos que hacer un trabajo juntos, procuremos pasarlo bien.

Cuando llegó el Buscavidas Snedden, Dante lo estudió con detenimiento. Era alto y corpulento, pero la grasa de su cuerpo era dura, de esa que se pega a los huesos y no se mueve. Llevaba una camisa de algodón azul con un gran bolsillo a cada lado de la pechera y un botón blanco en el centro. En un bolsillo se guardaba las fichas negras de cien dólares, y en el otro las blancas y doradas de quinientos. Las rojas de cinco y las verdes de veinticinco se las guardaba en los bolsillos de los anchos pantalones de algodón blancos. Calzaba unas flexibles sandalias marrones.

El Buscavidas jugaba sobre todo al *craps*, el juego que ofrecía el mejor porcentaje. Cross y Dante sabían que ya había apostado diez mil dólares en dos partidos universitarios de baloncesto y cinco mil con los corredores ilegales de apuestas en una carrera de caballos de Santa Anita. El Buscavidas no pagaría los impuestos, y no parecía demasiado preocupado por sus apuestas. Se lo estaba pasando en grande con el juego del *craps*.

Parecía el alcalde de la mesa de *craps*, aconsejaba a los demás jugadores que se dejaran llevar por sus dados y les gritaba alegremente que no fueran cobardes. Apostaba las fichas negras, colocaba montoncitos sobre los números, jugando siempre a la derecha. Cuando los dados llegaban hasta él, los lanzaba con fuerza contra la pared del otro lado de la mesa para que rebotaran. Entonces trataba de agarrarlos, pero el jefe de juego siempre estaba alerta para recogerlos con la raqueta y retenerlos de tal forma que los demás jugadores también pudieran hacer sus apuestas.

Dante ocupó su puesto junto a la mesa de *craps* y apostó con Big Tim para ganar. Después hizo toda una serie de apuestas ruinosas que no tenían más remedio que hacerle perder, a no ser que tuviera una suerte extraordinaria. Apostó cuatro y diez. Apostó los pares de seises en un lanzamiento, y los ases y el once en un lanzamiento de treinta y quince a uno. Pidió un marcador de veinticinco mil dólares y, tras firmar la petición de fichas negras, las distribuyó por toda la mesa. Después pidió otro marcador. Para entonces ya había conseguido llamar la atención de Big Tim.

—Oye tú, el del sombrero. A ver si aprendes a jugar —le dijo Big Tim.

Dante lo saludó alegremente con la mano y siguió adelante con sus descabelladas apuestas. Cuando Big Tim anunció un siete, Dante cogió los dados y pidió un marcador de cincuenta mil dólares. Después distribuyó las fichas negras por toda la mesa, confiando en que la suerte no estuviera de su parte. No lo estuvo. Big Tim lo estaba observando con creciente interés.

Big Tim el Buscavidas comió en la cafetería, donde se servían sencillos platos de cocina norteamericana. Big Tim raras veces lo hacía en el lujoso restaurante francés del Xanadu, el restaurante del Norte de Italia o el genuino restaurante inglés Royal Pub. Cinco amigos lo acompañaron en la cena. Big Tim el Buscavidas pidió cartones de *keno* para él y sus amigos. De este modo podrían ver el tablero de los números mientras cenaban.

Dante y Cross ocuparon un reservado de una esquina.

Con su corto cabello rubio, el Buscavidas parecía un alegre burgués flamenco de un lienzo de Brueghel. Pidió platos equivalentes a tres cenas pero se los comió todos él, e incluso hizo algunas incursiones en los de sus amigos.

—Es una auténtica lástima —dijo Dante—. Jamás he conocido a nadie que disfrutara tanto de la vida.

—Es una manera de crearse enemigos —dijo Cross—, sobre todo cuando la disfrutas a expensas de los demás.

Observaron cómo Big Tim firmaba la cuenta, que no tendría que pagar, y le ordenaba a uno de sus amigos que diera una propina en efectivo. Cuando el grupo se retiró, Cross y Dante se relajaron mientras tomaban café. A Cross le encantaba aquella enorme sala a través de cuyas paredes de cristal se podía contemplar la noche iluminada por unas lámparas de color de rosa, y en la que el verdor de la hierba y los árboles del exterior suavizaba la luz de las arañas del techo.

—Recuerdo una noche de hace tres años —le dijo Cross a Dante—. El Buscavidas había tenido una extraordinaria racha de suerte en la mesa de *craps*. Creo que ya llevaba ganados cien mil dólares. Eran aproximadamente las tres de la madrugada. Cuando el director de las mesas llevó sus fichas a la caja, el Buscavidas se subió a la mesa de *craps* y soltó una meada.

—¿Y tú qué hiciste? —preguntó Dante.

—Mandé que los guardias de seguridad lo acompañaran a su habitación y le cargué cinco mil dólares por orinar sobre la mesa. Pero jamás los pagó.

—Yo le hubiera arrancado los cojones —dijo Dante.

—Si un hombre te permitiera ganar medio millón de dólares anuales, ¿no dejarías que se meara en una mesa? —preguntó Cross—. Pero la verdad es que nunca se lo perdoné. Sin embargo, si lo hubiera hecho en el casino de las villas, ¿quién sabe?

Al día siguiente Cross almorzó con Big Tim para hablarle de la fiesta que se celebraría en su honor y del regalo del Rolls Royce. Pippi se acercó a ellos, y Cross lo presentó.

Big Tim siempre pedía más.

—Os agradezco el Rolls, ¿pero cuándo me cederéis una de vuestras villas?

—La verdad es que te lo mereces —dijo Cross—. La próxima vez que vengas a Las Vegas tendrás una villa. Te lo prometo, aunque tenga que echar a patadas a alguien.

Big Tim el Buscavidas le dijo a Pippi:

—Tu hijo es mucho más amable que aquel viejo pelmazo de Gronevelt.

—En los últimos años de su vida se comportaba de una manera un poco rara —dijo Pippi—. Creo que yo era uno de sus mejores amigos, y jamás me cedió una villa.

—Bueno, pues que se vaya a la mierda —dijo Big Tim—. Ahora que tu hijo dirige el hotel podrás disfrutar de una villa siempre que quieras.

—Eso jamás —dijo Cross—. Mi padre no es jugador.

Todos se echaron a reír.

Pero Big Tim ya había cambiado de tema.

—Hay por aquí un tipejo que lleva un sombrero muy raro y es el peor jugador de *craps* que he visto en mi vida —dijo—. En menos de una hora ha firmado marcadores por valor de casi doscientos mil dólares. ¿Qué puedes decirme de él? Ya sabes que yo siempre busco inversores.

—No puedo decirte nada sobre mis jugadores —le contestó Cross—. ¿Te gustaría que facilitara información a alguien sobre tus asuntos? Lo único que te puedo decir es que podría conseguir una villa siempre que quisiera, pero jamás la ha pedido. Es muy amante de la discreción.

—Preséntamelo por lo menos —dijo Big Tim—. Si cierro un trato con él, tendrás tu comisión.

—No —dijo Cross—, pero mi padre lo conoce.

—No me vendría mal un poco de pasta —dijo Pippi.

—Muy bien —dijo Big Tim—. Ponme en antecedentes.

Pippi echó mano de su encanto.

—Creo que vosotros dos podríais formar un equipo estupendo. Este hombre tiene un montón de pasta pero le falta el instinto que tú tienes para los negocios. Sé que eres un hombre justo, Tim, dame lo que consideres que me merezco.

Big Tim esbozó una radiante sonrisa al oír sus palabras. Pippi sería otro primo.

—Estupendo —dijo—. Esta noche estaré en la mesa de *craps*. Tráemelo.

Una vez vez hechas las presentaciones junto a la mesa de *craps*, Big Tim el Buscavidas sorprendió a Dante y a Pippi, quitándole a Dante su gorro renacentista y poniéndole en su lugar la gorra de béisbol de los Dodger que él llevaba. El resultado fue de lo más cómico. Con el gorro renacentista en la cabeza, Big Tim parecía un enanito de Blancanieves.

—Para que cambie nuestra suerte —dijo Big Tim.

Todos se rieron, pero a Pippi no le gustó el brillo perverso que se encendió en los ojos de Dante. Además le molestó que Dante hubiera desoído su consejo y se hubiera puesto el gorro. Lo había presentado a Big Tim como Steve Sharpe, y le había explicado que era el jefe de un gran imperio de la droga de la Costa Atlántica y que necesitaba blanquear muchos millones. Por si fuera poco, Steve era un jugador degenerado que había apostado un millón de dólares en la Super Bowl y los había perdido sin pestañear. Sus marcadores en el casino eran oro puro.

Big Tim rodeó con su macizo brazo los hombros de Dante y le dijo:

—Stevie, tú y yo tenemos que hablar. Vamos a comer un bocado en la cafetería.

Una vez allí, Big Tim eligió un discreto reservado. Dante pidió un café, pero Big Tim pidió un variado surtido de postres: helado de fresa, milhojas de crema, tarta de crema de plátano y una bandeja de galletitas variadas.

Después se pasó una hora hablando de sus negocios. Era propietario de una pequeña galería comercial y quería venderla, sería una inversión a largo plazo y él podría conseguir que el pago se hiciera casi todo en dinero negro en efectivo. También tenía una planta de carne en conserva y carretadas de productos frescos que se podían vender a cambio de dinero negro en efectivo, y volver a vender a cambio de una cantidad superior de dinero blanco. Tenía contactos con la industria cinematográfica para la financiación de películas porno que pasaban directamente a vídeo o a las salas X.

—Un negocio fabuloso —le dijo Big Tim—. Tienes ocasión de conocer a las estrellas, de follar con las aspirantes a actriz y de blanquear el dinero.

A Dante le encantó la representación. Big Tim lo exponía todo con tanto entusiasmo y tanta seguridad que la víctima no podía por menos que creer en su futura riqueza. Hizo unas cuantas preguntas que delataron su interés, pero al mismo tiempo procuró aparentar también una cierta indecisión.

—Dame tu tarjeta —dijo—. Te llamaré o le pediré a Pippi que te llame, y después cenaremos juntos y estudiaremos todos los detalles para que podamos llegar a un acuerdo.

Big Tim le dio su tarjeta.

—Hay que hacerlo enseguida —dijo—. Tengo entre manos un

negocio infalible en el que tú también podrías participar, pero es necesario actuar muy rápido. —Hizo una breve pausa—. Es algo relacionado con el deporte.

Ahora Dante mostró un interés que hasta entonces no había mostrado.

—Pero bueno, si eso ha sido siempre mi sueño dorado. Me encantan los deportes. ¿Te refieres quizás a la compra de algún equipo de béisbol profesional?

—No tanto —se apresuró a contestar Big Tim—. Pero es un negocio muy bueno.

—¿Cuándo nos vemos? —preguntó Dante.

—Mañana el hotel ofrece una fiesta en mi honor y me regala un Rolls —dijo Big Tim con orgullo—. Por ser uno de los mejores primos que tienen. Regresaré a Los Ángeles pasado mañana. ¿Qué tal por la noche?

Dante hizo como que lo pensaba.

—De acuerdo —dijo al final—. Pippi irá conmigo a Los Ángeles y le pediré que te llame para concretar la cita.

—Estupendo —dijo Big Tim. Le extrañaba un poco el recelo de aquel hombre pero sabía que no convenía estropear un acuerdo con preguntas innecesarias—. Y esta noche te voy a enseñar a jugar al *craps,* para que tengas alguna oportunidad de ganar.

Dante le miró con timidez.

—Sé cómo hay que apostar, pero me gusta follar un poco por ahí. Así se corre la voz de que tengo dinero y puedo probar suerte con las coristas.

—Entonces eres un caso perdido —dijo Big Tim—. Pero de todos modos, tú y yo vamos a ganar mucho dinero juntos.

Al día siguiente se celebró la fiesta en honor de Big Tim el Buscavidas en el gran salón de baile del hotel Xanadu, que sólo se utilizaba para acontecimientos especiales: la fiesta de Nochevieja, los bufés de Navidad, las bodas de los grandes jugadores, la concesión de premios y regalos especiales, las fiestas de la Super Bowl, la Serie Mundial de béisbol e incluso las convenciones políticas.

Era un enorme salón de techo muy alto, con globos que flotaban por todas partes y dos enormes mesas de bufé que lo dividían en dos.

Los bufés tenían la forma de enormes glaciares, con incrustaciones de exóticas frutas multicolores. Melones de Crenshaw partidos por la mitad para que se viera su pulpa dorada, grandes y jugosos racimos de uva morada, piñas, kiwis y kumquats, nectarinas y lichis y un gigantesco tronco de sandías. Unos cubos con distintas variedades de helado estaban hundidos como si fueran submarinos. Después había un pasillo de platos calientes: un cuarto trasero de buey tan grande como un búfalo, un pavo impresionante y un jamón rodeado de grasa. A continuación bandejas de distintas pastas con salsa verde pesto o salsa roja de tomate y hasta una olla de color rojo con asas de plata tan grande como un cubo de basura, con un estofado de «jabalí» que en realidad era una mezcla de carne de cerdo, vaca y ternera. Había panes de todas clases y distintas variedades de bollos. Otro banco de hielo contenía los postres, los pastelillos de crema, los donuts rellenos de crema batida y un surtido de tartas dispuestas en hileras y adornadas con reproducciones del hotel Xanadu. El café y los licores serían servidos por las camareras más guapas del hotel.

Big Tim el Buscavidas ya estaba causando estragos en las mesas antes de la llegada de los primeros invitados.

En el centro del salón, colocado sobre una rampa aislada rodeada por unos cordones, estaba el lujoso Rolls Royce blanco marfil de original diseño cuya elegancia contrastaba fuertemente con la ostentación del mundo de Las Vegas. Una pared del salón había sido sustituida por unas pesadas colgaduras doradas para que el vehículo pudiera entrar y salir a través de ellas. En un rincón del salón sería sorteado un Cadillac de color morado entre los asistentes que tuvieran invitaciones numeradas, grandes jugadores y gerentes de los casinos de los principales hoteles. Se trataba de una de las mejores ideas de Gronevelt pues aquellas impresionantes fiestas aumentaban significativamente las ganancias del hotel.

La fiesta fue todo un éxito porque Big Tim era un personaje espectacular. Atendido por sus dos camareras, él solito se cepilló casi todo el bufé. Se zampó tres bandejas y ofreció una exhibición de comer que a punto estuvo de hacer innecesaria la misión de Dante.

Cross pronunció el discurso de ofrecimiento en nombre del hotel, y Big Tim el de aceptación.

—Quiero agradecer al hotel Xanadu este maravilloso regalo —dijo—. Este automóvil valorado en doscientos mil dólares es mío a cambio de nada. Es mi recompensa por mis diez años de fidelidad al hotel, durante los cuales me han tratado como a un príncipe y me han vaciado la cartera. Creo que si me regalaran cincuenta Rolls estaríamos empatados, pero bueno, sólo puedo conducir los coches uno a uno.

Sus palabras fueron interrumpidas por los vítores y los aplausos de los invitados. Cross hizo una mueca. Siempre se avergonzaba de aquellos rituales que dejaban al descubierto la hipócrita buena voluntad del hotel.

Big Tim rodeó con sus brazos los hombros de las dos camareras que lo flanqueaban y les comprimió el pecho con gesto juguetón. Después esperó como un experto cómico a que cesaran los aplausos.

—Lo digo en serio, estoy sinceramente agradecido —añadió—. Éste es uno de los días más felices de mi vida, como cuando me divorcié. Otra cosa. ¿A mí quién me paga la gasolina para trasladar este cacharro a Los Ángeles? El Xanadu me ha vuelto a dejar sin blanca.

Big Tim sabía cuándo tenía que detenerse. Mientras arreciaban los vítores y los aplausos se acercó a la rampa y subió al automóvil. Las colgaduras doradas que sustituían la pared se descorrieron, y Big Tim se alejó majestuosamente.

La fiesta terminó cuando uno de los grandes jugadores ganó el Cadillac. Había durado cuatro horas y todo el mundo estaba deseando regresar a las mesas de juego.

Aquella noche el fantasma de Gronevelt se hubiera alegrado de los resultados de la fiesta. Las ganancias casi duplicaron el promedio habitual. Los apareamientos sexuales no se pudieron cuantificar, pero el olor de semen pareció filtrarse a través de las paredes hasta los pasillos. Las guapísimas prostitutas que habían sido invitadas a la fiesta de Big Tim entablaron rápidamente relaciones con otros grandes jugadores de categoría algo inferior a la de Big Tim y éstos les regalaron fichas negras para jugar.

Gronevelt solía comentarle a Cross que los jugadores y las jugadoras seguían pautas sexuales distintas, y convenía que los propietarios de los casinos las tuvieran en cuenta.

En primer lugar, Gronevelt proclamaba la primacía del coño. El coño era capaz de superarlo todo. Podía incluso reformar a un jugador degenerado. Grandes personajes mundiales habían sido clientes del hotel. Científicos galardonados con el Premio Nobel, multimillonarios, grandes predicadores protestantes, eminentes glorias literarias. Un ganador del Premio Nobel de Física, quizás el mejor cerebro del mundo, se había acostado con todas las coristas del espectáculo durante su estancia de seis días en el hotel. No jugó demasiado pero fue un honor para el hotel. El propio Gronevelt tuvo que hacerles regalos a las chicas pues al ganador del Premio Nobel no se le ocurrió hacerlo. Las chicas comentaron más tarde que había sido el mejor amante del mundo, ansioso, ardiente, experto y sin trampas, con una de las pollas más preciosas que jamás hubieran visto en sus vidas. Y por si fuera poco, divertidísimo. No las había aburrido en ningún momento con conversaciones serias, y era tan chismoso y malintencionado como ellas. Por alguna extraña razón, Gronevelt se alegró de que semejante lumbrera hubiera sido capaz de complacer a las representantes del otro sexo. No como Ernest Vail, que era un gran escritor pero un pobre tipo de mediana edad con una perenne erección y una total incapacidad para mantener una charla intrascendente. Después estaba el senador Wavven, posible futuro presidente de Estados Unidos, para quien el sexo era algo así como un partido de golf. Por no mencionar al rector de la Universidad de Yale, el cardenal de Chicago, el director del Comité Nacional de los Derechos Civiles y los adustos representantes del Partido Republicano. Todos ellos convertidos en unos niños por el coño. Las únicas posibles excepciones eran los gays y los drogatas, pero en el fondo ésos no eran los típicos jugadores.

Gronevelt había observado que los jugadores pedían los servicios de las prostitutas antes de jugar. En cambio las mujeres preferían el sexo después de jugar. Puesto que el hotel tenía que satisfacer las necesidades sexuales de todo el mundo y no había prostitutos sino tan sólo gigolós, el hotel echaba mano de los camareros, los crupieres y los ayudantes de los directores de juego, y éste era el informe que ellos le habían facilitado. Gronevelt había llegado a una conclusión: los jugadores necesitaban el sexo para prepararse con más confianza con vistas a la batalla, y las mujeres necesitaban el sexo para aliviar la pena de las pérdidas o como premio por su victoria. Big Tim pidió una prostituta una hora antes del comienzo de su fiesta, y a primera hora de la madrugada, tras haber perdido una elevada suma de dinero, se fue a la cama con sus dos camareras. Ellas no estaban muy de acuerdo porque eran unas chicas serias. Big Tim resolvió el problema a su manera. Les mostró unas fichas negras valoradas en diez mil dólares y les dijo que serían suyas si pasaban la noche con él, con la vaga promesa de entregarles algo más en caso de que la noche fuera realmente satisfactoria. Le encantó ver cómo las chicas estudiaban las fichas antes de acceder a su petición, pero lo más gracioso fue que ellas lo emborracharon tanto y él estaba tan atiborrado de comida y bebida que se quedó dormido sin pasar la fase de las caricias. Su enorme corpachón las empujó hacia los bordes de la cama, y las pobres tuvieron que agarrarse a él para no caer hasta que al final resbalaron al suelo y allí se quedaron dormidas.

Ya bien entrada aquella noche Cross recibió una llamada de Claudia.

—Athena ha desaparecido —le dijo su hermana—. En los estudios están desesperados. Yo estoy muy preocupada aunque, en realidad, desde que yo la conozco, Athena suele desaparecer por lo menos un fin de semana al mes. Pero esta vez he pensado que tenía que informarte. Será mejor que hagas algo antes de que huya para siempre.

—No te preocupes —dijo Cross sin explicarle a su hermana que sus hombres estaban vigilando a Skannet.

No obstante, la llamada lo indujo a pensar de nuevo en Athena, aquel mágico rostro que parecía reflejar todas sus emociones, sus largas y bien torneadas piernas, la inteligencia de su mirada y la vibración del instrumento invisible de su ser interior.

Cogió el teléfono y marcó el número de una corista llamada Tiffany con la que se veía algunas veces.

Tiffany era la jefa del coro del gran espectáculo de cabaret del hotel Xanadu. Tenía derecho a una paga extraordinaria y a otras gratificaciones por mantener la disciplina y evitar las habituales disputas y peleas entre las chicas. Era una belleza escultural que no había conseguido superar las pruebas cinematográficas por ser excesivamente alta para la pantalla. Su belleza resultaba impresionante en un escenario, pero en una película parecía gigantesca.

Al llegar, Tiffany se sorprendió de la rapidez con la que Cross le hizo el amor. Le quitó la ropa en un santiamén y después le comió el cuerpo a besos, la penetró y enseguida alcanzó el orgasmo. Fue un comportamiento tan distinto de lo habitual que ella le dijo casi con tristeza:

—Esta vez tiene que ser amor de verdad.

—Pues claro —dijo Cross mientras le hacía de nuevo el amor.

—No lo digo por mí, tonto —dijo Tiffany—. ¿Quién es la afortunada?

Cross se sintió molesto de que se le notara tanto, aunque tampoco podía dejar de apreciar la carne que tenía a su lado. No se cansaba de saborear sus suculentos pechos, su sedosa lengua y el aterciopelado montículo de su entrepierna del que se irradiaba un irresistible calor. Cuando horas más tarde sació finalmente su apetito, seguía sin poder quitarse a Athena de la cabeza.

Tiffany cogió el teléfono y pidió servicio de habitaciones para los dos.

—Compadezco a esa pobre chica cuando al final la consigas —dijo.

Cuando la corista se hubo marchado, Cross se sintió libre. El estar tan enamorado era una debilidad, pero la satisfacción del apetito sexual le daba confianza. A las tres de la madrugada efectuó su última ronda por el casino.

En la cafetería vio a Dante con tres bellas y sonrientes mujeres. Una de ellas era Loretta Lang, la cantante a la que él había ayudado a rescindir el contrato, aunque en aquel momento no la reconoció. Dante le hizo señas de que se acercara, pero él sacudió la cabeza. Subió a su suite del último piso y se tomó dos píldoras para dormir antes de acostarse, pero siguió soñando con Athena.

Las tres mujeres sentadas alrededor de la mesa de Dante eran unas célebres damas de Hollywood, esposas de cotizados personajes cinematográficos y a su vez estrellas de segunda categoría por derecho propio. Habían estado en la fiesta de Big Tim, no por invitación sino porque habían conseguido abrirse camino con su encanto.

La mayor de ellas era Julia Deleree, casada con uno de los más famosos actores cinematográficos del momento. Tenía dos hijos y solía aparecer en las revistas junto a los miembros de su familia, como ejemplo de esposa y madre modelo que no tenía ningún problema y estaba encantada con su matrimonio.

La segunda se llamaba Joan Ward, rondaba los cincuenta años y era extremadamente atractiva. Solía interpretar papeles secundarios de mujer inteligente, abnegada madre de un hijo gravemente enfermo o esposa abandonada cuya tragedia desembocaba finalmente en un segundo matrimonio feliz. También hacía de ardiente luchadora feminista. Estaba casada con el director de unos estudios que pagaba todas sus tarjetas de crédito sin rechistar, por muy elevados que fueran los gastos. Sólo le exigía que fuera la anfitriona de las múltiples fiestas que solía ofrecer. No tenía hijos.

La tercera estrella era Loretta que, a aquellas alturas ya había conseguido convertirse en protagonista de comedias disparatadas. Estaba casada con un cotizado actor de superficiales películas de acción que lo obligaban a desplazarse durante buena parte del año a otros países para el rodaje de exteriores.

Las tres se habían hecho muy amigas porque a menudo interpretaban las mismas películas, iban de compras a Rodeo Drive y almorzaban en el Polo Lounge del hotel Beverly Hills, donde se dedicaban a comparar notas sobre sus maridos y sus tarjetas de crédito. Con respecto a las tarjetas, no podían quejarse. Eran algo así como tener una pala para excavar en una mina de oro, y sus maridos nunca protestaban por las facturas.

Julia se quejaba de que su marido pasara tan poco tiempo con sus hijos. Joan, cuyo marido era famoso por su capacidad de descubrir nuevos rostros, se quejaba de no tener hijos. Y Loretta se quejaba de las películas que interpretaba su marido, y pensaba que debería diversificarse y representar papeles más serios.

Un día Loretta les dijo a sus amigas con su natural desparpajo:

—Dejémonos de tonterías. Las tres estamos felizmente casadas con hombres muy importantes. Lo que de verdad nos fastidia es que nuestros maridos nos envíen a gastar dinero a Rodeo Drive para sentirse menos culpables por sus devaneos con otras mujeres.

Las tres se echaron a reír porque era verdad.

—Yo quiero a mi marido —dijo Julia—, pero lleva un mes rodando una película en Tahití y sé que no está en la playa, masturbándose, pero como a mí no me da la gana de pasarme un mes en Tahití, o folla con la protagonista de la película o lo hace con las estrellas de allí.

—Cosa que también haría aunque tú estuvieras en Tahití —dijo Loretta.

—Pues aunque mi marido tiene menos esperma que una hormiga macho —dijo Joan en tono nostálgico—, su polla parece un palo. ¿Cómo es posible que sólo descubra actrices y no actores? Sus pruebas cinematográficas consisten en averiguar qué pedazo de su polla se pueden tragar las aspirantes.

Las tres estaban ya un poco achispadas. Creían que el vino no tenía calorías.

—No podemos reprocharles nada a nuestros maridos —dijo Loretta con convicción—. Las mujeres más guapas del mundo se lo enseñan. No tienen escapatoria. ¿Por qué tenemos nosotras que sufrir por eso? A la mierda con las tarjetas de crédito, vamos a divertirnos un poco.

Y se entregaron a su sagrado ritual de una noche al mes. Cuando sus maridos no estaban, cosa que ocurría muy a menudo, se buscaban aventuras de una noche.

Y como casi todos los norteamericanos las hubieran reconocido, se veían obligadas a disfrazarse, lo cual no les era muy difícil. Utilizaban pelucas para cambiar el estilo y el color del pelo, se maquillaban y se hacían los labios más carnosos o más finos, vestían como las mujeres de la clase media y rebajaban un poco su belleza, aunque no importaba demasiado pues, como actrices que eran, podían ser extraordinariamente encantadoras cuando querían. Y disfrutaban interpretando aquel papel. Les gustaba que hombres de todas clases desnudaran sus corazones ante ellas con la esperanza de llevárselas a la cama, cosa que a menudo conseguían. Era un soplo de vida real en el que los personajes conservaban su carácter misterioso, pero no estaban limitados por un guión escrito. Muchas veces se llevaban agradables sorpresas: sinceros ofrecimientos de matrimonio y de verdadero amor; hombres que compartían con ellas su dolor porque pensaban que jamás volverían a verlas y que las admiraban por sus innatos encantos y no por su categoría social. Les encantaba variar de personalidad. A veces eran técnicas informáticas de vacaciones, otras veces eran enfermeras con el día libre, especialistas en ortodoncia o asistentas sociales. Y se preparaban para sus papeles leyendo todo lo que podían acerca de sus nuevas profesiones. A veces se hacían pasar por secretarias en el bufete de algún abogado del mundo del espectáculo de Los Ángeles y revelaban escándalos sobre sus propios maridos o sobre algunos actores amigos suyos. Se lo pasaban muy bien pero siempre salían de la ciudad pues Los Ángeles era un lugar demasiado peligroso en el que hubieran podido tropezarse con amigos que las hubieran reconocido fácilmente a pesar de sus disfraces. Descubrieron que San Francisco también era peligroso. Algunos gays adivinaban su identidad a primera vista, de manera que Las Vegas se convirtió en su lugar preferido.

Dante las había conocido en el Club Lounge del Xanadu, donde los agotados jugadores se tomaban un descanso mientras escuchaban la música de la orquesta o presenciaban la actuación de un humorista o de una cantante. Al principio de su carrera, Loretta había actuado allí. No se podía bailar. El hotel quería que sus clientes regresaran enseguida a las mesas después del descanso.

Dante se había fijado en ellas por su alegría y su natural encanto, y ellas se habían fijado en él porque lo habían visto jugar elevadas cantidades de dinero con crédito ilimitado. Después de tomar unas copas, Dante las acompañó a la ruleta y les entregó a cada una de ellas un montón de fichas por valor de mil dólares. Les encantó su sombrero y las exageradas muestras de cortesía de que le hacían objeto los crupieres y el director de la sala, y también su taimada manera de seducir, acompañada en algunas ocasiones por un toque de humor perverso. El ingenio de Dante era vulgar y hasta un tanto estremecedor a veces. Su extravagante manera de jugar las entusiasmaba. Ellas eran muy ricas y manejaban ingentes sumas de dinero, pero el de Dante era en efectivo y eso tenía una magia especial. Gastaban decenas de miles de dólares en un solo día en Rodeo Drive, pero recibían a cambio bienes muy valiosos. Al ver que Dante firmaba un marcador de cien mil dólares se quedaron boquiabiertas de asombro, a pesar de que sus maridos les compraban coches que valían mucho más. Pero Dante derrochaba el dinero.

No siempre se acostaban con los hombres que elegían, pero aquella noche, cuando fueron al lavabo, discutieron sobre cuál de ellas se quedaría con Dante. Julia suplicó a sus amigas que se lo cedieran porque tenía el capricho de mearse en su extraño sombrero. Joan y Loretta se lo cedieron.

Joan esperaba ganar cinco o diez mil dólares. No los necesitaba, pero era dinero en efectivo de verdad. Loretta en cambio no se sentía tan atraída por Dante como sus amigas. Su vida en un cabaret de Las Vegas la había vacunado en parte contra semejantes personajes. Estaban demasiado llenos de sorpresas, la mayoría desagradables.

Habían alquilado una suite de tres dormitorios en el Xanadu. Siempre iban juntas en sus salidas, en parte por motivos de seguridad y en parte para poder contarse chismes sobre sus aventuras. Tenían por norma no pasar toda la noche con los hombres que elegían.

Julia acabó quedándose con Dante, que no tuvo voz ni voto en el asunto a pesar de que hubiera preferido a Loretta. No obstante, Dante se empeñó en que Julia acudiera a su suite situada en el piso inmediatamente inferior, justo debajo de la que ellas ocupaban.

—Después te acompañaré a tu suite —le dijo él fríamente—. Sólo podremos estar juntos una hora. Mañana tengo que levantarme muy temprano.

Fue entonces cuando Julia se dio cuenta de que las había tomado por unas putas a ratos perdidos.

—Sube tú a mi suite —le dijo ella—. Yo te acompañaré después a la tuya.

—Tus amiguitas están muy cachondas. ¿Quién me dice a mí que no os echaréis todas encima y me violaréis? Soy un tipo muy bajito.

Sus explicaciones le hicieron tanta gracia que ésta accedió a bajar a su suite. No se percató de su astuta sonrisa. Por el camino le dijo en tono burlón:

—Quiero mearme en tu sombrero.

Dante replicó con la cara muy seria:

—Si a ti te divierte, a mí también.

Una vez en la suite no perdieron el tiempo con charlas intrascendentes. Julia arrojó el bolso sobre el sofá, se bajó la parte superior del vestido y dejó al descubierto sus pechos, que eran lo más destacado de su figura, pero al parecer Dante era una excepción, un hombre que no sentía el menor interés por los pechos.

Dante la acompañó al dormitorio y le quitó el vestido y la ropa interior. Cuando ella ya estaba en cueros, se desnudó. Julia vio que tenía un pene corto, rechoncho e incircunciso.

—Tendrás que ponerte un condón —le dijo.

Dante la arrojó sobre la cama. Julia era una mujer fuerte, pero él la levantó y la arrojó sobre la cama sin el menor esfuerzo. Después se situó a horcajadas sobre ella.

—Que te pongas un condón —dijo Julia—. Hablo en serio.

Inmediatamente hubo una explosión de luz en su cabeza y se dio cuenta de que él la había abofeteado con tal fuerza que estuvo a punto de perder el sentido. Trató de apartarse, pero Dante poseía una fuerza increíble pese a ser tan bajito. Julia recibió el impacto de otras dos bofetadas que le calentaron las mejillas y le provocaron dolor de dientes. Luego sintió que él la penetraba. Sus acometidas sólo duraron unos cuantos segundos. Después se desplomó encima de ella.

Cuando estaban todavía entrelazados, él empezó a darle la vuelta. Julia vio que aún conservaba la erección y se dio cuenta de que pretendía realizar una penetración anal.

—Es algo que me vuelve loca —le dijo—, pero tengo que ir por la vaselina que guardo en el bolso.

Dante la dejó deslizarse debajo de su cuerpo y ella se dirigió a la sala de estar. Él se plantó en la puerta del dormitorio. Ambos estaban desnudos y él seguía con la erección.

Julia rebuscó en su bolso y, de repente, con un teatral floreo, sacó una pequeña pistola plateada. Era un objeto de una película que había interpretado y siempre había soñado con utilizarla en una situación de la vida real. Apuntó a Dante, adoptó la posición ligeramente agachada que le habían enseñado en la película y dijo:

—Ahora me voy a vestir y me iré. Si intentas impedírmelo, disparo.

Dante estalló en una alegre carcajada, pero Julia observó con satisfacción que el miembro se le había aflojado de golpe.

Estaba disfrutando a tope con la situación. Se imaginaba ya lo mucho que se iba a reír en la suite del piso de arriba con Joan y Loretta cuando les contara lo ocurrido. Hizo acopio de valor y le pidió el sombrero para poder mearse en él.

Dante volvió a sorprenderla. Empezó a acercarse poco a poco.

—Es de un calibre tan pequeño —le dijo sonriendo— que no podrías detenerme, a menos que tuvieras la suerte de dispararme en la cabeza. Nunca uses una pistola pequeña. Me podrías meter tres balas en el cuerpo, pero después yo te estrangularía. Además no la sostienes como es debido, no es necesario que te agaches, no tiene retroceso. Lo más probable es que ni siquiera me alcanzaras porque esos cacharros no son muy precisos, así que será mejor que la arrojes al suelo y que los discutamos. Después te podrás marchar.

Al ver que Dante seguía acercándose a ella, Julia arrojó la pistola al sofá. Dante cogió el arma y la examinó, sacudiendo la cabeza.

—Una pistola de juguete —dijo—. Es la mejor manera de que te maten. —Sacudió la cabeza con afectuosa expresión de reproche—. Si fueras una puta de verdad, eso sería una pistola de verdad, así que dime quién eres.

La empujó hacia el sofá y la inmovilizó con las piernas, comprimiéndole el pubis con los dedos de los pies. Después abrió su bolso y esparció el contenido sobre la mesita. Rebuscó en los compartimientos del bolso y sacó el billetero, las tarjetas de crédito y el carnet de conducir. Lo estudió todo detenidamente y esbozó una sonrisa de complacencia.

—Quítate esta peluca —le dijo. Alargó la mano para coger un tapete y le limpió el maquillaje del rostro.

—¡Coño! —exclamó—, pero si eres Julia Deleree. Estoy follando con una estrella del cine. —Soltó otra carcajada—. Puedes mearte en mi sombrero cuando quieras. —Los dedos de sus pies estaban hurgando en su entrepierna. De pronto la levantó del sofá—. No tengas miedo —le dijo, besándola. Después la volvió de espaldas y la empujó para doblarla sobre el respaldo del sofá, con los pechos colgando y las nalgas elevadas hacia él.

—Prometiste que me dejarías marchar —gimoteó Julia.

Dante le besó las nalgas y empezó a hurgar con los dedos. Después la penetró violentamente y ella lanzó un grito de dolor. Al terminar, le dio unas cariñosas palmadas en el trasero.

—Ahora ya puedes vestirte —le dijo—. Siento no haber cumplido mi palabra. No podía perderme la ocasión de contarles a mis amigos que he follado con el sensacional culo de Julia Deleree.

A la mañana siguiente, una llamada telefónica de recepción obligó a Cross a levantarse muy temprano. La jornada iba a ser muy ajetreada. Tenía que sacar todos los marcadores de Dante de la caja del casino y hacer el papeleo necesario para que desaparecieran. Luego tenía que quitarles a los directores de sala los libros de los marcadores e introducir en ellos las oportunas modificaciones. Después tenía que tomar disposiciones para cambiar la documentación del Rolls Royce de Big Tim. Giorgio había preparado los documentos legales de tal manera que el cambio oficial de propiedad no fuera válido hasta un mes después. Todo aquello era cosecha de Giorgio.

Una llamada de Loretta Lang lo interrumpió en medio de su frenética actividad. Estaba en el hotel y necesitaba verle urgentemente. Cross pensó que a lo mejor era por algo relacionado con Claudia y ordenó que el servicio de seguridad la acompañara al último piso.

Loretta lo besó en las mejillas y después le contó toda la historia de Julia y Dante. Dijo que el hombre se había presentado como Steve Sharpe y que había perdido cien mil dólares en la mesa de *craps.* Se quedaron impresionadas, y su amiga decidió acostarse con él. Ellas sólo habían acudido allí para relajarse y pasar la noche jugando. Ahora estaban aterrorizadas, temerosas de que Steve armara un escándalo.

Cross asintió comprensivamente con la cabeza. Pensaba que Dante había cometido una estupidez antes de una importante operación, y por si fuera poco el muy hijo de puta les había regalado fichas negras a sus conquistas para que siguieran jugando.

—Conozco a ese hombre, no te preocupes —le dijo a Loretta—. ¿Quiénes son las dos mujeres que te acompañan?

Loretta sabía que no era prudente andar jugando con Cross y le reveló los dos nombres. Cross la miró sonriendo.

—¿Lo hacéis muy a menudo? —le preguntó.

—Tenemos que divertirnos un poco —contestó Loretta.

Cross esbozó una comprensiva sonrisa.

—O sea que tu amiga fue a su habitación y se desnudó. ¿Y ahora quiere denunciarlo por violación o qué?

—No, no —se apresuró a contestar Loretta—. Sólo queremos que no diga nada. Si habla podría destrozar nuestras carreras.

—No hablará —dijo Cross—. Es un tipo muy curioso. Es discreto y quiere pasar inadvertido. Pero seguid mi consejo, no volváis a mezclaros con él nunca más. Tenéis que ser más juiciosas, chicas.

La última observación molestó a Loretta. Las tres habían decidido seguir con sus aventuras. No querían acobardarse por culpa de aquel contratiempo. En realidad no había ocurrido nada grave.

—¿Cómo sabes que no hablará? —preguntó.

Cross la miró con la cara muy seria.

—Le pediré este favor —contestó.

Cuando Loretta se fue, Cross ordenó que le pasaran la filmación de la cámara secreta en la que aparecían todos los clientes en el mostrador de recepción. La estudió detenidamente. Con la información que ya tenía, no le fue difícil adivinar las identidades de las dos mujeres disfrazadas que acompañaban a Loretta Lang. Dante había sido un estúpido al no haber pedido aquella información.

Pippi subió al despacho del último piso para almorzar con su hijo antes de trasladarse a Los Ángeles, donde tendría que supervisar toda la logística de la operación Big Tim. Cross le refirió la historia que Loretta le había contado.

Pippi sacudió la cabeza.

—Ese hijo de puta hubiera podido estropear toda la operación y descoordinar las fases. Y sigue llevando ese sombrero de los cojones en contra de mis instrucciones.

—Ten mucho cuidado en esta operación —le dijo Cross—. Vigila a Dante.

—La he planificado yo, no me la puede estropear —dijo Pippi—. Cuando le vea esta noche en Los Ángeles volveré a darle instrucciones.

Cross le reveló que Giorgio había preparado la documentación del Rolls Royce de tal manera que Big Tim no entrara legalmente en su posesión hasta aproximadamente un mes después de su muerte para que así el hotel pudiera recuperar el vehículo.

—Muy típico de Giorgio —dijo Pippi—. El Don hubiera permitido que el Estado conservara el coche para los hijos.

Big Tim el Buscavidas abandonó Las Vegas dos días más tarde, dejando una deuda de sesenta mil dólares en marcadores en el hotel Xanadu. Tomó el vuelo de última hora de la tarde a Los Ángeles, acudió a su despacho, donde se pasó unas cuantas horas trabajando, y después se dirigió a Santa Mónica por carretera para cenar con su ex mujer y sus dos hijos. Guardaba en los bolsillos varios fajos de billetes de cinco dólares que les entregó a sus hijos, junto con una caja de cartón que contenía un kilo de dólares de plata. Le pagó a su mujer el cheque de la pensión que le debía y sin el que no hubiera podido visitar a sus hijos. Cuando los niños se fueron a la cama trató de convencer a su mujer con dulces palabras, pero ella se negó a acostarse con él, cosa que en realidad a él no le importó demasiado después de lo de Las Vegas. Pero tenía que intentarlo, porque hubiera sido algo a cambio de nada.

Al día siguiente, Big Tim el Buscavidas tuvo una jornada muy ajetreada. Dos inspectores del Departamento de Contribuciones trataron de intimidarle para que pagara unos impuestos, pero él no estaba de acuerdo con el pago. Les dijo que acudiría a los tribunales y los echó con cajas destempladas. Después visitó un almacén de alimentos en conserva y otro de medicamentos sin receta, adquiridos a precio de saldo porque estaban a punto de caducar y las fechas de caducidad se tendrían que cambiar. Al mediodía almorzó con el vicepresidente de una cadena de supermercados que estaba dispuesto a aceptar aquellos productos. Durante el almuerzo le deslizó al ejecutivo un sobre con diez mil dólares.

Después del almuerzo recibió una inesperada llamada de unos agentes del FBI que deseaban hacerle unas cuantas preguntas sobre sus relaciones con un congresista sometido a un proceso judicial. Los envió a la mierda.

Big Tim el Buscavidas nunca había sabido lo que era el miedo, tal vez por su enorme volumen, o porque estaba chaveta pues ignoraba no sólo lo que era el miedo físico sino también el mental. Había emprendido una lucha no sólo contra el hombre sino contra la naturaleza. Cuando los médicos le dijeron que el exceso de comida lo mataría, y que convendría que hiciera régimen, optó por someterse a una arriesgada operación de *by-pass* gástrico. Y le salió muy bien. Comía lo que quería sin sufrir efectos perjudiciales.

Su imperio financiero lo había construido de la misma manera. Firmaba contratos que no cumplía cuando dejaban de ser rentables, y traicionaba a los socios y a los amigos. Todos lo denunciaban, pero siempre se tenían que conformar con menos de lo que hubieran recibido si él hubiera cumplido las condiciones iniciales. Su vida era una sucesión de éxitos, pero él jamás tomaba precauciones con vistas al futuro. Siempre pensaba que al final saldría ganando. Era capaz de arruinar empresas y de contar chismes sobre enemistades personales. Con las mujeres era todavía más implacable: prometía regalarles galerías comerciales, apartamentos y boutiques, pero al final se conformaban con una joyita por Navidad y un pequeño cheque por su cumpleaños. Las cantidades eran considerables pero jamás alcanzaban las promesas iniciales. Big Tim no quería mantener relaciones. Él lo único que quería era follar amistosamente cuando lo necesitaba.

A Big Tim le encantaba todo aquel jaleo pues así su vida resultaba mucho más interesante. Una vez le había estafado setenta mil dólares a un corredor de apuestas independiente de Los Ángeles en unas apuestas de fútbol. El corredor de apuestas le acercó una pistola a la cabeza y Big Tim le dijo:

—¡Vete a la mierda, imbécil!

Después le ofreció diez mil dólares para saldar la deuda, y el corredor aceptó.

Su riqueza, su excelente salud, la mole impresionante de su cuerpo y su falta de remordimientos hacían que Big Tim alcanzara el éxito en todas sus empresas. Su creencia de que toda la humanidad era corruptible le confería un cierto aire de inocencia que le resultaba útil no sólo en la cama de una mujer sino también en los tribunales de justicia. Su afición a los placeres de la vida le proporcionaba además cierto encanto. Era un fullero que te permitía echar un vistazo a sus cartas.

Big Tim no se extrañó por tanto del misterio que rodeaba el plan que Pippi de Lena le había preparado para aquella noche. Aquel hombre era un buscavidas como él, y ya le arreglaría las cuentas cuando llegara el momento. Grandes promesas y pequeñas recompensas.

En cuanto a Steve Sharpe, Big Tim olfateaba una gran oportunidad de cometer estafas a lo largo de muchos años. El pequeñajo había perdido por lo menos medio millón de dólares en un día en las mesas donde él lo había visto jugar, lo cual significaba que tenía un crédito ilimitado en el casino y que debía de estar en condiciones de ganar enormes cantidades de dinero negro. Sería perfecto para el fraude de la Super Bowl. No sólo podría proporcionar el dinero de las apuestas sino que además contaría con la confianza de los corredores. Al fin y al cabo, aquellos tipos no aceptaban apuestas gigantescas de cualquiera.

Big Tim empezó después a soñar con su siguiente visita a Las Vegas. Al final le cederían una villa. Se preguntó a quiénes llevaría como invitados. ¿Negocios o placer? ¿Llevaría a víctimas de futuras estafas o a unas cuantas tías buenas? Al final llegó la hora de su cena con Pippi y Steve Sharpe. Llamó a su ex mujer y a sus dos hijos para charlar un poco con ellos y salió.

Cenaron en un pequeño restaurante especializado en platos de pescado de la zona portuaria de Los Ángeles. Como no había servicio de aparcacoches, Big Tim dejó su automóvil en un aparcamiento.

Al llegar al restaurante lo recibió un *maître* muy bajito, quien después de echarle un vistazo lo acompañó a la mesa donde Pippi de Lena lo estaba esperando.

Big Tim era un experto del *abbraccio,* e inmediatamente abrazó a Pippi.

—¿Dónde está Steve? ¿Es que me quiere tomar el pelo? No tengo tiempo para tonterías.

Pippi echó mano de su encanto y le dio a Big Tim una palmada en el hombro.

—¿Y yo qué soy, una mierda? —dijo—. Anda, siéntate y disfruta de la mejor cena de pescado que has saboreado en tu vida. A Steve lo veremos luego.

Cuando se acercó el *maître* para anotar los platos, Pippi le dijo:

—Queremos lo mejor de todo y lo máximo de todo. Aquí mi amigo es un campeón de la comida, y si se levanta con hambre de esta mesa hablaré con Vincent.

El *maître* esbozó una confiada sonrisa. Conocía la calidad de su cocina. El restaurante formaba parte del imperio de Vincent Clericuzio. Cuando la policía empezara a desandar el camino seguido por Big Tim, tropezaría con un muro de silencio.

Tomaron toda clase de platos de almejas, mejillones, gambas y, finalmente, langosta: tres para Big Tim y una para Pippi. Pippi terminó mucho antes que Big Tim.

—Ese tipo es amigo mío —le dijo— y te puedo asegurar que ocupa un lugar muy alto en el negocio de la droga. Si eso te asusta, mejor que me lo digas ahora.

—Me asusta tanto como esta langosta —dijo Big Tim, agitando las enormes pinzas del crustáceo hacia el rostro de Pippi—. ¿Qué más?

—Siempre necesita blanquear dinero negro —dijo Pippi—. Eso también estará incluido en el trato.

Big Tim lo estaba pasando en grande con la comida y tenía la nariz llena de todos los aromas del océano.

—Estupendo, todo eso ya lo sé —dijo—. Pero ¿dónde coño se ha metido?

—Está en su yate —contestó Pippi—. No quiere que nadie le vea contigo. Es en tu propio interés, el tipo es muy precavido.

—Pues a mí me importa un pimiento quién me vea con él —dijo Big Tim—. Yo quiero *verme* con *él*.

Cuando por fin Big Tim terminó de comer, tomó fruta y café. Pippi le peló hábilmente una pera. Tim pidió otro café.

—Para mantenerme despierto —explicó—. La tercera langosta me ha dejado casi fuera de combate.

No les entregaron ninguna cuenta. Pippi dejó un billete de veinte dólares encima de la mesa, y mientras abandonaban el restaurante, el *maître* aplaudió en silencio la actuación de Tim en la mesa.

Pippi acompañó a Big Tim a un pequeño automóvil de alquiler al que Tim subió con mucha dificultad.

—Pero hombre, ¿es que no puedes permitirte el lujo de alquilar un coche más grande? —preguntó Big Tim.

—Está aquí mismo —contestó Pippi en tono tranquilizador.

Efectivamente, el trayecto duró sólo cinco minutos. Para entonces ya había oscurecido y sólo se veían las luces de un pequeño yate amarrado en el muelle.

La escalerilla estaba vigilada por un hombre casi tan corpulento como Big Tim. Había otro al fondo de la cubierta. Pippi y Big Tim subieron por la escalerilla hasta la cubierta del yate. Entonces Dante salió a cubierta y se acercó para darles la mano. Llevaba su gorro renacentista, pero en cuanto vio a Big Tim se lo cubrió con la mano en gesto burlón para evitar que éste se lo arrebatara.

Después los acompañó a un camarote de abajo amueblado como si fuera un comedor, donde se sentaron alrededor de la mesa en unas cómodas sillas fijadas al suelo.

Sobre la mesa había varias botellas de bebidas, un cubo con hielo y una bandeja con unas copas. Pippi escanció brandy para todos.

Justo en aquel momento se pusieron en marcha los motores y el yate empezó a moverse.

—¿Pero adónde coño vamos? —preguntó Big Tim.

—A dar una vueltecita para tomar un poco el aire —contestó tranquilamente Dante—. En cuanto estemos en alta mar subiremos a cubierta para disfrutarlo.

Big Tim no era tan tonto como para eso, pero confiaba mucho en sí mismo y estaba convencido de que podría afrontar cualquier cosa que ocurriera. Así pues, aceptó la explicación.

—Tim —dijo Dante—, si no he entendido mal, tú quieres hacer negocios conmigo.

—No, quiero que tú hagas negocios conmigo —contestó Big Tim en un alarde de buen humor—. Yo dirijo el espectáculo. Tú podrás lavar tu dinero sin tener que pagar ninguna comisión, y además obtendrás unos buenos beneficios. Estoy construyendo un pequeño centro comercial en las afueras de Fresno y tú puedes comprar una parte por cinco o diez millones de dólares. Y constantemente tengo nuevos negocios.

—Eso está muy bien —terció Pippi de Lena.

Big Tim le miró fríamente.

—¿Y tú qué pintas aquí? Hace rato que te lo quería preguntar.

—Es mi socio de mayor antigüedad —contestó Dante—. Mi

asesor. Yo tengo el dinero, pero él tiene el cerebro. —Hizo una pausa y después añadió con toda sinceridad—: Me ha contado cosas muy buenas de ti, Tim, por eso estamos hablando.

El yate navegaba muy rápido y las copas temblaban sobre la bandeja. Big Tim no sabía si incluir a aquel tipo en la estafa de la Super Bowl. De repente tuvo una de aquellas corazonadas que jamás le fallaban. Se reclinó contra el respaldo de su asiento, tomó un sorbo de brandy y les dirigió una severa mirada inquisitiva, que utilizaba muy a menudo y que incluso había ensayado. La mirada de un hombre que está a punto de otorgar su confianza a alguien. En plan de buen amigo.

—Os voy a revelar un secreto —dijo—. Pero, primero, ¿vamos a hacer negocio juntos? ¿Queréis una parte del centro comercial? —Big Tim apuró el contenido de su copa y se inclinó hacia delante—. Puedo amañar el partido de la Super Bowl. —Con un teatral floreo le indicó a Pippi que volviera a llenarle la copa y se alegró al ver la expresión de asombro de sus rostros—. Creéis que eso es un cuento, ¿verdad?

Dante se quitó su gorro renacentista y lo estudió detenidamente.

—Creo que me estás tomando el pelo —dijo con una nostálgica sonrisa—. Muchos lo intentan, pero Pippi es un experto en estas cosas. ¿Pippi?

—Eso no se puede hacer —dijo Pippi—. Faltan ocho meses para la Super Bowl y tú ni siquiera sabes quién la jugará.

—Pues entonces ya os podéis ir a la mierda —dijo Big Tim—. Si no queréis participar en un negocio seguro, allá vosotros, pero os digo que yo lo puedo amañar. Si no queréis participar, me parece muy bien. Hagamos lo del centro comercial. Que este maldito barco dé la vuelta y no me obliguéis a perder más el tiempo.

—No seas tan susceptible —le dijo Pippi—. Tú dinos cómo se puede amañar el partido.

Big Tim tomó un sorbo de brandy y contestó casi en tono de disculpa:

—Eso no os lo puedo decir, pero os daré una garantía. Vosotros apostáis diez millones y nos repartimos las ganancias. Si falla algo os devolveré los diez millones. ¿Os parece justo?

Dante y Pippi se miraron sonriendo. Dante inclinó la cabeza, y el gorro renacentista le confirió el aspecto de una astuta ardilla.

—¿Me devolverás el dinero en efectivo? —preguntó.

—No exactamente —contestó Big Tim—. Haré otro trato y descontaré los diez millones del precio.

—¿Comprarás a los jugadores? —preguntó Dante.

—Eso no lo puede hacer —dijo Pippi—. Ganan demasiada pasta. Tiene que comprar a los directivos.

Big Tim no cabía en sí de gozo.

—No os lo puedo decir, pero es un sistema infalible. Y no os preocupéis por el dinero. Pensad en la gloria. Será el mayor amaño de toda la historia del deporte.

—Ya, y nos encerrarán a todos en la cárcel —dijo Dante.

—Por eso yo no os digo nada —dijo Big Tim—. Yo iré a la cárcel, pero vosotros no. Además mis abogados son estupendos, y tengo muchas conexiones.

Por primera vez, Dante modificó el guión de Pippi.

—¿Crees que ya sabemos suficiente? —le preguntó a éste.

—Sí —contestó Pippi—, pero me parece que si seguimos hablando un poco más, Tim nos lo contará todo.

—Que se vaya a la mierda Tim —dijo Dante en tono burlón—. ¿Lo has oído, Big Tim? Ahora quiero que me digas cómo funciona el amaño. Y no me vengas con rollos.

El tono de su voz era tan despectivo que Big Tim enrojeció de rabia.

—¿Crees que me das miedo, enano de mierda? ¿Te crees más listo que los del FBI, los del Departamento de Contribuciones y los más duros usureros de la Costa Oeste? Me cago en tu puta madre.

Dante se reclinó en su asiento y aporreó el mamparo del camarote. A los pocos segundos dos individuos corpulentos se plantaron en la puerta y se pusieron en guardia. Como respuesta, Big Tim se levantó y limpió la superficie de la mesa con el brazo. Las botellas, el cubo de hielo y la bandeja de las copas cayeron al suelo.

—No, Tim, escúchame —dijo Pippi.

Quería ahorrarle al hombre unos sufrimientos innecesarios. Además no quería verse obligado a disparar pues eso no formaba parte del plan. Pero Big Tim estaba corriendo hacia la puerta, dispuesto a presentar batalla. De repente Dante se arrojó en brazos de Big Tim y se comprimió contra su cuerpo. Big Tim separó los brazos y cayó de rodillas. La mitad de su camisa estaba rasgada, y en la parte derecha de su velloso pecho se veía una enorme mancha roja de la que se escapaba la sangre a borbotones sobre la mesa.

Dante sostenía en la mano el cuchillo con toda la ancha hoja manchada de carmesí hasta el mango.

—Sentadlo en la silla —les dijo Dante a los guardias.

Después tomó el mantel de la mesa para restañar la hemorragia de Big Tim, que estaba casi a punto de perder el conocimiento.

—Hubieras podido esperar —dijo Pippi.

—No —replicó Dante—. Es un tipo duro. Ahora veremos hasta qué extremo.

—Voy a prepararlo todo en cubierta —dijo Pippi.

No quería verlo. Él jamás había practicado la tortura. Nunca había secretos lo bastante importantes como para justificar aquel tipo de trabajo. Cuando matabas a un hombre, simplemente lo apartabas de este mundo para que no te pudiera hacer daño.

En la cubierta observó que dos de sus hombres ya lo tenían todo preparado. La jaula de acero colgaba del gancho, y las lamas estaban cerradas. Los hombres habían extendido una hoja de plástico sobre la cubierta del yate.

Aspiró el salino olor del aire y contempló la tonalidad violeta del inmóvil océano bajo el cielo nocturno. El yate aminoró la velocidad y se detuvo. Pippi se pasó quince minutos largos con los ojos clavados en el mar hasta que aparecieron los dos hombres que montaban guardia en la puerta, llevando el cuerpo de Big Tim. El espectáculo era tan horrible que Pippi apartó la mirada. Los cuatro hombres colocaron el cuerpo de Big Tim en el interior de la jaula y la bajaron al agua. Uno de los hombres había ajustado las lamas de tal manera que los habitantes de las profundidades del océano pudieran penetrar en el interior de la jaula y darse un festín con el cadáver. Después soltaron el gancho y la jaula bajó al fondo del mar.

Antes de que amaneciera sólo quedaría el esqueleto del cuerpo de Big Tim, nadando eternamente en su caja del fondo del océano.

Dante subió a la cubierta. Se había duchado y cambiado de ropa. Por debajo del gorro renacentista su cabello aparecía liso y mojado. No había ni rastro de sangre.

—Bueno, pues ya ha hecho la comunión —dijo—. Me hubierais podido esperar.

—¿Ha hablado? —preguntó Pippi.

—Claro —contestó Dante—. En realidad el fraude era muy sencillo, pero él se ha pasado el rato incordiando hasta el final.

Al día siguiente, Pippi voló al Este para presentar un detallado informe al Don y a Giorgio.

—Big Tim estaba loco —dijo—. Sobornó a la empresa de catering que abastece a los equipos de la Super Bowl. Pensaban utilizar drogas para que el equipo contra el que ellos hubieran apostado se fuera debilitando poco a poco a lo largo del partido. Quizá los hinchas no se hubieran dado cuenta de lo que ocurría, pero los entrenadores y los jugadores sí, y el FBI también. Tenía usted razón, tío, el escándalo hubiera acabado para siempre con nuestro programa.

—¿Pero es que era idiota o qué? —preguntó Giorgio.

—Creo que quería hacerse famoso —contestó Pippi—. No le bastaba con ser rico.

—¿Y qué hay de los demás participantes en el plan? —preguntó el Don.

—Cuando vean que el Buscavidas no aparece, se asustarán —contestó Pippi.

—Yo también pienso lo mismo —dijo Giorgio.

—Muy bien —dijo el Don—. ¿Y mi nieto se ha portado como es debido?

Parecían unas palabras sin importancia, pero Pippi conocía lo bastante bien al Don como para comprender que la pregunta era muy seria.

—Le dije que no se pusiera el sombrero en la operación de Las Vegas y Los Ángeles, pero se lo puso. No siguió el guión de la operación. Hubiéramos podido obtener la misma información hablando un poco más, pero él quería sangre. Cortó al tipo en pedazos. Le cortó la polla, los huevos y las tetillas. No era necesario. Disfruta haciéndolo, y eso es muy peligroso para la familia. Alguien tiene que hablar con él.

—Tendrás que ser tú —le dijo Giorgio al Don—. A mí no me hace caso.

Don Domenico reflexionó en silencio un buen rato.

—Es joven, ya madurará.

Al comprender que el Don no haría nada, Pippi les reveló la indiscreción cometida por Dante con la actriz cinematográfica la víspera de la operación.

Vio que el Don pegaba un respingo y que Giorgio hacía una mueca de desagrado. Hubo un largo silencio. Pippi se preguntó si habría llegado demasiado lejos.

Finalmente, el Don sacudió la cabeza y dijo:

—Pippi, lo has organizado todo muy bien, como siempre, pero puedes estar tranquilo. Nunca tendrás que volver a trabajar con Dante, aunque debes comprender que Dante es el único hijo de mi hija. Giorgio y yo tenemos que hacer todo lo que podamos por él. Ya sentará la cabeza.

Cross de Lena, sentado en la terraza de su suite del último piso del hotel Xanadu, examinó los peligros de la acción que estaba a punto de emprender. Desde aquel privilegiado mirador podía contemplar toda la longitud del Strip, la sucesión de hoteles casino de lujo a ambos lados y el gentío que ocupaba la calle. Podía ver también a los jugadores del campo de golf, tratando supersticiosamente de hacer un hoyo determinado para asegurarse más tarde la victoria en las mesas de juego.

Primer peligro: en la operación de Boz adoptaría una decisión muy importante sin consultar con la familia Clericuzio. Cierto que él era el barón administrativo del Distrito del Oeste en el que estaban incluidas Nevada y toda la zona sur de California. Cierto también que los barones actuaban de manera independiente en muchos lugares y no estaban directamente a las órdenes de la familia Clericuzio aunque estuvieran obligados a untarle con un porcentaje de sus ganancias. Pero las normas eran muy estrictas. Ningún barón o *bruglione* podía embarcarse en una operación de semejante magnitud sin la aprobación de los Clericuzio. Por una razón muy sencilla. En caso de que un barón lo hiciera y se metiera en un lío, no recibiría la menor ayuda ni durante el juicio ni en la sentencia. Además no sólo no podría contar con ningún apoyo en caso de que algún jefe de su territorio empezara a desarrollar su influencia, sino que además su dinero no sería blanqueado ni guardado para su vejez. Cross sabía que hubiera tenido que entrevistarse con Giorgio y el Don para pedir su visto bueno.

La operación podía ser muy delicada. Además, para financiarla tendría que utilizar una parte del cincuenta y uno por ciento del capital del Xanadu que había heredado de Gronevelt. El dinero era suyo, por supuesto, pero era un dinero que estaba aliado con los intereses ocultos que los Clericuzio tenían en el hotel. Y era un dinero que le habían ayudado a ganar los Clericuzio. Los Clericuzio tenían el curioso y hasta humano prurito de interesarse personalmente por la suerte de sus subordinados, y lamentarían que él hubiera hecho aquella inversión sin pedirles consejo. Aquel prurito, que carecía de fundamento legal, era una reminiscencia de la época medieval: ningún barón podía vender su castillo sin el consentimiento del rey.

La magnitud de la inversión era un factor muy importante. Cross había heredado el cincuenta y uno por ciento de Gronevelt, y el Xanadu estaba valorado en mil millones de dólares. Pero él se jugaría cincuenta millones e invertiría otros cincuenta, por un total de cien millones. El riesgo económico era enorme, y los Clericuzio eran notoriamente prudentes y conservadores, cosa obligada para poder sobrevivir en el mundo en el que se movían.

Cross recordó otra cosa. Tiempo atrás, cuando las familias Santadio y Clericuzio mantenían buenas relaciones, habían tratado de introducirse en la industria del cine pero habían fracasado. Una vez aplastado el imperio de los Santadio, Don Clericuzio había ordenado que se suspendieran todos los intentos de infiltración en la industria cinematográfica.

—Esa gente es demasiado lista —había dicho el Don—, y no tiene miedo porque los beneficios son muy altos. Tendríamos que matarlos a todos y después no sabríamos cómo llevar el negocio. Eso es más complicado que las drogas.

No, pensó Cross. Si pidiera permiso se lo negarían, y entonces no podría hacer nada. Una vez consumados los hechos haría penitencia y permitiría que los Clericuzio untaran en sus ganancias. El éxito disculpaba a menudo los pecados más desvergonzados. Y si fracasara, lo más probable era que ya estuviera perdido para siempre, tanto si contaba con la aprobación de los Clericuzio como si no, lo cual lo llevaba a la duda final.

¿Por qué lo hacía? Pensó en Gronevelt. «Guárdate de las mujeres en apuros.» Había conocido a muchas mujeres en apuros y las había dejado en poder de los tiburones. Las Vegas estaba llena de mujeres en apuros.

Pero él sabía por qué lo hacía. Ansiaba poseer la belleza de Athena Aquitane. No sólo el encanto de su rostro, sus ojos, su cabello, sus piernas o sus pechos sino también la inteligencia y el calor de su mirada, los huesos de su rostro o la delicada curva de sus labios. Le parecía que si pudiera conocerla y estar en su presencia, todo el mundo adquiriría una luz distinta y el sol daría otro calor. Recordaba el océano a su espalda, las verdes olas rematadas por las blancas cabrillas enmarcándole la cabeza como una aureola. Y pensaba en su madre: Athena era la mujer que su madre hubiera deseado ser.

De súbito sintió el anhelo de verla, de estar con ella, de escuchar su voz y contemplar sus movimientos. «¡Mierda! —pensó—. ¿Es eso por lo que quiero hacerlo?»

Lo admitió, y se alegró de haber comprendido finalmente el verdadero motivo de sus acciones. Se sentía más fuerte y más concentrado. De momento, el principal problema era de carácter operativo. No tenía nada que ver con Athena ni con los Clericuzio. El problema más difícil era Boz Skannet, un problema que se tenía que resolver con la mayor rapidez posible.

Cross sabía que se había situado en una posición demasiado vulnerable, lo cual suponía una complicación más. Era peligroso beneficiarse públicamente en caso de que le ocurriera algo a Skannet.

Cross eligió a las tres personas que necesitaría para la operación. La primera de ellas era Andrew Pollard, el propietario de la Pacific Ocean Security, que ya estaba metido en todo aquel jaleo. La segunda era Lia Vazzi, el guardés del pabellón de caza que tenían los Clericuzio en las montañas de Nevada. Lia tenía a sus órdenes a un grupo de hombres que también eran guardeses pero cumplían unas tareas especiales. Y la tercera era Leonard Sossa, un falsificador retirado que servía a la familia en distintos cometidos. Los tres estaban bajo el control de Cross de Lena en su calidad de *bruglione* del Oeste.

Dos días más tarde, Andrew Pollard recibió una llamada de Cross de Lena.

—Tengo entendido que estás trabajando muy duro —dijo Cross—. ¿Qué tal unas pequeñas vacaciones en Las Vegas? Te ofrezco servicios gratuitos de habitación, comida y bebida. Traete a tu mujer. Y, si te aburres, sube a mi despacho a charlar un rato conmigo.

—Gracias —contestó Pollard—, pero ahora mismo estoy muy ocupado. ¿Qué te parece la semana que viene?

—Me parece muy bien —contestó Cross—, pero la semana que viene yo no estaré en la ciudad y no podré verte.

—Pues entonces voy mañana —dijo Pollard.

—Estupendo —dijo Cros, y colgó el aparato.

Pollard se reclinó contra el respaldo de su asiento, pensativo. La invitación había sido una orden. Tendría que caminar sobre la cuerda floja.

Leonard Sossa disfrutaba de la vida como sólo podía hacerlo un hombre salvado de una terrible condena a muerte. Disfrutaba al amanecer y disfrutaba al anochecer. Disfrutaba de la hierba y de las vacas que se la comían, de la contemplación de las bellas mujeres, los confiados jóvenes y los niños inteligentes. Disfrutaba de un pedazo de pan, un vaso de vino y una loncha de queso.

Veinte años atrás, el FBI lo había detenido por haber falsificado billetes de cien dólares por cuenta de la ya extinta familia Santadio. Sus compinches se habían declarado culpables y lo habían delatado. Entonces él creyó que la flor de su virilidad se marchitaría en la cárcel. La falsificación de moneda era un delito mucho más grave que la violación, el asesinato o el incendio intencionado. La falsificación de moneda era un ataque a la misma maquinaria del Estado. En cambio, cuando uno cometía otros delitos, era un simple carroñero que tomaba un bocado de la carroña de la enorme bestia que integraba la fungible cadena humana. No esperaba compasión, y no la obtuvo. Leonard Sossa fue condenado a veinte años de prisión, pero sólo cumplió uno. Un compañero de cárcel, asombrado ante sus habilidades con la tinta, el lápiz y la pluma, lo reclutó para la familia Clericuzio.

De repente tuvo un nuevo abogado. De repente tuvo un médico de fuera de la cárcel al que no conocía de nada. De repente se celebró una vista en la que se declaró que su capacidad mental se había deteriorado hasta el punto de quedar reducida a la de un niño, por cuyo motivo ya no constituía ninguna amenaza para la sociedad. De repente Leonard Sossa se convirtió en un hombre libre al servicio de la familia Clericuzio.

La familia necesitaba un falsificador de primera, no para moneda de curso legal, pues sabía perfectamente que la falsificación de moneda era un delito imperdonable para las autoridades, sino para tareas mucho más importantes. En las montañas de papeleo que pasaban por las manos de Giorgio, referentes a distintas empresas nacionales e internacionales, documentos legales firmados por inexistentes empleados de empresas y depósitos y retiradas de elevadas sumas de dinero, se necesitaban muchas firmas e imitaciones de firmas. Con el paso del tiempo, Leonard sirvió también para otras cosas.

El hotel Xanadu utilizó con gran provecho sus habilidades. Cuando moría un gran jugador que tenía marcadores en la caja, Sossa firmaba por valor de otro millón de dólares. Los herederos del difunto no pagaban los marcadores, como es natural, pero la suma se podía deducir como pérdida en el pago de impuestos del Xanadu. Tal circunstancia se daba con más frecuencia de lo que hubiera sido natural. Al parecer, el índice de mortalidad entre los amantes de la buena vida era muy elevado. Lo mismo se hacía con los grandes jugadores que se negaban a pagar sus deudas o pretendían reducir los dólares a diez centavos.

Leonard Sossa percibía por todo ello cien mil dólares al año, y le estaba prohibido dedicarse a cualquier otra clase de trabajo, muy especialmente a la falsificación de moneda, lo cual encajaba perfectamente con la política general de la familia. Los Clericuzio habían promulgado un edicto por el cual se prohibía a todos los miembros de la familia las prácticas de la falsificación y el secuestro. Se trataba de unos delitos sobre los que recaía todo el peso de los cuerpos de seguridad del Estado, y no merecía la pena correr aquel riesgo a cambio de los beneficios que se obtenían.

Durante veinte años, Sossa había disfrutado por tanto de su vida de artista en una casita situada en el Topanga Canyon, muy cerca de Malibú. Tenía un pequeño jardín, una cabra, un gato y un perro. Pintaba durante el día y bebía durante la noche. En el cañón vivían muchas chicas de costumbres liberales y colegas pintores.

Sossa sólo bajaba del cañón para comprar en Santa Mónica o cuando la familia Clericuzio requería sus servicios, lo cual solía ocurrir un par de veces al mes, por espacio de unos pocos días. Cumplía la tarea que le encomendaban y nunca hacía preguntas. Era un valioso soldado de la familia Clericuzio.

Cuando se presentó un vehículo para recogerlo y el conductor le dijo que tomara sus herramientas y un poco de ropa para unos cuantos días, Sossa dejó la cabra, el gato y el perro sueltos en el cañón y cerró la puerta de su casa. Los animales ya se las arreglarían solos, al fin y al cabo no eran niños. No es que no los quisiera, pero los animales tenían una esperanza de vida muy breve, sobre todo allí en el cañón, y él ya estaba acostumbrado a perderlos. El año transcurrido en la cárcel había convertido a Leonard Sossa en un realista, y su inesperada puesta en libertad lo había transformado en un optimista.

Lia Vazzi, el guardés del pabellón de caza de la familia Clericuzio en las montañas de la Sierra Nevada, había llegado a Estados Unidos cuando sólo tenía treinta años, y era el hombre más buscado de Italia. En los diez años transcurridos desde entonces había aprendido a hablar inglés sin apenas deje, y sabía leer y escribir bastante bien. En Sicilia era miembro de una de las más ilustradas y poderosas familias de la isla.

Quince años atrás había sido el jefe de la Mafia en Palermo, uno de los más importantes hombres cualificados, pero se le había ido la mano.

En Roma el Gobierno había nombrado a un magistrado especial con poderes extraordinarios para acabar con la Mafia de Sicilia. El magistrado llegó a Palermo con su mujer y sus hijos, protegido por soldados del Ejército y una horda de policías. Inmediatamente pronunció un encendido discurso, prometiendo no tener la menor compasión con los criminales que durante siglos habían dominado la bella isla de Sicilia. Había llegado el momento de que se impusiera la ley y de que el destino de Sicilia lo decidieran los representantes elegidos por el pueblo de Italia y no aquellos ignorantes bandidos con sus vergonzosas sociedades secretas. Vazzi se tomó el insulto como una afrenta personal.

El magistrado especial estaba fuertemente custodiado las veinticuatro horas del día mientras cumplía su cometido de escuchar las declaraciones de los testigos y dictar órdenes de detención. La sala de justicia era su fortaleza, y su casa estaba rodeada por un cordón de soldados del Ejército. Era aparentemente inexpugnable. Sin embargo, al cabo de tres meses, Vazzi averiguó el itinerario que seguía el magistrado, el cual se había mantenido en secreto en previsión de ataques por sorpresa.

El magistrado solía desplazarse a las localidades más importantes de Sicilia para recoger pruebas y dictar órdenes de detención. Un día tenía previsto regresar a Palermo para recibir una medalla en reconocimiento de los heroicos esfuerzos que estaba llevando a cabo para librar a la isla del azote de la Mafia. Lia Vazzi y sus hombres colocaron una mina en un pequeño puente que el magistrado tenía que cruzar. El magistrado y sus guardias volaron por los aires y quedaron reducidos a unos trozos tan minúsculos que los restos tuvieron que sacarse del agua con cedazos.

El Gobierno de Roma, enfurecido, replicó con registros masivos en busca de los responsables, y Vazzi tuvo que pasar a la clandestinidad. A pesar de que el Gobierno carecía de pruebas, Vazzi sabía que era preferible morir que caer en sus manos.

Resultó que cada año los Clericuzio enviaban a Pippi de Lena a Sicilia para que reclutara hombres para el Enclave del Bronx, y soldados para la familia Clericuzio. El Don fundamentaba su fe en que los sicilianos, con su secular tradición de la *omertà*, eran los únicos de quienes se podía estar seguro de que no se convertirían en traidores. Los jóvenes de Estados Unidos eran demasiado blandos, frívolos y vanidosos, y podían convertirse fácilmente en confidentes de los implacables fiscales de distrito que a tantos *bruglioni* estaban enviando a la cárcel.

La *omertà*, como filosofía, era muy sencilla. Su quebrantamiento era un pecado mortal. Consistía en revelar a la policía cualquier cosa que pudiera perjudicar a la Mafia. Si un clan rival de la Mafia asesinaba a tu padre delante de tus ojos, estaba prohibido que informaras a la policía. Si te pegaban un tiro y caías herido de muerte al suelo, no podías informar a la policía. Si te robaban la mula, la cabra, las joyas, no podías presentar una denuncia en la comisaría. Las autoridades eran el Gran Satanás al que un verdadero siciliano no podía recurrir jamás. La familia y la Mafia eran los vengadores.

Diez años atrás, Pippi de Lena había viajado con su hijo Cross a Sicilia como parte de su adiestramiento. Su tarea no era tanto la de reclutar cuanto la de cribar, pues había centenares de hombres cuyo sueño dorado era ser elegidos para trasladarse a América.

Un día acudieron a una pequeña localidad a unos ochenta kilómetros de Palermo situada en medio de una campiña con aldeas construidas en piedra y adornadas con vistosas flores de Sicilia. Allí fueron recibidos por el alcalde en su propia casa.

Era un hombre bajito y barrigudo, tanto en sentido literal como figurado pues en Sicilia la expresión «un hombre de barriga» significaba un jefe de la Mafia.

La casa disponía de un bonito jardín con higueras, olivos y naranjos, y allí fue donde Pippi hizo sus entrevistas a los candidatos. El jardín tenía un curioso parecido con el de los Clericuzio en Quogue, exceptuando las flores multicolores y los limoneros. Al parecer, el alcalde era un hombre muy aficionado a la belleza pues tenía una esposa muy guapa y tres preciosas hijas apenas adolescentes, aunque plenamente desarrolladas como mujeres.

Cross observó sin embargo que su padre Pippi era un hombre

distinto en Sicilia. Allí no era un despreocupado galanteador sino un hombre serio, respetuoso y sin una pizca de encanto con las mujeres. Aquella noche, en la habitación que compartían, Pippi le dijo a Cross:

—Tienes que andarte con cuidado con los sicilianos. Desconfían de los hombres que muestran interés por las mujeres. Si follas con una de sus hijas, jamás saldremos con vida de aquí.

Durante varios días, los hombres acudieron a la casa para ser entrevistados por Pippi, el cual se atenía a toda una serie de normas. Los hombres no podían superar los treinta y cinco años ni ser menores de veinte. Si estaban casados, no podían tener más de un hijo. Y finalmente tenían que contar con el aval del alcalde. Pippi le explicó las razones a Cross. Si los hombres eran demasiado jóvenes cabía la posibilidad de que se dejaran influir por la cultura norteamericana. Y si eran demasiado mayores, a lo mejor no podrían adaptarse a Estados Unidos. Si tenían más de un hijo, su cauteloso temperamento les impediría correr los riesgos que sus deberes les exigirían.

Algunos de los hombres tenían unos conflictos tan graves con la justicia que necesitaban abandonar Sicilia. Otros buscaban simplemente una vida mejor en Estados Unidos, al precio que fuera, y algunos eran demasiado listos como para confiar en el destino y ansiaban con toda su alma convertirse en soldados de los Clericuzio. Ésos eran los mejores.

Al final de la semana, Pippi ya había alcanzado su cuota de veinte hombres y le presentó la lista al alcalde, quien le daría el visto bueno y después tomaría las disposiciones necesarias para que los elegidos pudieran emigrar. El alcalde tachó un nombre de la lista.

—Pensé que sería ideal para nosotros —dijo Pippi—. ¿Es que me he equivocado?

—No, no —contestó el alcalde—. Lo ha hecho con muy buen criterio, como siempre.

Pippi lo miró, desconcertado. Todos los elegidos serían muy bien tratados. A los solteros se les facilitarían apartamentos, y a los casados con un hijo, una casita. Todos tendrían trabajos estables. Todos vivirían en el Enclave del Bronx. Algunos serían nombrados soldados de la familia Clericuzio, se ganarían muy bien la vida y tendrían un brillante futuro por delante. El hombre que había tachado el alcalde debía de tener alguna pega, pero, en tal caso, ¿por qué entonces le había dado el visto bueno para la entrevista? Pippi intuyó que allí había gato encerrado.

El alcalde lo estaba mirando con astucia, como si le hubiera leído el pensamiento, y se alegrara de lo que había leído.

—Es usted demasiado siciliano como para que yo le mienta —le dijo—. El nombre que he tachado es el de alguien con quien mi hija quiere casarse. Quiero mantenerle aquí un año más por la felicidad de mi hija. Después se lo podrá usted llevar. No podía negarle la entrevista. El otro motivo es que tengo un hombre a quien yo creo que debería usted llevarse en su lugar. ¿Me hará usted el favor de hablar con él?

—Por supuesto —contestó Pippi.

—No quiero mentirle —añadió el alcalde—, aunque se trata de un caso especial y tiene que irse enseguida.

—Usted sabe que tengo que andarme con mucho tiento —dijo Pippi—. Los Clericuzio son muy especiales.

—Será en su propio interés —dijo el alcalde—, aunque es un poco peligroso.

Después le expuso la situación de Lia Vazzi. El asesinato del magistrado había saltado a los titulares de la prensa mundial. Pippi y Cross estaban por tanto familiarizados con el caso.

—Si no tienen pruebas, ¿por qué es tan desesperada la situación de Vazzi? —preguntó Cross.

—Mire, joven —contestó el alcalde—, aquí estamos en Sicilia. Los agentes de la policía son sicilianos. El magistrado era siciliano. Todo el mundo sabe que ha sido Lia. Aunque no existan pruebas legales, si cae en manos de esa gente será hombre muerto.

—¿Lo podrá sacar del país y enviar a Estados Unidos? —preguntó Pippi.

—Sí —contestó el alcalde—. Lo más difícil será mantenerle oculto en Estados Unidos.

—Me parece que no merece la pena que nos tomemos tantas molestias —dijo Pippi.

El alcalde se encogió de hombros.

—Es amigo mío, lo reconozco. Pero dejando eso aparte —añadió esbozando una benévola sonrisa para dejar bien sentado que no lo quería dejar aparte—, es también la quinta esencia del hombre cualificado. Es experto en explosivos, y eso es siempre muy delicado. Sabe usar la cuerda, una habilidad muy útil y muy antigua. Maneja muy bien el cuchillo y las armas de fuego. Pero por encima de todo es inteligente y sirve para cualquier cosa. Y es firme como una roca. Nunca habla. Escucha y tiene el don de soltar las lenguas de los demás. Y ahora dígame, ¿no encuentra utilidad a un hombre como éste?

—Es la respuesta a todas mis plegarias —contestó Pippi en un susurro—, pero insisto en preguntar, ¿por qué huye ese hombre?

—Porque aparte de todas sus restantes virtudes —contestó el alcalde—, es un hombre prudente. No quiere desafiar el destino. Aquí tiene los días contados.

—Y un hombre tan bien preparado —dijo Pippi—, ¿podrá ser feliz como simple soldado en Estados Unidos?

El alcalde inclinó la cabeza en gesto de dolorosa conmiseración.

—Es un verdadero cristiano —contestó—. Y tiene la humildad que siempre nos ha enseñado Jesucristo.

—Tengo que conocer a ese hombre —dijo Pippi—, aunque sólo sea por el placer de la experiencia, pero no le puedo garantizar nada.

El alcalde hizo un amplio gesto con la mano.

—Estoy seguro de que será de su agrado —dijo—. Pero hay otra cosa que debo decirle. Me prohibió que le ocultara a usted ese detalle.

—Por primera vez, el alcalde pareció dudar un poco—. Tiene mujer y tres hijos, y todos tienen que ir con él.

En aquel momento Pippi comprendió que su respuesta sería negativa.

—Ya —dijo—, eso me lo pone muy difícil. ¿Cuándo podré verle?

—Estará en el jardín después del anochecer —contestó el alcalde—. No hay peligro, he tomado todas las precauciones.

Lia Vazzi era un hombre de baja estatura, pero con el nervudo vigor que muchos sicilianos habían heredado de sus antiguos antepasados árabes. Poseía un hermoso rostro de halcón que parecía una morena máscara, y hablaba un poco el inglés.

Se sentaron alrededor de la mesa del jardín del alcalde con una botella de vino tinto casero, un cuenco de aceitunas de los cercanos olivos, un pan redondo y crujiente hecho aquella misma noche y todavía caliente, y a su lado toda una pata de *prosciutto* con unos granos enteros de pimienta que parecían diamantes negros. Lia Vazzi comió y bebió sin decir nada.

—Me han hecho muchos elogios de usted —dijo respetuosamente Pippi—, pero estoy preocupado. ¿Podrá un hombre con la educación y las cualificaciones que usted tiene ser feliz en Estados Unidos al servicio de otro hombre?

—Usted tiene un hijo —dijo Lia, mirando primero a Cross y después a Pippi—. ¿Qué haría para salvarle? Quiero que mi mujer y mis hijos estén a salvo, y por eso cumpliré con mi deber.

—Correremos un cierto riesgo —dijo Pippi—. Como usted comprenderá, tengo que ver si las ventajas justifican el riesgo.

Lia se encogió de hombros.

—Yo no soy quién para juzgar eso —dijo, resignándose aparentemente a no ser aceptado.

—Si fuera usted solo sería más fácil —dijo Pippi.

—No —dijo Vazzi—. Los miembros de mi familia vivirán juntos o morirán juntos. —Hizo una breve pausa—. Si los dejo aquí, Roma les hará la vida imposible. Antes prefiero dejarlo correr.

—El problema es cómo ocultarle a usted y a su familia —dijo Pippi.

—América es muy grande —dijo Vazzi encogiéndose de hombros. Mientras le ofrecía el cuenco de aceitunas a Cross, añadió casi en tono burlón—: ¿Cree usted que su padre lo abandonaría?

—No —contestó Cross—. Es tan anticuado como usted. —Lo dijo en un tono muy serio, pero con una leve sonrisa en los labios—. Me han dicho que también es usted agricultor —añadió.

—Tengo olivos —dijo Vazzi—. Tengo una prensa.

—¿Qué te parece el pabellón de caza que tiene la familia en la Sierra? —le preguntó Cross a su padre—. Podría cuidarlo con su familia y ganarse la vida allí. Es un lugar muy aislado y su familia lo podría ayudar. ¿No le importaría vivir en el bosque? —le preguntó a Lia.

La palabra bosque significaba cualquier cosa que no tuviera carácter urbano. Lia se encogió de hombros.

La fuerza personal de Lia Vazzi fue la que convenció a Pippi de Lena. Lia no era alto, pero su cuerpo irradiaba una eléctrica dignidad y ejercía un efecto estremecedor, pues un hombre que no temía la muerte tampoco temía el cielo ni el infierno.

—Es una buena idea —contestó Pippi—. Un camuflaje perfecto. Y podremos utilizarlo para tareas especiales con las que se ganará un sobresueldo. Esas tareas serán su riesgo.

Vieron que los músculos del rostro de Lia se relajaban al darse cuenta de que había sido elegido. La voz le temblaba ligeramente cuando habló.

—Quiero darle las gracias por salvar a mi mujer y a mis hijos —dijo Lia, mirando directamente a Cross de Lena.

Desde entonces Lia Vazzi se había ganado sobradamente el favor que le habían hecho. Había ascendido de soldado a jefe de todos los equipos operativos de Cross. Estaba al mando de los seis hombres que lo ayudaban a vigilar el pabellón de caza, en cuyas tierras era propietario de una casa. Había prosperado, había adquirido la nacionalidad estadounidense y sus hijos se habían ido a estudiar a la universidad. Todo se lo había ganado gracias a su valentía, su sentido común y sobre todo su lealtad. Así pues, cuando recibió el mensaje de Cross de Lena en el que éste le ordenaba que se reuniera con él en Las Vegas, hizo la maleta y emprendió el largo viaje hasta Las Vegas y el hotel Xanadu en su Buick recién estrenado.

Andrew Pollard fue el primero en llegar a Las Vegas. Viajó desde Los Ángeles en el vuelo del mediodía, descansó un rato junto a una de las enormes piscinas del hotel, se pasó unas cuantas horas jugando al *craps* y después fue secretamente acompañado al despacho de la suite de Cross de Lena en el último piso del hotel. Cross le estrechó la mano.

—No te entretendré demasiado —le dijo—. Puedes regresar esta misma noche. Necesito toda la información que tengas sobre ese Skannet.

Pollard le facilitó información sobre todo lo ocurrido y le reveló que Skannet se alojaba en aquellos momentos en el hotel Beverly Hills. Después le refirió los detalles de la conversación que había mantenido con Bantz.

—O sea que Athena les importa una mierda, ellos lo que quieren es hacer la película —le dijo a Cross—. Además los estudios no se suelen tomar muy en serio a esos tipos. En mi empresa tengo una sección de veinte hombres que sólo se dedica a los casos de acoso. Es lógico que las actrices cinematográficas se preocupen por los tipos como él.

—¿Y la policía? —preguntó Cross—. ¿No puede hacer nada?

—No —contestó Pollard—. Ellos sólo intervienen cuando el daño ya está hecho.

—¿Y tú? Tienes un personal muy bueno a tus órdenes.

—Tengo que andarme con mucho cuidado —dijo Pollard—. Podría perder el negocio si me pusiera muy duro. Ya sabes cómo son los tribunales de justicia. ¿Por qué tengo que arriesgarme?

—¿Qué clase de individuo es ese Boz Skannet? —preguntó Cross.

—No le tiene miedo a nada —contestó Pollard—. Más bien se lo tengo yo a él. Es uno de esos tipos duros de verdad que no se preocupan por las consecuencias. Su familia tiene dinero y poder político, y debe de pensar que puede hacer lo que le dé la gana. Y es uno de esos tipos que disfrutan provocando problemas. Si tienes intención de meterte en eso tendrás que actuar con mucha seriedad.

—Yo siempre actúo con seriedad —dijo Cross—. ¿Y ahora tienes a Skannet bajo vigilancia?

—Pues claro —contestó Pollard—. Es muy capaz de hacer un disparate.

—Retírale la vigilancia —dijo Cross—. No quiero que nadie le vigile. ¿Entendido?

—De acuerdo, si tú lo dices —dijo Pollard. Tras una breve vacilación, añadió—: Ten cuidado con Jim Losey, está vigilando a Skannet. ¿Conoces a Losey?

—Me lo han presentado —contestó Cross—. Quiero que hagas otra cosa. Préstame un par de horas tu carnet de identidad de la Pacific Ocean Security. Te lo devolveré a tiempo para que tomes el vuelo de medianoche a Los Ángeles.

Pollard lo miró con semblante preocupado.

—Tú sabes que haría cualquier cosa por ti, Cross, pero ten cuidado, es un caso muy difícil. Aquí me he creado una vida estupenda y no quisiera perderla. Sé que se lo debo todo a la familia Clericuzio, y siempre lo agradezco y procuro corresponder. Pero este asunto es muy complicado.

Cross esbozó una sonrisa tranquilizadora.

—Vales demasiado para nosotros. Otra cosa, si llama Skannet para comprobar que le llaman los hombres de tu empresa, dile que sí.

Al oír esta última frase, Pollard se hundió en el desánimo. Aquello sería muy peligroso.

—Y ahora —dijo Cross—, cuéntame todas las demás cosas que

sabes sobre él. —Al ver que Pollard dudaba, añadió—: Te lo recompensaré bien. Más adelante.

Pollard reflexionó un instante.

—Skannet dice que conoce un gran secreto que Athena no quisiera por nada del mundo que alguien descubriera. Por eso ella retiró la denuncia que había presentado contra él. Un secreto terrible que a Skannet le encanta. Cross, yo no sé cómo ni por qué te has mezclado en eso, pero a lo mejor el descubrir ese secreto resolvería tu problema.

Por primera vez Cross lo miró con dureza, y de repente Pollard comprendió por qué razón se había ganado Cross la fama que tenía. La mirada era fría y parecía una sentencia capaz de condenarlo a muerte.

—Tú sabes por qué estoy interesado —dijo Cross—. Bantz te debe de haber contado la historia. Te contrató para que me investigaras. Bueno, ¿sabes algo de ese gran secreto o lo saben los estudios?

—No —contestó Pollard—. Nadie lo sabe. Cross, estoy haciendo todo lo que puedo por ti, tú lo sabes.

—Lo sé —dijo Cross en tono súbitamente amable—. Te voy a facilitar las cosas. Los estudios quieren saber cómo conseguiré que Athena Aquitane vuelva a trabajar. Yo te lo voy a decir. Pienso ofrecerle la mitad de los beneficios de la película, y no me importa que se lo digas a esa gente. Así harás méritos y puede que incluso te den una gratificación especial. —Cross rebuscó en un cajón de su escritorio, sacó una bolsa redonda de cuero y la depositó en la mano de Pollard—. Cinco mil en fichas negras —dijo—. Cuando te pido que subas aquí por algún asunto de trabajo, siempre temo que pierdas dinero en el casino.

No hubiera tenido que temer nada. Andrew Pollard siempre entregaba las fichas en la caja del casino a cambio de dinero en efectivo.

Leonard Sossa aún no había terminado de instalarse en una protegida suite de trabajo del Xanadu cuando le entregaron el carnet de identidad de Pollard. Con sus instrumentos especiales falsificó cuatro carnets de identidad de la Pacific Ocean Security, junto con sus correspondientes carteritas de solapa abierta. Los carnets no hubieran superado con éxito una inspección de Pollard, pero tampoco era necesario pues Pollard jamás tendría ocasión de verlos. Cuando Sossa terminó su trabajo, varias horas más tarde, dos hombres lo acompañaron al pabellón de caza de la Sierra Nevada donde se instaló en un bungalow en medio del bosque.

Aquella tarde, sentado en el porche del bungalow, vio pasar un venado y un oso. Por la noche limpió las herramientas y esperó. No sabía dónde estaba ni qué hacía, y no quería saberlo. Le pagaban cien mil de los grandes al año y vivía al aire libre, disfrutando de su libertad. Se entretenía dibujando en cientos de hojas de papel los osos y venados que había visto, y después pasaba rápidamente las hojas para dar la impresión de que los venados perseguían a los osos.

Lia Vazzi fue recibido de una forma totalmente distinta. Cross lo abrazó y lo invitó a cenar en su suite. Durante los años que Vazzi llevaba en Estados Unidos, Cross había sido su jefe operativo en multitud de ocasiones. A pesar de la fuerza de su carácter, Vazzi jamás había intentado usurpar su autoridad, y por su parte Cross lo había tratado siempre con el respeto debido a un igual.

A lo largo de los años, Cross había acudido muchos fines de semana al pabellón de caza y habían salido juntos a cazar. Vazzi contaba historias sobre los males de Sicilia y lo distinta que era la vida en Estados Unidos. Cross correspondía, invitando a Vazzi y a su familia a Las Vegas con todos los gastos pagados, y les regalaba un crédito de cinco mil dólares en el casino cuyo pago jamás se les exigía.

Durante la cena hablaron de varias cosas. Vazzi aún no se acaba de creer la vida que llevaba en Norteamérica. Su hijo mayor estaba a punto de terminar sus estudios en la Universidad de California y no conocía la vida secreta de su padre, cosa que a Vazzi le producía una cierta inquietud.

—A veces me parece que no lleva mi sangre —dijo—. Se cree todo lo que le dicen los profesores. Cree que las mujeres son iguales a los hombres y que a los campesinos se les debería regalar la tierra. Pertenece al equipo de natación de la universidad. En toda mi vida en Sicilia, y eso que Sicilia es una isla, jamás he visto nadar a un siciliano.

—Excepto a algún pescador cuando cae al agua desde la barca —dijo Cross riendo.

—Ni siquiera entonces —dijo Vazzi—. Todos se ahogan.

Una vez finalizada la cena hablaron de negocios. A Vazzi no le gustaba demasiado la comida de Las Vegas pero le encantaban el brandy y los puros habanos. Cross siempre le enviaba una caja de botellas de brandy de excelente calidad y una caja de puros habanos cada año por Navidad.

—Tengo que encomendarte algo muy difícil —le dijo Cross—. Algo que hay que hacer con mucha inteligencia.

—Eso siempre es difícil —dijo Vazzi.

—Se tendrá que hacer en el pabellón de caza —dijo Cross—. Llevaremos a cierta persona allí. Quiero que escriba unas cartas y que facilite una información.

Hizo una pausa al ver el gesto de displicencia de Vazzi. Vazzi había comentado muchas veces los argumentos de las películas norteamericanas en los que el héroe o el malo se negaban a facilitar información. «Yo sería capaz de hacerles hablar en chino», decía.

—La dificultad estriba —dijo Cross— en que no tiene que haber ninguna huella exterior en su cuerpo ni drogas en su interior. Además es una persona muy testaruda.

—Sólo las mujeres son capaces de hacer hablar a un hombre con sus besos —dijo Vazzi, saboreando su puro con expresión soñadora—. Me da la impresión de que tú vas a intervenir personalmente en esta historia.

—No habrá más remedio —dijo Cross—. Tendrán que participar los hombres de tu equipo, pero primero habrá que sacar a las mujeres y a los niños del pabellón.

Vazzi hizo un gesto con la mano en la que sostenía el puro.

—Los enviaremos a Disneylandia, ese maravilloso lugar de felicidad y descanso. Siempre los enviamos allí.

—¿A Disneylandia? —preguntó Cross entre risas.

—Yo nunca he estado allí —dijo Vazzi—. Espero ir cuando me muera. ¿Eso tendrá que ser una comunión o una confirmación?

—Una confirmación —contestó Cross.

Después entraron en los detalles del trabajo. Cross le explicó la operación a Vazzi y el porqué y el cómo se tendría que hacer.

—¿Qué tal te suena? —le preguntó.

—Eres mucho más siciliano que mi hijo, y eso que has nacido en América —dijo Vazzi—, ¿pero qué ocurrirá si se obstina en no decir nada y no te da lo que tú quieres?

—Entonces la culpa será mía —contestó Cross—. Y suya. Y tendremos que pagarlo. En eso América y Sicilia son iguales.

—Muy cierto —dijo Vazzi—. Como China, Rusia y África. Como siempre dice el Don, entonces nos podremos ir todos a la mierda.

9

Eli Marrion, Bobby Bantz, Skippy Deere y Melo Stuart se encontraban reunidos en sesión de emergencia en casa de Marrion. Andrew Pollard había informado a Bantz sobre los planes secretos de Cross de Lena para conseguir que Athena regresara al trabajo. La información había sido confirmada por el investigador Jim Losey, que se negaba a divulgar su fuente.

—Eso es un atraco —dijo Bantz—. Melo, tú eres su agente, eres responsable de ella y de todos tus clientes. ¿Significa eso que cuando estemos en pleno rodaje de una gran película los grandes astros se negarán a trabajar a no ser que les entreguemos la mitad de los beneficios?

—Sólo si vosotros estáis lo suficientemente locos como para entregárselos —contestó Stuart—. Dejemos que lo haga ese De Lena. No permanecerá mucho tiempo en el negocio.

—Melo —dijo Marrion—, tú hablas de estrategias futuras, pero nosotros hablamos del presente. Si Athena vuelve al trabajo, seréis como unos atracadores de bancos. ¿Lo vas a permitir?

Todos se quedaron asombrados. Por regla general, Marrion no solía ser tan directo, por lo menos desde que ya no era joven. Stuart se alarmó.

—Athena no sabe nada de todo eso —dijo—. Me lo hubiera dicho.

—¿Aceptaría el trato si lo supiera? —preguntó Deere.

—Yo le aconsejaría aceptarlo, y después mediante una carta confidencial repartirlo a partes iguales con los estudios —contestó Stuart.

—En tal caso, todas sus manifestaciones de temor serían una

burla —dijo Bantz en tono cortante—. Un cuento, vamos. Y tú, Melo, tienes un morro que te lo pisas. ¿Crees que los estudios se conformarían con la mitad de lo que Athena recibiera de De Lena? Todo ese dinero nos pertenece por derecho propio. Puede que ella se haga rica con De Lena, pero eso significará el final de su carrera cinematográfica. Ningún estudio la volverá a contratar.

—Los extranjeros sí —terció Skippy—. Los extranjeros podrían correr el riesgo.

Marrion cogió el teléfono y se lo pasó a Stuart.

—Estamos perdiendo el tiempo. Llama a Athena. Dile lo que Cross de Lena piensa ofrecerle y pregúntale si va a aceptar.

—Desapareció el fin de semana —dijo Deere.

—Ya ha vuelto —dijo Stuart—. Suele desaparecer los fines de semana —añadió, pulsando los botones del teléfono.

La conversación fue muy breve. Stuart colgó el teléfono sonriendo.

—Dice que no ha recibido ninguna oferta, y que semejante oferta no la induciría a volver al trabajo. Le importa una mierda su carrera. —Stuart hizo una pausa y después añadió con admiración—: Me gustaría conocer a ese Skannet. Algo bueno tiene que tener un hombre que es capaz de asustar a una actriz hasta el punto de obligarla a abandonar su carrera.

—Entonces ya está todo resuelto —dijo Marrion—. Hemos recuperado nuestras pérdidas en una situación desesperada. Pero es una lástima, Athena era una actriz extraordinaria.

Andrew Pollard ya había recibido sus instrucciones. La primera de ellas había sido la de informar a Bantz de las intenciones de Cross de Lena con respecto a Athena. La segunda sería retirar el equipo de vigilancia que controlaba los movimientos de Skannet. Y la tercera, visitar a Boz Skannet y hacerle una propuesta.

Skannet iba en ropa interior y olía a colonia cuando le abrió la puerta a Pollard de su suite del hotel Beverly Hills.

—Me acabo de afeitar —explicó—. Este hotel tiene más perfumes de baño que una casa de putas.

—No tendría usted que estar en esta ciudad —le dijo Pollard en tono de reproche.

Skannet le dio una palmada en la espalda.

—Ya lo sé, pero me voy mañana. Sólo tengo que atar unos cabos sueltos.

La perversa sonrisa que iluminó su semblante y los músculos de su poderoso tronco hubieran asustado a Pollard en otras circunstancias, pero ahora que Cross estaba mezclado de lleno en el asunto sólo le inspiraron compasión, aunque tendría que andarse con cuidado.

—Athena no se sorprende de que usted no se haya ido —dijo—. Cree que los estudios no le comprenden a usted, pero ella sí le comprende, así que le gustaría reunirse personalmente con usted. Cree que ustedes dos a solas podrían llegar a un acuerdo.

Al ver el momentáneo arrebol de emoción que tiñó el rostro de Skannet, Pollard comprendió que Cross tenía razón. Aquel tipo seguía estando enamorado y picaría el anzuelo.

De repente Boz Skannet se puso en guardia.

—Eso no me parece muy propio de Athena. No soporta verme, y no se lo reprocho. —Soltó una carcajada—. Le hace falta esa cara tan bonita que tiene.

—Quiere hacerle una oferta muy seria —dijo Pollard—. Una pensión anual de por vida. Un porcentaje de sus ganancias durante el resto de su vida, si usted quiere, pero exige hablar directamente con usted en secreto. También quiere otra cosa.

—Ya sé lo que quiere —dijo Skannet poniendo una cara muy rara.

Pollard había visto la misma expresión en los rostros de muchos nostálgicos violadores arrepentidos.

—A las siete en punto —dijo Pollard—. Dos de mis hombres pasarán a recogerle y lo conducirán al lugar de la cita. Permanecerán con ella y serán sus guardaespaldas. Son dos de mis mejores hombres e irán armados, para que a usted no se le ocurra hacer ninguna tontería.

—No se preocupe por mí —dijo Skannet sonriendo.

—Muy bien —dijo Pollard, retirándose.

Cuando se cerró la puerta, Skannet levantó en alto la mano derecha. Volvería a ver a Athena, y ella sólo contaría con la protección de un par de investigadores privados de tres al cuarto. Y él tendría la prueba de que había sido ella quien había pedido reunirse con él y de que él no había incumplido la orden judicial que limitaba sus movimientos.

Se pasó el resto del día soñando con la cita. Había sido una sorpresa. Mientras lo pensaba adivinó que Athena utilizaría su cuerpo para convencerle de que aceptara el trato. Permaneció tendido en la cama, imaginando la sensación de volver a estar con ella. La imagen de su cuerpo estaba muy clara. La blancura de su piel, la redondez de su vientre, los pechos con los rosados pezones, la luz de sus ojos verdes, su cálida y delicada boca, su aliento, los reflejos de su cabello como el cobrizo resplandor del sol en medio de las sombras del crepúsculo. Por un instante se sintió invadido por su antiguo amor, el amor que sentía por la inteligencia de Athena y por aquella valentía suya que él había convertido en temor. Después, por primera vez desde que tenía dieciséis años, empezó a acariciarse. En su mente aparecieron unas imágenes de Athena instándole a seguir adelante hasta que experimentó el orgasmo. Por un momento se sintió feliz y la amó.

De repente todo empezó a dar vueltas. Se sintió avergonzado y humillado, y la volvió a odiar. Y tuvo el convencimiento de que aquello era una trampa. ¿Qué sabía en realidad de aquel Pollard? Se vistió a toda prisa y examinó la tarjeta que Pollard le había entregado. Las oficinas estaban a sólo veinte minutos en coche del hotel. Bajó corriendo a la entrada del hotel y un empleado le acercó el coche.

Al entrar en el edificio de la Pacific Ocean Security se sorprendió de la envergadura y opulencia de la empresa. Se dirigió al mostrador de recepción e indicó el asunto que lo había llevado hasta allí. Un guardia de seguridad armado lo acompañó al despacho de Pollard. Skannet observó que las paredes estaban decoradas con galardones del Departamento de Policía de Los Ángeles, la Asociación de Ayuda a los Sin Techo y otras organizaciones, entre ellas los Boy Scouts de América. Había incluso una especie de premio cinematográfico.

Andrew Pollard lo miró con asombro y una cierta preocupación. Skannet lo tranquilizó.

—Quería decirle simplemente que acudiré a la cita en mi propio automóvil —le dijo—. Sus hombres pueden acompañarme e indicarme el camino.

Pollard se encogió de hombros. Aquello ya no era asunto suyo. Él había hecho lo que le habían mandado.

—Muy bien —dijo—. Pero me podría haber llamado.

—Por supuesto —dijo Skannet sonriendo—, pero quería ver sus oficinas. Además quiero llamar a Athena para asegurarme de que la cosa va por buen camino. He pensado que podría usted llamarla en mi lugar. A lo mejor no atiende mi llamada.

—Faltaría más —dijo afablemente Pollard cogiendo el teléfono.

No sabía lo que ocurría y en su fuero interno esperaba que Skannet diera al traste con la reunión y él ya no tuviera que mezclarse en el asunto que Cross se llevaba entre manos. Sabía también que Athena no hablaría directamente con él.

Marcó el número y preguntó por Athena. Abrió el micrófono para que Skannet pudiera oír la llamada. La secretaria le explicó que la señorita Aquitane había salido y no se la esperaba hasta el día siguiente. Colgó el teléfono y enarcó las cejas, mirando a Skannet. Skannet parecía muy contento.

Y lo estaba. No se había equivocado, Athena tenía el propósito de utilizar su cuerpo para cerrar un trato. Tenía el propósito de pasar la noche con él. La enrojecida piel de su rostro adquirió un brillo casi de bronce por la sangre que fluía a su cerebro mientras recordaba la época en que ella era joven y lo amaba, y él la amaba a ella.

A las siete de la tarde, cuando Lia Vazzi llegó al hotel con uno de sus soldados, Skannet ya lo estaba esperando, listo para salir inmediatamente. Vestía un pulcro atuendo muy juvenil: tejanos, camisa desteñida de tejido de algodón azul y chaqueta deportiva de color blanco. Iba cuidadosamente afeitado y se había peinado el cabello rubio hacia atrás. Su piel enrojecida estaba más pálida, y los rasgos de su rostro parecían más suaves debido a la palidez. Lia Vazzi y su soldado le mostraron sus carnets falsificados de la Pacific Ocean Security.

Skannet no se sintió intimidado al verlos. Un par de enanos, uno de ellos con un ligero acento que parecía mejicano. No le causarían ningún problema. Las agencias privadas de investigación eran una mierda. ¿Qué clase de protección podían ofrecerle a Athena?

—Tengo entendido que quiere ir usted en su coche —le dijo Vazzi. Yo le acompañaré, y mi amigo nos seguirá con el nuestro. ¿Le parece bien?

—Sí —contestó Skannet.

Jim Losey les cerró el paso en el vestíbulo en cuanto salieron del ascensor. Se encontraba sentado en un sofá junto a la chimenea pero tuvo una corazonada y decidió acercarse a ellos. Estaba vigilando a Skannet por si acaso. Mostró su documentación a los tres hombres.

—¿Qué coño quiere? —preguntó Skannet después de examinarla.

—¿Quiénes son los hombres que lo acompañan? —preguntó.

—Eso no es asunto suyo —contestó Skannet.

Vazzi y su compañero permanecieron en silencio mientras Losey estudiaba sus rostros.

—Quisiera hablar un momento con usted en privado —dijo Losey.

Skannet lo apartó a un lado, y Losey lo agarró del brazo. Los dos hombres eran muy corpulentos. Skannet estaba impaciente por salir y le dijo a Losey con tono furioso:

—La denuncia ha sido retirada. No tengo por qué hablar con usted, y si no me quita las manos de encima le sacaré la mierda del cuerpo a patadas.

Losey retiró la mano. No tenía miedo, pero su mente se había puesto en marcha. Los hombres que acompañaban a Skannet parecían un poco raros y él estaba seguro de que allí pasaba algo. Se apartó a un lado pero los siguió hasta la arcada, donde los empleados del hotel acercaban los vehículos a los clientes. Vio a Skannet subiendo a su automóvil en compañía de Lia Vazzi. El otro hombre se había esfumado. Tomó nota y esperó para ver si salía otro automóvil del aparcamiento, pero no salió ninguno.

De nada hubiera servido seguirlos, y menos aún montar una operación de alerta en torno al vehículo de Skannet. No sabía si informar de aquel incidente a Skippy Deere. Al final decidió no hacerlo. De una cosa estaba seguro: como Skannet volviera a desmandarse, lamentaría los insultos de aquel día.

Durante el largo trayecto, Skannet no paró de protestar y de hacer preguntas e incluso amenazó con dar media vuelta, pero Lia Vazzi consiguió tranquilizarlo. Le habían dicho que el lugar de la cita era un pabellón de caza que Athena tenía en la Sierra Nevada, y ambos pasarían la noche allí, según sus informaciones. Athena había insistido en que la cita fuera secreta y había asegurado que resolvería el problema a entera satisfacción de todo el mundo.

Skannet no comprendió el significado de aquella frase. ¿Qué podía hacer ella para borrar el odio que se había ido acumulando a lo largo de diez años? ¿Acaso era tan estúpida como para pensar que una noche de amor y un puñado de pasta bastarían para ablandarlo? Siempre había admirado su inteligencia pero ¿y si ahora se hubiera convertido en una de aquellas arrogantes actrices de Hollywood que pensaban que podían comprarlo todo con su cuerpo y su dinero? Y sin embargo, el recuerdo de su belleza lo obsesionaba. Al final, después de tantos años, ella volvería a sonreírle y seducirle, y se sometería de nuevo a él. Aquella noche sería suya, ocurriera lo que ocurriese.

Lia Vazzi no estaba preocupado por las amenazas de Skannet de dar media vuelta. Sabía que en la carretera los seguían tres coches y había recibido instrucciones muy precisas. Como último recurso hubiera podido ordenar que liquidaran a Skannet, pero en las instrucciones se especificaba con toda claridad que Skannet no debería sufrir ninguna lesión, salvo la muerte.

Cruzaron la verja abierta, y Skannet se sorprendió de que el pabellón de caza fuera tan grande. Parecía un pequeño hotel. Bajó del vehículo y estiró los brazos y las piernas. Le pareció un poco extraño ver cinco o seis coches aparcados junto al muro lateral del pabellón.

Vazzi lo acompañó a la puerta y la abrió. En aquel momento Skannet oyó el rumor de otros vehículos que subían por la calzada particular. Se volvió pensando que sería Athena, pero lo que vio fueron tres coches que estaban aparcando y a dos hombres que bajaban de cada uno de ellos. Lia cruzó con él la entrada principal del pabellón y lo acompañó a una biblioteca que tenía una gran chimenea. Un hombre al que nunca había visto le estaba esperando sentado en el sofá. El hombre era Cross de Lena.

Lo que ocurrió a continuación fue muy rápido. Skannet preguntó en tono enojado:

—¿Dónde está Athena?

Dos hombres le sujetaron los brazos, otros dos le acercaron sendas pistolas a la cabeza, y el aparentemente inofensivo Lia Vazzi le agarró de las piernas y lo derribó al suelo.

—Morirás ahora mismo si no haces exactamente lo que te digamos. No forcejees. Quédate quieto.

Otro hombre le puso grilletes en los tobillos, y los demás lo levantaron y lo colocaron de cara a Cross. Skannet se sorprendió de lo impotente que se sentía cuando los hombres le soltaron los brazos. Era como si sus pies aprisionados hubieran neutralizado toda su fuerza física. Alargó las manos para propinar por lo menos un puñetazo a aquel hijo de puta, pero Vazzi retrocedió, y aunque dio un pequeño salto no pudo imprimir impulso a sus brazos.

Vazzi lo miró en silencio, despectivo.

—Sabemos que eres un tipo muy violento —le dijo—, pero ahora tendrás que usar la cabeza. Aquí la fuerza no te va a servir de nada.

Skannet pareció aceptar el consejo. Estaba pensando a ritmo acelerado. Si lo hubieran querido matar ya lo hubieran hecho. Aquello era un medio de intimidación para obligarle a hacer algo. Pues muy bien, accedería a hacerlo, y en adelante tomaría precauciones. De una cosa estaba seguro. Athena no tenía nada que ver con todo aquello. Hizo caso omiso de Vazzi y se dirigió al hombre sentado en el sofá.

—¿Quién es usted? —le preguntó.

—Quiero que hagas unas cuantas cosas —dijo Cross— y después podrás volver a casa en tu automóvil.

—Y si no las hago me torturarán, ¿verdad? —preguntó Skannet, riéndose.

Estaba empezando a pensar que aquello parecía una disparatada escena de Hollywood, una mala película que estaban utilizando unos estudios cinematográficos.

—No —contestó Cross—. Nada de torturas. Nadie te tocará. Quiero que te sientes junto a esa mesa y que me escribas cuatro cartas. Una a los Estudios LoddStone, prometiendo no acercarte nunca más por allí. Otra a Athena Aquitane, disculpándote por tu anterior conducta y jurando no volver a acercarte a ella nunca más. Otra a la policía, confesando que compraste ácido para atacar de nuevo a tu mujer, y otra a mí revelándome el secreto que conoces sobre tu mujer. Muy sencillo.

Skannet dio un salto hacia Cross, pero uno de los hombres le propinó un empujón y lo hizo caer sobre el otro lado del sofá.

—No lo toquéis —ordenó severamente Cross.

Skannet se levantó apoyándose en los brazos.

Cross señaló el escritorio donde había un cuadernillo de papel.

—¿Dónde está Athena? —preguntó Skannet.

—No está aquí —contestó Cross—. Todos fuera menos Lia —añadió.

Los demás hombres abandonaron la estancia.

—Ve a sentarte junto al escritorio —le dijo Cross a Skannet.

Skannet obedeció.

—Quiero hablar contigo muy en serio —le dijo Cross—. Deja de demostrarnos lo fuerte que eres. Quiero que me escuches. No cometas ninguna tontería. Tienes las manos libres y eso te podría subir los humos. Sólo quiero que escribas estas cartas y serás libre.

—¡Váyase a la mierda! —contestó Skannet.

Cross se volvió hacia Vazzi.

—Es inútil perder el tiempo —le dijo—. Acaba con él.

Cross no había levantado la voz, pero en su indiferencia se advertía una siniestra amenaza. En aquel momento Skannet se sintió invadido por una sensación de miedo que no experimentaba desde pequeño. Comprendió por primera vez el significado de la presencia de todos aquellos hombres en el pabellón de caza y se dio cuenta de que todas las fuerzas estaban dirigidas contra él. Lia Vazzi aún no se había movido.

—De acuerdo —dijo Skannet—. Lo haré.

Cogió una hoja de papel y empezó a escribir.

Escribió las cartas con la mano izquierda, astutamente. Como algunos excelentes deportistas, era capaz de escribir casi tan bien con una mano como con la otra. Cross se acercó por detrás para mirar. Skannet, avergonzado de su repentina cobardía, apoyó firmemente los pies en el suelo, se pasó con agilidad la pluma a la mano derecha y se levantó de golpe para pinchar el rostro de Cross, confiando en alcanzar al muy hijo de puta en un ojo. Entró rápidamente en acción, alargó el brazo, inclinó el tronco hacia delante y se llevó una sorpresa al ver que Cross no había tenido la menor dificultad en situarse fuera de su alcance. Aun así, Skannet trató de moverse con los grilletes de los tobillos.

Cross lo miró tranquilamente:

—Todo el mundo tiene derecho a una oportunidad —dijo—. Tú ya la has tenido. Ahora deja la pluma y dame los papeles.

Cuando se los hubo dado, Cross estudió las hojas de papel.

—No me has dicho el secreto —dijo.

—No quiero ponerlo por escrito. Que se vaya este tío —dijo Skannet, señalando a Vazzi— y se lo diré.

Cross le entregó las hojas de papel a Lia.

—Guárdalas —le ordenó.

Vazzi abandonó la estancia.

—Bueno —le dijo Cross a Skannet—, vamos a oír el gran secreto.

Vazzi salió del pabellón de caza y fue corriendo los cien metros que lo separaban del bungalow que ocupaba Leonard Sossa. Sossa estaba esperando. Estudió las hojas de papel y dijo en tono exasperado:

—Eso está escrito con la mano izquierda, y yo no puedo hacer escritos con la mano izquierda. Cross lo sabe.

—Vuélveles a echar un vistazo —dijo Vazzi—. Ha intentado pinchar a Cross con la mano derecha.

Sossa volvió a estudiar las páginas.

—Sí —dijo—. El tipo no es zurdo. Os está tomando el pelo.

Vazzi cogió las hojas, regresó al pabellón de caza y entró en la biblioteca. Al ver la cara de Cross, comprendió que había ocurrido algo. Cross parecía perplejo, y Skannet estaba tendido en el sofá con las piernas aherrojadas sobre uno de los brazos del sofá, mirando hacia el techo con una sonrisa en los labios.

—Estas cartas no son buenas —dijo Vazzi—. Las ha escrito con la mano izquierda y el experto dice que no es zurdo.

—Creo que eres demasiado duro y yo no puedo doblegarte —le dijo Cross a Skannet—. No consigo asustarte. No puedo obligarte a hacer lo que yo quiero. Me rindo.

Skannet se levantó del sofá y le dijo maliciosamente a Cross:

—Pero lo que le he dicho es cierto. Todo el mundo se enamora de Athena, pero nadie la conoce como yo.

—Tú tampoco la conoces —dijo Cross en un susurro—. Y no me conoces a mí. —Se acercó a la puerta e hizo unas señas con la mano. Cuatro hombres entraron en la estancia. Cross le dijo a Lia—: Ya sabéis lo que quiero. Si no me lo da, ya os podéis deshacer de él —añadió, retirándose de la estancia.

Lia Vazzi lanzó un sonoro suspiro de alivio. Admiraba a Cross, lo había obedecido gustosamente durante todos aquellos años, pero le parecía que tenía demasiada paciencia. Cierto que todos los grandes Dones de Sicilia destacaban por su paciencia, pero sabían cuándo decir basta. Vazzi temía que la debilidad de carácter de Cross, típicamente americana, le impidiera alcanzar la grandeza.

Vazzi se volvió hacia Skannet y le dijo con una voz más suave que la seda:

—Ahora tú y yo vamos a empezar. —Se volvió hacia los cuatro hombres—. Atadle los brazos, pero con mucho cuidado. No le hagáis daño.

Los cuatro hombres se abalanzaron sobre Skannet. Uno de ellos sacó unas esposas, y a los pocos segundos quedó totalmente inmovilizado. Vazzi lo hizo caer al suelo de rodillas y los otros hombres lo obligaron a no moverse de su sitio.

—La comedia ha terminado —le dijo Vazzi a Skannet—. Vas a escribir las cartas con la mano derecha, o puedes negarte a hacerlo.

Uno de los hombres sacó un enorme revólver y una caja de balas y se lo entregó todo a Lia, quien cargó el revólver y le mostró cada una de las balas a Skannet. Se acercó a la ventana y disparó hacia el bosque hasta vaciar el cargador. Después regresó junto a Skannet y cargó el revólver con una cápsula. Luego hizo girar el tambor y colocó el arma bajo la nariz de Skannet.

—No sé dónde está la bala —dijo—. Tú tampoco lo sabes. Si te niegas a escribir las cartas, apretaré el gatillo. Bueno, ¿sí o no?

Skannet le miró a los ojos sin contestar. Lia apretó el gatillo. Sólo se oyó el clic de la cámara vacía. Lia asintió con semblante satisfecho.

—Quería que ganaras tú —le dijo a Skannet.

Echó un vistazo al tambor y colocó la cápsula en la primera cámara. Se acercó a la ventana y disparó. La explosión pareció sacudir la estancia. Lia regresó a la mesa, sacó otra bala de la caja, volvió a cargar el revólver e hizo girar el tambor.

—Vamos a probar otra vez —dijo.

Colocó el revólver bajo la barbilla de Skannet, pero esta vez Skannet pegó un respingo.

—Llama a tu jefe —dijo—. Le puedo decir unas cuantas cosas más.

—No —replicó Lia—, ya basta de idioteces. Contesta sí o no.

Skannet contempló los ojos de Lia y no vio en ellos una amenaza sino una dolorosa pesadumbre.

—De acuerdo —dijo—, escribiré.

Inmediatamente lo levantaron y sentaron junto al escritorio. Vazzi se acomodó en el sofá mientras Skannet escribía. Después cogió las hojas de papel y regresó al bungalow de Sossa.

—¿Ahora está bien? —le preguntó.

—Muy bien —contestó Sossa.

Vazzi regresó al pabellón de caza e informó a Cross. Después se dirigió a la biblioteca y le dijo a Skannet:

—Ya hemos terminado. Ahora mismo me arreglo y te devuelvo a Los Ángeles.

Después acompañó a Cross a su automóvil.

—Ya sabes todo lo que tienes que hacer —le dijo Cross—. Espera hasta mañana. Para entonces yo ya estaré de regreso en Las Vegas.

—No te preocupes —dijo Vazzi—. Pensé que no conseguiríamos hacerle escribir. Es más tozudo que una mula. —Observó el preocupado rostro de Cross—. ¿Qué te ha dicho mientras yo no estaba? —preguntó—. ¿Es algo que me conviene saber?

Cross contestó con una amargura salvaje que Vazzi jamás había observado en él.

—Hubiera tenido que matarle enseguida. Hubiera tenido que correr el riesgo. Me fastidia ser tan cochinamente listo.

—Bueno —dijo Vazzi—, ahora ya está hecho.

Vio a Cross cruzar la verja. Fue uno de los pocos momentos en diez años que sintió añoranza de Sicilia. En Sicilia los hombres jamás se apenaban tanto por un secreto de mujer, y en Sicilia jamás se hubiera armado todo aquel jaleo. Skannet ya llevaría mucho tiempo criando malvas.

Al rayar el alba, una furgoneta cerrada se acercó al pabellón de caza.

Lia Vazzi fue a recoger las notas de suicidio falsificadas por Leonard Sossa y colocó a éste en el vehículo que lo devolvería al Topanga Canyon. Después limpió y arregló el bungalow, quemó las cartas que Skannet había escrito y eliminó todas las huellas de la presencia de una persona. Leonard Sossa no había visto en ningún momento ni a Skannet ni a Cross durante su estancia en aquel lugar.

Lia Vazzi se preparó entonces para la ejecución de Boz Skannet.

Seis hombres participarían en la operación. Le habían vendado los ojos y amordazado, y lo habían obligado a subir a la furgoneta. Dos de los hombres subieron al vehículo con él. Skannet estaba completamente inmovilizado de pies y manos. Otro hombre conducía la furgoneta, y un cuarto llevaba la escopeta de caza del conductor. El quinto hombre iba al volante del coche de Skannet. Lia Vazzi y el sexto hombre ocupaban el vehículo que encabezaría la marcha.

Lia Vazzi contempló cómo surgía el sol lentamente de las sombras de las montañas. La caravana de vehículos recorrió casi cien kilómetros y después se adentró en un camino del bosque.

La caravana se detuvo por fin. Vazzi indicó exactamente cómo debería estar aparcado el vehículo de Skannet. Después mandó sacar a Skannet de la furgoneta. Éste no opuso la menor resistencia y parecía haber aceptado su destino. Bueno, al final lo ha comprendido, pensó Vazzi.

Vazzi sacó la cuerda del interior del coche, midió cuidadosamente la longitud y sujetó uno de los extremos a una gruesa rama de un árbol cercano. Dos hombres sostenían en pie a Skannet para que Vazzi le pudiera colocar el lazo corredizo alrededor del cuello. Vazzi cogió las dos notas de suicidio falsificadas por Leonard Sossa y las introdujo en el bolsillo de la chaqueta de Skannet.

Fueron necesarios cuatro hombres para colocar a Skannet sobre la capota de la furgoneta. Lia Vazzi agitó entonces el pulgar de una mano en dirección al conductor. La furgoneta salió disparada, y Skannet voló de la capota y quedó colgando en el aire. El ruido de su cuello al romperse resonó por el bosque. Vazzi examinó el cadáver y le quitó las esposas y los grilletes. Los otros hombres le libraron de la venda de los ojos y de la mordaza. Tenía unos pequeños arañazos alrededor de la boca, pero después de un par de días colgando de la rama de un árbol no tendrían ninguna importancia. Estudió los brazos y las piernas por si hubiera alguna señal de atadura. Se veían unas ligeras marcas, pero no serían determinantes. Estaba satisfecho. No sabía si daría resultado, pero se había hecho todo lo que Cross había ordenado.

Dos días después, tras recibir una llamada anónima, el *sheriff* del condado encontró el cadáver de Skannet. Tuvo que asustar a un inquisitivo oso pardo que estaba golpeando la cuerda para que el cuerpo oscilara hacia delante y hacia atrás. Cuando llegó el forense con sus ayudantes, éstos observaron que la putrefacta piel del cadáver estaba comida por los insectos.

LIBRO VI
UNA MUERTE DE HOLLYWOOD

10

Los desnudos culos femeninos se elevaron simultáneamente para saludar el parpadeo del ojo de la cámara. A pesar de que la película se encontraba todavía en el aire, Dita Tommey estaba efectuando audiciones de actrices en el plató de sonido de *Mesalina* pues necesitaba un culo que pudiera doblar el de Athena Aquitane.

Athena se había negado a hacer desnudos, a exhibir directamente el trasero y los pechos, una insólita pero no fatal muestra de recato por parte de una estrella. Dita se limitaría a sustituir sus pechos y su trasero por los de alguna de las actrices que en aquellos momentos estaban efectuando las pruebas.

Como es natural, les había dado a las chicas unas escenas con diálogo para no obligarlas a posar como si fueran actrices porno, aunque el factor determinante sería la escena culminante de sexo, en la que las actrices mostrarían sus nalgas desnudas al ojo de la cámara, en medio de sus impetuosos movimientos en la cama. El coreógrafo de la escena estaba haciendo el croquis de los balanceos y las contorsiones junto con Steve Stallings, el protagonista masculino.

Bobby Bantz y Skippy Deere se hallaban en el plató en compañía de Dita Tommey. El resto de los presentes eran los imprescindibles miembros del equipo. A Tommey no le importaba la presencia de Deere, pero se preguntaba qué coño estaba haciendo allí Bobby Bantz. Por un momento había considerado la posibilidad de impedirle la entrada en el plató, pero si se abandonaba definitivamente el proyecto de *Mesalina*, ella se encontraría en una posición de poder muy débil y necesitaría su benevolencia.

—¿Qué es lo que estamos buscando exactamente? —preguntó Bantz en tono impaciente.

El coreógrafo de la escena de cama, un joven apellidado Willis, que también era el director de la Compañía de Ballet de Los Ángeles, contestó alegremente:

—El culo más hermoso del mundo, y que además tenga una buena masa muscular. No queremos material de mala calidad, no queremos que se abra la hendedura.

—Me parece muy bien —dijo Bantz—, nada de mala calidad.

—¿Y las tetas? —preguntó Deere.

—No pueden brincar —contestó el coreógrafo.

—Las audiciones de las tetas las haremos mañana —dijo Tommey—. No hay ninguna mujer que tenga unas tetas y un trasero perfectos como no sea Athena, pero ella no los quiere enseñar.

—Tú bien lo sabes, Dita —dijo Bantz con segundas intenciones.

Tommey olvidó su posición de debilidad.

—Bobby, eres un perfecto majadero, de verdad. Como no quiere follar contigo crees que es una tortillera.

—Bueno, bueno —dijo Bantz—. Tengo que devolver cien llamadas telefónicas.

—Yo también —dijo Deere.

—No os creo —dijo Tommey.

—Dit —añadió Deere—, procura ser un poco más comprensiva. ¿Qué diversiones tenemos Bobby y yo? Estamos demasiado ocupados para jugar al golf. Nuestro trabajo es ver películas. No tenemos tiempo para ir al teatro ni a la ópera. Sólo nos queda una horita al día para distraernos un poco, después del tiempo que dedicamos a nuestras familias. ¿Y qué se puede hacer con una hora al día? Follar. Es la diversión que requiere menos esfuerzo.

—Madre mía, Skippy, fíjate en eso —dijo Bantz—. Es el culo más fabuloso que he visto en mi vida.

Deere sacudió la cabeza, asombrado.

—Bobby tiene razón, Dita, ése es el nuestro. Contrátala.

Tommey sacudió la cabeza con incredulidad.

—Desde luego estáis como cabras —dijo—. Es un trasero negro.

—Contrátala de todos modos —dijo Deere, rebosante de entusiasmo.

—Sí —dijo Bantz—. Será una esclava etíope de Mesalina. ¿Pero por qué coño está haciendo las pruebas?

Dita Tommey estudió a ambos hombres con curiosidad. Eran dos de los más duros ejecutivos de la industria cinematográfica, con más de cien llamadas telefónicas que contestar, y sin embargo parecían dos adolescentes en busca de su primer orgasmo.

—Cuando enviamos las notificaciones de pruebas —explicó pacientemente—, no nos está permitido decir que sólo queremos traseros blancos.

—Quiero conocer a esta chica —dijo Bantz.

—Yo también —dijo Deere.

La conversación quedó interrumpida por la llegada de Melo Stuart al plató, que esbozaba una radiante sonrisa.

—Ya podemos regresar todos al trabajo —dijo—. Athena vuelve a la película. Su marido se ha ahorcado. Boz Skannet ya está fuera de la película —añadió, batiendo palmas como solían hacer los miembros del equipo de rodaje cuando un actor finalizaba su trabajo en una película, una vez terminado su papel. Skippy y Bobby se unieron a los aplausos. Dita Tommey los miró a los tres con expresión de desagrado.

—Eli quiere hablar inmediatamente con vosotros dos —dijo Melo—. Contigo no, Dita —añadió con una sonrisa de disculpa—. Será una simple conversación de trabajo, no se tomarán decisiones creativas.

Los tres hombres abandonaron el plató de sonido.

Dita Tommey mandó llamar a su caravana a la chica del trasero bonito. Era muy guapa. No tenía la tez tostada sino totalmente negra y poseía una gracia descarada que Dita identificó como un don natural y no como una ficción de actriz.

—Te voy a dar el papel de esclava etíope de la emperatriz Mesalina —le dijo—. Tendrás una frase de diálogo, pero sobre todo enseñarás el trasero. Necesitamos un trasero blanco para doblar el de la señorita Aquitane, pero por desgracia el tuyo es demasiado negro. De no haber sido por eso, quizás hubieras sido la reina de la película. —La directora miró sonriendo a la chica—. Falene Fant, un nombre muy cinematográfico.

—Como usted diga —dijo la chica—. Mucha̶ ̶ ̶ ̶ ̶los cumplidos y por el trabajo.

—Otra cosa —añadió Dita—. Nuestro prod̶ re cree que tienes el trasero más bonito del Bantz, el presidente y director de producción bién lo cree. Ya tendrás noticias suyas.

Falene Fant la miró con una pícara sonrisa.

—¿Y usted qué cree? —preguntó.

Dita se encogió de hombros.

—Yo no estoy tan metida en asuntos de traseros como los hombres. Pero creo que eres una chica encantadora y una buena actriz, lo bastante buena como para que te dé algo más que una frase de diálogo en la película. Si vienes a mi casa esta noche podremos hablar de tu carrera. Te invito a cenar.

Aquella noche, tras pasar dos horas en la cama con Falene Fant, Dita Tommey preparó la cena y le habló a la chica de su carrera.

—Ha sido muy divertido —le dijo—, pero creo que a partir de ahora tendríamos que ser simplemente amigas y mantener en secreto lo de esta noche.

—Muy bien —dijo Falene—, pero todo el mundo sabe que eres una tortillera. ¿Es que no te gusto porque soy negra? —preguntó sonriendo.

Dita pasó por alto la palabra «tortillera». Era una deliberada ofensa en respuesta al aparente rechazo.

—Eres dueña de un trasero precioso, tanto si es negro como si fuera blanco, amarillo o verde —contestó—, pero tienes verdadero talento de actriz. Si te sigo dando papeles en mis películas, no te apreciarán por tu talento. Y además yo sólo hago una película cada dos años, y tú tienes que trabajar más. Casi todos los directores son hombres, cuando ven a una mujer como tú siempre esperan follar un poco con ella. Si pensaran que eres lesbiana, es posible que pasaran de ti.

—No me hacen falta para nada los directores si tengo a un productor y al jefe de unos estudios —contestó alegremente Falene.

—Sí te hacen falta —dijo Dita—. Los otros te pueden ayudar a poner el pie en la puerta, mientras que los directores te pueden dejar en la sala de montaje, o te pueden filmar de tal manera que parezcas una mierda y te expreses como una mierda.

Falene sacudió tristemente la cabeza.

—Tengo que follar con Bobby Bantz y con Skippy Deere, y ya he follado contigo. ¿Es totalmente necesario? —preguntó, abriendo ingenuamente los ojos.

Dita la miró con sincero afecto. La chica ni siquiera fingía indignación.

—Lo he pasado muy bien esta noche contigo —le dijo—. Has [da]do justo en el blanco.

—[Bu]eno, la verdad es que nunca he comprendido todo este jaleo que arma la gente con el sexo —dijo Falene—. Para mí no supone ningún esfuerzo. No consumo drogas y apenas bebo. En algo me tengo que entretener.

—Muy bien —dijo Dita—. Ahora te voy a contar unas cuantas cosas sobre Deere y Bantz. Deere es lo mejor para ti y te diré porqué. Deere está enamorado de sí mismo y le gustan las mujeres. Estoy segura de que te ayudará. Te buscará algún buen papel porque es lo bastante listo como para darse cuenta de que tienes talento. En cambio a Bantz no le gusta nadie excepto Eli Marrion. Además no tiene buen gusto ni perspicacia. Bantz te ofrecerá un contrato con los estudios y dejará que te pudras. Es lo que hace con su mujer para que lo deje en paz. Le dan mucho trabajo que le reporta un montón de dólares, pero nunca le ofrecen un papel como Dios manda. En cambio Skippy Deere hará algo por tu carrera, siempre que le gustes, claro.

—Todo eso me parece muy frío —dijo Falene.

Dita le dio una palmada en el brazo.

—No me vengas ahora con historias. Soy tortillera, pero también soy mujer, y conozco a los actores. Tanto los hombres como las mujeres son capaces de todo con tal de subir lo más arriba posible. Todos apostamos muy alto. ¿Quieres hacer un trabajo de nueve a cinco en Oklahoma o quieres convertirte en actriz cinematográfica y vivir en Malibú? Veo en tu hoja que tienes veintitrés años. ¿Con cuántos has follado ya?

—¿Contándote a ti? —preguntó Falene—. Puede que con cincuenta, pero siempre para divertirme —añadió en tono de burlona disculpa.

—O sea que unos cuantos más no te van a traumatizar —dijo Dita—. Quién sabe, a lo mejor también podría ser divertido.

—Mira —dijo Falene—, no lo haría si no estuviera segura de que voy a ser una estrella.

—Por supuesto —dijo Dita—. Eso nadie lo haría.

—¿Y tú? —preguntó Falene, riéndose.

—Yo no tuve esa opción —contestó Dita—. Me tuve que abrir camino a fuerza de talento.

—Pobrecita —dijo Falene.

En los Estudios LoddStone, Bobby Bantz, Skippy Deere y Melo Stuart se encontraban reunidos en el despacho de Eli Marrion. Bantz estaba furioso.

—Ese idiota nos pega a todos un susto de muerte y después va y se suicida.

—Melo —le dijo Marrion a Stuart—, supongo que ahora tu clienta volverá al trabajo.

—Naturalmente —contestó Melo.

—¿No plantea ulteriores exigencias y no necesita otros alicientes adicionales? —preguntó Marrion en un pausado y mortífero susurro.

Melo Stuart se percató por primera vez de la furia asesina que ardía en el interior de Marrion.

—No —contestó Melo—. Puede empezar a trabajar mañana mismo.

—Estupendo —dijo Deere—. Es posible que todavía podamos mantener el presupuesto.

—A ver si os calláis de una vez y me escucháis con atención —dijo Marrion.

Aquella insólita grosería tan impropia de él los hizo enmudecer a todos de golpe.

Marrion habló con su voz agradable y tranquila, pero a nadie le cupo la menor duda de que su cólera estaba a punto de estallar.

—Skippy, ¿qué coño nos importa que la película no rebase el presupuesto? Ya no somos propietarios de la película. Nos entró miedo y cometimos un estúpido error. Todos nosotros somos culpables. No somos propietarios de esta película. El propietario es un intruso.

Skippy Deere trató de interrumpirle.

—La LoddStone ganará una fortuna con la distribución, y tú percibirás un porcentaje sobre los beneficios. Sigue siendo un negocio estupendo.

—Pero De Lena ganará mucho más dinero que nosotros —dijo Bantz—, y eso no es justo.

—El caso es que ese De Lena no ha hecho nada para resolver el problema —dijo Marrion—. Estoy seguro de que tiene que haber alguna base legal para que los estudios puedan recuperar la película.

—Es verdad —dijo Bantz—, que se vaya a la mierda. Lo llevaremos a los tribunales.

—Primero lo amenazamos con presentar una querella —dijo Marrion—, y después llegamos a un acuerdo con él. Le devolvemos su dinero y el diez por ciento de los beneficios brutos convenidos.

Deere soltó una carcajada.

—Eli, Molly Flanders no permitirá que acepte vuestro trato.

—Negociaremos directamente con De Lena —dijo Marrion—. Creo que lo podré convencer. —Hizo una breve pausa—. Lo llamé en cuanto recibí la noticia. Dentro de poco se reunirá con nosotros. Todos sabemos que sus antecedentes son bastante confusos, así que ese suicidio le viene como anillo al dedo y no creo que le interese demasiado la publicidad de un juicio.

Cross de Lena, en su suite del último piso del hotel Xanadu, leyó la información de la prensa sobre la muerte de Skannet. Todo había salido a pedir de boca. Era un claro caso de suicidio y las dos notas de despedida que se habían encontrado junto con el cadáver no dejaban el menor resquicio de duda. No había muchas posibilidades de que los expertos en grafología descubrieran la falsificación pues Boz Skannet no había dejado mucha correspondencia, y Leonard Sossa era muy bueno. Las esposas y los grilletes se habían dejado deliberadamente flojas para que no dejaran señales. Lia Vazzi era un experto.

Cross ya esperaba la primera llamada que recibió. Giorgio Clericuzio lo convocaba a la mansión de la familia en Quogue. Cross jamás se había llamado a engaño, pensando que los Clericuzio no descubrirían lo que estaba haciendo.

La segunda llamada fue de Eli Marrion, quien le rogaba que fuera a verle a Los Ángeles sin su abogada. Cross se mostró de acuerdo, pero antes de abandonar Las Vegas llamó a Molly Flanders y le comentó la llamada telefónica de Marrion. Molly se puso furiosa.

—Son unos hijos de puta —dijo—. Te recogeré en el aeropuerto e iremos juntos. Nunca le des ni los buenos días al jefe de unos estudios sin tener contigo a un abogado.

Cuando ambos entraron en el despacho de Eli Marrion en la LoddStone se dieron cuenta de que había problemas. Los cuatro hombres que los esperaban ofrecían el siniestro y truculento aspecto propio de unos sujetos a punto de cometer un acto de violencia.

—He decidido venir con mi abogada —le dijo Cross a Marrion—. Espero que no le importe.

—Como quiera —dijo Marrion—. Simplemente quería evitarle una posible situación embarazosa.

—Eso estará pero que muy bien —dijo Molly Flanders con la cara muy seria—. Tú quieres recuperar la película, pero nuestro contrato es totalmente válido.

—Muy cierto —dijo Marrion—, pero vamos a apelar al sentido del juego limpio de Cross. No hizo nada por resolver el problema, en tanto que la LoddStone ha invertido mucho tiempo, dinero y talento creativo, sin los cuales la película no hubiera sido posible. Cross recuperará su dinero y percibirá el diez por ciento de los beneficios brutos convenidos, y además seremos generosos en la determinación de los ajustes. No correrá ningún riesgo.

—Ya ha sobrevivido al riesgo —replicó Molly—. Tu ofrecimiento es un insulto.

—Pues entonces tendremos que ir a juicio —dijo Marrion—. Cross, estoy seguro de que eso será tan desagradable para usted como para mí.

Miró a Cross con una amable sonrisa que confirió un aire angelical a su rostro de gorila.

—Eli —dijo Molly sin apenas poder contener su enojo—, tú vas a juicio y prestas declaración veinte veces al año porque siempre te inventas tonterías de este tipo. —Volviéndose hacia Cross, añadió—: Nos vamos.

Pero Cross sabía que no podía permitirse el lujo de afrontar un proceso judicial. La adquisición de la película, seguida de la oportuna muerte de Skannet, sería objeto de un minucioso examen. Desenterrarían todo lo que pudieran sobre sus antecedentes, y con sus comentarios lo convertirían en una figura demasiado pública, cosa que el viejo Don jamás toleraba, y no cabía duda de que Marrion lo sabía muy bien.

—Quedémonos un momento —le dijo Cross a Molly. Después se volvió hacia Marrion, Bantz, Skippy Deere y Melo Stuart—. Si un jugador viene a mi hotel, hace una apuesta arriesgada y gana, yo le pago religiosamente lo que ha ganado. No le digo que le pagaré la mitad. Eso es lo que ustedes pretenden hacer aquí conmigo, caballeros. ¿Por qué no reconsideran por tanto su decisión?

—Esto es un negocio, no un juego de azar —replicó despectivamente Bantz.

—Va usted a ganar como mínimo diez millones de dólares con su inversión —le dijo Melo Stuart a Cross en tono apaciguador—. Supongo que eso sí le parecerá justo.

—Y además sin hacer nada —terció Bantz.

Sólo Skippy Deere parecía estar del lado de Cross.

—Cross, tú te mereces más, pero lo que ellos te ofrecen es mucho mejor que una disputa ante los tribunales, con el riesgo de perderla. Acepta el ofrecimiento, y tú y y yo seguiremos haciendo negocios al margen de los estudios. Te prometo que llegaremos a un acuerdo.

Cross sabía que le convenía no adoptar una actitud amenazadora. Esbozó una resignada sonrisa.

—Es posible que tengas razón —dijo—. Quiero seguir en la industria cinematográfica y mantener buenas relaciones con todo el mundo. Diez millones de beneficios no me parecen un mal comienzo. Molly, encárguese de los papeles. Y ahora, si ustedes me disculpan, tengo que tomar un avión —añadió, abandonando la estancia seguido de Molly.

—Podemos ganar el juicio —le dijo Molly.

—No quiero ir a juicio —contestó Cross—. Cierre el trato.

Molly lo estudió detenidamente.

—Muy bien —dijo—, pero le conseguiré más de un diez por ciento.

Cuando Cross llegó al día siguiente a la mansión de Quogue, Don Domenico Clericuzio, sus hijos Giorgio, Vincent y Petie y su nieto Dante lo estaban esperando. Almorzaron en el jardín a base de jamones y quesos italianos, un enorme cuenco de madera de ensalada y largas y crujientes barras de pan italiano. No faltaba el cuenco de queso rallado para la cuchara del Don. Mientras comían, el Don le dijo a Cross como el que no quiere la cosa:

—Croccifixio, tenemos entendido que has entrado en la industria cinematográfica.

Hizo una pausa para tomar un sorbo de vino tinto y después tomó una cucharada de queso parmesano rallado.

—Sí —dijo Cross.

—¿Es cierto que utilizaste algunas de tus acciones en el Xanadu para financiar una película?

—Tengo derecho a hacerlo —contestó Cross—. Al fin y al cabo soy vuestro *bruglione* del Oeste —añadió, soltando una carcajada.

—El *bruglione* tiene razón —dijo Dante.

El Don miró con expresión de reproche a su nieto y le dijo a Cross:

—Te has lanzado a un asunto muy serio sin consultarlo con la familia. No pediste nuestro consejo, pero sobre todo llevaste a cabo una acción violenta que hubiera podido tener repercusiones oficiales muy graves. Aquí la regla está muy clara, tienes que contar con nuestro consentimiento o actuar por tu cuenta y riesgo y arrostrar las consecuencias.

—Y has utilizado los recursos de la familia —dijo severamente Giorgio—. El pabellón de caza de la Sierra, y a Lia Vazzi, Leonard Sossa y Pollard, con su agencia de seguridad. Ya sabemos que son tu gente del Oeste, pero también son recursos de la familia. Por suerte todo ha salido a la perfección, ¿pero y si no hubiera salido? Todos hubiéramos corrido peligro.

—Todo eso él ya lo sabe —dijo el Don con impaciencia—. La pregunta es por qué. Sobrino, años atrás pediste no intervenir en esa parte del necesario trabajo que algunos hombres tienen que hacer. Yo accedí a tu petición, a pesar del valor que tú tenías para mí, y ahora lo haces en tu propio beneficio. Eso no es propio del querido sobrino que yo siempre he conocido.

Cross comprendió entonces que el Don quería mostrarse comprensivo con él pero no podía decirle la verdad, no podía decirle que había sucumbido a la belleza de Athena. No hubiera sido una explicación razonable. Más bien hubiera sido un insulto, probablemente de fatales consecuencias. ¿Qué otra cosa hubiera podido ser más imperdonable que anteponer la atracción hacia una mujer desconocida a su lealtad a la familia Clericuzio?

—Vi la oportunidad de ganar un montón de dinero —dijo con suma cautela—. Vi la ocasión de entrar en un nuevo negocio, para mí y para la familia. Un negocio que se hubiera podido utilizar para blanquear dinero negro, pero tenía que actuar con rapidez. Es evidente que no pensaba mantenerlo en secreto, y prueba de ello es que utilicé unos recursos de la familia, y vosotros no hubierais tenido más remedio que enteraros. Quería acudir a usted cuando todo estuviera hecho.

El Don lo miró sonriendo y le preguntó con dulzura:

—¿Y ya está todo hecho?

Cross intuyó de inmediato que el Don estaba al corriente de todo.

—Hay otro problema —contestó, exponiendo el nuevo trato

que había cerrado con Marrion. Se llevó una sorpresa al ver que el Don soltaba una sonora carcajada.

—Has hecho justo lo más acertado —dijo el Don—. Un juicio hubiera podido ser un desastre. Deja que disfruten de su victoria, aunque menudos bribones están hechos. Me alegro de que siempre nos hayamos mantenido al margen de ese negocio. —Guardó silencio un instante—. Por lo menos te has ganado tus diez millones. Es una bonita cantidad.

—No —dijo Cross—. Cinco para mí y cinco para la familia, eso está claro. Creo que no tenemos por qué darnos por vencidos tan fácilmente. Tengo unos planes, pero necesito la ayuda de la familia.

—En tal caso tenemos que discutir una participación mejor —dijo Giorgio.

Era como Bantz, pensó Cross, siempre pidiendo más.

El Don lo interrumpió con impaciencia.

—Primero atraparemos el conejo y después lo repartiremos. Cuentas con la bendición de la familia. Pero una cosa: plena discusión sobre todas las acciones drásticas que se emprendan. ¿Entendido, sobrino?

—Sí —contestó Cross.

Lanzó un suspiro de alivio cuando abandonó Quogue. El Don le había manifestado su aprecio.

A sus ochenta y tantos años, Don Domenico Clericuzio seguía dirigiendo su imperio, un mundo que él había creado con gran esfuerzo y a un alto precio, y que por tanto creía haber ganado en buena lid.

A una venerable edad en la que casi todos los hombres se obsesionaban con los pecados inevitablemente cometidos, las añoranzas de los sueños perdidos e incluso las dudas sobre su honradez, el Don seguía tan inamoviblemente convencido de su virtud como a los catorce años.

Don Clericuzio era estricto en sus creencias y en sus juicios. Dios había creado un mundo muy peligroso y la humanidad lo había hecho todavía más peligroso. El mundo de Dios era una prisión en la cual el hombre se tenía que ganar el pan de cada día, y su prójimo era una bestia carnívora y despiadada. Don Clericuzio se enorgullecía de haber conservado sanos y salvos a sus seres queridos a lo largo de su viaje por la vida.

Y se alegraba de que a su avanzada edad tuviera el poder de condenar a muerte a sus enemigos. Los perdonaba, ciertamente —¿acaso no era un cristiano que tenía una capilla privada en su propia casa?—, pero perdonaba a sus enemigos tal como Dios perdonaba a todos los hombres sin dejar por ello de condenarlos a una inevitable extinción.

Don Clericuzio era venerado en el mundo que él había creado. Los miembros de su familia, los miles de personas que vivían en el Enclave del Bronx, los *bruglioni* que gobernaban sus territorios y le confiaban su dinero, todos recurrían a él cuando se metían en algún problema con la sociedad convencional. Sabían que el Don era justo, que en caso de necesidad, enfermedad o cualquier otra adversidad, podían acudir a él en la certeza de que los libraría de sus desgracias. Y por eso lo amaban.

Pero el Don sabía que el amor no era un sentimiento muy de fiar, por muy profundo que fuera. El amor no garantizaba la gratitud ni la obediencia, no era una fuente de armonía en un mundo tan difícil como el suyo, y eso nadie lo sabía mejor que él. Para inspirar verdadero amor, uno tenía que ser temido. El amor por sí solo era despreciable, no era nada si no incluía también la confianza y la obediencia. ¿De qué le servía a él el amor si los demás no reconocían su autoridad?

Él era el responsable de sus vidas, él era la raíz de su bienandanza y por tanto no podía vacilar en el cumplimiento de su deber. Tenía que ser severo en sus juicios. Si un hombre lo traicionaba, si un hombre causaba algún daño a la integridad de su mundo, tenía que ser castigado y refrenado, aunque ello significara una condena a muerte. No podía haber ninguna excusa, circunstancia atenuante o petición de clemencia. Lo que se tenía que hacer, se tenía que hacer. Su hijo Giorgio lo había llamado una vez anticuado, y él reconocía que no podía ser de otra manera.

Ahora tenía que reflexionar sobre muchas cosas. Lo había planeado todo muy bien a lo largo de los veinticinco años transcurridos desde la guerra con los Santadio. Había sido perspicaz, astuto y brutal en caso necesario, y compasivo cuando se había podido permitir el lujo de serlo. Y ahora la familia Clericuzio había alcanzado el cénit de su poder y estaba aparentemente a salvo de cualquier ataque. Pronto se mezclaría con el tejido legal de la sociedad y sería invulnerable.

Pero Don Domenico no había sobrevivido tanto tiempo gracias a una miope y optimista visión del mundo que lo rodeaba. Era capaz de descubrir una mala hierba antes de que asomara la cabeza sobre la superficie de la tierra. Ahora el mayor peligro era interno, el ascenso de Dante y su entrada en la virilidad de una forma no enteramente satisfactoria para el Don.

Después estaba Cross, que se había enriquecido gracias a la herencia de Gronevelt e incluso había emprendido una importante acción sin la supervisión de la familia. El joven se había estrenado con gran brillantez y casi había estado a punto de convertirse en un hombre cualificado, como su padre Pippi. Después, el trabajo de Virginio Ballazzo lo había convertido en un sujeto remilgado. Tras haber sido eximido por la familia de los deberes operativos a causa de su tierno corazón, había regresado al campo de batalla en provecho propio y había ejecutado al tal Skannet, sin el permiso del Don. Sin embargo, Don Clericuzio justificaba su voluntad de perdonar aquellas acciones y sus insólitas muestras de compasión. Cross estaba tratando de huir de aquel mundo y entrar en otro, y a pesar de que semejantes acciones eran o podían ser semillas de traición, Don Clericuzio lo comprendía. Pese a ello, la combinación de Cross y Pippi sería una amenaza para la familia. El Don era además plenamente consciente del odio que Dante les profesaba a los De Lena. Pippi era demasiado listo como para no haberse dado cuenta, y Pippi era un hombre peligroso. Habría que vigilarle a pesar de su probada lealtad.

La paciencia del Don nacía del aprecio que le tenía a Cross y del amor que sentía por Pippi, su fiel soldado e hijo de su hermana. Al fin y al cabo, por sus venas corría la sangre de los Clericuzio. En realidad estaba mucho más preocupado por el peligro que Dante suponía para la familia.

Don Clericuzio siempre había sido un abuelo afectuoso con Dante. Los dos habían estado muy unidos hasta que el chico cumplió los diez años. Entonces se había producido un cierto distanciamiento, y el Don había detectado en el carácter del niño unos rasgos que lo habían inquietado.

A los diez años, Dante era un niño exuberante, pícaro y ocurrente. Era también un buen deportista, dotado de una excelente coordinación física. Le encantaba hablar, especialmente con su abuelo, y mantenía largas y confidenciales conversaciones con su madre Rose Marie. Pero a partir de los diez años se había vuelto perverso y brutal. Se peleaba con los demás niños con una violencia impropia de su edad. Se burlaba despiadadamente de las niñas, y lo hacía con una chocante aunque divertida lascivia. Torturaba a los animalillos —cosa no necesariamente significativa en el caso de los niños de corta edad, tal como el Don sabía muy bien—, pero en cierta ocasión había tratado de ahogar a un niño más pequeño en la piscina de la escuela. Al final se había vuelto desobediente incluso con su abuelo.

Y no es que el Don fuera especiamente severo en semejantes cuestiones. A fin de cuentas, los niños eran unos animales y se les tenía que meter la civilización en el cerebro y en el trasero. Algunos niños como Dante habían llegado a ser santos. Lo que más inquietaba al Don era su locuacidad, sus largas conversaciones con su madre, pero sobre todo sus pequeños actos de desobediencia contra él.

Lo que quizá también inquietaba al Don, que siempre experimentaba un reverente temor en presencia de los caprichos de la naturaleza, era el hecho de que Dante hubiera dejado de crecer a los quince años: medía uno cincuenta y siete. Habían consultado con los médicos y éstos se habían mostrado de acuerdo en que el muchacho quizá crecería unos siete centímetros más aunque no alcanzaría la normal estatura de uno ochenta de los Clericuzio. Para el Don, la baja estatura de Dante era una señal tan peligrosa como el nacimiento de unos gemelos. Decía que por más que un parto fuera un milagro extraordinario, el hecho de tener gemelos era una exageración. Una vez un soldado del Enclave del Bronx había engendrado trillizos, y el Don, horrorizado, les había comprado una tienda de comestibles en Portland, Oregón, para que se ganaran bien la vida, pero lo más lejos posible de él. El Don era también muy supersticioso con los zurdos y los tartamudos. Por mucho que se dijera, ninguna de ambas cosas podía ser una buena señal. Afortunadamente, Dante utilizaba la mano derecha con espontaneidad.

Nada de todo aquello hubiera sido suficiente sin embargo para que el Don recelara de su nieto o perdiera el afecto que sentía por él. Cualquiera que llevara su sangre estaba naturalmente a salvo. No obstante, con el paso de los años Dante se había ido apartando progresivamente de los sueños que había forjado el Don para su futuro. Dejó la escuela a los dieciséis años e inmediatamente empezó a meter las narices en los asuntos de la familia. Después se puso a trabajar en el restaurante de Vincent y enseguida se convirtió en un camarero muy popular que ganaba muchas propinas gracias a su ingenio y rapidez. Cuando se cansó del restaurante, estuvo trabajando dos meses en el despacho de Giorgio en Wall Street, pero no le gustó ni mostró la menor aptitud para el desempeño de aquella actividad, pese a los serios intentos de Giorgio de enseñarle los entresijos de la riqueza de papel. Finalmente entró en la empresa inmobiliaria de Petie, donde le encantaba trabajar con los soldados del Enclave. Presumía de su cuerpo cada vez más musculoso y en cierto modo poseía las características de sus tres tíos, lo cual llenaba de orgullo al Don. Tenía la sinceridad de Vincent, la frialdad de Giorgio y la crueldad de Petie. Poco a poco se fue forjando su propia personalidad, lo que él era realmente: astuto, taimado, tortuoso, pero con un sentido del humor que muchas veces resultaba encantador. Fue entonces cuando empezó a ponerse sus gorros renacentistas.

Los gorros, que por cierto nadie sabía de dónde sacaba, estaban confeccionados con iridiscentes hilos multicolores; algunos eran redondos y otros rectangulares, y parecían navegar sobre su cabeza como sobre el agua. Con ellos parecía más alto, guapo y simpático, en parte porque eran como de payaso y resultaban conmovedores, y en parte porque equilibraban sus dos perfiles. Los gorros le sentaban bien. Disimulaban su cabello negro como el azabache y fibroso como el de todos los Clericuzio.

Un día, en el estudio, donde la fotografía de Silvio seguía ocupando un lugar de honor, Dante le preguntó a su abuelo:

—¿Cómo murió?

—De accidente —contestó lacónicamente el Don.

—Era tu hijo preferido, ¿verdad? —preguntó Dante.

El Don experimentó un sobresalto al oírle. Dante sólo tenía quince años.

—¿Y eso por qué tiene que ser verdad? —preguntó el Don.

—Porque está muerto —contestó Dante con una pícara sonrisa en los labios.

El Don tardó un momento en comprender el comentario humorístico que se había atrevido a hacer aquel joven imberbe.

El Don sabía también que Dante registraba su despacho cuando él estaba cenando en la planta baja. No le preocupaba demasiado porque los niños siempre mostraban curiosidad por las cosas de los mayores y él nunca anotaba sobre el papel nada que pudiera facilitar el menor dato de interés. Don Clericuzio tenía en un rincón de su cerebro una enorme pizarra en la que anotaba toda la información necesaria, incluyendo la suma total de todos los pecados y virtudes de sus seres más queridos.

Pese al creciente recelo que Dante le inspiraba, el Don lo seguía haciendo objeto de su afecto y siempre le aseguraba que iba a ser uno de los herederos del imperio de la familia. Los reproches y las advertencias se los hacían siempre sus tíos, en especial Giorgio.

Al final el Don se dio por vencido en su intento de que Dante se incorporara a la sociedad legal y permitió que su nieto fuera adiestrado para convertirse en Martillo.

El Don oyó que su hija lo llamaba a cenar desde la cocina, donde siempre comían cuando estaban sólo ellos dos. Entró y se sentó delante de un enorme y llamativo cuenco de pasta de cabello de ángel con tomate y albahaca recién cortada en el jardín. Rose Marie le acercó el cuenco de plata lleno de queso rallado de un amarillo intenso, prueba inequívoca de su estimulante dulzura. Después se sentó delante de él. Parecía muy contenta y animada, y el Don se alegró al verla de tan buen humor. Aquella noche no le daría uno de sus terribles ataques. Era como en los viejos tiempos, antes de la guerra contra los Santadio.

Había sido una tragedia espantosa, uno de los pocos errores de su vida, un error en el que había quedado patente que una victoria no siempre era una victoria. ¿Pero quién hubiera podido imaginar que Rose Marie permanecería viuda para siempre? Los enamorados siempre se volvían a enamorar, él siempre lo había creído así. En aquel momento, el Don sintió una oleada de irresistible afecto por su hija. Ella disculparía las pequeñas faltas de Dante. Rose Marie se inclinó hacia delante y acarició cariñosamente la canosa cabeza del Don.

Él tomó una enorme cucharada de queso rallado y sintió su estimulante calor en las encías. Bebió un sorbo de vino y observó cómo Rose Marie trinchaba una pierna de cordero y le servía tres patatas al horno recubiertas de brillante grasa. Su turbada mente empezó a sosegarse. ¿Quién podía ser mejor que él?

Estaba de tan buen humor que hasta se dejó convencer por Rose Marie para mirar un poco la televisión con ella en la sala de estar, por segunda vez aquella semana.

Tras haber contemplado cuatro horas de horror, le dijo a Rose Marie:

—¿Es posible vivir en un mundo en el que todos hacen lo que les da la gana? ¿Es posible vivir en un mundo en el que nadie es castigado ni por Dios ni por los hombres, y nadie se gana la vida? ¿De veras existen mujeres que se entregan a toda suerte de caprichos? ¿De veras hay hombres tan necios y apocados que sucumben a los más mínimos deseos y a todos los pequeños sueños de felicidad? ¿Dónde están los honrados esposos que trabajan para ganarse el sustento y que buscan la mejor manera de proteger a sus hijos del destino y de la crueldad del mundo? ¿Dónde hay gente capaz de comprender que un trozo de queso, un vaso de vino y una casa acogedora al final de una jornada es una recompensa más que suficiente? ¿Quién es esa gente que ansía una misteriosa felicidad? En qué tumulto tan grande convierten la vida, cuántas tragedias provocan por nada. —El Don le dio a su hija una palmada en la cabeza y señaló la pantalla del televisor con un despectivo gesto de la mano—. Que se vayan todos a la mierda —dijo. Después le impartió una última lección de sabiduría—: Todo el mundo es responsable de lo que hace.

Aquella noche, solo en su dormitorio, el Don salió a la terraza. Todas las casas del recinto estaban brillantemente iluminadas y podía oír el sordo rumor de los impactos de las pelotas en la cancha de tenis y ver a los jugadores bajo los reflectores. No había ningún niño jugando en el exterior a aquella hora tan tardía. Vio los guardias junto a la entrada y alrededor de la casa.

Reflexionó sobre los pasos que debería emprender para impedir una futura tragedia. Se sintió invadido por un profundo amor hacia su hija y su nieto y pensó que eso era precisamente lo que hacía que la vejez mereciera la pena. No tendría más remedio que protegerlos lo mejor que pudiera. Después se enfadó consigo mismo. ¿Por qué barruntaba siempre tragedias? Había resuelto todos los problemas de su vida, y aquél también lo resolvería.

En su mente seguían hirviendo toda suerte de planes. Pensó en el senador Wavven. Se había pasado muchos años soltándole millones de dólares para que promoviera una ley que legalizara el juego, pero el senador era muy escurridizo. Lástima que Gronevelt hubiera muerto; Cross y Giorgio carecían de la necesaria habilidad para aguijonearlo. A lo mejor el imperio del juego jamás se haría realidad.

Pensó en su viejo amigo David Redfellow, que ahora vivía tranquilamente en Roma. A lo mejor, ya había llegado el momento de que regresara a la familia. Le parecía muy bien que Cross fuera tan benévolo con sus socios de Hollywood. A fin de cuentas era muy joven. Aún no sabía que una señal de debilidad podía tener fatales consecuencias. El Don decidió llamar a David Redfellow para que desde Roma tomara cartas en aquel asunto de la industria cinematográfica.

11

Una semana después de la muerte de Boz Skannet, Cross recibió a través de Claudia una invitación para cenar en casa de Athena Aquitane en Malibú.

Cross voló desde Las Vegas a Los Ángeles, alquiló un coche y llegó a la garita de vigilancia de la Colonia Malibú cuando el sol se estaba poniendo en el océano. Ya no había medidas especiales de seguridad, aunque en la casa de invitados aún quedaba una secretaria que comprobó su identidad y le abrió la verja por medio del dispositivo electrónico. Cruzó el largo jardín en dirección a la casa de la playa. Aún estaba allí la pequeña sirvienta sudamericana que lo acompañó al salón verde mar desde el cual las olas del Pacífico parecían estar casi al alcance de la mano.

Athena lo estaba esperando, mucho más guapa de lo que él recordaba. Iba vestida con blusa y pantalón de color verde y parecía fundirse y formar parte de la bruma del océano que se veía a su espalda. Cross no podía quitarle los ojos de encima. Ella le estrechó la mano a modo de saludo sin darle los habituales besos en ambas mejillas, tan típicos de Hollywood. Ya tenía unos vasos preparados y le ofreció uno. Era agua de Evian con lima. Se sentaron en unos grandes sillones tapizados en verde menta, de cara al océano. El sol poniente derramaba monedas de oro en la estancia.

Cross era tan consciente de la belleza de Athena que tuvo que inclinar la cabeza para no mirarla, para no ver el dorado cabello, la cremosa piel, el largo cuerpo tendido en el sillón, los ojos verdes teñidos fugazmente por sombras doradas. Experimentó el urgente deseo de tocarla, de acercarse a ella y poseerla.

Athena no parecía percatarse de las emociones que estaba

provocando. Tomó un sorbo de su bebida y dijo en tono pausado:

—Quería darle las gracias por haberme ayudado a seguir trabajando en la industria del cine.

El sonido de su voz hipnotizó a Cross. No era voluptuoso ni provocativo pero tenía un tono tan aterciopelado, una confianza tan majestuosa y sin embargo tan cálida que él hubiera deseado seguir oyéndola sin descanso. Dios mío, pensó, ¿pero eso qué es? Se avergonzaba del poder que aquélla ejercía sobre él. Con la cabeza todavía inclinada, musitó:

—Pensé que podría inducirla a regresar al trabajo apelando a su codicia.

—Ésa no es una de mis debilidades —contestó Athena, apartando el rostro del océano para poder mirarle directamente a los ojos—. Claudia me dijo que los estudios incumplieron el trato después del suicidio de mi marido. Ha tenido usted que devolverles la película y conformarse con un porcentaje.

Cross la miró con semblante impasible, confiando en poder desterrar todo lo que sentía por ella.

—Creo que no soy muy buen hombre de negocios —dijo para darle la impresión de que era un inútil.

—Molly Flanders redactó su contrato —dijo Athena—. Es la mejor. Hubiera podido usted hacer valer sus derechos.

Cross se encogió de hombros.

—Es una cuestión de política. Tenía interés en introducirme permanentemente en la industria cinematográfica y no me quería crear unos enemigos tan poderosos como los Estudios LoddStone.

—Yo podría ayudarle —dijo Athena—. Podría negarme a regresar a la película.

Cross se emocionó sólo de pensar que ella fuera capaz de hacer semejante cosa por él. Analizó el ofrecimiento. Cabía la posibilidad de que, aun así, los estudios presentaran una querella contra él. Además no podía soportar la idea de que Athena lo obligara a estar en deuda con ella. De pronto se le ocurrió pensar que el hecho de que Athena fuera guapa no significaba que fuera tonta.

—¿Y por qué tendría usted que hacer tal cosa? —le preguntó.

Athena se acercó a la ventana panorámica. Las playas eran como unas sombras grises, el sol se había ocultado y el océano parecía reflejar la cadena montañosa que se veía desde la parte posterior de la casa y la autopista de la Costa del Pacífico. Contempló las aguas negro azuladas y las pequeñas olas que ondulaban su superficie.

—¿Por qué tendría que hacerlo? —dijo sin volver la cabeza—. Simplemente porque yo conocía mejor que nadie a Boz Skannet, y me importa un bledo que haya dejado cien notas de suicidio. Yo sé que él jamás se hubiera suicidado.

Cross se encogió de hombros.

—El muerto muerto está —dijo.

—Muy cierto —dijo Athena, volviéndose para mirarle directamente a la cara—. Usted compra la película, y de pronto Boz se suicida oportunamente. Es usted mi primer candidato a asesino.

A pesar de su severa expresión, su rostro era tan bello que Cross no pudo conseguir que su voz sonara tan firme como hubiera deseado.

—¿Y qué me dice de los estudios? —replicó—. Marrion es uno de los hombres más poderosos del país. ¿Y qué me dice de Bantz y Skippy Deere?

Athena sacudió la cabeza

—Comprendieron lo que yo les estaba pidiendo, y no lo hicieron sino que le vendieron la película a usted. Les importaba un bledo que me mataran una vez finalizado el rodaje. En cambio usted lo hizo, y yo comprendí que me ayudaría aunque había dicho que no podría hacerlo. Cuando me enteré de que había comprado la película supe exactamente lo que iba a hacer, pero debo decir que nunca imaginé que sería usted tan listo.

De repente Athena se acercó a él, y Cross se levantó. Ella tomó las manos de Cross entre las suyas y él percibió el perfume de su cuerpo y de su aliento.

—Es la única maldad de mi vida —dijo Athena—. Obligar a alguien a cometer un asesinato. Ha sido terrible. Hubiera sido una persona mucho mejor si lo hubiera hecho yo misma, pero no pude.

—¿Tan segura estaba usted de que yo iba a hacer algo? —preguntó Cross.

—Claudia me contó muchas cosas de usted —contestó Athena—. Entonces comprendí quién era usted, pero ella es tan ingenua que todavía no se ha enterado. Cree simplemente que es usted un tipo duro, con muchas influencias.

Cross se puso en estado de alerta. Athena estaba tratando de obligarle a reconocer su culpa, cosa que él jamás hubiera hecho ni siquiera en presencia de un sacerdote, ni siquiera en presencia de Dios.

—Y su manera de mirarme —añadió Athena—. Muchos hombres me han mirado de la misma forma. No quiero pecar de modesta, sé que soy guapa porque todo el mundo me lo dice desde que era pequeña. Siempre he sabido que tenía poder pero nunca he conseguido comprenderlo. No me gusta pero lo utilizo. Es lo que se suele llamar «amor».

Cross soltó sus manos.

—¿Por qué le tenía tanto miedo a su marido? ¿Porque podía destruir su carrera?

Un destello de cólera apareció en un instante en los ojos de Athena.

—No fue por mi carrera —dijo— ni tampoco por miedo, aunque me constaba que él me iba a matar. Tenía otra razón más poderosa. —Hizo una pausa y añadió—: Puedo conseguir que le devuelvan la película, puedo negarme a reanudar el trabajo.

—No —dijo Cross.

Athena lo miró sonriendo y le dijo alegremente:

—Pues entonces ya podemos irnos a la cama. Me parece usted muy atractivo y estoy segura de que lo pasaremos muy bien.

La primera reacción de Cross fue de enfado por el hecho de que ella pensara que podía comprarle, de que interpretara un papel y de que utilizara sus armas de mujer, como un hombre hubiera utilizado la fuerza física. Pero lo que en realidad le molestaba era el tono ligeramente burlón de su voz. Se estaba burlando de su galantería y convirtiendo su sincero amor en un simple revolcón en la cama, como si quisiera decirle que el amor que él sentía por ella era tan falso como el que ella sentía por él.

—Mantuve una larga conversación con Boz —le dijo fríamente— e intenté llegar a un acuerdo con él. Me dijo que solía follarla cinco veces al día cuando estaban ustedes casados.

Se alegró al ver su sobresalto.

—Jamás las conté, pero fueron muchas. Yo tenía dieciocho años y estaba auténticamente enamorada de él. Tiene gracia que ahora deseara su muerte, ¿verdad? —Athena frunció momentáneamente el ceño y después preguntó con indiferencia—: ¿Y de qué otras cosas hablaron ustedes?

Cross la miró con expresión sombría.

—Boz me contó el terrible secreto que ustedes dos compartían. Me reveló que usted le había revelado que, cuando huyó, enterró a su hijita en el desierto.

El rostro de Athena se convirtió en una máscara y el brillo de sus ojos verdes se apagó de repente. Por primera vez aquella noche, Cross pensó que no era posible que estuviera fingiendo. Ninguna actriz hubiera podido simular la palidez de su rostro.

—¿Cree usted de veras que yo asesiné a mi hija? —preguntó en un susurro.

—Boz me dijo que es lo que usted le había confesado —contestó Cross.

—Yo no le dije eso —dijo Athena—. Le vuelvo a preguntar, ¿cree usted que yo asesiné a mi hija?

No hay nada más terrible que condenar a una bella mujer. Cross sabía que si le hubiera contestado con sinceridad la hubiera perdido para siempre. De repente la rodeó con sus brazos y le dijo con dulzura:

—Es usted demasiado guapa. Una mujer tan guapa como usted jamás hubiera podido hacer eso. —La eterna adoración que la belleza solía inspirar a los hombres lo inducía a creer en sus palabras en contra de toda lógica—. No —contestó—. No creo que lo hiciera.

—¿A pesar de mi responsabilidad en la muerte de Boz? —preguntó Athena, apartándose.

—No tiene usted ninguna responsabilidad —contestó Cross—. Él se suicidó.

Athena lo miró con fuerza. Él cogió sus manos entre las suyas.

—¿Cree usted que yo maté a Boz? —le preguntó.

Athena sonrió como una actriz que finalmente hubiera comprendido cómo se tenía que interpretar una escena.

—No más de lo que usted cree que yo maté a mi hija.

Ambos sonrieron tras haberse declarado mutuamente inocentes. Athena tomó su mano y dijo:

—Voy a preparar la cena y después nos iremos a la cama.

Dicho esto, lo acompañó a la cocina.

¿Cuántas veces habría interpretado aquella escena?, se preguntó celosamente Cross. La hermosa reina cumpliendo con sus deberes de ama de casa como una mujer vulgar y corriente. La observó mientras cocinaba. No se había puesto ninguna prenda para protegerse y actuaba de una forma extraordinariamente profesional, conversando con él mientras picaba las verduras, preparaba una caldereta de carne y ponía la mesa. Le dio una botella de vino tinto para que la abriera, cogió su mano y le rozó el cuerpo con el suyo. Vio que él la miraba con asombro al ver que la mesa ya estaba lista apenas media hora después.

—En una de mis primeras películas interpreté el papel de una cocinera, y para hacer las cosas bien fui a una escuela de cocina. Un crítico escribió: «Cuando Athena Aquitane actúe tan bien como guisa, será una gran estrella.»

Comieron en la glorieta de la cocina para poder contemplar el ondulante océano. La comida era deliciosa, carne troceada con verdura y una ensalada de hortalizas amargas, una bandeja con distintas variedades de queso y unas calientes y cortas barras de pan tan rollizas como palomas. Por último un café y una ligera tarta de limón.

—Hubiera tenido que ser cocinera —dijo Cross—. Mi primo Vincent la hubiera contratado con los ojos cerrados para sus restaurantes.

—Hubiera podido ser cualquier cosa —dijo Athena con fingida presunción.

A lo largo de toda la cena lo había rozado distraídamente de una forma en cierto modo sensual, como si tratara de buscar un poco de espíritu en su piel, y cada vez que ella lo rozaba, Cross ansiaba sentir el roce de todo su cuerpo. Hacia el final de la cena ni siquiera pudo saborear lo que estaba comiendo. Cuando terminaron, Athena lo cogió de la mano, salió con él de la cocina y subieron los dos tramos de escalera que conducían a su dormitorio. Athena lo hizo todo con mucha elegancia, casi ruborizándose tímidamente, como si fuera una virginal y anhelante novia. Cross admiró su talento de actriz.

El dormitorio estaba en el último piso de la casa y tenía una pequeña terraza que daba al océano. La estancia era muy espaciosa y las paredes estaban pintadas con un estrambótico tono chillón que parecía iluminar toda la habitación.

Salieron a la terraza y observaron el espectral resplandor amarillento que la luz del dormitorio arrojaba sobre la arena de la playa. Las otras casas de Malibú parecían unas cajitas luminosas al borde del agua. Unas minúsculas aves se acercaban a las olas y se alejaban de ellas para no mojarse, como si estuvieran jugando.

Athena apoyó la mano en el hombro de Cross y le rodeó el cuerpo con su brazo mientras alargaba la otra para acercar su boca a la suya. Se besaron largamente, acariciados por la cálida brisa del océano. Después Athena acompañó a Cross al interior de la habitación.

Se desnudó rápidamente, quitándose en un santiamén la blusa

y los pantalones de color verde. Su blanco cuerpo brillaba en medio de la oscuridad bañada por la luna. Era tan hermosa como Cross había imaginado. Los turgentes pechos con sus pezones de frambuesa parecían de azúcar batido. Sus largas piernas, la curva de sus caderas, el rubio vello de su entrepierna y su absoluta inmovilidad parecían dibujados por el brumoso aire del océano.

Cross alargó la mano hacia su cuerpo. Su carne era tan suave como el terciopelo, y sus labios estaban llenos de perfume de flores. La emoción de tocarla fue tan dulce que Cross no pudo hacer nada más. Athena empezó a desnudarlo. Lo hizo con mucha delicadeza, pasándole la mano por el cuerpo tal como él había hecho con el suyo. Después, sin dejar de besarlo, lo empujó suavemente hacia la cama.

Cross le hizo el amor con una pasión que jamás había conocido ni soñado que pudiera existir. Estaba tan excitado que Athena tuvo que acariciarle el rostro para calmarlo. No podía apartarse de su cuerpo, ni siquiera tras haber alcanzado el orgasmo. Permanecieron entrelazados hasta que volvieron a empezar. Athena se mostró más ardiente que la primera vez, casi como si aquello fuera una especie de concurso o confesión, y finalmente se quedaron adormilados.

Cross se despertó justo cuando el sol asomaba por el horizonte. Por primera vez en su vida le dolía la cabeza. Salió desnudo a la terraza y se sentó en una de las sillas de paja, contemplando cómo el sol se elevaba muy despacio por encima del océano e iniciaba su ascenso en el cielo.

Era una mujer peligrosa, la asesina de su propia hija cuyos huesos estaban ahora cubiertos por la arena del desierto. Y además era demasiado experta en la cama, capaz de acabar con él. En aquel momento decidió no volver a verla nunca más.

Sintió sus brazos alrededor de su cuello y se volvió para besarla. Iba envuelta en un vaporoso salto de cama y llevaba el cabello recogido con unos pasadores que brillaban como si fueran las joyas de una corona.

—Mientras te duchas yo te prepararé el desayuno, antes de que te vayas —le dijo.

Lo acompañó a un cuarto de baño doble con dos lavabos, dos mostradores de mármol, dos bañeras y dos duchas. Estaba equipado con artículos de tocador masculinos, maquinillas, crema de afeitar, tónicos cutáneos, cepillos y peines.

Cuando terminó y salió de nuevo a la terraza, Athena llevó a la mesa una bandeja de cruasanes, café y zumo de naranja.

—Puedo prepararte unos huevos con jamón —dijo.

—Así está bien —contestó Cross.

—¿Cuándo volveré a verte? —preguntó Athena.

—Tengo un montón de cosas que hacer en Las Vegas —le contestó Cross—. Te llamaré la semana que viene.

Athena lo estudió con expresión inquisitiva.

—Eso significa adiós, ¿verdad? Anoche me lo pasé muy bien contigo.

—Me pagaste la deuda —dijo Cross, encogiéndose de hombros.

Ella lo miró con una burlona sonrisa en los labios.

—Y con una buena voluntad asombrosa, ¿no te parece? Y sin escatimar nada.

Cross soltó una carcajada.

—No —dijo.

Athena pareció leer sus pensamientos. La víspera se habían mentido mutuamente, pero aquella mañana las mentiras ya no tenían ningún poder. Athena se daba cuenta de que era demasiado guapa como para que Cross confiara en ella, y había comprendido que se sentía en peligro con ella y con los pecados que ella le había confesado. Comió en silencio, aparentemente perdida en sus propios pensamientos. Después le dijo a Cross:

—Ya sé que estás muy ocupado, pero quiero enseñarte una cosa. ¿Puedes dedicarme la mañana y tomar un avión por la tarde? Es muy importante. Quiero llevarte a un sitio.

Cross no pudo resistir la tentación de permanecer con ella por última vez y le dijo que sí.

Athena se sentó al volante de su Mercedes SL 300 y tomó la autovía del sur que conducía a San Diego, pero poco antes de llegar a la ciudad enfiló una estrecha carretera que se dirigía al interior a través de la montaña.

En quince minutos llegaron a un recinto vallado con alambre de púas. Dentro había seis edificios de ladrillo separados por unos espacios cubiertos de césped y unidos entre sí por unos caminos pintados de azul cielo. En uno de los prados había una veintena de niños jugando con un balón de fútbol. En otro, unos diez niños estaban lanzando al aire unas cometas. Un grupo de unos tres o cuatro adultos los miraban en silencio, pero la escena resultaba un poco extraña. Cuando el balón de fútbol se elevaba en el aire, casi todos los niños huían corriendo, mientras que en el otro prado las cometas subían y subían hacia el cielo pero nunca regresaban.

—¿Qué es este sitio? —preguntó Cross.

Athena lo miró con expresión suplicante.

—Ahora acompáñame, por favor. Más tarde me podrás hacer preguntas.

Athena se acercó a la verja de la entrada y le mostró una placa de identidad dorada al guardia de seguridad. Después cruzó la verja, se dirigió al edificio más grande y aparcó.

Una vez dentro, Athena se dirigió al mostrador de recepción y le dijo algo al recepcionista en voz baja. Cross esperaba a cierta distancia, pero aun así no pudo evitar oír la respuesta.

—Estaba muy nerviosa, le hemos dado un abrazo y la hemos dejado en su habitación.

—¿Qué demonios es esto? —preguntó.

Athena no contestó. Lo tomó de la mano y lo acompañó por un largo pasillo de relucientes baldosas hasta llegar a un edificio anexo que parecía una especie de residencia.

Una enfermera sentada a la entrada preguntó sus nombres y asintió con la cabeza. Athena acompañó a Cross por otro largo pasillo con puertas a ambos lados. Al final, abrió una puerta.

Era un bonito y espacioso dormitorio lleno de luz, con los mismos extraños cuadros de color oscuro que colgaban en las paredes de la casa de Athena, sólo que allí estaban diseminados por el suelo. En una pequeña estantería de la pared había una colección de preciosas muñecas vestidas con los trajes almidonados típicos de la secta evangélica de los *amish*. En el suelo había además varios fragmentos de dibujos y pinturas.

Athena se acercó a una caja de gran tamaño, con la parte superior abierta y los lados y la base cubiertos con una gruesa y suave tela acolchada de color azul pálido. Cuando Cross se acercó para mirar, vio a una niña tendida en su interior. La niña no reparó en su presencia. Estaba jugueteando con una borla que había en la cabecera de la caja y con la que juntaba las almohadillas laterales para que éstas la estrujaran.

Era una chiquilla de diez años, una minúscula copia de Athena pero carente por entero de emoción y expresión. Sus ojos verdes tenían una mirada tan vaga como los de una muñeca de porcelana. Cada vez que hacía girar los mandos para que los paneles acolchados la estrujaran, su rostro se iluminaba con una expresión de absoluta serenidad. No daba la menor muestra de haberlos visto.

Athena se acercó a la parte superior de la caja de madera y accionó los mandos para poder sacar a la niña de la caja. La niña parecía casi ingrávida.

Athena la sostuvo en sus brazos como si fuera un bebé e inclinó la cabeza para besarla en la mejilla, pero la niña hizo una mueca y se apartó.

—Está aquí mamá —dijo Athena—. ¿No me vas a dar un beso?

Al oír su tono de voz, a Cross se le partió el corazón de pena. Era una súplica humillante. La niña empezó a agitarse en sus brazos. Athena acabó por dejarla suavemente en el suelo. La niña se puso de rodillas e inmediatamente cogió una caja de pinturas y un cartón de gran tamaño y empezó a pintar, absorta por completo en su tarea.

Cross observó cómo Athena utilizaba todas sus dotes de actriz para intentar establecer una corriente de simpatía con su hija. Primero se arrodilló a su lado y trató de convertirse en su compañera de juegos y ayudarla a pintar, pero la niña no le hizo caso.

Después se incorporó y empezó a interpretar el papel de madre que le explica a su hija lo que ocurre en el mundo, pero la niña ni se dio cuenta. A continuación se convirtió en una aduladora persona adulta que alababa los dibujos de la niña, pero ésta se limitó a apartarse. Athena cogió un pincel e intentó ayudarla, pero la niña le arrebató el pincel de las manos en cuanto lo vio, sin decir ni una sola palabra.

Al final Athena se dio por vencida.

—Volveré mañana, cariño —dijo—. Te llevaré a pasear y te traeré una nueva caja de pinturas. Mira —añadió con lágrimas en los ojos—, se te están acabando los rojos.

Quiso darle un beso de despedida, pero dos preciosas manitas la apartaron.

Se levantó y salió con Cross de la habitación.

Athena le entregó las llaves del coche para regresar a Malibú y se pasó todo el rato llorando, con la cabeza entre las manos. Cross estaba tan sorprendido que no supo qué decir.

Cuando bajaron del vehículo, Athena ya parecía haber recuperado el control. Entró con Cross en la casa y se volvió a mirarle.

—Ésa es la niña que le dije a Boz que había enterrado en el desierto. ¿Me crees ahora?

Por primera vez, Cross creyó de verdad que ella podría llegar a quererle.

Athena lo acompañó a la cocina y preparó un poco de café. Se sentaron en la glorieta para contemplar el océano. Mientras se tomaban el café, Athena se puso a hablar sin la menor emoción en la voz ni en el semblante.

—Cuando huí de Boz dejé a la niña al cuidado de unos primos lejanos, una pareja casada que vivía en San Diego. Parecía una niña normal. Entonces no sabía que era autista, y puede que no lo fuera. La dejé allí porque estaba firmemente decidida a convertirme en una actriz de éxito. Tenía que ganar dinero para las dos. Estaba segura de que tenía talento, y todo el mundo me decía que era muy guapa. Siempre pensé que cuando consiguiera triunfar podría recuperar a la niña.

»Trabajaba en Los Ángeles y la iba a visitar a San Diego siempre que podía. Después empecé a abrirme camino y ya no la fui a ver tan a menudo, quizás una vez al mes. Cuando finalmente pensé que podía llevármela a casa acudí a la fiesta de su tercer cumpleaños con toda clase de regalos, pero Bethany ya no era la misma y parecía que se hubiera perdido en otro mundo. Era como si tuviera la mente en blanco. Me fue imposible establecer comunicación con ella. Me desesperé. Pensé que a lo mejor padecía un tumor cerebral, recordé la vez que Boz la había dejado caer al suelo y me dije que a lo mejor había sufrido una lesión en el cerebro y que ahora se empezaban a dejar sentir los efectos. Durante varios meses la llevé a distintos médicos, que la sometieron a toda clase de pruebas. La llevé a los mejores especialistas y le hicieron una exhaustiva exploración. Después alguien, no recuerdo exactamente si fue el médico de Boston o un psiquiatra del Hospital Infantil de Tejas, me dijo que era autista. Ni siquiera sabía lo que era eso y pensé que debía de ser una especie de retraso mental. El médico me dijo que no, que lo que sucedía es que vivía en su propio mundo, no era consciente de la existencia de las demás personas, no mostraba el menor interés por ellas y era incapaz de experimentar el menor sentimiento por nadie. Decidí trasladarla a esa clínica para tenerla cerca, y fue entonces cuando descubrí que era capaz de reaccionar a la máquina de los abrazos que tú has visto. Me pareció que eso le era beneficioso y tuve que dejarla allí.

Cross permaneció sentado en silencio mientras Athena proseguía su relato.

—El hecho de ser autista significaba que la niña jamás podría quererme. Los médicos me dijeron sin embargo que algunos autistas son muy inteligentes e incluso geniales. Creo que Bethany es un genio, no sólo por sus pinturas sino también por otra cosa. Los médicos me dicen que después de muchos años de duro adiestramiento se puede enseñar a algunos autistas a interesarse por ciertas cosas, y más adelante por ciertas personas. Algunos pueden incluso vivir una existencia casi normal. En estos momentos Bethany no soporta la música ni ningún otro sonido, pero al principio no soportaba que yo la tocara y ahora ha aprendido a tolerarme, lo cual quiere decir que está mejor que antes.

»Me sigue rechazando, aunque con menos violencia. Vamos haciendo progresos. Antes pensaba que era un castigo por haberla abandonado en mi afán por triunfar, pero los especialistas dicen que a pesar de que se trata de algo aparentemente hereditario también puede ser adquirido, aunque no se conoce la causa. Los médicos me dijeron que no tenía nada que ver con que Boz la hubiera dejado caer al suelo o yo la hubiera abandonado, pero no estoy muy convencida. Querían tranquilizarme para que no me sintiera culpable, me dijeron que era un misterio de la vida, tal vez predestinado. Insistieron en que nada hubiera podido evitar que ocurriera y en que nada podría cambiar la situación. Pero algo dentro de mí se niega a creerlo.

»Cuando me lo dijeron por primera vez, no podía quitármelo de la cabeza. Tuve que tomar unas decisiones muy duras. Sabía que no podría rescatarla hasta que ganara un montón de dinero, así que la dejé en la clínica e iba a verla por lo menos un fin de semana al mes y algunos días laborables. Finalmente me hice rica y famosa, y todo lo que antes me importaba dejó de importarme. Lo único que yo quería era estar con Bethany. Aunque nada de eso hubiera ocurrido, de todos modos pensaba dejar el cine cuando finalizara el rodaje de *Mesalina*.

—¿Por qué? —preguntó Cross—. ¿Qué querías hacer?

—En Francia hay una clínica especial con un médico muy bueno —explicó Athena—. Pensaba trasladarme allí cuando terminara la película. Entonces apareció Boz y comprendí que me iba a matar y que Bethany se quedaría sola. Por eso decidí eliminarlo. La niña sólo me tiene a mí. Tendré que llevar este pecado sobre mi conciencia. —Athena hizo una pausa y miró con una sonrisa a Cross—. Esto es peor que los culebrones, ¿verdad? —dijo con una leve sonrisa en los labios.

Cross contempló el océano, que mostraba una brillante y aceitosa tonalidad azul bajo la luz del sol. Recordó aquel rostro infantil que parecía una máscara y que jamás se abriría al mundo.

—¿Y qué es la caja donde estaba tendida? —preguntó.

Athena se rió.

—Es lo que me da esperanza —contestó—. Qué triste, ¿verdad? Es una caja muy grande. Muchos niños autistas la utilizan cuando están deprimidos. Es como el abrazo de una persona, pero no tienen que establecer contacto ni relacionarse con otro ser humano. —Athena respiró hondo—. Cross, algún día yo ocuparé el lugar de aquella caja. Ésa es ahora la única finalidad de mi vida. Si no fuera por eso, mi vida no tendría el menor sentido. Tiene gracia, ¿verdad? Los estudios me dicen que recibo miles de cartas de personas que me quieren. En público, la gente me quiere tocar. Los hombres me dicen constantemente que me aman. Todos me quieren menos Bethany, y ella es la única persona a quien yo quiero.

—Te ayudaré en todo lo que pueda —dijo Cross.

—Pues entonces llámame la semana que viene —dijo Athena—. Procuremos estar juntos todo lo que podamos hasta que termine el rodaje de *Mesalina*.

—Lo haré —dijo Cross—. No puedo demostrarte mi inocencia, pero eres lo que más quiero en la vida.

—¿Pero de verdad eres inocente? —preguntó Athena.

—Sí —contestó Cross.

Ahora que Athena le había demostrado su inocencia, no podía soportar la idea de que ella lo supiera.

Pensó en Bethany y en su inexpresivo rostro tan artísticamente bello, con sus duros perfiles y sus ojos tan claros como espejos; un insólito ser humano totalmente libre de pecado.

Por su parte, Athena también había juzgado a Cross. De entre todas las personas que conocía, él era el único que había visto a su hija desde que los médicos diagnosticaran su autismo. Había sido una prueba muy dura.

Uno de los peores sobresaltos que había experimentado en su vida fue descubrir que a pesar de su belleza y de su talento (y también de su gentileza, dulzura y generosidad, pensaba ella, burlándose de sí misma), sus más íntimos amigos, los hombres que la amaban y los parientes que la adoraban, se alegraban de sus desgracias.

Fue cuando Boz le puso un ojo a la funerala y todos comentaron que éste era «un hijo de puta y un inútil», pero ella descubrió en sus ojos una chispa de satisfacción. Al principio le pareció que eran figuraciones suyas y que era demasiado susceptible, pero cuando Boz volvió a dejarle el ojo morado captó una vez más las mismas miradas y se sintió terriblemente dolida pues esa vez lo había comprendido sin el menor asomo de duda.

Estaba segura de que todos la querían, pero por lo visto nadie podía resistir la tentación de un pequeño toque de malicia. La grandeza en cualquiera de sus formas provoca envidia.

Una de las razones por las cuales le tenía un especial cariño a Claudia era porque ésta jamás la había traicionado con aquella mirada.

Por eso mantenía a Bethany tan apartada de su vida cotidiana. No soportaba la idea de que las personas que la querían pudieran mirarla con aquella fugaz expresión de satisfacción, como si se alegraran de que hubiera sido castigada por su belleza.

Así pues, pese a que conocía el poder de su belleza y lo utilizaba, al mismo tiempo lo despreciaba. Ansiaba el día en que las arrugas empezaran a surcar su rostro perfecto y cada una de ellas indicara un camino que ella había seguido o un viaje al que había sobrevivido, y en que su cuerpo comenzara a llenarse, aflojarse y desparramarse para que de este modo ella pudiera proporcionar consuelo a los seres que apreciaba y sus ojos se humedecieran por la compasión por todos los sufrimientos que había contemplado y las lágrimas que jamás había derramado. Entonces le saldrían arrugas de expresión alrededor de la boca de tanto reírse de sí misma y de la vida. Qué libre se sentiría cuando ya no temiera las consecuencias de su belleza física y se alegrara de haberla perdido y haberla sustituido por una serenidad más duradera...

Por eso había observado atentamente a Cross de Lena mientras éste contemplaba por primera vez a Bethany y había visto su inicial sorpresa, pero nada más. Sabía que Cross estaba perdidamente enamorado de ella y no había visto en sus ojos la menor expresión de satisfacción en el momento de enterarse de la desgracia de Bethany.

12

Claudia estaba firmemente decidida a cobrarse su marcador sexual con Eli Marrion; lo avergonzaría hasta conseguir que entregara a Ernest Vail el porcentaje que éste exigía sobre la versión cinematográfica de su novela. Era una posibilidad muy remota pero estaba dispuesta a abdicar un poco de sus principios. Bobby Bantz era implacable en la cuestión de los porcentajes brutos, pero Eli Marrion era imprevisible y tenía debilidad por ella. Además era costumbre en el mundillo cinematográfico que las relaciones sexuales, por muy fugaces que fueran, se pagaran con una cierta cortesía material.

La amenaza de suicidio de Vail había sido el desencadenante de aquella cita. Si Vail la cumplía, los derechos de su novela revertirían en su ex mujer y sus hijos, y Molly Flanders impondría unas condiciones muy duras. Nadie creía en la amenaza, ni siquiera Claudia, pero Bobby Bantz y Eli Marrion, que sólo actuaban movidos por la perspectiva de ganar dinero, siempre tenían motivos para estar preocupados.

Cuando Claudia, Ernest y Molly llegaron a la sede de la LoddStone, sólo encontraron a Bobby Bantz en la suite ejecutiva. Parecía muy incómodo, por más que tratara de disimularlo con sus efusivos saludos, sobre todo a Vail.

—Nuestro tesoro nacional —le dijo, abrazándole con respetuoso afecto.

Molly se puso inmediatamente en guardia.

—¿Dónde está Eli? —preguntó—. Es el único que puede adoptar la decisión final en este asunto.

—Eli está en el hospital de Cedars Sinai —contestó Bantz en

tono tranquilizador—. Nada grave, un simple chequeo, pero eso es confidencial. Las acciones de la LoddStone suben y bajan con su salud.

—Tiene más de ochenta años, y a su edad todo es grave —replicó secamente Claudia.

—No, no —dijo Bantz—. Todos los días despachamos asuntos en el hospital. Está más activo que nunca, así que exponedme vuestros argumentos y yo le informaré cuando vaya a verle.

—No —contestó lacónicamente Molly.

—Hablemos con Bobby —dijo no obstante Ernest Vail.

Le expusieron los argumentos. Bobby lo escuchó todo con semblante burlón, aunque no se rió abiertamente.

—He oído de todo en esta ciudad —dijo—, pero eso es algo increíble. Lo he comentado con mis abogados y me han dicho que la defunción de Vail no afectaría a nuestros derechos. Es una cuestión legal muy complicada.

—Coméntaselo a los del departamento de Relaciones Públicas —dijo Claudia—. Si Ernest cumple su propósito y toda la historia sale a la luz, el prestigio de la LoddStone quedará por los suelos. Y eso a Eli no le gustará. Él tiene un sentido más profundo de la ética.

—¿Más que yo? —preguntó amablemente Bobby a pesar de que estaba furioso. ¿Por qué la gente no comprendía que Marrion siempre aprobaba todo lo que él hacía? De pronto se volvió hacia Ernest—. ¿Y cómo te suicidarías? ¿Con una pistola, un cuchillo, arrojándote por una ventana?

Vail lo miró sonriendo.

—Haciéndome el haraquiri sobre tu escritorio, Bobby.

Los tres soltaron una carcajada.

—Así no vamos a llegar a ninguna parte —dijo Molly—. ¿Por qué no vamos a ver a Eli al hospital?

—No pienso ir al lecho de hospital de un enfermo para discutir sobre dinero —dijo Vail.

Los demás lo miraron con simpatía. En términos convencionales parecía una falta de delicadeza, aunque desde sus lechos de enfermos los hombres tramaban revoluciones, asesinatos, estafas y traiciones de estudios cinematográficos. Un lecho de hospital no era precisamente un lugar sagrado, y ellos sabían que las protestas de Vail eran básicamente un convencionalismo.

—Calla la boca, Ernest, si quieres seguir siendo mi cliente —dijo fríamente Molly—. Eli ha jodido a cientos de personas desde su lecho de hospital. Vamos a hacer un trato razonable, Bobby. La LoddStone tiene una mina de oro con las continuaciones. Os podéis permitir el lujo de darle a Ernest el dos por ciento de los beneficios brutos como garantía.

Bantz la miró horrorizado, como si un puñal le estuviera atravesando las entrañas.

—¿Un porcentaje sobre los beneficios brutos? —preguntó levantando la voz—. Eso jamás.

—Muy bien —dijo Molly—. ¿Qué tal un cinco por ciento estructurado de los beneficios netos? Sin contar los gastos de promoción, las deducciones de intereses y los porcentajes brutos de los actores.

—Eso equivale casi a unos beneficios brutos —contestó Bantz en tono despectivo—, y todos sabemos que Ernest no se va a matar. Sería una estupidez y él es demasiado inteligente como para eso.

Lo que en realidad quería decir era que no tendría cojones para hacerlo.

—¿Por qué correr el riesgo? —replicó Molly—. He examinado las cifras. Tenéis previsto rodar por lo menos tres continuaciones. Eso equivaldrá por lo menos a quinientos millones de dólares de beneficios brutos una vez deducido el cincuenta por ciento de los exhibidores, incluyendo los derechos extranjeros, pero no los de vídeo y televisión. Y bien sabe Dios las paletadas de dinero que ganáis con los derechos de vídeo, malditos ladrones. ¿Por qué no darle a Ernest un miserable porcentaje de veinte millones? Eso se lo daríais a cualquier astro de segunda fila.

Bantz decidió echar mano de sus dotes de seductor.

—Ernest —dijo—, como novelista eres una gloria nacional. Nadie te respeta más que yo. Eli ha leído todos tus libros y te adora, así que queremos llegar a un acuerdo.

Claudia se avergonzó al ver cómo Ernest se tragaba todas aquellas idioteces, aunque en honor a la verdad tuvo que reconocer que se había estremecido ligeramente al oír lo de «gloria nacional».

—Vamos a concretar un poco más —dijo Ernest.

Ahora Claudia se enorgulleció de él.

—¿Qué tal un contrato de cinco años a diez mil dólares semanales para escribir guiones originales y hacer algunas refundiciones? —le preguntó Bantz a Molly—. Primero tendríamos que echar un vistazo a los guiones, como es natural. Y por cada refundición percibiría cincuenta mil dólares más cada semana. En cinco años podría ganar diez millones de dólares.

—Dobla la cantidad —contestó Molly—, y entonces podremos hablar.

Vail pareció perder de golpe su casi angélical paciencia.

—Ninguno de vosotros me toma en serio —dijo—. Puedo hacer unas cuantas operaciones aritméticas sencillas. Bobby, tu oferta sólo vale un dos y medio. Tú nunca me comprarás los guiones originales y yo jamás escribiré ninguno. ¿Y qué ocurre si hacéis seis continuaciones? Entonces vosotros ganaréis mil millones de dólares. —Vail empezó a reírse con sincero regocijo—. Dos millones y medio de dólares no me sirven de nada.

—¿De qué coño te ríes ahora? —preguntó Bobby.

Vail estaba casi histérico.

—Jamás en mi vida soñé con tener un simple millón de dólares, y ahora eso no me sirve de nada.

Claudia conocía el sentido del humor de Vail.

—¿Por qué no te sirve de nada? —le preguntó.

—Porque seguiré estando vivo —contestó Vail—, y mi familia necesita los porcentajes. Confiaban en mí y yo los traicioné.

Todos hubieran podido conmoverse, incluso Bantz, si las palabras de Vail no hubieran sonado tan falsas y presuntuosas.

—Vamos a hablar con Eli —dijo Molly Flanders.

Vail perdió la paciencia y cruzó la puerta gritando:

—¡Ya no os aguanto! ¡No quiero ir a pedirle nada a un hombre que se encuentra postrado en un lecho de hospital!

Cuando se hubo marchado, Bobby Bantz preguntó:

—¿Y vosotras dos queréis seguir apoyando a ese tipo?

—¿Por qué no? —replicó Molly Flanders—. Yo defendí a un individuo que había apuñalado a su madre y a sus tres hijos. Ernest no es peor que él.

—¿Y cuál es tu motivo? —le preguntó Bantz a Claudia.

—Los guionistas tenemos que apoyarnos los unos a los otros —contestó Claudia en tono burlón.

Los tres se echaron a reír.

—Supongo que debe de ser por eso —dijo Bobby—. Yo he hecho todo lo que he podido, ¿no es verdad?

—Bobby —dijo Claudia—, ¿por qué no le puedes dar el uno o el dos por ciento? Es de simple justicia.

—Porque se ha pasado muchos años jodiendo a miles de guionistas, actores y directores. Es una cuestión de principios —contestó Molly.

—Muy cierto —dijo Bantz—. Y siempre que pueden, ellos nos joden a nosotros. Es el negocio.

Molly le preguntó a Bantz con fingida preocupación:

—¿Eli está bien? No es nada grave, ¿verdad?

—Está bien —contestó Bantz—. No vendas las acciones.

—Pues entonces nos puede recibir —dijo Molly, cogiendo al vuelo la ocasión.

—De todos modos, yo quiero ir a verle —dijo Claudia—. Aprecio sinceramente a Eli. Me dio mi primera oportunidad.

Bantz se encogió de hombros.

—Te vas a arrepentir en serio si Ernest se mata —le dijo Molly—. Las continuaciones valen mucho más de lo que yo he dicho. Te lo he ablandado.

—Ese idiota no se matará —dijo Bantz en tono despectivo—. No tendrá cojones.

—De «gloria nacional» ha pasado a ser un «idiota» —dijo Claudia con aire pensativo.

—Es evidente que está un poco chiflado —dijo Molly—. La palmará por simple descuido.

—¿Es que se droga? —preguntó Bantz un poco preocupado.

—No —contestó Claudia—, pero Ernest es una caja de sorpresas. Es un auténtico excéntrico que ni siquiera sabe que lo es.

Bantz lo pensó un momento. Los argumentos le parecían válidos, y además él jamás había creído en la conveniencia de crearse enemigos innecesarios. No quería que Molly Flanders le guardara rencor. Era una mujer tremenda.

—Voy a llamar a Eli —dijo—. Si él da el visto bueno, os acompañaré al hospital.

Estaba seguro de que Marrion diría que no.

Para su asombro, Marrion contestó:

—Faltaría más, pueden venir todos a verme.

Se dirigieron al hospital en la limusina de Bantz, un enorme vehículo alargado aunque en modo alguno lujoso. Estaba dotado de fax, ordenador y teléfono móvil. Un guardaespaldas de la Pacific Ocean Security ocupaba el asiento del copiloto. Los seguía otro automóvil de seguridad con dos agentes.

Los cristales tintados de marrón mostraban la ciudad en un

monocromo tono beis parecido al de las viejas películas de vaqueros. Cuanto más se adentraban en la ciudad, más altos eran los edificios y más tenía uno la sensación de haber penetrado en un profundo bosque de piedra. Claudia siempre se asombraba de que en sólo diez minutos se pudiera pasar del verdor de una pequeña ciudad ligeramente bucólica a una metrópoli de cemento y cristal.

Los pasillos del hospital de Cedars Sinai eran casi tan espaciosos como los vestíbulos de un aeropuerto, pero el techo estaba comprimido como en una grotesca toma de una película impresionista alemana. Los recibió una coordinadora del hospital, una guapa mujer vestida con un severo modelo de alta costura cuyo aspecto le recordó a Claudia el de las «azafatas» de los hoteles de Las Vegas.

La coordinadora los acompañó a un ascensor especial que los condujo directamente a las suites del último piso.

Las suites tenían unas enormes puertas negras de madera de roble, con unos relucientes tiradores de latón. Se abrían como si fueran verjas y daban acceso a la suite de la habitación, una estancia sin tabiques de separación, con una mesa de comedor y unas sillas, un sofá, unas butacas y un rincón de escritorio con un ordenador y un fax. Había también un pequeño espacio de cocina y un cuarto de baño para invitados, además del cuarto de baño del paciente. El techo era muy alto, y la ausencia de tabiques entre el rincón de la cocina, la zona de estar y el rincón de trabajo confería a toda la estancia el aspecto de un decorado cinematográfico.

Eli Marrion estaba leyendo un guión de tapas anaranjadas en un pulcro y blanco lecho de hospital, recostado contra unos grandes almohadones blancos. En la mesa contigua había varias carpetas con los presupuestos de las películas en fase de producción. Una joven y bonita secretaria estaba tomando notas, sentada al otro lado de la cama. A Marrion siempre le gustaba rodearse de mujeres bonitas.

Bobby Bantz besó a Marrion en la mejilla y le dijo:

—Tienes una pinta estupenda, Eli, realmente estupenda.

Molly y Claudia lo besaron también en la mejilla. Semejante familiaridad quedaba justificada por el hecho de que el gran Eli Marrion estaba enfermo.

Claudia tomó nota de todos los detalles como si estuviera investigando con vistas a un guión. Las tragedias ambientadas en hospitales eran casi infalibles, económicamente hablando.

En realidad Eli Marrion no tenía «una pinta estupenda, realmente estupenda». Sus labios estaban surcados por unas líneas azules que parecían haber sido trazadas con tinta, y le faltaba el aire cuando hablaba. Dos pinzas verdes que le salían de la nariz estaban conectadas con un delgado tubo de plástico que llegaba hasta una burbujeante botella de agua enchufada a la pared, todo ello conectado con un depósito de oxígeno oculto en el interior de la misma.

Marrion vio la dirección de su mirada.

—Oxígeno —dijo.

—Es sólo una medida provisional —se apresuró a explicar Bobby Bantz—. Le facilita la respiración.

Molly Flanders no le hizo caso.

—Eli —dijo—, le he explicado a Bobby la situación y necesita tu visto bueno.

Marrion parecía de muy buen humor.

—Molly —dijo—, tú siempre has sido la abogada más dura de esta ciudad. ¿Vas a venir ahora a hostigarme en mi lecho de muerte?

Claudia lo miró con semblante afligido.

—Eli, Bobby nos dijo que estabas bien, y necesitábamos verte enseguida.

Se la veía tan visiblemente avergonzada que Marrion tuvo que levantar una mano a modo de aquiescencia y bendición.

—Ya conozco todos los argumentos —dijo Marrion. Hizo un gesto de despedida en dirección a la secretaria y ésta se retiró. La enfermera particular, una agraciada mujer de semblante muy serio, estaba leyendo un libro junto a la mesa del comedor. Marrion le indicó por señas que se retirara. Ella lo miró, sacudiendo la cabeza y reanudó su lectura.

Marrion soltó una breve carcajada entre jadeos y les dijo a los demás:

—Ésta es Priscilla, la mejor enfermera de California. Es una enfermera de cuidados intensivos, por eso es tan inflexible. Mi médico la contrató especialmente para este caso. Ella manda.

Priscilla los saludó con una inclinación de cabeza y reanudó la lectura.

—Estoy dispuesta a limitar su porcentaje a un máximo de veinte millones —dijo Molly—. Como garantía. ¿Por qué correr el riesgo, y por qué ser tan injustos con él?

—No somos injustos —replicó Bantz en tono furioso—. Él firmó un contrato.

—Vete al cuerno, Bobby —dijo Molly.

Marrion no les prestó atención.

—¿Tú qué piensas, Claudia?

Claudia estaba pensando muchas cosas. Era evidente que Marrion estaba más enfermo de lo que se decía, y era una terrible crueldad ejercer presión sobre aquel viejo que tanto esfuerzo tenía que hacer simplemente para hablar. Estaba a punto de decir que se iba cuando recordó que Eli jamás les hubiera permitido ir a verle si no hubiera tenido un propósito determinado.

—Ernest es un hombre que hace cosas sorprendentes —dijo Claudia—. Está decidido a asegurarle el sustento a su familia. Pero es un escritor, Eli, y a ti siempre te han gustado los escritores. Considéralo una donación artística. Recuerda los veinte millones de dólares que regalaste al Metropolitan. ¿Por qué no hacer lo mismo por Ernest?

—¿Para que todos los representantes se nos echen encima? —dijo Bantz.

Eli Marrion respiró hondo y las pinzas parecieron hundirse un poco más en su rostro.

—Molly, Claudia, eso tendrá que ser un pequeño secreto entre nosotros. Le entregaré a Vail el dos por ciento de los beneficios brutos hasta un máximo de veinte millones, y le daré un anticipo de un millón. ¿Te parece bien?

Molly lo pensó. El dos por ciento sobre los beneficios brutos de todas las películas podía significar un mínimo de quince millones de dólares, o quizá más. Era lo mejor que se podía conseguir. Se extrañó de que Marrion hubiera llegado tan lejos. Si regateaba, Eli sería capaz de retirar la oferta.

—Me parece estupendo, Eli, muchas gracias —contestó, inclinándose hacia delante para darle un beso en la mejilla—. Mañana enviaré un memorándum a tu despacho. Y otra cosa, Eli, espero que te recuperes enseguida.

Claudia no pudo reprimir su emoción. Cogió la mano de Eli entre las suyas y vio las manchas oscuras que moteaban su piel. La mano estaba fría a causa de la cercanía de la muerte.

—Le has salvado la vida a Ernest.

En aquel momento entró en la habitación la hija de Eli Marrion con sus dos hijos pequeños. La enfermera Priscilla se levantó de un salto como un gato que hubiera olfateado la presencia de ratones y se acercó a los niños, interponiéndose entre ellos y la cama. La hija se había divorciado dos veces y no se llevaba bien con Eli, aunque tenía una productora en el recinto de la LoddStone pues Eli quería mucho a sus nietos.

Claudia y Molly se despidieron, se dirigieron al despacho de Molly y llamaron a Ernest para comunicarle la buena noticia. Ernest insistió en invitarlas a cenar para celebrarlo.

La hija y los dos nietos de Marrion permanecieron muy poco rato en la habitación aunque fue suficiente para que la hija le arrancara a su padre la promesa de comprarle una novela muy cara para su siguiente película.

Después Bobby Bantz y Eli Marrion se quedaron solos.

—Hoy estás muy blando —le dijo Bantz a Marrion.

Marrion sentía el cansancio de su cuerpo y el aire que penetraba en su interior. Con Bobby podía relajarse y nunca tenía que fingir. Ambos habían vivido muchas experiencias juntos y habían utilizado el poder, habían ganado guerras, habían viajado y tramado intrigas por todo el mundo. Podían leerse el uno al otro el pensamiento.

—¿Con esa novela que le voy a comprar a mi hija se hará una película? —preguntó Marrion.

—De bajo presupuesto —contestó Bantz—. Tu hija hace películas «serias», entre comillas.

Marrion hizo un gesto de cansancio.

—¿Por qué tenemos siempre que pagar por las buenas intenciones de los demás? Dale un guionista aceptable pero nada de estrellas. Ella estará contenta y nosotros no perderemos demasiado dinero.

—¿De veras le vas a dar a Vail un porcentaje sobre los beneficios brutos? —preguntó Bantz—. Nuestro abogado dice que podríamos ganar el pleito si muriera.

—Si me recupero, sí —contestó Marrion sonriendo—. Si no, de ti dependerá. Tú dirigirás el espectáculo.

Bantz se sorprendió ante aquella muestra de sentimentalismo.

—Pues claro que te recuperarás, Eli.

Y lo dijo con toda sinceridad. No deseaba suceder a Eli Marrion, y de hecho temía la llegada del día en que no tendría más remedio que hacerlo. Podía hacer cualquier cosa, siempre y cuando Marrion la aprobara.

—De ti dependerá, Bobby —añadió Marrion—. La verdad es que de ésta no voy a salir. Los médicos me dicen que necesito un trasplante de corazón, pero yo he decidido que no me lo hagan. Con esta mierda de corazón que tengo, puede que viva seis meses o un año, o puede que mucho menos. Además soy demasiado viejo para un trasplante.

Bantz lo miró asombrado.

—¿Y no pueden hacer un *by-pass*? —preguntó. Al ver que Marrion sacudía la cabeza, añadió—: No seas ridículo, pues claro que te harán un trasplante. Tú has construido la mitad de este hospital y tienen que darte un corazón. Te quedan otros diez espléndidos años.

Pero Marrion se había quedado adormilado. Bantz abandonó la habitación para hablar con los médicos y para decirles que iniciaran el procedimiento de búsqueda de un nuevo corazón para Eli Marrion.

Ernest Vail, Molly Flanders y Claudia de Lena celebraron su triunfo cenando en La Dolce Vita de Santa Mónica. Era el restaurante preferido de Claudia. Recordaba que de niña su padre solía llevarla allí y que todo el mundo la trataba como si fuera un miembro de la realeza. Recordaba las botellas de vino blanco y tinto alineadas en las repisas de todas las ventanas, en la parte posterior de las banquetas y en todos los huecos vacíos. Los clientes podían alargar la mano y coger una botella como si arrancaran un racimo de uva.

Ernest Vail estaba de muy buen humor. Claudia volvió a preguntarse cómo era posible que alguien hubiera podido creer que tuviera intención de suicidarse. Ernest rebosaba de entusiasmo y se alegraba de que su amenaza hubiera dado resultado. El excelente vino tinto había contribuido a animarles, y los tres se mostraban muy eufóricos y satisfechos de sí mismos. La comida, reciamente italiana, era el combustible de su energía.

—Lo que ahora tenemos que preguntarnos —dijo Vail— es si el dos por ciento es suficiente o si tendríamos que pedir el tres.

—No seas tan ambicioso —le dijo Molly—. El trato ya está hecho.

Vail le besó la mano con estilo de estrella del cine.

—Molly —dijo—, eres un genio. Un genio despiadado, por supuesto. ¿Cómo habéis podido vosotras dos intimidar a un tipo que está enfermo en un lecho de hospital?

Molly mojó un poco de pan en la salsa de tomate.

—Ernest —le dijo—, tú nunca comprenderás esta ciudad. Aquí no hay compasión. No la hay cuando uno está borracho o le da a la coca o está enamorado o no tiene un céntimo. ¿Por qué se iba a hacer una excepción con los enfermos?

—Skippy Deere me dijo una vez que para comprar algo hay que llevar a la gente a un restaurante chino, pero que para vender hay que llevarla a uno italiano —dijo Claudia—. ¿Os parece que eso tiene algún sentido?

—Skippy es un productor —dijo Molly—. Lo debió de leer en algún sitio. Fuera de contexto no significa nada.

Vail estaba comiendo con la voracidad de un condenado a muerte al que se le acaba de conmutar la pena. Había pedido tres clases de pasta sólo para él pero les había ofrecido unas pequeñas raciones a Claudia y a Molly y quería conocer su opinión.

—La mejor comida italiana del mundo, exceptuando Roma —dijo—. En cuanto a Skippy, el comentario tiene un cierto sentido desde el punto de vista cinematográfico. La comida china es barata y ayuda a rebajar el precio. En cambio la comida italiana atonta un poco y puede reducir la agudeza mental. Las dos me encantan. ¿No es bonito saber que Skippy se pasa la vida maquinando intrigas?

Vail siempre pedía tres postres. No se los comía todos, pero le gustaba saborear muchos platos distintos durante una cena. En su caso, semejante comportamiento no parecía una excentricidad. Tampoco lo parecía su forma de vestir, como si la ropa sólo sirviera para proteger la piel del viento o el sol, o su descuidada manera de afeitarse, con una patilla más larga que la otra. Su amenaza de matarse no parecía extraña o ilógica, ni tampoco su absoluta sinceridad infantil, que a menudo hería los sentimientos de la gente. Claudia estaba acostumbrada a la excentricidad pues en Hollywood abundaban los excéntricos.

—Mira, Ernest, tú perteneces a Hollywood —le dijo—. Eres lo bastante excéntrico como para eso.

—Yo no soy un excéntrico —dijo Vail—. No soy tan sofisticado como para eso.

—¿Y no te parece una excentricidad querer matarte por una cuestión de dinero? —replicó Claudia.

—Eso fue una respuesta sensata a nuestra cultura —dijo Vail—. Estaba cansado de ser un don nadie.

—¿Y cómo puedes pensar semejante cosa? —preguntó Claudia con impaciencia—. Has escrito diez libros y has ganado el premio Pulitzer. Eres internacionalmente famoso.

Vail ya se había terminado sus tres platos de pasta y ahora estaba contemplando su plato principal, tres nacarados bistecs de ternera cubiertos de limón. Cogió el tenedor y el cuchillo.

—Todo eso no es más que una mierda —dijo—. No tengo dinero. He tardado cincuenta y cinco años en aprender que si no tienes dinero eres una pura mierda.

—Más que un excéntrico eres un chiflado —dijo Molly—. Y deja de gimotear porque no eres rico. Tampoco eres pobre. Si lo fueras no estaríamos aquí. No sufres demasiado por tu arte.

Vail posó el cuchillo y el tenedor y le dio a Molly una palmada en el brazo.

—Tienes razón —le dijo—. Todo lo que dices es cierto. Disfruto de la vida minuto a minuto. Lo que me deprime es la curva de la existencia. —Apuró su copa de vino y añadió en tono prosaico—: Jamás volveré a escribir. Escribir novelas es un callejón sin salida, algo así como ser herrero. Ahora lo que se lleva es el cine y la televisión.

—Eso es un disparate —dijo Claudia—. La gente nunca dejará de leer.

—Lo que ocurre es que te has vuelto perezoso —dijo Molly—. Cualquier excusa es buena para no escribir. Ésa es la verdadera razón de que quisieras matarte.

Todos se echaron a reír. Ernest les dio a probar su ternera y también los postres adicionales. Sólo se mostraba cortés en la mesa, como si se complaciera en dar de comer a la gente.

—Todo eso es verdad —dijo—, pero un novelista no puede ganarse bien la vida, a menos que escriba obras muy sencillas. Y eso también es un callejón sin salida. Una novela jamás podrá ser tan sencilla como una película.

—¿Por qué desprecias tanto el cine? —le preguntó Claudia en tono enojado—. Te he visto llorar en el cine. Es una forma de arte.

Vail se lo estaba pasando muy bien. A fin de cuentas había ganado su pelea contra los estudios y ya tenía asegurado su porcentaje.

—Estoy de acuerdo contigo, Claudia—. El cine es un arte. Me

quejo por envidia. Las películas restan importancia a las novelas. ¿Qué sentido tiene escribir un lírico pasaje sobre la naturaleza, describir el mundo al rojo vivo, una preciosa puesta de sol, una cadena montañosa cubierta de nieve o las impresionantes olas de los océanos? —preguntó en tono declamatorio, agitando teatralmente los brazos—. ¿De qué sirve todo eso si se puede ver lo mismo en una pantalla cinematográfica y en tecnicolor? ¿De qué sirven esas misteriosas mujeres de labios rojos como la grana y mágica mirada seductora si puedes verlas con el culo al aire y unas tetas tan deliciosas como unas chuletas de carne de buey a la plancha? Todo resulta mucho mejor, no ya que en la prosa sino que en la vida real. ¿Y cómo se pueden describir las hazañas de los héroes que matan a centenares de enemigos y hacen conquistas increíbles y superan grandes tentaciones, cuando puedes ver en la pantalla las entrañas y la sangre y los torturados rostros agonizantes? Los actores y las cámaras lo hacen todo sin necesidad de que uno lo elabore en el cerebro. Sly Stallone es Aquiles en la Ilíada. Sin embargo, lo que no puede hacer la cámara es introducirse en la mente de los personajes, no puede reproducir el proceso del pensamiento y la complejidad de la vida. —Vail hizo una pausa antes de añadir en tono nostálgico—: Pero ¿sabéis qué es lo peor de todo? Soy un elitista. Quería ser artista para convertirme en alguien fuera de lo corriente. Lo que aborrezco del cine es que sea un arte tan democrático. Cualquiera puede hacer una película. Tienes razón, Claudia, he visto películas que me han conmovido hasta las lágrimas y me consta que las personas que las han hecho son imbéciles, insensibles e ignorantes y no tienen la menor idea de lo que es la ética. El guionista es un analfabeto, el director es unególatra, el productor un carnicero de la moralidad, y los actores pegan puñetazos contra la pared o contra un espejo para que los espectadores comprendan que están furiosos. Pero la película da resultado. ¿Y cómo es posible eso? Pues porque una película utiliza la escultura, la pintura, la música, los cuerpos humanos y la tecnología mientras que un novelista sólo dispone de un puñado de palabras, el negro de la letra impresa sobre el blanco del papel. En realidad eso no es tan terrible como parece. Es el progreso, y el nuevo arte. Un arte democrático, un arte sin sufrimiento. Basta con que te compres una cámara apropiada y te reúnas con tus amigos. —Vail miró con una radiante sonrisa a las dos mujeres—. ¿No os parece maravilloso un arte que no exige talento? Qué democracia y qué terapia tan extraordinaria poder hacer tu propia película. Acabará sustituyendo al sexo. Yo vengo a ver tu película y tú vienes a ver la mía. Es un arte que transformará el mundo para bien. Claudia, alégrate de participar en una forma de arte que representa el futuro.

—Eres un cerdo desagradecido —dijo Molly—. Claudia ha luchado por ti y te ha defendido contra viento y marea, yo he tenido más paciencia contigo que con cualquiera de los asesinos a los que he representado, y tú nos invitas a cenar para insultarnos.

Vail la miró, sinceramente asombrado.

—Yo no insulto. Simplemente estoy definiendo una situación. Os estoy muy agradecido y os quiero mucho a las dos. —Permaneció en silencio un instante y después añadió humildemente—: No he querido decir que soy mejor que vosotras.

Claudia rompió a reír.

—Eres un cuentista, Ernest —le dijo.

—Sólo en la vida real —dijo Vail jovialmente—. ¿Podemos hablar un poco de negocios? Molly, si yo me muriera y mi familia recuperara los derechos, ¿crees que la LoddStone pagaría el cinco por ciento?

—Por lo menos —contestó Molly—. ¿Te vas a matar ahora por ese tres por ciento? Me tienes alucinada.

Claudia lo miró con inquietud. No se fiaba demasiado de su buen humor.

—Ernest, ¿sigues estando disgustado? Has cerrado un trato estupendo, y yo me he alegrado muchísimo.

—Claudia —contestó cariñosamente Vail—, tú no tienes ni idea de lo que es el mundo real, por eso eres una guionista cinematográfica tan buena. ¿Qué importa que yo esté contento? El hombre más feliz que jamás haya existido en este mundo pasará por momentos terribles en su vida, sufrirá espantosas tragedias. Mírame ahora. Acabo de alcanzar una gran victoria y ya no tengo que suicidarme. Disfruto de esta cena y de la compañía de dos hermosas, inteligentes y compasivas mujeres, y estoy encantado de que mi mujer y mis hijos puedan gozar de seguridad económica.

—Pues entonces, ¿de qué coño te quejas? —le preguntó Molly—. ¿Por qué estás estropeando un momento agradable?

—Porque no puedo escribir —contestó Vail—, lo cual no es ningún drama si bien se mira. En realidad ya no tiene importancia, pero es lo único que sé hacer. —Mientras hablaba, Vail se estaba comiendo los tres postres con tan visible deleite que las dos mujeres se echaron alegremente a reír. Vail las miró sonriendo—. Desde luego, menudo farol nos hemos echado con el viejo Eli —dijo.

—Te tomas demasiado en serio el oficio de escritor —le dijo Claudia—. Serénate un poco.

—Los guionistas no tienen oficio de escritor porque no escriben —dijo Vail—. Y yo no puedo escribir porque no tengo nada que decir. Y ahora hablemos de otras cosas más interesantes. Molly, nunca he comprendido cómo pueden asignarme el diez por ciento de los beneficios de una película que obtiene unos beneficios brutos de cien millones de dólares, pero cuyo rodaje sólo ha costado quince millones, sin que yo vea jamás ni un solo centavo. Ése es un misterio que me gustaría aclarar antes de morir.

Molly volvió a animarse; le encantaba impartir lecciones de derecho. Se sacó un cuaderno de notas del bolso y garabateó unas cuantas cifras.

—Es completamente legal —dijo—. Se atienen a los términos de un contrato que tú jamás hubieras tenido que firmar. Verás, vamos a tomar los cien millones de beneficios brutos. Las salas cinematográficas, los exhibidores, se llevan la mitad, lo cual significa que los estudios sólo perciben cincuenta millones.

»Bien, pues los estudios deducen de esta cantidad los quince millones del coste de la película. Quedan treinta y cinco millones. Pero según los términos de tu contrato y de la mayoría de los contratos de los estudios, éstos se llevan el treinta por ciento de esos cincuenta millones restantes para sufragar los costes de distribución de la película. Son otros quince millones que se embolsan. Quedan veinte millones. De aquí deducen los gastos de las copias y la publicidad de la película, que pueden sumar fácilmente cinco millones. La cantidad baja a quince millones. Y ahora viene lo bueno. Según el contrato, los estudios tienen que percibir el veinticinco por ciento del presupuesto por gastos generales de teléfono, electricidad, utilización de los platós, etcétera. Ya sólo quedan once millones. Bueno, dices tú, voy a cobrar once millones. Pero resulta que los actores cotizados perciben por lo menos el cinco por ciento de los cincuenta millones iniciales de beneficios brutos, una vez deducido el cincuenta por ciento de los exhibidores, y el director y el productor perciben otro cinco por ciento, es decir, otros cinco millones. Ya sólo quedan seis millones. Bueno, algo es algo, piensas. Pero no vayas tan rápido. Después te cobran todos los gastos de distribución y cincuenta mil dólares por la entrega de las copias destinadas al mercado inglés, y otros cincuenta mil por las copias de Francia o Alemania. Finalmente te cobran el interés de los quince millones que pidieron prestados para hacer la película. Y aquí ya me pierdo, pero el caso es que los últimos seis millones desaparecen. Eso es lo que ocurre cuando no me tienes a mí como abogada. Yo redacto un contrato que te permite conseguir una parte de la mina de oro. No son unos beneficios brutos lo que percibe exactamente el escritor, pero es una buena aproximación a unos beneficios netos. ¿Lo entiendes ahora?

Vail soltó una carcajada.

—La verdad es que no mucho —contestó—. ¿Qué hay del dinero de los derechos de televisión y vídeo?

—De la televisión vas a ver muy poco —contestó Molly—, y nadie sabe cuánto dinero ganan con los derechos de vídeo.

—¿Mi trato con Marrion se refiere a beneficios brutos? —preguntó Vail—. ¿No pueden volver a estafarme?

—Tal como yo redactaré el contrato, no —contestó Molly—. Todo se calculará sobre los beneficios brutos.

—En tal caso ya no tendré motivo para quejarme —dijo tristemente Vail—, ni excusa para no escribir.

—Eres un excéntrico irrecuperable —dijo Claudia.

—No, no —dijo Vail—. Soy un simple desgraciado. Los excéntricos hacen cosas raras para que la gente no se dé cuenta de lo que hacen o lo que son. Se avergüenzan de sí mismos. Por eso la gente del mundillo cinematográfico es tan excéntrica.

Quién hubiera imaginado que el hecho de morir pudiera ser tan placentero, que uno pudiera sentirse tan en paz y no experimentar el menor temor, pero sobre todo que pudiera aclarar el único gran mito común a todos los mortales.

En las largas horas nocturnas de los enfermos, Eli Marrion aspiraba el oxígeno del tubo de la pared y reflexionaba sobre su vida. Priscilla, la enfermera particular que trabajaba en doble turno, estaba leyendo un libro a la luz de una pequeña lámpara al otro lado de la habitación. Marrion podía ver cómo levantaba rápidamente los ojos y los volvía a bajar, como si lo vigilara después de cada una de las líneas que leía.

Marrion pensó en lo distinta que era aquella escena de lo que hubiera sido en una película. En una película hubiera habido mucha tensión porque él se encontraba suspendido entre la vida y la muerte, la enfermera hubiera estado inclinada sobre su cama y los médicos no hubieran parado de entrar y salir. Y hubiera habido mucho ruido y mucho nerviosismo. En cambio allí estaba él, en una habitación muy tranquila, respirando a través del tubo de plástico mientras la enfermera leía.

Sabía que el último piso del hospital con aquellas suites tan enormes estaba reservado a personas muy importantes: políticos poderosos, multimillonarios del sector inmobiliario, estrellas que eran los últimos mitos del mundo del espectáculo. Todos ellos eran unos reyes por derecho propio, pero ahora, en la noche de aquel hospital, se habían convertido simplemente en vasallos de la muerte. Yacían impotentes y solos, consolados únicamente por la presencia de unos mercenarios, y privados de su poder. Con tubos por todo el cuerpo y pinzas en la nariz, esperando a que los bisturís de los cirujanos retiraran los escombros de sus débiles corazones o, como en su caso, a que le colocaran un corazón completamente revisado. Se preguntó si los demás estarían tan resignados como él.

Pero ¿por qué resignarse? ¿Por qué les había dicho a los médicos que no quería un trasplante y que prefería vivir tan sólo el breve espacio de tiempo que su frágil corazón le quisiera conceder? Pensó que, gracias a Dios, todavía estaba en condiciones de adoptar decisiones inteligentes sin dejarse condicionar por los sentimientos.

Ahora lo tenía todo tan claro como cuando cerraba el trato de una película y calculaba los costes, el porcentaje de los rendimientos, el valor de los derechos subsidiarios, las posibles trampas que podían prepararle los actores y los directores, y los excedentes de coste.

Número uno: Tenía ochenta años no demasiado vigorosos. En el mejor de los casos, un trasplante de corazón lo dejaría incapacitado durante un año. Estaba claro que ya no volvería a dirigir los Estudios LoddStone, como también lo estaba que buena parte del poder que ejercía en su mundo se desvanecería para siempre.

Número dos: La vida sin poder era intolerable. Al fin y al cabo, ¿qué podía hacer un viejo como él aunque le trasplantaran un nuevo corazón? No podría hacer deporte, no podría ir detrás de las mujeres ni disfrutar de los placeres de la comida y la bebida. No, el poder era el único placer que le quedaba a un viejo, y eso no tenía nada de malo. El poder se podía utilizar para obrar el bien. ¿Acaso no le había hecho un favor a Ernest Vail en contra de todos los principios de la prudencia y de los perjuicios de toda su vida? ¿Acaso no les había dicho a los médicos que no quería privar a un niño o a un joven de la oportunidad de gozar de la vida con un nuevo corazón? ¿No era eso un uso del poder en favor de los demás?

Pero tenía a su espalda una larga vida de hipocresías, y ahora lo reconocía en su fuero interno. Había rechazado un nuevo corazón porque no era un buen negocio ni una solución definitiva. Le había concedido a Ernest Vail el porcentaje que éste pedía por puro sentimentalismo, porque deseaba ganarse el afecto de Claudia y el respeto de Molly Flanders. ¿Tan malo era que quisiera dejar el recuerdo de una imagen de bondad?

Estaba satisfecho de la existencia que había llevado. Se había abierto camino duramente desde la pobreza a la riqueza y había dominado a sus congéneres. Había disfrutado del placer de la vida humana, había amado a muchas mujeres hermosas, había vivido en lujosas residencias y vestido las mejores sedas. Y había contribuido a crear arte. Había adquirido un enorme poder y ganado una cuantiosa fortuna. Y había intentado hacer el bien a sus semejantes. Había aportado decenas de millones de dólares para la construcción de aquel hospital, pero por encima de todo había disfrutado luchando contra sus semejantes. ¿Qué tenía eso de malo? ¿De qué otro modo se podía adquirir poder para obrar el bien? Incluso en aquellos momentos se arrepentía de su último acto de clemencia en favor de Ernest Vail. No podías ceder el botín de tu lucha a un semejante, y menos aún bajo amenaza. Pero Bobby ya se encargaría de arreglarlo, Bobby se encargaría de todo.

Bobby haría publicar los necesarios reportajes sobre su negativa a recibir un trasplante de corazón para que alguien más joven pudiera beneficiarse de él. Bobby recuperaría todos los porcentajes brutos que hubiera. Bobby se desharía de la productora de su hija, que sólo generaba pérdidas para la LoddStone. Bobby pagaría las culpas de las acciones que él hubiera emprendido.

Oyó a lo lejos una campanita seguida del matraqueo de serpiente del aparato de fax que estaba transmitiendo los ingresos de taquilla calculados en Nueva York. El tartamudeo de la máquina parecía acompañar como un estribillo los débiles latidos de su corazón.

Y ahora, la verdad. Ya estaba harto de la vida en toda su pleni-

tud. No era su cuerpo el que en último extremo lo había traicionado, sino su mente.

Otra verdad. Los seres humanos lo habían decepcionado. Había visto demasiadas traiciones, demasiadas debilidades lamenta-
bles, demasiada ansia de dinero y de fama. Había visto falsedad entre amantes, maridos, esposas, padres, hijos, madres e hijas. Le
daba gracias a Dios porque las películas que él había hecho alenta-
ban la esperanza de la gente, le daba gracias por sus nietos y porque no los vería crecer y desarrollar las debilidades de la condición
humana.

El tartamudeo del aparato de fax se apagó, y Marrion percibió
las palpitaciones de su vacilante corazón. La luz de las primeras
horas de la mañana penetró en su habitación. Vio que la enfermera
apagaba su lámpara de lectura y cerraba el libro. Le parecía tan triste morir con la sola compañía de aquella desconocida, habiendo
tantas personas poderosas que lo querían. La enfermera le abrió los
párpados y colocó el estetoscopio sobre su pecho. Las enormes
puertas de su suite de hospital se abrieron como si fueran el gran
pórtico de un antiguo templo, y él oyó el tintineo de los platos sobre las bandejas del desayuno...

De pronto la habitación se inundó de luz. Sintió que unos puños le golpeaban el pecho y se preguntó por qué lo estaban some-
tiendo a aquel suplicio. Una especie de nube estaba llenando de
niebla su cerebro. A través de aquella niebla oyó unas voces que
gritaban. Una frase de una película penetró en su cerebro, ham-
briento de oxígeno: «¿Así mueren los dioses?»

Percibió las descargas eléctricas, los golpes con los puños, la
incisión que le hicieron para aplicarle masaje al corazón con las
manos.

Todo Hollywood lloraría su muerte, pero nadie la lloraría más
que Priscilla, su enfermera del turno de noche. Había hecho turnos
dobles porque tenía que mantener a dos niños pequeños, y Marrion lamentaba morir durante su turno. Priscilla se enorgullecía
de ser una de las mejores enfermeras de California. Aborrecía la
muerte, pero el libro que estaba leyendo le había gustado muchísimo y pensaba comentárselo a Marrion en la esperanza de que éste
accediera a hacer la versión cinematográfica. No tenía intención de
pasarse toda la vida trabajando como enfermera pues también era

guionista a ratos. Ahora no quería perder la esperanza. El último piso del hospital, con sus grandes y lujosas suites, acogía a los hombres más grandes de Hollywood, y ella montaría siempre guardia por ellos contra la muerte.

Todo eso ocurrió en la mente de Marrion antes de morir, una mente saturada por los millares de películas que había visto.

En realidad la enfermera se acercó a su cama unos quince minutos después de su muerte pues él había dejado de existir con mucho sigilo. Durante unos treinta segundos no supo si dar la voz de alarma para tratar de devolverlo a la vida. Tenía mucha experiencia con la muerte y era demasiado compasiva como para eso. ¿Por qué tratar de resucitarlo y devolverlo a todas las torturas de una vida que se empeñaba en recuperarlo? Se acercó a la ventana y contempló la salida del sol y las palomas, pavoneándose alegremente en los alféizares de piedra. Priscilla fue el poder definitivo que decidió el destino de Marrion... y su juez más misericordioso.

13

El senador Wavven tenía una gran noticia que les costaría a los Clericuzio cinco millones de dólares, según decía el correo de Giorgio. Eso exigiría una montaña de papeleo. Cross tendría que sacar cinco millones de dólares de la caja del casino y hacer una larga relación para justificar su desaparición.

Cross había recibido también un mensaje de Claudia y Vail. Estaban en el hotel y ocupaban la misma suite. Querían verle cuanto antes. Era urgente.

Se había recibido una llamada de Lia Vazzi desde el pabellón de caza. Quería ver personalmente a Cross lo antes posible. No era necesario que dijera que el asunto era urgente pues cualquier comunicación suya era siempre urgente, de lo contrario él nunca llamaba. Ya estaba en camino.

Cross puso en marcha el papeleo para la transferencia de los cinco millones de dólares al senador Wavven. El dinero en efectivo abultaría demasiado como para que cupiera en una maleta o una gran bolsa de fin de semana. Llamó a la tienda de regalos del hotel, recordando haber visto en ella un baúl chino antiguo lo bastante grande como para contener el dinero. Era de color verde oscuro, estaba decorado con dragones rojos y falsas piedras verdes y tenía un sólido mecanismo de cierre.

Gronevelt le había enseñado el papeleo que se tenía que hacer para justificar el dinero sustraído al casino del hotel. Era una tarea muy larga y complicada que entrañaba transferencias a distintas cuentas, el pago a distintos proveedores de bebidas y productos alimenticios, los gastos de proyectos especiales de adi... y campañas publicitarias, y la lista de toda una serie... inexistentes que debían dinero a la caja.

Cross se pasó una hora trabajando. El senador Wavven no llegaría hasta el día siguiente, que era sábado, y los cinco millones se tendrían que depositar en sus manos antes de su partida el lunes a primera hora de la mañana. Al final empezó a perder la concentración y tuvo que tomarse un descanso.

Llamó a la suite de Claudia y Vail, situada unos cuantos pisos más abajo. Claudia se puso al teléfono.

—Lo estoy pasando muy mal con Ernest —le dijo—. Tenemos que hablar contigo.

—De acuerdo —dijo Cross—. ¿Por qué no bajáis los dos a jugar un rato y yo os recojo en la zona de los dados dentro de una hora? —Hizo una pausa—. Después salimos a cenar fuera y me contáis vuestros problemas.

—No podemos jugar —dijo Claudia—. Ernest ha rebasado el límite de su crédito y tú sólo me concederás un maldito crédito de diez mil dólares.

Cross lanzó un suspiro. Eso significaba que Ernest Vail le debía al casino cien mil dólares, que valdrían menos que un rollo de papel higiénico.

—Dadme una hora y después subid a mi suite. Cenaremos aquí.

Cross tuvo que efectuar otra llamada telefónica a Giorgio para confirmar el pago al senador, no porque dudara del correo sino porque era costumbre hacerlo así. Lo hacían por medio de una clave oral previamente establecida. El nombre se formaba con números arbitrariamente acordados, y el dinero se designaba con letras del alfabeto aleatoriamente elegidas.

Cross trató de seguir adelante con el papeleo, pero su mente estaba en otro sitio. El senador Wavven debía de tener algo muy importante que decirles a cambio de los cinco millones, y para que Lia efectuara el largo viaje por carretera a Las Vegas tenía que haber un problema muy grave.

Llamaron al timbre de la puerta. Unos guardias de seguridad habían acompañado a Claudia y a Ernest al último piso del hotel. Cross le dio a Claudia un abrazo más cordial que de costumbre para que no pensara que estaba enfadado con ella por haber perdido en el casino.

En la sala de estar de su suite les entregó el menú del servicio de habitaciones y después pidió los platos. Claudia permanecía rígidamente sentada en el sofá, y Vail estaba repantigado en él con aire ' sente.

—Cross —dijo Claudia—, Vail está muy mal. Tenemos que hacer algo por él.

A Cross le pareció que Vail no tenía muy mala pinta. Se le veía muy relajado, con los ojos entornados y una sonrisa de satisfacción en los labios. Cross se enfureció.

—Ya. Lo primero que voy a hacer es mandar que le corten el crédito en esta ciudad. Eso lo ayudará a ahorrar. Es el jugador más incompetente que he visto en mi vida.

—No se trata del juego —dijo Claudia.

Entonces le contó toda la historia de la promesa que le había hecho Marrion a Vail de pagarle un porcentaje de los beneficios brutos de las continuaciones de su libro, y le dijo que Marrion había muerto.

—¿Y qué? —preguntó Cross.

—Pues que ahora Bantz no quiere cumplir la promesa —contestó Claudia—. Desde que se ha convertido en jefe de la Lodd-Stone, Bantz está borracho de poder. Hace todos los posibles por parecerse a Marrion, pero carece de su inteligencia y su carisma. En fin, Ernest está otra vez sin un céntimo.

—¿Y qué coño crees que puedo hacer yo? —preguntó Cross.

—Eres socio de la LoddStone en *Mesalina* —dijo Claudia—. Debes de tener alguna influencia sobre ellos. Quiero que le pidas a Bobby Bantz que cumpla la promesa de Marrion.

En momentos como aquél, pensó Cross, Claudia lo sacaba de quicio. Bantz jamás daría su brazo a torcer; era algo que formaba parte de su trabajo y de su carácter.

—No —dijo Cross—. Ya te lo he explicado otras veces. No puedo asumir una determinada postura a menos que sepa que la respuesta será afirmativa. Y aquí no hay ninguna posibilidad.

Claudia frunció el ceño.

—Es algo que jamás he entendido —dijo, haciendo una breve pausa—. Ernest habla en serio. Piensa suicidarse para que su familia recupere los derechos.

Al oír sus palabras, Vail pareció despertar de su letargo.

—Pero qué tonta eres, Claudia. ¿Es que aún no has comprendido la situación de tu hermano? Si le pide algo a alguien y éste le dice que no está obligado a matarlo —dijo, mirando a Cross con una sonrisa de oreja a oreja.

A Cross le puso furioso que Vail se atreviera a hablar de aquella manera delante de su hermana. Afortunadamente, en aquel momento llegó el servicio de habitaciones con los carritos y los camareros pusieron la mesa en la sala de estar. Cross procuró dominarse mientras se sentaban a comer, pero no pudo evitar decir:

—Ernest, tengo entendido que lo puedes resolver todo suicidándote. A lo mejor yo te podré ayudar. Os pasaré a una suite del décimo piso y así te podrás arrojar tranquilamente por la ventana.

Ahora fue Claudia la que se puso furiosa.

—Eso no es una broma —dijo—. Ernest es uno de mis mejores amigos, y tú eres mi hermano y siempre dices que me quieres y que harías cualquier cosa por mí —añadió, rompiendo en sollozos.

Cross se acercó a ella para abrazarla.

—Claudia, aquí yo no puedo hacer nada, no soy un mago.

Ernest Vail estaba disfrutando de la cena. No parecía un hombre que estuviera a punto de suicidarse.

—Eres demasiado modesto, Cross —dijo—. Mira, yo no tengo valor para arrojarme por una ventana. Tengo demasiada imaginación y moriría cien muertes por el camino, imaginándome el aspecto que ofrecería todo despachurrado en el suelo, y además es posible que aterrizara sobre una persona inocente. Soy demasiado cobarde para cortarme las venas de las muñecas, no soporto ver la sangre. Y las armas, los cuchillos y el tráfico me dan un miedo espantoso. No quiero terminar como un vegetal sin haber conseguido mi propósito. No quiero que esos malditos Bantz y Deere se burlen de mí y se queden con todo mi dinero. Pero hay algo que sí puedes hacer: contratar a alguien para que me mate. No me digas cuándo. Hazlo sin más.

Cross se echó a reír, le dio a Claudia una tranquilizadora palmada en la cabeza y regresó a su asiento.

—¿Pero es que tú te crees que eso es una película? —le dijo a Ernest—. ¿Crees que matar a alguien es como gastar una broma?

Cross se levantó de la mesa y se dirigió al escritorio de su despacho. Abrió el cajón, sacó una bolsa de fichas negras y le arrojó la bolsa a Ernest.

—Aquí hay diez mil dólares —le dijo—. Juega por última vez en las mesas, a lo mejor tienes suerte. Y deja de insultarme delante de mi hermana.

Vail parecía muy animado.

—Vamos, Claudia. Tu hermano no me va a ayudar —dijo guardándose las fichas negras en el bolsillo. Estaba deseando empezar.

Claudia parecía absorta. Estaba haciendo cálculos mentales pero se negaba a llegar a la suma total. Contempló el sereno y hermoso rostro de su hermano. Lo que Vail estaba diciendo no era posible. Besó a Cross en la mejilla y le dijo:

—Lo siento pero estoy muy preocupada por Ernest.

—Todo se arreglará —dijo Cross—. Le gusta demasiado jugar como para morirse. Y además es un genio, ¿no?

Claudia se echó a reír.

—Eso es lo que él siempre dice, y yo estoy de acuerdo. Y por si fuera poco es un cobarde —añadió, alargando la mano para rozar afectuosamente el brazo de Vail.

—¿Se puede saber por qué siempre estás con él? —le preguntó Cross—. ¿Por qué compartes su suite?

—Porque soy su mejor y su última amiga —contestó Claudia en tono enfadado—. Y porque me encantan sus libros.

Cuando Claudia y Vail se hubieron retirado, Cross reanudó su tarea y se pasó el resto de la noche completando el plan para transferir los cinco millones de dólares al senador Wavven. Al terminar llamó al gerente del casino, un miembro de alto rango de la familia Clericuzio, y le dijo que subiera el dinero a su suite del último piso.

El dinero lo subieron en dos grandes sacos el propio gerente y dos guardias de seguridad que también pertenecían a los Clericuzio. Los tres ayudaron a Cross a colocar el dinero en el baúl chino. El gerente del casino miró a Cross con una leve sonrisa en los labios.

—Bonito baúl —dijo.

En cuanto los hombres se fueron, Cross cogió la colcha de su cama y cubrió con ella el baúl. Después llamó al servicio de habitaciones y pidió dos desayunos. A los pocos minutos, el servicio de seguridad llamó para informarle de que Lia Vazzi deseaba verlo. Ordenó que lo acompañaran a su suite.

Cross abrazó a Lia. Siempre se alegraba de verle.

—¿Buena noticia o mala noticia? —le preguntó en cuanto los camareros les hubieron servido el desayuno.

—Mala —contestó Lia—. Aquel investigador que me paró en el vestíbulo del hotel Beverly Hills cuando yo salía con Skannet, Jim Losey, se presentó en el pabellón de caza y me hizo varias preguntas sobre mis relaciones con Skannet. Yo me lo quité de encima, pero lo más grave es que supiera quién era yo y dónde estaba. No figuro en los archivos policiales y nunca he tenido ningún problema, así que eso quiere decir que hay un confidente.

Cross se sobresaltó al oírle. Un tránsfuga era algo insólito en la familia Clericuzio, y siempre era eliminado sin piedad.

—Informaré directamente al Don —dijo—. ¿Qué hacemos contigo? ¿Quieres tomarte unas vacaciones en Brasil hasta que averigüemos qué ocurre?

Lia apenas había comido. Tomó la copa de brandy y se puso a fumar uno de los puros habanos que Cross había depositado sobre la mesa.

—Todavía no estoy nervioso —dijo—, pero me gustaría que me dieras permiso para protegerme contra ese hombre.

Cross se alarmó.

—Lia, no puedes hacer eso —dijo—. Es muy peligroso matar a un oficial de la policía en este país. Aquí no estamos en Sicilia. Me obligas a decirte algo que no deberías saber. Jim Losey figura en la nómina de los Clericuzio, cobra un montón de dinero. Supongo que anda husmeando por ahí para exigir una gratificación por haberte descubierto.

—Muy bien —dijo Vazzi—, pero de todos modos tiene que haber un confidente.

—Me encargaré del asunto —dijo Cross—. No te preocupes por Losey.

Lia dio una chupada a su puro.

—Es un hombre peligroso, ten cuidado.

—Lo tendré —dijo Cross—, pero nada de ataques preventivos por tu parte, ¿de acuerdo?

—Por supuesto —dijo Lia, ya más tranquilo. De pronto preguntó en tono indiferente—: ¿Qué hay debajo de esta colcha?

—Un regalo para un hombre muy importante —contestó Cross—. ¿Quieres pasar la noche en el hotel?

—No —contestó Lia—. Regresaré al pabellón y ya me informarás cuando tú quieras de lo que descubras, aunque mi consejo sería que os deshicierais ahora mismo de Losey.

—Hablaré con el Don —dijo Cross.

El senador Warren Wavven y los tres ayudantes que integraban su séquito llegaron al hotel Xanadu a las tres de la tarde. Había viajado en una limusina sin identificación y sin ningún tipo de escolta, como de costumbre. A las cinco mandó llamar a Cross a su villa.

Cross ordenó que dos guardias de seguridad colocaran el baúl envuelto en la colcha en la parte de atrás de un carrito motorizado de golf. Lo conducía uno de los guardias, y Cross se había sentado en el asiento del pasajero, vigilando el baúl que ocupaba el espacio habitualmente destinado a los palos de golf y el agua fría. El trayecto a través de los terrenos del Xanadu desde el hotel hasta la zona acotada de las siete villas duraba sólo cinco minutos.

A Cross le encantaba ver las villas y experimentar la sensación de poder que éstas le producían. Eran unos pequeños palacios de Versalles, cada una de ellas con una piscina verde esmeralda en forma de corazón, y en el centro una plaza con un casino privado en forma de perla, destinado a los ocupantes de las villas.

Cross introdujo personalmente el baúl en la villa. Uno de los ayudantes del senador lo acompañó a la sala de estar donde el senador y sus ayudantes estaban disfrutando de una opípara comida a base de platos fríos y grandes jarras de limonada helada. El senador ya no bebía alcohol.

Wavven estaba tan apuesto y simpático como siempre. Había subido muy alto en los cenáculos políticos del país, estaba al frente de varios comités muy importantes y era un candidato en la sombra a la próxima carrera presidencial. Al ver a Cross, se levantó de un salto para saludarlo.

Cross retiró la colcha que cubría el baúl y lo depositó en el suelo.

—Un pequeño obsequio del hotel, senador —dijo—. Le deseo una feliz estancia.

El senador cogió la mano de Cross entre las suyas. Tenía unas manos muy suaves.

—Qué obsequio tan agradable —le dijo—. Gracias, Cross. Y ahora, ¿podría intercambiar unas palabras en privado con usted?

—Por supuesto que sí —contestó Cross, entregándole la llave del baúl.

Wavven se la guardó en el bolsillo del pantalón. Después se volvió hacia uno de los ayudantes.

—Por favor —dijo—, lleve el baúl a mi dormitorio y que uno

de ustedes se quede allí. Y ahora déjenme unos minutos a solas con mi amigo Cross.

Los ayudantes se retiraron, y el senador empezó a pasear por la estancia, con el ceño fruncido.

—Tengo una buena noticia que darle, naturalmente, pero otra más bien mala.

—Es lo que suele ocurrir —dijo amablemente Cross, asintiendo con la cabeza.

Pensó que por cinco millones de dólares, la buena noticia tenía que ser mucho mejor que la mala.

—Es verdad —dijo Wavven, soltando una risita. Primero la buena. Muy buena por cierto. En los últimos años he prestado mucha atención al tema de la aprobación de una ley de legalización de los juegos de azar en todo el ámbito de Estados Unidos, e incluso de las apuestas deportivas. Creo que por fin cuento con los votos necesarios tanto en el Senado como en la Cámara de Representantes. El dinero del baúl servirá para mover algunos votos clave. Son cinco, ¿verdad?

—Son cinco —contestó Cross—. Será un dinero muy bien gastado. Y ahora, ¿cuál es la mala noticia?

—A sus amigos no les gustará —dijo el senador, sacudiendo tristemente la cabeza—. Sobre todo a Giorgio, que es tan impaciente, aunque es un tipo fabuloso, fabuloso de verdad.

—Mi primo preferido —dijo secamente Cross.

Giorgio era el que menos le gustaba de todos los Clericuzio, y no cabía duda de que el senador era de su misma opinión.

Acto seguido, Wavven lanzó la bomba.

—El presidente me ha dicho que vetará el proyecto de ley.

Cross lo miró perplejo. El triunfo final del plan de Don Clericuzio, construir un imperio basado en la legalización del juego, lo había llenado de emoción. ¿De qué coño estaba hablando ahora Wavven? Él pensaba que se aprobaría la ley.

—Y nosotros no contamos con suficientes votos para superar el veto —dijo Wavven.

Sólo para ganar tiempo y recuperar la compostura, Cross preguntó:

—¿O sea que los cinco millones son para el presidente?

—No, no —contestó el senador, horrorizado—. Ni siquiera pertenecemos al mismo partido, y además el presidente será un hombre muy rico cuando regrese a la vida privada. Todos los consejos de administración de las más grandes empresas querrán contar con él. No necesita calderilla. —Wavven le dirigió a Cross una satisfecha sonrisa—. Las cosas funcionan a otro nivel cuando uno es el presidente de Estados Unidos.

—O sea que no llegaremos a ninguna parte a no ser que el presidente la palme —dijo Cross.

—Exactamente —dijo Wavven—. Debo decir que es un presidente muy popular, aunque militemos en partidos contrarios. Será reelegido sin ninguna duda. Nos tendremos que armar de paciencia.

—¿O sea que tendremos que aguardar cinco años y esperar que resulte elegido un presidente que no vete el proyecto de ley?

—No exactamente —contestó el senador con un titubeo casi imperceptible—. Debo ser sincero con usted. En cinco años, la composición del Congreso podría cambiar, y puede que entonces yo no cuente con los votos que ahora tengo. —Hizo otra pausa—. Hay muchos factores.

Cross lo miró, desconcertado. ¿Adónde quería ir a parar realmente Wavven?

El senador le rozó levemente la mano.

—Como es natural, si algo le ocurriera al presidente, el vicepresidente aprobaría el proyecto de ley. O sea que aunque parezca un poco cruel, tienen ustedes que esperar a que el presidente sufra un ataque al corazón, se estrelle su avión o le dé una apoplejía que lo deje incapacitado. Podría ocurrir, todos somos mortales.

El senador esbozó una radiante sonrisa, y de pronto Cross lo comprendió todo.

Experimentó un momentáneo arrebato de furia. El muy hijo de puta le estaba transmitiendo un mensaje para los Clericuzio: el senador había cumplido su parte del trato y ahora ellos tenían que matar al presidente de Estados Unidos para conseguir la aprobación del proyecto de ley, pero era tan listo y taimado que no se había comprometido lo más mínimo. Cross tenía la absoluta certeza de que el Don no estaría por la labor y, aunque lo estuviera, él se negaría a formar parte de la familia a partir de entonces. Wavven añadió con una amable sonrisa en los labios:

—Parece una situación bastante desesperada, pero nunca se sabe. El destino podría intervenir. El vicepresidente es íntimo amigo mío, a pesar de que pertenecemos a partidos distintos. Me consta que aprobaría mi proposición. Tenemos que esperar a ver qué ocurre.

Cross apenas podía dar crédito a lo que el senador le estaba diciendo. El senador Wavven era la encarnación del honrado político típicamente norteamericano, a pesar de su reconocida fama de mujeriego y de su inocente afición al golf. Tenía un rostro de nobles rasgos y una voz aristocrática. Parecía uno de los hombres más simpáticos del mundo, pero sin embargo estaba insinuando la posibilidad de que la familia Clericuzio asesinara a su propio presidente. Menuda faena, pensó Cross.

El senador estaba picando la comida de la mesa.

—Sólo me quedaré una noche —anunció—. Confío en que algunas chicas de su espectáculo quieran cenar con un viejo chiflado como yo.

Al regresar a su suite del último piso del hotel, Cross llamó a Giorgio y le comunicó que estaría en Quogue al día siguiente. Giorgio le dijo que el chófer de la familia lo recogería en el aeropuerto. No hizo preguntas. Los Clericuzio nunca hablaban de negocios por teléfono.

Cuando llegó a la mansión de Quogue, Cross se sorprendió de que todos lo estuvieran esperando. En el estudio sin ventanas estaba no sólo el Don sino también Pippi, los tres hijos del Don, Giorgio, Vincent y Petie, e incluso Dante con un gorro renancentista de color azul cielo.

En el estudio no había comida. La cena vendría más adelante. Como de costumbre, el Don les hizo contemplar a todos las fotografías de Silvio y del bautizo de Cross y Dante, que presidían la estancia desde la repisa de la chimenea. «Qué día tan feliz», decía siempre el Don. Todos se acomodaron en los sillones y los sofás. Giorgio distribuyó bebidas y el Don encendió su retorcido puro italiano de extremos cortados.

Cross les facilitó un detallado informe de la entrega de los cinco millones al senador Wavven y de la conversación textual que había mantenido con él.

Hubo un prolongado silencio. Ninguno de ellos necesitaba la interpretación de Cross. Vincent y Petie parecían más preocupados que los demás. Ahora que ya tenía su cadena de restaurantes, Vincent se mostraba menos inclinado a correr riesgos. Petie, a pesar de ser el jefe de los soldados del Enclave del Bronx, dedicaba todos sus esfuerzos a su gigantesca empresa de la construcción y, en aquella etapa de su vida, la idea de una misión tan terrible no le hacía ninguna gracia.

—Ese senador está loco —dijo Vincent.

—¿Estás seguro —le preguntó el Don a Cross— de que éste es el mensaje que el senador nos quiere transmitir, que asesinemos al máximo dirigente de este país, uno de sus compañeros de Gobierno?

—El senador dice que no pertenecen al mismo partido político —terció secamente Giorgio.

—El senador jamás se comprometerá —dijo Cross, respondiendo a la pregunta del Don—. Ha expuesto simplemente unos hechos, y en mi opinión cree que nosotros actuaremos en consecuencia.

Dante intervino por primera vez. Estaba entusiasmado con la idea, la gloria y los beneficios que todo ello supondría.

—Podremos legalizar todo el negocio del juego. Merece la pena. Es el mayor trofeo que podamos imaginar.

El Don se volvió hacia Pippi.

—¿Y tú qué piensas, *Martello* mío? —le preguntó con afecto.

Pippi estaba visiblemente enojado.

—No se puede hacer, y no se debería hacer.

—Primo Pippi —dijo Dante en tono burlón—, si tú no puedes hacerlo, yo sí puedo.

Pippi lo miró desdeñosamente.

—Tú eres un carnicero, no un planificador. No podrías planificar algo de tal envergadura ni siquiera en un millón de años. Es un riesgo demasiado alto. Es demasiado espectacular. Y la ejecución sería muy difícil. No podrías hacerlo, y te atraparían.

—Abuelo —dijo Dante con arrogancia—, encomiéndame la misión. Yo la cumpliré.

El Don respetaba mucho a su nieto.

—Estoy seguro de que podrías hacerlo —le dijo—, y la recompensa sería muy grande, pero Pippi tiene razón. Las consecuencias serían demasiado peligrosas para nuestra familia. Se pueden cometer errores, pero jamás un error fatal. Aunque alcanzáramos el éxito y consiguiéramos nuestro propósito, la acción pendería para siempre sobre nuestras cabezas. Es un crimen demasiado atroz. Además, la actual situación no pone en peligro nuestra existencia, y con esa misión simplemente alcanzaríamos un objetivo que también se puede lograr con paciencia. Entre tanto, nos encontramos en una situación muy cómoda. Giorgio, tú tienes tu negocio de Wall Street, Vincent, tú tienes tus restaurantes, Petie, tú tienes tu empresa de la construcción, Cross, tú tienes tu hotel, y tú y yo, Pippi, somos viejos y podemos retirarnos y vivir nuestros últimos años en paz. Y tú, Dante, nieto mío, debes tener paciencia. Algún día tendrás tu imperio del juego, ése será tu legado, y lo podrás conseguir sin que penda sobre tu cabeza la sombra de una execrable acción. Así que el senador ya se puede ir a la mierda.

La tensión se rompió y todos los presentes en la estancia se relajaron. Salvo Dante, todos se alegraron de la decisión y estuvieron de acuerdo con el Don en que el senador se fuera a la mierda por haberse atrevido a plantearles tan peligroso dilema.

El único que no parecía estar muy de acuerdo era Dante.

—Menudo morro tienes, llamándome carnicero a mí —le dijo a Pippi—. ¿Y tú qué eres, una hermanita de la Caridad?

Vincent y Petie se echaron a reír. El Don sacudió la cabeza en gesto de reproche.

—Otra cosa —dijo Don Clericuzio—. Creo que de momento tenemos que conservar nuestros lazos con el senador. No le echo en cara los cinco millones que le hemos entregado, pero considero un insulto que nos crea capaces de asesinar al presidente de nuestro país para favorecer un negocio. Me pregunto qué otras cosas se lleva entre manos, qué ventajas obtendría él de todo eso. Creo que nos quiere manejar. Cross, cuando vaya a tu hotel, aumenta la cantidad de sus ganancias. Procura que se divierta. Es un hombre demasiado peligroso como para tenerlo en contra.

Todo estaba resuelto. Cross dudaba de la conveniencia de exponerle al Don otro delicado problema. Al final decidió contar la historia de Lia Vazzi y Jim Losey.

—Puede que haya un confidente dentro de la familia —dijo.

—La operación era tuya, y el problema es tuyo —le dijo fríamente Dante.

El Don sacudió enérgicamente la cabeza.

—No puede haber un confidente —dijo—. El investigador debió de descubrir algo por casualidad, y ahora quiere una gratificación en premio a su labor. Encárgate del asunto, Giorgio.

—Otros cincuenta mil —dijo amargamente Giorgio—. Cross, el trato lo hiciste tú. Tendrás que pagar con dinero de tu hotel.

El Don volvió a encender su puro.

—Ahora que estamos todos juntos, ¿hay algún otro problema? Vincent, ¿qué tal va tu negocio de los restaurantes?

Las graníticas facciones de Vincent se suavizaron como por arte de ensalmo.

—Voy a inaugurar tres más —contestó—. Uno en Filadelfia, otro en Denver y otro en Nueva York. De lujo. Papá, ¿sabes que cobro dieciséis dólares por un plato de espaguetis? Cuando los hago en casa calculo que me cuesta medio dólar cada plato. Por mucho que lo intento, no consigo que me salga más caro. Cuento incluso el precio del ajo. Y albóndigas. Los míos son los únicos restaurantes italianos de lujo que sirven albóndigas. No sé por qué, pero cobro ocho dólares por ración. Una ración no demasiado grande, por cierto. A mí me cuesta veinte centavos.

Hubiera seguido hablando, pero el Don lo interrumpió.

—Giorgio —le preguntó volviéndose hacia él—, ¿qué tal va tu negocio en Wall Street?

—Sube y baja —contestó cautelosamente Giorgio—, pero las comisiones que cobramos por nuestros servicios son tan buenas como las que perciben los usureros de la calle, si las liamos debidamente para que no se entiendan las cuentas, y sin riesgo de que el negocio flojee o de que nosotros vayamos a parar a la cárcel.

Al Don le encantaban aquellos informes. Le encantaba que los suyos tuvieran éxito en el mundo legal.

—¿Y a ti qué tal te va el negocio de la construcción, Petie? —preguntó—. Tengo entendido que el otro día tuviste un pequeño problema.

Petie se encogió de hombros.

—Tengo más contratos de los que yo puedo atender. Todo el mundo construye, y tenemos asegurados los contratos de construcción de las autopistas. Todos mis soldados están en nómina y se ganan muy bien la vida. Pero hace una semana se presentó un negro en la obra más grande que tengo en estos momentos. Lo acompañaban cien negros con toda clase de pancartas sobre los derechos civiles. Lo hago pasar a mi despacho y de repente se derrite como la mantequilla. Tengo que emplear a un diez por ciento de negros en la obra y pagarle a él veinte mil dólares bajo mano.

A Dante le hizo gracia.

—¿Nos están chantajeando a los Clericuzio? —preguntó, soltando una risita.

—Intenté pensar como papá —dijo Petie—. ¿Por qué no se tienen ellos que ganar también la vida? Le di al negro veinte mil dólares y le dije que emplearía a un cinco por ciento de negros en la obra.

—Hiciste bien —le dijo el Don a Petie—. Evitaste que un pequeño problema se convirtiera en un gran problema. ¿Y quiénes son los Clericuzio para no pagar su parte en el progreso de otros pueblos y de la propia civilización?

—Pues yo hubiera matado al muy hijo de puta —dijo Dante—. Ahora vendrá a por más.

—Y le daremos más —dijo el Don—, siempre y cuando sea razonable. —Se volvió hacia Pippi y le preguntó—: ¿Y tú qué dificultades tienes?

—Ninguna —contestó Pippi—. Lo único que ocurre ahora es que la familia prácticamente no actúa, y yo me he quedado sin trabajo.

—Mejor para ti —dijo el Don—. Has trabajado muy duro. Te has salvado de muchos peligros, tienes derecho a disfrutar de tu vejez.

Dante no esperó a que su abuelo le preguntara.

—Yo estoy en el mismo barco —le dijo al Don—, y soy demasiado joven para retirarme.

—Juega al golf como los *bruglioni* —contestó secamente el Don—, y no te preocupes, la vida siempre ofrece trabajo y problemas. Entre tanto, ten paciencia. Me temo que ya llegará tu momento, y el mío.

14

La mañana del funeral de Eli Marrion, Bobby Bantz le estaba hablando a gritos a Skippy Deere.

—Eso es una auténtica locura, eso es lo malo de la industria cinematográfica. ¿Cómo coño puedes permitir que ocurra algo así? —gritó, agitando un fajo de papeles grapados delante del rostro de Deere.

Deere lo miró. Era el programa de transportes del rodaje de una película en Roma.

—Bueno, ¿y qué? —replicó.

Bantz estaba furioso.

—Todo el mundo tiene reservado billete de primera clase en el vuelo a Roma... el equipo de rodaje, los intérpretes secundarios, las estrellas que sólo interpretarán una escena, los encargados de la intendencia, los auxiliares. Sólo hay una excepción, ¿y sabes quién es? El contable de la LoddStone que enviamos allí para controlar los gastos. Voló con billete turístico.

—Bueno, repito, ¿y qué? —dijo Deere.

Bantz trató de dominar su cólera.

—La película tiene presupuestada una escuela para los hijos de todos los que intervienen en el rodaje. En el presupuesto se incluye el alquiler de un yate durante dos semanas. Acabo de leer cuidadosamente el guión. Hay doce actores y actrices que sólo intervienen dos o tres minutos en la película. El yate sólo sería necesario durante dos días de rodaje. Me quieres explicar cómo has permitido todo eso?

Skippy Deere lo miró sonriendo.

—Pues claro —dijo—. Nuestro director es Lorenzo Tallufo.

Insiste en que la gente viaje en primera. Los actores secundarios y las estrellas que sólo interpretan una o dos escenas se incluyeron en el guión porque follan con los protagonistas principales. El yate se alquiló para dos semanas porque Lorenzo quiere asistir al Festival Cinematográfico de Cannes.

—Tú eres el productor, habla con Lorenzo —dijo Bantz.

—Yo no pienso hacer tal cosa —dijo Deere—. Lorenzo tiene cuatro películas cuyos beneficios brutos han superado los cien millones de dólares y cuenta en su haber con dos Oscar. Le besaré el culo cuando lo acompañe al yate. Habla tú con él si quieres.

Bantz no contestó. Técnicamente, en la jerarquía de la industria cinematográfica, el presidente de los estudios estaba por encima de todo el mundo. El productor era la persona que reunía todos los elementos necesarios y supervisaba el presupuesto y el desarrollo del guión, pero en realidad, en cuanto se iniciaba el rodaje de una película, el supremo poder lo ejercía el director, sobre todo cuando tenía a su espalda un récord de éxitos.

Bantz sacudió la cabeza.

—No puedo hablar con Lorenzo porque ahora ya no cuento con el respaldo de Eli. Lorenzo me mandaría a la mierda y perderíamos la película.

—Y tendría razón —dijo Deere—. Lorenzo siempre le sisa cinco millones de dólares a una película, lo hacen todos. Ahora cálmate para que podamos asistir al entierro.

Pero Bantz ya estaba examinando otras hojas de costes.

—En tu película —le dijo a Deere—, hay una partida de quinientos mil dólares para comida china de llevar a casa. Nadie, ni siquiera mi mujer, podría gastarse medio millón de dólares en comida china. Si fuera comida francesa, tal vez, ¿pero china, y de llevar a casa?

Skippy Deere tuvo que pensar con rapidez porque Bobby lo había pillado.

—Es un restaurante japonés, la comida es *sushi*. Es la comida más cara del mundo.

Bantz se calmó de repente. La gente siempre despotricaba contra la comida *sushi*. El jefe de unos estudios de la competencia le había comentado que había llevado a un inversor japonés a cenar a un restaurante especializado en *sushi*. «Mil dólares para dos, por veinte asquerosas cabezas de pescado», le había dicho. Bantz se quedó de piedra.

—Muy bien —dijo Bantz—, pero tienes que reducir gastos. Y procura conseguir más auxiliares universitarios en tu próxima película.

Los universitarios trabajaban gratis.

El funeral de Hollywood de Eli Marrion ocupó más espacio en los medios de difusión que el de una estrella de primera magnitud. Lo reverenciaban e incluso respetaban los jefes de los estudios, los productores y los agentes, y a veces lo querían las estrellas de la pantalla, los directores y hasta los guionistas, en parte gracias a su amabilidad y a una prodigiosa inteligencia que había resuelto muchos problemas de la industria cinematográfica. También se había ganado fama de ser justo, dentro de lo razonable.

En sus últimos años había mantenido una actitud ascética, no se había complacido en ejercer despóticamente el poder y no había exigido favores sexuales a las aspirantes a actrices. Además, la LoddStone producía más superproducciones que ningún otro estudio, y eso era lo más importante para la gente que se dedicaba a hacer películas.

El presidente de Estados Unidos envió a su jefe de estado mayor para que pronunciara unas breves palabras de elogio. Francia mandó a su ministro de Cultura, a pesar de que era un enemigo declarado de las películas de Hollywood. El Vaticano envió a un representante especial, un joven cardenal lo bastante apuesto como para que inmediatamente le llovieran ofertas para pequeños papeles. Un grupo de ejecutivos japoneses se presentó como por arte de ensalmo. Los más altos ejecutivos de empresas cinematográficas de los Países Bajos, Alemania, Italia y Suecia también rindieron homenaje a Eli Marrion.

Se iniciaron los discursos. Primero un gran actor, seguido de una gran actriz. Después un director de serie A y un guionista llamado Benny Sly rindieron tributo a Eli Marrion. A continuación habló el representante del presidente de Estados Unidos, y al término de sus palabras intervinieron dos de los más populares cómicos de la pantalla, que para quitar un poco de severidad al acto contaron algunas anécdotas humorísticas sobre el poder y la perspicacia de Eli Marrion. Finalmente tomaron la palabra Bobby Bantz, y Kevin y Dora, los hijos de Eli.

Kevin Marrion ensalzó las virtudes paternales de Eli, no sólo con sus hijos sino con los que trabajaban en la LoddStone. Era un hombre que había llevado la antorcha del arte en sus películas, una antorcha, aseguró Kevin a los presentes, que él recogería.

Dora, la hija de Eli, fue la que pronunció el discurso más poético, escrito por Benny Sly. Fue muy elocuente y espiritual y se refirió a las cualidades y los logros de Eli Marrion con unas respetuosas palabras no exentas de humor.

—He querido a mi padre más de lo que jamás he querido a nadie —dijo—, pero me alegro de no haber tenido que negociar nunca con él. Yo sólo tenía que tratar con Bobby Bantz, y a éste siempre lo ganaba.

Provocó las previstas risas y le cedió el turno a Bobby Bantz, quien en su fuero interno se había ofendido por su comentario.

—Me he pasado treinta años completos construyendo los Estudios LoddStone con Eli Marrion —dijo—. Era el hombre más amable e inteligente que jamás he conocido. A sus órdenes, mi servicio de treinta años ha sido la época más dichosa de mi vida, y seguiré sirviendo su sueño. Demostró la confianza que tenía depositada en mí encomendándome el control de los estudios en los próximos cinco años, y no lo defraudaré. No puedo aspirar a igualar su obra. Él regaló sueños a miles de millones de personas de todo el mundo, compartió su riqueza y su amor con su familia y con todos los ciudadanos de este país. Como dice el nombre de nuestros estudios, fue un auténtico imán.

Todos los reunidos comprendieron que Bantz había escrito personalmente el discurso pues a través de él acababa de transmitir un importante mensaje a toda la industria cinematográfica: que él iba a dirigir los estudios en los cinco años siguientes, y que esperaba que todo el mundo le tuviera el mismo respeto que le había tenido a Eli Marrion. Bobby Bantz ya no era el Número Dos, sino el Uno.

Dos días después del entierro, Bantz llamó a Skippy Deere a los estudios y le ofreció el puesto de jefe de producción de la LoddStone que él había ocupado hasta aquel momento. Ahora él ostentaba el cargo de presidente, previamente ejercido por Marrion. Las condiciones que le ofrecía a Deere eran irresistibles. Éste participaría en los beneficios de todas las películas que hicieran los estudios, podría dar luz verde a cualquier película cuyo presupuesto no superara los treinta millones de dólares, y podría asociar su propia productora a los estudios LoddStone como empresa independiente y nombrar al director de dicha empresa.

Skippy Deere se quedó asombrado ante la generosidad de la oferta y la consideró una muestra de inseguridad por parte de Bantz. Bantz era consciente de su debilidad creativa y contaba con que Deere supliera su deficiencia.

Deere aceptó la oferta y nombró directora de su productora a Claudia de Lena, no sólo por su creatividad y sus conocimientos sobre el proceso de realización de las películas sino también porque sabía que era demasiado honrada como para socavar su posición. Con ella no tendría que volver constantemente la cabeza para vigilar. Además siempre disfrutaba de su compañía y de su buen humor, lo cual no era poco en el ambiente cinematográfico. La faceta sexual de sus relaciones había quedado atrás hacía mucho tiempo.

Skippy Deere se emocionó al pensar en lo ricos que iban a ser todos. Llevaba en el sector cinematográfico el tiempo suficiente como para saber que hasta las estrellas más cotizadas llegaban a veces a la vejez en la semipobreza. Él ya era muy rico, pero consideraba que existían distintos niveles de riqueza y que él sólo estaba en el primero. Podría vivir el resto de su vida en medio del lujo, aunque no podría tener su jet privado ni mantener cinco residencias. Tampoco podría tener un harén ni permitirse el lujo de ser un jugador empedernido, divorciarse cinco veces o tener un ejército de cien criados. Ni siquiera podría financiar sus propias películas. Tampoco podría conseguir una costosa colección de arte ni comprarse un Monet o un Picasso, como había hecho Eli, pero ahora sabía que algún día quizá subiría desde el primer nivel hasta el quinto. Tendría que trabajar muy duro y ser muy listo, pero sobre todo estudiar cuidadosamente a Bobby Bantz.

Bantz esbozó los planes, y Deere se sorprendió de que fueran tan audaces. Estaba claro que Bantz tenía el decidido propósito de ocupar su lugar en el mundo del poder.

Para empezar concertaría un trato con Melo Stuart, para que éste concediera a la LoddStone una opción preferente sobre todas las estrellas más brillantes de su agencia.

—No me será difícil conseguirlo —dijo Deere—. Dejaré bien claro mi propósito de dar luz verde a sus proyectos preferidos.

—Me interesa especialmente que nuestra próxima película la haga Athena Aquitane —dijo Bobby Bantz.

Vaya, pensó Deere. Ahora que Bantz controlaba la LoddStone, confiaba en poder llevarse a la cama a Athena. En su calidad de jefe de producción, también él tendría alguna oportunidad.

—Le diré a Claudia que empiece a trabajar en un proyecto ahora mismo —dijo Deere.

—Estupendo —dijo Bantz—. Y ahora recuerda que yo siempre supe lo que Eli hubiera querido hacer, pero no se atrevía porque era demasiado blando. Vamos a deshacernos de las productoras de Dora y Kevin. Siempre pierden dinero, y además no los quiero ver en los estudios.

—Ten cuidado con ésos —le advirtió Deere—. Tienen muchas acciones en la empresa.

Bantz lo miró sonriendo.

—Sí, pero Eli me ha dejado el control durante cinco años. Tú serás el cabeza de turco. Tú te negarás a dar luz verde a sus proyectos. Dentro de uno o dos años se irán asqueados y te echarán la culpa a ti. Ésa era la técnica de Eli. Yo siempre pagaba los platos rotos.

—Creo que te va a ser muy difícil echarlos del recinto de los estudios —dijo Deere—. Es su segundo hogar y crecieron aquí.

—Lo intentaré —dijo Bantz—. Otra cosa. La víspera de su muerte, Eli accedió a pagarle a Ernest Vail un porcentaje sobre los ingresos brutos y un anticipo sobre todas las películas que se hicieron con la mierda de su novela. Eli le hizo la promesa porque Molly Flanders y Claudia le fueron a dar el coñazo en su lecho de muerte, lo cual por cierto me parece de muy mal gusto. Le he notificado a Molly por escrito que no me siento ni legal ni moralmente obligado a cumplir la promesa.

Deere reflexionó sobre el problema.

—No se suicidará, pero podría morir de muerte natural en los próximos cinco años. Tenemos que protegernos contra esa eventualidad.

—No —dijo Bantz—. Eli y yo consultamos con nuestros abogados y ellos nos dijeron que el argumento de Molly no sería aceptado en un juicio. Negociaré el pago de una cantidad, pero no sobre los beneficios brutos. Nos chuparía la sangre.

—¿Y Molly ha contestado? —preguntó Deere.

—Sí, las habituales idioteces de los abogados —contestó Bantz—. Le he dicho que se vaya a la mierda.

Bantz cogió el teléfono y llamó a su psicoanalista. Su mujer llevaba muchos años aconsejándole que se sometiera a tratamiento para resultar más simpático.

—Quería simplemente confirmar nuestra cita de las cuatro de la tarde —dijo Bantz, hablando por teléfono—. Sí, la semana que viene hablaremos del guión.

Colgó el teléfono y miró a Deere con una tímida sonrisa en los labios.

Deere sabía que Bantz tenía una cita con Falene Fant en el bungalow de los estudios en el hotel Beverly Hills. El psicoanalista le servía a Bobby de tapadera pues los estudios habían aceptado una opción sobre un guión original suyo centrado en un psiquiatra que se convertía en un asesino en serie. Lo más curioso era que Deere había leído el guión y pensaba que se podía hacer con él una buena película de bajo presupuesto, pero Bantz pensaba que era una mierda. Deere haría la película, y Bantz creería que Deere le hacía un favor.

Después Bantz y Deere comentaron los motivos por los que acostarse con Falene los hacía tan felices. Ambos se mostraron de acuerdo en que todo aquello era algo muy infantil, tratándose de unos hombres tan importantes como ellos. También se mostraron de acuerdo en que el hecho de que el sexo con Falene resultara tan placentero se debía a que era una chica muy divertida y nunca les exigía nada. Cierto que de vez en cuando les hacía algunas veladas insinuaciones, pero la chica tenía talento y cuando llegara el momento ya le ofrecerían una oportunidad.

—Lo que más me preocupa —dijo Bantz— es que en cuanto empiece a convertirse en una estrella, quizá nuestra diversión se termine para siempre.

—Cierto —dijo Deere—. Es así como suelen reaccionar las estrellas de talento. Pero bueno, entonces ganaremos con ella un montón de dinero.

Revisaron los programas de producción y estreno. *Mesalina* se terminaría en cuestión de dos meses y sería la locomotora de la temporada navideña. Había finalizado una continuación de la novela de Vail, y el estreno estaba previsto para dos semanas más tarde. Posiblemente aquellas dos películas de la LoddStone alcanzaran en su conjunto unos beneficios brutos mundiales de mil millones de dólares, incluidos los derechos de vídeo. Bantz percibiría unos veinte millones de dólares, y Deere probablemente cinco. Bantz sería aclamado como un genio en su primer año como sucesor de Marrion, y reconocido como un auténtico Número Uno.

—Es una lástima que tengamos que pagarle a Cross el quince por ciento de los beneficios brutos ajustados de *Mesalina*. ¿Por qué no le devolvemos el dinero con los intereses? Si no le gusta, que presente una querella. Ya sabemos que no le interesa ir a juicio.

—¿No dicen que es de la Mafia? —preguntó Bantz.

Este tío es un gallina, pensó Deere.

—Conozco a Cross —dijo Deere—. No es un tipo duro. Si realmente fuera peligroso, su hermana Claudia me lo hubiera dicho. La única que me preocupa es Molly Flanders. Estamos jodiendo simultáneamente a dos de sus clientes.

—Bueno —dijo Bobby—, la verdad es que hemos tenido un buen día de trabajo. Nos ahorraremos veinte millones de dólares con Vail y puede que unos diez millones con De Lena. Con eso nos podremos pagar nuestras bonificaciones. Seremos unos héroes.

—Sí —dijo Deere, consultando su reloj—. Ya son casi las cuatro. ¿No tienes que ir a ver a Falene?

En aquel momento se abrió la puerta del despacho de Bobby Bantz y apareció Molly Flanders. Vestía ropa de combate: pantalones, chaqueta y una blusa blanca de seda. Y zapatos planos. La hermosa tez de su rostro estaba arrebolada por la furia. Había lágrimas en sus ojos, y sin embargo estaba más bella que nunca. Su voz rebosaba de perverso regocijo.

—Bueno, hijos de la grandísima puta —dijo—, Ernest Vail ha muerto. Tengo pendiente un mandato judicial para impedir el estreno de vuestra nueva continuación de su libro. ¿Y ahora estáis dispuestos a sentaros a negociar?

Ernest Vail sabía que su mayor problema para suicidarse estribaba en la forma de evitar la violencia. Era demasiado cobarde como para utilizar los métodos más conocidos. Las armas de fuego le daban miedo, y los cuchillos y venenos eran demasiado directos y podían fallar. La introducción de la cabeza en el horno, la estufa de gas o la muerte en el coche por intoxicación con monóxido de carbono no eran sistemas muy seguros. Cortarse las muñecas era muy cruento. No, él quería una muerte placentera, rápida y segura que dejara su cuerpo intacto y con aspecto decoroso.

Ernest se enorgullecía de haber tomado una decisión inteligente que beneficiaría a todo el mundo menos a los Estudios Lodd-Stone. Era simplemente una cuestión de provecho económico personal y de restablecimiento de su ego. Volvería a recuperar el control de su vida; se rió al pensarlo. Otra manifestación de cordura. Seguía conservando el sentido del humor.

Lanzarse a nadar en el océano era demasiado «cinematográfico», arrojarse al paso de un autobús resultaba demasiado doloroso y humillante, como si fuera un pobre desgraciado sin hogar. De momento había algo que lo atraía por encima de cualquier otra cosa. Una píldora para dormir, ya un poco en desuso, un supositorio que uno se introducía en el recto. Pero era algo demasiado indecoroso y no totalmente seguro.

Ernest rechazó todos esos métodos y buscó algo que pudiera proporcionarle una muerte segura y placentera. El proceso lo animó hasta el punto de inducirle a abandonar su propósito. La redacción de los borradores de las notas de suicidio también lo animó. Quería echar mano de todo su arte para que no pareciera que se compadecía de sí mismo o acusaba a alguien. Quería por encima de todo que su suicidio fuera aceptado como un acto completamente racional y no como un acto de cobardía.

Empezó con una nota a su primera mujer, a la que consideraba su único y verdadero amor. Procuró que la primera frase fuera objetiva y práctica.

«Ponte en contacto con mi abogada Molly Flanders en cuanto recibas esta nota. Te dará una noticia muy importante. Os agradezco a ti y a los chicos los muchos años de felicidad que me habéis dado. No quiero en modo alguno que pienses que lo que he hecho constituye un reproche para ti. Ya estábamos hartos el uno del otro antes de separarnos. Por favor, no pienses que mi acción es fruto de una enfermedad mental o de la infelicidad. Es algo completamente racional, como te explicará mi abogada. Diles a mis hijos que los quiero.»

Ernest apartó la nota a un lado. Necesitaría muchos retoques. Después escribió notas a su segunda y tercera esposas, informándolas de que les dejaba una pequeña parte de su herencia. Les daba las gracias por la felicidad que le habían dado y les aseguraba que no eran en modo alguno responsables de su acción. Le pareció que no estaba de muy buen humor, así que le escribió una breve nota a Bobby Bantz, un simple «Jódete».

Después le escribió una nota a Molly Flanders en la que le decía: «Dales caña a los muy hijos de puta.» Eso lo puso de mejor humor.

A Cross de Lena le escribió: «Finalmente he hecho lo más acertado.» Había intuido el desprecio que De Lena sentía por sus absurdas chácharas.

Al final puso todo su corazón en la nota que le escribió a Claudia. «Me diste los momentos más felices de mi vida, y eso que ni siquiera estábamos enamorados el uno del otro. ¿Cómo lo entiendes tú? ¿Y cómo es posible que todo lo que tú has hecho en la vida esté bien y lo que yo he hecho esté mal? Hasta ahora. Por favor, no tengas en cuenta nada de lo que te dije sobre tu manera de escribir ni mi menosprecio por tu trabajo. Era la simple envidia de un escritor tan anticuado como un herrero. Y gracias por luchar por mi porcentaje, aunque en último extremo fracasaras en tu empeño. Te quiero por haberlo intentado.»

Amontonó las notas que había escrito en amarillas hojas de copia. Eran horribles, pero ya las volvería a redactar. La clave estaba siempre en las revisiones.

Sin embargo, el hecho de haber escrito las notas había agitado su subconsciente. Al final se le había ocurrido un método perfecto para suicidarse.

Kenneth Kaldone era el mejor dentista de Hollywood, tan famoso en su reducido círculo como cualquiera de las estrellas más cotizadas de la pantalla. Era extremadamente hábil en el ejercicio de su profesión y muy pintoresco y audaz en su vida privada. Detestaba la imagen burguesa que se ofrecía de los dentistas en la literatura y el cine y hacía todo lo posible por refutarla.

Sus modales y su forma de vestir eran encantadores, y en su lujoso consultorio tenía un revistero con cien de las mejores revistas publicadas en Estados Unidos e Inglaterra y otro revistero más pequeño con publicaciones alemanas, italianas, francesas e incluso rusas.

En las paredes de la sala de espera colgaban costosos lienzos de arte moderno, y cuando uno entraba en el laberinto de las salas de tratamiento podía ver que los pasillos estaban adornados con fotografías autografiadas de los nombres más grandes de Hollywood. Sus pacientes.

Siempre estaba de buen humor y tenía un aire vagamente afeminado y extrañamente ambiguo. Le gustaban las mujeres, pero no acertaba a comprender que alguien pudiera establecer con ellas el menor compromiso. Para él, el sexo no era más importante que una buena cena, un excelente vino o una música maravillosa.

En lo único en lo que creía Kenneth era en el arte de la odontología. En eso era un artista y se mantenía al tanto de todos los más recientes avances técnicos y cosméticos. Se negaba a colocarles a sus clientes puentes postizos e insistía en hacerles implantes de acero, a los que posteriormente se fijaban unos dientes artificiales permanentes. Pronunciaba conferencias en las convenciones de odontología y era tal su prestigio que una vez incluso había sido llamado para tratar la dentadura de un miembro de la principesca familia de Mónaco.

Ningún paciente de Kenneth Kaldone se veía obligado a meter su dentadura en un vaso de agua por la noche. Ningún paciente sufría jamás el menor dolor en su sillón de dentista, dotado de toda suerte de comodidades. Era generoso en el uso de los anestésicos y especialmente en el del llamado «aire dulce», una combinación de óxido nitroso y oxígeno que los pacientes inhalaban a través de una máscara de goma y que eliminaba prodigiosamente el dolor de los nervios y los sumía en una semiinconsciencia casi tan placentera como la del opio.

Ernest y Kenneth se habían hecho amigos durante la primera visita de Ernest a Hollywood, veinte años atrás. Ernest había sufrido repentinamente un insoportable dolor de muelas en el transcurso de una cena con un productor que lo estaba cortejando para que le cediera los derechos de una de sus novelas. El productor llamó a Kenneth a las doce de la noche, y el dentista acudió rápidamente al lugar donde se celebraba la fiesta para trasladar a Ernest en su coche a su consultorio y tratarle el diente infectado. Después lo acompañó al hotel y le dijo que acudiera a su consultorio al día siguiente.

Ernest le comentó más tarde al productor que debía de tener mucha influencia para que un dentista efectuara una visita domiciliaria a medianoche. El productor le dijo que no, que Kenneth Kaldone era así. Para el dentista, un hombre con dolor de muelas era un hombre que se estaba ahogando y al que se tenía que salvar, pero además Kenneth Kaldone había leído todos los libros de Ernest y le encantaba su obra.

Al día siguiente, cuando visitó al dentista en su consultorio,

Ernest le dio efusivamente las gracias, pero Kenneth levantó la mano para interrumpirle.

—Todavía estoy en deuda con usted por el placer que me han deparado sus libros —le dijo—. Y ahora permítame que le hable de los implantes de acero.

A continuación pronunció una larga conferencia, señalando que nunca era demasiado temprano para cuidar la boca, que Ernest no tardaría en perder algunos dientes y que los implantes de acero le evitarían tener que colocar la dentadura en un vaso de agua por la noche.

—Lo pensaré —dijo Ernest.

—No —dijo Kenneth—. No puedo tratar a un paciente que no está de acuerdo con mi trabajo.

Ernest se echó a reír.

—Menos mal que no es usted un novelista —le dijo—, pero de acuerdo.

Se hicieron amigos. Vail lo llamaba para salir a cenar con él cada vez que visitaba Hollywood, y a veces viajaba a Los Ángeles simplemente para que lo tratara con su aire dulce. Kenneth comentaba con inteligencia los libros de Ernest y era casi tan entendido en literatura como en odontología.

A Ernest le encantaba el aire dulce. Jamás sentía dolor, y algunas de sus mejores ideas se le ocurrían cuando se encontraba en aquel estado de semiinconsciencia artificial. En los años sucesivos se hicieron tan amigos que al final Ernest acabó llenándose la boca con toda una serie de dientes con raíces de acero que lo acompañarían hasta la tumba.

No obstante, lo que a Ernest más le interesaba de Kenneth era su valor como personaje de novela. Ernest siempre creía que en todos los seres humanos se encerraba una sorprendente perversidad. Kenneth le había revelado la suya, de carácter sexual, aunque no de tipo propiamente pornográfico en el sentido que habitualmente se daba al término.

Siempre charlaban un poco antes de que el dentista le administrara a Ernest la consabida dosis de aire dulce que precedía al tratamiento. Kenneth le comentó un día que su principal novia, su «segunda mujer más significativa», follaba también con su perro, un enorme pastor alemán.

Ernest, que estaba a punto de sucumbir al aire dulce, se apartó la máscara de goma de la cara y dijo sin pensar:

—¿Follas con una mujer que también folla con su perro? ¿Y eso no te preocupa?

Se refería a las complicaciones médicas y psicológicas.

Kenneth no comprendió sus insinuaciones.

—¿Y por qué tendría que preocuparme? —replicó—. Un perro no es un rival.

Al principio Ernest pensó que estaba bromeando, pero después comprendió que Kenneth hablaba en serio. Ernest se volvió a colocar la máscara y se sumergió en el adormecimiento provocado por el óxido nitroso y el oxígeno mientras su mente, estimulada como de costumbre, llevaba a cabo un análisis completo de su dentista.

Kenneth no concebía el amor como un ejercicio espiritual. El placer era lo principal, algo muy parecido a su capacidad para eliminar el dolor. Uno se tenía que entregar a los placeres de la carne sin dejar por ello de controlarlos.

Aquella noche los dos amigos cenaron juntos y Kenneth le confirmó más o menos a Ernest su análisis.

—El sexo es mejor que el ácido nitroso —dijo—, pero al igual que ocurre con el ácido nitroso tienes que mezclarlo por lo menos con un treinta por ciento de oxígeno. —El dentista miró con astucia a Ernest—. Ernest, sé que te encanta el aire dulce. Te administro la dosis máxima —el setenta por ciento— y la toleras muy bien.

—¿Es peligroso? —preguntó Ernest.

—Pues más bien no —contestó Kenneth—. A menos que tardes un par de días en quitarte la máscara, y quizá ni siquiera entonces. Pero el óxido nitroso puro acabaría contigo en de quince a treinta minutos. Es más, aproximadamente una vez al mes, organizo una pequeña fiesta de medianoche en mi consultorio. Es tremendamente divertido. —Al ver que Ernest lo miraba escandalizado, añadió—: El óxido nitroso no es como la cocaína. La cocaína deja a las mujeres sumidas en un estado de impotencia, en cambio el óxido nitroso simplemente las suelta. Ven a mi fiesta como si acudieras a un cóctel. No estás obligado a hacer nada.

Ernest pensó con malicia si estaría permitida la entrada de perros. Después dijo que iría. Se justificó a sí mismo diciendo que aquello sólo sería una investigación para una novela.

No se divirtió para nada en la fiesta, y en realidad no participó. De hecho, el óxido nitroso no despertó sus instintos sexuales sino que más bien le hizo sentirse más espiritual, como si fuera una droga sagrada que sólo se tuviera que usar para adorar a un dios misericordioso. La cópula entre los invitados fue tan bestial que Ernest comprendió por primera vez la indiferencia con que Kenneth se había referido a las actividades de su «segunda mujer más significativa» con el pastor alemán. Era algo tan vacío de contenido humano que resultaba de un aburrimiento mortal. El propio Kenneth no participó pues estaba demasiado ocupado manipulando los mandos del óxido nitroso.

Pero ahora, años después, Ernest cayó en la cuenta de que tenía un medio para suicidarse. Sería como una indolora intervención odontológica. No sufriría, no quedaría desfigurado y no tendría miedo. Flotaría desde este mundo al otro envuelto en una nube de benévolas reflexiones. Moriría feliz, tal como solía decirse.

El problema sería entrar de noche en el despacho de Kenneth y saber cómo se accionaban los mandos...

Concertó una cita con Kenneth para que le hiciera una revisión. Mientras Kenneth estudiaba las radiografías, Ernest le dijo que uno de los personajes de su nueva novela era un dentista y le pidió que le mostrara cómo funcionaban los mandos del aire dulce.

Kenneth era un pedagogo nato y le mostró el funcionamiento de los mandos de los depósitos de óxido nitroso y oxígeno, haciendo especial hincapié en los porcentajes de seguridad mientras le explicaba todos los detalles del sistema.

—Pero ¿no podría ser peligroso? —preguntó Ernest—. ¿Qué pasaría si te emborracharas y te equivocaras? Me podrías matar.

—No, eso se regula de una forma automática para que siempre recibas por lo menos un treinta por ciento de oxígeno —le explicó Kenneth.

Ernest vaciló un instante, como si estuviera un poco turbado.

—Ya sabes lo bien que me lo pasé en aquella fiesta de hace unos cuantos años. Ahora tengo una amiga guapísima, pero un poco estrecha. Necesito que me eches una mano. ¿Me podrías dejar la llave de tu consultorio para que una noche pueda venir aquí con ella? El óxido nitroso podría inclinar la balanza.

Kenneth examinó cuidadosamente las radiografías.

—Tienes la boca en perfecto estado —dijo—. Soy un dentista fabuloso.

—¿La llave? —dijo Ernest.

—¿Es guapa la chica? —preguntó Kenneth—. Dime qué noche y yo vendré y prepararé los mandos.

—No, no —dijo Ernest—. Es una chica muy seria. Si tú estás delante, el óxido nitroso no serviría para nada. —Hizo una breve pausa—. La verdad es que es una chica muy anticuada.

—No me vengas con historias —dijo Kenneth, mirándole directamente a los ojos—. Vuelvo enseguida —añadió abandonando la sala de tratamiento.

Regresó con una llave en la mano.

—Llévala a una ferretería y que te hagan un duplicado —dijo—. No olvides dejar tu nombre. Después regresa aquí y devuélveme mi llave.

Ernest lo miró con asombro.

—No es para ahora mismo —dijo.

Kenneth guardó las radiografías y se volvió a mirarle. Por primera vez desde que Ernest lo conocía, había desaparecido de su rostro su característica expresión jovial.

—Cuando la policía te encuentre muerto en mi sillón —dijo Kenneth—, no quiero verme mezclado para nada en este asunto. No quiero poner en peligro mi situación profesional y tampoco quiero que mis pacientes me abandonen. La policía encontrará el duplicado y localizará el establecimiento. Pensarán que hubo una trampa por tu parte. Supongo que dejarás una nota, ¿verdad?

Ernest se quedó sorprendido y avergonzado. No se le había ocurrido pensar que podría perjudicar a Kenneth. Kenneth lo estaba mirando con una sonrisa de reproche teñida de tristeza. Ernest cogió la llave que le ofrecía, y en una insólita muestra de emoción le dio un torpe abrazo.

—O sea que lo has comprendido —dijo—. Mi actitud es completamente racional.

—La mía también —dijo Kenneth—. Yo también lo he pensado a menudo para cuando sea viejo o en caso de que las cosas me vayan mal. —Esbozó una alegre sonrisa y añadió—: Nadie puede competir con la muerte.

Se echaron a reír.

—¿Sabes realmente por qué? —preguntó Ernest.

—En Hollywood lo sabe todo el mundo —contestó Kenneth—. En una fiesta, alguien le preguntó a Skippy Deere si de veras iba a hacer la película, y él contestó: «Lo intentaré hasta que se congele el infierno o Ernest Vail se suicide.»

—¿Y tú no crees que estoy loco —preguntó Ernest—, por hacerlo por un dinero que no podré gastar?

—¿Y por qué no? —contestó Kenneth—. Es mucho más inteligente que matarte por amor. Pero la mecánica no es tan sencilla. Tienes que desconectar de la pared ese tubo que suministra oxígeno para que no funcione el regulador y puedas hacer una mezcla que supere el setenta por ciento. Hazlo el viernes por la noche, cuando se vayan los del servicio de limpieza, para que no te encuentren hasta el lunes. Siempre cabría la posibilidad de que te reanimaran. Pero, como es natural, si utilizas óxido nitroso puro te irás en cuestión de media hora. —Otra triste sonrisa—. Todo el trabajo que te hice en la dentadura desperdiciado. Lástima.

Dos días más tarde, el sábado por la mañana, Ernest Vail se despertó muy temprano en su habitación del hotel Beverly Hills. El sol ya estaba asomando por el horizonte. Se duchó, se afeitó y se puso una camiseta, unos cómodos tejanos y una chaqueta de lino color canela. La habitación estaba llena de ropa y de periódicos por todas partes, pero hubiera sido absurdo arreglarla.

El consultorio de Kenneth se encontraba a media hora de camino del hotel, y Ernest salió a la calle con una profunda sensación de libertad. Nadie iba a pie en Los Ángeles. Tenía apetito pero no se atrevió a comer nada por temor a que lo hiciera vomitar cuando se encontrara bajo los efectos del óxido nitroso.

El consultorio estaba ubicado en la decimoquinta planta de un edificio de dieciséis pisos. En el vestíbulo sólo había un guardia de seguridad, y no se cruzó con nadie en el ascensor. Abrió la cerradura del consultorio y entró. Cerró la puerta a su espalda y se guardó la llave en el bolsillo. En las distintas salas del consultorio reinaba una quietud espectral. La ventanilla de la recepcionista brillaba bajo los rayos del sol matutino y el ordenador estaba siniestramente oscuro y silencioso.

Ernest abrió la puerta que daba acceso a la zona de trabajo. Mientras bajaba por el largo pasillo le saludaron las fotografías de varias cotizadas estrellas de la pantalla. Había seis salas de tratamiento, tres a cada lado del pasillo. Al final estaba el despacho de Kenneth y una sala de reuniones en la que se habían sentado a conversar muchas veces. Al lado se encontraba la sala de tratamiento que utilizaba Kenneth, con su sillón hidráulico especial donde atendía a sus pacientes de más categoría.

El sillón era extremadamente lujoso, con un relleno más mullido y un cuero más suave. En la mesa móvil que había al lado del sillón descansaba la máscara del aire dulce. La consola con el tubo conectado a los depósitos ocultos de óxido nitroso y oxígeno tenía dos mandos en posición cero.

Ernest ajustó las esferas para obtener una mezcla de un cincuenta por ciento de óxido nitroso y un cincuenta por ciento de oxígeno. Después se sentó en el sillón, se puso la máscara en el rostro y se relajó. Al fin y al cabo ahora Kenneth no le iba a introducir cuchillos en las encías. Todos los dolores y sufrimientos abandonarían su cuerpo cuando su cerebro empezara a vagar por el mundo.

Pasaron por su mente varias ideas para futuras novelas y toda una serie de pensamientos sobre muchas personas conocidas, pero ninguno de ellos malicioso porque eso era precisamente lo que tenía de bueno el óxido nitroso. Mierda, había olvidado volver a redactar las notas de suicidio, y ahora se daba cuenta de que a pesar del lenguaje y de las buenas intenciones todas eran esencialmente ofensivas.

Ernest se encontraba ahora en un enorme globo de colores. Flotaba sobre el mundo que había conocido. Pensó en Eli Marrion, que había seguido su destino, había alcanzado el poder y era reverentemente admirado por su despiadada inteligencia en el ejercicio de su poder. Sin embargo, cuando él había publicado su mejor libro, el ganador del premio Pulitzer que posteriormente le habían comprado para una versión cinematográfica, Eli Marrion había asistido al cóctel organizado por la editorial. «Es usted un excelente escritor», le había dicho Eli mientras estrechaba su mano.

Su presencia en la fiesta había sido la comidilla de todo Hollywood. En un alarde de respeto final, el gran Eli Marrion le había otorgado un porcentaje sobre los beneficios brutos de la película, pero Bantz se lo había arrebatado a la muerte de Marrion.

Bantz no era un canalla. Su implacable búsqueda de ganancias era el resultado de su experiencia en un mundo especial. A decir verdad, Skippy Deere era mucho peor porque con su inteligencia, su encanto, su energía elemental y su instintiva tendencia a la traición personal, resultaba mucho más mortífero.

Se le ocurrió otra cosa. ¿Por qué se había pasado la vida, burlándose de Hollywood y de sus películas? Por celos. El cine era la forma de arte más venerada en la actualidad y a él le encantaban las películas, por lo menos las buenas. Envidiaba las relaciones que se establecían durante el rodaje de una película. Los actores del reparto, el equipo de rodaje, el director, los protagonistas principales e incluso los «Trajes», los estúpidos ejecutivos de los estudios, formaban una familia estrechamente unida —aunque no siempre bien avenida—, por lo menos hasta que terminaba la película. Se hacían regalos los unos a los otros, se besaban y abrazaban, y se juraban eterna amistad. Qué sensación tan maravillosa debía de ser. Recordó que cuando escribió su primer guión con Claudia pensó que a lo mejor acabaría siendo aceptado en aquella familia.

¿Pero cómo hubieran podido aceptarlo con su personalidad, su perverso ingenio y sus constantes burlas? No obstante, bajo los efectos del óxido nitroso no podía juzgarse a sí mismo con dureza. Estaba en su derecho, había escrito grandes libros (era una rareza entre los novelistas porque apreciaba sinceramente sus obras) y hubiera merecido ser tratado con más respeto.

Benévolamente saturado de óxido nitroso, Ernest llegó a la conclusión de que no deseaba morir. El dinero no era tan importante, Bantz acabaría cediendo, o Claudia y Molly encontrarían una salida.

Después recordó toda su humillación. Ninguna de sus mujeres lo había querido de verdad. Siempre había sido un mendigo, nadie había correspondido jamás a su amor. Sus libros habían sido respetados pero jamás habían despertado el entusiasmo suficiente como para enriquecer a un escritor. Algunos críticos lo habían vapuleado, y él había fingido aceptar las críticas con espíritu deportivo. Al fin y al cabo no estaba bien enfadarse con los críticos pues se limitaban a hacer su trabajo. Pese a todo, sus comentarios le habían dolido mucho. En cuanto a sus amigos, aunque a veces disfrutaban de su compañía, de su ingenio y su honradez, nunca habían sido muy íntimos, ni siquiera Kenneth. Claudia lo apreciaba sinceramente, pero Molly Flanders y Kenneth más bien se compadecían de él.

Ernest alargó la mano y cortó el paso del aire dulce. La cabeza se le despejó en cuestión de minutos. Entonces se fue al despacho de Kenneth y se acomodó en su sillón.

Volvió a sentirse deprimido. Se reclinó en el sillón y contempló la salida del sol sobre Beverly Hills. El hecho de que los estudios le hubieran escamoteado el dinero lo había puesto tan furioso que se sentía incapaz de disfrutar de los placeres de la vida. Aborrecía el amanecer de un nuevo día, y por la noche se tomaba un somnífero y procuraba dormir todo lo que podía. No soportaba verse humillado por una gente a la que él despreciaba profundamente. Y ahora ni siquiera podía leer, un placer que jamás lo había traicionado hasta entonces, y mucho menos escribir. Aquella elegante prosa tan a menudo ensalzada sonaba ahora falsa, ampulosa y pretenciosa. Ya no disfrutaba escribiendo.

Desde hacía mucho tiempo se despertaba cada mañana con miedo al nuevo día y tan cansado que ni siquiera tenía ánimos para afeitarse y ducharse. Y por si fuera poco estaba sin blanca. Había ganado millones pero los había despilfarrado en el juego, las mujeres y las borracheras, o los había regalado. El dinero nunca había sido importante para él hasta aquel momento.

En los últimos dos meses no les había podido enviar a sus hijos la cantidad destinada a su manutención y no había podido pagarles las pensiones a sus ex mujeres. A diferencia de la mayoría de los hombres, el envío de aquellos cheques lo hacía feliz. Llevaba cinco años sin publicar un libro, y su personalidad resultaba cada vez menos atractiva para todos e incluso para él mismo. Siempre se quejaba de su destino. Era como un diente cariado en la cara de la sociedad. La sola imagen lo deprimió. Qué metáfora tan estúpida y tan impropia de un escritor de talento como él. Lo invadió una oleada de tristeza y se sintió completamente impotente.

Se levantó de un salto y regresó a la sala de tratamiento. Kenneth le había explicado lo que tenía que hacer. Desconectó los dos tubos, uno para el oxígeno y el otro para el óxido nitroso. Después volvió a enchufar sólo uno, el del óxido nitroso. Se sentó en el sillón, alargó la mano e hizo girar la esfera del mando. En aquel momento pensó que tenía que haber algún medio que permitiera la salida de por lo menos un diez por ciento de oxígeno para que la muerte no fuera tan segura. Cogió la máscara y se la volvió a aplicar sobre el rostro.

El óxido nitroso puro penetró en su cuerpo y le hizo experimentar un momento de éxtasis. Todo su dolor fue dando paso a una soñolienta sensación de satisfacción. El óxido nitroso llegó al cerebro y extrajo todas las impurezas que se albergaban en el interior de su cráneo. Hubo un momento de puro placer antes de dejar de existir, y en aquel momento creyó que había un Dios en el cielo.

Molly Flanders atacó con furia asesina a Bobby Bantz y a Skippy Deere. Hubiera tenido un poco más de cuidado si Eli Marrion aún hubiera estado vivo.

—Estáis a punto de estrenar una continuación del libro de Ernest. La orden judicial lo impedirá. La propiedad pertenece ahora a los herederos de Ernest. Quizá vosotros consigáis anularla y estrenar la película, pero entonces yo presentaré una querella. Si gano, los herederos de Ernest serán propietarios de la película y de casi todos los beneficios que obtenga. Y podéis estar seguros de que os impediremos hacer otras continuaciones basadas en los personajes de sus libros. Si queréis ahorraros todo eso y los años de molestias judiciales, bastará con que paguéis un anticipo de cinco millones de dólares y el diez por ciento de los beneficios brutos de cada película. Y quiero un certificado de todos los ingresos generados por los vídeos domésticos.

Deere se quedó horrorizado, y Bantz se enfureció. Ernest Vail, un escritor, percibiría un porcentaje sobre los beneficios de las películas superior al de todo el mundo, exceptuando a los protagonistas principales, y eso era un auténtico atropello.

Bantz llamó inmediatamente a Melo Stuart y al principal abogado de los estudios LoddStone. Ambos se plantaron en la sala de reuniones en media hora. La presencia de Melo era necesaria porque éste era el encargado de los paquetes económicos de las continuaciones y percibía una comisión sobre los ingresos de los protagonistas principales, el director y Benny Sly, el guionista que había refundido el texto. Dada la situación, cabía la posibilidad de que se viera obligado a renunciar a una parte de su porcentaje.

—Ya estudiamos la situación cuando el señor Vail hizo su primera amenaza a los estudios —dijo el principal abogado.

—¿Quiere usted decir que un suicidio es una amenaza a los estudios? —le preguntó Molly Flanders, interrumpiéndole en tono irritado.

—Y el chantaje —añadió en un susurro el abogado—. Ahora ya hemos examinado detalladamente la cuestión, que es muy complicada por cierto, pero ya entonces les dije a los estudios que podríamos enfrentarnos a sus exigencias en un juicio y ganarlo. En este caso concreto, los derechos de propiedad no revierten en los herederos.

—¿Qué puede usted garantizar? —le preguntó Molly—. ¿Una certeza de un noventa y cinco por ciento?

—No —contestó el abogado—. Nada es seguro en derecho.

Molly lo miró con semblante satisfecho. Los honorarios que percibiría cuando ganara el juicio le permitirían retirarse.

—Os podéis ir todos a la mierda, nos veremos en los tribunales —dijo, levantándose.

Bantz y Deere estaban tan aterrorizados que se habían quedado sin habla. Bantz pensó que ojalá Eli Marrion estuviera vivo.

Melo Stuart se levantó y estrechó a Molly en un implorante y afectuoso abrazo.

—Mira, eso es sólo una negociación. Seamos civilizados. —Cuando acompañó de nuevo a Molly a su sillón, vio lágrimas en sus ojos—. Podemos llegar a un acuerdo, yo renunciaré a una parte de los porcentajes de todo el paquete.

—¿Queréis correr el riesgo de perderlo todo? —le preguntó Molly a Bantz—. ¿Puede garantizaros vuestro abogado que ganaréis el juicio? Por supuesto que no puede. ¿Qué eres, un hombre de negocios o un jugador empedernido? Para ahorrarte una maldita cantidad de entre veinte y cuarenta millones de dólares, ¿quieres correr el riesgo de perder mil millones?

Llegaron a un acuerdo. Los herederos de Ernest percibirían cuatro millones de dólares de anticipo y el ocho por ciento de los beneficios brutos de la película que estaba a punto de estrenarse, y cobrarían dos millones y el diez por ciento de los beneficios brutos de cualquier otra continuación que se rodara en el futuro. Las tres ex esposas y los hijos de Ernest se harían ricos.

—Si creéis que he sido dura con vosotros —dijo Molly para despedirse—, ya veréis cuando Cross de Lena se entere de que lo habéis jodido.

Molly estaba saboreando su victoria. Recordó una noche de años atrás en que había acompañado a Ernest a casa después de una fiesta. Estaba bastante bebida y se sentía muy sola. Ernest era ingenioso e inteligente y ella pensó que a lo mejor resultaría agradable pasar una noche con él. Cuando llegaron a casa serenados por el paseo en coche, lo acompañó a su dormitorio y miró desalentada a su alrededor. Ernest era un pobre hombre tremendamente tímido desde el punto de vista sexual. Estaba tan nervioso que ni siquiera podía hablar, pero ella era una persona demasiado justa como para despedirlo en un momento tan crítico, así que se volvió a emborrachar y se acostó con él. Lo pasaron bastante bien en la oscuridad. Ernest disfrutó tanto de la experiencia que ella se sintió halagada e incluso le sirvió el desayuno en la cama.

—Gracias —le dijo él, esbozando una tímida sonrisa—. Y gracias de nuevo.

Entonces intuyó que Ernest comprendía lo que ella había experimentado la víspera y le quería dar las gracias no sólo por servirle el desayuno en la cama sino por haber sido su benefactora sexual. Siempre lamentó no haber podido ser mejor actriz en aquel momento, pero bueno, ella no era actriz, era abogada, y se había entregado a un acto de amor sincero en favor de Ernest Vail.

El *dottor* David Redfellow recibió la llamada de Don Clericuzio mientras asistía a una importante reunión en Roma. Estaba asesorando al primer ministro de Italia sobre una nueva normativa bancaria que serviría para imponer duras condenas penales a los empleados bancarios corruptos, y como es natural él había manifestado su opinión contraria. Resumió inmediatamente sus argumentos y tomó un vuelo con destino a Estados Unidos.

Durante sus veinte años de exilio en Italia, David Redfellow había prosperado y superado sus más descabellados sueños. Al principio, Don Clericuzio le había echado una mano en la compra de un pequeño banco en Roma. Más tarde él había utilizado la fortuna que había ganado con el tráfico de estupefacientes, y que guardaba en unos depósitos bancarios suizos, para comprar otros bancos y unas emisoras de televisión. Sin embargo fueron los amigos de Don Clericuzio en Italia los que le ayudaron a construir su imperio y a adquirir las revistas, los periódicos y las emisoras de televisión que ahora tenía, además de los bancos.

David Redfellow también estaba satisfecho por lo que había conseguido con su propio esfuerzo, una completa transformación de su carácter. Había adquirido la nacionalidad italiana, se había casado con una italiana, tenía hijos italianos, la consabida amante italiana y un doctorado honorífico de una universidad italiana (que le había costado dos millones). Vestía trajes de Armani, se pasaba una hora diaria en la peluquería, tenía su círculo de amigos con quienes solía reunirse en un café (que él había comprado) y había entrado en la política como asesor del Gabinete y del primer ministro. No obstante, cada año hacía una peregrinación a Quogue para cumplir cualquier encargo que quisiera encomendarle su mentor Don Clericuzio. Así pues, aquella llamada especial lo había alarmado.

Cuando llegó a la mansión de Quogue le estaba esperando la cena, y Rose Marie se había superado a sí misma porque él siempre les comentaba extasiado las excelencias de los restaurantes de Roma. Todo el clan de los Clericuzio se había reunido en su honor: el Don, sus hijos Giorgio, Petie y Vincent, su nieto Dante, y Pippi y Cross de Lena.

Fue una bienvenida digna de un héroe. David Redfellow, el rey de la droga que jamás había terminado sus estudios, el matón del pendiente en la oreja, la hiena que recorría los senderos del sexo, se había transformado en un pilar de la sociedad. Todos estaban orgullosos de él. Más aún, Don Clericuzio se sentía en deuda con él pues Redfellow le había dado una gran lección de moralidad.

En sus primeros tiempos, Don Clericuzio había sido víctima de unos extraños escrúpulos. Creía que, en términos generales, los representantes de la ley no se podrían corromper en cuestiones relacionadas con las drogas.

En 1960, cuando empezó a traficar con la droga no sólo por los beneficios que ello le reportaba sino también para que él y sus amigos pudieran abastecerse de una forma continuada y barata, David Redfellow era un joven universitario de veinte años. Lo suyo no era más que un simple trabajo de aficionado, sólo un poco de cocaína y marihuana. El negocio prosperó de tal manera en cosa de un año que él y sus compañeros de clase se compraron un pequeño aparato que transportaba la mercancía a través de las fronteras mejicana y sudamericanas. No tardaron en tropezar con la ley, como es lógico, y entonces fue cuando David demostró por primera vez su valía. Los seis socios que integraban el grupo ganaban enormes cantidades de dinero, y David Redfellow empezó a repartir unos sobornos tan impresionantes que muy pronto tuvo en su nómina a toda una serie de *sheriffs*, fiscales de distrito, jueces y centenares de agentes de policía a lo largo de toda la Costa Atlántica.

Siempre decía que todo era muy sencillo. Averiguabas cuál era el sueldo anual del funcionario y le ofrecías cinco veces más.

Después apareció en escena el cartel de los colombianos, cuyos miembros eran más salvajes que los indios más salvajes de las viejas películas del Oeste, y empezaron a cobrarse no sólo cabelleras sino también cabezas enteras. Cuatro socios de Redfellow resultaron muertos. Entonces Redfellow entró en contacto con la familia Clericuzio y pidió su protección a cambio de un cincuenta por ciento de sus beneficios.

Petie Clericuzio y todo un ejército de soldados del Enclave del Bronx se convirtieron en sus guardaespaldas, y el acuerdo se prolongó hasta que el Don le ordenó a Redfellow en 1965 que se exiliara a Italia. El negocio de la droga se había vuelto demasiado peligroso.

Ahora, todos reunidos durante la cena, felicitaron al Don por la prudente decisión que éste había tomado veinticinco años atrás. Dante y Cross oyeron el relato de la historia de Redfellow por primera vez. Redfellow era un buen narrador y ensalzó a Petie hasta el cielo.

—Menudo luchador —dijo—. De no haber sido por él, yo jamás hubiera vivido para ir a Sicilia. —Se volvió hacia Dante y Cross y añadió—: Fue el día de vuestro bautizo. Recuerdo que ni siquiera parpadeasteis cuando por poco os ahogan con el agua bendita. Nunca pensé que acabaríamos haciendo negocios juntos como hombres adultos.

—Tú no harás negocios con ellos —lo interrumpió secamente el Don— sino tan sólo conmigo y con Giorgio. Si necesitas ayuda, puedes recurrir a Pippi de Lena. He decidido seguir adelante con el negocio del que te hablé. Giorgio te explicará por qué.

Giorgio le explicó a David los últimos acontecimientos ocurridos, le informó de la muerte de Eli Marrion y le dijo que Bobby Bantz, el nuevo presidente de los estudios, había decidido no pagarle a Cross los porcentajes que le correspondían sobre la película *Mesalina* y le había devuelto el dinero con los intereses.

A Redfellow le encantó la historia.

—Es un hombre muy listo. Sabe que no presentaréis una querella contra él y por eso se queda con vuestro dinero. Un buen negocio.

Mientras se tomaba su café, Dante miró a Redfellow con cara de asco. Rose Marie, sentada a su lado, apoyó una mano sobre su brazo.

—¿Y eso te parece gracioso? —le preguntó Dante a Redfellow.

Redfellow lo estudió un instante, con la cara muy seria.

—Sólo porque me consta que, en este caso, el hecho de ser tan inteligente es un error.

El Don observó el intercambio de palabras con aparente regocijo. Raras veces se tomaba las cosas a broma. Cuando ello ocurría, sus hijos se daban cuenta y se alegraban.

—Vamos a ver, nieto —le dijo el Don a Dante—, ¿cómo resolverías tú este problema?

—Enviándolo al otro barrio —contestó Dante.

El Don lo miró con una sonrisa en los labios.

—¿Y tú, Croccifixio? ¿Cómo resolverías la situación? —preguntó.

—Me limitaría a aceptarla —contestó Cross—. Aprendería la lección. Me han ganado en astucia porque no pensé que tendrían cojones para hacerlo.

—¿Petie y Vincent? —preguntó el Don.

Ambos se negaron a contestar. Sabían el juego que su padre se llevaba entre manos.

—No puedes pasarlo por alto —le dijo el Don a Cross—. Te ganarás la fama de tonto y todo el mundo te perderá el respeto.

Cross se estaba tomando en serio las palabras del Don.

—En la casa de Eli Marrion cuelgan todavía los cuadros de su colección que valen entre veinte y treinta millones de dólares. Los podríamos robar y pedir un rescate.

—No —dijo el Don—. Eso te dejaría al descubierto, revelaría tu poder y, por mucho cuidado que tuviéramos, podría conducir a una situación de peligro. Es demasiado complicado. ¿Qué harías tú, David?

David dio unas caladas a su puro con aire pensativo.

—Comprar los estudios —contestó—. Hacer un negocio civilizado. Adquirir los estudios LoddStone a través de nuestros bancos y nuestras empresas de comunicaciones.

Cross lo miró con incredulidad.

—Los estudios cinematográficos de la LoddStone son los más antiguos y los más ricos del mundo. Aunque pudieras reunir diez mil millones de dólares, no te los venderían. Es absolutamente imposible.

—David, mi viejo amigo —dijo Petie en tono de guasa—, ¿tú puedes reunir diez mil millones de dólares? ¿Tú, el hombre a quien yo salvé la vida, el hombre que dijo que jamás me lo podría pagar?

Redfellow hizo un gesto de rechazo con la mano.

—Tú no sabes cómo se manejan las grandes sumas de dinero. Es como la crema batida, las bates hasta conseguir una espuma de bonos, préstamos y acciones. El problema no es el dinero.

—El problema es quitar de en medio a Bantz —dijo Cross—. Él controla los estudios y, sean cuales sean sus errores hay que reconocer que es fiel a la voluntad de Marrion. Jamás accedería a vender los estudios.

—Iré allí a darle un beso —dijo Petie.

El Don tomó una decisión.

—Cumple tu plan —le dijo a Redfellow—. Pon manos a la obra, pero con mucho cuidado. Pippi y Croccifixio estarán a tus órdenes.

—Otra cosa —le dijo Giorgio a Redfellow—. Bobby Bantz, de acuerdo con las cláusulas del testamento de Eli Marrion, será el jefe supremo de los estudios durante los próximos cinco años, pero el hijo y la hija de Marrion tienen más acciones de la empresa que Bantz. A Bantz no lo pueden despedir, pero si se venden los estudios, los nuevos propietarios le tendrán que pagar una indemnización. Ése es el problema que tendrás que resolver.

David Redfellow dio una calada al puro y lo miró sonriendo.

—Como en los viejos tiempos. Don Clericuzio, la única ayuda que yo necesito es la suya. Quizás algunos bancos de Italia no estén muy dispuestos a embarcarse en semejante empresa. Recuerde que tendremos que pagar una prima muy alta sobre el valor efectivo de los estudios.

—No te preocupes —dijo el Don—. Tengo un montón de dinero en esos bancos.

Pippi de Lena lo había estado observando todo con recelo. Lo que más le preocupaba era el carácter abierto de la reunión. Según las normas, sólo el Don, Giorgio y David Redfellow hubieran tenido que estar presentes. A él y a su hijo Cross les hubieran podido ordenar por separado que prestaran ayuda a Redfellow. ¿Por qué les habían revelado aquellos secretos? Y sobre todo, ¿por qué habían incluido en el círculo a Dante, Petie y Vincent? Todo aquello no era propio del Don Clericuzio que él conocía, que siempre mantenía sus planes en el mayor de los secretos.

Vincent y Rose Marie estaban ayudando al Don a subir la escalera para irse a la cama. Se había negado en redondo a instalar una silla elevadora en la barandilla.

En cuanto desaparecieron de su vista, Dante se volvió hacia Giorgio y le preguntó en tono enojado:

—¿Y quién se quedará con los estudios cuando los hayamos comprado? ¿Cross?

David Redfellow lo interrumpió fríamente.

—Yo me quedaré con ellos. Tu abuelo tendrá un interés económico. Se redactará un documento.

Giorgio se mostró de acuerdo.

—Dante —dijo Cross entre risas—, nosotros no podemos dirigir unos estudios cinematográficos. No somos lo bastante despiadados como para eso.

Pippi los estudió a todos. Tenía una habilidad especial para olfatear el peligro, por eso había conseguido sobrevivir durante tanto tiempo, pero aquello no acababa de entenderlo. Tal vez el Don se estuviera haciendo viejo.

Petie acompañó a Redfellow al aeropuerto Kennedy, donde lo esperaba su jet privado. Pippi y Cross habían utilizado un vuelo charter desde Las Vegas. Don Clericuzio tenía terminantemente prohibido que el Xanadu u otra cualquiera de sus empresas poseyera un jet.

Cross iba al volante del automóvil de alquiler en el que él y su padre se estaban dirigiendo al aeropuerto. Durante el trayecto, Pippi le dijo a Cross:

—Quiero quedarme unos días en Nueva York. No devolveré el coche cuando lleguemos al aeropuerto.

Cross se dio cuenta de que su padre estaba preocupado.

—Me parece que no lo he hecho muy bien —dijo.

—Lo has hecho perfectamente —dijo Pippi—. Pero el Don tiene razón. No puedes permitir que nadie te joda dos veces.

Al llegar al Kennedy, Cross bajó del automóvil y Pippi se desplazó al asiento del piloto. Cuando se estrecharon la mano a través de la ventanilla abierta, Pippi contempló el bello rostro de su hijo y se sintió invadido por una inmensa oleada de afecto. Procuró sonreír mientras le daba a Cross una cariñosa palmada en la mejilla.

—Cúidate mucho —le dijo.

—¿De qué? —preguntó Cross, mirando inquisitivamente a su padre con sus grandes ojos oscuros.

—De todo —contestó Pippi. Después añadió algo que le dejó muy sorprendido a Cross—: Quizás hubiera tenido que permitir que te fueras con tu madre, pero fui un egoísta. Necesitaba tenerte a mi lado.

Mientras veía alejarse el vehículo, Cross comprendió por primera vez lo mucho que su padre se preocupaba por él y hasta qué extremo lo quería.

15

Para su gran consternación, Pippi había decidido casarse, no por amor sino por simple compañía. Cierto que tenía a Cross y a sus amigos del hotel Xanadu, a la familia Clericuzio y a toda la amplia red de parientes. Cierto también que tenía tres amantes y que comía con buen apetito, le encantaba jugar al golf, tenía un *handicap* de diez y le seguía encantando el baile, pero tal como hubiera dicho el Don, podía seguir bailando hasta que se muriera.

Por consiguiente, ahora que ya rondaba los sesenta años, estaba sano como un roble, era optimista por naturaleza y se hallaba semirretirado, experimentó el repentino deseo de disfrutar de la vida hogareña y de tener una nueva remesa de hijos. ¿Por qué no? La idea lo atraía cada vez más. Curiosamente, ansiaba volver a ser padre. Sería divertido criar a una hija; había querido mucho a Claudia cuando era pequeña, pero ahora ni siquiera se hablaba con ella. Era lista y honrada, y se había abierto camino en la vida como guionista cinematográfica de éxito. Quién sabe, tal vez algún día hicieran las paces. En cierto modo Claudia era casi tan testaruda como él, así que la comprendía y la admiraba por su forma de defender aquello en lo que creía.

Cross había perdido la partida en su intento de introducirse en la industria cinematográfica, pero en cualquier caso su futuro estaba asegurado. Conservaba todavía el Xanadu, y el Don lo ayudaría a recuperarse del riesgo que había corrido con su nueva aventura empresarial. Era un buen chico pero era joven, y los jóvenes tenían que correr riesgos. En eso consistía la vida.

Tras dejar a Cross en el aeropuerto, Pippi regresó a Nueva York para pasar unos cuantos días con su amante de la Costa Este.

Era una agraciada morena, una secretaria de un bufete jurídico dotada de un agudo ingenio neoyorquino y de unas excepcionales cualidades de bailarina, pero tenía una lengua afilada como un cuchillo, le encantaba gastar dinero y sería una esposa muy cara. A sus más de cuarenta y cinco años era demasiado independiente, una estupenda cualidad para una amante pero no para la clase de mujer con la que él deseaba casarse.

Pippi pasó un fin de semana muy agradable en su compañía, a pesar de que ella estuvo la mitad del domingo leyendo el *Times*. Comieron en los mejores restaurantes, fueron a bailar a las salas de fiestas y tuvieron unas apasionadas relaciones sexuales en su apartamento, pero Pippi necesitaba algo un poco más tranquilo.

A continuación voló a Chicago. Su amante de allí era el equivalente sexual de aquella bulliciosa ciudad. Bebía más de la cuenta, asistía a demasiadas fiestas y era tremendamente despreocupada y divertida, pero era demasiado perezosa y desordenada y a Pippi le gustaba una casa limpia. Y le parecía un poco mayor —cuarenta y tantos decía ella— para fundar juntos una familia. Pero bueno, ¿es que realmente le apetecía andar por ahí con una jovenzuela?, se preguntó. Sin embargo, al cabo de dos días de estancia en Chicago la borró de la lista como a la otra.

Las dos hubieran tenido dificultades para instalarse en Las Vegas. Eran mujeres acostumbradas a vivir en una gran ciudad, y Pippi sabía en su fuero interno que en realidad Las Vegas era una rústica ciudad ganadera en la cual los casinos ocupaban el lugar del ganado, aunque él no hubiera podido vivir en otro sitio pues en Las Vegas no existía la noche. Las luces de neón desterraban todos los fantasmas, la ciudad resplandecía como un diamante rosado en medio de la noche del desierto y, al amanecer, el ardiente sol quemaba todos los espectros que no hubieran sucumbido a la acción de las luces de neón.

Su mejor apuesta era su amante de Los Ángeles. Pippi se alegró de haber sabido situarse tan bien desde un punto de vista geográfico. No podría haber enfrentamientos fortuitos y no tendría que hacer el menor esfuerzo mental para hacer una elección entre ellas. Las tres le servían para unas finalidades determinadas y no supondrían ningún obstáculo para cualquier otra relación amorosa transitoria. Atrevido pero prudente, valiente pero no temerario, leal a la familia y recompensado por ella. Su único error había sido casarse con una mujer como Nalene, aunque bien mirado, ¿qué otra mujer hubiera podido ofrecerle más felicidad durante once años? ¿Qué otro hombre hubiera podido presumir de haber cometido un solo error en toda su vida? ¿Qué era lo que siempre decía el Don? Bien estaba cometer errores en la vida, siempre y cuando no se cometiera un error fatal.

Decidió viajar directamente a Los Ángeles sin pasar por Las Vegas. Llamó a Michelle para comunicarle que estaba en camino y rechazó su oferta de ir a recogerlo al aeropuerto.

—Tú procura estar preparada cuando yo llegue —le dijo—. Te he echado mucho de menos y tengo una cosa importante que decirte.

Michelle era muy joven. Sólo tenía treinta y dos años y era más tierna, más generosa y tranquila que las otras, quizá porque había nacido y se había criado en California. Además era estupenda en la cama, lo cual no quería decir que las otras dos no lo fueran pues ése era un requisito indispensable para Pippi. No tenía aristas y no le causaría ningún problema. Cierto que era algo rarilla, creía en las idioteces de la *New Age* y la comunicación con los espíritus, y hablaba de sus vidas anteriores. Pese a todo, a veces era muy divertida. Había soñado con convertirse en actriz, como muchas bellezas californianas, pero ya se había quitado la idea de la cabeza. Ahora estaba entregada por entero a la práctica del yoga, la comunicación con los espíritus, el cultivo de la salud física, el *jogging* y los ejercicios gimnásticos. Por si fuera poco, siempre felicitaba a Pippi por su *karma*. Como es natural, ninguna de sus mujeres estaba al corriente de sus actividades. Para ellas era simplemente el director administrativo de una asociación hotelera de Las Vegas.

Sí, con Michelle podría vivir en Las Vegas y mantener un apartamento en Los Ángeles. Cuando se cansaran, podrían tomar un vuelo de cuarenta y cinco minutos a Los Ángeles y quedarse allí un par de semanas. Para tenerla ocupada en algo, quizá le compraría una tienda de regalos del hotel Xanadu. Estaba seguro de que podría dar resultado. Pero ¿y si ella le dijera que no?

De pronto le vino a la mente un recuerdo: Nalene leyendo *Ricitos de oro y los tres ositos* cuando los niños eran pequeños. Michelle era como Ricitos. Su amante de Nueva York era demasiado dura, y la de Chicago demasiado blanda. La de Los Ángeles era justo lo que necesitaba. La idea lo llenó de placer. Claro que en la vida real nada era «justo lo que uno necesitaba».

En cuanto el aparato tomó tierra en Los Ángeles, Pippi aspiró el tibio aire de California y ni siquiera reparó en el *smog*. Alquiló un coche y se dirigió primero a Rodeo Drive. Le encantaba sorprender a las mujeres con pequeños regalos y disfrutaba paseando por las calles de las tiendas elegantes que vendían las cosas más lujosas de todo el mundo. En la tienda de Gucci compró un llamativo reloj de pulsera, un bolso en Fendi, que a él le pareció horrible por cierto, un pañuelo de seda en Hermès y un perfume cuyo frasco parecía una valiosa escultura. Cuando finalmente entró en una tienda de lencería muy cara estaba de tan buen humor que le explicó a la joven dependienta rubia que todo aquello era para él.

—Ah, pues muy bien... —le dijo la chica.

Regresó al coche con tres mil dólares menos y se dirigió a Santa Mónica después de haber dejado los regalos en el asiento del copiloto, metidos en una multicolor bolsa de compra de Gucci. Al pasar por Brentwood se detuvo en el Brentwood Mart, uno de sus establecimientos preferidos. Le encantaban los comercios de alimentación que tenían terrazas con mesitas donde uno podía comer algo y tomarse una bebida fría. La comida del avión había sido malísima y estaba muerto de hambre. Michelle nunca guardaba comida en el frigorífico porque siempre estaba haciendo régimen.

En una tienda compró dos pollos asados, una docena de chuletas de cerdo a la parrilla y cuatro perritos calientes con todos los acompañamientos imaginables. En otra compró pan de centeno recién hecho, y en un tenderete callejero una enorme botella de cocacola, y se sentó a una mesita para disfrutar de un último momento de soledad. Se comió dos perritos calientes, medio pollo asado y unas cuantas patatas fritas. Le pareció que nunca había saboreado nada mejor mientras gozaba de la soleada luz del sol vespertino de California y del suave y perfumado aire que le acariciaba el rostro. Hubiera deseado quedarse un poco más allí pero Michelle lo estaba esperando. Se habría bañado y perfumado y se lo llevaría inmediatamente a la cama, un poco achispada, sin darle tiempo tan siquiera a lavarse los dientes. Quería proponerle el matrimonio antes de empezar.

La bolsa de compra de la comida estaba decorada con unas letras de imprenta que contaban una especie de fábula sobre los alimentos. Era una bolsa intelectual muy apropiada para la intelectual clientela de Mart. Cuando la colocó en el coche, sólo leyó el principio de una frase: «La fruta es el producto más antiguo de consumo humano. En el Jardín del Edén...» Qué barbaridad, pensó.

Al llegar a Santa Mónica se detuvo delante del complejo residencial de Michelle, integrado por varios bungalows de dos plantas de estilo español.

Salió del coche, sosteniendo automáticamente las dos bolsas en la mano izquierda para dejar libre la derecha. Por costumbre, miró arriba y abajo de la calle. Era una calle encantadora, no había coches aparcados y las casas de estilo español disponían de unas amplias calzadas particulares y estaban envueltas en una apacible atmósfera levemente religiosa. Las flores y la hierba ocultaban los bordillos de las aceras, y los frondosos árboles formaban un dosel contra el sol poniente.

Pippi tenía que bajar por un largo camino cuyas vallas de madera pintadas de verde estaban cubiertas de rosas. El apartamento de Michelle se encontraba en la parte de atrás y era una reliquia ligeramente bucólica de la vieja Santa Mónica. Los edificios propiamente dichos eran de madera aparentemente antigua, y cada piscina particular estaba rodeada por unos bancos de color blanco.

Fuera del camino y hacia el fondo, Pippi oyó el rugido del motor de un vehículo parado. Se puso en estado de alerta, como hacía siempre en situaciones similares. Justo en aquel momento vio a un hombre que se levantaba de uno de los bancos. Se llevó una sorpresa tremenda.

—¿Qué coño está usted haciendo aquí? —le preguntó.

El hombre no alargó la mano para saludarle, y en aquel instante todo estuvo claro para Pippi. Sabía qué iba a ocurrir. Su cerebro procesó tanta información que no pudo reaccionar. Vio aparecer el arma, muy pequeña e inofensiva, y vio la tensión del rostro del asesino. Entonces comprendió por primera vez el significado de la expresión de los rostros de los hombres a los que él había eliminado, una expresión de supremo asombro ante el hecho de que sus vidas hubieran tocado a su fin. Y comprendió también que al final tendría que pagar el precio de la existencia que había llevado. Incluso pensó brevemente que el asesino lo había organizado muy mal, que él no lo hubiera hecho de aquella manera.

Hizo todo lo que pudo, sabiendo que no habría compasión. Arrojó las bolsas al suelo y corrió hacia delante mientras sacaba el arma. El hombre se adelantó para recibirle y Pippi alargó exultante los brazos. Seis balas arrojaron su cuerpo al aire y lo dejaron caído sobre un lecho de flores, al pie de la valla verde. Aspiró el perfume de las flores. Levantó los ojos hacia el hombre que se encontraba de pie a su lado.

—Maldito Santadio —dijo.

Una última bala le estalló en el cráneo. Pippi de Lena ya no existía.

16

A primera hora del día en que Pippi de Lena iba a morir, Cross recogió a Athena en su casa de Malibú y se dirigieron a San Diego para visitar a Bethany, la hija de Athena.

Las enfermeras habían preparado a la niña, y Bethany ya estaba vestida para salir. Cross observó que la chiquilla era una borrosa imagen de su madre y que era muy alta para su edad. Su rostro y sus ojos carecían de expresión, y su cuerpo estaba demasiado laxo. Sus facciones no poseían perfiles definidos y parecía que estuvieran parcialmente disueltas, como una pastilla de jabón usada. Aún llevaba puesto el delantal de plástico rojo que utilizaba para protegerse la ropa cuando pintaba. No reconoció su presencia y recibió los abrazos y el beso de su madre apartando el cuerpo y el rostro.

Athena no hizo caso y la estrechó con renovada fuerza entre sus brazos.

Pensaban ir a comer a la orilla de un lago cercano rodeado de árboles. Athena había preparado una cesta de comida.

En el transcurso del breve trayecto en automóvil, Bethany permaneció sentada entre ellos dos. Athena, sentada al volante, le acariciaba constantemente el cabello y el rostro, pero la niña miraba fijamente hacia delante.

Cross pensó que al final de aquella jornada él y Athena regresarían a Malibú y harían el amor. Imaginó su cuerpo desnudo en la cama y a sí mismo de pie a su lado.

De repente Bethany se dirigió a él. Jamás había reconocido su presencia. Lo miró con sus grandes e inexpresivos ojos verdes y le preguntó:

—¿Tú quién eres?

Athena contestó con toda serenidad, como si la pregunta de Bethany fuera lo más natural del mundo:

—Se llama Cross y es mi mejor amigo.

Bethany pareció no escucharla y volvió a encerrarse en su mundo.

Athena aparcó el vehículo a pocos metros de un lago de aguas deslumbrantes rodeado de bosque, una diminuta joya azul sobre un inmenso lienzo verde. Cross cogió la cesta de la comida y Athena depositó su contenido sobre un mantel de color rojo que previamente había extendido sobre la hierba. Sacó también unas servilletas de color verde y cucharas y tenedores. El mantel estaba bordado con instrumentos musicales que llamaron mucho la atención de Bethany. Después Athena distribuyó sobre el mantel varios bocadillos de distintas clases envueltos en papel de aluminio y unos cuencos de ensalada de patatas y macedonia de frutas. Sacó también una bandeja de pastelillos de crema y otra de pollo frito. Lo había preparado todo con la habilidad de una profesional pues a Bethany le encantaba la comida.

Cross regresó al coche y sacó del maletero una caja de botellas de soda, con la que llenó los vasos que había en la cesta. Athena le ofreció un vaso a Bethany, pero la niña lo apartó con la mano.

Cross la miró a los ojos. Su rostro estaba tan rígido que no parecía de carne sino una máscara, pero sus ojos miraban con mucha viveza. Era como si estuviera atrapada en una caverna secreta, como si se estuviera asfixiando y no pudiera pedir ayuda, como si tuviera la piel cubierta de ampollas y no soportara que la tocaran.

Empezaron a comer y Athena asumió el papel de charlatana insoportable, tratando de provocar la risa de Bethany. Cross se asombró de su habilidad para resultar pesada y aburrida, como si el comportamiento autista de su hija fuera algo completamente natural. Trataba a Bethany como si fuera una compañera de chismorreos, pese a que la niña no le contestaba jamás. Era un inspirado monólogo que ella misma creaba para aliviar su propio dolor.

Al final llegó el momento del postre. Athena desenvolvió uno de los pastelillos de crema y se lo dio a Bethany, pero ésta lo rechazó. Entonces le ofreció uno a Cross, y éste sacudió la cabeza. Estaba nervioso y preocupado porque la niña había comido mucho y parecía furiosa con su madre, y sabía que Athena también se había dado cuenta.

Athena se comió el pastelillo y ensalzó con entusiasmo sus excelencias. Después desenvolvió otros dos y los dejó delante de Bethany. A la niña solían gustarle los dulces. Bethany los cogió y los puso sobre la hierba. En pocos minutos se llenaron de insectos. Entonces Bethany se metió uno de ellos en la boca. Después le ofreció el otro a Cross. Cross se lo introdujo en la boca y enseguida notó un hormigueo en las encías y el paladar. Rápidamente tomó un sorbo de soda para tragárselo. Bethany miró a Athena.

Athena mantenía el ceño fruncido como una actriz que se estuviera preparando para interpretar una difícil escena. De repente estalló en una contagiosa carcajada y empezó a batir palmas.

—Ya os he dicho que eran buenísimos —dijo.

Desenvolvió otro pastelillo, pero Bethany lo rechazó y Cross también. Athena arrojó el pastelillo sobre la hierba, cogió su servilleta, le secó la boca a Bethany y después hizo lo mismo con Cross. A juzgar por la expresión de su rostro, cualquiera hubiera dicho que se lo estaba pasando muy bien.

Durante el camino de vuelta al hospital se dirigió a Cross con el mismo tono de voz que utilizaba con Bethany, como si él también fuera autista. Bethany la estudió con cuidado y después se volvió para mirar a Cross.

Cuando la dejaron en el hospital, Bethany cogió la mano de Cross.

—Eres guapo —le dijo, pero cuando Cross intentó darle un beso de despedida, apartó la cabeza y se alejó corriendo.

Mientras regresaban en su automóvil a Malibú, Athena comentó emocionada:

—Ha reaccionado a tu presencia, eso es muy buena señal.

—Porque soy guapo —contestó secamente Cross.

—No —dijo Athena—, porque te has comido los bichos. Yo soy tan guapa como tú, por lo menos, y sin embargo me odia...

Mientras Athena lo miraba sonriendo alegremente, Cross se sintió tan aturdido por su belleza que la intensidad de su sentimiento lo alarmó.

—Cree que eres como ella —añadió Athena—. Cree que eres autista.

Cross se echó a reír. La idea le hacía gracia.

—Puede que tenga razón —dijo—. A lo mejor me tendrías que dejar con ella en el hospital.

—No —respondió Athena sonriendo—. Entonces no podría tener tu cuerpo siempre que lo quisiera. Además pienso sacarla de allí cuando termine *Mesalina*.

Al llegar a Malibú, Cross entró con ella en la casa. Tenía previsto quedarse a pasar la noche allí. Para entonces ya había aprendido a interpretar a Athena: cuanto más animada parecía, más nerviosa estaba.

—Si estás disgustada, puedo regresar a Las Vegas —le dijo.

Ella lo miró con tristeza. Cross no supo si la quería más cuando se mostraba naturalmente efervescente o cuando estaba muy seria o melancólica. La belleza de su rostro experimentaba unos cambios tan prodigiosos que él siempre tenía la sensación de que sus sentimientos coincidían con los suyos.

—Has tenido un día espantoso y te mereces una recompensa —le dijo cariñosamente Athena.

Hablaba en tono burlón, pero él comprendió que se estaba burlando de su propia belleza y sabía que su magia era falsa.

—No he tenido un día espantoso —dijo Cross.

Y era cierto. La felicidad que había experimentado mientras estaban los tres juntos sentados a la orilla del lago en medio del bosque le había hecho recordar la época de su infancia.

—Te encantan los pastelillos con hormigas... —dijo tristemente Athena.

—No estaban mal —dijo Cross—. ¿Crees que Bethany mejorará?

—No lo sé, pero seguiré buscando hasta que lo averigüe —contestó Athena—. Tengo un largo fin de semana en el que no me van a necesitar en el rodaje de *Mesalina*. Me llevaré a Bethany a Francia. En París me han dicho que hay un médico estupendo y quiero que la vea y le haga una evaluación.

—¿Y si te dice que no hay esperanza? —preguntó Cross.

—Probablemente no lo creeré. Pero no importa —contestó Athena—. La quiero y cuidaré de ella.

—¿Por siempre jamás? —preguntó Cross.

—Sí —contestó Athena. De pronto, empezó a batir palmas mientras un extraño fulgor se encendía en sus ojos verdes—. Entre tanto, nos divertiremos un poco. Vamos a satisfacer nuestras necesidades. Subiremos arriba, nos ducharemos y saltaremos a la cama. Nos pasaremos horas y horas haciendo apasionadamente el amor. Después prepararé una cena de medianoche.

Cross se sentía de nuevo como un niño que acabara de despertar por la mañana con un día de placeres por delante: el desayuno que le preparaba su madre, los juegos con sus amigos, las excursiones de caza con su padre, la cena con su familia, Claudia, Nalene y Pippi. La partida de cartas. Una ingenua sensación infantil. Estaba a punto de hacer el amor con Athena en medio de la penumbra del ocaso. Mientras sus dedos acariciaban su cálida carne y la sedosa suavidad de su piel y el cielo se teñía de espléndidos tonos rojizos y rosados, contempló la puesta de sol sobre el Pacífico. Besaría su bello rostro y sus labios. Esbozó una sonrisa y subió con ella al piso de arriba.

Sonó el teléfono del dormitorio y Athena se adelantó a Cross para cogerlo. Lo cubrió con la mano y dijo en tono sobresaltado:

—Es para ti. Un tal Giorgio.

Cross jamás había recibido una llamada en casa de Athena.

Pensó que había surgido algún problema. Sacudió la cabeza, algo que jamás se hubiera creído capaz de hacer.

—No está aquí... Sí, le diré que le llame cuando regrese. —Athena colgó el teléfono y preguntó—: ¿Quién es este Giorgio?

—Un pariente —contestó Cross sin acabar de creerse lo que había hecho ni el porqué. Era un delito muy grave pero no podía renunciar a una noche con Athena. Después se preguntó cómo habría averiguado Giorgio dónde estaba y qué querría de él. Tenía que ser algo muy importante, pensó, pero aun así lo dejaría para el día siguiente. Estaba deseando disfrutar de unas horas de amor con Athena.

Era el momento con el que habían estado soñando todo el día y toda la semana. Mientras se desnudaban para ducharse juntos, Cross, con el cuerpo todavía sudoroso después del almuerzo en el bosque, no pudo resistir la tentación de abrazarla. Después ella lo cogió de la mano y lo acompañó al chorro de la ducha.

Se secaron el uno al otro con unas grandes toallas de color anaranjado. Luego, envueltos en ellas, salieron a la terraza para contemplar cómo el sol se iba poniendo lentamente en el horizonte. Volvieron a entrar en la habitación y se tendieron en la cama.

Cuando empezó a hacer el amor con Athena, Cross tuvo la sensación de que todas las células de su cerebro y de su cuerpo se alejaban volando y que se hundía en un sueño febril en el que era un espectro cuyos tenues vapores penetraban en la carne de Athena en medio de un éxtasis indescriptible. Le pareció que la sensación se prolongaba indefinidamente hasta que finalmente se quedaron dormidos el uno en brazos del otro. Cuando despertaron, aún estaban entrelazados bajo la luz de una luna más brillante que el sol.

—¿De veras te gusta Bethany? —preguntó Athena, besándolo.

—Sí —contestó Cross—. Forma parte de ti.

—¿Crees que yo podré ayudarla a mejorar? —preguntó Athena.

En aquel momento Cross pensó que hubiera sido capaz de dar la vida por la curación de la niña. Experimentaba el impulso de sacrificarse por la mujer a la que amaba, un sentimiento común a muchos hombres pero que él jamás había sentido hasta entonces.

—Intentaremos ayudarla entre los dos —dijo.

—No, tendré que hacerlo yo sola.

Volvieron a quedarse dormidos. Cuando sonó de nuevo el teléfono, la bruma del amanecer ya estaba ascendiendo en el aire. Athena cogió el teléfono, escuchó y le dijo a Cross:

—Es el guardia de la entrada. Dice que cuatro hombres que viajan en un coche quieren verte.

Cross sintió un estremecimiento de temor. Tomó el teléfono y le dijo al guardia:

—Que se ponga uno de ellos al teléfono.

La voz que oyó era la de Vincent.

—Cross, Petie está conmigo. Tenemos una noticia muy mala.

—De acuerdo, pásame al guardia —dijo Cross. Se dirigió al guardia y añadió—: Pueden entrar.

Se había olvidado por completo de la llamada de Giorgio. Esos son los efectos del amor, pensó asqueado. Como siga así, no duro ni un año.

Se vistió rápidamente y bajó corriendo. Justo en aquel momento el vehículo se estaba deteniendo delante de la casa mientras el sol, todavía medio oculto, arrojaba su luz por encima del horizonte.

Vincent y Petie estaban descendiendo de la parte de atrás del automóvil. Delante iban el conductor y otro hombre. Petie y Vincent recorrieron el largo camino del jardín que conducía a la entrada principal de la casa. Cross les abrió la puerta.

De repente Athena se situó a su lado, vestida con jersey y pantalones y sin nada debajo. Petie y Vincent la miraron. Estaba más guapa que nunca.

Athena los hizo pasar a la cocina y empezó a preparar el café mientras Cross se los presentaba como sus primos.

—¿Cómo habéis llegado hasta aquí? —les preguntó Cross—. Anoche estabais en Nueva York.

—Giorgio nos fletó un avión —contestó Petie.

Athena los estudió mientras preparaba el café. Ninguno de ellos mostraba la menor emoción. Parecían hermanos; eran muy altos, pero Vincent estaba tan pálido como el granito mientras que Petie tenía el enjuto rostro enrojecido por la intemperie o tal vez por la bebida.

—Bueno, ¿cuál es la mala noticia? —preguntó Cross.

Pensaba que le iban a decir que el Don había muerto, que Rose Marie se había vuelto totalmente loca o que Dante había hecho algo terrible y la familia estaba pasando por una crisis.

—Tenemos que hablar contigo a solas —dijo Vincent con su habitual frialdad.

Athena llenó las tazas de café.

—Yo te cuento todas mis malas noticias —le dijo Athena a Cross—. Tengo derecho a conocer las tuyas.

—Voy con ellos —dijo Cross.

—No seas tan sumiso —le dijo Athena—. No salgas.

Al oír sus palabras, Vincent y Petie reaccionaron. El rostro de granito de Vincent enrojeció a causa de la turbación. Petie miró a Athena con una inquisitiva sonrisa en los labios, como si pensara que era sospechosa y se la tenía que vigilar. Al verlo, Cross soltó una carcajada.

—Bueno, decidme qué es.

Petie trató de suavizar el golpe.

—Le ha ocurrido algo a tu padre —contestó.

—Un miserable atracador negro le ha pegado un tiro a Pippi —terció Vincent interrumpiendo sin compasión a su hermano—. Pippi ha muerto y el atracador también. Un policía llamado Losey disparó contra él mientras huía. Te necesitan en Los Ángeles para identificar el cadáver y para el papeleo. El viejo quiere que lo entierren en Quogue.

Cross se quedó sin respiración. Vaciló un instante, estremeciéndose bajo el soplo de un siniestro viento, mientras Athena le sujetaba el brazo con las manos.

—¿Cuándo? —preguntó.

—Anoche, sobre las ocho —contestó Vincent—. Giorgio te llamó.

Mientras yo estaba haciendo el amor, mi padre yacía en el depósito de cadáveres, pensó Cross. Experimentó una profunda sensación de vergüenza y sintió asco de sí mismo por aquel momento de debilidad.

—Tengo que irme —le dijo a Athena.

Ella contempló su afligido rostro. Jamás lo había visto en semejante estado.

—Lo siento —le dijo—. Llámame.

Desde el asiento de la parte de atrás de la limusina, Cross oyó que los otros dos hombres le daban el pésame. Los identificó como soldados del Enclave del Bronx. Mientras cruzaban la verja de la Colonia Malibú y enfilaban la autopista de la Costa del Pacífico, Cross advirtió una cierta lentitud de movimientos. El vehículo en el que viajaban estaba blindado.

Cinco días más tarde se celebró en Quogue el funeral por Pippi de Lena. La finca del Don disponía no sólo de capilla particular sino también de cementerio privado. Pippi fue enterrado en una sepultura al lado de la de Silvio. El Don quería manifestar de este modo el afecto que le profesaba.

Sólo asistieron al entierro los miembros de la familia Clericuzio y los soldados más apreciados del Enclave del Bronx. Lia Vazzi se trasladó desde el pabellón de caza de la Sierra a petición de Cross. Rose Marie no pudo estar presente. Al enterarse de la muerte de Pippi había sufrido uno de sus ataques y la habían tenido que llevar a una clínica psiquiátrica.

Claudia de Lena sí estaba. Había cogido un avión para consolar a Cross y despedirse de su padre. Lo que no había podido hacer cuando Pippi vivía, se consideraba obligada a hacerlo después de su muerte. Quería reclamar la parte de su padre que le correspondía y decirles a los Clericuzio que Pippi no sólo formaba parte de la familia sino que también era su padre.

El prado que se extendía delante de la mansión de los Clericuzio estaba adornado con una enorme corona de flores del tamaño de una valla publicitaria y había mesas con bandejas de fiambres, varios camareros y un camarero con un bar improvisado para atender a los presentes. Era un día de luto y no se discutió ningún asunto de la familia.

Claudia derramó amargas lágrimas por todos los años en que

se había visto obligada a vivir sin su padre. En cambio Cross recibió el pésame de los presentes con serena dignidad y no exteriorizó en ningún momento su dolor.

A la noche siguiente ya se encontraba de nuevo en su suite del hotel Xanadu, contemplando el desbordamiento de colores de las luces de neón del Strip. Desde allí arriba podía oír la música y el murmullo de los jugadores que abarrotaban el Strip en busca de un casino donde poder probar suerte. Sin embargo todo estaba lo bastante tranquilo como para que pudiera analizar lo ocurrido en el último mes y reflexionar sobre la muerte de su padre.

Cross no creía que Pippi de Lena hubiera sido abatido por un miserable atracador de raza negra. Era imposible que un hombre cualificado hubiera sufrido semejante destino.

Repasó los hechos que le habían contado. A su padre le había disparado un atracador negro de veintitrés años llamado Hugh Marlowe, con antecedentes penales por tráfico de droga. Marlowe había sido abatido mientras huía del lugar de los hechos por el investigador Jim Losey, que le estaba siguiendo la pista por un asunto de droga. Marlowe sostenía el arma en la mano y había apuntado contra Losey, que se había visto obligado a abrir fuego. La bala le había penetrado limpiamente a través del caballete de la nariz. Al acercarse, Losey descubrió a Pippi de Lena e inmediatamente llamó a Dante Clericuzio, antes incluso de informar de lo ocurrido a la policía. ¿Por qué razón lo había hecho, por mucho que figurara en la nómina de la familia? Qué gran ironía… Pippi de Lena, el paradigma del hombre cualificado, el Martillo Número Uno de la familia Clericuzio durante más de treinta años, asesinado por un miserable atracador y camello.

Pero ¿por qué razón el Don había enviado a Vincent y Petie para que lo transportaran en un vehículo blindado y lo custodiaran hasta el momento del entierro? ¿Por qué había tomado el Don semejantes precauciones? Cross se lo había preguntado durante el entierro, pero el Don le había contestado que lo más prudente era estar preparados hasta que se esclarecieran los hechos. Había llevado a cabo una exhaustiva investigación, y al parecer todos los hechos eran ciertos. Un maleante había cometido un error, y de resultas de ello se había producido una absurda tragedia. Aunque si bien se mira, había dicho el Don, casi todas las tragedias eran absurdas.

No cabía dudar de la sinceridad del dolor del Don. Siempre había tratado a Pippi como si fuera un hijo e incluso le había concedido cierta preferencia. «Tú ocuparás el lugar de tu padre en la familia», le había dicho a Cross.

Pero ahora Cross, en la terraza desde la que se podía contemplar toda la ciudad de Las Vegas, reflexionó sobre la cuestión esencial. El Don jamás había creído en la casualidad, y sin embargo el caso estaba lleno de casualidades. El investigador Jim Losey figuraba en la nómina de la familia, y de entre todos los millares de investigadores y policías que había en Los Ángeles había tenido que ser precisamente él quien descubriera el asesinato. ¿Cuántas probabilidades hubieran habido de que ocurriera tal cosa? Pero dejando aparte aquella cuestión, lo más importante era que Don Domenico Clericuzio jamás hubiera podido creer que un vulgar atracador callejero se hubiera podido acercar tanto a Pippi de Lena. ¿Y qué atracador efectuaba seis disparos antes de huir? Era imposible que el Don se hubiera tragado aquella explicación.

Quedaban por tanto algunas preguntas en el aire: ¿Habrían llegado los Clericuzio a la conclusión de que su mejor soldado constituía un peligro para ellos? ¿Por qué motivo? ¿Habrían sido capaces de olvidar su fidelidad, su entrega y el afecto que ellos sentían por él? No, tenían que ser inocentes, y prueba de ello era que el propio Cross seguía con vida. El Don jamás lo hubiera permitido si ellos hubieran eliminado a Pippi, pero Cross sabía que él también estaba en peligro.

Cross pensó en su padre. Lo quería sinceramente, y a Pippi le había dolido mucho que Claudia se hubiera negado a hablar con él en vida, como su padre hubiera deseado. No obstante, Claudia había decidido asistir al entierro. ¿Por qué? No cabía pensar que lo hubiera hecho simplemente porque era su hermana y quería estar a su lado. Había prolongado durante tanto tiempo la lucha de su madre que no quería mantener ningún contacto con los Clericuzio. ¿Y si lo hubiera hecho porque finalmente hubiera recordado lo bueno que había sido su padre con ellos dos, antes de que la familia se separara?

Recordó aquel día terrible en que había optado por quedarse con su padre tras haber comprendido quién era éste realmente y haberse dado cuenta de que hubiera sido muy capaz de matar a Nalene en caso de que ella se hubiera quedado con sus dos hijos. Entonces él se había adelantado y había cogido la mano de su padre, no por amor sino por el miedo que había visto en los ojos de Claudia.

Cross siempre había pensado que su padre era una protección contra el mundo en el que vivían, y siempre lo había considerado invulnerable. Un dador de muerte, no un receptor. Ahora él mismo se tendría que proteger contra sus enemigos y tal vez incluso contra los Clericuzio. Al fin y al cabo era muy rico, era propietario de acciones del Xanadu valoradas en quinientos millones de dólares y hubiera resultado rentable que lo quitaran de en medio.

Todo ello lo indujo a pensar en la vida que llevaba. ¿Cuál era su propósito? ¿Hacerse viejo como su padre, correr toda clase de riesgos para acabar finalmente asesinado? Cierto que Pippi había disfrutado mucho de la vida, del poder y del dinero, pero ahora Cross pensaba que la vida de su padre había estado muy vacía. Pippi jamás había conocido la dicha de amar a una mujer como Athena.

Sólo tenía veintiocho años y podía iniciar una nueva vida. Pensó en Athena y recordó que al día siguiente la vería trabajar por primera vez y observaría su vida de mentirijillas y todas las máscaras que se ponía. Cuánto la hubiera amado Pippi, que tan aficionado era a las mujeres hermosas… Recordó a la mujer de Virginio Ballazzo. Pippi la apreciaba, había comido a su mesa, la había abrazado y había bailado con ella e incluso había jugado a las bochas con su marido, pese a lo cual más tarde había planeado la muerte de ambos.

Cross lanzó un suspiro y se levantó para regresar a su suite. Ya estaba amaneciendo y la luz del nuevo día empañaba las luces de neón que cubrían el Strip como un gran telón teatral. Desde allí arriba podía ver las banderas de todos los grandes hoteles casino, el Sands, el Caesars, el Flamingo, el Desert Inn y el impresionante volcán del Mirage. El Xanadu era el más grande de todos ellos. Contempló las banderas que ondeaban en lo alto de las villas del Xanadu. Había vivido un gran sueño, pero ahora su sueño se estaba desmoronando. Gronevelt había muerto y su padre había sido asesinado.

Entró de nuevo en su habitación, llamó por teléfono a Lia Vazzi y le pidió que subiera a desayunar con él. Los dos habían regresado juntos a Las Vegas tras asistir al entierro en Quogue. Después ordenó que le subieran dos desayunos. Recordó que a Lia le encantaban las frutas de sartén, un plato todavía exótico para él a pesar de los años que llevaba en Estados Unidos. El guardia de seguridad llegó con Vazzi justo en el mismo momento en que entraba el camarero con los desayunos. Comieron en la cocina de la suite.

—¿Tú qué crees? —le preguntó Cross a Lia.

—Creo que tendríamos que eliminar a ese tal Losey —contestó Lia—. Te lo dije hace tiempo.

—¿O sea que tú no te crees la historia que ha contado? —preguntó Cross.

Lia estaba cortando las frutas de sartén a tiras.

—La historia no se tiene en pie —dijo—. No es posible que un hombre cualificado como tu padre permitiera que aquel sinvergüenza se acercara tanto a él.

—El Don cree que sí —dijo Cross—. Lo ha investigado.

Lia alargó la mano hacia uno de los puros y la copa de brandy que Cross le había colocado delante.

—Jamás me atrevería a contradecir al Don —dijo—, pero dame permiso para matar a Losey y así estaré más seguro.

—¿Y si los Clericuzio estuvieran detrás de él? —preguntó Cross.

—El Don es un hombre de honor —contestó Lia—, como los de antes. Si hubiera asesinado a Pippi también te hubiera asesinado a ti. Te conoce. Sabe que vengarías a tu padre y es un hombre prudente.

—Pero de todos modos —dijo Cross—, ¿por quién decidirías luchar, por mí o por los Clericuzio?

—No tengo ninguna alternativa —contestó Lia—. Estaba muy unido a tu padre y yo estoy muy unido a ti. No me permitirían vivir si tú desaparecieras.

Por primera vez en su vida, Cross tomó brandy con Lia para desayunar.

—A lo mejor no es más que una tontería —dijo.

—No —dijo Lia—. Es Losey.

—Pero no tenía ningún motivo para hacerlo —replicó Cross—. De todos modos tenemos que averiguarlo. Quiero que formes un equipo con seis de tus hombres más fieles, pero no elijas a ninguno del Enclave del Bronx. Tenlos preparados y aguarda mis órdenes.

Lia estaba insólitamente sereno.

—Perdóname —dijo—. Jamás he puesto en tela de juicio tus órdenes, pero esta vez te ruego que me consultes todos los detalles del plan general.

—De acuerdo —dijo Cross—. El próximo fin de semana tengo

previsto viajar a Francia y permanecer dos días allí. En mi ausencia, averigua todo lo que puedas sobre Losey.

Lia lo miró sonriente.

—¿Te vas con tu novia?

A Cross le hizo gracia la delicadeza de la pregunta.

—Sí —contestó—, y también con su hija.

—¿Ésa a la que le falta un cuarto de cerebro? —preguntó Lia sin ánimo de ofender.

Era una locución coloquial italiana en la que también se incluían las personas inteligentes aunque distraídas.

—Sí —contestó Cross—. Allí hay un médico que a lo mejor puede ayudarla.

—Muy bien —dijo Lia—. Te deseo lo mejor. ¿Esa mujer sabe algo de los asuntos de la familia?

—Dios nos libre —contestó Cross mientras se preguntaba cómo era posible que Lia supiera tantas cosas sobre su vida privada.

17

Cross vería por primera vez trabajar a Athena en un plató cinematográfico, la vería interpetar unos falsos sentimientos y ser un personaje distinto del que ella era en la vida real.

Se reunió con Claudia en el despacho que ésta tenía en los estudios de la LoddStone. Ambos presenciarían juntos la actuación de Athena. Claudia presentó a las otras dos mujeres que se encontraban en el despacho.

—Éste es mi hermano Cross y ésta es la directora Dita Tommey. Y Falene Fant, que hoy interviene en la película.

Tommey dirigió a Cross una mirada inquisitiva, pensando que era lo bastante guapo como para ser un actor aunque carecía de fuego y pasión y en la pantalla hubiera resultado más frío que un témpano. Enseguida perdió interés por él.

—Me voy —dijo, estrechando su mano—. Lamento muchísimo lo de su padre. Por cierto, bienvenido a mi plató. Claudia y Athena responden de usted, aunque sea uno de los productores.

Cross estudió a la otra mujer. Era de color chocolate oscuro, poseía un rostro descaradamente insolente y un cuerpo fabuloso, sabiamente realzado por la ropa que llevaba. Falene era menos estirada que Dita.

—No sabía que Claudia tuviera un hermano tan guapo... y tan rico, según tengo entendido —dijo—. Si alguna vez necesitas a alguien que te haga compañía a la hora de cenar, llámame —dijo.

—Lo haré —dijo Cross sin sorprenderse demasiado del ofrecimiento.

En el Xanadu había muchas coristas y bailarinas que se comportaban de la misma forma. Era una coqueta muy consciente de su belleza y jamás hubiera permitido que se le escapara un hombre que le gustara por simple respeto a las normas sociales.

—Le vamos a dar a Falene un poco más de trabajo en la película —explicó Claudia—. Dita cree que tiene talento y yo pienso lo mismo.

Falene miró a Cross con una radiante sonrisa en los labios.

—Sí, ahora meneo el culo diez veces en lugar de seis, y le digo a Mesalina: «Todas las mujeres de Roma te quieren y confían en tu victoria.» —Hizo una pausa antes de añadir—: Me han dicho que eres uno de los productores. A lo mejor podrías conseguir que me dejaran menear el culo veinte veces.

Cross intuyó algo extraño en ella, algo que trataba de disimular a pesar de su desparpajo.

—Soy simplemente uno de los que ponen el dinero —dijo—. Todo el mundo tiene que menear el culo alguna vez. —Miró a la chica sonriendo y añadió con encantadora sencillez—: En cualquier caso, te deseo mucha suerte.

Falene se inclinó hacia él y le dio un beso en la mejilla. Cross aspiró la empalagosa y erótica fragancia de su perfume mientras Falene lo abrazaba en gesto de gratitud.

—Tengo que deciros algo a ti y a Claudia, pero en secreto —dijo Falene, enderezando de nuevo la espalda—. No quiero meterme en líos, y mucho menos ahora.

Claudia, sentada delante de su ordenador, frunció el ceño pero no dijo nada. Cross se apartó de Falene. No le gustaban las sorpresas.

Falene observó la reacción de los dos hermanos.

—Siento mucho lo de vuestro padre —dijo con un leve temblor en la voz—, pero hay algo que debéis saber. Marlowe, el chico que dicen que lo atracó, creció conmigo y yo lo conocía mucho. Dicen que el investigador Losey le pegó un tiro a Marlowe porque según dicen había disparado contra vuestro padre. Pero yo sé que Marlowe nunca iba armado. Las armas le daban miedo. Marlowe trapicheaba un poco con droga y tocaba el clarinete, y era un cobarde encantador. Algunas veces Jim Losey y su compañero Phil Sharkey se daban algún paseo en coche con él para que les indicara a los camellos. Marlowe le tenía tanto miedo a la cárcel que era confidente de la policía. Y de repente se convierte en atracador y asesino. Yo conocía a Marlowe y os aseguro que hubiera sido incapaz de hacerle el menor daño a nadie.

Claudia guardó silencio. Falene la saludó con la mano, abandonó la estancia pero volvió a entrar en ella.

—Recordad lo que os he dicho —dijo—. Es un secreto entre nosotros.

—Ya está todo olvidado —le dijo Cross con una tranquilizadora sonrisa en los labios.

—Necesitaba desahogarme —dijo Falene—. Marlowe era un chico estupendo.

Después se marchó.

—¿Tú qué crees? —le preguntó Claudia a Cross—. ¿Qué significa todo eso?

Cross se encogió de hombros.

—Los drogatas están siempre llenos de sorpresas. A lo mejor necesitaba dinero para droga, cometió un atraco y tuvo mala suerte.

—Supongo que debió de ser eso —dijo Claudia—. Lo que ocurre es que Falene tiene muy buen corazón y se lo cree todo. Pero es curioso que nuestro padre muriera de esta manera.

Cross la miró con semblante muy serio.

—Todo el mundo tiene mala suerte alguna vez.

Se pasó el resto de la tarde presenciando el rodaje de las escenas. En una de ellas, el héroe desarmado vencía a tres hombres armados. Se ofendió y le pareció ridículo. Nunca se tenía que colocar a un héroe en una situación tan irremediablemente desesperada. Lo único que se conseguía demostrar con ello era que el protagonista era demasiado tonto como para ser un héroe. Después vio a Athena interpretar una escena de amor y otra de una disputa. Sufrió una pequeña decepción al ver que apenas actuaba y que los demás actores la eclipsaban. Era demasiado inexperto como para saber que lo que había hecho Athena cobraría mucha más fuerza en la película y que la cámara haría prodigios con ella.

Tampoco consiguió descubrir a la verdadera Athena pues tuvo unas intervenciones muy cortas, cor largos intervalos entre ellas. No se percibía ninguna vibración eléctrica capaz de sacudir la pantalla, y Athena estaba incluso menos guapa delante de las cámaras que detrás de ellas.

No hizo ningún comentario cuando pasó la noche con ella en Malibú. Tras hacer el amor con él, Athena le preguntó mientras preparaba la cena de medianoche:

—Hoy no he estado muy bien, ¿verdad? —Esbozó aquella sonrisa de gatita que a él siempre le producía una descarga de placer—. No te he querido enseñar mis mejores recursos —añadió—. Sabía que estarías allí, vigilándome con cuatro ojos para descubrir cómo soy realmente.

Cross soltó una carcajada. Le encantaba la percepción que ella tenía de su carácter.

—No, la verdad es que no has estado muy bien —contestó—. ¿Te gustaría que te acompañara a París el viernes?

Cross adivinó por la mirada de sus ojos que Athena se había quedado sorprendida, aunque su rostro no había sufrido la menor alteración. Athena lo pensó.

—Me serías de gran ayuda —contestó—, y podríamos ver París los dos juntos.

—Y regresar el lunes —dijo Cross.

—Sí —dijo Athena—. Tengo que rodar el martes por la mañana. Faltan pocas semanas para que termine la película.

—¿Qué harás después?

—Me retiraré y cuidaré de mi hija —contestó Athena—. Además ya no quiero seguir manteniendo en secreto su existencia.

—¿El médico de París tiene la última palabra? —preguntó Cross.

—Nadie tiene la última palabra —contestó Athena—, y menos en un caso como éste. Pero casi casi.

El viernes a última hora de la tarde volaron a París en un avión fletado especialmente por ellos. Athena se había disfrazado con una peluca y un maquillaje que apagaba su belleza y le confería un aspecto más bien vulgar. Llevaba unas prendas holgadas que disimulaban su cuerpo y le daban la apariencia de una mujer madura. Incluso caminaba de otra manera. Cross se quedó asombrado.

En el avión, Bethany contempló fascinada la tierra desde la ventanilla y paseó arriba y abajo, mirando a través de todas las ventanillas. Se la veía un poco alterada, y su rostro habitualmente inexpresivo parecía casi normal.

Desde el aeropuerto se dirigieron a un pequeño hotel de la avenida Georges Mandel, donde tenían reservada una suite con dos dormitorios separados por una sala de estar, uno para Cross y otro para Athena y Bethany. Eran las diez de la mañana. Athena se quitó la peluca y el maquillaje y se cambió de ropa. No soportaba estar hecha un asco en París.

Al mediodía, los tres se dirigieron al consultorio del médico, instalado en un pequeño *chateau* en medio de un jardín cercado por una valla de hierro. El guardia de la entrada comprobó su identidad y les franqueó el paso.

En la puerta los recibió una sirvienta que los acompañó a un gran salón lujosamente amueblado.

El doctor Ocell Gerard era un hombre muy alto y corpulento, impecablemente vestido con un traje marrón a rayas, camisa blanca y corbata de seda marrón a juego. La barba le hubiera sentado bien para disimular sus mofletudos carrillos. Sus carnosos labios eran de un intenso color rojo oscuro. Se presentó a Athena y Cross, pero no prestó la menor atención a la niña. Athena y Cross experimentaron una inmediata aversión hacia él. No parecía un médico muy adecuado para la delicada profesión que ejercía.

Había una mesa preparada con té y pastas. Les sirvió una doncella. Poco después entraron dos jóvenes enfermeras enfundadas en unos severos uniformes de cofia blanca, y falda y blusa de color marfil. Las dos enfermeras se pasaron todo el rato estudiando atentamente a Bethany.

El doctor Gerard se dirigió a Athena:

—*Madame*, quiero darle las gracias por su generosa aportación a nuestro Instituto Médico para Niños Autistas. He estudiado su solicitud con absoluta discreción. Por este motivo llevaré a cabo el examen aquí, en mi centro privado. Ahora dígame exactamente qué espera usted de mí.

Tenía una suave y magnética voz de bajo que llamó la atención de Bethany. La niña lo miró fijamente, pero él no le hizo caso.

Athena estaba nerviosa. Aquel hombre no le caía nada bien.

—Quiero que haga usted una evaluación. Quiero que la niña lleve una vida más a menos normal, si es posible, y estoy dispuesta a dejarlo todo con tal de conseguirlo. Quiero que la admita usted en su instituto. Estoy dispuesta a quedarme a vivir en Francia para ayudarla en su aprendizaje.

Lo dijo con una tristeza y una esperanza tan grandes y con un espíritu tan abnegado que las dos enfermeras la miraron casi con veneración. Cross se dio cuenta de que Athena estaba echando mano de todas sus dotes de actriz para convencer al médico de que aceptara a la niña en su instituto. La vio alargar el brazo para tomar cariñosamente la mano de Bethany.

El único que no parecía impresionado era el doctor Gerard, que se dirigió a Athena sin mirar a Bethany.

—Por mucho amor que le dé, no podrá ayudar a esta niña. He examinado su historial y no cabe la menor duda de que es auténticamente autista. No puede corresponder a su amor. No vive en nuestro mundo. Ni siquiera vive en el mundo de los animales. Vive absolutamente sola en una estrella distinta. Usted no tiene la culpa —añadió—, y en mi opinión tampoco la tuvo su padre. Se trata de una de esas misteriosas complejidades de la condición humana. Lo que yo haré será examinarla y someterla a unas pruebas más exhaustivas. Después le diré lo que podemos y lo que no podemos hacer en nuestro instituto. Si veo que no podemos hacer nada por ella, deberá usted llevársela a casa. Si podemos ayudarla, deberá usted dejarla aquí conmigo en Francia durante cinco años.

Se dirigió en francés a una de las enfermeras y ésta se retiró y regresó con un enorme libro con fotografías de célebres cuadros. Se lo ofreció a Bethany, pero era demasiado grande como para que la niña pudiera sostenerlo sobre las rodillas. El doctor Gerard se dirigió a ella por primera vez, hablándole en francés. Bethany colocó inmediatamente el libro sobre la mesa y empezó a pasar las páginas. Muy pronto se enfrascó en el estudio de los cuadros.

El médico parecía un poco turbado.

—No quisiera ofenderla —dijo—, pero es por el bien de la niña. Sé que el señor De Lena no es su esposo, ¿pero es posible que sea el padre de la niña? En caso afirmativo quisiera someterlo a unas pruebas.

—No lo conocía cuando nació mi hija —contestó Athena.

—*Bon* —dijo el médico encogiéndose de hombros—. Estas cosas siempre son posibles.

Cross se echó a reír.

—A lo mejor el doctor ve en mí algunos síntomas.

El médico frunció sus labios rojos y asintió con la cabeza, esbozando una amable sonrisa.

—Sí, tiene usted ciertos síntomas. Todos los tenemos. ¿Quién sabe? Un centímetro de más o de menos y todos podríamos ser autistas. Ahora tengo que examinar exhaustivamente a la niña y someterla a algunas pruebas. Tardaremos por lo menos cuatro horas. ¿Por qué no aprovechan para dar un buen paseo por nuestra hermosa ciudad de París? ¿Es la primera vez que viene, señor De Lena?

—Sí —contestó Cross.

—Quiero quedarme con mi hija —dijo Athena.

—Como usted quiera, *madame* —dijo el médico, y dirigiéndose a Cross añadió—: Disfrute de su paseo. Yo personalmente detesto París. Si alguna ciudad pudiera ser autista, París lo sería, sin duda alguna.

Pidieron un taxi, y Cross regresó a la habitación del hotel. No le apetecía ver París sin Athena y necesitaba descansar. Además había viajado a París para despejarse la cabeza y reflexionar.

Pensó en lo que le había dicho Falene. Recordó que Losey había acudido solo a Malibú, cuando lo normal era que los investigadores de la policía trabajaran en pareja. Antes de emprender viaje a París le había dicho a Vazzi que examinara el asunto.

A las cuatro ya se encontraba de vuelta en la sala de estar del médico. Lo estaban esperando. Bethany seguía estudiando el libro de los cuadros y Athena estaba muy pálida, el único signo físico que Cross sabía que no era fingido. Bethany se estaba atiborrando de pastelillos. El médico le retiró la bandeja y le dijo algo en francés. Bethany no protestó. Apareció una enfermera y se la llevó a la sala de juegos.

—Perdone, pero tengo que hacerle unas preguntas —le dijo el médico a Cross.

—Como usted quiera —dijo Cross.

El médico se levantó de su asiento y empezó a pasear arriba y abajo por la estancia.

—Le voy a decir lo que ya le he dicho a *madame*. En estos casos no hay milagros, absolutamente ninguno. Con un largo adiestramiento puede producirse una enorme mejoría en algunos casos, pero no es muy frecuente. En el caso de *mademoiselle*, hay ciertos límites. Tendrá que permanecer en mi centro de Niza por lo menos cinco años. Allí tenemos profesores capaces de explorar todas las posibilidades. Ese período nos permitirá saber si hay posibilidades de que la niña lleve una vida casi normal, o si tenemos que mantenerla permanentemente ingresada.

Athena rompió a llorar. Se acercó un pañuelito de seda a los ojos y Cross aspiró su perfume.

El médico miró a Athena con semblante impasible.

—*Madame* está de acuerdo. Se incorporará a nuestro instituto como profesora… Bien. —Se sentó directamente delante de Cross—. Algunas señales son muy buenas. Tiene verdadero talento de pintora. Algunos sentidos están muy alerta y no los oculta. Mostró interés cuando le hablé en francés, un idioma que no comprende pero intuye. Eso es una buenísima señal. Otra cosa que también es positiva: la niña ha dado muestras de echarle a usted de menos esta tarde, lo cual significa que experimenta algún sentimiento por otro ser humano y que a lo mejor este sentimiento se puede ampliar. Es muy insólito, pero tiene una explicación no demasiado misteriosa. Cuando se lo comenté a la niña me dijo que usted era guapo. Le ruego que no se ofenda, señor De Lena. Le hago la pregunta sólo por razones médicas y para ayudar a la niña, no para acusarle a usted de nada. ¿Ha estimulado usted sexualmente a la niña de alguna manera, tal vez sin querer?

Cross se llevó tal sorpresa que estalló en una carcajada.

—No sabía que hubiera reaccionado a mi presencia, y nunca le he dado ocasión para que reaccionara.

Athena enrojeció de cólera.

—Eso es ridículo —dijo—. Nunca ha estado solo con ella.

El médico insistió.

—¿Le ha hecho usted en algún momento alguna caricia física? No me refiero a tomar su mano, acariciarle el cabello ni siquiera a darle un beso. La niña es muy pequeña, y por consiguiente su reacción sería de carácter puramente físico. No sería usted el primero en sentirse atraído por semejante inocencia.

—A lo mejor intuye mi relación con su madre —dijo Cross.

—Su madre no le importa —dijo el médico—. Perdóneme, *madame*, pero ésa es una de las cosas que tiene usted que aceptar... no le importa ni la belleza de su madre ni su fama. Son cosas que literalmente no existen para ella. Es por usted por quien siente algo. Piénselo bien. A lo mejor una inocente muestra de ternura, alguna acción involuntaria.

Cross lo miró fríamente.

—Si así fuera se lo diría, para poder ayudarla.

—¿Siente usted cariño por esta niña? —preguntó el médico.

—Sí —contestó Cross tras dudar un instante.

El doctor Gerard se reclinó contra el respaldo de su asiento y entrelazó los dedos de las manos.

—Le creo —dijo—. Y eso me infunde una gran esperanza. Si la niña reacciona con usted, puede que consigamos ayudarla a reaccionar con otras personas. Hasta es posible que algún día tolere a su madre. Eso será suficiente para usted, ¿no es cierto, *madame*?

—Oh, Cross —dijo Athena—. Espero que no te hayas enfadado.

—No te preocupes —dijo Cross.

El doctor Gerard lo estudió detenidamente.

—¿No se ha ofendido? —le preguntó—. Muchos hombres se lo hubieran tomado muy a mal. El padre de una paciente llegó a agredirme, en cambio usted no está enfadado. Dígame por qué.

Cross no podía explicarle al médico, y ni siquiera a Athena, hasta qué extremo la máquina de los abrazos de Bethany lo había afectado. Le recordaba a Tiffany y a todas las coristas que habían hecho el amor con él y lo habían dejado totalmente vacío de sentimientos, a todos los Clericuzio e incluso a su padre, que siempre lo habían hecho sentirse aislado y desesperanzado. Y también a las víctimas que había dejado a sus espaldas y que eran como unos personajes de un mundo espectral que sólo se hacía realidad en sus sueños.

Cross miró al médico directamente a los ojos.

—Quizá porque yo también soy autista —dijo—. O quizá porque tengo crímenes peores que ocultar.

El médico se reclinó contra el respaldo de su asiento y, sonriendo por primera vez, dijo en tono complacido:

—Vaya. ¿Quiere venir a hacerse unas pruebas?

Los dos se echaron a reír.

—Bueno, *madame* —dijo el doctor Gerard—. Tengo entendido que regresa usted a Estados Unidos mañana por la mañana. ¿Por qué no me deja a su hija? Mis enfermeras son muy competentes y le aseguro que la niña no la echará de menos.

—Pero yo la echaré de menos a ella —dijo Athena—. ¿Podría quedarme con ella esta noche y traerla de nuevo mañana por la mañana? Hemos fletado un avión y puedo irme cuando quiera.

—Por supuesto que sí —contestó el médico—. Tráigala por la mañana. Mis enfermeras la acompañarán a Niza. Ya tiene usted el teléfono del instituto y sabe que me puede llamar todas las veces que quiera.

Se levantaron para marcharse. Athena besó impulsivamente al médico en la mejilla. El doctor Gerard se puso colorado pues no era insensible a su belleza y a su fama a pesar de su pinta de ogro.

Athena, Bethany y Cross se pasaron el resto del día paseando por las calles de París. Athena le compró a Bethany un vestuario completo, utensilios de pintura y una enorme maleta para guardar las cosas. Después lo enviaron todo al hotel.

Cenaron en un restaurante de los Campos Elíseos. Bethany comió como una fiera, sobre todo pasteles. No había pronunciado una sola palabra en todo el día ni había respondido a los gestos de afecto de Athena.

Cross jamás había visto unas manifestaciones de amor como las que Athena le prodigaba a su hija salvo en su infancia, cuando su madre Nalene le cepillaba el cabello a Claudia.

En el transcurso de la cena Athena sostuvo la mano de Bethany en la suya, le quitó las migas de la cara y le explicó que regresaría a Francia después de un mes y se quedaría con ella en la escuela durante cinco años.

Bethany no le hizo el menor caso.

Athena le explicó con entusiasmo que aprenderían juntas el francés, irían a los museos, verían los cuadros de los grandes pintores y ella podría dedicar todo el tiempo que quisiera a pintar cuadros. Añadió que viajarían por toda Europa y que visitarían España, Italia y Alemania.

De pronto Bethany pronunció sus primeras palabras de aquel día.

—Quiero mi máquina.

Como siempre, Cross se sintió rodeado por una atmósfera sagrada. La encantadora niña parecía una copia de un hermoso lienzo al que le faltara el alma del artista, como si su cuerpo se hubiera vaciado para que únicamente lo pudiera llenar la presencia de Dios.

Ya había oscurecido cuando regresaron al hotel. Bethany caminaba entre los dos. En determinado momento la cogieron por las manos y la levantaron en el aire. Por un instante pareció que a la niña le gustaba, hasta tal punto que pasaron de largo al llegar a la entrada del hotel.

Fue entonces cuando Cross experimentó exactamente la misma sensación de felicidad que había sentido durante el almuerzo en el bosque. Todo consistía en estar los tres juntos, cogidos de la mano. Se llenó de asombro y horror ante aquella muestra de sentimentalismo.

Al final volvieron al hotel. Tras haber acostado a Bethany, Athena regresó a la sala de estar de la suite, donde Cross la estaba esperando. Se sentaron el uno al lado del otro en el sofá lavanda, cogidos de la mano.

—Amantes en París —dijo Athena sonriendo—, y ni siquiera hemos tenido ocasión de dormir juntos en una cama francesa.

—¿Te preocupa dejar a Bethany aquí? —preguntó Cross.

—No —contestó Athena—. No nos echará de menos.

—Cinco años es mucho tiempo —dijo Cross—. ¿Estás dispuesta a renunciar a cinco años de profesión?

Athena se levantó y empezó a pasear por la estancia.

—Me enorgullezco de poder prescindir de mi trabajo de actriz. Cuando era pequeña soñaba con ser una gran heroína, María Antonieta dirigiéndose a la guillotina, Juana de Arco consumiéndose en la hoguera, María Curie salvando a la humanidad de algún desastre. Y por supuesto, lo más ridículo que puede haber; dejarlo todo por el amor de un gran hombre. Soñaba con vivir una existencia heroica y estaba segura de que sería pura de alma y de cuerpo y que iría al cielo. Aborrecía la idea de asumir compromisos, especialmente a cambio de dinero. Había tomado la firme decisión de no hacer jamás el menor daño a ningún ser humano en ninguna circunstancia. Todo el mundo me querría, incluida yo misma. Sabía que era lista, todo el mundo me decía que era guapa y había demostrado no sólo que era competente sino también que tenía talento.

»¿Y qué hice? Me enamoré de Boz Skannet. Me acostaba con los hombres no por deseo sino para favorecer mi carrera. Di la vida a un ser humano que a lo mejor nunca me querrá ni querrá a nadie. Después maniobré hábilmente, exigiendo el asesinato de mi marido. Pregunté sin demasiado disimulo quién accedería a eliminar a aquel marido que tanto me molestaba. —Apretó la mano de Cross con la suya—. Te lo agradezco de corazón.

Cross trató de tranquilizarla.

—Tú no hiciste nada de todo eso. Fue tu destino, como decimos en mi familia. En cuanto a Skannet, era una china en tu zapato, otro dicho de mi familia. ¿Por qué no ibas a librarte de él?

Athena lo besó suavemente en los labios.

—Ahora ya me he librado de él —dijo—. Eres mi caballero andante. Lo malo es que tú no te limitas a matar dragones.

—Si al cabo de cinco años el médico dice que la niña no puede mejorar, ¿qué vas a hacer?

—No me importa lo que digan los demás —contestó Athena—. Siempre hay esperanza. Permaneceré a su lado el resto de mi vida.

—¿Y no echarás de menos tu trabajo? —preguntó Cross.

—Por supuesto que lo echaré de menos, y también a ti te echaré de menos —contestó Athena—. Pero en último extremo haré lo que considere más justo y no me limitaré a ser una heroína de pe-

lícula —dijo en tono burlón—. Deseo que la niña me quiera —añadió en un apagado susurro—, es lo único que me importa.

Se dieron un beso de buenas noches y se fueron a sus respecti-
vos dormitorios.

A la mañana siguiente acompañaron a Bethany al consultorio
del médico. Athena lo pasó muy mal cuando se despidió de su hija.
Abrazó a la niña y se puso a llorar, pero Bethany no le hizo caso.
La apartó con la mano y se preparó para rechazar a Cross, pero
éste no hizo el menor intento de abrazarla.

Cross se enojó momentáneamente con Athena por ser tan débil con su hija. Mientras contemplaba la escena, el médico le dijo a
Athena:

—Cuando regrese necesitará usted mucho entrenamiento para
enfrentarse con esta niña.

—Volveré lo antes que pueda —dijo Athena.

—No es necesario que se dé prisa —dijo el doctor Gerard—.
Vive en un mundo en el que el tiempo no existe.

Durante el vuelo de regreso a Los Ángeles, Cross y Athena
acordaron que él iría a Las Vegas y no la acompañaría a Malibú. A
lo largo de todo el viaje sólo hubo un terrible incidente. Athena se
pasó más de media hora llorando en silencio, presa de una angustia
infinita. Después se calmó.

Cuando se despidieron, Athena le dijo a Cross:

—Siento que no consiguiéramos hacer el amor en París.

Cross intuyó sin embargo que lo decía por simple cumplido.
En aquellos momentos la idea de hacer el amor la repugnaba. Al
igual que su hija, vivía en otro mundo.

Cross fue recibido en el aeropuerto por una gran limusina con-
ducida por un soldado del pabellón de caza. Lia Vazzi estaba aco-
modado en el asiento de atrás. Lia cerró la separación de cristal
para que el conductor no pudiera oír la conversación.

—El investigador Losey volvió a subir para hablar conmigo
—dijo—. La próxima vez que suba será la última.

—Ten paciencia —le dijo Cross.

—Conozco los signos, que no te quepa la menor duda de eso
—dijo Lia—. Y otra cosa. Un equipo de hombres del Enclave del

Bronx se ha desplazado a Los Ángeles. No sé quién ha dado la orden. Creo que necesitas guardaespaldas.

—Todavía no —dijo Cross—. ¿Ya tienes preparado tu equipo de seis hombres?

—Sí —contestó Lia—, pero son unos hombres que no actuarán directamente contra los Clericuzio.

Cuando llegaron al Xanadu, Cross encontró un memorándum de Pollard, un interesante informe sobre Jim Losey. Los datos le permitirían poner inmediatamente manos a la obra.

Cross sacó cien mil dólares de la caja del casino, todos en billetes de cien. Después le dijo a Lia que irían a Los Ángeles. Lia sería su chófer y no debería acompañarles nadie más. Le mostró a Lia el memorándum. Al día siguiente volaron a Los Ángeles y alquilaron un coche para dirigirse a Santa Mónica.

Phil Sharkey estaba cortando el césped del jardín de su casa. Cross descendió del vehículo con Lia y se identificó como un amigo de Pollard que necesitaba una información. Lia estudió detenidamente el rostro de Sharkey. Después regresó al automóvil.

Phil Sharkey no tenía un aspecto tan impresionante como el de Jim Losey, pero no cabía duda de que era un tipo muy duro. Al parecer, sus muchos años de trabajo policial le habían hecho perder la confianza en sus congéneres humanos. Tenía el alerta recelo y la seriedad de modales propia de los mejores policías, pero estaba claro que no era un hombre feliz.

Sharkey hizo pasar a Cross al interior de su casa, que en realidad era un bungalow con unas entrañas muy deterioradas y ofrecía el desolado aspecto de una vivienda sin mujer y sin hijos. Lo primero que hizo Sharkey fue llamar a Pollard para confirmar la identidad de su visitante. Después, sin ofrecerle ningún detalle de cortesía, ni un asiento ni una bebida, le dijo a Cross:

—Adelante, puede preguntar.

Cross abrió la cartera de documentos y sacó un fajo de billetes de cien dólares.

—Aquí hay diez mil —dijo—, sólo por dejarme hablar, aunque me llevará un poco de tiempo. ¿Qué tal si me ofrece una cerveza y un sitio donde sentarme?

El rostro de Sharkey se iluminó con una sonrisa. Era la sonrisa curiosamente afable del buen policía que participa en un negocio, pensó Cross.

Sharkey se guardó el dinero en el bolsillo del pantalón, con aire indiferente.

—Usted me gusta —le dijo a Cross—. Es listo. Sabe que el dinero suelta la lengua, y no pierde el tiempo con tonterías.

Se sentaron alrededor de una mesita redonda en el porche de la parte de atrás del bungalow que daba a la avenida Ocean. Desde allí podían contemplar la arena de la playa y el agua del océano mientras se bebían las cervezas directamente de la botella. Sharkey se dio unas palmadas en el bolsillo para asegurarse de que el dinero estaba todavía allí.

—Si me da usted las respuestas que yo espero —dijo Cross—, habrá inmediatamente otros veinte mil. Y después, si mantiene la boca cerrada sobre mi presencia aquí, dentro de dos meses vendré con otros cincuenta mil.

Sharkey volvió a sonreír, pero esta vez con cierta perversidad.

—Dentro de dos meses ya no le importará a quién se lo diga.

—En efecto —contestó Cross.

—Sharkey lo miró con la cara muy seria.

—No pienso decirle nada que pueda servir para denunciar a nadie.

—Eso quiere decir que usted no sabe quién soy yo —dijo Cross—. Será mejor que vuelva a llamar a Pollard.

Sharkey lo interrumpió secamente.

—Sé quién es. Jim Losey me aconsejó que procurara tratarlo bien. En todo —dijo, adoptando la comprensiva actitud de escucha tan propia de su profesión.

—Usted y Jim Losey han sido compañeros durante diez años —dijo Cross— y además ganaban unas considerables sumas de dinero en negocios aparte. De pronto se retiran. Me gustaría saber por qué.

—O sea que va usted detrás de Losey —dijo Sharkey—. Eso es muy peligroso. Era el policía más valiente y más listo que jamás he conocido.

—¿Y qué me puede decir de la honradez? —preguntó Cross.

—Éramos policías en Los Ángeles —contestó Sharkey—. ¿Sabe usted qué coño puede significar eso? Pues significa que si cumplíamos con nuestra obligación y molíamos a palos a los hispanos y a los negros podíamos ser denunciados y perder nuestro empleo.

A los únicos a los que podíamos detener sin meternos en líos era a los blancos imbéciles que tenían dinero. Mire, yo no tengo prejuicios, ¿pero por qué iba a enviar a los blancos a la cárcel si no podía enviar a los demás? No me parece justo.

—Pero si no me equivoco, Jim Losey ha recibido un montón de condecoraciones —dijo Cross—. Usted también tiene unas cuantas.

Sharkey se encogió de hombros para quitar importancia al detalle.

—En esta ciudad, a pocos cojones que se tengan, uno no puede evitar ser un héroe de la policía. Muchos de aquellos tíos no sabían que hubieran podido hacer un buen negocio si hubieran hablado como Dios manda, y algunos eran unos auténticos asesinos, así que teníamos que defendernos y nos concedían medallas. Créame, nunca provocábamos una pelea.

Cross ponía en duda todo lo que Sharkey le estaba diciendo. Jim Losey era un matón nato a pesar de sus lujosos trajes.

—¿Eran ustedes socios en todo lo que hacían? —preguntó Cross—. ¿Sabían todo lo que ocurría?

Sharkey soltó una carcajada.

—Jim Losey siempre era el jefe. A veces ni yo mismo sabía exactamente lo que estábamos haciendo, y tampoco sabía exactamente lo que nos pagaban. Jim se encargaba de todo y me daba lo que a su juicio era una parte justa. —Sharkey hizo una pausa—. Él tenía sus propias normas.

—Bueno, ¿y cómo se ganaban el dinero?

—Estábamos en la nómina de varios de los más importantes sindicatos del juego —explicó Sharkey—. A veces los tíos de la droga también nos soltaban algo. Hubo un tiempo en que Jim Losey se negaba a aceptar dinero de la droga, pero después todos los policías del mundo empezaron a hacerlo y nosotros también lo hicimos.

—¿Utilizaron usted y Losey alguna vez a un chico negro llamado Marlowe para que les indicara a los camellos más importantes? —preguntó Cross.

—Pues claro —contestó Sharkey—. Marlowe era un chico muy simpático que hasta tenía miedo de su propia sombra. Lo utilizábamos muchas veces.

—Eso quiere decir que se quedaría usted sorprendido al enterarse de que Losey le había pegado un tiro mientras huía del lugar donde acababa de atracar y matar a un tío.

—En absoluto —contestó Sharkey —. Los drogatas van aprendiendo, pero son tan atolondrados que siempre la cagan, y en tales circunstancias Jim nunca hace la advertencia que tenemos la obligación de hacer. Se limita a disparar.

—¿Pero no le parece una extraña coincidencia que sus caminos se cruzaran de esta manera? —preguntó Cross.

El rostro de Sharkey perdió su dureza y pareció entristecerse.

—Es sospechoso —dijo—. Todo resulta muy sospechoso, pero ahora me siento obligado a decirle una cosa. Jim Losey era valiente, las mujeres lo querían y los hombres lo respetaban. Y yo, que era su socio, sentía lo mismo, aunque la verdad es que siempre actuaba de una forma un tanto sospechosa.

—O sea que pudo ser un montaje —dijo Cross.

—No, no —dijo Sharkey—. Tiene que comprenderlo. El trabajo te lleva a cobrar sobornos, aunque no te convierte en un sicario. Jim Losey jamás hubiera hecho tal cosa. Nunca lo creeré.

—Pues entonces, ¿por qué pidió usted el retiro inmediatamente después?

—Porque Jim me estaba poniendo muy nervioso —contestó Sharkey.

—Yo conocí a Losey hace unos meses en Malibú —le dijo Cross—. Iba solo. ¿Actuaba a menudo sin usted?

Sharkey esbozó una ancha sonrisa.

—A veces —contestó—. En aquella ocasión en particular, fue a ver si se ligaba a la actriz. A menudo se ligaba a las grandes estrellas. Algunas veces almorzaba con gente y no quería que yo lo acompañara.

—Otra cosa —dijo Cross—. ¿Era racista Jim Losey? ¿Odiaba a los negros?

Sharkey lo miró con burlona expresión de asombro.

—Pues claro. Debe de ser usted uno de esos malditos liberales que andan por ahí, ¿verdad? ¿Tan terrible le parece? Trabaje usted un año en nuestra profesión, verá cómo enseguida vota para que los encierren a todos en el zoo.

—Otra pregunta —dijo Cross—. ¿Le ha visto usted alguna vez en compañía de un tipo bajito que lleva un sombrero muy raro?

—Un tipo italiano —dijo Sharkey—. Almorzamos juntos una vez y después Jim me dijo que me largara. Un tipo muy misterioso.

Cross abrió la cartera de documentos y sacó otros dos fajos de billetes.

—Son veinte mil —dijo—. No lo olvide, si mantiene la boca cerrada recibirá otros cincuenta mil. ¿De acuerdo?

—Sé quién es usted —dijo Sharkey.

—Pues claro —dijo Cross—. Le di permiso a Pollard para que le dijera quién soy.

—Sé quién es realmente —dijo Sharkey, esbozando su contagiosa sonrisa—. Por eso no cobro ahora todo lo que usted lleva en la cartera, y por eso mantendré la boca cerrada durante dos meses. Entre usted y Losey, no sé quién me mataría más rápido.

Cross de Lena comprendió que estaba metido en unos líos tremendos. Sabía que Jim Losey figuraba en la nómina de la familia Clericuzio, que cobraba un sueldo anual de cincuenta mil dólares y unas gratificaciones aparte por trabajos especiales, entre los cuales nunca se incluía el asesinato. Todo ello fue suficiente para que llegara a una deducción: Dante y Losey habían matado a su padre. Era una deducción muy fácil para él porque no tenía que atenerse a las normas legales de las pruebas. Toda su experiencia con la familia Clericuzio le sirvió para emitir un veredicto de culpabilidad. Conocía la habilidad y el carácter de su padre. Ningún atracador se hubiera podido acercar a él. También conocía el carácter y la habilidad de Dante y la antipatía que éste le tenía a su padre.

Pero la gran pregunta era: ¿Había actuado Dante por su cuenta y riesgo o bien la muerte la había ordenado el Don? Pero los Clericuzio no tenían ningún motivo para hacer tal cosa pues su padre les había sido leal durante más de cuarenta años y había sido un factor muy importante en el ascenso de la familia. Había sido el gran general de la guerra contra los Santadio. Cross se preguntó, no por primera vez, por qué razón nadie le había revelado jamás los detalles de aquella guerra, ni su padre, ni Gronevelt, ni Giorgio, ni Petie, ni Vincent.

Cuanto más pensaba en ello, tanto más seguro estaba de una cosa: el Don no había tenido nada que ver con el asesinato de su padre. Don Domenico era un hombre de negocios muy conservador. Recompensaba los servicios leales, no los castigaba. Su sentido de la justicia era tan acusado que podía llegar al extremo de la crueldad. Pero el argumento definitivo era el siguiente: Jamás hubiera permitido que él viviera en caso de que hubiera ordenado la muerte de Pippi. Ésa era la prueba de la inocencia del Don.

Don Domenico creía en Dios y algunas veces en el destino, pero no creía en la casualidad. La casualidad de que Jim Losey hubiera sido el policía que había disparado contra el atracador, que a su vez había disparado contra Pippi, habría sido tajantemente rechazada por el Don. Éste habría llevado a cabo sus propias investigaciones y habría descubierto la conexión de Dante con Losey, y estaría al corriente no sólo de la culpa de Dante sino también de su motivo.

¿Y qué decir de Rose Marie, la madre de Dante? ¿Qué sabía? Al enterarse de la muerte de Pippi, Rose Marie había sufrido el más grave de sus ataques y se había puesto a llorar y a gritar palabras inconexas hasta el extremo de que el Don no había tenido más remedio que enviarla a la clínica psiquiátrica de East Hampton, que él había fundado muchos años atrás. Allí permanecería por lo menos durante un mes.

El Don siempre prohibía las visitas a Rose Marie en la clínica, exceptuando las de Dante, Giorgio, Vincent y Petie, pero Cross le enviaba a menudo a su tía ramos de flores y cestos de fruta. ¿Por qué estaba entonces Rose Marie tan traumatizada? ¿Acaso conocía la culpa de Dante y el motivo que lo había inducido a actuar? En aquel momento Cross recordó el comentario del Don en el sentido de que Dante sería su heredero. Aquello le pareció muy siniestro. Decidió visitar a Rose Marie en la clínica a pesar de la prohibición del Don. Iría con flores, fruta, chocolate y queso, y le manifestaría su sincero afecto con el exclusivo propósito de inducirla con engaño a traicionar a su hijo.

Dos días más tarde, Cross entró en el vestíbulo de la clínica psiquiátrica de East Hampton. Había dos guardias de seguridad en la entrada. Uno de ellos lo acompañó al mostrador de recepción.

La recepcionista era una mujer de mediana edad, elegantemente vestida. Al comunicarle Cross el objeto de su visita, le dirigió una encantadora sonrisa y le dijo que tendría que esperar media hora pues Rose Marie estaba siendo sometida en aquellos momentos a un pequeño procedimiento médico. Cuando estuviera lista ya se lo indicaría.

Cross se sentó en la sala de espera de la zona de recepción, situada a un lado del vestíbulo y amueblada con unas mesas y unos mullidos sillones. Mientras, hojeaba un ejemplar de una revista de

Hollywood. Mientras lo hacía, vio un reportaje sobre Jim Losey, el heroico investigador de Los Ángeles. En el reportaje se enumeraban todas las hazañas que habían culminado en la muerte del atracador-asesino Marlowe. A Cross le hicieron gracia dos cosas: que su padre fuera calificado de propietario de una empresa de servicios financieros, víctima inocente de un despiadado criminal, y la frase que cerraba el reportaje, en la cual se afirmaba que si hubiera más policías como Jim Losey, la delincuencia callejera se podría controlar.

Una fornida enfermera le dio una palmada en el hombro y le dijo con una amable sonrisa en los labios:

—Tenga la bondad de acompañarme.

Cross cogió la caja de bombones y las flores que llevaba y subió con la enfermera unos peldaños. Después avanzó por un largo pasillo con puertas a ambos lados. Al llegar a la última puerta, la enfermera la abrió con una llave maestra, le indicó con un gesto que pasara y cerró la puerta a su espalda.

Rose Marie, envuelta en una bata de color gris y con el cabello pulcramente trenzado estaba contemplando la pantalla de un pequeño televisor. Al ver a Cross se levantó de un salto del sofá y se arrojó en sus brazos llorando. Cross le dio un beso en la mejilla y le entregó los bombones y las flores.

—Oh, has venido a verme —le dijo—. Creía que me odiabas por lo que le hice a tu padre.

—No le hiciste nada a mi padre —dijo Cross, acompañándola de nuevo al sofá. Después apagó el televisor y se arrodilló junto al sofá—. Estaba preocupado por ti.

Rose Marie alargó la mano y le acarició el cabello.

—Siempre fuiste muy guapo —le dijo—. Me molestaba que fueras el hijo de tu padre, y me alegré de su muerte. Pero yo siempre supe que ocurrirían cosas terribles. Yo llené el aire y la tierra de veneno para él. ¿Crees que mi padre lo pasará por alto?

—El Don es un hombre justo —contestó—. Nunca te echará la culpa a ti.

—Te ha engañado a ti tal como engañó a todo el mundo —dijo Rose Marie—. Nunca te fíes de él. Traicionó a su propia hija y a su nieto y traicionó también a su sobrino Pippi... y ahora te traicionará a ti.

Había levantado la voz, y Cross temió que le diera uno de sus ataques.

—Cálmate, tía Roe —le dijo—. Cuéntame qué es eso que tanto te ha disgustado y te ha obligado a regresar aquí.

La miró a los ojos, y al ver la inocencia que todavía conservaban se imaginó lo bonita que debía de ser en su infancia.

—Diles que te cuenten lo de la guerra de los Santadio y entonces lo comprenderás todo —contestó Rose Marie en un susurro.

Miró más allá de Cross y se cubrió el rostro con las manos. Cross se volvió. Vincent y Petie se encontraban de pie en la puerta. Rose Marie se levantó del sillón, corrió al dormitorio y cerró ruidosamente la puerta.

—Dios mío —dijo Vincent. Su rostro de granito reflejaba una profunda compasión y desesperación. Se acercó a la puerta del dormitorio, llamó con los nudillos y dijo a través de ella—: Roe, abre la puerta. Somos tus hermanos. No te haremos daño...

—Qué casualidad que os haya encontrado aquí —dijo Cross—. Yo también he venido a visitar a Rose Marie.

Vincent nunca perdía el tiempo con tonterías.

—No estamos aquí de visita. El Don quiere verte en Quogue.

Cross analizó la situación. Estaba claro que la recepcionista había llamado a alguien de Quogue, y que el Don no quería que él hablara con Rose Marie. El hecho de que hubiera enviado a Vincent y Petie significaba que no pensaban liquidarlo pues no era posible que actuaran con tanta imprudencia.

Sus suposiciones quedaron confirmadas cuando Vincent le dijo:

—Cross, yo iré contigo en tu coche. Petie irá en el suyo.

Un golpe en la familia Clericuzio nunca era de uno contra uno.

—No podemos dejar a Rose Marie así —dijo Cross.

—Pues claro que podemos —dijo Petie—. La enfermera le dará una inyección.

Cross trató de entablar conversación mientras conducía.

—Qué rápido habéis llegado, Vincent.

—Petie iba al volante —dijo Vincent—. Es un loco. —Hizo una breve pausa antes de añadir en tono preocupado—: Cross, tú conoces las normas, ¿cómo es posible que hayas venido a visitar a Rose Marie?

—Rose Marie era una de mis tías preferidas cuando yo era pequeño —contestó Cross.

—Al Don no le gusta —dijo Vincent—. Está muy enfadado. Dice que eso no es propio de Cross. Él lo sabe.

—Ya lo arreglaré —dijo Cross—, pero es que estaba muy preocupado por tu hermana. ¿Qué tal va?

Vincent lanzó un suspiro.

—Me parece que esta vez será para siempre. Ya sabes el cariño que le tenía a tu padre de niña. De todos modos, ¿quién hubiera podido imaginar que el asesinato de tu padre la afectara tanto?

Cross captó la falsedad del tono de voz de Vincent. Estaba seguro de que sabía algo.

—Mi padre siempre le tuvo mucho aprecio a Rose Marie —se limitó a decir.

—Pero en los últimos años ella ya no lo quería tanto —añadió Vincent—, sobre todo cuando le daban los ataques. Hubieras tenido que oír las cosas que decía de él.

—Tú participaste en la guerra de los Santadio —dijo Cross en tono indiferente—. ¿Cómo es posible que nunca me hayáis contado nada sobre ella?

—Porque nunca hablamos de las operaciones —contestó Vincent—. Mi padre nos enseñó que eso no servía para nada. Hay que seguir adelante. Bastantes preocupaciones tiene el presente como para que uno se preocupe por el pasado.

—Pero de todos modos, mi padre fue un gran héroe, ¿verdad?

Vincent sonrió levemente y su rostro de piedra estuvo casi a punto de suavizarse.

—Tu padre era un genio —contestó—. Podía planear una operación como Napoleón. Nada fallaba cuando él lo organizaba. Puede que sólo fallara una o dos veces, por culpa de la mala suerte.

—¿O sea que fue él quien planeó la guerra contra los Santadio? —preguntó Cross.

—Estas preguntas se las tienes que hacer al Don —contestó Vincent—. Hablemos de otra cosa.

—De acuerdo —dijo Cross—. ¿Me vais a liquidar como a mi padre?

El frío rostro de piedra de Vincent reaccionó violentamente. Agarró el volante y obligó a Cross a detenerse al borde de la autovía.

—¿Pero es que te has vuelto loco? —dijo con la voz rota por la emoción—. ¿Tú crees que la familia Clericuzio sería capaz de hacer una cosa así? Tu padre llevaba la sangre de los Clericuzio. Era nuestro mejor soldado, él nos salvó. El Don lo quería tanto como a cualquiera de sus hijos. ¿Pero se puede saber por qué haces esta pregunta?

—Me he llevado un gran susto cuando os he visto aparecer de repente.

—Vuelve a la carretera —le dijo Vincent en tono asqueado—. Tu padre, Giorgio, Petie y yo luchamos juntos en tiempos muy difíciles. Nunca nos podríamos enfrentar los unos a los otros. Pippi tuvo mala suerte, un atracador negro se lo cargó.

El resto del camino lo hicieron en silencio. En la mansión de Quogue había los habituales dos guardias de la entrada y un tercero sentado en el porche. No parecía que hubiera ninguna actividad fuera de lo normal.

Don Clericuzio, Giorgio y Petie lo estaban esperando en el estudio de la mansión.

En el mueble bar había una caja de puros habanos y un cubilete lleno de negros y retorcidos puros italianos.

Don Clericuzio estaba sentado en uno de los grandes sillones de cuero marrón de la estancia. Cross se acercó a saludarle y se sorprendió al ver que el Don se levantaba con una agilidad impropia de su edad y lo abrazaba. Después el Don le indicó una mesa sobre la cual se habían dispuesto varios platos de quesos y fiambres.

Cross comprendió que el Don aún no estaba listo para hablar. Se preparó un bocadillo con *mozzarella* y *prosciutto*. El *prosciutto* estaba cortado en finas lonchas de color rojo oscuro, rodeadas por una suave grasa blanca. La blanca bola de la *mozzarella* era tan fresca que todavía rezumaba leche. Estaba rematada en la parte superior por una gruesa prominencia salada parecida al nudo de una cuerda.

De lo único que presumía el Don era de que nunca se comía una *mozzarella* que tuviera más de treinta minutos.

Vincent y Petie también se sirvieron comida, y Giorgio hizo de camarero, ofreciéndole una copa de vino al Don y bebidas sin alcohol a los demás. El Don sólo se comió la jugosa *mozzarella*, dejando que se le fundiera en la boca. Petie le ofreció uno de los retorcidos puros italianos y se lo encendió. Menudo estómago tenía el viejo, pensó Cross.

—Croccifixio —dijo bruscamente Don Clericuzio—, cualquier cosa que ahora intentes averiguar a través de Rose Marie, yo te la diré. Sospechas que hubo algo extraño en la muerte de tu padre. Te equivocas. He mandado investigarla y los datos son ciertos. Pippi tuvo mala suerte. Era el hombre más prudente de su profesión, pero a veces ocurren accidentes ridículos. Deja que se tranquilice tu espíritu. Tu padre era mi sobrino y un Clericuzio, uno de mis amigos más queridos.

—Háblame de la guerra de los Santadio —dijo Cross.

LIBRO VII

LA GUERRA DE LOS SANTADIO

18

—Es peligroso ser razonable con las personas estúpidas —dijo Don Clericuzio, tomando un sorbo de vino mientras apartaba a un lado el puro italiano—. Presta mucha atención. Es una larga historia y no todo fue lo que parecía. Ocurrió hace treinta años... —El Don señaló hacia sus tres hijos—: Si me olvido de algo importante, ayudadme.

Sus tres hijos sonrieron ante la idea de que el Don pudiera olvidar algo importante.

La luz del estudio era una suave neblina dorada mezclada con el humo del puro, y los olores de la comida eran tan fuertes y aromáticos que parecían afectar a la luz.

—Me convencí de ello después de que los Santadio... —El Don hizo una pausa para tomar un sorbo de vino—. Hubo un tiempo en que los Santadio igualaban nuestro poder, pero los Santadio se habían creado demasiados enemigos, llamaban demasiado la atención de las autoridades y no tenían el menor sentido de la justicia. Crearon un mundo sin valores, y un mundo sin sentido de la justicia no puede perdurar.

»Les propuse a los Santadio muchos acuerdos, hice concesiones porque deseaba vivir en un mundo de paz, pero como eran muy fuertes, los Santadio tenían el sentido del poder propio de las personas violentas, creían que el poder lo era todo. Y así estalló la guerra entre nosotros.

—¿Por qué tiene Cross que conocer esta historia? —preguntó Giorgio, interrumpiendo a su padre—. ¿De qué nos servirá eso a él o a nosotros?

Vincent apartó la mirada de Cross, y Petie lo miró fijamente con la cabeza ladeada, como si lo estuviera estudiando. Ninguno de los tres hijos quería que el Don contara la historia.

—Porque se lo debemos a Pippi y a Croccifixio —contestó el Don, y dirigiéndose a Cross añadió—: Saca de esta historia las conclusiones que tú quieras, pero mis hijos y yo somos inocentes del crimen que tú sospechas. Pippi era como un hijo para mí, y tú eres como un nieto. Todos lleváis la sangre de los Clericuzio.

—Eso no nos hará ningún bien —insistió Giorgio.

Don Clericuzio agitó el brazo con impaciencia y después les preguntó a sus hijos:

—¿Es cierto lo que he dicho hasta ahora?

Los tres asintieron con la cabeza.

—Los hubiéramos tenido que liquidar a todos desde un principio —dijo Petie.

El Don se encogió de hombros y le dijo a Cross:

—Mis hijos eran muy jóvenes, tu padre era muy joven, ninguno de ellos había cumplido todavía los treinta años. Yo no quería desperdiciar sus vidas en una gran guerra. Don Santadio, que en paz descanse, tenía seis hijos, pero más que hijos los consideraba soldados. Jimmy Santadio era el mayor y trabajaba con nuestro viejo amigo Gronevelt, que en paz descanse también. Por aquel entonces los Santadio eran propietarios de la mitad del hotel. Jimmy era el mejor de todos, el único que comprendía que la paz era la mejor solución para todos nosotros, pero el viejo y los otros hijos estaban sedientos de sangre.

»Ahora bien, yo no tenía ningún interés en que la guerra fuera sangrienta. Yo quería tiempo para utilizar la razón y convencerlos de la sensatez de mis propuestas. Yo les hubiera cedido a ellos el negocio de la droga, y ellos me hubieran tenido que ceder a mí el del juego. Yo quería su mitad del Xanadu, y a cambio permitiría que ellos controlaran todo el tráfico de droga de Estados Unidos, un negocio muy sucio que exigía una mano firme y violenta. Era una propuesta muy razonable. Con la droga se podía ganar mucho más dinero y era un negocio que no exigía estrategias a largo plazo, un negocio sucio con mucho trabajo operativo, y por tanto muy apropiado para los Santadio. Yo quería que los Clericuzio controlaran todo el juego, que era un negocio menos arriesgado y menos provechoso que el de la droga, pero que si se gestionaba con inteligencia, a la larga podía ser más lucrativo, y me parecía más apropiado para la familia Clericuzio. Yo siempre he aspirado a convertirme algún día en un miembro de la sociedad, y el juego podía llegar a ser una mina de oro legal, sin necesidad de correr riesgos diarios y vernos obligados a hacer trabajos sucios. En eso, el tiempo me ha dado la razón.

»Por desgracia, los Santadio lo querían todo. Todo. Ten en cuenta, sobrino, que era una época muy peligrosa para todo el mundo. El FBI ya estaba al corriente de la existencia de las familias y sabía que colaborábamos las unas con las otras. El Gobierno, con sus recursos y su tecnología, destruyó muchas familias. La muralla de la *omertà* se estaba desmoronando.

»Los jóvenes que ya habían nacido en Estados Unidos colaboraban con las autoridades para salvar el pellejo. Por suerte yo creé el Enclave del Bronx y traje a nuevos hombres de Sicilia para que fueran mis soldados.

»Lo único que jamás he podido comprender es cómo pueden las mujeres causar tantos problemas. Mi hija Rose Marie tenía dieciocho años por aquel entonces. ¿Cómo pudo perder la cabeza por Jimmy Santadio? Decía que eran como Romeo y Julieta. ¿Quiénes eran Romeo y Julieta? ¿Pero quién coño era esa gente? No podían ser italianos. Cuando me lo dijeron, me resigné. Abrí nuevamente las negociaciones con la familia Santadio y rebajé mis exigencias para que las dos familias pudieran coexistir. En su ceguera, ellos lo consideraron una muestra de debilidad, y así se inició la tragedia que ha durado treinta años.

El Don hizo una pausa. Giorgio se sirvió otro vaso de vino, una rebanada de pan y un trozo de cremoso queso. Después se situó de pie detrás del Don.

—¿Por qué hoy?

—Porque aquí mi querido sobrino está preocupado por la forma en que murió su padre y tenemos que disipar cualquier sospecha que pueda albergar en relación con nosotros —contestó el Don.

—Yo no sospecho de usted, Don Domenico —dijo Cross.

—Todo el mundo sospecha de todo el mundo —dijo el Don—. Así es la naturaleza humana. Pero dejadme continuar. Rose Marie era muy joven y no tenía el menor conocimiento de los asuntos mundanos. Se le partió el corazón cuando las dos familias se opusieron a la boda, pero ella no tenía ni idea de cuál era la verdadera razón, y decidió juntarlos a todos, creyendo que el amor vencería todos los obstáculos, tal como ella misma me dijo más tarde. Entonces era encantadora y era la luz de mi vida. Mi mujer había muerto muy joven y jamás me volví a casar porque no podía resistir la idea de compartir mi hija con una desconocida. No le negaba nada y tenía grandes esperanzas para su futuro, pero no hubiera podido soportar que se casara con un Santadio. Se lo prohibí. Yo también era joven entonces y pensé que mis hijos obedecerían mis órdenes. Quería enviarla a estudiar a la universidad y que se casara con alguien que no perteneciera a nuestro mundo. Giorgio, Vincent y Petie tenían que mantenerme en esta vida, y yo necesitaba su ayuda. Esperaba que sus hijos también pudieran escapar a un mundo mejor, al igual que Silvio, mi hijo menor.

El Don señaló la fotografía de la repisa de la chimenea del estudio.

Cross jamás la había examinado con detenimiento porque no conocía su historia. Era la fotografía de un joven de veinte años muy parecido a Rose Marie pero de aspecto más dulce y con unos ojos más grises e inteligentes. Era el rostro de un ser tan bondadoso que Cross se preguntó si no habrían retocado la fotografía.

La atmósfera de la estancia sin ventanas estaba cada vez más llena de humo. Giorgio había encendido un enorme puro habano.

—Se me caía la baba por Silvio, más incluso que por Rose Marie. Tenía mejor corazón que la mayoría de la gente. Lo habían admitido en la universidad con una beca. Había esperanzas para él, pero era demasiado inocente.

—No conocía las calles —dijo Vincent—. Ninguno de nosotros se hubiera atrevido a salir sin protección, como hacía él.

Giorgio prosiguió el relato.

—Rose Marie y Jimmy Santadio se habían ido a vivir juntos al motel Commack, y a Rose Marie se le ocurrió la idea de preparar un encuentro entre Jimmy y Silvio, pensando que de esta manera las dos familias se podrían reconciliar. Llamó a Silvio y éste acudió al motel sin decírselo a nadie. Los tres prepararon la estrategia. Silvio siempre llamaba «Roe» a Rose Marie. Las últimas palabras que le dirigió a su hermana fueron: «Todo se arreglará, Roe. Papá me escuchará.»

Pero Silvio jamás tendría ocasión de hablar con su padre. Por desgracia, dos de los hermanos Santadio, Fonsa e Italo, estaban vigilando a su hermano Jimmy.

Con su violenta paranoia, los Santadio sospechaban que Rose Marie estaba conduciendo a su hermano Jimmy a una trampa, por lo menos empujándolo a una boda que debilitaría el poder que ellos ejercían dentro de la familia. Aborrecían a Rose Marie por su valentía y su firme decisión de casarse con su hermano, sabían que había desafiado a su propio padre, el gran Don Clericuzio, y que no se detendría ante nada.

Habían reconocido a Silvio, y cuando salió del motel lo atraparon en el paso elevado Robert Moses y lo mataron de un tiro. Después le quitaron el reloj y el billetero para que pareciera un robo. Fue un acto de barbarie típico de la mentalidad de los Santadio.

Don Clericuzio no se llamó a engaño en ningún momento. Jimmy Santadio acudió al velatorio, desarmado y sin escolta, y pidió ser recibido en privado por el Don.

—Don Clericuzio —le dijo—, mi dolor es casi tan grande como el suyo. Pongo mi vida en sus manos, si usted cree que los Santadio son responsables de lo ocurrido. He hablado con mi padre y él no dio esa orden, y me ha autorizado a decirle que reconsiderará todas sus propuestas. Además, me ha dado permiso para casarme con su hija.

Rose Marie entró en la estancia y tomó el brazo de Jimmy. La angustia de su rostro era tan grande que el corazón del Don se ablandó por un instante. La tristeza y el temor conferían al semblante de su hija una trágica belleza. Sus grandes y brillantes ojos oscuros estaban llenos de lágrimas. Miraba a su alrededor como si estuviera aturdida y no comprendiera nada.

Apartó los ojos del Don y miró a Jimmy Santadio con tanto amor que, en una de las pocas ocasiones de su vida, Don Clericuzio pensó en la clemencia. ¿Cómo podía causar dolor a una hija tan hermosa?

—Jimmy se horrorizó al pensar que tú pudieras creer que su familia había tenido algo que ver con lo ocurrido —le dijo Rose Marie a su padre—. Sé que no han tenido nada que ver con ello, y me ha prometido que su familia llegará a un acuerdo.

Don Clericuzio ya había declarado culpable del asesinato a la familia Santadio. No necesitaba ninguna prueba, pero la clemencia era otra cosa.

—Te creo y te acepto —dijo el Don, y era cierto que creía en la inocencia de Jimmy, aunque tal cosa no bastara para hacerle cambiar de opinión—. Rose Marie, tienes mi permiso para casarte, pero no en esta casa; ningún miembro de mi familia estará presente. Jimmy, dile a tu padre que nos sentaremos juntos para hablar de negocios después de la boda.

—Gracias. Lo comprendo —dijo Jimmy Santadio—. La boda se celebrará en nuestra casa de Palm Springs. Dentro de un mes, toda mi familia estará allí y toda su familia será invitada. Si prefieren no asistir, la decisión será suya.

El Don se ofendió.

—¿Tan pronto, después de todo lo que ha pasado? —dijo, señalando el féretro con la mano.

Entonces Rose Marie se arrojó en brazos de su padre. El Don intuyó su terror.

—Estoy embarazada —le susurró Rose Marie.

—Ah —dijo el Don, mirando con una sonrisa a Jimmy Santadio.

—Lo llamaré Silvio —añadió Rose Marie en voz baja—. Será como Silvio.

El Don le acarició el negro cabello y le dio un beso en la mejilla.

—Muy bien —dijo—, pero sigo sin querer asistir a la boda.

Rose Marie ya había recuperado su audacia. Levantó el rostro y besó a su padre en la mejilla. Después le dijo:

—Papá, alguien tiene que asistir, alguien me tiene que entregar.

El Don se volvió hacia Pippi, que se encontraba de pie a su lado.

—Pippi representará a la familia en la boda. Es mi sobrino y le encanta bailar. Pippi, tú entregarás a tu prima y después os podréis ir todos a la mierda.

Pippi se inclinó para besar a Rose Marie en la mejilla.

—Allí estaré —le dijo—. Y si Jimmy te deja plantada, huiremos juntos.

Rose Marie lo miró agradecida y se arrojó en sus brazos.

Un mes más tarde, Pippi de Lena cogió un avión en Las Vegas con destino a Palm Springs para asistir a la boda. Había pasado todo aquel mes en la mansión de Don Clericuzio en Quogue, manteniendo reuniones con Giorgio, Vincent y Petie.

El Don había dado instrucciones precisas en el sentido de que Pippi debería estar al frente de la operación y de que sus órdenes deberían ser cumplidas como si las hubiera dado él mismo, cualesquiera que fueran.

Sólo Vincent se atrevió a poner reparos a la decisión del Don.

—¿Y si los Santadio no han matado a Silvio?

—No importa —contestó el Don—. Eso lleva su marca y nos podría perjudicar en el futuro. Sólo tendremos que enfrentarnos a ellos en otra ocasión. Por supuesto que son culpables. La malquerencia ya es en sí misma un asesinato. Si los Santadio no son culpables, tendremos que reconocer que el destino está en contra nuestra. ¿Qué preferís vosotros?

Por primera vez en su vida, Pippi observó que el Don estaba apenado. Pasaba largas horas en la capilla del sótano de la casa. Comía muy poco y bebía más vino que de costumbre, y durante unos cuantos días colocó la fotografía enmarcada de Silvio en su dormitorio. Un domingo le pidió al cura que decía la misa que lo oyera en confesión. Al llegar el último día, el Don se reunió a solas con Pippi.

—Pippi —le dijo—, la operación es muy complicada. Puede surgir una situación en la que se plantee la posibilidad de perdonar la vida a Jimmy Santadio. No lo hagas, pero nadie deberá saber que la orden la he dado yo. Las consecuencias de la acción tendrán que recaer sobre ti, no sobre mí ni tampoco sobre Giorgio, Vincent o Petie. ¿Estás dispuesto a cargar con la culpa?

—Sí —contestó Pippi—. Usted no quiere que su hija lo odie o le haga algún reproche, o que se lo hagan sus hijos.

—Puede surgir una situación en la que Rose Marie corra peligro —dijo el Don.

—Sí —dijo Pippi.

El Don lanzó un suspiro.

—Haz todo lo posible por salvaguardar a mis hijos —dijo—. Tú deberás tomar las decisiones finales, pero yo jamás te di la orden de eliminar a Jimmy Santadio.

—¿Y si Rose Marie descubriera que ha sido...? —preguntó Pippi.

El Don miró directamente a Pippi de Lena.

—Es mi hija y la hermana de Silvio. Jamás nos traicionará.

La mansión de los Santadio en Palm Springs tenía cuarenta habitaciones repartidas en tres pisos y estaba construida en estilo español, haciendo juego con el desierto circundante. Un muro de piedra roja la separaba del inmenso campo de arena que la rodeaba. El recinto del interior albergaba no sólo la casa sino también una enorme piscina, un campo de tenis y una pista de bochas.

Para el día de la boda se había preparado una enorme barbacoa, un estrado para la orquesta y una pista de baile de madera sobre el césped. La pista de baile estaba rodeada de mesas largas de banquete. Delante de la gran verja de bronce del recinto se encontraban estacionados tres grandes camionetas de una empresa de catering.

Pippi de Lena había llegado a primera hora de la mañana del sábado con una maleta llena de ropa para la boda. Le asignaron una habitación del primer piso, a través de cuyas ventanas penetraba la dorada luz del sol del desierto.

Empezó a deshacer el equipaje.

La ceremonia religiosa se celebraría hacia el mediodía en Palm Springs, a sólo media hora en coche. Después los invitados regresarían a la casa para participar en la fiesta.

Llamaron a la puerta y entró Jimmy Santadio. Miró a Pippi resplandeciente de felicidad y le dio un fuerte abrazo. Aún no se había puesto el traje para la boda y estaba muy guapo, con unos pantalones blancos y una camisa de seda de color gris perla. Sostuvo las manos de Pippi entre las suyas para manifestarle su afecto.

—Me alegro mucho de que hayas venido —dijo—. Roe está muy emocionada porque la vas a entregar tú, pero el viejo quiere conocerte antes de que empiece la fiesta.

Sin soltar su mano, Jimmy lo acompañó a la planta baja y recorrió con él un largo pasillo que conducía a la habitación de Don Santadio. Don Santadio estaba tendido en la cama con un pijama de color azul. Parecía mucho más viejo que Don Clericuzio, pero tenía unos ojos tan perspicaces como los de éste, escuchaba con la misma atención y su cabeza calva era redonda como una pelota. Le hizo señas a Pippi de que se acercara y alargó los brazos para que éste lo pudiera abrazar.

—Es muy justo que hayas venido —dijo el viejo en un áspero susurro—. Cuento contigo para ayudar a nuestras familias a abrazarse, como hemos hecho nosotros dos. Tú eres la paloma de la paz que traerá la concordia entre nosotros. Que Dios te bendiga, que Dios te bendiga. —Volvió a recostarse sobre la almohada y cerró los ojos—. Qué feliz me siento este día.

En la habitación había una fornida enfermera de mediana edad. Jimmy la presentó como su prima. La enfermera les pidió en voz baja que se retiraran pues el Don tenía que reservar sus fuerzas para poder participar más tarde en los festejos. Pippi reconsideró por un instante la situación. Estaba claro que a Don Santadio no le quedaba mucho tiempo de vida. Entonces Jimmy se convertiría en el jefe de su familia, y quizá se podrían arreglar las cosas. Sin embargo Don Clericuzio jamás aceptaría el asesinato de su hijo Silvio, y nunca podría haber una auténtica paz entre las dos familias. En cualquier caso, el Don le había dado instrucciones muy precisas.

Entre tanto, dos de los hermanos Santadio, Fonsa e Italo, estaban registrando la habitación de Pippi en busca de armas o de aparatos de comunicación. El vehículo de alquiler de Pippi también había sido minuciosamente registrado.

Los Santadio habían organizado una fastuosa boda para su príncipe. Por todo el recinto se habían distribuido unos enormes cestos de mimbre llenos de flores exóticas. Había vistosas carpas en las que unos camareros no paraban de escanciar champán. Un bufón vestido con atuendo medieval estaba haciendo juegos de magia para entretener a los niños, y la música que surgía de los altavoces se propagaba a todos los rincones del recinto. Cada invitado había recibido un número para un sorteo de veinte mil dólares que se celebraría más tarde. ¿Dónde hubiera podido haber una fiesta más espléndida?

Sobre el cuidado césped se habían levantado unas carpas de alegres colores para proteger a los invitados del calor del desierto: unas carpas verdes sobre la pista de baile, una carpa roja sobre la orquesta y unas carpas azules sobre la pista de tenis, donde se habían dispuesto los regalos de boda. Entre ellos un Mercedes plateado para la novia y un pequeño avión privado para el novio, obsequio de Don Santadio.

La ceremonia religiosa fue muy breve y sencilla. Cuando los invitados regresaron al recinto de los Santadio, la orquesta ya estaba tocando. Las mesas de la comida y los tres bares estaban protegidos por dos carpas, una de ellas decorada con escenas de cazadores que perseguían jabalíes, y otra con altos vasos de bebidas tropicales con cubitos de hielo.

Los novios abrieron el baile con solemne esplendor. Bailaron protegidos por la sombra de la carpa mientras el rojo sol del desierto asomaba por las esquinas e iluminaba su felicidad, y ellos

agachaban la cabeza bajo las manchas de luz. Estaban tan visiblemente enamorados que los invitados batieron palmas y prorrum-
pieron en vítores. Rose Marie estaba guapísima y Jimmy Santadio
parecía más joven que nunca.

Cuando la orquesta dejó de tocar, Jimmy sacó a Pippi al centro
de la pista de baile y lo presentó a los más de doscientos invitados.

—Éste es Pippi de Lena —dijo—, el que ha entregado a la novia en representación de la familia Clericuzio. Es mi más querido
amigo. Sus amigos son mis amigos. Sus enemigos son mis enemigos. —Después levantó la copa—. Vamos a brindar todos por él.
Será el primero en bailar con la novia.

Mientras bailaba con Pippi, Rose Marie le preguntó en voz baja:

—Tú unirás a las dos familias, ¿verdad, Pippi?

—Dalo por hecho —contestó Pippi mientras evolucionaba con
ella por la pista.

Pippi fue el asombro de la fiesta por su simpatía y su jovialidad.
No se perdió un solo baile, y sus pies parecían mucho más ligeros
que los de otros invitados más jóvenes que él. Bailó con Jimmy y
después con sus hermanos Fonsa, Italo, Benedict, Gino y Louis.
Bailó también con los niños y con las mujeres de edad. Bailó un
vals con el director de la orquesta y cantó con los miembros de la
orquesta picantes canciones en dialecto siciliano. Comió y bebió
con tanta despreocupación que se manchó el esmoquin con salsa
de tomate, zumo de fruta y vino. Después jugó a las bochas con tal
entusiasmo que la pista se convirtió en el centro de atención de
toda la fiesta durante una hora.

Cuando hubo terminado, Jimmy Santadio habló aparte con él.

—Cuento contigo para que todo se arregle —le dijo—. Si nuestras dos familias se juntan, nada nos podrá detener. Tú y yo —añadió Jimmy Santadio, echando mano de todo su encanto.

Pippi hizo acopio de toda la sinceridad que le quedaba.

—Lo haré —contestó—. Lo haré.

Se preguntó si Jimmy Santadio era tan sincero como parecía.
Para entonces ya debía de haberse enterado de que alguien de su
familia había cometido el asesinato.

Jimmy pareció leer sus pensamientos.

—Te lo juro, Pippi —dijo—, yo no tuve nada que ver con lo
que ocurrió. —Tomó la mano de Pippi entre las suyas—. Nosotros
no tuvimos nada que ver con la muerte de Silvio. Nada. Te lo juro
sobre la cabeza de mi padre.

—Te creo —dijo Pippi, estrechando sus manos.

Tuvo un momento de duda, pero ya era demasiado tarde.

El rojo sol del desierto cedió el paso a las sombras del crepúsculo y entonces se encendieron las luces en todo el recinto. Era la señal de que estaba a punto de iniciarse la cena. Todos los hermanos, Fonsa, Italo, Gino y Benedict, propusieron un brindis por los novios, por la felicidad del matrimonio y las excepcionales dotes de Jimmy, y por Pippi de Lena, su nuevo y gran amigo.

El anciano Don Santadio estaba demasiado enfermo como para poder abandonar su lecho pero envió a los novios sus mejores deseos, mencionando el aparato que le había regalado a su hijo mayor, lo cual suscitó entusiastas vítores por parte de los invitados. Después la novia cortó un buen trozo de la tarta nupcial y ella misma en persona lo llevó al dormitorio del anciano. Don Santadio estaba durmiendo. Rose Marie le entregó el trozo de tarta a la enfermera, la cual prometió dárselo cuando se despertara.

La fiesta terminó hacia la medianoche. Jimmy y Rose Marie se retiraron a su habitación nupcial, diciendo que iniciarían su viaje de luna de miel a Europa a la mañana siguiente y que necesitaban descansar. Los invitados empezaron a abuchearlos en broma y a hacer comentarios subidos de tono. Todos rebosaban de euforia y buen humor. Los centenares de automóviles abandonaron el recinto de la casa en dirección al desierto. Las furgonetas de la empresa de catering recogieron la vajilla y la cubertería, el personal desmontó las carpas, recogió las mesas y las sillas, retiró el estrado e incluso efectuó un rápido recorrido por el jardín para asegurarse de que no quedara ningún desperdicio. Al día siguiente, los criados terminarían de recogerlo todo.

A petición de Pippi, se había preparado una reunión ritual con los cinco hermanos Santadio después de la retirada de los invitados. En su transcurso, todos se intercambiarían regalos y celebrarían la nueva amistad entre las dos familias.

A medianoche todos se reunieron en el gran comedor de la mansión Santadio. Pippi llevaba una maleta llena de relojes Rolex (auténticos, no de imitación). Había también un precioso quimono japonés con un estampado de escenas de amor orientales pintadas a mano.

—¡Vamos a llevárselo a Jimmy ahora mismo! —gritó Fonsa.

—Demasiado tarde —replicó Italo entre risas—. Jimmy y Rose Marie ya van por el tercer asalto.

Todos se rieron alegremente.

La luna del desierto aislaba el recinto de la mansión con su blanco y gélido resplandor. Los farolillos chinos que colgaban de los muros dibujaban unos círculos rojos en los blancos rayos lunares.

Un camión de gran tamaño con la palabra CATERING pintada con letras doradas en su costado se aproximó ruidosamente a la verja del recinto.

Uno de los guardias se acercó al camión y el conductor le dijo que tenían que recoger un generador que se habían olvidado.

—¿A esta hora? —preguntó el guardia.

Mientras hablaba, el conductor descendió del vehículo e hizo ademán de acercarse al otro guardia. Los dos guardias estaban un poco adormilados debido a la comida y la bebida del banquete de bodas.

En un solo movimiento sincronizado ocurrieron dos cosas: El conductor bajó la mano hacia su entrepierna, sacó un arma con silenciador y disparó tres veces contra el rostro del guardia. El ayudante del conductor sujetó al otro guardia con una llave de lucha y le cortó la garganta de un rápido tajo con un enorme y afilado cuchillo.

Los dos hombres quedaron muertos en el suelo. Se oyó el sordo zumbido de un motor cuando se abrió la gran plataforma metálica de la parte posterior del vehículo, y por ella bajaron a toda prisa veinte soldados de los Clericuzio. Con los rostros cubiertos con medias, vestidos de negro y provistos de armas con silenciador, se distribuyeron por todo el recinto, encabezados por Giorgio, Petie y Vincent. Un equipo especial cortó los cables telefónicos. Otro equipo se desplegó por el recinto para controlarlo. Diez de los enmascarados irrumpieron en el comedor con Giorgio, Vincent y Petie.

Los hermanos Santadio, con las copas de vino en alto, se disponían a brindar por Pippi. Éste se apartó de ellos. No se pronunció ni una sola palabra. Los invasores abrieron fuego y los cinco hermanos Santadio quedaron destrozados por una lluvia de balas. Uno de los enmascarados, Petie, se acercó a ellos y les dio a los cinco el tiro de gracia con una bala bajo la barbilla. En el suelo brillaban los fragmentos de las copas de cristal.

Otro enmascarado, Giorgio, le entregó a Pippi una media, un jersey negro y unos pantalones negros. Pippi se cambió rápidamente y arrojó la ropa desechada al interior de una bolsa que sostenía otro invasor enmascarado.

Pippi, todavía desarmado, acompañó a Giorgio, Petie y Vincent a lo largo del pasillo que conducía al dormitorio de Don Santadio. Empujó la puerta.

Don Santadio se había despertado y se estaba comiendo el trozo de la tarta nupcial. Echó un vistazo a los cuatro hombres, se santiguó y se cubrió el rostro con una almohada. El plato del trozo de pastel resbaló al suelo.

La enfermera estaba leyendo en un rincón de la estancia. Petie se abalanzó sobre ella como un gigantesco gato e inmediatamente la amordazó y la ató a la silla con una cuerda de nailon.

Fue Giorgio quien se acercó a la cama. Alargó pausadamente la mano y retiró la almohada que cubría la cabeza de Don Santadio. Vaciló un instante y efectuó dos disparos, el primero en el ojo y el segundo, levantando primero la calva cabeza, en sentido ascendente bajo la barbilla.

Después, todos se reagruparon. Finalmente, Vincent le entregó un arma y una larga cuerda plateada a Pippi.

Pippi encabezó la marcha, abandonó el dormitorio del viejo, bajó por el largo pasillo y subió hasta el segundo piso donde se encontraba el dormitorio nupcial. El pasillo estaba lleno de flores y cestas de fruta.

Pippi empujó la puerta del dormitorio. Estaba cerrada. Petie se quitó un guante y sacó una ganzúa, con la que abrió la puerta sin la menor dificultad, y la empujó hacia dentro.

Rose Marie y Jimmy estaban tendidos sobre la cama. Acababan de hacer el amor y parecía que sus cuerpos hubieran adquirido una consistencia casi líquida tras haber desahogado el apetito sexual. El camisón transparente de Rose Marie estaba enrollado hasta la cintura, y los tirantes habían resbalado sobre los brazos, dejando al descubierto sus pechos. Su mano derecha descansaba sobre el cabello de Jimmy, y la izquierda sobre su estómago. Jimmy estaba completamente desnudo pero se incorporó de un salto en cuanto vio a los hombre e inmediatamente cogió una sábana para cubrirse. Lo comprendió todo.

—Aquí no, fuera —les dijo, acercándose a ellos.

Durante una décima de segundo, Rose Marie no entendió nada.

Cuando Jimmy echó a andar hacia la puerta trató de retenerlo, pero él se zafó de su presa. Cruzó la puerta rodeado por Giorgio, Petie y Vincent.

—Pippi, Pippi, por favor, no lo hagas —dijo entonces Rose Marie. Sólo cuando los tres hombres se volvieron a mirarla, ésta se dio cuenta de que eran sus hermanos—. Giorgio, Petie, Vincent, no. ¡No, por favor!

Fue el momento más difícil para Pippi. Si Rose Marie hablara, la familia Clericuzio estaría perdida. Su deber sería matarla. El Don no le había dado instrucciones precisas, ¿cómo hubiera podido perdonar el asesinato de su hija? ¿Lo obedecerían los hermanos? ¿Cómo había descubierto Rose Marie que eran ellos? Tomó una decisión. Salió al pasillo con Jimmy y los tres hermanos de Rose Marie, y cerró la puerta a su espalda.

En eso el Don había sido muy explícito. Jimmy Santadio debería ser estrangulado. Tal vez por compasión, el Don decidió que en su cuerpo no hubiera agujeros por los que tuvieran que llorar sus seres queridos. Quizá fue la tradición de no derramar la sangre de un ser querido sentenciado a muerte. De repente Jimmy Santadio dejó caer la sábana al suelo y arrancó la máscara que cubría el rostro de Pippi. Giorgio le agarró un brazo y Pippi el otro. Vincent se arrodilló en el suelo y le inmovilizó las piernas. Después Pippi le rodeó el cuello con la cuerda y lo obligó a agacharse en el suelo. Jimmy esbozó una torcida y curiosa sonrisa de compasión mientras clavaba los ojos en el rostro de Pippi: pensaba que aquel acto sería vengado por el destino o por un Dios misterioso.

Pippi apretó la cuerda, Petie alargó los brazos para aplicar presión y todos se arrodillaron en el suelo del pasillo, donde la blanca sábana recibió el cuerpo de Jimmy Santadio como si fuera un sudario. En el interior del dormitorio nupcial, Rose Marie se puso a gritar...

El Don había terminado de hablar. Encendió otro puro italiano y tomó un sorbo de vino.

—Pippi lo planeó todo —dijo Giorgio—. Nos retiramos sin el menor incidente y los Santadio fueron borrados de la faz de la Tierra. Fue una brillantísima operación.

—Y lo resolvió todo —dijo Vincent—. No hemos tenido ningún problema desde entonces.

Don Clericuzio lanzó un suspiro.

—La decisión fue mía y me equivoqué. ¿Pero cómo hubiéramos podido saber que Rose Marie se volvería loca? Estábamos en crisis, y aquélla era nuestra única oportunidad de asestar un golpe decisivo. En aquel entonces yo aún no había cumplido los sesenta y estaba muy pagado de mi poder y de mi inteligencia. Pensé que sería una tragedia para mi hija, pero las viudas no se pasan toda la vida llorando, y además ellos habían matado a mi hijo Silvio. ¿Cómo podía yo perdonar eso, por mucho que tuviera que sufrir mi hija? Pero he aprendido. No se puede llegar a una solución razonable con personas estúpidas. Los hubiera tenido que eliminar a todos al principio, antes de que los enamorados se conocieran. Hubiera salvado a mi hijo y a mi hija. —El Don hizo una breve pausa—. Así que Dante es el hijo de Jimmy Santadio, y tú, Cross, compartiste un cochecito infantil con él cuando los dos erais pequeños durante tu primer verano en esta casa. A lo largo de todos estos años he tratado de resarcir a Dante de la pérdida de su padre y he intentado ayudar a mi hija a recuperarse de su dolor. Dante ha sido educado como un Clericuzio y será mi heredero, junto con mis hijos.

Cross trató de comprender lo que estaba ocurriendo. Todo su cuerpo se estremeció de repugnancia al pensar en los Clericuzio y en el mundo en que vivían.

Pensó en su padre Pippi, interpretando el papel de Satanás y seduciendo a los Santadio para matarlos. ¿Cómo era posible que hubiera tenido por padre a semejante hombre? Pensó en su amada tía Rose Marie, que había vivido todos aquellos años con el cerebro y el corazón rotos, sabiendo que su marido había sido asesinado por su padre y sus hermanos, y que su propia familia la había traicionado. Incluso se compadeció un poco de Dante, ahora que su culpabilidad ya no ofrecía ninguna duda. Pensó en el Don. No era posible que se hubiera tragado la historia del atraco sufrido por Pippi. ¿Por qué razón parecía aceptarla, él que jamás había creído en la casualidad? ¿Qué mensaje encerraba aquel hecho?

Cross nunca había conseguido entender a Giorgio. ¿Se creía lo del atraco? Estaba claro que Vincent y Petie sí. Ahora comprendía el estrecho vínculo que unía a su padre con el Don y sus tres hijos. Todos habían participado como soldados en la matanza de los Santadio. Y su padre había perdonado la vida a Rose Marie.

—¿Y Rose Marie nunca ha hablado? —preguntó Cross.

—No —contestó el Don en tono sarcástico—. Hizo otra cosa mejor. Se volvió loca. —Hubo cierta nota de orgullo en su voz—. La envié a Sicilia y la mandé volver justo a tiempo para que Dante naciera en territorio estadounidense. Quién sabe, puede que algún día llegue a ser presidente de Estados Unidos. Soñaba otras cosas para mi nieto, pero la combinación de la sangre de los Clericuzio con la de los Santadio ha sido demasiado para él.

»¿Y sabes lo peor de todo? —añadió el Don—. Tu padre Pippi cometió un error. Jamás hubiera tenido que dejar con vida a Rose Marie, aunque yo le agradecí que lo hiciera. —Don Clericuzio lanzó un suspiro, tomó un sorbo de vino, y mirando a Cross directamente a los ojos le dijo—: Ten cuidado. El mundo es lo que es, y tú eres lo que eres.

Durante el vuelo de regreso a Las Vegas, Cross pensó en el enigma. ¿Por qué motivo el Don le había contado finalmente la guerra de los Santadio? ¿Para evitar que él visitara a Rose Marie y ésta le contara otra versión? ¿Acaso le había querido hacer una advertencia, diciéndole que no vengara la muerte de su padre pues Dante estaba mezclado en ella? El Don era un misterio, pero de una cosa Cross estaba seguro: el que había matado a su padre era Dante, y por tanto Dante lo tendría que matar a él. Y no cabía duda de que Don Domenico Clericuzio también lo sabía.

19

Dante Clericuzio no necesitaba que le contaran la historia. Su madre Rose Marie se la había susurrado a su pequeño oído desde que tenía dos años, siempre que sufría uno de sus ataques, siempre que se afligía al recordar el amor perdido de su marido y de su hermano Silvio, siempre que la vencía el terror que le inspiraban Pippi y sus hermanos.

Sólo cuando sufría sus peores ataques acusaba a su padre Don Clericuzio de la muerte de su marido. El Don siempre negaba haber dado la orden, del mismo modo que negaba que sus hijos y Pippi hubieran llevado a cabo la matanza. Sin embargo, tras haber sido acusado por ella por dos veces consecutivas, el Don la mandó encerrar un mes entero en una clínica. A partir de entonces Rose Marie se limitó a despotricar y desbarrar, pero jamás lo volvió a acusar directamente.

Sin embargo Dante siempre recordaba sus comentarios en voz baja. De niño quería a su abuelo y creía en su inocencia, pero siempre maquinaba intrigas contra sus tres tíos, a pesar del cariño que éstos le profesaban, y soñaba especialmente con vengarse de Pippi. Por más que sus sueños sólo fueran fantasías, se recreaba en ellos por amor a su madre.

Cuando se encontraba en condiciones normales, Rose Marie cuidaba del viudo Don Clericuzio con el máximo afecto. Se preocupaba fraternalmente por sus hermanos, y con Pippi se mostraba distante.

La delicadeza de sus rasgos le impedía expresar los malos sentimientos de una forma convincente. La estructura de los huesos de su rostro, la curva de su boca y la dulzura de sus bellos y diáfanos ojos castaños contradecían su odio. A su hijo Dante le manifestaba toda la abrumadora necesidad de amor que jamás le hubiera podido inspirar un hombre.

Lo inundaba de regalos y de afecto, como también hacían su abuelo y sus tíos aunque por motivos menos puros, por un afecto teñido de remordimiento. En estado normal, Rose Marie jamás le contaba a Dante la historia.

Sin embargo, cuando sufría los ataques, empezaba a soltar palabrotas y maldiciones, y su rostro se convertía en una horrible máscara de furia.

Dante siempre se mostraba perplejo. Cuando tenía siete años le entró una duda.

—¿Cómo supiste que eran Pippi y mis tíos? —le preguntó a su madre.

Rose Marie estalló en carcajadas. Dante la miró, pensando que parecía una de las brujas de sus libros de cuentos de hadas.

—Se creen tan listos —le dijo— que todo lo planifican con máscaras, trajes especiales y sombreros. ¿Sabes qué es lo que se les olvidó? Pippi aún no se había quitado los zapatos de bailar. De charol, con cordones negros. Y tus tíos siempre se agrupaban de una manera especial. Giorgio siempre delante, Vincent a su espalda y Petie siempre a la derecha. Y además por la forma en que miraron a Pippi, para ver si les daba la orden de matarme, porque yo los había reconocido. Titubearon y estuvieron casi a punto de echarse atrás. Pero me hubieran matado, vaya si lo hubieran hecho. Mis propios hermanos.

Entonces se puso a llorar con tal desconsuelo que Dante se aterrorizó.

A pesar de que sólo era un niño de siete años, Dante siempre trataba de consolarla.

—Tío Petie jamás te hubiera hecho daño —le decía—, y el abuelo los hubiera matado a todos si lo hubieran hecho.

No tenía las ideas totalmente claras con respecto a su tío Giorgio ni a su tío Vinnie, pero su corazón infantil jamás podría perdonar a Pippi.

A los diez años Dante ya había aprendido a identificar el comienzo de los ataques de su madre, y cuando ella lo llamaba por señas para volver a contarle la historia de los Santadio se la llevaba rápidamente a la seguridad de su dormitorio para que su abuelo y sus tíos no la oyeran.

Al llegar a la edad adulta, su inteligencia no se dejó engañar por ninguno de los disfraces de la familia Clericuzio. Tenía una personalidad tan burlona y perversa que había conseguido darles a entender a su abuelo y a sus tíos que conocía la verdad, y se daba cuenta de que sus tíos no le tenían demasiado aprecio. Querían prepararle para que entrara a formar parte de la sociedad legal y quizá para que ocupara el lugar de Giorgio y aprendiera todas las dificultades del mundo financiero, pero él no sentía el menor interés por todo aquello. Incluso había provocado a sus tíos, insinuándoles que le importaba un bledo la faceta afeminada de la familia. Giorgio lo había escuchado con una frialdad tan grande que por un momento su juvenil corazón de dieciséis años se llenó de terror.

—Bueno, pues allá tú —le dijo tío Giorgio con una cierta tristeza levemente teñida de cólera.

Cuando abandonó los estudios secundarios sin terminar el último curso, Dante fue enviado a trabajar en la empresa constructora de Petie en el Enclave del Bronx. Trabajaba muy duro, y debido al esfuerzo que tenía que hacer en las obras se le desarrollaron enormemente los músculos. Petie lo hacía trabajar con soldados del Enclave del Bronx. Cuando tuvo edad suficiente, el Don decretó que se convirtiera en soldado a las órdenes de Petie.

El Don lo decidió así tras haber recibido unos informes de Giorgio sobre el carácter de Dante y sobre ciertos actos que había cometido.

El joven había sido acusado de violación por parte de una bonita compañera de clase, y de agresión con una pequeña navaja por parte de otro compañero de su misma edad. Dante les suplicó a sus tíos que no le dijeran nada al abuelo y ellos prometieron no decírselo, pero inmediatamente informaron al Don. Las acusaciones se resolvieron con la entrega de elevadas sumas de dinero antes de que se celebraran los juicios.

Los celos que Dante tenía a Cross de Lena se intensificaron cuando alcanzaron la adolescencia. Cross se había convertido en un agradable joven, muy alto y apuesto. Todas las mujeres de la familia Clericuzio lo adoraban y revoloteaban a su alrededor. Sus primas coqueteaban con él, cosa que jamás hacían con el nieto del Don. Dante, con sus gorros renacentistas, su sarcástico sentido del humor y su pequeño y musculoso cuerpo, les daba miedo. Y Dante era lo bastante listo como para haberse dado cuenta.

Cuando lo llevaban al pabellón de caza de la Sierra, disfrutaba más cazando animales con trampas que disparando. Cuando una vez se enamoró de una de sus primas, cosa muy frecuente en la familia, sus requerimientos amorosos fueron tan directos que provocaron el rechazo de la joven. Además se tomaba familiaridades excesivas con las hijas de los soldados de los Clericuzio que vivían en el Enclave del Bronx. Giorgio, que hacía las veces de severo progenitor encargado de su educación, acabó por ponerse en contacto con el propietario de un lujoso burdel de Nueva York para que se calmara.

Su insaciable curiosidad y su sutil inteligencia lo convirtieron no obstante en el único miembro de su generación que estaba al corriente de las verdaderas actividades de los Clericuzio. Al final decidieron someterlo a adiestramiento operativo.

Conforme pasaba el tiempo, Dante se sentía cada vez más aislado de su familia. El Don lo quería tanto como siempre y le había manifestado claramente su voluntad de convertirlo en heredero de su imperio, pero ya no lo hacía partícipe de sus pensamientos y no le daba consejos ni le impartía lecciones de sabiduría. Además no soportaba sus sugerencias ni sus ideas a propósito de la estrategia a seguir.

Por otra parte, sus tíos Giorgio, Vincent y Petie ya no le manifestaban el mismo afecto de antaño. Cierto que Petie más parecía un amigo que un tío, lo cual era comprensible pues era el hombre que se había encargado de su adiestramiento.

Dante era lo bastante inteligente como para pensar que tal vez la culpa era suya por haber revelado lo que sabía sobre la matanza de los Santadio y de su padre. Incluso había llegado al extremo de hacerle preguntas a Petie acerca de Jimmy Santadio, y su tío le había comentado el gran aprecio que todos le tenían a su padre y lo mucho que habían lamentado su muerte.

Nunca se había reconocido ni dicho nada abiertamente, pero Don Clericuzio y sus hijos sabían que Dante conocía la verdadera historia y que Rose Marie, en el transcurso de sus ataques, le había revelado el secreto.

De ahí que quisieran resarcirle de los daños y lo trataran como a un pequeño príncipe.

Sin embargo, el elemento que más había contribuido a la formación del carácter de Dante era el amor y la compasión que sentía por su madre. Durante sus ataques, Rose Marie avivaba el odio de su hijo hacia Pippi de Lena pero disculpaba a su padre y a sus hermanos.

Todas esas cosas indujeron a Don Clericuzio a tomar una decisión final pues el Don podía leer los pensamientos de su nieto con tanta facilidad como las páginas de su libro de oraciones. El Don pensaba que Dante jamás podría participar en el paso definitivo de la familia a la sociedad legal. La sangre de los Santadio que corría por sus venas y también la de los Clericuzio (el Don era un hombre justo) constituían una mezcla demasiado violenta. Dante tendría por tanto que incorporarse a la sociedad de Vincent y Petie, de Giorgio y de Pippi de Lena. Todos ellos combatirían la última batalla juntos.

Dante demostró ser un buen soldado, aunque tremendamente indomable. Su independencia lo llevaba a saltarse las normas de la familia, y algunas veces incluso se permitía el lujo de no cumplir las órdenes recibidas. Su crueldad resultaba muy útil cuando algún *bruglione* descarriado o un soldado indisciplinado rebasaban los límites impuestos por la familia y tenían que ser enviados a otro mundo menos complicado. Dante sólo estaba sometido al control del Don, quien por misteriosas razones se negaba a castigarlo personalmente.

El joven estaba preocupado por el futuro de su madre, y el futuro dependía del Don. Dante se había dado cuenta de que a medida que aumentaba la frecuencia de los ataques el Don se mostraba cada vez más impaciente, sobre todo cuando Rose Marie se retiraba majestuosamente, trazando un círculo en el suelo con el pie y escupiendo en su centro, y proclamaba a gritos que jamás volvería a entrar en la casa. En tales ocasiones, el Don la enviaba unos cuantos días a la clínica.

Dante intentaba calmarla por todos los medios y hacía todo lo posible para que recuperara su natural dulzura y su afecto pero temía que al final ya no pudiera protegerla, a no ser que alcanzara un poder tan grande como el del Don.

La única persona del mundo a quien Dante temía era al viejo Don. Su sentimiento arrancaba de sus experiencias infantiles con su abuelo, y también de haber constatado que sus tíos temían al Don tanto como lo amaban, cosa que sorprendía mucho a Dante. El Don tenía ochenta y tantos años, carecía de fuerza física, raras veces salía de casa y su importancia se había reducido considerablemente. ¿Qué razón había para temerle?

Cierto que comía con gran apetito y que su aspecto físico era impresionante. El único estrago físico causado por el tiempo en su cuerpo era el reblandecimiento de la dentadura, que lo obligaba a seguir una dieta a base de pasta, queso, verduras estofadas, sopas y carne picada con salsa de tomate.

Pero el viejo Don no tardaría mucho en morir y entonces se produciría un cambio de poder. ¿Y si Pippi se convertía en la mano derecha de Giorgio? ¿Y si Pippi se hacía con el poder mediante el uso de la fuerza?

En caso de que ello ocurriera, el ascenso de Cross sería imparable, sobre todo teniendo el cuenta la enorme riqueza que había adquirido con su participación en el Xanadu.

Los motivos que hacían aconsejable una acción, pensó Dante, no eran sólo el odio hacia Pippi de Lena, que se había atrevido a criticarle ante su propia familia, sino también razones de índole práctica.

Dante había establecido inicialmente contacto con Jim Losey en el momento en que su tío Giorgio había decidido cederle algunas parcelas de poder, confiándole la tarea de pagarle a Jim Losey el sueldo que éste percibía de la familia.

Como era de esperar se habían tomado toda suerte de precauciones para proteger a Dante en caso de que Losey se convirtiera en traidor.

Para ello se firmaron unos contratos según los cuales Losey trabajaba como asesor de una empresa de seguridad controlada por la familia Clericuzio.

En los contratos se especificaba el carácter confidencial que debería presidir todas las actuaciones de Losey, y se establecía que éste debería cobrar en efectivo, aunque en las declaraciones de la renta de la empresa el dinero se incluía en la partida de gastos y se utilizaba como perceptor a un testaferro de la empresa.

A lo largo de varios años, antes de establecer con él una relación más estrecha, Dante había efectuado varios pagos especiales a Losey. No se sentía intimidado lo más mínimo por su fama y le tenía simplemente por un hombre dispuesto a acumular los mayores ahorros posibles con vistas a la vejez. Losey tenía la mano metida en casi todo. Protegía a los traficantes de droga, cobraba de los Clericuzio para proteger el juego e incluso ejercía extorsión sobre varios destacados comerciantes para que le pagaran cuotas adicionales de protección.

El joven hacía todo lo posible por causar una buena impresión a Losey, y éste a su vez se sentía atraído no sólo por su taimado y perverso sentido del humor sino también por su desprecio de todos los principios morales. Dante escuchaba con sumo interés las amargas historias que él le contaba sobre su guerra contra los negros que estaban destruyendo la civilización occidental. Él en cambio no tenía prejuicios raciales. Los negros no ejercían la menor influencia en su vida, y en caso de que la hubieran ejercido los hubiera eliminado sin piedad.

Dante y Losey tenían un poderoso instinto en común. Ambos eran muy presumidos, cuidaban mucho su aspecto y experimentaban el mismo impulso sexual de dominio sobre las mujeres. No obstante, semejante impulso era más una expresión de poder que una manifestación erótica.

Durante el período que Dante había pasado en el Oeste, ambos se habían acostumbrado a ir juntos a todas partes. Salían a cenar y recorrían las salas de fiestas, pero Dante jamás se había atrevido a llevar a su amigo a Las Vegas ni al Xanadu porque tal cosa no le hubiera sido útil para sus propósitos.

Dante se complacía en contarle a Losey los pormenores de sus actuaciones sexuales, en las que primero se dejaba dominar abyectamente por el poder de las mujeres y después las obligaba, mediante el hábil manejo de aquel poder, a colocarse en una posición en la que no podían evitar entregarse involuntariamente a él. Por su parte, Losey, que despreciaba un poco los trucos de Dante, le contaba de qué forma dominaba desde un principio a las mujeres con su sola presencia de macho y después las humillaba.

Ambos afirmaban que jamás hubieran obligado a mantener relaciones sexuales con ellos a ninguna mujer que no hubiera respondido favorablemente a sus galanteos. Y ambos estaban de acuerdo también en que Athena Aquitane hubiera sido un preciado trofeo en caso de que les hubiera dado alguna oportunidad. Recorrían juntos los clubs de Los Ángeles, elegían a las mujeres que más les gustaban y después comparaban notas y se burlaban de aquellas insensatas que creían poder llegar al límite máximo y negarles después el acto final. Las protestas de las mujeres eran a veces tan vehementes que Losey no tenía más remedio que enseñarles la placa y amenazarlas con detenerlas por prostitución, y puesto que casi todas ellas eran prostitutas a ratos perdidos, la amenaza daba resultado.

Juntos pasaban noches de alegre camaradería organizadas por Dante. Cuando no contaba historias de negros, Losey se dedicaba a definir las distintas variedades de putas.

Primero estaban las prostitutas totales, que alargaban una mano para recibir el dinero y con la otra te agarraban la polla. Después estaba la prostituta a ratos perdidos, que se sentía atraída por ti y follaba amistosamente contigo, pero que antes de que te marcharas te pedía un cheque para que de este modo la ayudaras a pagar el alquiler.

Después estaba la prostituta a ratos perdidos que te quería, pero también quería a otros y establecía relaciones a largo plazo, cuajadas de regalos de joyas para celebrar todas las fiestas, incluido el Primero de Mayo.

Después estaban las que trabajaban por libre, las secretarias de nueve a cinco, las azafatas de líneas aéreas y las dependientas de elegantes establecimientos, que te invitaban a su apartamento a tomar un café, tras haber cenado contigo en un restaurante de lujo, y después pretendían echarte a la puta calle con una patada en el culo sin hacerte tan siquiera una paja. Ésas eran sus preferidas. Follar con ellas resultaba emocionante y era una experiencia llena de dramatismo, lágrimas y ahogadas peticiones de paciencia y tolerancia, todo lo cual daba lugar a un acto sexual mucho más satisfactorio que el amor.

Una noche, después de cenar en Le Chinois, un restaurante de Venice, Dante propuso a su amigo dar una vuelta por el paseo marítimo. Se sentaron en un banco para contemplar el tráfico humano, guapas chicas con patines, rufianes de todos los colores que las perseguían con sus requiebro y prostitutas a ratos perdidos que vendían camisetas con frases incomprensibles para ellos; Hare Krishnas con sus cuencos de pedir limosna, conjuntos de barbudos cantantes con guitarras, grupos familiares con cámaras fotográficas y, reflejándolos a todos cual si fuera un espejo, el negro océano en cuyas arenosas playas numerosas parejas aisladas permanecían tendidas bajo unas mantas en la creencia de que éstas disimulaban su fornicación.

—Yo podría detenerlos a todos por presuntos delincuentes —dijo Losey, riéndose—. Menudo zoo.

—¿Incluso a las niñas de los patines? —preguntó Dante.

—Las detendría por andar por ahí con unos coños más peligrosos que un arma de fuego —contestó Losey.

—No se ven muchos negros por aquí —dijo Dante.

Losey se acercó a la playa.

—Creo que he sido demasiado duro con mis pobres hermanos negros —dijo imitando el acento sureño—. Es lo que dicen siempre los liberales, todo se debe a su antigua condición de esclavos.

Dante esperó el final del chiste.

Losey entrelazó los dedos de las manos en la nuca y se abrió la chaqueta para dejar al descubierto la funda de la pistola y pegarle un susto a cualquier imbécil que se atreviera a acercarse. Nadie le prestó atención. Se habían dado cuenta de que era un policía nada más verle aparecer en el paseo marítimo.

—La esclavitud —dijo Losey—. Es algo desmoralizador. Era una vida tan cómoda para ellos que los convirtió en unos seres demasiado dependientes. La libertad era muy dura. En las plantaciones tenían quien cuidaba de ellos, tres comidas al día, vivienda gratuita, vestido y excelente atención médica dada su condición de objetos de valor. Ni siquiera tenían que responsabilizarse de sus hijos. Imagínate. Los dueños de las plantaciones follaban con sus hijas y después daban trabajo a los niños para el resto de sus vidas. Es cierto que trabajaban, pero se pasaban el día cantando, lo cual quiere decir que no lo pasaban muy mal. Apuesto a que cinco blancos hubieran podido hacer el trabajo de cien negros.

Dante lo miró con curiosidad. ¿Hablaba Losey en serio? No importaba. En cualquier caso estaba expresando un punto de vista que no era racional sino emocional. Lo que estaba diciendo expresaba lo que efectivamente sentía.

Estaban disfrutando de la cálida noche, y el mundo que los rodeaba les producía una reconfortante sensación de seguridad. Toda aquella gente jamás constituía un peligro para ellos.

De pronto Dante le dijo a Losey:

—Tengo que hacerte una importante propuesta. ¿Qué te interesa conocer primero, las recompensas o el riesgo?

—Primero las recompensas, como siempre.

—Doscientos mil en efectivo —dijo Dante—, y dentro de un año, un trabajo como jefe de deguridad del hotel Xanadu, con un sueldo cinco veces superior al que ganas ahora. Con cuenta de gastos, un coche impresionante, habitación en el hotel, manutención y todas las tías que te puedas follar. Examinarás los antecedendes de todas las coristas del hotel, percibirás gratificaciones extraordinarias como ahora y no tendrás que correr el riesgo de pegar directamente el tiro.

—Me parece demasiado —dijo Losey—, pero habrá que pegarle un tiro a alguien. Ése es el riesgo, ¿verdad?

—Para mí —dijo Dante—. Yo seré el que dispare.

—¿Y por qué no yo? —preguntó Losey—. Dispongo de una placa que me permite hacerlo legalmente.

—Porque después no vivirías ni seis meses —contestó Dante.

—Entonces, ¿qué tengo que hacer yo? —preguntó Losey—. ¿Hacerte cosquillas en el culo con una pluma?

Dante le explicó toda la operación. Losey soltó un silbido para expresar la admiración que había suscitado en él la audacia y el ingenio de la idea.

—¿Y por qué Pippi de Lena? —preguntó Losey.

—Porque está a punto de convertirse en traidor —contestó Dante.

Losey tenía sus dudas. Sería la primera vez que cometiera un delito de asesinato a sangre fría.

Dante decidió añadir algo más:

—¿Recuerdas el suicidio de Boz Skannet? —le preguntó—. Cross dio el golpe, aunque no personalmente sino con la ayuda de un tal Lia Vazzi.

—¿Qué pinta tiene? —preguntó Losey.

Cuando Dante se lo describió, cayó en la cuenta de que era el hombre que acompañaba a Skannet cuando él le había cerrado el paso en el vestíbulo del hotel.

—¿Y dónde puedo encontrar a ese Vazzi?

Dante se pasó un buen rato dudando. Estaba a punto de hacer algo que quebrantaba la única regla sagrada de la familia, una regla del Don, aunque quizá con ello consiguiera quitar de en medio a Cross, que se convertiría en un peligro a la muerte de Pippi.

—Nunca revelaré a nadie cómo lo he averiguado —dijo Losey.

Dante vaciló un instante antes de contestar.

—Vazzi vive en un pabellón de caza que tiene mi familia en la Sierra, pero no hagas nada hasta que terminemos con Pippi.

—De acuerdo —dijo Losey, pensando que haría lo que le diera la gana—, pero supongo que los doscientos mil los cobraré enseguida, ¿no?

—Sí —contestó Dante.

—Me parece muy bien —dijo Losey—. Una cosa, como los Clericuzio vayan por mí te delato.

—No te preocupes —dijo Dante jovialmente—. Como me entere, primero te liquido yo a ti. Ahora sólo tenemos que elaborar los detalles.

Todo se desarrolló según lo previsto.

Cuando descerrajó los seis tiros contra el cuerpo de Pippi de Lena y éste le dijo en un susurro «Maldito Santadio», Dante sintió un alborozo que jamás en su vida había sentido.

20

Lia Vazzi desobedeció deliberadamente las órdenes de su jefe Cross de Lena por primera vez en su vida.

Fue inevitable. El investigador Jim Losey había efectuado otra visita al pabellón de caza y le había vuelto a hacer preguntas sobre la muerte de Skannet. Él negó conocer a Skannet y afirmó que se encontraba casualmente en el vestíbulo del hotel en aquel momento. Losey le dio una palmada en el hombro y un ligero cachete.

—Pues muy bien, conejito, pronto vendré por ti.

Entonces Lia firmó mentalmente una sentencia de muerte contra Losey. Ocurriera lo que ocurriese, y a pesar de que su futuro corría peligro, él se encargaría de Losey, aunque tendría que andarse con mucho cuidado. La familia Clericuzio tenía unas normas muy estrictas.

Lia recordó haber acompañado a Cross a su reunión con Phil Sharkey, el compañero retirado de Losey. Jamás había esperado que Sharkey guardara silencio a cambio de los futuros cincuenta mil dólares que le había prometido Cross. Estaba seguro de que Sharkey había informado a Losey sobre aquella reunión y que probablemente lo había visto a él esperando en el coche. En caso de que hubiera sido así, tanto él como Cross correrían un gran peligro. Discrepaba esencialmente de la opinión de Cross. Los oficiales de la policía se mantenían tan unidos como los mafiosos, y tenían su propia *omertà*.

Lia utilizó a dos de sus soldados para bajar desde el pabellón de caza a Santa Mónica, el hogar de Phil Sharkey. Pensaba que le bastaría hablar con Sharkey para saber si el hombre había informado a Losey sobre la visita de Cross.

La parte exterior de la casa de Sharkey estaba desierta. Sobre el césped del jardín sólo se veía un cortacésped abandonado, pero la puerta del garaje estaba abierta y dentro había un coche. Lia subió por la calzada de cemento hasta la puerta y llamó al timbre. No hubo respuesta. Siguió llamando. Examinó el tirador y vio que la puerta no estaba cerrada bajo llave. Tenía que tomar una decisión, entrar o retirarse inmediatamente. Con el extremo de la corbata limpió las huellas digitales del tirador y del timbre. Después cruzó la puerta, entró en el pequeño recibidor y llamó a gritos a Sharkey. No hubo respuesta.

Lia recorrió la vivienda. Los dos dormitorios estaban vacíos. Miró en el interior de los armarios y debajo de las camas. Después se dirigió a la sala de estar y miró debajo del sofá y de los almohadones. Entró en la cocina y vio sobre la mesa del patio un envase de cartón de leche y un plato de papel con un bocadillo de queso a medio comer, pan blanco con mayonesa deshidratada en los bordes. En la cocina había una puerta de listones de color marrón. La abrió y vio un pequeño sótano situado sólo dos peldaños más abajo, una especie de segundo nivel sin ventanas.

Bajó los dos peldaños y miró detrás de un montón de bicicletas usadas. Abrió un armario de grandes puertas. Dentro había un uniforme de policía colgado, unos sólidos zapatos negros en el suelo, y encima de ellos una gorra de policía con trencilla. Nada más.

Se acercó a un baúl y abrió la tapa. Era sorprendentemente ligera. El baúl estaba lleno de mantas de color gris cuidadosamente dobladas. Volvió a subir, salió al patio y contempló el océano. Enterrar un cuerpo en la arena hubiera sido una temeridad, e inmediatamente descartó la idea. A lo mejor alguien había liquidado a Sharkey y se había llevado el cadáver, pero el asesino hubiera corrido el riesgo de que lo vieran. Además no hubiera sido fácil matar a Sharkey. Si el hombre estaba muerto, tenía que encontrarse en la casa. Volvió a bajar al sótano y sacó todas las mantas del baúl. Y allí, en el fondo, encontró primero la gran cabeza y después el delgado cuerpo. En el ojo derecho de Sharkey había un agujero cubierto por una fina costra de sangre reseca parecida a una moneda de color rojo. La amarillenta piel del cadavérico rostro estaba constelada de puntitos negros. Lia, que era un hombre cualificado, comprendió exactamente su significado. Alguien de confianza se había acercado a él lo bastante como para pegarle un tiro a bocajarro en el ojo, y aquellos puntitos eran marcas de pólvora.

Dobló cuidadosamente las mantas, las volvió a colocar sobre el cadáver y salió de la casa. No había dejado huellas digitales, pero sabía que algún minúsculo fragmento de las mantas habría quedado adherido a su ropa. Tendría que destruirla por completo, y los zapatos también. Ordenó a los soldados que lo llevaran al aeropuerto, y mientras esperaba el avión que lo conduciría a Las Vegas se compró ropa y zapatos nuevos en una de las tiendas del aeropuerto. Después compró una bolsa grande y guardó la ropa vieja en su interior.

Al llegar a Las Vegas, se instaló en una habitación del Xanadu y dejó un mensaje para Cross. Se tomó una ducha y se volvió a poner la ropa nueva. Después esperó el mensaje de Cross.

Cuando recibió la llamada le dijo a Cross que tenía que verle enseguida. Subió con la bolsa de la ropa vieja.

—Te acabas de ahorrar cincuenta mil dólares —fue lo primero que le dijo.

Cross lo miró sonriendo. Lia, que normalmente vestía muy bien, lucía una camisa floreada, unos pantalones azules de tejido grueso y una chaqueta ligera también de color azul. Tenía toda la pinta de un vulgar buscavidas de casino.

Lia le contó a Cross lo de Sharkey. Trató de justificar su comportamiento, pero Cross rechazó sus excusas con un gesto de la mano.

—Estás metido en eso conmigo, tienes que protegerte, ¿pero qué es lo que significa?

—Muy sencillo —contestó Lia—. Sharkey era el único que podía establecer una conexión entre Losey y Dante. Con su desaparición, cualquier cosa que se diga será una afirmación sin fundamento. Dante ordenó a Losey matar a su compañero.

—¿Y cómo es posible que Sharkey fuera tan tonto? —preguntó Cross.

Lia se encogió de hombros.

—Debió de pensar que primero cobraría dinero de Losey y después los cincuenta mil que tú le habías prometido. El dinero que tú le habías entregado le hizo darse cuenta de que Losey estaba apostando muy fuerte. Al fin y al cabo llevaba veinte años trabajando como investigador y no le era difícil imaginarse este tipo de cosas. Jamás pensó que su viejo compañero Losey pudiera matarlo. No contaba con Dante.

—Se han pasado —dijo Cross.

—En esta situación no te puedes permitir el lujo de que haya un jugador de más —comentó Lia—. Me sorprende que Dante haya visto ese peligro. Debió de convencer a Losey, que probablemente no querría matar a su viejo compañero. Todos tenemos nuestras debilidades.

—O sea que ahora Dante controla a Losey —dijo Cross—. Pensé que Losey era más duro.

—Estamos en presencia de dos clases distintas de animales —dijo Lia—. Losey es extraordinario, y Dante está loco.

—O sea que Dante sabe que yo sé —dijo Cross.

—Lo cual significa que tenemos que actuar con la máxima rapidez —dijo Lia.

Cross asintió con la cabeza.

—Tendrá que ser una comunión —dijo—. Tendrán que desaparecer.

Lia soltó una carcajada.

—¿Tú crees que eso engañará a Don Clericuzio? —preguntó.

—Si lo planificamos bien, nadie nos podrá echar la culpa de nada —contestó Cross.

Lia se pasó los tres días siguientes revisando los planes con Cross. Durante ese tiempo, él mismo quemó con sus propias manos su ropa vieja en la incineradora del hotel. Cross hacía ejercicio jugando en solitario dieciocho hoyos de golf, y Lia lo acompañaba con el carrito. Lia no comprendía la popularidad del golf en todas las familias. Aquel juego era para él una pintoresca aberración.

La noche del tercer día se sentaron en la terraza de la suite de la última planta del Xanadu. Cross había sacado el brandy y los puros habanos. Estaban contemplando el gentío que se apretujaba en el Strip de abajo.

—Por muy listos que sean, mi muerte tan poco tiempo después de la de mi padre pondría en entredicho a Dante ante los ojos del Don —dijo Cross—. Creo que podemos esperar.

—No demasiado —dijo Lia, dando una calada a su puro—. Ahora saben que hablaste con Sharkey.

—Tenemos que liquidarlos simultáneamente a los dos —dijo Cross—. Recuerda que tendrán que ser comuniones. Sus cuerpos deberán desaparecer.

—Estás empezando la casa por el tejado —dijo Lia—. Primero tenemos que asegurarnos de que podemos liquidarlos.

Cross lanzó un suspiro.

—Va a ser muy difícil. Losey es un hombre muy peligroso y precavido. Dante puede luchar. Tenemos que aislarlos en un lugar. ¿Se puede hacer en Los Ángeles?

—No —contestó Lia—. Es el territorio de Losey. Allí es demasiado poderoso. Tendremos que hacerlo en Las Vegas.

—Y saltarnos las reglas —dijo Cross.

—Si es una comunión, nadie sabrá dónde los mataron —dijo Lia—. Y ya habremos quebrantado una regla matando a un oficial de la policía.

—Creo que ya sé cómo atraerlos simultáneamente a los dos a Las Vegas —dijo Cross.

Le expuso el plan a Lia.

—Tendremos que utilizar más cebo —dijo Lia—. Tenemos que asegurarnos de que Losey y Dante vengan aquí cuando a nosotros nos interese.

Cross apuró otra copa de brandy.

—De acuerdo, utilizaremos más cebo —dijo mientras Vazzi asentía con la cabeza—. Su desaparición será nuestra salvación, y engañará a todo el mundo.

—Excepto a Don Clericuzio —dijo Lia—. Es el único a quien hay que temer.

LIBRO VIII
LA COMUNIÓN

21

Fue una suerte que Steve Stallings no muriera antes de la toma del primer plano de la escena final de *Mesalina*. De lo contrario, la repetición hubiera podido costar varios millones de dólares.

El último plano que se rodó fue el de una escena de batalla que en realidad tenía lugar en la parte central de la película. Se había erigido una ciudad en medio del desierto, a unos ochenta kilómetros de Las Vegas, para representar la base del ejército persa que debería destruir el emperador Claudio (Steve Stallings), acompañado de su esposa Mesalina (Athena).

Al término de la jornada, Steve Stallings se retiró a su suite del hotel. Tenía su cocaína, sus botellas y dos mujeres para pasar la noche, y pensaba mandarlos a todos a la mierda porque estaba harto de ellos. Su papel estelar en la película se había reducido a un papel secundario y se daba cuenta de que estaba resbalando hacia una carrera de segunda categoría, cosa inevitable en los actores de su edad. Además Athena se había mantenido muy distante a lo largo de todo el rodaje, y él esperaba algo más. Y por si fuera poco —aunque en el fondo su actitud le pareciera un poco infantil—, en la fiesta de despedida y durante el pase del montaje provisional de la película no le dispensarían un trato de estrella y ni siquiera le habían asignado una de las famosas villas del Xanadu.

Después de los muchos años que llevaba trabajando en la industria cinematográfica, Steve Stallings ya sabía cómo funcionaba la estructura del poder. Cuando era un actor cotizado podía atropellar a todo el mundo. Teóricamente, el presidente de los estudios era el jefe y el que daba luz verde a una película. Un poderoso productor que tuviera una «propiedad» y la presentara a los estudios también era el jefe porque reunía todos los elementos —por ejemplo los actores, el director y el guión—, supervisaba el desarrollo del guión y buscaba financiación independiente de unos inversores que recibían el nombre de productores asociados pero que no ejercían ningún poder. Durante aquella fase, el productor era el jefe.

En cuanto se iniciaba el rodaje de la película, el jefe era el director, siempre y cuando fuera un director de serie A o, mejor aún, un director cotizado, es decir, uno de los que garantizaban el público de las primeras semanas del estreno y atraían la presencia de las estrellas cotizadas en el reparto.

El director asumía toda la responsabilidad de la película. Todo tenía que pasar por sus manos: el vestuario, la música, los decorados, la forma en que los actores interpretaban sus papeles. Además, la Asociación de Directores era el sindicato más poderoso de toda la industria cinematográfica. Ningún director conocido accedía a sustituir a otro director.

Sin embargo, a pesar de su poder, toda aquella gente tenía que doblegarse a la voluntad de la estrella cotizada. Un director con dos estrellas cotizadas en el reparto de su película era algo así como un hombre montado en dos caballos salvajes. Sus pelotas podían terminar esparcidas a los cuatro vientos.

Steve Stallings había sido una estrella cotizada, pero sabía que ya no lo era.

El rodaje de aquel día había sido muy duro, y Steve Stallings necesitaba relajarse. Se duchó, se comió un gran bistec, y cuando subieron las dos chicas, unas guapas actrices locales, les ofreció cocaína y champán. Por una vez se olvidó de la prudencia y pensó que al fin y al cabo su carrera había entrado en los años crepusculares y ya no estaba obligado a tomar precauciones. Decidió pegarle fuerte a la cocaína.

Las dos chicas llevaban unas camisetas con la leyenda BESO EL CULO DE STEVE STALLINGS, un homenaje a sus célebres nalgas, mundialmente ensalzadas por sus admiradores de ambos sexos. Las chicas estaban comprensiblemente emocionadas, y sólo después de haber esnifado la cocaína se atrevieron a quitarse la camiseta y acostarse con él. Steve empezó a animarse y volvió a esnifar. Las chicas lo acariciaron mientras le quitaban la camisa y los calzoncillos. Los cosquilleos de las chicas lo serenaron y lo indujeron a soñar despierto.

Al día siguiente, durante la fiesta de despedida, vería reunidas a todas sus conquistas. Había follado con Athena Aquitane, con Claudia, la guionista de la película, y mucho tiempo atrás incluso con Dita Tommey, cuando ésta aún no estaba plenamente convencida de su verdadera orientación sexual. Había follado con la mujer de Bobby Bantz y también con la de Skippy Deere, aunque ésta ya no contara porque había muerto. Siempre experimentaba una sensación de virtuosa satisfacción cuando en el transcurso de una cena, miraba a su alrededor y pasaba revista a las mujeres que en aquellos momentos estaban apaciblemente sentadas con sus maridos y amantes. Las conocía íntimamente a todas.

De repente salió de sus ensoñaciones. Una de las chicas le estaba introduciendo un dedo en el trasero, y eso era algo que siempre le molestaba. Tenía hemorroides. Se levantó de la cama para esnifar un poco más de cocaína y tomar un buen trago de champán, pero el alcohol le alteró el estómago. Le dio un mareo y se desorientó. No sabía exactamente dónde estaba.

De repente experimentó un profundo cansancio: se le aflojaron las piernas y se le cayó la copa de la mano. Estaba perplejo. Oyó de lejos los gritos de una de las chicas y se puso furioso. Lo único que sintió fue el estallido de una especie de relámpago en su cabeza.

Lo que ocurrió a continuación sólo pudo ser fruto de una combinación de estupidez y maldad. Una de las chicas se puso a gritar como una histérica al ver que Steve Stallings se desplomaba encima de ella sobre la cama, con la boca abierta y los ojos desorbitados. Estaba tan inequívocamente muerto que tanto ella como su compañera se aterrorizaron y empezaron a gritar. Los gritos llamaron la atención del personal del hotel y de algunas personas que estaban jugando en el pequeño casino de abajo en el que sólo había máquinas tragaperras, una mesa para jugar a los dados y una gran mesa redonda para el póquer. Cuando oyeron los gritos subieron precipitadamente al piso de arriba.

Allí, delante de la puerta abierta de la habitación de hotel de Stallings, varias personas contemplaron su cuerpo desnudo, tendido sobre la cama. A los pocos minutos empezaron a llegar centenares de personas de toda la ciudad. Todo el mundo quería entrar en la habitación para tocar el cuerpo.

Al principio sólo fueron reverentes caricias al hombre que había conseguido enamorar a mujeres de todo el mundo. Después algunas mujeres lo besaron, otras le tocaron los testículos y el miembro, y una se sacó unas tijeras del bolso y cortó un buen mechón de su negro y lustroso cabello, dejando al descubierto la pelusa gris que había debajo.

La maldad corrió a cargo de Skippy Deere, que aunque había sido uno de los primeros en llegar no se dio prisa en avisar a la policía. Vio acercarse la primera oleada de mujeres al cuerpo de Steve Stallings. Desde el lugar donde se encontraba lo podía ver todo con absoluta claridad. La boca de Stallings estaba abierta como si la muerte lo hubiera sorprendido cantando, y su rostro mostraba una expresión de asombro.

La primera mujer que se acercó a él —Deere lo pudo ver perfectamente— le cerró suavemente los ojos y la boca antes de darle un suave beso en la frente, pero la siguiente oleada la apartó a un lado sin miramientos. Entonces Deere sintió crecer la maldad en su interior. Tuvo la sensación de que los cuernos que le había puesto Stallings años atrás le provocaban un cosquilleo en la cabeza y dejó que prosiguiera la invasión. Stallings presumía a menudo de que ninguna mujer se le podía resistir, y en eso no se había equivocado. Incluso muerto, las mujeres acariciaban su cuerpo.

Sólo cuando desapareció un fragmento de una oreja de Stallings y alguien lo volvió de lado para dejar al descubierto sus célebres posaderas tan mortalmente pálidas como todo el resto de su cuerpo, decidió Deere llamar finalmente a la policía, asumir el mando de la situación y resolver todos los problemas. Para eso servían los productores. Ésa era su especialidad.

Skippy Deere dispuso todo lo necesario para que se efectuara inmediatamente la autopsia al cadáver y éste se enviara a Los Ángeles, donde tendría lugar el entierro tres días más tarde.

La autopsia reveló que Steve Stallings había muerto a causa de un aneurisma cerebral que, al estallar, había derramado la sangre como un torrente por todo su cerebro.

Deere fue después en busca de las dos chicas que se encontraban con Stallings en el momento de su muerte y les prometió librarlas del juicio por consumo de cocaína y ofrecerles unos pequeños papeles en la nueva película que estaba produciendo. Les pagaría mil dólares semanales durante dos años, pero el contrato incluía una cláusula relativa a la bajeza moral en virtud de la cual el contrato quedaría automáticamente rescindido en caso de que las chicas revelaran a alguien las circunstancias de la muerte de Stallings.

Después llamó a Bobby Bantz a Los Ángeles y le explicó lo que había hecho. Llamó también a Dita Tommey para comunicarle la noticia y rogarle encarecidamente que cuidara de que todos los que habían participado en el rodaje de *Mesalina*, tanto los de arriba como los de abajo, asistieran a la proyección de la copia no corregida en Las Vegas y a la fiesta de despedida. Finalmente, más trastornado de lo que hubiera estado dispuesto a reconocer, se tomó dos píldoras para dormir y se fue a la cama.

22

La muerte de Steve Stallings no afectó a la proyección del montaje provisional de la película ni a la fiesta de despedida en Las Vegas. Gracias a la habilidad de Skippy Deere y a la estructura emocional del mundillo cinematográfico. Cierto que Steve Stallings era una estrella, pero había dejado de ser un actor cotizado. Cierto que había hecho materialmente el amor con muchas mujeres y que se lo había hecho mentalmente a muchos millones, pero su amor sólo había sido un placer recíproco. Incluso las mujeres que habían intervenido en la película —Athena, Claudia, Dita Tommey y las otras tres estrellas del reparto—, se afligieron mucho menos de lo que hubieran podido esperar los románticos. Todo el mundo estuvo de acuerdo en que Steve Stallings hubiera deseado que siguiera el espectáculo y que nada lo hubiera entristecido tanto como para que se suspendiera la fiesta de despedida y el pase de la película a causa de su muerte.

En la industria cinematográfica, cuando terminaba una película, uno se despedía de casi todos sus amantes con la misma cortesía con que en otros tiempos se hubiera despedido de su pareja en un baile.

Skippy Deere aseguraba que la idea de celebrar la fiesta de despedida en el hotel Xanadu y de efectuar el pase del montaje provisional de la película se le había ocurrido a él. Sabía que Athena abandonaría el país en cuestión de días, y quería asegurarse de que la actriz no tuviera que repetir ninguna escena.

Pero en realidad había sido Cross el que había propuesto la idea de la fiesta de despedida y el pase de la película en el hotel Xanadu. Lo había pedido como un favor especial.

—Será una publicidad extraordinaria para el Xanadu —le había dicho a Deere—. A cambio invito a todos los que hayan intervenido en la película y a todas las personas a las que tú quieras invitar esa noche... habitación, comida y bebida gratis. Tú y Bants podréis alojaros en una villa, y pondré otra a disposición de Athena. Además me encargaré de que el servicio de seguridad no permita asistir al montaje provisional de la película a nadie que tú no quieras, por ejemplo los representantes de los medios de difusión. Llevas años pidiéndome una villa.

—¿Y todo eso sólo por la publicidad? —preguntó Deere.

Cross lo miró sonriendo.

—Habrá centenares de personas con montones de dinero para jugar, y el casino se quedará con buena parte de él.

—Bantz no juega —dijo Deere—. Yo sí, y te quedarás con mi dinero.

—Te concederé un crédito de cincuenta mil dólares —dijo Cross—, y si pierdes no te exigiremos el pago de la deuda.

El argumento convenció a Deere.

—De acuerdo —dijo—, pero la idea tiene que ser mía, de lo contrario no se la podré vender a los estudios.

Naturalmente —dijo Cross—. Pero oye una cosa, Skippy, tú y yo hemos hecho muchas cosas juntos y yo siempre he salido perdiendo. Esta vez es distinto. Esta vez tienes que cumplir. Esta vez no me puedes decepcionar —añadió, mirando con una sonrisa a Deere.

Por una de las pocas veces en su vida, Deere sintió una punzada de temor y no comprendió exactamente por qué. Cross no le había hecho una amenaza. Se le veía de muy buen humor y sus palabras habían sido la simple constatación de unos hechos.

—No te preocupes —dijo Skippy Deere—. El rodaje termina dentro de tres semanas. Haz los planes para entonces.

Cross tenía que conseguir que Athena asistiera a la fiesta de despedida y a la proyección de la película.

—Me resulta necesario para el hotel y será una ocasión para volver a verte —le dijo.

Athena accedió a su petición. Ahora Cross tenía que conseguir que Dante y Losey asistieran también a la fiesta, de modo que invitó a Dante a trasladarse a Las Vegas para hablarle de la LoddStone y de los proyectos de Losey sobre una película basada en sus aventuras en el Departamento de Policía. Todo el mundo sabía que Dante y Losey eran muy buenos amigos.

—Quiero que le hables a Losey de mí —le dijo a Dante—. Quiero ser coproductor de su película y estoy dispuesto a aportar un cincuenta por ciento del presupuesto.

A Dante le hizo gracia.

—¿De veras quieres introducirte en el negocio del cine? —le preguntó—. ¿Por qué?

—Por la pasta —contestó Cross—. Y por las tías.

Dante soltó una carcajada.

—Ya tienes mucha pasta y te sobran las tías —dijo.

—Pero yo quiero clase. Mucha pasta y tías con clase.

—¿Y por qué no me invitas a esta fiesta? —preguntó Dante—. ¿Por qué nunca me has ofrecido una villa?

—Háblale bien de mí a Losey —dijo Cross— y conseguirás las dos cosas. Y tráete a Losey. Si te interesa una cita te puedo concertar un encuentro con Tiffany. Ya la has visto en el espectáculo.

Para Dante, Tiffany era la máxima encarnación del placer en estado puro, con su exuberante busto, su terso y ovalado rostro de boca grande y labios carnosos, su impresionante estatura y sus largas y bien torneadas piernas. Por primera vez, Dante se mostró entusiasmado.

—¿En serio? —dijo—. Es el doble de alta que yo. ¿Te imaginas? Trato hecho.

Se le veía demasiado el plumero, pensó Cross, confiando en que la prohibición de los actos de violencia en Las Vegas por parte de todas las familias fuera suficiente para tranquilizar a Dante.

Después Cross añadió con indiferencia:

—Athena también asistirá a la fiesta. Ella es el principal motivo de que yo quiera seguir en la industria del cine.

Bobby Bantz, Melo Stuart y Claudia volaron a Las Vegas en el jet de los estudios. Athena y los demás actores del reparto se desplazaron desde el lugar del rodaje en sus caravanas personales, al igual que Dita Tommey.

El senador Wavven representaría al estado de Nevada juntamente con el gobernador de Nevada, elegido por el propio Wavven para aquel acontecimiento.

Dante y Losey ocuparían dos apartamentos en una de las villas. Lia Vazzi y sus hombres se instalarían en los cuatro apartamentos restantes. El senador Wavven, el gobernador y sus acompañantes ocuparían otra villa. Cross les había organizado una cena privada con varias coristas especialmente seleccionadas. Confiaba que su presencia contribuyera a eliminar la presión de las investigaciones policiales que sin duda se llevarían a cabo, y que la influencia política de ambos suavizara las actuaciones legales y la publicidad del caso.

Cross estaba quebrantando todas las reglas. Athena ocupaba una villa, pero Claudia, Dita Tommey y Molly Flanders también tenían apartamentos en aquella villa. Los dos apartamentos restantes estaban ocupados por un equipo de cuatro hombres de Lia Vazzi encargados de proteger a Athena.

Una cuarta villa fue asignada a Bantz, Skippy Deere y sus acompañantes, y las tres villas restantes serían ocupadas por veinte hombres de Lia que sustituirían a los habituales guardias de seguridad. Sin embargo, ninguno de los equipos de Vazzi participaría directamente en la acción y ningún hombre estaba al corriente del verdadero objetivo de Cross. Los únicos verdugos serían Lia y Cross.

Cross decidió cerrar durante dos días el casino Perla de las villas. La mayoría de los personajes de Hollywood, por muy famosos que fueran, no podía permitirse el lujo de hacer las elevadas apuestas que se hacían en aquel lugar. Los acaudalados clientes que ya habían hecho reservas fueron informados de que las villas estaban en obras y no podían acogerlos.

Según el plan que habían elaborado Cross y Vazzi, Cross mataría a Dante, y Lia mataría a Losey. En caso de que el Don los considerara culpables y descubriera que Lia había eliminado efectivamente a Dante, cabía la posibilidad de que exterminara a toda la familia de Lia. En cambio, si descubría que quien había eliminado a Dante había sido Cross, no extendería su venganza a Claudia pues a fin de cuentas por sus venas corría la sangre de los Clericuzio.

Además Lia quería vengarse personalmente de Losey pues odiaba a todos los representantes del Gobierno y le apetecía aderezar aquella peligrosa operación con un poco de placer personal.

El verdadero problema era cómo aislar a los dos hombres y hacer desaparecer los cadáveres. Todas las familias de Estados Unidos se habían atenido siempre a la norma de no llevar a cabo ninguna ejecución en Las Vegas para preservar con ello la pública aceptación del juego, y el Don siempre había insistido en que dicha norma se cumpliera a rajatabla.

Cross confiaba en que Dante y Losey no sospecharan que se les preparaba una trampa. Ignoraban que Lia había descubierto el cuerpo de Sharkey y que por tanto conocía sus intenciones. El otro problema era prepararse para el golpe que Dante pensaba descargar contra Cross. Lia colocó un espía en el campamento de Dante.

Molly Flanders tomó un vuelo a primera hora del día de la fiesta. Tenía unos asuntos que resolver con Cross. Iba acompañada de un juez del Tribunal Supremo de California y de un obispo de la diócesis católica de Los Ángeles. Ambos actuarían como testigos cuando Cross firmara el testamento que ella le había preparado y que llevaba consigo. Cross sabía que sus posibilidades de salvar la vida eran muy escasas y había reflexionado con mucho cuidado sobre el destino del cincuenta por ciento de la propiedad del hotel Xanadu. Su participación estaba valorada en quinientos millones de dólares, que no era precisamente un grano de anís.

En el testamento, Cross dejaba una cómoda pensión vitalicia para la mujer y los hijos de Lia. El resto se repartía a partes iguales entre Claudia y Athena, pero Athena tendría la suya en usufructo, y la parte pasaría a su hija Bethany cuando su madre muriera. De pronto Cross se dio cuenta de que no había nadie más en el mundo a quien apreciara lo bastante como para dejarle dinero.

Cuando Molly, el obispo y el juez llegaron a su suite de la última planta del hotel, el juez le felicitó por su madurez al otorgar testamento a una edad tan temprana. El obispo estudió en silencio el lujo de la suite como si calibrara el salario del pecado.

Ambos eran buenos amigos de Molly, la cual había trabajado gratuitamente para ellos con fines benéficos, y a petición especial de Cross había solicitado su colaboración. Cross quería unos testigos que no se dejaran corromper ni intimidar por los Clericuzio.

Cross les ofreció unas copas y después se procedió a la firma de los documentos. A continuación, los dos hombres se retiraron. Aunque habían sido invitados, no querían manchar su reputación asistiendo a una fiesta cinematográfica de despedida en el infierno del juego de Las Vegas. Al fin y al cabo, ellos no eran unos representantes elegidos del Estado.

Cross y Molly se quedaron solos en la suite. Molly le entregó a Cross el original del testamento.

—Tú te quedas una copia, ¿verdad? —le preguntó Cross.

—Pues claro —contestó Molly—. Permíteme que te diga que tus instrucciones me dejaron sorprendida. No tenía ni idea de que tú y Athena estuvierais tan unidos, y además ella ya es muy rica.

—Puede que alguna vez necesite más dinero del que tiene —dijo Cross.

—¿Te refieres a su hija? —preguntó Molly—. Sé que tiene una niña, soy la abogada personal de Athena. Tienes razón, puede que Bethany necesite algún día el dinero. Te tenía en otro concepto.

—¿De veras? —dijo Cross—. ¿En cuál?

—Pensaba que habías eliminado a Boz Skannet —contestó Molly en voz baja—. Pensaba que eras un despiadado tipo de la Mafia. Recuerdo el comentario que hiciste sobre aquel pobre chico al que yo libré de la condena por asesinato y que después, al parecer, fue asesinado en un ajuste de cuentas entre traficantes de droga.

—Y ahora comprendes que estabas equivocada —dijo Cross, mirándola con una sonrisa.

Molly lo miró fríamente.

—Y me llevé una sorpresa cuando permitiste que Bobby Bantz te estafara tu parte de los beneficios de *Mesalina*.

—Eso fue simple calderilla —dijo Cross.

Pensó en el Don y en David Redfellow.

—Athena se va a Francia pasado mañana —dijo Molly— y permanecerá algún tiempo allí. ¿Vas a acompañarla?

—No —contestó Cross—. Tengo demasiadas cosas que hacer aquí.

—Pues muy bien —dijo Molly—. Nos veremos en la proyección de la película y en la fiesta de despedida. A lo mejor el pase de la película te dará cierta idea de la fortuna que Bantz te ha estafado.

—No importa —dijo Cross.

—¿Sabes una cosa? Dita ha colocado una tarjeta al comienzo de la copia de la película. Dedicada a Steve Stallings. Bantz se pondrá furioso.

—¿Por qué?

—Porque Steve folló con todas las mujeres con quienes Bantz no pudo hacerlo —contestó Molly—. Los hombres son una mierda —añadió antes de retirarse.

Cross salió a la terraza y se sentó. La calle de abajo estaba abarrotada de gente y el público iba entrando poco a poco en los distintos casinos que flanqueaban el Strip. Las marquesinas de neón exhibían los nombres: Caesars, Sands, Mirage, Aladdin, Desert Inn, Stardust... Todo parecía un multicolor arco iris sin fin hasta que uno levantaba la vista hacia el desierto y las montañas del otro lado. El ardiente sol vespertino no podía amortiguar su resplandor.

La gente de *Mesalina* no empezaría a llegar hasta las tres de la tarde. Entonces él vería a Athena por última vez, en caso de que las cosas fallaran. Cogió el teléfono de la terraza, marcó el número de la villa donde se hospedaba Lia Vazzi y le pidió que subiera a su suite del último piso para revisar una vez más los planes.

El rodaje de *Mesalina* terminó a mediodía. Dita Tommey había querido que la última toma mostrara la terrible matanza del campo de batalla romano iluminado por los rayos del sol naciente mientras Athena y Steve Stallings contemplaban la escena. Utilizó a un doble para sustituir a Steve y le cubrió el rostro con una sombra para disimular sus facciones. Ya eran casi las tres de la tarde cuando la furgoneta de las cámaras, las enormes caravanas que se utilizaban como viviendas durante el rodaje, las cocinas móviles de la empresa de catering, los remolques del vestuario y los vehículos que transportaban las armas de la época anterior a Jesucristo llegaron a Las Vegas y se unieron a otros muchos vehículo pues Cross había querido hacerlo todo al estilo del viejo Las Vegas.

Había decidido invitar a todos los que habían participado en el rodaje de *Mesalina*, tanto a los más modestos como a los más importantes, con habitación, comida y bebida gratis. La LoddStone le había enviado una lista de más de trescientas personas. Era un ofrecimiento muy generoso que sin duda sería unánimemente apreciado, aunque aquellas trescientas personas dejarían una considerable parte de sus salarios en las arcas del casino. Era algo que Cross había aprendido de Gronevelt. «Cuando la gente se encuentra a gusto y quiere celebrar algo, lo hace jugando.»

El montaje provisional de *Mesalina* se pasaría a las diez de la noche, aunque sin música ni efectos especiales. La fiesta de despedida empezaría cuando terminara la proyección. El inmenso salón de baile del Xanadu donde se había celebrado la fiesta en honor de

Big Tim se había dividido en dos mitades, una para la proyección de la película y otra más grande para el bufé y la orquesta.

A las cuatro de la tarde todo el mundo estaba en el hotel y en las villas. Nadie se perdería nada: todo gratis en la confluencia de dos mundos esplendorosos, Hollywood y Las Vegas.

La prensa estaba indignada por las estrictas medidas de seguridad que se habían adoptado. El acceso a las villas y al salón de baile estaba prohibido. Ni siquiera se podría fotografiar a los protagonistas de aquel sugestivo acontecimiento. No se podrían captar imágenes ni de los actores de la película ni del director, el senador, el gobernador, el productor ni el presidente de los estudios. Ningún reportero podría asistir siquiera a la proyección del montaje provisional de la película. Todos ellos merodeaban por los alrededores del casino, ofreciendo elevadas sumas de dinero a los participantes más modestos a cambio de unos documentos de identidad que les permitieran entrar en el salón de baile. Algunos tuvieron éxito. Cuatro dobles sin escrúpulos y dos empleadas de la empresa de catering vendieron a los reporteros sus documentos de identidad a mil dólares cada uno.

Dante Clericuzio y Jim Losey estaban disfrutando del lujo de su villa. Losey sacudió la cabeza, asombrado.

—Un ladrón podría vivir un año sólo con el oro que hay en el cuarto de baño —dijo en voz alta.

—No, no podría —replicó Dante—. Moriría antes de seis meses.

Estaban sentados en el salón del apartamento de Dante. No habían llamado al servicio de habitaciones porque el enorme frigorífico de la cocina estaba lleno de bandejas de bocadillos y de canapés de caviar, botellas de cerveza de importación y vinos de las mejores cosechas.

—O sea que ya lo tenemos todo listo —dijo Losey.

—Sí —dijo Dante—, y cuando hayamos terminado le pediré el hotel a mi abuelo. Entonces ya tendremos la vida resuelta.

—Lo importante es conseguir que venga solo aquí —dijo Losey.

—De eso me encargo yo, no te preocupes —dijo Dante—. Y en el peor de los casos, nos lo llevaremos en el coche al desierto.

—¿Y qué harás para atraerlo a esta villa? —preguntó Losey—. Eso es lo más importante.

—Le diré que Giorgio ha volado aquí en secreto y quiere verle

—contestó Dante—. Entonces haré el trabajo, y tú lo limpiarás todo cuando yo termine. Ya sabes lo que busca la policía en el escenario de un crimen. Lo mejor será dejarlo en el desierto —añadió en tono pensativo—. Lo más seguro es que nunca lo encuentren. —Hizo una breve pausa—. Tú ya sabes que Cross esquivó a Giorgio la noche en que murió Pippi. No creo que ahora se atreva a hacerlo de nuevo.

—Pero ¿y si lo hace? —preguntó Losey—. Yo me quedaré aquí tocándome los cojones toda la noche.

—Athena está en la villa de al lado —dijo Dante—. Llama a la puerta y a lo mejor tienes suerte.

—Demasiado peligroso —dijo Losey.

—Nos la podríamos llevar al desierto con Cross —dijo Dante sonriendo.

—Tú estás loco —le replicó Losey, dándose repentinamente cuenta de que lo estaba de verdad.

—¿Por qué no? —dijo Dante—. ¿Por qué no divertirnos un poco? El desierto es lo bastante grande como para enterrar un par de cadáveres.

Losey pensó en el cuerpo de Athena, en su bello rostro, su voz y su majestuosa figura. Qué bien se lo pasarían él y Dante. Puesto que ya era un asesino, qué más daba que fuera un violador. Marlowe, Pippi de Lena y su viejo compañero Phil Sharkey. Era un asesino por partida triple, pero su timidez le hubiera impedido cometer una violación. Se estaba convirtiendo en uno de aquellos chiflados a los que tantas veces había detenido a lo largo de su vida, y todo por una mujer que vendía su cuerpo a todo el mundo. Menudo elemento estaba hecho aquel pelmazo que tenía delante, siempre con aquel gorro tan raro en la cabeza.

—Probaré suerte —dijo Losey—. La invitaré a tomar una copa. Si viene, ella se lo habrá buscado —dijo.

A Dante le hizo gracia el razonamiento de Losey.

—Todo el mundo se lo busca —dijo—. Nosotros también nos lo buscamos.

Repasaron todos los detalles, y después Losey regresó a su apartamento. Dante se preparó un baño, pues le apetecía utilizar los costosos perfumes de la villa. Mientras disfrutaba de la tibia y perfumada agua de la bañera, con el negro y áspero cabello típico de los Clericuzio convertido en un espumoso moño blanco en lo alto de su cabeza, se preguntó cuál sería su destino. En cuanto él y Losey abandonaran el cuerpo de Cross en el desierto, a muchos kilómetros de Las Vegas, empezaría la parte más difícil de la operación. Tendría que convencer a su abuelo de su inocencia. Si las cosas se ponían feas confesaría también la muerte de Pippi, y su abuelo lo perdonaría. El Don siempre le había tenido un cariño especial.

Además ahora él era el Martillo de la familia. Pediría ser nombrado *bruglione* del Oeste y jefe supremo del hotel Xanadu. Giorgio se opondría, pero Vincent y Petie se mantendrían neutrales. Se conformarían con vivir de sus negocios legales. El viejo no viviría eternamente, y Giorgio era un burócrata. Algún día el guerrero se convertiría en emperador, pero él no entraría en la sociedad legal. Él encabezaría el regreso de la familia a la gloria de antaño. Jamás abandonaría el poder sobre la vida y la muerte.

Salió del baño y utilizó la ducha para eliminar la espuma que le cubría el cabello. Se perfumó el cuerpo con varias colonias de los elegantes frascos que llenaban los estantes y se esculpió el cabello con el contenido de distintos tubos de aromáticos geles tras haber leído cuidadosamente las instrucciones. Después abrió la maleta donde guardaba sus gorros renacentistas y eligió uno en forma de flan, con incrustaciones de piedras preciosas y bordados hechos con hilos de color dorado y violeta. Allí, en la maleta, el gorro parecía un poco ridículo, pero cuando se lo puso vio que le confería el majestuoso aspecto de un príncipe, sobre todo por la hilera de piedras verdes de la parte anterior. Así se presentaría aquella noche ante Athena o ante Tiffany en caso de que le fallaran los planes, pero ambas podrían esperar en caso necesario.

Cuando terminó de vestirse, Dante pensó en cómo sería su vida futura. Viviría en una de aquellas villas tan lujosas como palacios. Dispondría de un surtido inagotable de bellas mujeres, un harén que ni siquiera tendría que costear pues las chicas serían las mismas que cantaban y bailaban en el espectáculo del hotel Xanadu. Podría comer en seis restaurantes distintos, con seis cocinas internacionales diferentes. Podría ordenar la muerte de un enemigo y recompensar a un amigo. Sería lo más parecido a un emperador romano que permitían los tiempos modernos. El único que se interponía en su camino era Cross.

Al regresar a su apartamento, Jim Losey examinó el rumbo que había tomado su vida. Durante la primera parte de su carrera había sido un policía extraordinario, un auténtico caballero defensor de la sociedad. Aborrecía con toda su alma a los delincuentes y especialmente a los negros. Pero poco a poco había cambiado. Le dolían las críticas y las protestas de los medios de difusión por la brutalidad de la policía. La misma sociedad a la que él defendía de la escoria lo atacaba sin compasión, y sus superiores, con sus uniformes cuajados de galones dorados, se ponían del lado de los políticos que mentían a los ciudadanos y soltaban chorradas sobre la necesidad de no odiar a los negros. ¿Y qué tenía eso de malo? Eran los que más delitos cometían. ¿Acaso él no era un americano libre que podía odiar a quien le diera la gana? Eran unas cucarachas que devorarían toda la civilización. No querían trabajar ni estudiar. Para ellos, quemarse las pestañas estudiando por la noche era una gilipollez pues sólo disfrutaban lanzando pelotas de baloncesto bajo la luz de la luna. Atracaban a los ciudadanos desarmados, convertían a sus mujeres en putas y mostraban un intolerable desprecio por la ley y sus representantes. Su misión era proteger a los ricos de la maldad de los pobres, y su mayor deseo era hacerse rico. Quería trajes, coches, comida, bebida y, por encima de todo, la clase de mujeres que los ricos podían permitirse el lujo de tener. Y todas aquellas cosas eran típicamente norteamericanas.

Todo empezó con los sobornos para proteger el juego. Después pasó a las acusaciones falsas para obligar a los traficantes de droga a pagar, a cambio de su protección. Cierto que siempre había estado orgulloso de su condición de «héroe de la policía» y de las alabanzas que había recibido por su valor, pero todo aquello no tenía ninguna recompensa monetaria. Tenía que seguir comprando ropa barata y vigilar mucho los gastos para poder llegar a fin de mes. Él defendía a los ricos contra los pobres pero no recibía la menor recompensa por ello, y de hecho era un pobre. La gota final que colmó el vaso de su paciencia fue el hecho de que los ciudadanos lo tuvieran en menor estima que a los delincuentes. Algunos de sus compañeros policías habían sido juzgados y enviados a la cárcel por haberse limitado a cumplir con su deber, e incluso habían sido expulsados del cuerpo. Los violadores, los ladrones de viviendas, los atracadores asesinos y los ladrones a mano armada tenían más derechos en pleno día que los policías.

A lo largo de los años había tratado de justificar sus puntos de vista. La prensa y la televisión injuriaban a los servidores de la ley. La maldita ley Miranda, el maldito Sindicato Americano de las Libertades Civiles... Ya veríamos si aquellos malditos abogados hubieran sido capaces de patrullar seis meses por las calles. Seguro que no habrían tardado mucho tiempo en declararse partidarios de los linchamientos.

Al fin y al cabo él utilizaba las triquiñuelas, las palizas y las amenazas para obligar a los delincuentes a confesar sus delitos y apartarlos de la sociedad. Pero aun así no estaba muy convencido de la bondad de sus razonamientos. Era un policía demasiado bueno como para eso. No podía aceptar el hecho de haberse convertido en un asesino.

Pero eso qué más daba. Lo importante era que se haría rico. Arrojaría la placa y las menciones honoríficas a la cara del Gobierno y de los ciudadanos. Se convertiría en jefe de seguridad del hotel Xanadu con un sueldo diez veces superior al que percibía en aquellos momentos, y desde aquel paraíso del desierto contemplaría satisfecho el desmoronamiento de Los Ángeles bajo el asalto de los delincuentes, contra los cuales él ya no tendría que luchar. Aquella noche vería la película *Mesalina* y asistiría a la fiesta de despedida, y a lo mejor se comería un rosco con Athena. Tuvo la sensación de que la mente se le encogía de temor mientras una dolorosa punzada le recorría todo el cuerpo ante la simple posibilidad de poder ejercer sobre ella semejante dominio. En la fiesta intentaría venderle a Skippy Deere una película basada en su carrera de máximo héroe del Departamento de Policía de Los Ángeles. Dante le había dicho que Cross quería invertir, lo cual le hacía mucha gracia. ¿Por qué matar a un tío dispuesto a invertir dinero en su película? Muy sencillo, porque sabía que Dante lo mataría a él en caso de que se echara atrás, y él sabía que por muy duro que fuera no podría matar a Dante. Conocía demasiado bien a los Clericuzio.

Durante una décima de segundo pensó en el pobre Marlowe, un negro realmente encantador, alegre y dispuesto a colaborar en todo momento. Siempre había apreciado a Marlowe, y lo único que de verdad lamentaba era haber tenido que asesinarlo.

Aún le quedaban varias horas de espera antes de que se proyectara la película y empezara la fiesta. Hubiera podido ir a jugar un poco al casino principal, pero el juego era una actividad propia de primos. Decidió no hacerlo. Tenía una noche muy movida por delante. Primero vería la película y asistiría a la fiesta y después, a las tres de la madrugada, tendría que ayudar a Dante a liquidar a Cross de Lena y enterrarlo en el desierto.

A las cinco de la tarde, Bobby Bantz invitó a su villa a la plana mayor de *Mesalina* para tomar unas copas de celebración: Athena, Dita Tommey, Skippy Deere y, como gesto de cortesía, Cross de Lena. Sólo Cross declinó la invitación, alegando estar muy ocupado con los preparativos de aquella noche especial.

Bantz iba acompañado de su última «conquista», una muchacha llamada Johanna descubierta por un cazatalentos en una pequeña localidad de Oregón. La chica había firmado un contrato de dos años en virtud del cual percibiría quinientos dólares semanales. Era guapa aunque carecía de talento, pero tenía un aspecto tan virginal que por sí solo constituía un espectáculo aparte. Sin embargo, con una astucia impropia de sus años, sólo había accedido a acostarse con Bobby Bantz tras haberle arrancado la promesa de llevarla a Las Vegas para la proyección de *Mesalina*. Skippy Deere, que ocupaba un apartamento de la villa de Bantz, había decidido instalarse en el de su amigo, impidiendo con ello que éste pudiera echar un rápido polvo con Johanna, lo cual había provocado la irritación de Bantz. Skippy estaba tratando de venderle la idea de una película que lo entusiasmaba. El hecho de entusiasmarse por un proyecto constituía una parte muy legítima de la tarea de un productor.

Deere le estaba hablando a Bantz de un tal Jim Losey, el máximo héroe del Departamento de Policía de Los Ángeles, un hijo de puta tremendamente alto y guapo que a lo mejor incluso podría interpretar el papel principal pues la película sería la historia de su vida. Era una de esas biografías «auténticas» en la que uno se podía inventar cualquier cosa, por estrambótica que fuera.

Tanto Deere como Bantz sabían muy bien que la posibilidad de que Losey interpretara su propio papel era una simple fantasía inventada no sólo para engañar a Losey y conseguir que éste les vendiera barata su historia sino también para despertar el interés del público.

Skippy Deere expuso a grandes rasgos el contenido de la historia. Nadie mejor que él para vender un proyecto inexistente. Cogió el teléfono, obedeciendo a un impulso repentino, y antes de que Bantz pudiera protestar invitó al investigador al cóctel de las cinco de la tarde. Losey preguntó si podría llevar a una persona con él, y Deere le contestó que sí, suponiendo que sería una amiga. Skippy Deere, en su calidad de productor cinematográfico, era muy aficionado a mezclar mundos distintos. Nunca se sabía qué milagro podía ocurrir.

Cross de Lena y Lia Vazzi se encontraban en la suite del último piso del Xanadu, repasando los detalles de lo que iban a hacer aquella noche.

—Tengo a todos los hombres en sus puestos —dijo Lia—. Controlo todo el recinto de la villa. Ninguno de ellos sabe lo que tú y yo vamos a hacer, no intervendrán para nada, pero me he enterado de que Dante tiene a un equipo del Enclave cavando tu tumba en el desierto. Tenemos que andarnos con mucho cuidado esta noche.

—Lo que a mí me preocupa es lo que va a pasar después de esta noche —dijo Cross—. Entonces nos las tendremos que haber con Don Clericuzio. ¿Tú crees que se tragará la historia?

—Más bien no —contestó Lia—, pero es nuestra única esperanza.

—No tengo más remedio que hacerlo —dijo Cross encogiéndose de hombros—. Dante mató a mi padre y ahora él me tiene que matar a mí. Espero que el Don no se haya puesto de su parte desde un principio —añadió—. Entonces no tendríamos ninguna posibilidad.

—Podemos desbaratarlo todo —apuntó cautelosamente Lia—, depositar todas nuestras dificultades en manos del Don y dejar que sea él quien decida y actúe.

—No —dijo Cross—. El Don no puede tomar una decisión en contra de su nieto.

—Sí, tienes razón —le dijo Lia—, pero aun así, el Don se ha ablandado un poco últimamente. Dejó que aquellos tipos de Hollywood te estafaran, y eso es algo que jamás hubiera permitido en su juventud. No por el dinero sino por la falta de respeto.

Cross escanció un poco más de brandy en la copa de Lia y encendió un puro. No le dijo nada de David Redfellow.

—¿Te gusta tu habitación? —le preguntó con una burlona sonrisa en los labios.

Lia dio una calada a su puro.

—Es preciosa, desde luego, ¿pero a quién le interesa vivir de esta manera? Te quita fuerzas y despierta envidias. No es propio de personas inteligentes insultar a los pobres de esta manera, puedes despertar en ellos el deseo de matarte. Mi padre era un hombre muy rico en Sicilia, pero nunca vivió en medio del lujo.

—Lo que ocurre es que tú no entiendes cómo es América, Lia —dijo Cross—. Cualquier pobre que vea el interior de esta villa se alegra, porque en su fuero interno sabe que algún día vivirá en un lugar como éste.

En aquel momento sonó el teléfono privado de la suite del último piso. Cross lo cogió. El corazón le dio un vuelco. Era Athena.

—¿Podemos vernos antes de la proyección de la película? —le preguntó.

—Sólo si tú subes a mi suite —contestó Cross—. Ahora no puedo salir de aquí.

—Qué amable —dijo fríamente Athena—. Pues entonces nos veremos después de la fiesta. Yo me retiraré temprano y te esperaré en mi villa.

—Es que no voy a poder ir —dijo Cross.

—Mañana por la mañana regreso a Los Ángeles —dijo Athena—, y pasado mañana viajaré a Francia. No volveremos a vernos en privado hasta que tú vayas allí... si es que vas.

Cross miró a Lia y vio que éste sacudía la cabeza, frunciendo el ceño. Entonces le preguntó a Athena:

—¿Puedes venir aquí ahora? Te lo ruego.

Tuvo que esperar un buen rato antes de que ella le contestara...

—Sí, dame una hora.

—Te enviaré un coche y unos guardias de seguridad. Te estarán esperando delante de tu villa. —Colgó el teléfono y le dijo a Lia—: Tenemos que vigilarla. Dante está lo bastante loco como para hacer cualquier barbaridad.

El cóctel en la villa de Bantz estuvo realzado por la presencia de numerosas bellezas.

Melo Stuart iba acompañado de una joven y famosa actriz de teatro a la que él y Skippy Deere querían confiar el principal papel femenino en la película sobre la vida de Jim Losey. La actriz tenía unas acusadas facciones egipcias y unos modales arrogantes. Por su parte, Bantz no se separaba ni un solo instante de su nuevo hallazgo, la ingenua virgen Johanna, de apellido desconocido. Athena, más radiante que nunca, se había presentado con sus amigas Claudia, Dita Tommey y Molly Flanders. A pesar de que apenas había abierto la boca, tanto Johanna como Liza Wrongate, la actriz de teatro, la estaban mirando con una mezcla de temor reverente y envidia. Ambas se acercaron a ella, la reina a la que esperaban sustituir.

Claudia le preguntó a Bobby Bantz:

—¿No has invitado a mi hermano?

—Por supuesto que sí —contestó Bantz—, pero me ha dicho que estaba muy ocupado.

—Gracias por darle a la familia de Ernest el porcentaje que le corresponde —dijo Claudia sonriendo.

—Molly me atracó —dijo Bantz. Siempre había apreciado a Claudia, quizá porque Marrion le tenía simpatía, de modo que no se tomó a mal su irónico comentario—. Me puso una pistola en la sien.

—Aun así hubieras podido poner trabas —dijo Claudia—. Marrion aprobaría tu conducta.

Bantz la miró sin decir nada, y de repente sintió que las lágrimas le asomaban a los ojos. Nunca podría llegar a ser como Marrion, y lo echaba de menos.

Entre tanto, Skippy Deere había acorralado a Johanna y le estaba hablando de su nueva película en la que había un estupendo papel de una sola escena para una joven e inocente muchacha, bárbaramente violada por un traficante de drogas.

—Sería un papel estupendo para ti. No tienes mucha experiencia, pero si Bobby da el visto bueno podrías hacer una prueba. —Tras una breve pausa añadió en tono confidencial—: Pero creo que tendrías que cambiarte de nombre. Johanna es demasiado vulgar para tu carrera —dijo, aludiendo al estrellato que la chica tenía por delante.

Observó el arrebol de su rostro y se conmovió al pensar en la intensidad con la que las jóvenes creían en su belleza y ansiaban convertirse en estrellas de la pantalla. Su afán de triunfar en el cine era tan apasionado como la aspiración a la santidad de las doncellas del Renacimiento. Al evocar la cínica sonrisa de Ernest Vail, pensó: Por mucho que te rías es un deseo espiritual. En ambos casos es algo que a menudo conduce más al martirio que a la gloria, pero no se puede evitar. Sabía que algún día haría una gran película.

Johanna se retiró para hablar con Bantz, y él se reunió con Melo Stuart y Liza, su nueva amiga. A pesar de sus grandes dotes como actriz de teatro, Skippy dudaba de su futuro en la pantalla. La cámara era demasiado cruel con la clase de belleza que ella tenía, y su inteligencia no le permitiría encajar en ciertos papeles. Pero Melo había insistido en que le dieran el principal papel femenino de la película de Losey, y a veces no se podían contrariar los deseos de Melo. Además, el principal papel femenino de aquella película era una idiotez sin la menor sustancia.

Deere besó a Liza en ambas mejillas.

—Te vi en Nueva York —le dijo—. Una interpretación excepcional. Espero que participes en mi nueva película. Melo cree que será tu entrada triunfal en el cine.

Liza le dirigió una fría sonrisa.

—Primero tengo que ver el guión —dijo.

Deere reprimió la punzada de furia que siempre sentía en tales ocasiones. Le estaban ofreciendo la oportunidad de su vida, y encima la tía quería ver el maldito guión. Vio la irónica sonrisa de Melo.

—Faltaría más —dijo—, pero ten por seguro que jamás te enviaría un guión que no fuera digno de tu talento.

Melo, que siempre se mostraba más ardiente en sus negocios que en sus aventuras, dijo:

—Liza, te podemos garantizar el principal papel femenino de una película de serie A. El guión no es un texto tan sagrado como en el teatro. Se puede cambiar a tu gusto.

Liza lo miró con una sonrisa ligeramente más cordial.

—¿O sea que tú también te crees estas tonterías? Las obras teatrales se modifican. ¿Qué te imaginas que hacemos cuando las representamos fuera de la ciudad?

Antes de que uno de sus dos interlocutores pudiera contestar, Jim Losey y Dante Clericuzio entraron en el apartamento. Deere se acercó a ellos para saludarlos y presentarlos a los demás invitados.

Losey y Dante formaban una pareja casi cómica. Losey, alto, apuesto e impecablemente vestido con camisa y corbata a pesar del sofocante calor de julio de Las Vegas. A su lado Dante, con el musculoso cuerpo a punto de reventar la camiseta y un gorro renacentista con incrustaciones de piedras preciosas, coronando su áspero y corto cabello negro. Todos los presentes en la estancia, expertos en mundos de ficción, se dieron cuenta de que aquellos dos tipos no eran de ficción sino de verdad, por muy extraño que fuera su aspecto. Sus rostros eran demasiado fríos e inexpresivos. Aquello no se hubiera podido simular con maquillaje.

Losey se acercó inmediatamente a Athena y le dijo que estaba deseando verla en *Mesalina*. Abandonó su estilo amenazador y adoptó una actitud casi aduladora. Las mujeres siempre lo encontraban encantador. ¿Cómo era posible que Athena fuera una excepción?

Dante se llenó una copa y se sentó en el sofá. Nadie se acercó a él excepto Claudia. Se habían visto como mucho tres o cuatro veces a lo largo de toda su vida y sólo tenían en común algunos recuerdos infantiles. Claudia le dio un beso en la mejilla. Dante solía atormentarla cuando eran pequeños, pero ella siempre lo recordaba con cierto cariño.

Dante se inclinó hacia delante para abrazarla.

—*Cugina*, estás guapísima. Si hubieras sido así cuando éramos pequeños no te hubiera pegado tantos tortazos.

Claudia le arrancó el gorro renacentista de la cabeza.

—Cross me ha hablado de tus sombreros. Te favorecen mucho —dijo, encasquetándoselo en la cabeza—. Ni siquiera el Papa tiene un gorro como éste.

—Y eso que tiene muchos —dijo Dante—. ¿Quién hubiera imaginado que llegarías a ser un personaje tan importante en el mundo del cine?

—¿A qué te dedicas últimamente? —le preguntó Claudia.

—Dirijo una empresa de productos cárnicos —contestó Dante—. Somos proveedores de muchos hoteles. Oye —añadió con una sonrisa—, ¿me podrías presentar a tu preciosa estrella?

Claudia lo acompañó al lugar donde se encontraba Athena, todavía acosada por Jim Losey. Athena contempló con una sonrisa el gorro de Dante y éste la miró con una expresión encantadoramente cómica.

Losey aún no se había dado por vencido.

—Estoy seguro de que su película será estupenda —le dijo—. Confío en que cuando termine la fiesta me permita ser su guardaespaldas y acompañarla a la villa para tomar una copa juntos.

Estaba interpretando el papel del buen policía.

Athena rechazó con suma elegancia su invitación.

—Me encantaría —contestó—, pero sólo me quedaré media hora en la fiesta y no quisiera que usted se la perdiera por mi culpa. Mañana tengo que coger el avión a primera hora, y después viajaré a Francia. Tengo muchas cosas que hacer.

Dante admiró su tacto. Se veía con toda claridad que aborrecía a Losey pero que al mismo tiempo le tenía miedo. Aun así dejaba abierta la posibilidad de que Losey pensara que podía tener alguna oportunidad con ella.

—Puedo acompañarla a Los Ángeles —dijo Losey—. ¿A qué hora es el vuelo?

—Es usted muy amable —contestó Athena—, pero se trata de un pequeño vuelo chárter privado y todas las plazas están ocupadas.

En cuanto regresó a su villa, Athena llamó a Cross y le dijo que iba para allá.

Lo primero que llamó la atención de Athena fueron las medidas de seguridad. Había guardias en el ascensor que conducía a la suite del último piso del hotel Xanadu. El ascensor se abría con una llave especial, tenía cámaras de seguridad en el techo y sus puertas se abrían a una antesala vigilada por cinco hombres. Uno de ellos se encontraba junto a la puerta del ascensor, otro estaba sentado junto a un mostrador con cinco pantallas de televisión, dos estaban jugando una partida de cartas en un rincón de la estancia y otro se hallaba sentado en el sofá, leyendo el *Sports Illustrated*. Todos la miraron con la característica expresión de asombro con que tantas veces la habían mirado los hombres, reconociendo la singularidad de su belleza, aunque hacía ya tiempo que semejantes miradas no despertaban su vanidad. Ahora sólo sirvieron para hacerle comprender la existencia de un peligro. El hombre del mostrador pulsó un botón que abría la puerta de la suite de Cross. Cuando hubo entrado, la puerta se cerró tras ella.

Se encontraba en la zona reservada a despacho. Cross se acercó y la acompañó a la zona de estar. Le dio un suave beso en los labios y se dirigió con ella al dormitorio. Se desnudaron sin decir una sola palabra y se abrazaron. Cross experimentó una profunda sensación de alivio al sentir el contacto de su piel y contemplar el esplendor de su rostro.

—Hay pocas cosas en el mundo que me gusten tanto como mirarte —le dijo con un suspiro.

Ella le contestó con una caricia, le acercó los labios para que se los besara y lo atrajo a la cama. Intuía la sinceridad de su amor y sabía que hubiera estado dispuesto a hacer cualquier cosa que ella le pidiera. A cambio, ella estaba dispuesta a cumplir todos sus deseos. Por primera vez en mucho tiempo reaccionó no sólo físicamente sino también mentalmente. Lo amaba con toda su alma y le encantaba hacer el amor con él. Era consciente sin embargo de que en cierto modo Cross era un hombre peligroso, incluso para ella.

Al cabo de una hora se vistieron y salieron a la terraza.

Las Vegas estaba inundada de luces de neón, y las calles y los vulgares edificios de los hoteles aparecían bañados por la dorada luz del sol del atardecer. Más allá estaban el desierto y las montañas. Allí se sentían aislados. Las verdes banderas de las villas permanecían inmóviles pues no soplaba la menor brisa.

Athena apretó fuertemente la mano de Cross.

—¿Te veré en la proyección de la película y en la fiesta de despedida? —le preguntó.

—Lo siento pero no podré asistir —contestó Cross—. Ya nos veremos en Francia.

—Veo que es muy difícil acercarse a ti —dijo Athena—. El ascensor cerrado con llave y un montón de hombres vigilando.

—Es sólo por unos días —dijo Cross—. Hay demasiados forasteros en la ciudad.

—Me han presentado a tu primo Dante —dijo Athena—. Parece que ese investigador de la policía es muy amigo suyo. Forman una pareja encantadora. Losey se ha mostrado muy interesado por mi bienestar y mis horarios. Dante también me ha ofrecido su ayuda. Parecían muy preocupados y tenían mucho empeño en que yo llegara sana y salva a Los Ángeles.

Cross le apretó cariñosamente la mano.

—Llegarás —le dijo.

—Claudia me ha dicho que Dante es primo vuestro —dijo Athena—. ¿Por qué lleva esos sombreros tan raros?

—Dante es un chico muy simpático —dijo Cross.

—Pues Claudia me ha contado que vosotros dos sois enemigos desde la infancia —dijo Athena.

—Es cierto —dijo jovialmente Cross—, pero eso no significa que sea una mala persona.

Contemplaron en silencio las calles de abajo, llenas de automóviles y de gente que se dirigía a pie a los distintos hoteles para cenar y jugar, soñando con unos placeres preñados de peligros.

—O sea que ésta es la última vez que nos vemos —dijo Athena, volviendo a apretar la mano de Cross como si quisiera borrar lo que acababa de decir.

—Ya te he dicho que nos veremos en Francia —replicó Cross.

—¿Cuándo? —preguntó Athena.

—No lo sé —contestó Cross—. Si no aparezco, eso querrá decir que estoy muerto.

—¿Tan grave es la cosa? —preguntó Athena.

—Sí.

—¿Y no me puedes decir de qué se trata?

Cross dudó un instante antes de contestar.

—Estarás a salvo —dijo—, y creo que yo también lo estaré. Más no te puedo decir.

—Esperaré —dijo Athena, dándole un beso antes de abandonar la suite.

Cross la vio alejarse y poco después salió a la terraza para verla salir del hotel y cruzar la columnata. Observó cómo el vehículo con los guardias de seguridad la conducía a su villa. Después cogió el teléfono y llamó a Lia Vazzi, ordenándole que reforzara todavía más las medidas de seguridad en torno a Athena.

A las diez de la noche ya estaba llena la zona del salón de baile del hotel Xanadu convertida en improvisada sala cinematográfica. El público esperaba la proyección del montaje provisional de *Mesalina*. Había una sección especial con mullidas butacas y una consola con un teléfono en el centro. Uno de los asientos estaba vacío, y en él se había colocado una corona de flores con el nombre de Steve Stallings. Las demás butacas estaban ocupadas por Claudia, Dita Tommey, Bobby Bantz y su acompañante Johanna, Melo Stuart y Liza, y Skippy Deere, que inmediatamente tomó posesión del teléfono.

Athena fue la última en llegar, y su presencia fue acogida con vítores por parte de todos los miembros del equipo de rodaje y los dobles de inferior categoría. Los participantes más importantes, los actores secundarios del reparto y todos los ocupantes de los sillones la aplaudieron y la besaron en la mejilla mientras se dirigía al sillón del centro. Entonces Skippy Deere cogió el teléfono y le dijo al operador que ya podía empezar.

Cuando apareció la frase «Dedicada a Steve Stallings» sobre fondo negro, el público aplaudió respetuosamente. Bobby Bantz y Skippy Deere se habían opuesto a la inserción de la dedicatoria, pero Dita Tommey había coseguido imponer su criterio, sólo Dios sabía por qué, dijo Bantz. Pero qué más daba, aquello era sólo un montaje provisional, y además la muestra de sentimentalismo sería comentada por la prensa.

La película apareció en la pantalla.

Athena estaba arrebatadora, con una sensualidad mucho más acusada que en la vida real y un ingenio que no constituyó ninguna sorpresa para quienes la conocían. De hecho, Claudia había escrito varias frases especialmente destinadas a subrayar aquella cualidad. No habían reparado en gastos y las importantes escenas sexuales se habían realizado con un gusto exquisito.

No cabía duda de que *Mesalina*, después de todas las dificultades con que había tropezado, alcanzaría un éxito extraordinario. Dita Tommey estaba exultante de felicidad pues finalmente se había convertido en una directora cotizada. Melo Stuart ya estaba calculando cuánto podría pedir en la siguiente película de Athena. Bantz, con un semblante no demasiado risueño, estaba preocupado pensando en lo mismo. Skippy calculaba el dinero que iba a ganar. Finalmente se podría comprar un jet privado.

Claudia estaba más emocionada que nadie. Su creación ya había conseguido llegar a la pantalla. El crédito del guión original era exclusivamente suyo. Gracias a Molly Flanders cobraría un porcentaje sobre los beneficios brutos. Cierto que Benny Sly había hecho algunos retoques, aunque no los suficientes como para figurar en los créditos.

Todo el mundo se congregó alrededor de Athena y de Dita Tommey para felicitarlas, pero Molly ya le había echado el ojo a uno de los dobles. Los dobles solían ser un poco brutos pero tenían unos músculos tremendos y eran fabulosos en la cama.

La corona de Steve Stallings había caído al suelo y la gente la estaba pisoteando. Molly vio que Athena se separaba del grupo para recogerla y volver a colocarla en el sillón. Los ojos de Athena se cruzaron con los suyos, y las dos mujeres se encogieron de hombros. Athena esbozó una tímida sonrisa como diciendo, así es el cine.

La gente se dirigió al otro lado del salón de baile. Estaba tocando una pequeña orquesta pero nadie le hizo caso y todo el mundo se precipitó hacia las mesas del bufé. Después se inició el baile. Entonces Molly se acercó al doble, que estaba mirando a su alrededor con la cara muy seria pues aquellas fiestas solían ser el lugar donde más vulnerables solían sentirse los hombres como él. Pensaban que nadie valoraba debidamente su trabajo y les molestaba que el enclenque protagonista principal de la película los obligara a desaparecer de la pantalla, siendo así que en la vida real ellos hubieran podido matar de una paliza al muy hijo de puta. Como todos los dobles ya tiene la polla dura, pensó Molly mientras él la acompañaba a la pista de baile.

Athena sólo permaneció una hora en la fiesta. Recibió las felicitaciones de todo el mundo con suma cortesía pero se vio a sí misma en aquel papel y no se gustó. Bailó con el jefe de rodaje y con otros miembros del equipo, y finalmente lo hizo con un doble cuya agresividad la indujo a retirarse antes de lo previsto.

El Rolls del Xanadu la estaba esperando con un conductor armado y dos guardias de seguridad. Cuando bajó del Rolls al llegar a su villa se sorprendió al ver a Jim Losey saliendo de la villa de al lado. El policía se acercó a ella.

—Ha estado usted estupenda en la película de esta noche —le dijo Losey—. Jamás he visto un cuerpo de mujer como el suyo, sobre todo el trasero.

Athena se hubiera puesto en guardia si el conductor y los dos guardias de seguridad no hubieran bajado del vehículo y ocupado posiciones. Observó que los hombres se habían situado de tal forma que ninguna línea de tiro los pudiera poner en peligro. Observó también que Jim Losey los miraba con cierto desprecio.

—El trasero no es mío, pero gracias de todos modos —le dijo sonriendo.

De repente, Losey le cogió la mano.

—Es usted la mujer más guapa que jamás me he echado a la cara —dijo—. ¿Por qué no prueba con un tío de verdad en lugar de montárselo con esos farsantes actores maricas?

Athena apartó la mano.

—Yo también soy actriz y no somos farsantes. Buenas noches.

—¿Me invita a tomar una copa? —preguntó Losey.

—Lo siento —contestó Athena, llamando al timbre de la villa.

Abrió la puerta un mayordomo a quien ella jamás había visto. Losey hizo ademán de entrar con ella, pero entonces, para asombro de Athena, el mayordomo salió y la empujó rápidamente al interior de la villa. Los tres guardias de seguridad formaron una barricada entre Losey y la puerta.

Losey los miró despectivamente.

—¿Qué coño es eso? —preguntó.

El mayordomo permaneció en el exterior de la puerta.

—Servicio de seguridad de la señorita Aquitane —contestó—. Tendrá usted que retirarse.

Losey exhibió su placa de policía.

—Ya ve quién soy —dijo—. Os voy a pegar a todos tal paliza que cagaréis toda la mierda que lleváis dentro, y después os mandaré encerrar en la trena.

El mayordomo examinó la placa.

—Usted pertenece al Departamento de Policía de Los Ángeles. No tiene jurisdicción aquí —dijo sacando su propia placa—. Yo pertenezco al condado de Las Vegas.

Athena lo estaba observando todo al otro lado mismo de la puerta. Le extrañó que su nuevo mayordomo fuera un investigador, pero ahora ya estaba empezando a comprenderlo todo.

—Procuren no armar demasiado jaleo —dijo, cerrándoles a todos la puerta en las narices.

Los dos hombres se volvieron a guardar las placas.

Losey los miró uno a uno con odio reconcentrado.

—Me acordaré de todos vosotros —dijo.

Ninguno de los hombres reaccionó.

Losey dio media vuelta. Tenía cosas más importantes que hacer. En el transcurso de las dos horas siguientes, Dante Clericuzio atraería a Cross de Lena a su villa.

Dante Clericuzio, con su gorro renacentista encasquetado en la cabeza, se lo estaba pasando muy bien en la fiesta de despedida. Las juergas eran para él un ejercicio de precalentamiento antes de iniciar una acción. Le había llamado la atención una chica del servicio de catering, pero ella lo había rechazado porque ya había puesto el ojo en uno de los dobles. El doble le dirigió a Dante una mirada amenazadora. Mejor para él, pensó Dante, yo tengo cosas que hacer esta noche. Consultó su reloj. A lo mejor el bueno de Losey había conseguido ligarse a Athena. Tiffany no apareció, en contra de su promesa. Dante decidió empezar media hora antes de lo previsto. Llamó a Cross, utilizando el número privado a través de la telefonista.

Cross se puso al aparato.

—Tengo que verte enseguida —le dijo Dante—. Estoy en el salón de baile. Una fiesta fabulosa.

—Bueno, pues sube —dijo Cross.

—No —dijo Dante—. Son órdenes terminantes. Ni por teléfono ni en tu suite. Baja tú.

Hubo una larga pausa.

—Ahora bajo —dijo finalmente Cross.

Dante se situó en un lugar desde el cual pudiera observar a Cross cruzando el salón de baile. Le pareció que allí no se había montado ningún dispositivo de seguridad. Se acarició el gorro y pensó en su infancia en común. Cross era el único niño que le daba miedo, y él se peleaba a menudo con él precisamente por eso aunque admiraba su aspecto y muchas veces le tenía envidia. También envidiaba su seguridad. Lástima...

Tras haber eliminado a Pippi, Dante había comprendido que no podría dejar con vida a Cross. En cuanto terminara lo que estaba a punto de hacer tendría que enfrentarse con el Don, pero él jamás había dudado del amor que siempre le había manifestado su abuelo. Tal vez al Don no le gustara, pero jamás echaría mano de su terrible poder para castigar a su amado nieto.

Cross se encontraba de pie delante de él. Ahora Dante tenía que conseguir que lo acompañara a la villa, donde lo estaba esperando Losey. Sería muy fácil. Él le pegaría un tiro a Cross y después transportarían el cadáver hasta el desierto y lo enterrarían. Nada de fantasías, tal como solía predicar Pippi de Lena. El vehículo lo ya estaba aparcado detrás de la villa.

—Bueno, ¿qué sucede? —le preguntó de pronto Cross sin sospechar aparentemente nada—. Bonito gorro —añadió sonriendo.

Dante siempre le había envidiado aquella sonrisa, como si adivinara todo lo que él estaba pensando.

Dante lo hizo todo muy despacio y hablando en voz baja. Cogió a Cross del brazo y lo acompañó fuera, delante de la enorme marquesina multicolor por la que el hotel Xanadu había pagado la friolera de diez millones de dólares. Los azules, rojos y violetas intermitentes bañaban sus figuras con una fría luz teñida por la palidez de la luna del desierto.

—Giorgio acaba de llegar —le susurró Dante a Cross—. Está en mi villa. Estrictamente confidencial. Quiere hablar contigo ahora mismo. Por eso no te he podido decir nada por teléfono.

Dante se alegró al ver la preocupada expresión del rostro de Cross.

—Me ha pedido que no te diga nada —prosiguió—, pero está enfadado. Creo que ha descubierto algo sobre tu viejo.

Cross lo miró con una siniestra expresión casi de repugnancia.

—Muy bien, pues vamos allá —dijo, cruzando con él la zona ajardinada del hotel para dirigirse al recinto de las villas.

Los cuatro guardias de la verja del recinto reconocieron a Cross y les franquearon la entrada.

Dante abrió la puerta con un ceremonioso gesto y se quitó el gorro renacentista.

—Tú primero —dijo, esbozando una taimada sonrisa que confirió a su rostro una traviesa expresión de diablillo.

Cross entró.

Jim Losey rebosaba de furia asesina cuando se alejó de los guardias de Athena y regresó a su villa. Una parte de su cerebro calibró la situación y emitió una señal de alarma. ¿Qué estaban haciendo allí todos aquellos guardias? Pero, qué coño, Athena era una estrella y la experiencia con Boz Skannet la debía de haber marcado para siempre.

Utilizó la llave para entrar. No había nadie en la villa pues todo el mundo se encontraba en la fiesta. Faltaba más de una hora para la llegada de Cross. Se acercó a la maleta y la abrió. Allí estaba su Glock, engrasada y brillante como un espejo. Abrió otra maleta que disponía de un bolsillo secreto. Sacó el cargador lleno de balas. Ensambló ambas piezas, se puso una funda de pistola de bandolera y guardó el arma en el interior de la misma. Lo tenía todo preparado. Observó que no estaba nervioso. Jamás lo estaba en tales situaciones, por eso era un buen policía.

Abandonó el dormitorio y entró en la cocina. Menuda cantidad de pasillos había en la villa. Sacó del frigorífico una botella de cerveza de importación y una bandeja de canapés. Hincó el diente en uno de ellos. Caviar. Lanzó un leve suspiro de placer. Jamás en su vida había saboreado nada tan delicioso. Así merecía la pena vivir. Todo aquello sería suyo para el resto de su vida, caviar, coristas y tal vez Athena algún día. Bastaría con que hiciera su trabajo aquella noche.

Se dirigió con la bandeja y la botella a la espaciosa sala de estar.

Lo primero que le llamó la atención fue que el suelo y los muebles estuvieran cubiertos con unas hojas de plástico que conferían a toda la estancia un blanco brillo espectral. Sentado en un sillón cubierto de plástico, vio a un hombre fumando un puro, con una copa de brandy de melocotón en la mano. Era Lia Vazzi.

¿Qué coño es eso?, pensó Losey. Depositó la bandeja y la botella en la mesita y le dijo a Lia:

—Le he estado buscando.

Lia dio una calada al puro y tomó un sorbo de brandy.

—Pues ahora ya me ha encontrado —dijo, levantándose—. Ahora ya me puede volver a pegar.

Losey era un hombre demasiado experto como para no ponerse en estado de alerta. Estaba empezando a atar cabos. Se preguntó por qué razón los demás apartamentos de la villa estaban vacíos y le pareció un poco raro. Se abrochó con aire indiferente la chaqueta y miró sonriendo a Lia. Esta vez le daría algo más que un bofetón, pensó. Dante aún tardaría una hora en llegar con Cross, y entre tanto él podría trabajar. Ahora que iba armado no temía enfrentarse directamente con Lia.

De repente la estancia se llenó de hombres. Salieron de la cocina, del vestíbulo, de la sala de vídeo-televisión. Todos eran mucho más altos que él. Sólo dos de ellos llevaban armas a la vista.

—¿Sabéis que soy un policía? —les preguntó.

—Eso lo sabemos todos —contestó Lia en tono tranquilizador.

Mientras Lia se acercaba un poco más a Losey, dos hombres encañonaron al policía por la espalda.

Lia introdujo las manos en el interior de la chaqueta de Losey y sacó la Glock. La entregó a otro de los hombres y cacheó rápidamente a Losey.

—Bueno —dijo Lia—. Usted siempre me hacía muchas preguntas. Aquí estoy. Pregunte.

Losey aún no estaba asustado. Le preocupaba tan sólo la posibilidad de que Dante apareciera con Cross. Le parecía increíble que un hombre como él, que había tenido la inmensa suerte de salir con vida de tantas situaciones peligrosas, se hubiera dejado ganar por alguien.

—Sé que tú te cargaste a Skannet —dijo—. Y más tarde o más temprano te pillaré.

—Tendrá que ser más temprano —dijo Lia—. No habrá un más tarde. Sí, tiene usted razón. Ahora podrá morir feliz.

Losey seguía sin creer que alguien pudiera atreverse a matar a sangre fría a un oficial de la policía. Bueno, los traficantes de droga podían enzarzarse en un tiroteo y algún negro medio chiflado te podía saltar la tapa de los sesos por el solo hecho de que tú le mostraras la placa, y lo mismo podían hacer los atracadores de bancos, pero ningún hampón hubiera tenido cojones para ejecutar a un oficial de la policía. Se hubiera armado demasiado revuelo.

Alargó la mano para apartar a Lia e imponer su autoridad y dominio, pero de repente un estremecedor ramalazo de fuego le desgarró el estómago y sintió que le temblaban las piernas. Empezó a desplomarse al suelo. Algo sólido le golpeó la cabeza, notó un ardiente dolor en la oreja y se quedó sordo. Cayó de rodillas y la alfombra le pareció una enorme almohada. Levantó los ojos. De pie a su lado, Lia Vazzi sostenía una fina cuerda de seda en las manos.

Lia Vazzi se había pasado dos días cosiendo las dos bolsas que debería usar. Eran de lona marrón oscuro con un cordel de cierre en el extremo abierto. Cada bolsa podría contener un cuerpo humano de considerable tamaño. La sangre no podría filtrarse al exterior a través de la bolsa, y en cuanto se cerrara el extremo, se las podrían echar al hombro como si fueran mochilas. Losey no había reparado en las dos bolsas dobladas sobre el sofá. Los hombres introdujeron su cadáver en una de ellas. Lia tiró fuertemente del cordel para cerrarla y la dejó apoyada verticalmente contra el sofá. Después ordenó a sus hombres que rodearan la villa, pero que no aparecieran hasta que él los llamara. Ya sabían lo que tenían que hacer a continuación.

Cross y Dante cruzaron la verja y se dirigieron muy despacio a la villa de Dante. El aire nocturno aún conservaba el sofocante calor del sol del desierto. Los dos estaban sudando. Dante observó que Cross vestía pantalones deportivos, camisa con el cuello desabrochado y chaqueta abrochada. Pensó que a lo mejor iba armado...

Las siete villas, con sus banderas verdes ondeando ligeramente por efecto de la suave brisa, constituían un soberbio espectáculo bajo la luna del desierto. Parecían edificios de otro siglo, con sus terrazas, los verdes toldos de las ventanas y las enormes puertas pintadas de blanco y oro. Dante cogió a Cross del brazo.

—Fíjate en eso. ¿A que es bonito? —le dijo—. Tengo entendido que follas con esa tía tan guapa de la película. Te felicito. Cuando te canses de ella, avísame.

—De acuerdo —dijo jovialmente Cross—. Le resultas simpático y le hace gracia tu gorro.

Dante se quitó el gorro.

—A todo el mundo le gustan mis gorros —dijo extasiado—. ¿De veras ha dicho que le soy simpático?

—Le encantas —contestó secamente Cross.

—Le encanto —dijo Dante en tono pensativo—. Tiene mucha clase.

Se preguntó por un instante si Losey habría conseguido atraer a Athena a la villa para tomar una copa. Sería la guinda del pastel. Se alegró de haber conseguido distraer a Cross. Había advertido una cierta irritación en la voz de su primo.

Ya habían llegado a la puerta de la villa. No parecía que hubiera guardias de seguridad por los alrededores. Dante pulsó el timbre, esperó, y lo volvió a pulsar. Al no obtener respuesta, se sacó la llave del bolsillo y abrió la puerta. Una vez dentro se dirigió a la suite de Losey.

En su fuero interno, Dante se dijo que a lo mejor Losey estaba follando con Athena, lo cual era una curiosa manera de iniciar una operación aunque él hubiera hecho lo mismo.

Dante acompañó a Cross a la sala de estar y se llevó una gran sorpresa al ver que las paredes y los muebles estaban cubiertos con hojas de plástico transparente. Una enorme bolsa de lona marrón estaba apoyada verticalmente contra el sofá, y encima de éste había otra bolsa vacía de la misma clase. Todo envuelto en plástico.

—Pero bueno, ¿qué coño es eso? —preguntó Dante.

Se volvió hacia Cross y vio que éste tenía un arma en la mano.

—Para evitar que la sangre salpique los muebles —explicó Cross—. Debo decirte que tus sombreros jamás me parecieron graciosos y que nunca creí que un atracador hubiera asesinado a mi padre.

Dante se preguntó dónde coño estaría Losey. Lo llamó, pensando que un arma de tan pequeño calibre no podría detenerlo.

—Durante toda tu vida fuiste un Santadio —dijo Cross.

Dante se volvió de lado para ofrecer un blanco más pequeño y se abalanzó sobre Cross. Su estrategia dio resultado pues la bala lo alcanzó en el hombro. Durante una décima de segundo experimentó una sensación de júbilo pensando que iba a ganar, pero de pronto estalló la bala y le arrancó medio brazo. Se dio cuenta de que no tenía esperanza. Después hizo algo que realmente sorprendió a Cross. Con el brazo sano desgarró el revestimiento plástico del suelo y formó con él una pelota. Con la sangre escapándose a borbotones de su cuerpo y los brazos llenos de plástico trató de apartarse de Cross, levantando las hojas de plástico como si fueran un escudo plateado.

Cross se adelantó. Apuntó con pausados movimientos, disparó a través del plástico y volvió a disparar. Las balas estallaron y el rostro de Dante quedó casi totalmente cubierto de diminutos fragmentos de plástico teñidos de rojo. El muslo izquierdo de Dante pareció separarse del cuerpo cuando Cross volvió a disparar. Dante se desplomó sobre la blanca alfombra en la que se habían formado unos círculos concéntricos de color escarlata. Cross se arrodilló junto al cuerpo de Dante, envolvió su cabeza con el plástico y efectuó un nuevo disparo. El gorro renacentista que aún cubría la cabeza de Dante estalló hacia arriba en el aire, pero se quedó donde estaba. Cross observó que estaba sujeto a la cabeza con una especie de prendedor, sólo que ahora descansaba sobre un cráneo abierto y parecía flotar.

Cross se levantó y se guardó el arma en la funda de la parte inferior de la espalda. En aquel momento entró Lia en la estancia. Ambos se miraron.

—Ya está hecho —dijo Lia—. Lávate en el cuarto de baño y vuelve al hotel. Y deshazte de la ropa. Dame el arma para que la limpie.

—¿Qué harás con las alfombras y los muebles? —preguntó Cross.

—Yo me encargaré de todo —contestó Lia—. Lávate y vete a la fiesta.

Cuando Cross se hubo marchado, Lia cogió un puro de la caja que había sobre una mesa de mármol y examinó la mesa por si había alguna mancha de sangre. No había ninguna, pero el suelo y el sofá estaban empapados. Bueno, eso era todo.

Envolvió el cuerpo de Dante en una hoja de plástico y lo introdujo en la bolsa de lona vacía con la ayuda de dos de sus hombres. Después recogió todas las hojas de plástico que había en la estancia y las introdujo también en la bolsa de lona. Al terminar cerró la bolsa, tirando fuertemente del cordel. Primero llevaron la bolsa del cuerpo de Losey al garaje de la villa y lo arrojaron al interior de la furgoneta. Después hicieron otro viaje para trasladar la bolsa que contenía el cadáver de Dante. Lia Vazzi había introducido unas modificaciones en la furgoneta, que tenía un doble fondo con un espacio intermedio. Lia y sus hombres introdujeron las bolsas en el espacio y volvieron a juntar las tablas del suelo.

En su calidad de hombre cualificado, Lia lo había preparado todo. En la furgoneta había dos bidones de gasolina. Él mismo los trasladó a la villa y vertió su contenido sobre el suelo y los muebles. Después colocó una mecha que le daría cinco minutos para escapar. Finalmente regresó a la furgoneta, la puso en marcha e inició el largo viaje hacia Los Ángeles. Delante y detrás de la furgoneta circulaban los automóviles en los que viajaban los miembros de su equipo.

A primera hora de la mañana llegó al embarcadero donde lo esperaba el yate. Descargó las dos bolsas y las subió a bordo. El yate se alejó de la orilla.

Ya era casi mediodía cuando contempló en alta mar cómo la jaula de hierro que contenía los dos cadáveres bajaba lentamente al océano. La última comunión había acabado.

En lugar de llevárselo a la villa, Molly Flanders se fue con el doble a la habitación que éste tenía en el hotel pues a pesar de la simpatía que le inspiraban los menos poderosos, le quedaban ciertos restos del viejo esnobismo hollywoodense y no quería que se supiera que follaba con gente de baja estofa.

La fiesta de despedida terminó al amanecer, justo cuando el sol asomaba por el horizonte siniestramente teñido de rojo. Una levísima nube de humo azulado se elevó en el aire para salir a su encuentro.

Tras cambiarse de ropa y ducharse, Cross había bajado a la fiesta donde ahora estaba sentado con Claudia, Bobby Bantz, Skippy Deere y Dita Tommey, celebrando el éxito seguro de *Mesalina*. De repente se oyeron unos gritos de alarma procedentes del exterior. El grupo de Hollywood salió precipitadamente seguido de Cross.

Una delgada columna de fuego se elevaba triunfalmente por encima de las luces de neón del Strip de Las Vegas, abriéndose en una especie de gigantesca seta de nubes de color rosa y morado sobre el trasfondo de las arenosas montañas.

—¡Oh, Dios mío! —exclamó Claudia, apretando con fuerza el brazo de Cross—. Es una de tus villas.

Cross no dijo nada. Mientras contemplaba cómo la bandera

verde que ondeaba en lo alto de la villa era consumida por las llamas, oyó el silbido de las sirenas de los bomberos que bajaban por el Strip. Doce millones de dólares estaban siendo pasto de las llamas para ocultar la sangre que él había derramado. Lia Vazzi era un hombre cualificado que no reparaba en gastos y no quería correr el menor riesgo.

23

Puesto que el investigador Jim Losey estaba oficialmente de permiso, su desaparición no se advirtió hasta cinco días después del incendio del Xanadu y, como era de esperar, la desaparición de Dante Clericuzio no fue denunciada ante ninguna autoridad.

Las investigaciones de la policía llevaron al descubrimiento del cadáver de Phil Sharkey. Las sospechas recayeron en Losey, y la policía dedujo que éste había huido para evitar el interrogatorio.

Unos investigadores de Los Ángeles fueron a ver a Cross porque Losey había sido visto por última vez en el hotel Xanadu, pero nada permitía suponer la existencia de una relación entre ambos hombres. Cross señaló que sólo le había visto brevemente la noche de la fiesta. Sin embargo, Cross no estaba preocupado por las autoridades. Estaba esperando noticias de Don Clericuzio.

Los Clericuzio ya se habrían enterado de la desaparición de Dante y seguramente sabían que el joven había sido visto por última vez en el Xanadu. ¿Por qué razón no se habían puesto en contacto con él para obtener información? ¿Sería posible que hubieran decidido pasar por alto el asunto? No lo creyó ni por un instante.

Así pues siguió dirigiendo el hotel y ocupándose de los planes de reconstrucción de la villa incendiada. No cabía duda de que Lia Vazzi había borrado las manchas de sangre a conciencia.

Claudia acudió a visitarlo. Rebosaba de entusiasmo. Cross había ordenado que les sirvieran la cena en la suite para poder hablar con ella en privado.

—No te lo vas a creer —le dijo Claudia—. Tu hermana se acaba de convertir en la presidenta de los estudios LoddStone.

—Enhorabuena —contestó Cross, dándole un fraternal abrazo—. Siempre he dicho que tú eras la más fuerte de todos los Clericuzio.

—Asistí al entierro de nuestro padre por ti, y lo dejé bien claro para que nadie se llamara a engaño —dijo Claudia frunciendo el ceño.

Cross soltó una carcajada.

—Vaya si lo dejaste claro. Conseguiste cabrear a todos menos al Don, que dijo: «Dejémosla que haga películas y que Dios la bendiga.»

Claudia se encogió de hombros.

—Ninguno de ellos me importa un bledo, pero déjame que te cuente lo que ocurrió porque fue una cosa muy extraña. Cuando abandonamos Las Vegas en el jet privado de Bobby todo parecía perfecto. Sin embargo, en cuanto tomamos tierra en Los Ángeles se desató un infierno. Unos investigadores de la policía detuvieron a Bobby. ¿A que no sabes por qué?

—Por hacer películas horrorosas —contestó Cross en tono burlón.

—No, verás qué cosa tan rara —dijo Claudia—. ¿Recuerdas a aquella chica llamada Johanna que acompañaba a Bantz en la fiesta de despedida? ¿Recuerdas la pinta que tenía? Pues bueno, resulta que sólo tenía quince años y detuvieron a Bobby por violación de menor y trata de blancas, simplemente por haber cruzado con ella la frontera del estado. —Claudia apenas podía contener su emoción—. Todo fue un montaje. El padre y la madre de Johanna estaban allí, proclamando a gritos que su pobre hija había sido violada por un hombre que le llevaba cuarenta años.

—Pues la verdad es que no parecía que tuviera quince años —dijo Cross—. Lo que sí parecía era una buscona.

—El escándalo hubiera sido mayúsculo —dijo Claudia—. Menos mal que el bueno de Skippy Deere se hizo cargo de todo. Consiguió sacarle momentáneamente las castañas del fuego a Bantz e impidió que lo detuvieran y que todo saltara a los medios de difusión. Todo parecía arreglado.

Cross la miró sonriendo. Estaba claro que el bueno de David Redfellow no había perdido ninguna de sus habilidades.

—No tiene ninguna gracia —dijo Claudia en tono de reproche—. Al pobre Bobby le tendieron una trampa. La chica juró que Bantz la había obligado a acostarse con él en Las Vegas. El padre y la madre juraron que no les importaba el dinero pero que querían pararles los pies a todos los futuros violadores de pobres chicas inocentes. En los estudios se armó un alboroto tremendo. Dora y Kevin Marrion se disgustaron tanto que poco faltó para que vendieran los estudios, pero Skippy entró de nuevo en acción. Contrató a la chica para el papel estelar de una película de bajo presupuesto con un guión escrito por su propio padre, a cambio de una elevada suma de dinero. Le hizo retocar el guión a Benny Sly en un solo día a cambio de un montón de pasta, lo cual por cierto no estuvo nada mal pues Benny es una especie de genio. Como te iba diciendo, parecía que todo estaba arreglado pero de repente el fiscal de distrito de Los Ángeles va y dice que piensa seguir adelante con la denuncia. Nada menos que el fiscal de distrito que había sido elegido con la ayuda de la LoddStone y que siempre había sido tratado a cuerpo de rey por Eli Marrion. Skippy llegó incluso a ofrecerle un puesto en el departamento de Asuntos Comerciales de los estudios, con un sueldo anual de un millón de dólares durante cinco años, pero él lo rechazó e insistió en que Bobby Bantz fuera destituido de su cargo de presidente de los estudios. Sólo entonces estaría dispuesto a llegar a un acuerdo. Nadie sabe por qué motivo ha sido tan duro de pelar.

—Un funcionario público insobornable —dijo Cross encogiéndose de hombros—. Son cosas que ocurren.

Volvió a pensar en David Redfellow. Redfellow estaría en total desacuerdo con la idea de que pudiera existir semejante ejemplar. Ya se imaginaba cómo lo habría arreglado. Probablemente Redfellow le habría dicho al fiscal de distrito: «¿A quién se le ocurriría pensar que alguien lo ha sobornado para que se limite usted a «cumplir» con su deber?» En cuanto al dinero, seguramente Redfellow habría llegado inmediatamente al límite máximo. Veinte millones, calculó Cross. Sobre un precio de compra de diez mil millones de dólares, ¿qué eran veinte millones? Y sin ningún riesgo para el fiscal de distrito, el cual se limitaría a actuar de acuerdo con la ley. Una jugada maestra.

Claudia añadió atropelladamente:

—En cualquier caso, Bantz ha tenido que dimitir —dijo—, y Dora y Kevin han estado encantados de vender los estudios. En el acuerdo se contemplan cinco vistos buenos para sus películas y mil millones de dólares en efectivo. Inmediatamente se presenta en los estudios un pequeño italiano, convoca una reunión y anuncia que él es el nuevo propietario. Y de la noche a la mañana me nombra presidenta de los estudios. Skippy se ofendió mucho. Ahora yo soy su jefa. ¿No te parece una locura?

Cross se limitó a mirarla con una burlona sonrisa en los labios.

De repente Claudia se reclinó contra el respaldo de su asiento y dirigió a su hermano la mirada más perspicaz e inteligente que éste jamás hubiera visto en su vida, pero su rostro se iluminó con una benévola sonrisa mientras decía:

—Como los chicos, ¿verdad, Cross? Ahora lo estoy haciendo exactamente como los chicos, y ni siquiera he tenido que follar con nadie...

Cross la miró asombrado.

—¿Qué ocurre, Claudia? —le preguntó—. Pensaba que estabas contenta.

—Y lo estoy —contestó Claudia sonriendo—. Lo que pasa es que no tengo un pelo de tonta, y como eres mi hermano y te quiero mucho estoy interesada en que sepas que no me chupo el dedo. —Se levantó de su asiento y se sentó al lado de Cross en el sofá—. He mentido al decirte que fui al entierro de papá sólo por ti. Fui porque quería formar parte de aquello de lo que él y tú formabais parte. Fui porque no podía permanecer alejada de todo eso por más tiempo. Pero aun así aborrezco lo que ellos representan, Cross, tanto el Don como los demás.

—¿Eso significa que no quieres dirigir los estudios? —preguntó Cross.

Claudia soltó una sonora carcajada.

—No, estoy dispuesta a reconocer que sigo siendo una Clericuzio y que quiero hacer buenas películas y ganar mucho dinero. Las películas pueden promover la igualdad, Cross. Puedo hacer una película estupenda sobre grandes mujeres de la historia... Veremos qué ocurre cuando empiece a utilizar las dotes de la familia para obrar el bien en lugar del mal.

Los dos hermanos se echaron a reír.

Después Cross estrechó a Claudia en sus brazos y le dio un beso en la mejilla.

—Me parece estupendo, francamente estupendo —le dijo.

Se refería tanto a sí mismo como a ella porque el hecho de que Don Clericuzio hubiera convertido a Claudia en presidenta de los estudios significaba que no lo relacionaba a él con la desaparición de Dante. El plan había dado resultado.

Después de la cena se pasaron varias horas hablando. Cuando Claudia se levantó para retirarse, Cross sacó una bolsa de fichas negras del cajón de su escritorio.

—Toma, prueba suerte en las mesas a cuenta de la casa —le dijo.

Claudia le dio una cariñosa palmada en la mejilla.

—A ver si dejas de una vez tu papel de hermano mayor y no me tratas como a una niña. La última vez estuve a punto de derribarte al suelo.

Cross la volvió a abrazar. Resultaba agradable tenerla tan cerca. En un momento de debilidad, le dijo:

—¿Sabes una cosa? Te he dejado un tercio de mis bienes en mi testamento por si me ocurre algo. Soy muy rico, así que si quieres siempre podrás permitirte el lujo de decirles a los estudios que se vayan a la mierda.

Claudia lo miró con un destello de emoción en los ojos.

—Cross, te agradezco que te preocupes por mí pero puedo mandar los estudios a la mierda, aunque tú no me dejes nada... —De repente, Claudia miró a su hermano con semblante preocupado—. ¿Ocurre algo? ¿Estás enfermo?

—No, no —contestó Cross—. Quería simplemente que lo supieras.

—Gracias —dijo Claudia—. Ahora que yo estoy dentro es posible que tú consigas salir. Puedes separarte de la familia si quieres. Puedes ser libre.

Cross se echó a reír.

—Ya soy libre —dijo—. Muy pronto me iré a vivir a Francia con Athena.

La tarde del décimo día, Giorgio Clericuzio se presentó en el Xanadu para hablar con él. Cross tuvo una sensación de vacío en el estómago que probablemente lo hubiera arrastrado al pánico si no hubiera conseguido dominarse.

Giorgio dejó a sus guardaespaldas en el exterior de la suite junto a los miembros del servicio de seguridad del hotel, pero Cross no se hizo ninguna ilusión. Sabía que sus propios guardaespaldas obedecerían cualquier orden que les diera Giorgio. Por si fuera poco, el aspecto de Giorgio no resultaba demasiado tranquilizador. Estaba más pálido y delgado. Era la primera vez que Cross lo veía tan abatido.

Cross lo saludó efusivamente.

—Giorgio —le dijo—, qué sorpresa tan inesperada. Voy a ordenar que te preparen una villa.

Giorgio esbozó una cansada sonrisa.

—No podemos localizar a Dante —dijo, e hizo una breve pausa antes de añadir—: Ha desaparecido del mapa y la última vez que le vieron fue aquí, en el Xanadu.

—Bueno —dijo Cross—, tú ya sabes que a veces Dante se desmadra.

Giorgio no se molestó en sonreír.

—Iba con Jim Losey, y Losey también ha desaparecido.

—Formaban una pareja un poco rara —dijo Cross—, y me extrañó un poco.

—Eran amigos —dijo Giorgio—. Al viejo no le gustaba, pero Dante era el encargado de pagarle el sueldo a Losey.

—Os ayudaré en todo lo que pueda —dijo Cross—. Haré indagaciones entre el personal del hotel, pero tú ya sabes que Dante y Losey no firmaron oficialmente en el registro. Nunca lo hacemos con los ocupantes de las villas.

—Eso ya lo harás a la vuelta —dijo Giorgio—. El Don quiere verte personalmente. Ha fletado incluso un aparato para llevarte.

Cross guardó un prolongado silencio.

—Voy a hacer la maleta —dijo por fin—. ¿Tan grave es la situación, Giorgio?

Giorgio lo miró directamente a los ojos.

—No lo sé —contestó.

A bordo del vuelo chárter que los trasladaba a Nueva York, Giorgio empezó a estudiar el contenido de una abultada cartera de documentos. Cross no intentó trabar conversación con él pero le pareció una mala señal. De todos modos, Giorgio jamás le hubiera facilitado la menor información.

El aparato fue recibido por tres automóviles con los cristales tintados, y seis soldados de los Clericuzio. Giorgio subió a uno de los automóviles y le indicó por señas a Cross que subiera a otro. Otra mala señal. Estaba amaneciendo cuando los vehículos cruzaron la verja de seguridad de la mansión de los Clericuzio en Quogue.

La puerta de la casa estaba vigilada por dos hombres. Otros hombres estaban distribuidos por el jardín, pero no había mujeres ni niños.

—¿Dónde coño se ha metido esta gente, en Disneylandia? —le preguntó Cross a Giorgio.

Giorgio se negó a responder a la broma.

Lo primero que vio Cross en la sala de estar de Quogue fue un círculo de ocho hombres en cuyo centro había otros dos hombres, que estaban conversando amistosamente. El corazón le dio un vuelco en el pecho. Eran Petie y Lia Vazzi. Vincent los estaba mirando con expresión enojada.

Petie y Lia daban la impresión de mantener excelentes relaciones. Lia llevaba tan sólo pantalón y camisa, sin chaqueta ni corbata, y Lia siempre vestía de forma impecable, lo cual significaba que lo habían registrado y desarmado. En realidad parecía un travieso ratón rodeado por unos alegres y amenazadores gatos. Cuando Giorgio acompañó a Cross al estudio de la parte de atrás de la casa, Petie se apartó del círculo y los siguió, y lo mismo hizo Vincent.

Allí los esperaba Don Clericuzio. El viejo estaba fumando uno de sus habituales puros retorcidos, sentado en un enorme sillón. Vincent se acercó a él y le ofreció una copa de vino del mueble bar. A Cross no le ofrecieron nada. Petie permaneció de pie en la puerta. Giorgio se sentó en el sofá delante del Don y le indicó por señas a Cross que se sentara a su lado.

El rostro del Don, marcado por la edad, no dejaba traslucir la menor emoción. Cross le dio un beso en la mejilla. El Don le dirigió una mirada velada de tristeza.

—Bueno, Croccifixio —le dijo—, todo se ha hecho con mucha habilidad, pero ahora deberás exponer tus razones. Soy el abuelo de Dante y mi hija es su madre. Estos hombres de aquí son sus tíos. Nos tienes que contestar a todos.

Cross trató de no perder la compostura.

—No lo entiendo —dijo.

—Tu primo Dante —terció Giorgio con aspereza—. ¿Dónde está?

—¿Y cómo quieres que yo lo sepa? —replicó Cross como si la pregunta lo hubiera sorprendido—. No lo he visto últimamente. A lo mejor está en Méjico, divirtiéndose.

—Así que no lo entiendes, ¿eh? —dijo Giorgio—. No vengas con historias. Ya has sido declarado culpable. ¿Dónde lo arrojaste?

De pie junto al mueble bar, Vincent apartó el rostro como si no pudiera mirarle a la cara. A su espalda, Cross oyó a Petie que se acercaba al sofá.

—¿Dónde están las pruebas? —preguntó Cross—. ¿Quién dice que yo he matado a Dante?

—Yo —contestó el Don—. Te he declarado culpable, y mi juicio es inapelable. Te he mandado traer aquí para que presentes una petición de clemencia, pero debes justificar el asesinato de mi nieto.

Al oír el mesurado tono de su voz, Cross comprendió que todo había terminado, para él y para Lia Vazzi, aunque Vazzi ya lo sabía. Se lo había leído en los ojos.

Vincent se volvió a mirarle, y Cross observó que su rostro de granito se había suavizado.

—Dile a mi padre la verdad, Cross, es tu única oportunidad.

El Don asintió con la cabeza.

—Croccifixio, tu padre era algo más que mi sobrino, llevaba la sangre de los Clericuzio como tú. Tu padre era mi amigo más fiel. Por eso estoy dispuesto a escuchar tus razones.

Cross se preparó para responder.

—Dante mató a mi padre. Lo consideré culpable, tal como usted me considera a mí. Mató a mi padre por ambición y venganza. En el fondo de su corazón era un Santadio. —Al ver que el Don guardaba silencio, Cross añadió—: ¿Cómo podía yo abstenerme de vengar a mi padre? ¿Cómo podía olvidar que mi padre era el responsable de mi existencia? Al igual que mi padre, yo respetaba demasiado a los Clericuzio como para pensar que usted hubiera tenido algo que ver con el asesinato, y sin embargo creo que usted debió de comprender que Dante era culpable y no hizo nada. ¿Cómo podía yo por tanto acudir a usted para que remediara el daño?

—Las pruebas —dijo Giorgio.

—A un hombre como Pippi de Lena jamás se le hubiera podido pillar por sorpresa —dijo Cross—, y la presencia de Jim Losey en el lugar de los hechos era demasiada casualidad. Ningún hombre de esta habitación cree en la casualidad. Todos vosotros sabéis que Dante era culpable. Usted mismo, Don Clericuzio, me contó la historia de la guerra de los Santadio. ¿Quién sabe los planes que tenía Dante para cuando me hubiera matado, como sin duda tenía previsto hacer? Después les hubiera tocado el turno a sus tíos.

—Cross no se atrevió a mencionar al Don—. Contaba con el afecto que usted le tenía —añadió, dirigiéndose al Don.

El Don apartó a un lado el puro. En su rostro inescrutable se advertía una leve tristeza.

Petie, que era el que más unido había estado a Dante, tomó la palabra.

—¿Dónde arrojaste el cuerpo? —volvió a preguntar.

Pero Cross no pudo responder, no le salieron las palabras de la boca.

Hubo un largo silencio hasta que finalmente el Don levantó la cabeza para mirarlos a todos antes de hablar.

—Los funerales en honor de los jóvenes son una pérdida de tiempo —dijo—. ¿Qué han hecho para que podamos ensalzarlos? ¿Qué respeto han merecido? Los jóvenes no tienen compasión ni gratitud. Mi hija ya está loca, ¿por qué aumentar su pena y borrar toda esperanza de recuperación? Se le dirá que su hijo ha huido y tardará años en comprender la verdad.

Todos los presentes en la estancia parecieron relajarse. Petie se adelantó y se sentó al lado de Cross en el sofá. Vincent, de pie detrás del mueble bar, se acercó una copa de brandy a los labios en una especie de saludo.

—Pero con justicia o sin ella, tú has cometido un crimen contra la familia —dijo el Don—. Tiene que haber un castigo. Para ti, dinero; para Lia Vazzi, su vida.

—Lia no tuvo nada que ver con lo de Dante —dijo Cross—. Con lo de Losey, sí. Permítame pagar un rescate por él. Soy propietario de la mitad del Xanadu. Le cederé a usted el cincuenta por ciento de esta mitad en pago por mí y por Vazzi.

Don Clericuzio pareció estudiar la propuesta.

—Eres leal —dijo. Miró a Giorgio y después a Vincent y a Petie—. Si vosotros tres estáis de acuerdo, yo también lo estaré.

Los hermanos no contestaron.

El Don lanzó un suspiro de pesadumbre.

—Cederás la mitad de tus intereses, pero deberás abandonar nuestro mundo. Vazzi deberá regresar a Sicilia con su familia, aunque podrá quedarse si quiere. Es todo lo que puedo hacer. Tú y Vazzi jamás deberéis volver a hablaros. Y ordeno a mis hijos en tu presencia no vengar jamás la muerte de su sobrino. Dispondrás de una semana para arreglar tus asuntos y firmar los documentos necesarios para Giorgio. —El Don suavizó un poco el tono de voz—. Quiero asegurarte que yo no tuve conocimiento de los planes de Dante. Y ahora, vete en paz y recuerda que siempre quise a tu padre como a un hijo.

En cuanto Cross abandonó la casa, Don Clericuzio se levantó de su sillón y le dijo a Vincent:

—A la cama.

Vincent lo ayudó a subir la escalera pues ahora el Don padecía cierta debilidad en las piernas. La edad estaba empezando a causar estragos en su cuerpo.

EPÍLOGO
NIZA/FRANCIA/QUOGUE

En su último día de permanencia en Las Vegas, Cross de Lena se sentó en la terraza de su suite del último piso y contempló el Strip inundado de sol. Los grandes hoteles —Caesar Palace, Flamingo, Desert Inn, Mirage y Sands— desafiaban al sol con sus marquesinas de neón brillantemente iluminadas.

La orden de destierro de Don Clericuzio había sido muy clara: Cross jamás debería regresar a Las Vegas. Qué feliz había sido su padre Pippi en aquel lugar. Por su parte, Gronevelt había convertido la ciudad en su propio Walhalla, pero él jamás había gozado en la misma medida que ellos. Había disfrutado de los placeres de Las Vegas, por supuesto, pero eran unos placeres que siempre contenían el frío sabor del acero.

Las verdes banderas de las siete villas colgaban en medio de la calma del desierto, pero el negro esqueleto de la del edificio incendiado parecía el fantasma de Dante. Él jamás volvería a ver nada de todo aquello.

Había querido el Xanadu y había amado a su padre, a Gronevelt y a Claudia, pero en cierto modo los había traicionado. A Gronevelt por no haber sido fiel al Xanadu, a su padre por no haber sido leal con los Clericuzio, y a Claudia porque ella creía en su inocencia. Ahora se alejaría de ellos e iniciaría una nueva vida.

¿Qué beneficios le reportaría su amor por Athena? Gronevelt, su padre e incluso el viejo Don le habían advertido contra los peligros del amor romántico. Era el fatídico error de los grandes hombres que controlaban imperios. ¿Por qué no prestaba atención a sus consejos? ¿Por qué depositaba su destino en manos de una mujer?

Simplemente porque su presencia, el sonido de su voz, su forma de moverse y sus penas y alegrías lo hacían feliz. El mundo se convertía en un placer deslumbrador cuando estaba con ella. La comida era exquisita, el sol le calentaba los huesos y el dulce anhelo de su carne convertía la vida en algo sagrado. Y cuando dormía a su lado jamás temía aquellas pesadillas que precedían al amanecer.

Llevaba tres semanas sin ver a Athena pero aquella misma mañana había oído su voz. La había llamado a Francia para anunciarle su llegada y había percibido la alegría de su voz al saber que él estaba vivo. A lo mejor era cierto que ella lo amaba. Faltaban menos de veinticuatro horas para volver a verla.

Cross confiaba en que algún día ella lo amara de verdad, correspondiera a su amor, no lo juzgara jamás y, cual un ángel protector, lo salvara del infierno.

Athena Aquitane era tal vez la única mujer de Francia que se vestía y maquillaba para disimular su belleza. No es que intentara ser fea, pues no era una masoquista, pero había llegado al convencimiento de que la belleza física era excesivamente peligrosa para su mundo interior. Aborrecía el poder que le confería sobre otras personas y aborrecía la vanidad que seguía dañando su espíritu. Era un obstáculo para lo que ella sabía que iba a ser la obra de su vida.

En su primer día de trabajo en el Instituto para Niños Autistas de Niza había intentado parecerse a los niños y caminar como ellos. La sensación de identificación la dejó abrumada. Aquel día relajó los músculos faciales para imitar la inexpresiva serenidad de los pequeños y trató de ladear el cuerpo y cojear, como hacían los que sufrían lesiones del aparato locomotor.

El doctor Gerard le comentó con sorna:

—Lo hace usted muy bien, pero va en dirección contraria. —Cogió sus manos entre las suyas y añadió amablemente—: No debe identificarse con su desgracia. Tiene que luchar contra ella.

Athena se sintió avergonzada por la crítica. Su vanidad de actriz la había vuelto a engañar, pero se sentía en paz cuidando a los niños. A ellos no les importaba que su francés no fuera perfecto, y en cualquier caso no comprendían el significado de sus palabras.

No obstante, aquellas dolorosas realidades no la desanimaron. A veces los niños eran destructivos y no respetaban las reglas de la sociedad. Se peleaban entre sí y con las enfermeras, manchaban las paredes con sus excrementos y orinaban donde querían. Otras veces la rabia y la repulsión que les inspiraba el mundo exterior provocaba en ellos unas terribles reacciones.

Athena sólo se sentía impotente por la noche en el pequeño apartamento que había alquilado en Niza cuando estudiaba la información escrita del instituto. Los informes sobre los progresos de los niños eran tremendamente descorazonadores. Entonces se iba a la cama y se echaba a llorar. A diferencia de lo que ocurría en las películas que ella solía interpretar, casi todos los informes tenían finales desgraciados.

Cuando recibió la llamada de Cross anunciándole su llegada se sintió invadida por una oleada de felicidad y esperanza. Estaba vivo y la ayudaría, pero inmediatamente experimentó una punzada de ansiedad y consultó con el doctor Gerard.

—¿Qué cree usted que sería mejor? —le preguntó.

—El señor De Lena podría ser una gran ayuda para Bethany —contestó el médico—. Me gustaría ver qué tipo de relación establece la niña con él durante un período de tiempo más largo. Tal vez eso también resulte beneficioso para usted. Las madres no tienen que ser mártires por causa de sus hijos.

Athena pensó en las palabras del doctor Gerard mientras se dirigía al aeropuerto de Niza para recibir a Cross.

Cross tuvo que recorrer a pie la distancia que separaba el avión del achaparrado edificio de la terminal. El suave y refrescante aire no se parecía en nada al ardiente y sulfuroso calor de Las Vegas. Alrededor de la plazoleta del área de llegadas crecían exuberantes arbustos con flores rojas y moradas.

Vio a Athena esperándole y admiró la habilidad con la que había transformado su aspecto. No podía ocultar por completo su belleza pero la podía disfrazar. Unas gafas ahumadas de montura dorada habían convertido el verde brillante de sus ojos en un gris apagado. Las prendas que vestía le daban la apariencia de una persona más gruesa, y se había recogido el cabello rubio bajo un campestre sombrero azul de ala ancha que le cubría una parte del rostro. Cross experimentó un emocionante sentimiento de posesión al pensar que sólo él sabía lo guapa que realmente era Athena.

Cuando Athena lo vio acercarse, se quitó las gafas y se las guardó en el bolsillo de la blusa. Cross sonrió ante aquella irreprimible muestra de vanidad. Una hora más tarde se encontraban en la suite del hotel Negresco, donde Napoleón se había acostado con Josefina, o eso decía al menos el folleto del hotel fijado en la parte interior de la puerta. Un camarero llamó a la puerta y entró con una bandeja en la que había una botella de vino y unos delicados canapés que dejó en la mesa de la terraza que daba al Mediterráneo.

Al principio se mostraron un poco cohibidos. Athena cogió la mano de Cross con una confianza no exenta de una cierta voluntad de dominio. El roce de su cálida piel encendió el deseo de Cross, pero éste comprendió que ella aún no estaba preparada.

La suite estaba amueblada con más lujo que cualquiera de las villas del Xanadu. El dosel de la cama era de seda de color rojo oscuro a juego con unos cortinajes estampados con flores de lis doradas. Las mesas y los sillones poseían una elegancia que jamás hubiera podido existir en el mundo de Las Vegas.

Mientras Athena lo acompañaba a la terraza, Cross le dio un impulsivo beso en la mejilla. Entonces ella, sin poderse contener, cogió la húmeda servilleta de algodón que envolvía la botella de vino y se frotó el rostro para eliminar los cosméticos que lo desfiguraban. Unas gotas de agua brillaron sobre su radiante y sonrosada tez. Apoyó una mano sobre el hombro de Cross y lo besó suavemente en los labios.

Desde la terraza se podían ver las casas de piedra de Niza, pintadas con los desteñidos tonos verdes y azules de cientos de años atrás. Abajo, la gente de Niza paseaba por la Promenade des Anglais mientras en la pedregosa playa hombres y mujeres semidesnudos chapoteaban en el agua verde azulada y los niños cavaban hoyos en la guijarrosa arena. A lo lejos, unos blancos yates iluminados patrullaban por el horizonte como si fueran vigilantes halcones.

Cross y Athena acababan de tomar su primer sorbo de vino. De repente oyeron un sordo rugido. Desde el rompeolas, algo que parecía la boca de un cañón, pero que en realidad era el gran conducto oriental de las cloacas, arrojó un impresionante chorro de agua marrón oscura a las azules aguas del mar.

Athena apartó el rostro y le preguntó a Cross:

—¿Cuánto tiempo piensas quedarte aquí?

—Cinco años, si tú me lo permites —contestó Cross.

—Me parece un disparate —dijo Athena frunciendo el ceño—. ¿Qué vas a hacer aquí?

—Soy rico —contestó Cross—. Quizá me compre un pequeño hotel.

—¿Qué ocurrió con el Xanadu?

—Tuve que vender mi participación —contestó Cross, haciendo una breve pausa—. No tendremos que preocuparnos por el dinero.

—Yo tengo dinero —dijo Athena—. Debes comprenderlo. Me quedaré cinco años aquí y después me llevaré a la niña a casa. No me importa lo que digan los demás, nunca la volveré a internar en un centro. Cuidaré de ella toda la vida, y si algo le ocurriera dedicaría mi vida a los niños como ella. Eso quiere decir que jamás podremos vivir juntos.

Cross comprendía sus razones. Tardó un buen rato en contestar.

—Athena —dijo con voz firme y decidida—, si de algo estoy seguro es de que os quiero tanto a ti como a Bethany. Debes creerme. No será fácil, lo sé, pero procuraremos hacerlo lo mejor que podamos. Tú quieres ayudar a Bethany pero no tienes por qué ser una mártir. Por eso tenemos que dar el paso definitivo. Yo haré todo lo posible por ayudarte. Mira, seremos como los jugadores de mi casino. Todas las probabilidades están en contra nuestra, pero la posibilidad de ganar no está excluida. —Al ver que Athena vacilaba, añadió—: Casémonos. Tengamos otros hijos, procuremos vivir como vive la gente normal e intentemos enderezar los fallos de nuestro mundo con nuestros hijos. Todas las familias tienen alguna desgracia, procuremos superar la nuestra. Sé que podremos hacerlo. ¿Me crees?

Athena lo miró directamente a los ojos.

—Sólo si tú crees que te quiero de verdad.

Cross inclinó la cabeza para besarla.

—Te quiero de verdad —repitió Athena.

Cross pensó que ningún hombre sería capaz de ponerlo en duda.

El Don, solo en su dormitorio, tiró de las frías sábanas hacia arriba para cubrirse el cuello. La muerte ya estaba muy cerca y él era lo bastante astuto como para presentir su cercanía. Sin embargo, todo se había desarrollado según sus planes. Ah, qué fácil era engañar a los jóvenes.

Durante los últimos cinco años, Dante le había parecido el mayor peligro para su plan magistral. Dante hubiera opuesto resistencia a la entrada de la familia Clericuzio en la sociedad legal. ¿Pero qué hubiera podido hacer él? ¿Ordenar el asesinato del hijo de su hija, de su propio nieto? ¿Hubieran Giorgio, Vincent y Petie obedecido semejante orden? Y en caso afirmativo, ¿no lo hubieran considerado a él una especie de monstruo? ¿No hubieran acabado por temerlo en lugar de amarlo? En cuanto a Rose Marie, ¿qué hubiera sido de la poca cordura que le quedaba cuando hubiera intuido la inevitable verdad?

Sin embargo, cuando se produjo el asesinato de Pippi de Lena, la suerte estuvo echada. El Don comprendió enseguida la verdad de lo ocurrido, mandó investigar las relaciones de Dante con Losey y emitió su veredicto.

Envió a Vincent y Petie para proteger a Cross, utilizando incluso un vehículo blindado. Después, para advertir a Cross, le contó la historia de la guerra de los Santadio. Qué doloroso resultaba enderezar el mundo... Cuando él desapareciera, ¿quién tomaría aquellas terribles decisiones? Ahora había decidido de una vez por todas que los Clericuzio emprendieran la retirada definitiva.

Vinnie y Petie se ocuparían exclusivamente de sus restaurantes y sus constructoras, y Giorgio se dedicaría a la compra de empresas en Wall Street. La retirada sería completa. Ni siquiera se renovarían los efectivos del Enclave del Bronx. Los Clericuzio estarían finalmente a salvo y lucharían contra los nuevos malhechores que estaban surgiendo por todo el territorio de Estados Unidos, y él no se reprocharía los pasados errores, la pérdida de la felicidad de su hija y la muerte de su nieto. Por lo menos, había salvado a Cross.

Antes de quedarse dormido, el Don tuvo una visión. Él viviría para siempre, la sangre de los Clericuzio formaría parte de la humanidad por siempre jamás. Y él solo, sin la ayuda de nadie, había creado aquel linaje, y ésa había sido su mayor virtud. Pero, oh, qué cruel era el mundo que inducía al hombre a pecar.

ÍNDICE